王融与永明时代

一个南朝贵族的贵族文学

◎ 林晓光 著

图书在版编目（CIP）数据

王融与永明时代：一个南朝贵族的贵族文学 ／ 林晓光
著. —上海：上海古籍出版社，2023.8
ISBN 978-7-5732-0634-3

Ⅰ.①王…　Ⅱ.①林…　Ⅲ.①王融—古典文学研究 ②
中国文学—古典文学研究—南朝时代　Ⅳ.①I206.391

中国国家版本馆 CIP 数据核字（2023）第 058026 号

王融与永明时代
——一个南朝贵族的贵族文学

林晓光　著

上海古籍出版社出版发行

（上海市闵行区号景路 159 弄 1-5 号 A 座 5F　邮政编码 201101）

　（1）网址：www.guji.com.cn
　（2）E-mail：guji1@guji.com.cn
　（3）易文网网址：www.ewen.co
上海天地海设计印刷有限公司印刷
开本 787×1092　1/16　印张 29.5　插页 6　字数 468,000
2023 年 8 月第 1 版　2023 年 8 月第 1 次印刷
印数：1—2,100
ISBN 978-7-5732-0634-3
Ⅰ·3710　定价：108.00 元
如有质量问题，请与承印公司联系

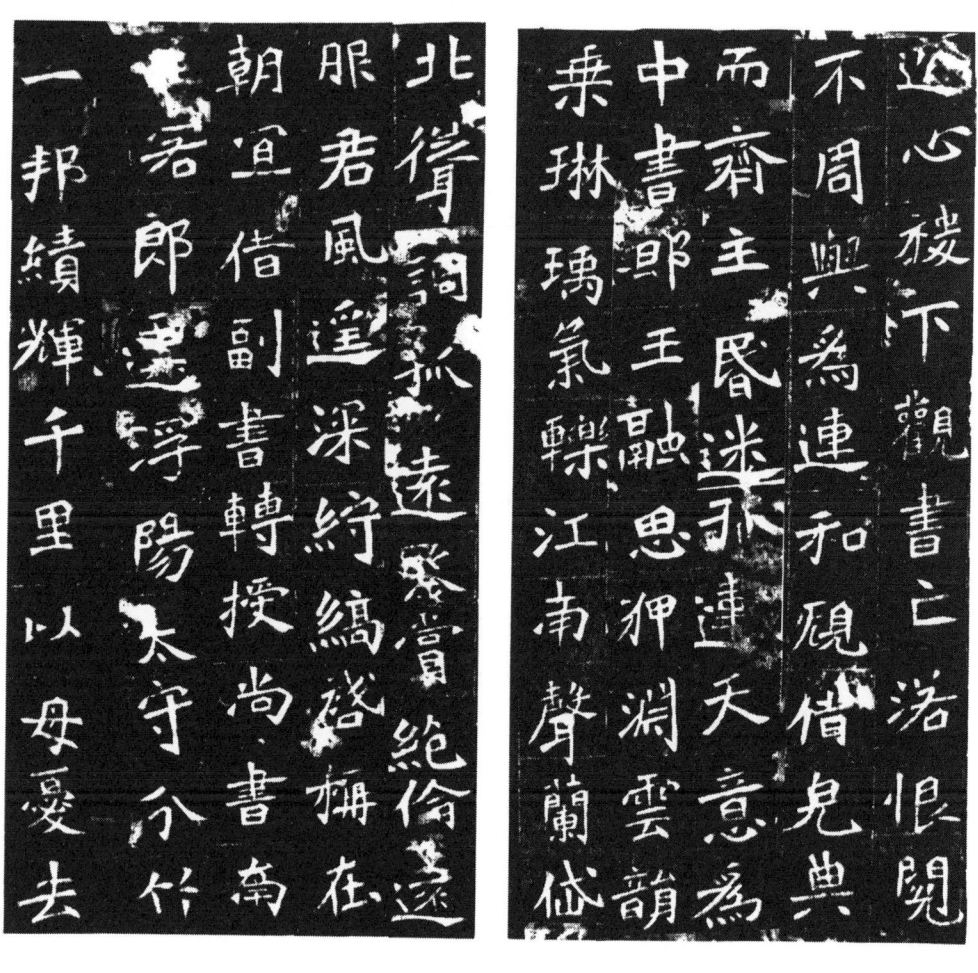

北魏正光元年（520）《李璧墓志》拓本（局部）

其中评价王融："中书郎王融，思狎渊云，韵乘琳瑀，气轹江南，声兰岱北，耸调孤远，鉴赏绝伦，远服君风，遥深纻缟，启称在朝，宜借副书。"

王融《三月三日曲水诗序》书影（南宋建州刻本《文选》卷四十六）

初 版 序

陈引驰

寒假之后不久,晓光传来《王融与永明时代》书稿的电子版,请我作序。我很乐意,而其实按我早先的预期,这该是一年前的事。

晓光的这部书稿,是以他的博士论文为基础增修而成的;那篇学位论文之成型并通过答辩已是三年前了。在完成复旦的学业之后,晓光得浙江大学周明初教授青睐,转去杭州从林家骊教授进行博士后研究。临行之际,我曾嘱咐他在两年间,除了博士后报告须勉力从事以形成未来新的研究格局之外,一定得将博士论文增订完毕提供出版。我们时常见面,也屡屡催促他抓紧书稿之修撰。虽然了解到晓光一直在兴致勃勃地读书、写作,不过书稿还是较我的期待晚了一年。这自然不是晓光惰怠,多半是因为新的研究很引起他的兴趣和热情,而关于王融的这部书稿,他也在时时修补,事实上,他前一个多月又传来书稿最近的一个多有涂抹、移易、补充的文本。

在我的印象中,晓光始终是好学而乐思的。记忆里第一次见面是2000年的秋天,那时我刚从哈佛燕京学社访学归来,不知什么缘故,竟无课可上,于是临时担任了一门古典散文的全校公开选修课,晓光那时应该还是刚入复旦的本科生,他跑来听了一次课,随便聊到中文专业的学生修这样的公选课是否合适之类的话题,而后就不见了。渐渐熟悉是后来的事,从本科阶段直到硕士、博士的修习,晓光名义上都是我指导的学生。他读书之广,我也是逐渐了解的,也大致感觉他会以学术为自己的方向,于是不经意间或许比较多督促他要更加勤勉,好像说过你付出和呈现得比旁人多百分之二十算不得什么,得超过百分之八十乃至百分之百才成之类的话。晓光在读硕士期间曾下功夫通读有关六朝的史籍,在中古时代的历史、宗教和文学方面形成了相当不错的基础,远超同龄学子,其硕士论文讨论东晋南朝佛教与民间祠祀的冲突，并因而一度有意往思想文化史方面发展。幸而晓光还是留在了中古文史的领域，博览而锐思的态势就此延续下来。

博士阶段的第二年，晓光获得了去日本研究的机会，承蒙早年在复旦进修过的釜谷武志教授照拂，留学神户大学两年。能去日本学习，我想是晓光的夙愿。他喜好日本文化，不仅对东瀛的中国研究有相当了解，而且对纯粹的日本文学有真实的亲切感，所以很认真地学习了日语。后来听当时正在神户大学客座的我的同事朱刚教授回来说，晓光初到日本就能顺利地以日语交际，这多少有些出乎我原来的预料。正是在神户期间，他最后确认了以王融为博士论文研究的主要对象。

因为身处两地，晓光选择王融的考虑，我当时的了解不能说周详。说实话，我甚至有些担心，道理很简单：王融在永明时代无论在政治舞台还是文化场域之中都是一位很有光彩的人物，但是，其一，毕竟相关材料比较而言甚少，其二，在既往的研究视野之下，也难以想象能有多少展开的空间。而我一直期望自己学生最初的学术工作要有相当的延展性，也就是说，未来正式进入学术领域之后，在论题的内涵或研究的路径上有可持续拓展的前景。围绕王融的研究，可以吗？不过，另一方面，我也还是有所期待。有时，我会对学生开玩笑说，你们的论文如果多半部分作为导师的我都大致了解，那就不必做了吧。以我对晓光的了解，他不会甘于做一个因循平浅的题目，而以我对王融研究的黯淡估计，或许他能提供出乎想象的很不一般的图景？

回国之后，晓光如期完成了博士论文及答辩，现在以此为基础形成的著作也呈现学界面前了，他做得如何，相信自有公论；而我，是满意的。

在这部著作中，晓光的多年积学得到了较为集中的表现：我们可以看到他基于对中古史料文献的谙熟而形成的对当时历史状况的深入体察，没有这层功夫，永明政治史和文化史上的王融形象不可能勾勒得如此生动入微；可以看到他对中古文学文本的精细读解，对文本背后的书写成规、知识素养、仪式背景等的真切把握，没有这一能力，进入中古时代的文学世界完全没有可能。这中间，晓光留学东瀛前后所承受的彼邦学术影响是非常显著的，无论是关于王融和永明时代政治文化的具体分析讨论，还是在整体的构架上承受内藤湖南、宫崎市定以下诸多大师关于六朝贵族社会论之影响，斑斑可睹。而贵族社会及于其中展开的文化和文学，是晓光理解王融和永明文学的基本立场和关键所在，也是这一研究对于重新估量六朝文学最富有刺激和启示之处：我们究竟该如何来审视六朝文学的格局？每一个依凭后世文学观念建构起来的文学史图式，肯定在一定程度上是对过去时代的折射，但洞见的同时也就存在盲点，或许对六朝文学而言，这种折射是否遮蔽了那个时代最为重要乃至核心的部分，真是一个值得慎重省思的问题。由此而言，晓光的这部书稿，固然是对王融及永明时代政坛和文坛的一次照察，在相当程度上刷新了我们对永明文学及其背景的认识，不过它透露的从王融的这一个个案进而刷新我们对整个六朝文学的理解方向和观照方式的祈望也可谓至为明显，而后面这一点无论是否能为学界同仁接受，恐怕会是它更大的意义所在。

我说自己对晓光的这份成果是满意的，不仅在他错综各类相关的历史文献和文学文本，批判性地汲取传统和域外的既有成果，完成了对王融的一项突过前贤的研究，且更在他满怀勇气试图重构对六朝文学主流认知之锐气。我欣赏晓光的努力，当然不是说完全就以之为是，我也曾直言他的有些见解和表达或涉率意轻急。不过，年轻学人做一项规范性的工作值得肯定，而如果是一项修整甚至重拟规范的研究，似乎无论如何更值得支持，况且在大方向上，我是站在晓光一边的。

我始终以为，如果期望历史地把握六朝文学，必须连贯地观照政治、家族、信仰和文学这几个方面。晓光的王融研究，便是在六朝贵族社会论的历史规范下，大致涉及了这些维度的考察。六朝时代的文学人物，在很大程度上往往属于社会的精英，这是贵族制社会所决定的，因而必定或紧密或疏远地卷入政治，这样的政治的介入，远不是后来比如唐代大多数诗人们能想象的，后者不少其实身处唐帝国的政治边缘；而这种仕途的起伏必定有其家族的社会地位、人缘脉络、文化传统等影响，同时这种家族因素在六朝士人的文化素养和美学趣味上常常留有决定性的烙印，这类家族影响也与后代比如宋代的文学家族及其家族文学大相径庭，后者呈现的是平民社会之中的形态，文学作为家族文化资本和地位的宣示性与前者不可同日而语；而信仰在六朝时代也不像后世那样更多是个体的精神抉择，而往往呈现强烈的家族性，与政治的立场和姿态也有深刻得多的关联性；至于文学，只有在这样一个诸因素联结绾合的形态中考究，或许方能得其真实。基于这样的想法，我相信晓光所完成的王融与永明时代的个案研究，是可以有广阔的推展空间的。

晓光完成王融的研究后，在杭州的近三年时间里，展开了新的方向。

他曾与我谈及，或许可以有两个尝试方向。一，是就文本深入，由文体、文类探究其与制度、仪式的关联，这在很大程度是书稿下篇的延续和拓进；我对此很表支持，因为如果深入文学内部，则六朝时代的文体、文类堪称核心问题，其时文学意识日渐清晰与文学书写循之演进，都是围绕着它展开的。二，是从文献载录的角度考察六朝时代文学文本在后世的呈现面貌，这在王融的研究中也有其端倪，书稿下篇比较讨论王融与谢朓两篇哀策文之序的差异时就点出，作为类书的《艺文类聚》与《文选》之类总集在保存文学文本上有不同的原则；我对此自亦非常鼓励，此一问题也是中古文学研究必须面对的，对文献载录方式的重视本就是文献学研究的题中应有之义，近年海外抄本文化讨论的兴盛与之也有紧密关联，如果全面而系统地予以梳理，当能更清楚而透彻地了解所面对的文学文本的样貌和性质，而对我们关于文学文本的阐释及其限度有充分的自觉。结果，晓光所着力的主要在后一范围，《论〈艺文类聚〉存录方式造成的六朝文学变貌》(《文学遗产》2014 年第 3 期)等正陆续在刊布之中。

回顾我所了解的过去十年晓光在中古文学领域的研习过程，相信他走在正大而很有前景的路上，我愿祝他一路走好。最后如果一定要说什么，还是曾经一再期望于他的：付出超过同侪百分之百的努力吧。

2014 年 7 月 12 日

目　次

历　史　篇

文　学　篇

绪　言

第一节　永明时代概说
——南朝贵族社会的黄金期①

　　永明，是南齐武帝萧赜在位时期的年号，时当公元483～493年。宋文帝元嘉（424～453）前后三十年，齐武帝永明前后十一年，梁武帝天监（502～519）前后十八年，并称为南朝盛世。宋文帝、齐武帝和梁武帝三位君主的长年统治带来了政治、社会的稳定发展，使得这三个时期仿佛从外忧内乱之音不断的南北朝历史频率中游离出来一般，呈现出异样的光色。政治上的盛世同时也造就了文学上的繁盛期，元嘉时期的元嘉三大家，永明时期的竟陵八友集团，以及天监时期的四萧文学群体，文采风流，独步

---

① 补注：在本书初稿作为博士论文提交之时，这一节并不存在。曹旭教授在答辩中指出，论文虽然题为《王融与永明时代》，但与永明时代的联系感并不充分。事实上应当说明的是，在一开始拟定论文选题时，只是很朴素地打算对王融个人进行一次彻底的专题研究而已。后来在与师友的讨论中，发现目前的研究方法并不限于王融个人，而是将其各个阶段和侧面都置于其所生活的时代中予以整体定位，朱刚师指出这多少接近于朱东润先生《陈子龙及其时代》那样的形态，因此才把题目拟为现在所见的这个样子。这里的"永明时代"其实只是在研究王融时不可避免地触及的部分而已，对永明时代的整体理解并不在最初的预想之中。但是，随着题目的拟定，"个人"与"时代"，"时代"中的"个人"这样的感觉确实无可避免地，更加强烈地浮现出来。尽管我的能力尚不足深刻揭示永明时代的全貌，但是在力所能及的范围内，哪怕是浮光掠影，至少也希望能作出一些相应的描绘，让读者能够较为清晰地体认王融其人及其文学在历史中的坐标。这一节，就是为此而进行的一点粗浅尝试。也因为已经时过境迁，所以行文间并没有采取博士论文常见的表述方式，而是试图追随我所喜爱的日本学术文库本式写法，希望能够尽可能地更有趣一些，更诉诸印象而不是逻辑。如果这种尝试让期待读到一本严肃学术论著的读者感到不快，那是应当要首先告罪的。

当时,引领着文学潮流一步步推衍波动,最终走向光芒璀璨的隋唐时代。

在这三个时代中,永明是最短,也最不为人所注目的一个时期,然而它却有着自身值得关注的重要特质。在展开永明时代的中国画卷之前,让我们先来稍微俯瞰一下公元 5 世纪末的世界版图,看看在永明时代的同一时间截面,在本书的主人公王融登上政治、文学舞台之际,世界正处在怎样的坐标当中?

镜头指向遥远的罗马帝国,此时的欧洲正开始经历一次天翻地覆的变迁。就在约一百年前(395),罗马分裂为东西两大帝国,自此决定了中世纪欧洲的基本框架。日耳曼人已经从森林中走出,准备接过欧洲古代文化的接力棒,让自己成为西欧世界的主人。476 年,也就是王融十岁那一年,西罗马帝国宣告灭亡。在齐武帝登位的第四个年头(486),日耳曼人君主克洛维建立了统一的法兰克王国;被称为"第一个中世纪国王"①的狄奥多维克则在永明时代的最后一个年头(493)登位为东哥特王国(意大利半岛)的国王。三年后(496),克洛维改宗天主教,基督君临欧洲的时代就此拉开序幕。公元 5 世纪至 8 世纪,在世界史上被称为欧洲社会的成立期,而 5 世纪正是这一宏大叙事诗的开篇。"不是在这之前,也不是在这之后,而恰恰是在这一时期,古代世界的文化遗产,与天主教的教义及各种制度——不管是教会还是修道院——还有日耳曼民族的精神,都在同一个舞台上熔合反应,构筑起凌驾于民族与国家之上的'欧洲'的基础。无论'欧洲'概念如何随时代而变迁,作为历史事实来说,无可否认的是,欧洲就是在这个时代诞生的。"②

而近在中国东邻的日本,则刚刚开始接受文化的洗礼,初步建立起统一的氏族政权。就在永明时代揭幕之前,公元 421~478 年之间,著名的"倭五王"相继向刘宋政权遣使朝贡。使者渡过东中国海,不再借助辽东半岛的中介,而是直接从新开发的航线,从长江下游地域登陆来到南朝,将先进的文化经典和宫廷礼仪带回到自己的国家③。这个时期的日本政权,还只是所谓的豪族首领联盟;在五王之后,方有推古朝圣德太子的政

---

① 朱迪斯·M·本内特、C·沃伦·霍利斯特《欧洲中世纪史》,杨宁、李韵译,上海社会科学院出版社 2007 年,第 43 页。
② 增田四郎《ヨーロッパとは何か》(《何谓欧洲》),第 130 页,岩波书店 1967 年。本书所引日文、英文文献,凡未注明译者及出处者,皆为笔者自译。
③ 参宫崎市定《謎の七支刀》第五章"五世纪东亚の形势",中央公论社 1983 年。

治改革,从隋唐引进中国制度,建立起日本的律令制国家。——本书下篇中予以详尽讨论的"三月三日曲水之宴",也正是在永明时代,初次出现在了日本的宫廷当中,并且在经过漫长的变迁之后,演变为至今仍有生命力的"女儿节"。

　　镜头拉回到东海之滨的中国,我们所见的情景又如何呢? 5 世纪的中国,并不像西欧和日本的"野人"们一样,正在生机勃勃地汲取着异质先进文化,创造出时代的开端。这时候的中国,已经经历过烂熟的文化发展阶段。在秦汉大帝国时代以后建立起来的贵族社会制度①,经历过两百年的

---

① 补注:在博士论文答辩中,骆玉明师曾经指出:为何不用传统中国学术中的"士族",而要使用日本学界中西方中世纪史学意味浓厚的"贵族"一语? 这是否会造成削足适履的后果? 这无疑是非常犀利明敏的批判。对于这一质问,须得从范畴界定和功能指向两个角度进行思考。事实上,对于究竟何谓"六朝贵族",提出这一概念的京都学派本身也存在着认识的变化,以及不同研究立场的不同界定。关于这一点,此处不暇详论,只简要说明本人观点:对"六朝贵族"的定义,最基本地可以归纳为两种立场:1. 占据中央政治特权的高门大族(川胜义雄说,见《六朝贵族制社会研究》);2. 六朝贵族即六朝士族(唐长孺说,见《南朝寒人的兴起》)。从一般常识上说"六朝贵族",不妨承认是指王、庾、桓、谢等先后占据了社会核心地位的高门大族,亦即士族中的精英家族,在六朝史籍中"贵族"一语含义也与此相近,即"尊贵之族"。然而这一范畴实际上是含糊多变,无法获得确切边界的,因为正如宫崎市定所言,所谓贵族社会,是一种从上到下分为无数等级的存在;而高门与一般士族之间并不具有社会阶层性的本质区别。高门失势就没落,寒士得势就发迹,两者之间的转换虽受舆论影响,却并没有受到社会身份的规制。因此这只能说是一种政治史意义上的狭义界定。而如果从社会史意义上界定"六朝贵族"的话,应当说,六朝士族作为个体身份上(士庶不婚)、政治权力上(士庶任官清浊分途)、经济资源上(士族免役权)的世袭特权阶级,这一阶层本身应当被界定为贵族,其对立面为数量庞大(但是却极少出现在文献史料中,难以确认其整体规模)的庶民阶层。最低级门户的寒士也许经济能力及生活形态与一般平民已无甚区别,但其作为士阶层的身份却不因此而失坠;这正如西欧封建制中的骑士,虽然已经是统治阶层的最末端,许多过着穷困潦倒的生活,但在自我认定与社会观念中他们都是贵族,与平民截然有殊。因此本文同时认可这两种立场,即以中央高门为六朝贵族的代表及典型形态,但从更基本的社会史意义上,认同唐长孺先生的意见,认定六朝士族即六朝贵族。视乎具体问题,合宜使用相关概念。其次,本书之所以采取"贵族"而非"士族"概念,除了京都学派东洋史学已经建立起"贵族社会论"研究范式之外,更重要的理由在于,"士族"与"贵族"虽然指代的是同一人群,但社会史意义上的内涵却不可等同。"士族"为中国史上贯穿先秦至明清的特殊范畴,所谓"六朝士族",是从中国历代士族之一截面的角度进行厘定,通常强调的是其文化优越地位及家族渊源。而"贵族"为世界史上的普遍范畴,举印度婆罗门与刹帝利种姓、古希腊罗马贵族、西欧中世封建贵族、日本平安公卿及中世武士,乃至中国之先秦士族及六朝士族,虽(转下页注)

时光,也已经运转到了最最华丽的巅峰——同时开始走向衰落。

　　无论学术界对于六朝是否能够称之为"贵族制时代"有多少的争论,至少,东晋南北朝时期的门阀制度特别兴盛,以门阀士族为主体的政治、文化占据着时代的主流,人们在"士庶天隔"的等级社会中出生、成长、交际,创造和传承着属于他们的文学和艺术,这一点恐怕是无法提出异议的。三国时期,曹魏政府设立九品官人之法(九品中正制),将士人分为高下不同的九品,按照不同人品来配合给官①。这不仅仅规定了王朝官僚体系的铨选机制,更重要的是,从社会身份上将人分为了三六九等。这一制度的最初理想,是希望回归汉代的"乡举里选"状态,以个人的品德评定来作为王朝任官的依据。如果仅仅如此,并不会导致出现贵族制度,因为个人的道德才能与出身并没有必然关系。然而众所周知的是,由于汉末以来的战乱,人民流离迁徙,稳定的地方乡里社会已经遭到破坏,失去"乡论"的舆论土壤,中正事实上已无法做到从地方人士的考察出发,而只能

(接上页注)然各具其特殊的时代地域特性,但就"以家族血缘为基本依据的世袭特权阶级"意义上则皆可目为贵族。从这样的视角来看,宋代以后虽仍有士大夫,却不能说有贵族阶级。中国史上纵贯性的"士"之一语,在不同时代其实有着不同的性质变化。如果说六朝士族对应的英文译语是 aristocracy,那么宋代以后的士对应的就是 scholar-official(官僚身份虽然总是伴随着士阶层存在,但却从来不是其必须具备的本质)。而从文学研究的角度说,"士族文学"研究通常着眼于不同家族文人之间的异同,某姓家族自然而然成为研究的基本单元,随之而来的是对该家族学术传统、文学风气、政治倾向的探讨;而"贵族文学"研究则将士族阶层视为统一整体,以贵族/庶民(士族/寒人)两大阶级之间的对立及流动为立论前提,希望透视的是这一社会阶层性质与其所持的文学文化之间的相互影响关系。本书之所以申言"贵族文学"而非惯见的"士族文学",正是希望从这一普遍的社会史范畴出发,观察中国史上这一特殊时代中的文学,究竟因创造者、传播者、接受者的这一特殊身份而发生怎样的特征变化?其与贵族未发达时代(汉代)、贵族衰亡时代(中唐以后)的文学相比,在性质、面貌上又呈现出怎样的分歧?如果容许更进一步的构想,那么自纵向而观之,可以借此重构中国历代文学的时代变迁;自横向而比之,则可以观察中国贵族文学与世界其他文化中之贵族文学(如日本平安朝的宫廷文学)的异同,进一步助益于世界文学基本范式的对照研究。在这样的理论出发点和视角延长线下,本书所使用的"贵族"一语是无法以"士族"来容纳替代的。谨此作为对骆师质问的补充回答,兼以解题。

① 关于九品中正的问题,六朝史学界已经有过巨细无遗的讨论。但是大量以"中正制度"为核心的探讨,钻研的是这一选官制度的具体问题,与本节所述其实并无多大关系,这里就不一一烦举。请读者参考宫崎市定《九品官人法の研究——科举前史——》、川胜义雄《六朝贵族制社会研究》第一编第三、四章及阎步克《品位与职位——秦汉魏晋南北朝官阶制度研究》第五、六章即可。

以中央政府的立场,依据权门势家的力量来定品。于是在不久以后的西晋时期,就已造成了所谓"上品无寒门,下品无势族"的社会状况。这导致的最严重后果,便是社会出现明确的阶层划分。要说寒门与势族的分化,原本自东汉以来已经逐步显著,然而在这时更发生了一个本质变化,即以明确的品级,对"高等人"和"低等人"进行定位,而在实际运作上,人的高等与低等又是以家族为依据的,这就必然滑向贵族社会的方向。社会被剖分为界限明确的金字塔结构,最顶层是皇权,其下是九品士人及其家族(实际施行的是二至六品)——不能忘记的是底层还有数量庞大的农、工、商等庶民,他们是根本不值得定级的"无品"。而士族内部同样存在着种种等级差异。同等级的士族之间互相通婚结交,就任同样等级的官职,形成层叠状的封闭社会网络①。这种制度运行了若干世代以后,便必然形成或高或低的家系。尊贵而傲贱、重门望而轻暴发的文化心理,以及各种特殊社会现象也就纷纷由此而生。

　　这种社会状况演进至东晋渡江,情况有所变异。南渡的北方侨族与南方的土著豪族之间形成政治妥协,重组起新的社会等级组织。在新秩序调整的关口,任一家族都不甘落后,结果使得"门地二品"成为士族高门的同义词,所谓"凡厥衣冠,莫非二品,自此以还,遂成卑庶"。二品以下,便是寒门。士族内部的等级虽然似乎变少了,但二品与二品以下的差异被强化,实际上从身份制度上进一步强调了等级的确定性。而二品之家也并未因品位相同就趋向平等。既然衣冠皆成二品,二品便不再只限于最高等级的贵族家庭,其包括人群明显扩大。于是不同的家族必定仍要寻求渠道以划分贵贱,相应的结果就变成以起家官的等级、任官的清浊、把持高位的年资来区分高低。例如秘书郎、著作佐郎等成为专供高门起家迁转之用的资历性官职,还出现了太原王氏子弟公然拒绝吏部郎以外的其他尚书郎职位的事件。要之,官职的功能分化及贵贱不同的任官轨道变得更加明确。

　　东晋与南朝,在上述贵族社会机制的意义上是一脉相承的。但东晋

---

① 当然事实上不可能完全封闭,但上下阶级的"开放流动"在价值观中被认定为负面表现,遭到抵制。一旦与低等级家族结婚或就任低等官职,就是所谓"婚宦失类",难以在上流社会立足;而如果攀上皇室或者权贵高枝、跃升高位,就更成为贵族舆论所嫌恶的"佞幸"、"伪滥"了。在这种社会心理格禁下,自然就会形成要求人人各安等级本分,"随流进止""不事妄求"的价值观。

的特性,在于士权的特殊高涨,达到与皇权分庭抗礼甚至凌驾于皇权之上的程度。王、庾、桓、谢等家族轮流执政,东晋门阀政治因此成为史家特别瞩目的时代。与之相对,南朝宋齐皇室都出身寒门,致力于伸张皇权,这一时期门阀阶层虽然仍与之分庭抗礼,得到社会观念上的有力支持,但贵族个人却已不得不从属于皇权之下①。然而,尽管存在着这样的变化,但作为基本社会框架,将每个人系定于其中的九品官人之法却依旧在稳定地发挥着作用。——在这一意义上,我们也能清楚地看到"门阀政治"与"贵族社会"提法之间的性质差异。所谓贵族社会,是以血缘家族划定社会等级,由居于上层的贵族阶级主宰政治运作,垄断经济特权与文化资源的社会形态。上流门阀与皇室之间虽有权力的倾轧,但从广义上说同属于贵族阶层,因此他们之间政治势力的消长,并不会从根本上动摇贵族制度。士族被消融化入庶民阶级——或者反过来,更符合历史动态的说法是,由于南朝前期庶民开始大量涌入士族阶级②,而导致等级社会无法维持下去,才是贵族制度消亡的根本原因。反过来,毋宁说正是由于南朝贵族已经无法在实际权力上宰制皇室以及寒人,他们才有必要发出更强的声音,更努力地抓紧自身生存的基本支点,而贵族社会的形象也就在这样的抗争呐喊当中更其鲜明地浮现出来——对于作为社会映像的文学艺术

① 门阀政治仅限于东晋,这是田余庆先生在《东晋门阀政治》中所提出的卓越见解。当然,将这一见解纳入贵族制社会中观察,是我的私见,田先生本人并不认同所谓的六朝贵族制社会,他只是在强调东晋与南朝的政治形态差异。然而从六朝贵族社会论的角度来看,贵族政治上的变迁却同样不妨纳入到宏观的社会史范畴中进行理解。因为最上层的,贵族与皇权之间的核心交锋虽然已经时移势易,但作为整个社会基础的九品官人法却并没有被摧毁,士族出身升进的轨道也没有改变。虽然君主已经重新夺回了对国家的控制权力,但他们在面对门阀贵族阶层时依然不能不小心翼翼地伺机而动。贵族个人面对君主时的"臣子"形象虽然比东晋时期大为强化,然而他们背后的家族力量与文化传统却依然控制着官僚选举、社会舆论等关键方面。政治上君权的强化,与社会史、文化史意义上的贵族机制之间的强烈冲突,犹如海涛激石,反而凸显出了海岸线的形状。这正是这一时代特征的最重要体现。在经历过马克思主义与年鉴学派的洗礼之后,我们对社会性质的判断是否还应从上层政治出发? 答案恐怕是不言而喻的。

② 南朝贵族所焦心忧虑的"士籍伪滥"——亦即庶民(尤其是拥有财富的地主与商人)通过货赂买通,伪造户籍,假冒士族,或者通过与没落士族婚嫁来取得士族身份——正是危及贵族社会的最严重因素。士族拥有的特权使得庶民如蝇逐臭,殚精竭虑谋求跻身其中,而特权阶层的膨大最终导致以少数人供养多数人,社会剥削加甚、下层民众无力化的结果便是国家财政崩溃,促成社会变革乃至动乱。

而言,其实是更直接地回应着这种"声音"而不是"本质"。南朝既是贵族社会的巅峰,也是它走向衰败的开始,这两者是并不矛盾的。

永明时代,正是在这样的社会大背景下展开的。《南齐书》卷五十三《良政传》对永明盛世有过生动的记述:

> 永明之世,十许年中,百姓无鸡鸣犬吠之警,都邑之盛,士女富逸,歌声舞节,袨服华妆,桃花绿水之间,秋月春风之下,盖以百数。①

这一段史料中点出了永明盛世的两个重要表现方面:其一是都城文化的荣盛;其二则是社会安定,内外无战乱之警。这可以说正是永明时代区别于此前(刘宋中期至齐初)、此后(齐末梁初)时期的最大特征。齐武帝精勤史治,生产发展,人民富庶,文化上的种种发展也随之而兴。皇权与贵族制度的博弈,再加上偏安百余年以后的社会发展,造成的结果便是都城文化、宫廷文化的灿烂开花。而此时北方也正值太和之治,南北都呈现出安定发展的局面,堪称南北朝史上的黄金十年。下面我们就分别从这些不同的方面,对永明时代(尤其是与本书相关的宫廷贵族文化风貌)作一简要的勾勒。

一、宫廷文化的繁盛开花

永明时代是南朝宫廷文化走向特殊繁盛的时期。我们站在文化史立场上回看六朝,往往以整个东晋南朝(所谓"五朝")为风流放逸的代表,小杜诗云"大抵南朝皆旷达,可怜东晋最风流",正代表着这种基本观念。然而东晋留给后世的,主要是放浪不羁、玄佛互参的士人风度,以及书画艺术上的光荣;在文学方面,却实以宋、齐、梁为六朝形象的核心。而就六朝文化的另一重要侧面,所谓"六朝金粉"而言,则永明又堪称宫廷文化灿然大备的时期。东晋渡江,百事草创,朝仪宫室均颇简陋,建康都城不过以篱围之,从今天的眼光看来,仅仅是农夫村舍般的情景而已。直到宋初,宫室仍极粗朴,刘裕以寒微卒伍发迹,尤重俭约。《资治通鉴》卷一百二十九《宋纪十一》:

---

① 《南齐书》,中华书局 1972 年,第 913 页。

> （宋孝武帝）奢欲无度。自晋氏渡江以来，宫室草创，朝宴所临，东、西二堂而已。晋孝武末，始作清暑殿。宋兴，无所增改。上始大修宫室，土木被锦绣，嬖妾幸臣，赏赐倾府藏。坏高祖所居阴室，于其处起玉烛殿。与群臣观之床头有土障，壁上挂葛灯笼、麻蝇拂。侍中袁颛因盛称高祖俭素之德。上不答，独曰："田舍公得此，已为过矣。"①

刘宋中期以后，随着偏安局面的稳定，宫廷文化逐步走向繁华。宋孝武帝大明年间，与齐永明年间，是南朝宫室修建、皇家礼仪建设的两个关键时期。郭湖生指出："台城宫殿……宋孝武而后，日趋华靡，崇尚奢侈，便殿之名渐多。齐武帝增饰宫室，雕缋绚丽，六朝金粉，臻于极盛。"②《南齐书》卷十七《舆服志》：

> 宋大明改修辇辂，妙尽时华，始备伪氏，复设充庭之制。永明中，更增藻饰，盛于前矣。③

正史立"舆服志"，始于西晋司马彪《续汉志》，《宋书》已合并入"礼志"④，而《南齐书》之所以又分立此志，与作者萧子显出身皇家，对永明时代皇室礼仪的灿然大备、超越前代有着切身感触，恐怕不无关系。《南齐书》卷二十三《王俭传》：

> 宋世外六门设竹篱，是年初，有发白虎樽者，言"白门三重关⑤，竹篱穿不完"。上感其言，改立都墙。俭又谏，上答曰："吾欲令后世无以加也。"⑥

---

① 《资治通鉴》，中华书局 1956 年，第 4065～4066 页。
② 郭湖生《台城考》，收入《中华古都》，空间出版社 1997 年，第 194 页。
③ 《南齐书》，第 333 页。
④ 《宋书·律志序》："旗章服物，非礼而何？"平心论之，舆服为皇室礼仪重要一环，自"三礼"以来皆然，沈约之论实为有理。而《南齐书》之所以重新分立舆服志，正反映出南齐舆服文化有着显著的发展。
⑤ 关，中华书局本原作"门"，出校记曰："《通鉴》齐高帝建元二年作'三重关'。按关与完古韵同部，作'关'是。"从改。
⑥ 《南齐书》，第 434～435 页。

韦正指出："齐建元二年（480），正式建'都墙'，结束了近三百年建康城用竹篱围绕的历史。"①这对当时的南朝都城居民而言无疑是一件耳目壮观的大事，王俭的谏言以及齐高帝"令后世无以加也"的回答都表明当时的营造是耗费甚大、建立甚伟的。而在那以后三年不到，便进入了永明时期。《南齐书》卷九《礼志上》载齐明帝建武二年通直散骑常侍庾昙隆启：

> 伏见南郊坛员兆外内，永明中起瓦屋，形制宏壮。检案经史，无所准据……自秦、汉以来，虽郊祀参差，而坛域中间，并无更立宫室。其意何也？政是质诚尊天，不自崇树，兼事通旷，必务开远。宋元嘉南郊，至时权作小陈帐以为退息，泰始薄加修广，永明初弥渐高丽，往年工匠遂启立瓦屋。②

"瓦屋"一语，在今天只会引起简陋平房的印象。然而在六朝前中期，建筑尚以竹木材料及版筑泥垩为主。以瓦为屋无疑是在使用当时最先进最高级的建筑材料。砖瓦的支撑力强于夯土、堆土，瓦屋实际上就意味着更为高大的建筑。虽止一斑，可窥全豹，足见永明时期的宫室修筑，务极壮丽，已经超越礼制所规定的一般程式。

此后到梁武帝朝，虽然又迎来一个南朝文化史上的高峰期，对官职礼仪等宋齐旧制多有改革，但已不再是一味铺张夸溢。《隋书》卷十《礼仪志五》：

> 舆辇之别，盖先王之所以列等威也。然随时而变，代有不同。梁初，尚遵齐制，其后武帝既议定礼仪，乃渐有变革。……又齐永明制，玉辂上施重屋，栖宝凤皇，缀金铃，镊珠当、玉蚌佩。四角金龙，衔五彩耗。又画麒麟头加于马首者。十二年，帝皆省之。③

帝王舆服，所谓"先王之所以列等威"，其功能在于通过服饰车马仪仗的等级制度来表现王朝的威严。一方面梁初尚遵齐制，可知两朝的礼仪继承

---

① 韦正《魏晋南北朝考古》，北京大学出版社 2013 年，第 38 页。
② 《南齐书》，第 125~126 页。
③ 《隋书》，中华书局 1973 年，第 191、192 页。

关系；而梁武帝对玉辂的改革是省却繁饰，亦可见永明时代的宫廷礼仪确已达到了"后世无以加之"的程度。重屋凤凰、金铃珠当、玉蚌金龙等等宝饰都堆溢于一驾玉辂之上，永明人繁富盛丽的声色感受于此可见。

永明时代的这种宫廷风尚，正成为本书下篇所论宫廷文学展开的文化背景。《隋书》卷七十六《文学传》：

> 自汉、魏以来，迄乎晋、宋，其体屡变，前哲论之详矣。暨永明、天监之际，太和、天保之间，洛阳、江左，文雅尤盛。①

北朝文艺非本书主题，姑且不论。这里指出永明、天监为江左文雅尤盛的时期，则可见永明文学的盛极一时。特别值得指出的是，元嘉、永明、天监三朝各自都有着足以代表各自时代的文学表现，但元嘉文学早在数十年前，其后经过宋末荒乱，元嘉作者与永明作者已年代远隔，并无实际交集。然而永明文学却是天监文学直接的母胎。以梁武帝天监改革为标志，南朝贵族社会迎来了衰落之前最后的强音，而梁武帝萧衍本人也正是永明文学代表性的"竟陵八友"之一。除王融、谢朓以外，竟陵八友中的其他人物（以及八友之外的许多永明文学作者）在天监年间也依然活跃甚至达致其声望的顶峰。因此南朝这三段文学盛世中的后两段，实际上是一个连续的链条，永明、天监虽然在政治时代上分隔为二，但永明文学与天监文学却是同一个浪潮的两次波峰。要理解萧衍与天监文学，是必须以理解永明文学为前提的。

当然，我们不能从现代社会的印象出发，以为南朝的所谓盛世也如今天一般，达到高度的生活均质和严密的社会管理。事实上如学者早已认识到的，南朝普遍存在着高门贵族与善于兴利的土豪侵占山泽、兼并田地的现象，不堪重负的农民、士兵逋逃为盗，在都城之外的广大世界绝非桃源乐土。永明时代自然也不能例外。如永明三年冬就由于连年检籍，又加大旱，而爆发了著名的唐寓之反乱事件，乃至于永兴、诸暨等地"公私残尽"②。但是，一方面，盛衰总是相对而言的，对于生活在南朝当时的人物而言，在经过宋末直到齐初的兵马荒残、朝政紊乱以后，永明时期政治的

---

① 《隋书》，第 1729 页。
② 《南齐书》卷四十六《顾宪之传》载宪之议，第 809 页。

稳定与经济的恢复，无疑确能令他们感受到太平安泰的幸福。另一方面，在全国经济网络未发达的时期，都城实际上就是全国唯一的重心所寄，朝廷官署安置于此，天下赋税与进贡珍物云集于此，风流文采的人物也都辐辏于此。只要都城保持繁荣，对具有历史意义的人物而言也就是世界的繁荣了。

二、以严峻刑法安定内政

与都城宫廷文化繁华相对应的另一方面，是永明时代和平安定的内政外交。学者早已指出，六朝时期儒家意识形态失去了一统天下的能量，虽然"五经"仍维持着官方话语及基础教育的功能，但士人的知识构成及思想追求，却往往是三教混杂、百家兼治。齐武帝的政策正与此大环境相吻合，其所表现出来的政治形象并非像秦汉初期那样，可以单纯地以某一特定思想流派为治国方略，而是包括了赦逃亡、恤孤贫、改吏制、兴学校①、劝农耕、检户籍、严法令、讲武备等不同方面的措施②。在社会机能日趋健全壮大之后，政府必须针对国家不同领域的现实需求而相应施政，这是自然而然的事情。不过其中也可以见到尤其突出的方面，那就是强化帝权、整顿吏治的刑法之道。《资治通鉴》卷一百三十八《齐纪四》称之曰：

> 世祖留心政事，务总大体，严明有断，郡县久于其职，长吏犯法，封刃行诛。故永明之世，百姓丰乐，贼盗屏息。③

① 兴学校为永明时代颇值得特殊注意之点，正文未暇论及，姑于注中稍加说明。东晋虽屡有立国学之议，而大抵并未施行；刘宋国子学仅宋文帝元嘉二十年立，二十七年即废（《宋书·礼志》）。建元元年春立国子学，但是年九月即以国哀罢学。至齐永明三年始复立学，以王俭领国子祭酒（《南齐书·礼志》）。后虽因文惠太子薨而于永明十一年复罢，然自元嘉至永明三十余年间国家几无学校。广而言之，则自江左以来，至永明方第二次真正有长期稳定的国学之置。这对于当时人而言，无疑也是一种身处文化复兴之世的表征。南齐国学与本书人物牵涉也颇深入，除王俭曾领国子祭酒，为当时士人老师之外；太学生魏准更曾助成王融政变。以古今之例准之，凡兴学校之时代，则学生往往成为政治上一股重要力量，东汉、北宋皆为显例，而永明时期虽事迹不彰，亦可据此推知一二矣。
② 种种举措，参见《南齐书》卷三《武帝纪》所载武帝诸诏书。具体讨论，则详见拙著《萧颐评传》第四、五章，上海古籍出版社 2019 年。
③《资治通鉴》，第 4333 页。

在社会治安问题的处理上,法家无疑比儒家要简单有效得多。"长吏犯法,封刃行诛"一句更表现出此时帝权的强化。《南齐书》卷二十九《周盘龙传》载子奉叔"随盘龙征讨,所在为暴掠。世祖使领军东讨唐寓之,奉叔畏上威严,检勒部下,不敢侵斥"①,可以见出永明时代一般官吏的心态。唐寓之之乱的爆发,有着两方面的原因。自然原因是天灾多发,"是时上新亲政,水旱不时"②,社会原因则是武帝实行了多方面的社会控制措施,其中影响最大的就是延续宋孝武帝及齐高帝的路线,针对士籍伪滥现象进行检籍,将冒充士族的户籍撤销返却——无论兴建宫室抑或加强户籍控制,归根到底都是为了帝权的强化,永明时代在这一点上往往成为宋孝武帝孝建时代的回声。武帝同母弟豫章王萧嶷即针对此点,上启劝谏武帝说:

> 但顷小大士庶,每以小利奉公,不顾所损者大,摘籍检工巧,督恤简小塘,藏丁匿口,凡诸条制,实长怨府。此目前交利,非天下大计。一室之中,尚不可精,宇宙之内,何可周洗。公家何尝不知民多欺巧,古今政以不可细碎,故不为此,实非乖理。

这种"水至清则无鱼"的治国思想显然更接近于清静无为的黄老之道。竟陵王子良亦有类似的上启。然而武帝对萧嶷的答复却是:

> 欺巧那可容!宋世混乱,以为是不?蚊蚁何足为忧,已为义勇所破,官军昨至,今都应散灭。吾政恨其不办大耳,亦何时无亡命邪。③

唐寓之果然被迅速平定。其后永明八年讨诛擅杀长史的巴东王子响,永明十一年讨诛擅杀宁蛮长史刘兴祖的雍州刺史王奂(所谓"长吏犯法,封刃行诛"),都无不是这一严刑峻法主义下的结果。这种刚毅果断,眼里容不下一粒沙子的严峻政策或许是过于强硬并且潜在隐患的,但却迅速地使社会达成了安定。

---

① 《南齐书》,第545页。
② 《南齐书》卷四十《武十七王传》,第694页。
③ 并见《南齐书》卷二十二《豫章文献王传》,第413、414页。

三、太和盛世与和平外交

内政方面既如是,那么外交方面又是如何呢? 4 至 6 世纪的中国,处于长期南北分裂的时期。然而永明时代的特殊之处在于,这时北方恰好也在经历另一个政权的盛世,那就是北魏孝文帝的太和之治。让我们以永明年号为基准来浏览一下太和时代年表:

永明二年(484,太和八年),孝文帝下诏始班百官俸禄。

永明三年(485,太和九年),诏禁断图谶;诏均给天下民田,实行均田制。

永明四年(486,太和十年),初立党、里、邻三长①,定民户籍;制五等公服;诏起明堂、辟雍。

永明五年(487,太和十一年),诏定雅乐;重新检定户籍;诏李彪、崔光依纪传体改析国记。

永明七年(489,太和十三年),立孔子庙于京师。

永明八年(490,太和十四年),文明冯太后崩,孝文帝始听政。

永明九年(491,太和十五年),诏诸州举秀才;议改律令。

永明十年(492,太和十六年),颁布新律令。

永明十一年(493,太和十七年),以南征为名迁都洛阳。

从上面的对照我们可以获得清晰的实感:就在南方进入平稳恢复阶段的同时,北方政权也展开了一系列向农耕帝国转型的改革。在这十年当中,北魏的以上重要举措,几乎都是对历史上汉人帝国曾经历过的阶段的模仿,而其最明显的效仿模板正是南朝。首先,立三长制、定造户籍、实行均田制,这三桩是同一序列,目的都在于落实到以个人(户口)为单位,建立帝国对治下民众的统治管理,其理论基础当然是《诗经·小雅·北山》所谓"溥天之下,莫非王土,率土之滨,莫非王臣"说,以及《周礼·大司徒》所谓"五族为党"、"五党为州"的相保相受理论,但现实中最切近的模板,却是前文已经提及的,南方朝廷自刘宋中期至南齐前期一直在进行的

① 缪钺《北魏立三长制年月考》以为立三长在太和九年夏,必须先立三长,健全乡党制度,乃可以检定户籍;户口审查清楚以后,方可以计口授田(收入氏著《读史存稿》,生活·读书·新知三联书店 1963 年)。其论甚辩,唯本书非针对北魏史之专书,兹仍据《魏书》卷七《高祖纪》之记述。

户籍检查运动(广而言之,则包括东晋以来的土断政策)。其次,禁断图谶、制定乐府、立孔子庙、州举秀才,则是从文教思想方面定立符合儒家礼乐思想的制度,这些制度在南朝也都早已成为常制。至于孝文帝迁洛以后法定官职清浊、姓族高卑的改革,更是变本加厉地抄袭南朝门阀士族制度,力图建立起一个拟南朝化的贵族社会①。史家率言孝文帝倾慕中国文化,乃至于消灭本族语言、姓氏、服装,一切以汉文明为依归,永明时代的北方社会,正处在这场大运动的序幕。而事实上孝文帝的所谓汉化,从当时的实景而言其实也就是"南化",南方社会正是他所崇拜的汉文化的真切表现。这一点,同样是我们理解永明时代、永明文学的重要背景。

在这一南北局面下,双方展开了长达十一年的和平外交(详参本书第三章第三节)。这期间除了永明五年曾因荒人桓天生起事,而导致双方在边境有过小范围的接触外,没有任何交战记录。在这样的背景下来观看,我们才能真实体会到"永明之世十许年中,百姓无鸡鸣犬吠之警"的时代感。就是在这样的内政外交局面下,这样的都城文化中,本书的主人公王融登上历史舞台,展开了他流星般短促而华丽的人生旅程。

第二节　一个年轻贵族的永明时代史
——王融生平及其文学②

王融(467~493),字元长③,是南齐重要的政治家和文学家。他出生于宋明帝泰始三年,在刘宋时代度过了幼年期。在他十二岁的时候,宋齐鼎代,南朝政权从彭城刘氏转移到了兰陵萧氏手中。齐高祖建元,经过短短四年的过渡期(实际上是三年多一点),南齐便迎来了永明时代。从永明二年开始,王融度过了他生命中最灿烂夺目的阶段,也在永明十一年悲剧性地死去。王融二十七年的短暂一生,正与永明时代相始终;王融的个

---

① 参唐长孺《拓跋族的汉化过程》,收入《魏晋南北朝史论丛续编》,生活·读书·新知三联书店1959年。
② 本节所述,系综合史传记述及本书考辨结论而成,读者幸参看《南齐书》《南史》王融本传以甄鉴采信焉。
③《尔雅·释诂》:"永、羕、引、延、融、骏,长也。"又《易·乾卦·文言》:"元者,善之长也。"按乾为易之首,元又为乾四德之首,"元长"之为字,可谓志尚非轻。

人史,也正与永明时代史相重合。

　　王融出身于琅邪王氏,这是终东晋南朝,最为鼎盛的高门。在南朝贵族制社会中,高门大族享有政治、经济和社会地位上的多种特权。但是,在所谓的家族内部,实际上是众多盛衰不一、亲疏有别的分支、家庭的松散集合。在琅邪王氏中,实际上只有王导一脉最为繁盛稳固,而其中又只有少数家庭能够世代显贵,成为王氏的核心支柱。王融就出身于王导一脉最为贵盛的嫡系:王导—王洽—王珣—王弘—王僧达—王道琰—王融。王洽在王导诸子中最知名,王珣、王弘都官至三公,尤其王弘为刘宋宰辅,是南朝政治史中典范式的人物。王僧达也以贵公子官至中书令。王融本应是南朝社会最为显贵而稀少的天之骄子,拥有常人难以想象的光明前途。但是,他的祖父王僧达作为刘宋门阀贵族的代表人物,与皇权对抗,最终于宋孝武大明二年(458)被诬谋反而诛死。王氏这一支自此衰落,王道琰被徙他郡,青年病死,名位不彰。王融从出生开始,便已从最高贵的云端跌落,唯一可以凭借的不过是先祖曾经的荣光而已。

　　他在刘宋时期度过的少年时代,我们近乎一无所知。王道琰于永光元年(465)被放还建康,两年后王融出生。七八岁的时候父亲便去世,从此孤儿寡母相依为命。这一时期王融居住在淮河下游南岸的青州、冀州一带,这里是刘宋后期至南齐时的南朝北方边境。他从小既接受传统的贵族文化教育,也受到边荒军事气息的浸染。对他的基本教育,由同样出身于高等贵族的母亲进行。由于他天才颖异,在乡里应当是少有才名的。永明二年,他十八岁的时候,就被举荐为秀才。在南朝,应举秀才是一条比门第乡品更自由、更重视个人才能的出身途径,但那些真正高贵的贵族子弟却不屑于,也没有必要走这条道路。对落下云端的王融来说,这为他提供了一条重新回到中央贵族圈的方便之途。这时朝廷为了加强对北魏的军事防御,恢复设置位于长江芜湖—南京段的南豫州,以晋安王萧子懋为都督南豫豫司三州、南豫州刺史、南中郎将。王融于是在次年被板为行参军。南豫州是一个军事气息浓厚的防卫性边州,在这里起家任官的经历,对王融本人的性情气质留下的烙印,应当是相当深刻的。

　　板王公督府行参军是南朝贵族子弟一个相当普遍的高等起家官。但是不久以后,他就因为公事而免职,具体原因是什么我们也并不清楚。在同一年,他就到了都城建康,与南齐贵族中的领袖人物、他的从叔王俭恢复了亲密联系,随即被太子亲弟、竟陵王司徒萧子良板为法曹行参军,由此开始了他生命中最重要而活跃的时期。竟陵王与他年纪相当,精神相契,同僚共游的人物中虽然有沈约、范云等前辈名家,也有谢朓、萧衍等同辈才俊,但王融却凭着不凡的才华和高贵的出身,成为竟陵王幕中的核心人物。因为与竟陵王的特殊关系,他很快就得以迁任太子舍人,成为东宫官属,然后又跳级跃升,担任被称为天下第一清官的秘书丞。这标志着他完全摆脱了祖父谋反、父亲不达的阴影,重新返回到了贵族社会的最中心。此后,王融历任丹阳丞、中书郎,这些职位都是人人企羡的清官,尤其中书郎是清而且要的中枢重职。他自此走上了典型的高等贵族仕途。这种失而复得的地位更增长了他对贵族身份的珍惜,强化了他对贵族门阀制度的捍卫立场。

对这一时期的王融,学者公认他从属于竟陵王的文学集团。其实从居官上说,他任职竟陵幕中大约只是在永明三、四年间而已,此后一直担任的都是中央官职。不过从社会集团上讲,他确实一直得到竟陵王的特殊恩宠。意气风发的王融迅速成为当时名闻南北的时代偶像,受到都城贵族少年的追捧,到永明末年,甚至文武官员都辐凑于其门下,连北魏君臣也注意到了他的名声。

背负着祖先的光荣,以及恢复家门的沉重责任,同时又在现实中顺利获得了巨大的成功。处在这种处境下的王融对自己产生了急迫的期待,渴望尽快在贵族官僚体系中到达顶点。永明末年,随着当朝重臣王俭、豫章王萧嶷、文惠太子以及齐武帝的相继去世,南齐政权的稳定结构崩坏,陷入皇位继承人的危机当中。与此同时,北魏以南征为名实行迁都,使南齐气氛更形紧张。在这一形势下,王融作出了决定其最后命运的一个政治行动:拥戴竟陵王登位。

在永明时代,王朝的核心权力是两代同构:齐武帝萧赜与亲弟豫章王萧嶷,太子萧长懋与亲弟竟陵王萧子良。这一四角结构共同支撑起萧齐前中期的稳定王朝统治结构和传承机制。但在政治集团中,则是崇尚文化和门阀的贵族士人,以及崇尚实干、轻视文学的寒士、寒人双方对峙。齐武帝出身豪族将种中的低等家庭,门风犹存,他重用寒人恩幸,轻视门阀贵族,提倡俭朴,厌恶奢华,在政治路线和个人志趣上都倾向于后一集团。后来成为齐明帝的萧鸾也是其中的重要人物。而萧长懋、萧子良兄弟作为皇族年轻世代贵族化、文雅化的代表,爱好文艺,奢华过制,却与当代琅邪王氏的旗帜王俭一同,成为贵族士人的领袖。萧嶷则既与武帝保持着兄弟之情，又与萧子良、王俭关系亲密，他的特殊身份成为太子集团的重要助力。

在武帝驾崩后，文惠太子继位，以竟陵王为辅佐，贵族政治得到顺利继承展开，这是贵族方面的如意算盘。但文惠太子先于武帝死去，这一预料之外的变故导致局面急转直下，政权很可能就此落入反对贵族文化的萧鸾一系手中。为了先发制人，王融发动了政变。他趁齐武帝病重弥留之际，策划矫诏拥戴竟陵王登位。当武帝驾崩后，他戎服守在中书省阁，以子良属兵禁宫门，阻止皇太孙入内。然而殿内的竟陵王遭到反对势力的阻挠，未能及时宣布遗诏，造成既成事实。萧鸾闻报急驰而来，与王融发生冲突，强硬排闼入宫，拥戴太孙登位，政变宣告失败。王融本人被下狱赐死。不久以后，竟陵王萧子良也忧惧而死，风流盛极一时的永明竟陵集团就此烟消云散。而南齐政局也从此糜烂不可收拾，直到八年后萧衍起兵，萧梁代齐，南朝贵族政治才又迎来了新的秩序。

在永明时代的文坛上，王融享有崇高的声望，堪称时代文学的领袖人物。他本人对此也极为自傲。在南齐时代逝世的文学家中，王融与谢朓是被公认为最重要的两个代表人物。而从当时的声望而言，王融更居于谢朓之上。《隋书·经籍志》录有“齐中书郎王融集十卷”，但今天已经佚失，仅有部分作品残录于《南齐书》《文选》《玉台新咏》《文馆词林》《广弘明集》《古文苑》《乐府诗集》及诸唐宋类书中。严可均《全上古三代秦汉三国六朝文》辑有王融文两卷，共六十六种，文体包括赋、颂、疏、启、表、书、序、策秀才文、墓志铭、哀策文等。逯钦立《先秦汉魏晋南北朝诗》则辑有王融诗一卷，共一百零一首，及联句一种①。又古抄本《文选集注》存残文一种。其中《法门颂》一种三十一首，严可均收入《全上古三代秦汉三国六朝文》，逯钦立《先秦汉魏晋南北朝诗》则据《初学记》录入五首，故删除重复，合得作品一百六十四种。唯《法门颂》实为诗而非文②，以此计之，则共存诗一百二十八首，文三十六种。其中诗作多数尚完整；文章则除本传及《文选》所录《三月三日曲水诗序》《策秀才文》等十余种外，大率已为

---

① 中如《永明乐》十首、《法乐辞》十二章等组诗，率以一首、一章为单位计算。

② 严可均辑入《全上古三代秦汉三国六朝文》，固为粗率不辨文体；而逯钦立《先秦汉魏晋南北朝诗》仅据《初学记》录其五首，亦未免拘泥于名目。详见第九章辩证。

残篇断简了。

今天所能见到的王融作品，在文章方面主要是宫廷性、政治性的撰作，包括收入《文选》的代表作《三月三日曲水诗序》和十首《策秀才文》，以及各种表、奏、疏、启等。《三月三日曲水诗序》当时负盛名，流传南北，论者以为胜于颜延之；《策秀才文》则占据《文选》"文"类所选十三首之十，亦堪称这一领域的白眉。诗歌方面，则以宫廷乐府及应酬性的应教、饯别、咏物之作为主体，其中《永明乐》《明王曲》等多种大型乐府及组诗颇令人瞩目。学界过去往往仅欣赏其五言短小之什，其实那远不足以代表王融文学的整体面貌和主要成就。

其中，在佛教文学方面，值得特别注意的则有两种大型组诗《法门颂》及《法乐辞》，后者为六朝唯一的佛传性长篇组诗，与六朝佛传叙事及佛教音乐文学的关系极为密切，更有着特殊的文学史地位。但这些佛教文学中所表现出的佛教信仰，却与另一组作品《游仙诗》五首中的信道求仙精神相矛盾，这可以说是六朝文人三教互融的常态，但同时也表现出王融对待宗教文学的态度并不是出于虔诚的信徒心态，而是以特定场合下的身份来整合特定系统中的知识资源，将其化为吻合传统期待的文学表现。

王融的文学，从整体上说具有强烈的贵族文化特征，突出表现在用典极其繁缛、形式极其严整这两点上。在王融的代表性诗文中，用典成为与内容并行的另一层面，来自各种经典的典故按照时间次序与逻辑次序，极度规则地相互镶嵌，如同金缕玉衣一般紧密包裹着文本，构筑出复杂的重层结构。用典繁密是自傅咸、颜延之以下的六朝一大文学传统，发展至南齐臻于造极，无以为继，于是自萧梁以后又复回落，转向表情达意的取径。而王融的用典技巧，在此过程中实居于前一环节的顶点。其中包含着种种细致精巧的手法，如同书画中的笔法——在纯粹艺术中，形式总是比内涵更具有吟味的价值。

在南朝宫廷文学的仪式化潮流中，王融也扮演着关键性的角色。形式上的定型，是礼仪性艺术的基本要素，而南朝宫廷礼仪文学正是在这一意义上起着承先启后的作用。王融文学的形式美学，可以从以下三个层面得到确认：系列作品的篇幅与句式组合、独立作品在六朝文体发展中的定位、作品内部的手法及叙事规则。与唐宋以后兴起的自然主义美学相较，六朝时代文学的整体追求实有着极度强烈的人工形式化倾向，可视为中国文学史上立而未破的阶段,而王融在此方面的表现也具有典型意义。

　　他和同时代文人在这些方面的努力,与所谓永明体运动的兴起有着密切而重大的关系。宋、齐时代是贵族社会的成熟期,同时也是寒门兴起导致其开始崩坏的时期。在政治上已经无法完全抗拒寒门入侵的高门贵族,在文化上竖立起更加森严的壁垒,体现在文学上,则是极度的经典化与仪式化,使文学表现与贵族阶层的知识修养、贵族社会的运作机制密切配合,以高难度的文学要求与寒门划清界限。永明体所开启的近体诗律正是模板化文学的最重要产物,是南朝贵族文化潮流整体过程中的结晶。王融与同时代的谢朓、沈约等人在这一潮流中发挥了代表性的作用。贵族时代与贵族文学虽然已经逝去,但其中所催生出的近体诗律却成为中国文学中不朽的黄金果。

第三节　六朝贵族的研究立场
——时代史与个人史之间

　　"贵族"一语,在六朝史研究中向来是最为核心的概念之一。自内藤湖南在 20 世纪初提出六朝贵族社会学说以来,经过数代学者的发展深化,"贵族"已经成为把握六朝史本质的关键术语。众所周知,内藤湖南在《概括性的唐宋时代观》①这一篇宏文中提出了他著名的唐宋变革论,并从外部和内部两方面界定了六朝社会的性质。从外部而言,六朝是中华文化对外扩张以后,外缘民族受到影响,反过来对内入侵的时代。从内部而言,则六朝是贵族制隆盛的时代,贵族在社会上占据了核心地位,这一时期的君主只是作为贵族阶层的代表者对国家进行统治。内藤所提出的"六朝贵族"概念,诚如谷川道雄所概括:"六朝贵族既非氏族贵族,也不是军人领主阶级,而是世代为官的家族,作为地方上的

---

① 内藤湖南《概括的唐宋时代观》,初刊于大正十一年(1922)《歷史与地理》第九卷第五号,后收入氏著《東洋文化史研究》,弘文堂书房 1926 年。中译本收入《日本学者研究中国史论著选译》第一卷(黄约瑟译,题为《概括的唐宋时代观》),中华书局 1993 年。唯黄译本称此文作于 1910 年,实误。(新版补注:《东洋文化史研究》今有笔者中译本,复旦大学出版社 2016 年,读者幸参阅焉。)

豪门望族,在此基础上成立起来的。"①这里包括了两方面的内容,一是作为豪门望族的门第上的规定,二是世代为官的官僚性。换言之,对六朝贵族,既不能仅仅从门第制度上进行理解,也不能仅仅从任官选职上进行理解,而必须要综合考虑这两方面的因素,最终落实到社会声誉名望上的贵族像。内藤先生之论,字字精粹,令人拜服,堪称六朝研究不可移易的基点。这一理论,也正是本书对六朝贵族与贵族文学展开思考分析的起点。

在内藤六朝贵族说提出以后,宫崎市定、宫川尚志、川胜义雄、越智重明、中村圭尔等学者陆续就此进行了深入的研究②。正如佐藤正光所言,日本学者在六朝贵族社会的研究上,甚至取得了凌驾于中国学者的成绩③。日本学者的古典学养,除了少数卓越的天才之外,恐未必能如中国学者之深厚,但他们由于背后有着强大理论基点的支持,学术脉络上得以层层深入,不断发展,同时也较少受到僵化意识形态的束缚,在思考六朝史整体特性时反而比中国学者更能做出切实的贡献。本书所论,时常以日本学者的学说为依据,原因即在于此。

然而,对于至今为止的"六朝贵族社会论"而言,重点在于"贵族制度"与"贵族社会",却从来不是"六朝贵族"。作为个人存在的六朝贵

---

① 《魏晋南北朝隋唐时代史の基本問題》"総説"(谷川道雄),汲古书院1997年。
② 作为京都学派理论起点的内藤学说在二战前占据了日本学界的统治地位,战后东京学派(历研派)提出强大的反论,主张从国家对个人的人身支配角度把握六朝史,形成京都、东京二学派对峙的局面。关于此一情形,中文世界中已有张广达先生《内藤湖南的唐宋变革说及其影响》一文(载《唐研究》第11卷)作过详尽的介绍,此不赘。此外,偏在长崎一隅的矢野主税则提出"寄生官僚论",别树一帜,与京都学派后继者宇都宫清吉、川胜义雄等论争。然而在我看来,东京学派学者及矢野氏所论,固然各有可观,值得吸收参照,然而要从根本上推翻内藤学说对六朝史的理解,显然力有未逮。而在中国学界方面,对"六朝贵族社会论"持不赞同立场的更大有人在。不过我在这里只想提示一点:所谓"六朝贵族社会论",并不是一种将六朝彻底从中国整体历史中分割开去的理论,而毋宁说是在承认秦汉以下直至清末的皇帝官僚体制下,以各时代之间的社会性质区别为着眼点的理论。如果单纯以"皇帝集权"或"官僚体制"(或者已经失去生命力的"封建社会"论)来考虑的话,那么秦汉以后的中国古代史各阶段就成为本质上无变化无区别的了,而这对理解中国古代史的变迁并无任何意义。如本书中亦有所引述的,对于"皇权"、"封建"等视角,宫崎市定等持贵族社会论的学者并未否定或忽视,而是将这些因素统合入贵族社会论中加以考虑的。
③ 佐藤正光《南朝の門閥貴族と文学》前言,汲古书院1997年。

族是无足轻重的,如何理解这一制度的形成与本质,如何理解贵族社会中的各种概念、事象,才是研究的目的,六朝贵族只不过是在这一制度下被规定的存在,是这一制度和社会的反映而已。其实不但"六朝贵族社会论",整个六朝史学界也莫不如此。六朝史学可以说是一个群星烁烁的领域,前辈学者所作出的卓越研究令人目眩神迷。举其大端,如陈寅恪对政治、宗教与礼制的研究,唐长孺对田制、寒人、清谈与玄学的研究,周一良对清浊官与流人的研究,严耕望对地方政治制度的研究,田余庆对门阀政治史的研究,何兹全对寺院经济的研究,日本学界如内藤湖南对中古文化和社会性质的研究,宫崎市定对九品官人法的研究,宫川尚志对士族、寒人、乡村和军制的研究,森三树三郎对士大夫精神的研究,吉田虎雄对租税制度的研究,川胜义雄对豪族社会政治史的研究,越智重明对地方官制、军制的研究,堀敏一对法律和国家支配体制的研究,塚本善隆对中世佛教的研究,等等,不胜枚举。可以说,已经没有什么领域和论题是从未被触及的。如果将我们面对的"六朝时代"比作一座大厦,那么建筑的大小、结构、位置、装饰,样样都已经被研究透彻。然而,建造起大厦,也居住于大厦之中的那一个一个的"人",却几乎从来都不是被关注的对象。学者的放大镜所能观察的下限,通常只能到达"人群"。而"人"的行动只是被片断拆碎,仿佛是反映出房屋凹凸的投影一般,被用作观察房屋的依据而已。

前辈学者为我们绣出了一幅精美壮阔的山河社稷图,其中独少"人"的存在。

近代以来兴起的所谓"新史学"要求从社会根本性质,从经济文化社会制度多方面考察人类"总体历史",而不是仅仅以帝王将相"相斫"的上层政治史为对象,这对于史学的深化拓展当然是具有重大意义的进步。尤其年鉴学派提出所谓长时段观念,更将史学领域扩展到了自然环境与人类社会构造性关系的宏观层面。由于理论观念上的革新,古代史学中所忽略的众多领域,从材料到观念都得到了深入的发掘。然而我们同时也不能不看到,现代史学的研究模式,往往是从史传文献中抽取出某一特定领域或课题的相关史料,进行分类归纳整理,抽取其中的共性,再在此基础上搭积木式地重新构筑起人类社会历史的体系。然而,在研究中被抽取出来的每一条史料,尤其是史书列传中的史料,本身都镶嵌在一个特定的具体意义环境当中,与其他因素相互联结在一起。在将分散在不同史传中的零星史料抽取出来组合为同一题目的时候,这些史料与其他因素的联结便无可避免地被割断。这种抽取方法固然有助于我们理解整体的、宏观的历史构造,却也造成了具体人事的缺失。静态的同类归纳、数据统计,以及从抽象到抽象的范畴推演替代了具有丰富细致实感的流动性、立体性感受,大量的研究著作被迫停留在"知其然而不知其所以然"的描述现象层次,甚或以此为满足,自以为这才是在进行科学研究。这不能不说是现代史学观念和研究模式带来的严重偏失①。

回顾中国传统史学,便会蓦然发现,面貌与之截然不同。构成二十四史核心骨干的,正是一个一个的"人"的列传。本纪叙时代纲要,书志则记制度大端,但今天学者所关心的绝大多数课题,都不会得到完整集中的记录,因此学者才不得不费尽心力从列传中搜寻其吉光片羽。充塞在史书中的,是那个时代的"人"的群像,而不是一个漠无生气,如行尸走肉般的空洞国度。当然,传统史学中对人事进行泛泛记述的方法,已经不再适合现代史学的需要。因此在一次次的史学理论变迁中,学者才会将注意力转向"非人"的领域,转向中时段和长时段,以求发现人之所以为斯人的物质文化背景。然而在今天,当所有的镜头都聚焦在"非人"领域时,"人"的失落却已成为致命的缺陷。说到底,历史变迁的巨大转轮,是由个体的人——尤其是历史中的杰出人物,在人与人的相互关系中一点一滴推动,而不是由所谓的"经济"、"人口"、"文化"这些冷硬的术语概念自发产生的。社会史的各种范畴是从人的行动中抽象出来的,却反而成为了取代人的存在。原本从属于"人"这一范畴的各种概念被架空,被从具体的人身上抽离,是现代史学中显而易见的方向性偏颇。新史学要求了解"所有人"但却往往忽略了"所有人"正是由"每一个不同的人"聚合作用而来的。个体的人当然在根本上被"整体历史"所规定,但"整体历史"却无法

————————

① 当然,这里并不是质疑新史学的基本方向。毕竟无论布洛赫也好,布罗代尔也好,都并未拒绝个别的人物事件以及"偶然性"。正如勒高夫所言:"摒弃大人物的历史,这一斗争已经走上正确的道路,尽管旨在制造假象的伪史学仍有市场,尽管新史学还应对大人物的问题重新思考,并赋予人物传记以新的科学地位。"(《新史学》,收入 J.勒高夫等编《新史学》,姚蒙译,上海译文出版社 1989 年)但是现代学术研究基本模式中的大量著作中存在的这种缺陷,却不能不说是这一方向所导致的末流之失。至少在我们熟悉的中国中世史学研究中,这一论断的后半截是处在很不利的处境中的。

跳过"个别的人",自动自为地实现。历史之所以不会成为布罗代尔所言的那种"不变的历史",就是因为在现实中每个个体身上都存在着对"结构"进行破坏和重组的能量。当然,重提这一点,并不是为了返回二十四史的旧有模式,而是希望强调,前辈学者所努力达成的社会政治经济制度研究,归根到底正应当为了理解这个时代,理解这个时代中的具体的"人"的具体行动而存在。由于有了那些卓越的研究,我们对于时代中的"人"的理解,应当是从本质上超越二十四史的简单叙事形态,而不是反过来,变成毫不关心的空白①。

　　而对于中国中世史中主要以个人史传形态存在的庞大史料而言,重新回复到史传形态中,在已有的各种研究基础上,以人为单位细致复原每一条史料的立体意义,复原其在原初文本环境中的定位与关联,就显得更为重要。在六朝史传中的任何一个篇章都包含着繁多的史料,换言之,任何一个传记人物身上都承载着六朝史中的某些层面和碎片,而这些层面和碎片却是通过这一人物而互相勾连成为整体的,不先理解这一整体,理解这些历史局部是以何种形态附着于整体之上,而将其直接拆分应用,毋宁说是科学主义式的鲁莽灭裂——不,事实上如果不先理解这一整体,这些碎片中的大多数的真实形态实际上都是无法得到理解

---

① 谷川道雄在《中国中世社会与共同体》中文版自序中曾经有这样的夫子自道:"只讲民众的革命性(或与其相反的落伍性),难道就可以算作是历史研究吗? 与权力相对抗的生气勃勃的唐代民众,究竟反映了怎样一种时代变革呢? 为此,我苦思不得其解,忍受着痛苦岁月的煎熬。最终使我得以摆脱苦境的,是共同体概念的提出。民众并非个人的生存,而是在自己所归属的社会之中发挥其主体性的。"(马彪译,中华书局2002 年,第5 页)他由此而对中世研究导入了共同体概念。对于这种感触,我深以为然。但是,谷川先生的不满最终导向了对整体性、阶级性的民众群体上升运动的研究,如其所言,这当中有着深刻的马克思主义影响,着重于对"下层民众"的肯定性关注。然而,难道仅仅只有下层民众才"并非个人的生存,而是在自己所归属的社会之中发挥其主体性"? 如果抛开阶级斗争的视角(我并不否认这一历史现实的存在),立足于"个人"与"社会"的关系这一抽象原则的话,难道我们对于贵族,不是同样应当以同样的方式去观察他们的"生气勃勃"吗? 正如德瓦尔德所言:"对于理解限制富人作为的力量,对于认识富人和穷人同样为他们生活于其中的社会所束缚,对于认识他们同样为其无法控制的社会力量所左右,这些史学家给予的关注太少了。"(《欧洲贵族:1400~1800》,姜德福译,商务印书馆2008 年,第7 页)如果说传统史学将重心置于上流社会而抹杀了庶民阶层的存在,那么现代史学则是刚好颠倒了过来,这两种范式都无法使我们对时代获得完整的理解。

的。不先细致地从每一史传的整体脉络中理清这些碎片在具体历史语境中的意义,我们就难免错误地使用这些史料,甚至可能导致史学研究成为一种"错误的集合"。而反过来,如果我们将六朝史传中的任何一个个人单位,都先依据现代史学赋予我们的方法、眼光以及具体成果,给予详尽的理解,在此基础上再次整合起六朝史的全体像,则所能获得的推进是不言而喻的。

对这一点,其他史学分野往往已经有所意识。欧美兴起的新文化史学固不在言①;而就我在日本学习日本史的所见,日本学界对作为时代最显著标志的王朝政治史,尤其是时代中心人物的关注也得到了大步的飞跃。在代表了最前沿学术演进的讲谈社"日本の历史"系列中,许多重要人物如藤原道长、源赖朝、北条政子、细川政元等往往都列有专章甚至专册,对具体人物与时代变迁的互动关系进行解明。而在中国史方面,寺地遵《南宋初期政治史》开宗明义,便是为了反拨内藤唐宋变革论导致的僵化抽象研究,而致力于抽绎当时人事的具体矛盾变化。与之相对,六朝史领域除了陈寅恪《论东晋王导之功业》、徐高阮《山涛论》、越智重明《魏晋南朝的人与社会》、吉川忠夫关于沈约、王羲之等人的少数论著之外,看不到什么真正高明的个人研究。对人物个性至为突出的六朝而言,这不能不说是实在太茫昧于对历史人物的具体关心了。

当然,在六朝学术中并不是没有对人的研究。这一主题虽然在史学研究中明显缺失,但在文学研究领域却得到了相当的弥补。对作家的个人研究,在六朝文学研究中作为重要的传统,已有许多可供参考的成果。只是,那往往是考据学、文献学的研究,而不是史学的研究。对文学研究者而言,更关心的是文学家的具体年代事迹,以及作品系年的考证——与此相类似的还有思想家研究,对抽象思想范畴的关心也远远地超过了对思想家本身的关心。文学家除了身为"文学家"之外,他们作为"六朝人"、"六朝贵族"、"六朝官僚",也就是说,"作为特定时代中的独立统一体的

---

① 博学的读者会立刻发现,要求在历史研究中呈现真实的人,这不过是对六朝史研究现状的一点感想而已,就观点本身绝不是作者的孤明先发,而是历代史学家反复呼号的回声。正如赫伊津哈所言:"如果我们看不到生活在其中的人,怎么能形成对那个时代的想法呢? 假如只能给出一些概括的描述,我们只不过造就了一片荒漠并把它叫做历史而已。"(转引自彼得·伯克《什么是文化史》,蔡玉辉译,杨豫校,北京大学出版社2009年,第10页)

个人",究竟是怎样的存在?他们如何因历史成为那样,又如何使历史发生变化?并不是文学(哲学)史研究者关心的话题。从这一意义上说,我们依然不得不承认对六朝人物的史学研究尚未真正起步——因为归根到底,要为六朝人,尤其为六朝文学家造像,是不能仅仅依靠数据堆积和事件罗列的,因为他们的一生都与贵族社会这一特殊的社会形态捆绑在一起,被贵族制赋予了特殊的意义和方向。

宋元以后,尤其是明清阶段的人物研究中,我们常常可以看到许多人的一生"乏善可陈",他们也许一生不仕,只是个落魄文人,或者纯粹的学者,甚至文化商人——作这样的判断,并不是认为人的生命价值有高低之分,但不可否认的区别是,在宋以后的庶民社会中,确实并不是任何"重要人物"都会全方位地与时代、与国家紧密联系在一起的。在文化普及与发达到一定阶段以后,登上历史舞台的庶民们并不需要将自己紧紧绑在天下气运上,才能够名垂青史。他们只需自己家中有几亩田地,或者祖辈留下些许营生,能够衣食无忧,读书识字,就拥有足够的条件著书立说,或者留在他人的记忆中,成为后人研究的对象。但是六朝的贵族时代,却与庶民社会大异其趣。在这一时代出现的人物中几乎看不到庶民的身影——当然,史料的性质也构成了限定条件,但史料的性质本身就是由社会性质所限定的。在阅读六朝史籍时我们必须要留意史料镜头在摄影时并不是对准当时所有存在个体,而只是对准对时代有意义的个体的。在六朝重要的文学家中,我们很难找到与时代风云完全脱节的存在。即使是陶渊明,也曾经不为五斗米折腰,并且在晋宋交替的关口作出了自己人生的重大选择。六朝"文学家"中的大多数,他们的身份首先是"贵族",因此他们也就无法置身于与自己生命息息相关的门阀社会之外。门阀的兴衰既然与国家气运息息相关,六朝贵族也就被紧紧地绑在了王朝政治的锁链之上。这些"文学家"并没有把自己定位为文学家,文学毋宁说只是他们作为贵族自然而然应当努力具备的修养而已。从张华、潘岳、陆机到郭璞、王羲之、谢混,再到颜延之、谢灵运、四萧父子,都莫不如此。王融也正是这一谱系中的重要人物。要对这样的人物进行研究,仅仅关心其个人的生平经历,甚或仅仅关心其文学上的成就,显然是远远不够的。必须要从把握六朝史整体性质与发展过程出发,将其个人放置于时代运转的洪流中观察,才能真正理解处身于政治漩涡和社会冲突中的六朝贵族的立体像。而理解六朝贵族社会,当然就成为理解六朝贵族的前提。

毋庸讳言,对于六朝研究而言,要继续像明清研究那样以发掘新见材料为中心任务,已经是不可能,也没有必要的了。与已经得到全面(但在深度上仍不充分)整理的文献状况相比,如何更综合性地,同时也是更精密真切地理解这些材料,建立起符合历史性质的立体理解,才是六朝人物研究所面临的当务之急。事实上,六朝文学史料的稀少不足乃是明摆着的事实,在习惯了就文献、史实层面立论的研究模式下,学者的工作便不得不陷于停滞,或者变本加厉地对那些已经反复考证过的题目作再度考证,仿佛要从业已干枯的海绵中挤出一丝微弱水汽来一般。然而与此相对地,在基本史实的考证以外,我们似乎无需对其中存在的历史意义作何透析——就好像那些事件既然排列出来了,我们就自然而然能够对其充分理解。然而事实却远非如此。无论对历史人物生平的具体年代和事件考据得多么详细,如果我们仅仅是从今天(庶民时代)的眼光出发去观察这些数据和细节,那么必然是南辕北辙,求之愈深,而去之愈远的。正如石川忠久先生所言:5 世纪的人,是按照 5 世纪的常识在行动,而不是按照 20 世纪的常识在行动的①。换一个说法,我们也就可以说,贵族社会的人,是按照贵族社会的常识在行动,而不是按照庶民社会的常识在行动的。如何通过时代人的行动归纳时代常识,又如何通过时代常识解释时代人的行动?是我们必须面对的任务。我之所以不惮长篇大论,倡言研究六朝贵族,原因就在于此。而本书"历史篇",正是基于这样的思想而做出的一些初步尝试。

第四节　贵族文学的研究方法
——被遗忘的另一种六朝文学

还是《概括性的唐宋时代观》里的话:

> 自六朝至唐,文章流行四六文,唐代中期韩、柳诸家兴起,复兴所谓古文体,一切文章都成为散文体,也就是从形式性的文变为自由表

---

① 参石川忠久《关于陶渊明的几个问题》,收入《中国中古文学研究》,赵敏俐、佐藤利行主编,学苑出版社 2004 年。

现的文。诗到六朝为止是五言,盛行选体也就是《文选》风的作品,然而从盛唐开始,其风一变,李杜以下大家辈出,日益致力于破除旧来的形式。在诗之外,诗余也就是词又从唐末开始发达起来,突破五言、七言的形式,变成颇为自由的形式,尤其在音乐性上彻底发达起来。结果就使得曲自宋至元之间发达起来,从历来形式短小的抒情之作,变为形式复杂的戏剧。在文辞上也不再以多用典故的古语为主,变为以俗语作自由的表现。因此之故,贵族性文学就骤然一变,朝往庶民性文学的方向发展了。

这一段关于六朝文学宗旨的议论,在今天看来仍然发人深省。尽管在文章中只有这么一小段触及了文学,然而却无疑包含着纲要性、方向性的暗示。关于六朝的四六文至唐宋变为古文,宋元之间戏剧逐步发达等等,自然是中国文学史的常识,并非作者的孤明先发,然而内藤史学的长处本也不在这种地方,而在于从人所不觉的极寻常处,归纳提炼出最有概括力的核心原则。而这一段文字中最核心的一点,就在于"贵族性文学"概念的提出,以及"从贵族性文学向庶民性文学方向发展"这一文学史观的提示①。在作者的统罩之下,所有这些零星散落的文学史现象,全都成为贵族时代向庶民时代演进途中的文化表达,它们虽然看似分门别户,实际上在深层结构里却是同一个巨大历史潮流运转的结果。

在这儿值得提请注意的是,对于"贵族"一语,我们可以采取宽泛不同的理解。在现代汉语中,"贵族"也是个常见词,除了"中世纪贵族"之类具有特定社会史含义的表述,还常常应用于"王公贵族"等只是泛指上层统治者的词汇(任何前近代社会都存在这类身份者),甚至还出现在"单身贵族"之类与社会身份无关的比喻义场合。与此相对,在"六朝贵族社会论"语境下,"贵族"是专指六朝时期的特殊社会阶层,而内藤湖南这里的所谓"贵族性文学",虽然也不必否定其本质上具有贵族文化的共通性,但在表现上则显然是特指六朝文学中的种种特征。然而对此理论不了解的人则

---

① 当然,此文黄约瑟译本早已为学界所熟知,但恰恰是最后一句关键总结,黄译本却译成了"文学曾经属于贵族,自此一变成为庶民之物"。由于语言学上的误解,性质判断成了所属关系。这实在令人惋惜,不能不说是差之毫厘,谬以千里。如果黄氏当时准确译出这一句话,或许学界会更早意识到这一问题的重要性亦未可知。

很容易误以为是泛指,从与之毫无关涉的常识出发理解"贵族文学"范畴。正是在如何理解"贵族"一语上,日本学界与中国学界产生了对"贵族文学"截然不同的理解与进路。

先来看看这一理论的发源地日本。内藤理论既是由日本学者提出,学术性的研究脉络也主要展开于日本学界;但相对于遍地开花的史学而言,文学方面的成果却寥寥可数,这或许与日本学界京都、东京二学派中又包含有文史分途的传统有关。在日本汉学界,文哲之学与史学颇为壁垒分明,日本中国学会与东洋史学会即分别为二者之重要阵地。就京都学派而言,以内藤湖南为首的东洋史学倡导的中国历史分期法,与中国现代史学的一般范式,尤其三四十年代后确立的郭沫若"秦至清代封建社会论"大相径庭,由此而发展出中日两国截然不同的史学体系①。而在文学方面,内藤氏这一理论虽然也得到古典文学主将吉川幸次郎的认同,但吉川氏及其师狩野直喜治学的基本形态,仍是源出于儒家经学到文学讲疏的路数,着重原典注解及具体问题的考论,而并不重视文学史大框架的构建及与社会史的相互影响,其形态反而与中国的文学研究相去不远。铃木虎雄、青木正儿、吉川幸次郎、小川环树等数代古典文学代表学者青年时期皆曾至中国求学,这种学统关系自然影响到了他们的学术进路②。因此京都学派六朝文学研究方面,几乎未见有真正继承内藤理论而加以阐

① 中国六朝史学的领袖人物,包括陈寅恪、周一良、唐长孺等,实际上都对京都学派及内藤湖南之学(以及创造性地发展了此理论的宫崎市定)相当熟悉。陈寅恪《王观堂先生挽辞》有言:"东国儒英谁地主,藤田狩野内藤虎。"并自注曰:"至于内藤虎列第三,则以虎字为韵脚之故。其实此三人中内藤虎之学最优也。"周一良民国时期便翻译介绍过内藤湖南关于满洲史的论文。而唐长孺对六朝社会之理解,更往往与宫崎市定合辙呼应。但这种关系相当隐性,很少能从其六朝史论著的字面引述看出。至于20世纪50年代以后的很长一段时间里,学术交流隔绝,便无互通影响之可能了。

② 吉川幸次郎在论述明治年间中国文学研究者时指出,从大学中国文学科培养出来的研究者,"不只是在了解西洋学问方面和江户汉学者不同,他们留学中国,和中国学者交游,直接引进当时的中国学风"(《日本の中国文学研究》,收入《文明のかたち》,讲谈社1970年)。与此相对,尽管内藤湖南也曾多次到中国调查访问,但他33岁(1899)第一次踏上中国国土时,已经是声名卓著的新闻记者与文化作家,其思想学术均已相当成熟。他与中国学者间的情谊是交流而非问学,这与吉川幸次郎等有本质的区别。至于宫崎市定则仅三次短期游历中国,时长均不过一月左右,其学问受清代学者影响痕迹颇为明显,而与民国以后的中国学统几乎可以说是毫无关系。

发的成果①；而京都学派作为六朝文学研究最重要的大本营，其路数对日本学界研究方向的影响之大不言而喻。倒是在东京学人方面，毕业于东京大学文学部的石川忠久及其弟子佐藤正光、矢岛美都子等受到宫崎市定《九品官人法研究》的深入影响，将六朝贵族社会论应用于六朝文学研究，作出了一些值得注目的尝试。至今为止唯一一种以"贵族"与文学关系为题的六朝文学研究著作，就是佐藤正光所著《南朝的门阀贵族与文学》②，从贵族家系的角度对谢氏文学进行了探讨③。此外，九州大学的冈村繁则曾撰有《六朝贵族文人的怯懦和虚荣——关于"清谈"》一文，试图从九品官人法造就门第社会的角度阐述魏晋贵族文人的软弱与虚荣气质，进而探讨东晋文学走向玄理化的原因④。但就总体而言，日本的中国文学研究界对这一文史结合，组织六朝文学基本框架的可能性并不重视。

　　与东海彼岸相对的中国本土学界——更准确的说是文化知识界，关于"贵族文学"研究并无如此脉络清晰的纯学术路线，却有更具普遍社会文化意义的散点状展开。众所周知，胡适于 1917 年在《新青年》2 卷 5 号上发表了新文化运动的第一篇檄文《文学改良刍议》，该文虽未直接触及"贵族文学"问题，但其中"五曰务去滥调套语"、"六曰不用典"等主张却颇容易引起与之相关的联想。因此紧随其后，陈独秀便发表《文学革命论》（《新青年》2 卷 6 号，1917 年）响应胡适，提纲挈领举出"文学革命军三大主义"，居其首者即"推倒雕琢的阿谀的贵族文学，建设平易的抒情的国民文学"。该文将"两汉赋家"、"魏晋以下之五言"以至"南北朝贵族古典文学"及唐代排律、四六都归入此一范畴内，其时代边界与内藤理论所指中世贵族时代相当重合。这仅仅是巧合，抑或陈氏本人有着与内藤相似的史观？似不甚明了。但是陈氏文中一来未对"贵族文学"性质加以明

----

① 若就"唐宋变革论"而言，川合康三《终南山的变容》（刘维治、张剑、蒋寅译，上海古籍出版社 2007 年）中以白居易等为例讨论中唐的文化转型，可说是这方面较为显著的成果，但其师兴膳宏所享誉的六朝文学研究则与中国学者的研究形态极为相似，几乎看不到内藤理论的影子。

② 《南朝の門閥貴族と文学》，汲古书院 1997 年。

③ 此外目加田诚虽著有《中国に於ける貴族文学と庶民文学》（大东文化研究所，1966年，非卖品）一册，但作者明言其所谓的贵族只是泛指上层特权阶级而已。

④ 《六朝貴族文人の臆病と虚栄》，原载《日本中国学会创立五十年记念论文集》，汲古书院 1998 年。该文中译本收入《冈村繁全集》第三卷《汉魏六朝的思想和文学》第十章，上海古籍出版社 2002 年。

确界定，二来站在庶民文学革命立场上，严厉批判贵族文学，因此其指归与效果自然与内藤所持的纯史学立场大异其趣。

两年之后的1919年，新文化运动另一位旗手周作人写下了他著名的文学运动宣言《平民文学》①，文中将"贵族文学"与"平民文学"作为对立的范畴提出：

> 平民的文学正与贵族的文学相反。但这两样名词，也不可十分拘泥，我们说贵族的平民的，并非说这种文学是专做给贵族，或平民看，专讲贵族或平民的生活，或是贵族或平民自己做的。不过说文学的精神的区别，指他普遍与否，真挚与否的区别。……贵族文学形式上的缺点，是偏于部分的、修饰的、享乐的，或游戏的，这内容上的缺点，也正是如此。所以平民文学应该着重与贵族文学相反的地方，是内容充实，就是普遍与真挚两件事。

周作人的论说，有两点值得注意。其一如前所言，正是从"上层统治者"的泛义来理解"贵族"范畴的，并不限于特定的贵族制时代。其二则是认为贵族文学或平民文学，并非从创作主体、对象及内容的社会阶级上可以区分的，而是指其所代表的不同"文学精神"。他对平民文学的鼓吹，当然是与胡适、陈独秀互为呼应奥援，但这一理论在今天看来实在有些勉强。因为所谓"贵族"、"平民"，如果不以社会阶级分，而以精神层面的是否"普遍"、"真挚"分，又何必要用"贵族"、"平民"这样的概念来指称呢？直接说主张普遍真挚的文学岂不是就足够了？除非我们可以咬定贵族必然是不普遍不真挚，而平民必然是普遍真挚的——但这样一来，也就不必绕弯子谈精神层面，大可以直接以阶级为划分依据了。因此周氏的这一书写策略，本身就暴露出新文化领袖为了鼓吹平民文化而不得不曲为之说的苦心孤诣。以周氏的明敏深思，他很快便意识到自己这一论调的缺陷而加以反省。在1922年所作的《贵族的与平民的》②中，他的意见便转向兼容缓和：

---

① 周作人《平民文学》，《每周评论》第5号，1919年1月。
② 周作人《贵族的与平民的》，收入《自己的园地》，北京晨报社1923年。此据止庵校订《周作人自编文集》本，河北教育出版社2002年。

　　关于文艺上贵族的与平民的精神这个问题,已经有许多人讨论过,大都以为平民的最好,贵族的是全坏的。我自己以前也是这样想,现在却觉得有点怀疑……只就文艺上说,贵族的与平民的精神,都是人的表现,不能指定谁是谁非。

他还没有放弃自己的"精神"论,但在行文中却已经暗暗地发生了转变:

　　人家说近代文学是平民的,十九世纪以前的文学是贵族的,虽然也是事实,但未免有点皮相。在文艺不能维持生活的时代,固然只有那些贵族或中产阶级才能去弄文学,但是推上去到了古代,却见文艺的初期又是平民的了。……中国汉晋六朝的诗歌,大家承认是贵族文学,元代的戏剧是平民文学。……贵族阶级在社会上凭借了自己的特殊权利,世间一切可能的幸福都得享受,更没有什么欲美与留恋,因此引起一种超越的追求,在诗歌上的隐逸神仙的思想即是这样精神的表现。至于平民,于人们应得的生活的悦乐还不能得到,他的理想自然是限于这可望而不可即的贵族生活,此外更没有别的希冀,所以在文学上表现出来的是那些功名妻妾的团圆思想了。

这明明就是以社会阶级与文艺主体论"贵族"与"平民"之别了。作者虽然仍是从泛义上理解"贵族",从阶级特性到文学特性的联想也未免过于笼统拉杂,但这种思考方式显然和将社会功利与文艺价值一元化的"五四"思潮差异较大,而接近于就事论事的学者态度。值得注意的是其中将"汉晋六朝的诗歌"举为贵族文学的代表,这可以说是在潜意识里与陈独秀的观念相合流。作者又说:

　　我觉得古代的贵族文学里并不缺乏真挚的作品,而真挚的作品便自有普遍的可能性,不论思想与形式的如何。……我不相信某一时代的某一倾向可以做文艺上永久的模范,但我相信真正的文学发达的时代必须多少含有贵族的精神……我想文艺当以平民的精神为基调,再加以贵族的洗礼,这才能够造成真正的人的文学。

从今天的眼光看起来,周作人的反省显然更为稳健,对文学之为物的理解也更深刻,但在当时的语境下,却无疑是太不"革命"了,疏离于"五四"新文化的大潮。因此接下来的历史完全没有照着他的指挥转向。就在第二年,胡适便又写了一篇算总账式的《五十年来中国之文学》①,大约正是受了陈独秀与周作人的影响罢,其中也明确使用了"贵族文学"与"平民文学"对立的说法:

> 中国的古文在二千年前已经成了一种死文字……但民间的白话文学是压不住的。这二千年之中,贵族的文学尽管得势,平民的文学也在那里不声不响的继续发展。

胡适的白话文学史观是为了配合文学革命而造,并不吻合文学史实情,时至今日,这一点已经被充分证实,无庸多论②,但其史观流波所及,对中国古典文学研究基本进路的深层制约却是无法回避的大问题。——在对 20 世纪古典文史研究的影响力上,周作人实在是无法与胡适相比,在这个问题上也是一样。胡适此文对"贵族"的理解,显然与周作人《平民文学》相一致,不再如陈独秀的用例那样限于汉、魏、六朝、隋、唐,而是纵贯"二千年",亦即秦汉以后的整个中国历史。而这里之所以只说秦汉以后的"二千年",将先秦排除在外,也并不是因为先秦时代不存在贵族文学,只是胡适认为先秦时代贵族文学还未死去,故不存在与平民文学的对立罢了。换言之,在胡适的观念中,所谓"贵族"正当作上文所指的"达官贵人"式理解,只是笼统地泛指上层阶级。而他的宗旨与六年前相较也毫无改变:贵族文学是中国古代各时期都普遍存在的反动僵死文学形态,差别只在于是否已经被平民文学所打倒而已。这里看不到任何周作人式的疑虑——1. 白话的是否都是平民的? 2. 平民的是否都是好的? ——而是进一步大声疾呼,为"民间的白话文学"正名争权。这种立场与姿态显然成为后来中国学界理解"贵族"及相关文化范畴的主流,与五四新文化运动浪潮结合在一起,直接导致了 20 世纪中国古典文学研究中否定乃至无视六朝贵

① 原载 1923 年 2 月《申报》五十周年纪念刊《最近之五十年》,此据《胡适文集》第三卷,欧阳哲生编,北京大学出版社 1998 年,第 250 页。
② 参陈国球《"革命"行动与"历史"书写——论胡适的文学史重构》,收入氏著《文学史书写形态与文化政治》,北京大学出版社 2004 年;朱刚《唐宋"古文运动"与士大夫文学》第一章第一节"'古文运动'覆议——研究史和问题点",复旦大学出版社 2013 年。

族文学的倾向。

　　从这些新文学主将的言论中，我们已可见到"贵族文学"研究在中国学术脉络中的尴尬处境。与日本学界较为纯粹的学术立场相比，中国文化界对这一问题的提出从一开始就是与政治、社会运动缠绕在一起的。一方面，何谓"贵族"，何谓中国的贵族时代，这些范畴在完全未得到讨论的情形下便被固着下来，成为了文化投弹的武器；另一方面，在平民革命的呼声下，"贵族的是全坏的"成为不言自明的公理，从此再无任何转圜余地。力倡白话文学者如胡适自不待言，即使像周作人那样对这种简单的社会文艺论心存反省者，也不得不在这一基本命题下委曲立说。在这样的思想主导下，此后研究界自然不会对贵族文学加以注目，遑论探究其形态及性质。这就导致中国学界至今对所谓"贵族社会"，及作为其对应物的"贵族文学"缺乏清晰的概念，只是从常识层面理解"贵族"范畴，茫然地从平民文学立场予以打倒。因此在建国后"文革"前的古典文学研究中，几全无贵族文学的容身之所①。新时期学术研究恢复正常以后，尽管有寥寥数篇论文以古代贵族文学为研究主题②，但其关于"贵族文学"的界定也是顺此思路，从普泛的社会地位出发，其涵义与"中世贵族时代"并不呼

---

①　唯一的例外可能是在乐府学领域。由于"乐府"乃是政府音乐机构，大量文献所载亦为帝王贵族所作乐府，如何处理"贵族"之作便成为乐府学中无法绕过的问题。胡适《白话文学史》、陆侃如和冯沅君《中国诗史》（卷一篇四"乐府时代"）采取"贵族乐府"和"平民乐府"二分法，以武帝时代以后的平民乐府战胜贵族乐府为基本论述框架；萧涤非《汉魏六朝乐府文学史》则沿用胡适观念而兼采罗根泽的"文人乐府"分类，将乐府分为贵族、民间、文人三类。胡、陆从白话文学、平民文学的立场出发，力图论证贵族乐府之无价值，认定文献置于帝王及官僚贵族名下的大量作品并非事实；王运熙先生则从较为纯粹的学术立场纠正其偏失，指出"历来的正统的文人学士们，一向认六朝的清商曲为卑下猥琐的靡靡之音……'五四'以后，这观念转变过来了，吴声、西曲在文学中获得了很高的评价，被珍视为古代民歌中的瑰宝。然而，正因为简单地认为它们是纯粹的民歌，而忽略了实际上是经过贵族阶级加工过的乐曲，他们的作者往往是一些文人学士、达官显宦，它们的创制和发展，和贵族阶级的享乐生活有着密切相关的联系"（《吴声西曲杂考》，收入《乐府诗述论》增补本，上海古籍出版社 2006 年）。尽管王先生对"贵族"的理解依然处在胡适的延长线上，但他对六朝文学中贵族性一面的确认，却正是古典文学研究在经历具有强烈价值取向的文学革命以后所艰难发出的，基于纯粹学术研究立场的声音。乐府研究史的相关阐述，参见钱志熙《20 世纪上半期乐府研究史述评》（《北京大学学报》2013 年第 5 期）。

②　张胜林《论中国古代的贵族文学》，《华侨大学学报》1995 年第 3 期；杨春时《中国的平民文学传统和贵族文学传统》，《吉林大学社会科学学报》2001 年第 3 期。

应。另一方面,在海峡对岸的台湾,王梦鸥则于20世纪70年代提出所谓"贵游文学"概念①,在台湾学界颇有影响。其说虽较张、杨二文为具体,但同样与具体时期的社会性质无关,而是从先秦、汉、魏文学出于宫廷贵游子弟及文学侍从的角度出发,其立场仍是胡适式的。

八九十年代作为拨乱反正时期,学术上呈现出元气蓬勃的景象,在很大程度上奠定了今日学术局面的框架。钟涛在这一时期开始重新触及六朝贵族文化与六朝文学的关系问题,在《六朝骈文形式及其文化意蕴》(东方出版社1997年)中对六朝骈文展开了体贴入微的研究,作者指出:"就六朝骈文而言,形式就是它的生命。""六朝骈文的一切形式特征,都是透过语言来展现的,是从语言运用方式上体现出来的。""文学作为一种语言艺术,与其他任何用语言表达的文献的差别,不在于它反映的内容,而在于它表达这种内容的特殊结构方式和表达手法。"②更值得肯定的是,在该书中已经提出了"贵族审美趣味与骈文形式"的命题(第35~39页),虽然仅有寥寥数页,论述也偏重于文化审美,未免语涉虚玄,但其所开启的路向无疑是十分重要的③。在第128页,作者更明确触及了六朝文坛对骈文的认同中,作为贵族的作者与读者这一两重因素的决定性作用。其所采取的研究范式,无疑对今天仍有重大的方法论意义。

然而遗憾的是,在此后十年间并未见有真正能沿着这一道路前进的卓越之作。直到21世纪,随着与海外学界互动的再度活跃,才出现了少量以六朝贵族社会论为理论指导的作品。林继中《文化建构文学史纲》(北京大学出版社2005年)第一章中结合此学说对六朝文学进行了阐述。孙明君在《两晋士族文学研究》(中华书局2010年)中亦明确表示是书的撰写受到京都学派该理论的启示。刘再复则在访谈《中国贵族精神的命运》(2010)④中将魏晋南北朝时期的"门阀贵族时代"与西周、清代共同定

① 参王氏《贵游文学与六朝文体的演变》,《中外文学》第8卷第1期,1979年。
② 钟涛《六朝骈文形式及其文化意蕴》,第7、8页。
③ 当然,钟氏对内藤史学的这一命题是否有自觉的学术史认知,从书中的行文难以确认。而这一命题是在作者论述骈文六朝社会文化背景的语境中提出的,不免有追求全面而导致重点模糊之感,其具体论述的阴柔美是否确实能够与骈文形式构成因果关系,也不无讨论的余地。
④ 原为凤凰卫视"世纪大讲坛"节目的访谈,王鲁湘主持,收入《世纪大讲堂:从富强到文雅》,江苏文艺出版社2010年。

义为中国史上的三次贵族时代,其持论显然也有明确的贵族社会知识立场,而非胡适式的泛贵族论。不过刘著实际上是一种普及性的宏观文化论,其综论世界贵族风貌,高唱贵族精神的高洁雄健,与"五四"观念大唱反戏,读之不无刺激启益,但这终归仍是与特定文化理想结合过于紧密的口号,本质上与"五四"并无二致,而很难说是严肃持正的学术研究。总体上讲,以贵族性质为时代基调进行文学研究的成果,在整个六朝文学研究中的比例几乎可以忽略不计。这导致在国内学界提出"贵族文学"这一说法时,也往往被目为怪异,颇有跟随国外潮流、玩弄新奇概念之嫌。然而综合前述民国文化领袖所论,却可发现尽管在他们的观念中六朝贵族文学被树为平民文学的反面,应被批判打倒,但这一存在本身却是为他们所共同认可的。只是在历史的发展中,"被否定的"最终成为了"被遗忘的",以平民文学为基调的研究方向占满了视域,而作为其反面的贵族文学范畴则被排出六朝文学研究领域之外,在我们的知识体系中成为了空白而已。

如上对中国文学中"贵族文学"概念及研究史进行过梳理以后,我们不难发现,无论从京都学派的史学研究出发,还是从"五四"文化社会运动的革新立场出发,中国古代存在"贵族文学"之一重大范畴,并且以六朝文学为其主要的表现时期,这可以说是 20 世纪开端学术转型初期的共识。陈独秀、周作人等虽未明言六朝贵族文学概念,但其举示例证却不约而同地以六朝为典型,更显示出"六朝"与"贵族"这两个范畴之间不言自明的紧密关系。在今天的学术研究中,"五四"式的以学问为革命武器的思维已不再有意义(毋宁说已经成为我们需要反复祛魅的部分),然则对于"贵族"与"平民"文学、六朝与"贵族"文学这些话题,又应当如何重新看待?

应该说,在社会史意义上,新文化运动旗手们对"贵族"的理解显然是过于朴素汗漫的,他们对这一概念的使用实际上是有"贵"而无"族"。如果按此理解,则所谓贵族文学不过就是王朝官僚文学的另一种说法罢了。这在范畴的运用上显然是支离附会的。内藤理论仍应成为今后研究的基本平台。之所以有必要重新重视"六朝贵族文学"的研究视角,正是由于作为其社会现实根基的六朝贵族制社会的存在。在六朝时代,贵族门阀的兴盛与九品官人法相辅相成,从制度上规定了贵贱之别,造成这一时代贵族面貌特别鲜明,主导着社会各种事象的运作。在文学方面则使得贵族文学的外推圆异常醒目,占据了时代文学的绝对主体。与之相反,唐宋以后科举的盛行,印刷术的发明,安史之乱和黄巢之乱的大破坏,都使得门阀崩坏,贵族失去独占文化的权力,庶民文化显著上升。在宋以后的文学中,占据主体的已经成为士大夫文学和庶民文学。我们虽然不能说宫廷文学和朝堂文学已经不复存在,但它们不断地被挤压于一隅,越来越失去生命力,日渐一日失去与前者相提并论的资格,应酬交际之作越来越被认为没有价值,各种公文书基本退出了文学的范畴,表现个人感触的抒情文学(如短小的诗词)和适于大众娱乐的叙事文学(如小说戏曲)日益大行其道。对宋代以后的宫廷文学和朝堂文学,当然也有研究的必要,但其越来越沦于次要,最终至于衰亡的过程,本身就是与庶民文学不断占据主流的过程互为表里的。如果将六朝作为一端,而将今天作为另一端,那么在这一历史过程中所发生的变化以及文学发展的趋向是显而易见的。

应当建立起这样的基本观念:在对六朝文学,尤其是东晋南朝文学进行观察时,"贵族时代"是一个不可忽视的根本视角。我们决不能像面对宋代以后的近世文学,尤其是明清文学乃至于近代文学时一样,将文学视为广大民众的共同创造物①。常常被忽视的一点是,南朝文学的创造者,除了极少数例外之外,全部都是贵族,他们创造出来的文学作品的读者也都是贵族。不妨给"贵族文学"下这样一个定义:

所谓贵族文学,就是在贵族时代由贵族创造和阅读,在贵族阶层中传承发展,在贵族社会中发挥功能的文学。

在贵族文学时代,贵族之外虽然还存在着庞大的庶民阶层,但他们与文学是几乎全然无涉的,他们还没有获得创造甚至接触文学的能力和权利。无论在过去的研究中怎样夸大强调,我们从六朝文学中能够找到的庶民因素(人民性),实际上所占整体比重极其微小。这绝不仅仅是在内容上的表现,而是由于整个文学的担当者和接受者都只限于社会的一小部分阶层。贵族在文学中表现贵族的世界,正是理所当然的事情。不仅如此,在文学进而被记录而留存至今日的层面上,担当着编集、记录功能的依然是贵族,也就是说所有六朝的文献史料,都被贵族性的观念和眼光所过滤、择取。我们在理解六朝文学的各种相关史料时,也不能不将这一点作为前提置于观念

---

① 当然,今天宋代文学研究的进展已经让我们认识到,与其说唐宋之间文学的转捩是从贵族文学到庶民文学,莫如说是从贵族文学到士大夫文学。士大夫虽然堪称庶民的代表者,但八大家的诗文却毕竟与明清说部性质有别。这是我们今天有必要纠正内藤理论之处。

之中,而绝不可以为那些史料本身是无所偏倚地在反映六朝时代本身。

　　这是一种具有特殊时代规定的文学研究视角。正是在这一点上,中国中世文学与近世文学有着本质的分歧。在中国文学中的中世贵族文学,就是与中世贵族时代相适应,盛行于这一时期的文学形态。从核心形态外推,不妨划分为三个层次(见下图):

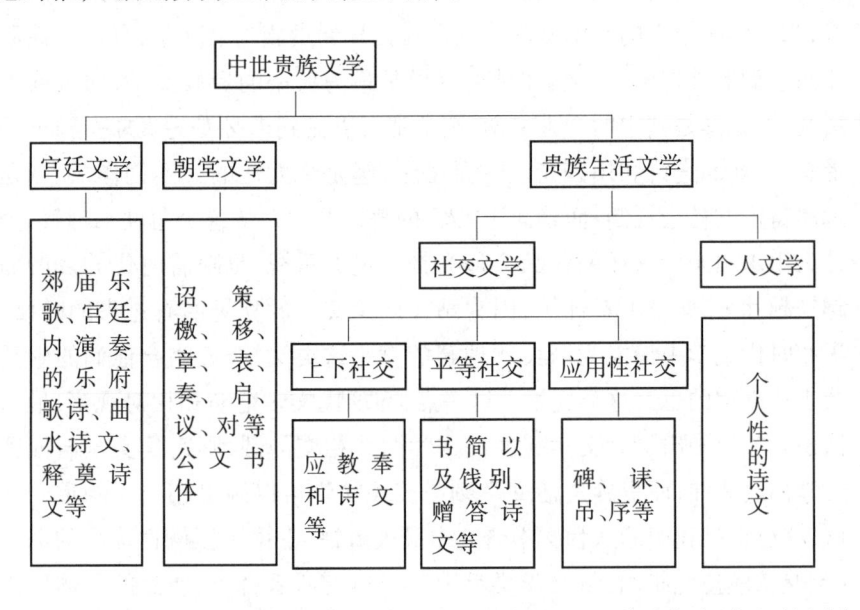

　　1. 宫廷文学。在宫廷内部(注意是文化概念上而非空间概念上的)创作,或者为了宫廷、皇室而创作的文学。包括乐府郊庙歌辞、哀策文、皇太子释奠诗文、三月三日曲水诗文等。总其大要,又包括两种形态。a. 皇室礼仪性的文学,如前两种。b. 宫廷宴乐性的文学,如后两种。

　　2. 朝堂①文学。包括各种行政公文及朝仪典章文学,如诏策檄移章表奏启议对等皆是。这一类数量最为庞大,可以认为是贵族文学的主体,同时也与公文书发达的中世文学特性相重合。朝堂文学在《文心雕龙》中论述的文学类型中占据主体,在《文选》分类中也是重要的分野。

　　3. 贵族生活文学。包括 a. 贵族之间的交际应酬文学,其中又可分为上下级关系之间的社交、平等关系的社交和较为具有特定功能的应用性社交文学。b. 贵族个人的抒情文学。前者如书笺和应令、应教诗文等,后

① 按,朝堂为中央议政之处,常与尚书省连称"尚书朝堂",参郭湖生《台城考》(《中华古都》,第 184 页)。本书用此范畴作为政治性机能的代称。

者则包括我们熟知的各种个人诗文制作。

　　当然,分类总不会是完美的,现实永远在超越和模糊界限,我只能尝试给出一个大致的概念而已。不过从上面的划分也已经可以看到,中世贵族文学与今天观念中的文学,在内涵范围上实存在着重大的区别。今天的所谓文学,几乎纯属最后一类"个人文学"。贵族文学中的大部分内容,都不容于今天的文学概念。从宫廷文学到贵族生活文学,是一个性质逐渐模糊的外推圆。宫廷文学可以说是最为典型的贵族文学,而贵族生活文学,尤其是其中的个人文学,则常常可以见到未必专为贵族所独有的形态,例如隐逸诗和田园诗。这是由于,越是个人化的文学创作,就越是远离特定的社会规制,而趋向于"人"的普遍共性。从这个角度来理解,为什么山水田园诗这样的作品会最受到后世的重视,也随着时代的发展而越来越壮大,就毫不奇怪了,因为站在庶民文学的立场回看过去的时候,贵族时代文学中最能为庶民所理解的就是这类文学,最吻合他们的生活及表达欲望的也是这类文学。这一点,与庶民文学范畴相比对观察,最为清楚。如果画出贵族文学与庶民文学两个相交的圆,则宫廷文学与庶民文学彻底无涉;而贵族生活文学则与庶民文学可以画出相当大的重合区域,这也正是我们的六朝文学研究中最被重视,占据了压倒性优势的部分(但是依然应当指出,从文学类型上看虽然有所重合,从作品的具体风貌上看贵族生活文学与庶民文学仍有着显然的区别)。换言之,我们今天所构筑起来的"六朝文学"整体像,实际上是通过我们这些"庶民的眼睛"所能看得到、看得懂的六朝文学像。我们就像一个盲人一样在摸"六朝文学"这头大象的一条腿或者尾巴。我们违背了学术研究的基本原则———首先全面地观察说明对象,其次才来给予分析评价,而是直接跳过基本步骤,先用自己的眼睛选取了"有价值"的东西,再在这个限定的范围内构筑起六朝文学史。可以说,至今为止,对宫廷文学的研究几乎未起步①,对朝堂文学的研究也是仅仅开始而已。参照上文的分类图,现状的怪异之处就变得非常明显:越是处在时代文学核心,表现时代文学特征的类型,就越是得不到研究和重视。这种状况,是不可能使我们真正理解六朝文学

————————————————

① 如上所言,这里的"宫廷"不是一个空间概念。如已经得到重视的宫体诗,虽然是由皇室成员主导,创作于宫廷内部的,但那只能视为最高贵族的生活文学,而不是本书所定义的宫廷文学。

全貌的。

　　虽然现在还难以确言,不过我愿意尝试对贵族文学的性质做出若干推想,以作为今后研究的原理性假设。与庶民时代的文学相对比,贵族时代的文学,归纳起来可以说有如下基本性质:

　　一、公共性

　　贵族时代的文学,并不仅仅是个人的抒情表意,而是在贵族社会的公共场域中的重要工具。这其中又包括以下特性:

　　1. 交际性。作为贵族交际工具的文学,其中所包含的应酬性和场合性,换言之,文学往往不可直接视为作者个人的真实思想感情表达,这是必须要注意的方面①。常见的所谓"代"、"拟"形态即是最典型的表现。

　　2. 实用性。《文选》和《文心雕龙》中最使后人眩惑的,就是其分类上的混乱。实际上,这些分类无非从属于两大标准:文体内部形态和实用分类。基于公文书的不同用途及应用场合而产生的文体差异,是中世文学的一大特征。这个时代的文学,大多数并非是基于个人的一时感触或纵情想象而被创造的,其形态的生成演进与社会要求有着密切关系。也正是基于这一原因,"文体"——必须要注意的是,对这一范畴更恰当的理解是"模式",而非通常所理解的"风格"——才会成为这一时期文学最重要的一个标的。

　　二、非叙事性

　　唐传奇、宋话本、元杂剧、明清小说,在六朝以后任何一个朝代的"朝代文学"中我们都能举出典型的叙事文学模式,而且越到后来,这种模式在该朝代中占据的分量越重。而反观六朝,我们便会发现这个时代是没有叙事文学的。——当然,我们可以举出志怪,但志怪是从属于史传系统的,而史传系统在中国文学中的定位是一条纵贯古今的巨大河流,不受时代性的限制。不管《文选》也好,《文心雕龙》也好,志怪都不在它们的视野

---

① 《北史》卷五十六《魏收传》中的一段记事最典型地表现出这种情形:"时论既言收著史不平,文宣诏收于尚书省与诸家子孙共加论讨……裴曰:'臣父仕魏,位至仪同,功业显著,名闻天下,与收无亲,遂不立传。博陵崔绰,位至本郡功曹,更无事迹,是收外亲,乃为传首。'收曰:'绰虽无位,名义可嘉,所以合传。'帝曰:'卿何由知其好人?'收曰:'高允曾为绰赞,称有道德。'帝曰:'司空才士,为人作赞,正应称扬。亦如卿为人作文章,道其好者,岂能皆实?'收无以对,战栗而已。""才士"为人作赞是"正应称扬"的,这种称扬不但不一定是事实,而且理所当然不是事实。六朝文学的这种逻辑,如果以今天的眼光来看的话,毋宁说是怪诞不可理解的。

之内。在六朝隋唐时代,诗是无可争议的文学之王。然而时至今日,小说与戏剧(影视动漫)则毫无疑问占据着文学的主流,发挥着其他文类无法企及的社会辐射力。今天的所谓诗人,已很难想象能如谢灵运或者李白一样成为时代的宠儿。在这两端之间的历史,正是从非叙事性文学时代发展到叙事性文学时代的过程。至于原因,虽然在这里无暇详述,不过简单地说,与文化普及以后的受众群体规模剧增,文化能力相应浅薄化、粗糙化有密切的关系。以叙事为焦点的文学通常是远离于文辞的精致标准的。在非叙事性中包含着抒情性,但更重要的是修辞性①。对文辞精益求精,对形式美感无限追求,而相对较为忽视叙事内容上的创新和充实,是中世文学的又一大特征。

三、社会阶层上的局部性

由于创造者与接受者同处于狭窄的圈子之内(贵族阶层),以及传播方式不发达(抄本时代),而导致文学书写形态的一致化和密集化。由于文学担当者具有较为统一的教养、知识结构、审美环境,以及文学通过有限渠道缓慢传递的形态,使得文学呈现集中的发展方向,并且得以深度推进,产生技术性的高低分别。大量用典和文体模式是这一性质的典型表现。而随着时代步入大众社会(伴随而起的是刻本时代),作为文学根基的知识库存(教育程度)在不同人群中变得多样化,文学需求及审美趋向随阶层、行业、环境而发生差异,流传速率及范围的爆炸式增长、扩张则促进变异的激化,文学世界在整体上便难以保持同一方向的深度推进,而不得不转型为百花齐放式的眩幻易变;文学价值也就难以在文字技术层面给予同一标准的评价,而不得不转向故事性及感情性的诉求。

以上推想是否正确完善?还有待于以后的研究检验。至少作为一己的研究宗旨,在此先予说明,并将在本书"文学篇"的研究中加以参照。

必须声明的是,我绝非主张古典文学研究应当回到那种简单的社会反映论中去,以为既然六朝文学产生在六朝贵族制时代,就只能反映、表现与贵族社会、贵族文化相关的内涵,六朝文学只能从贵族文学的角度进行理

---

① 因此,过去把"叙事文学"和"抒情文学"对立两分的做法也是不恰当的,我们会看到此一时期的文学里有大量既不讲故事又不抒发感情的作品。在固有的视域下它们无处安置,只能被当成徒具形式的失败品。但如果我们愿意承认"修辞"本身是承载着文学传统与文化内涵的重要元素,那么对于中古文学也许会有一个更稳妥的理解框架。

解。——非但阐释学、接受美学、文本研究等早已从读者主体、文学中介等角度指出文学之为文学,既不能单纯视为作者(作为社会的代表)的制造物,也非孤立的、一成不变的文本存在,即使撤去这些复杂多元的角度,仅针对既存的"文学"(文本与内容)对象进行研究,也至少包含着四个层次的内容:

1. 基于基本构成元素特性而呈现的形态。例如汉语、希腊语与英语,或者文言与白话的语言特质区别;简帛、纸张、电脑等工具载体导致的形态区别;抄写、印刷、网络等制作方式、传播方式的区别等。这一层次从根本上制约着文学发展方向。作为中国文学体质的对偶语感、中国韵文学向格律化方向的发展、汉语诗歌的多义性等论题都是从属于这一层次的表现。

2. 由于"人"这一存在的本性而导致的方向性展开。例如人性抒发的要求,审美意识的发展,等等。

3. 基于时代、地域基本特性而获得的历史性规定。例如贵族时代的文学,官僚社会的文学,庶民阶层的文学,或者世界各民族社会所各自反映的不同特性。

4. 针对具体事物的特殊表现。一般研究论题中所处理的文学内容多属此类。

事实上文学史正是在如此复杂丰富的影响因素中展开其形态,并为后世所接受评断的。而现实中任一学者的任一研究,都不可能穷尽所有视角,大抵不过尝鼎一脔而已。因此本书中的文学研究正是站在这样一个对自身加以严格局限的立场上,集中于以上第三层次的视角,对南朝文学予以管窥,希望可以为学界提供一种可能的视角而已。很显然地,其余三个层次都已在以往的六朝文学研究中得到了不同程度的重视与实践,但前两个层次过于宽泛而最后一个层次则过于琐屑,所追问的都不是"六朝文学"范畴的共性或特性。在这样的范式下,我们对于一个根本性的问题无法获得满意的回答:六朝文学之为六朝文学,在性质上与中国文学史中的其他时段是否有所不同? 如果答案是肯定的,那么应当如何加以界定?

在这一点上,我们不妨以日本文学研究作一参照。正如津田左右吉在《文学中所见我国国民思想研究》中所规划的框架那样,日本文学史被鲜明地区分为贵族时代文学、武士时代文学和平民时代文学等不同阶段,文学研究紧密地与时代性融为一体。在日本的文学史研究中,古代文学(区别于中世、近世文学,在绝对时代上与中国南北朝至北宋相应)实际上几乎完全以飞鸟、奈良、平安朝的宫廷贵族文学为对象。而古代文学界也旗帜鲜明地以"平安贵族文学"作为他们研究的指标，毫不讳言"贵族性"。这一点，与中国正形成鲜明的对比。这与实际的研究对象与范围或许不无关联。如果将《源氏物语》《枕草子》等贵族文学抽去，日本的古代文学领域便濒于崩溃。他们除了研究这种"毫无人民性"的文学之外几乎别无可研究的对象。而中国的文学在六朝时期已经极为鼎盛，即使将大批的贵族文学从视野中划分出去，依然有数量不少的、含有民间性的作品，如田园诗、南朝吴哥西曲、北朝民歌以及志怪小说等类，足以让学者构筑起虽然远不全面却还粗具规模的研究领域。因此我们在这一假象下，维持了以人民性为核心的古代文学研究框架，将六朝文学与其他时代文学一同归入"封建文学"的大营中。而在这一切割前提下所理解的文学史中，六朝尤其南朝段之乏善可陈自然就是不言而喻的了。

曹道衡先生三十年前在《略论南北朝文学的评价问题》（《文学遗产》1982 年第 2 期）一文中曾经力辩南北朝文学的价值，这在当时来说无疑具有重要的拨乱反正意义，值得后人永远铭记与高度肯定。但是，如果跳出时代环境而言，读完全文以后给人的最深刻印象，非但不是南北朝文学的不凡价值，反而是这一时代文学的尴尬处境。曹先生站在传统的要求"反映现实"，否定"形式主义"的理论立场，殚精竭虑从南北朝文学中发现出若干还能称为反映了人民现实的作品，给予称扬。然而这同时也就表明，作为南北朝文学主体的"形式主义"文学都不过是些不值一提的糟粕，除却少数作品以外，这个时代只是一片"灰暗"而已。这实际上依然是从整体上否定南北朝文学，而不是给予肯定。随着时代发展，南北朝，尤其是南朝文学，已经得到了相当的重视和研究，但曹先生文章中所持的立场依然在相当程度上制约着我们对南朝文学的关注和理解——学者的研究成果，往往只是曹先生所发现了的优点的再发现或者扩大发现。曹先生所否定的那些东西，依然遭到否定或漠视。事实上，只要"反映现实"的人民文学立场、从抒情叙事基点出发的庶民文学立场一日不改变，对南北朝文学的否定评价和研究态度就不可能在根本上获得改变——因为这一时期文学的"形式主义"倾向乃是无法否认的确凿事实。

因此，除非我们认定南北朝文学根本上乃是缺乏研究价值的领域，否则无论从哪一种立场上说，南北朝文学的"纯粹形式"与"社会功能"展开方向都不能不成为我们研究的重点。从人民文学的立场出发，我们固然可以像传统西欧中世史研究一样，将六朝视为中国文学的黑暗中世纪。

然而,既然南北朝本身是处在汉、魏、晋与隋唐之间的历史阶段,那么中国文学是如何从汉代进入这一片黑暗,又是如何从这一片黑暗中走向"光明"的唐代的? 如果我们对黑暗本身一无所知,便绝不可能真正理解光明。在这一意义上,我愿意将自己定义为黑暗的探求者。我所希望勘探测绘的,不是这一黑暗时代中的寥寥星火,而是这一片茫茫黑暗本身。而反过来,如果回到贵族文学的立场,我们认可南北朝文学本身的追求方向是有其独特意义的,这一意义只不过是随着庶民社会的逐渐抬头而隐没在黑暗中而已——贵族们为了自己的文学理想而作出的努力,对于庶民来说是在可视光谱范围之外的。但具有特定光谱范围的眼睛看不到的光明,并不能断言就不是光明。那么,重新发现曾经存在的光明,复原南北朝贵族文学的原本面貌,给予客观公正的研究和评价——更进而言之,扩展现代中国人的文学光谱——当然就成为意义更为重大的任务了。

第五节　王融研究史综述
——边缘化与碎片化

本书既以王融及其时代为主题,试图将历史人物个体放置于其所处身的历史社会环境中进行观察,先行研究自然也就包含两个方面:1. 王融专论。2. 六朝,尤其南朝前中期研究。后者囊括政治、经济、制度、文化、军事、外交各方面,范围广泛而分野多歧,无法集中列述。本书采取的处理方法,是在每一章节讨论相关问题时加以说明。而本节所述评的先行研究,专以王融个人的相关论述为对象。

在南朝文学研究中,王融是一个相当尴尬的存在。王融作为永明体的创始人之一,南齐贵族文人年轻一代的领袖,在《南齐书》王融本传、钟嵘《诗品》等同时代文献中早有着重的记载评论。随着时代流变,其存在感有所降低,但唐人如王昌龄、皎然等对之评价也还相当高。然而宋代以后,其形象严重恶化,关注度急剧下落,几乎完全消失在了人们视野中。虽然在关于齐梁文学、永明体的论说中他还保存了一定的地位,但与追随其发起永明体运动的沈约、谢朓相比,则受重视的程度远远不如,形成鲜明的落差。建国以来,这一状况变本加厉。学界对他的研究论述极为贫乏,不但没有任何专门研究著作出版,涉及的论文也为数寥寥;甚至于各种文学史论著,也通常只是在介绍永明体或竟陵八友时一笔带过而已,与沈约、谢朓的篇幅全然无法相提并论①。造成这种现象的原因,也许有以下两点:

1. 因卷入宫廷政变而早逝。王融年仅二十七岁便去世,而沈约历经宋、齐、梁三朝,得享高年,以至于王融虽然比沈约年少二十余岁,在文献记载中却普遍以王融属"齐"而沈约属"梁",仿佛王融年辈还在沈约之前一般。年岁短往往是降低人物影响力和导致作品数量有限的因素。同时作为政变中失败一方中坚的王融,下狱而死,其"权力斗争失败者"的形象也并不光彩。

2. 对其道德上的批评。以司马光《资治通鉴》卷一百三十九《齐纪五》中的评价为代表,王融一向被认为是轻躁求进的佞臣式人物。此外,在唯物主义思想的指导下,学界在讨论范缜神灭论争事件时,竟陵集团从来就是腐朽反动的丑角。作为代替萧子良去劝诱范缜放弃神灭论的人物,王融更在中学历史教科书中以一个利欲熏心的小丑形象出现,自然不会给人什么好印象。

不论原因为何,对王融研究的近乎空白是客观存在的事实。王融似乎是一个缺乏话题,无足一谈的人物。这一现象直到 20 世纪 90 年代方有所打破,出现了十余篇专门讨论王融生平和文学的论文②。除中国外,在日本、美国学界,也有少量论文发表。综观目前的研究现状,不能不说仍远远未能令人满意。非但论文多数只是就其一点立论,缺乏整体观照和文史互通,未能体现出层层深入推进的学术脉络,并且所论也往往似是而非,多有舛误。虽有少数真正扎实精微的研究可供踏足,但更多的时候却反而起到需要费辞纠正的反作用,令人叹惋。这一问题尤其在国内研究中为甚。以下按照中、日、美次序介绍 20 世纪近代学术转型以来的研究

---

① 尤其在介绍永明体时,时常引用钟嵘"王元长创其首"之语,将王融视为永明体的发起人,置于沈约、谢朓之前,但接下去便长篇大论讨论沈约和谢朓,而对王融只字不提了。例如曹道衡先生在给刘跃进《门阀士族与永明文学》所作序言中就说:"(钟嵘、萧统和刘勰)他们总是把南齐'永明体'的创始人王融、谢朓和沈约的出现作为文风转变的标志……以谢朓、沈约为例……"(生活·读书·新知三联书店 1996 年)又如山东大学文史哲研究所主编,汇集了众多名家手笔的《中国历代著名文学家评传》(山东教育出版社 1983 年),沈约、谢朓皆赫然在列,而王融不与焉。这样微妙的反差不能不引起我们的惊奇和思索。

② 当然,与这一时期的学术大爆炸相比,王融研究论文的数量依然只能说是少之又少,无足轻重。

成果,讨论其取得的成果和存在的不足。

在中国学界,最早对王融给予关注的,顺理成章是文学研究界。20 世纪前期三种重要的中古文学史及文学专论都对其有所关注。撰于 1917 年的刘师培《中国中古文学史讲义》①,指出王融不仅在诗的方面"渐开律体",并且"四六之体,粗备于范晔、谢庄,成于王融、谢朓"。罗常培整理刘氏在北京大学的讲义为《汉魏六朝专家文研究》,其中认为王融"为宫体导夫先路"。要之,对王融在文学史上的枢纽意义提到了一个令人瞩目的高度。而在文学评鉴方面,撰于 20 世纪 30 年代的钱基博《中国文学史》②中所论极富见地,既看到王融文学中重视形式辞采,情致不丰的一面,同时也认可其中依然存在着"寓意微婉"、"俊逸"之风,称许其"雄于谢灵运,靡于颜延之"③。(二氏所论详见本书"文学篇"序章,此不赘。)

刘、钱二氏为集部大家,所论虽精,然并非研究王融的专书。直到 20 世纪末,方出现了王融专门研究最为重要的创获:陈庆元先生《王融年谱》④。这可以说是至今为止国内唯一有分量的王融整体研究成果。其中颇有辩证精微之处,虽然限于年谱体例,未能作出更深入的阐发,但却为后人的研究奠定了坚实的基础。其中亦偶有可商之处,如系王融板司徒法曹参军于永明五年,但竟陵王永明二年已入兼司徒,并不需要等到五年正位;又如《法乐辞》当据《出三藏记集》定为永明五年作,谱中亦未能系出。不过小瑕不掩大瑜,今后应当从事的工作,主要是对其中未能触及的部分进行考证充实,如王融父祖的去世时间以及对其命运的影响,王融的少时居住地以及举秀才州郡,担任竟陵王法曹参军、太子舍人、秘书丞这一系列仕途的特殊意义等。诗文系年方面也应尝试更作精密补正。

在基础文献整理方面,则西北大学 2010 年硕士论文《王融诗歌校注》(未出版,作者徐晓方)是最近出现的一个切实成绩。观徐文所作校注,大抵当以古籍检索系统为依据,出典注释颇为详明,可以凭据,但也颇有注解不当,或者未能解明之处,如《圣君曲》"盘苗"、"渝鞣"皆注云未详,其

---

① 本书引用据上海古籍出版社 2000 年版。
② 钱氏斯著"上古至隋唐之部"由湖南蓝田袖珍书店初刊于 1939 年(据傅宏星《钱基博年谱》,华中师范大学出版社 2007 年)。本书引用据中华书局 1993 年版。
③ 钱基博《中国文学史》第三编第六章第四节"齐王融、谢朓、沈约",第 191 页。
④ 收入刘跃进、范子烨编《六朝作家年谱辑要》,黑龙江教育出版社 1999 年。

实盘苗即槃瓠种之武陵蛮及三苗,渝鞣即板楯蛮夷及东夷①。这恐怕是由于依赖古籍检索所导致的缺陷(因为原文是凝缩用典而非照引经典成语,检索系统中就找不到了)。又如,《散曲》"层闺"解作"深闺",又引申解作"佳人",实际上应据《公羊传》宣公六年何注解作宫门;"瑟柱秋风弦"解瑟柱为"瑟上用以系弦的柱",实际上瑟柱当即乐府清商三调之瑟调。这些失误则是源于对诗作整体的理解不足。诸如此类尚复不少,有进一步补充注明的必要。至于比个别词句更进一步的诗意解明,更基本上未能触及,则有待于来者了。此外,徐文中有所谓"补遗"四首,实际上均已见于《全齐诗》,不知其补遗意义何在,亦未免体例不当。总体而言,较之一些尚未读解文意,便率尔操瓠发表议论的文字,徐氏之作在方法论上显然更为正确而有价值。

此外虽非专门研究,但与王融研究有关的著作,20世纪末已有钟涛《六朝骈文形式及其文化意蕴》一书,其中涉及王融的篇幅不多,主要是针对《求自试表》中的对句平仄以及《三月三日曲水诗序》中的四六句式进行了统计分析②。姚晓菲《两晋南朝琅邪王氏家族文化研究》(山东大学出版社2010年)第六章第三节专论王俭、王融文学,但关于声律、"婉美"等方面的叙述并无超出文学史外的创见,值得肯定的是触及了王融文中的"壮气"问题③。

除以上数种以外,尚有十余篇专论性质的论文见诸刊物。李秀花《论王融对佛偈体的改造及其文学史地位》(《理论学刊》2006年第10期)以王融《净住子净行法门颂》31首为研究对象,认为这组作品为佛偈体,但王融以汉地诗体、颂体对之进行了改造。其言不无道理,但也有可商之处。因为佛教偈颂与中国传统颂体相比,可以说有几个基本特点:1.内容不全为歌颂赞美;2.被组合在佛教经典内部而不是独立的作品,因此也就没有独立的标题;3.不仅仅是四言,还包括五言七言等多种体式。王融的组颂固然不全为赞颂,但其中有些部分赞颂的意味也很明显,并且各自都有标题,可以视为独立的作品,究竟其性质应当定位为佛教偈颂还是中国

---

① 分别见《后汉书·南蛮西南夷列传》《尚书·舜典》及《诗·小雅·鼓钟》毛传。
② 钟涛《六朝骈文形式及其文化意蕴》,第93~96页。
③ 姚晓菲《两晋南朝琅邪王氏家族文化研究》,第291~306页。

颂体,尚可商榷。陈允吉先生则在《中古七言诗体的发展与佛偈翻译》①一文中将此颂作为七言诗体发展的关键范本,指出其在体制统一、高度对偶、语言风格浅切明畅等方面,都"在一个关键性时刻介入了鲍照以还本土七言诗的变革过程,并在显著程度上牵掣着此后七言诗歌形式上演进的流向"。此外向回《〈法寿乐〉考》(《北京化工大学学报》2009 年第 2 期)则考得《法乐辞》的撰作时间。其余论文大抵不免獭祭丛胜,这里就不一一赘述了。

　　游离于以上王融研究的焦点之外,一桩具有学术史意义的公案却牵涉及此,颇值得一提。在台湾学界,虽然同样鲜见对王融加以关注者,但在 20 世纪上半叶掀起的英美新批评浪潮席卷下,70 年代的台湾古典文学研究界也开始应用这一方法进行文本细读研究。时任台大外文系主任的颜元叔首揭新批评大旗,对中国古典文学进行了多种个案解剖,其中之一例即对王融《自君之出矣》的细读阐释②。颜氏对这仅仅只有四句的小诗,每一句都做了句法构造、炼字造语、意象映射种种方面的阐释,所论虽然并非以王融为焦点(盖新批评的核心思想即在于作者与作品分离),但这篇长文堪称至今为止对王融单篇作品最精致闳肆的分析范例。颜元叔以其凌厉的才气,立足外文系阵地发起炮轰,对当时台湾的传统中国文学研究造成了猛烈冲击,其言论不免有逞才使气,隔膜于中国文化传统,滥用西方理论之处,因而引起叶嘉莹、徐复观等学者的反击。叶氏即不点名指出颜元叔将"思君如明烛"句法解析为思"君如明烛",明显违反汉语诗法;其将蜡烛意象视为男性象征,更只是对西方文化的生搬硬套③。叶氏持论可谓精确,不过对当时的台湾学界,颜氏之论却最终激起了研究风气的大转变,接下来的一代台湾中国古典文学者颇有受其影响而钻研现代文论,强化文本阐释者。因此这也可以说是王融文学研究至今在学术史上参与度最高的一次登场了。从研究范式的意义上说,这一次的论争虽

---

① 收入氏著《古典文学佛教溯源十论》,复旦大学出版社 2002 年。
② 颜元叔《析〈自君之出矣〉》,台湾《"中央"日报》副刊 1972 年 7 月 6 日、7 日号;后颜氏又加以演绎,写成长文《中国古典诗的多义性》,发表于台湾《"中央"月刊》五卷一期,1972 年。
③ 叶嘉莹《漫谈中国旧诗的传统——为现代批评风气下旧诗传统所面临之危机进一言》,台湾《中外文学》二卷四期、五期,1973 年。后收入《我的诗词道路》(《迦陵文集》第十卷,河北教育出版社 1998 年)。

与王融其人无关,却比其他绝大多数王融研究论著(除下述吴妙慧文外)都具有更高层次的价值,因为这些论著实际都可归入两种类型:1. 大半属于颜元叔所炮轰的阵地,即实证性的外围研究:从文学本位来说,不论对王融其人了解到何等深入的程度,对我们理解王融文学本体都并无意义;2. 上述刘、钱二氏之作虽论文学,又未免有叶嘉莹所指出的旧诗批评中"直观神悟"一路之弊,不能如新批评般条分缕析,以严密的概念作逻辑推演。颜元叔的具体分析固然颇多可议之处,但他的前进方向,以及与叶嘉莹在论争中所阐发的研究方法,却无疑指示着今后在文学方面最具有开拓空间的园地。

在史学方面,曹道衡、沈玉成二先生所著《中古文学史料丛考》(中华书局 2003 年)中,颇有涉及王僧达、王融及竟陵集团其余人物的条目①。其中与王融相关的有"王融《和南海王殿下咏秋胡妻诗》"、"《南齐书·王融传论》"、"王融《上书请给虏书》"、"王融《下狱答辞》"、"王融称字"、"王融之死与萧子良"诸条,考证大抵精当,尤其"王融与萧子良"条分析拥立竟陵事件,指出"融此举似未尝为士林所斥",沈约"亦惜其有志不酬,未尝以为有罪,盖深知其非为行险侥幸者也。萧子显既为齐高帝之后,不欲斥子良,而书又作于梁武,不敢斥梁武帝,故依违其辞,似王融之举,不过一轻躁妄动之小人,然于传论又深惜之,盖有难言之隐也"。议论殊为公允。以上诸条是本书的重要参考。然其中亦不无所失,如"王融《下狱答辞》"条以"安陆王"为安陆侯萧缅,遂疑王融此辞称"王"者为后人改动,其实融所谓安陆王系指武帝第五子萧子敬。又如"王融称字"条沿旧说以为避齐和帝讳,亦误(辩证见第三章)。

与曹、沈所论相类,周一良先生《魏晋南北朝史札记》(中华书局 1985年)之《南齐书札记》"王融谢朓同传"条则论及王融、谢朓合传原因,以为在于其文采相埒,而皆卷入政治斗争,不得其死。然此条在《札记》中未属精当,仅备一说而已。

何德章《读南齐书王融传———论南朝时期的琅邪王氏》(《魏晋南北朝隋唐史资料》第 13 辑,1994 年),是唯一对王融生平进行专门论述的论文。但不能不说,其中对王融的论述存在着相当多的偏失。如谓王融父为王氏而母为谢氏,"门第婚姻无出其右者",事实上王融之父已经地

① 是书虽为文学研究者的六朝文学著述,但内容实为史实考证,故置于此。

位衰落,其母出身亦非谢氏高门;又据阎步克所论认为南朝秀才地位上升,故王融举秀才入仕(举秀才并非入仕,这一表述也有误)也是高门的表现,事实上南朝举秀才虽然不完全像日本学者所认为的那样,只是较低等门户的出身途径,但也绝非什么高门标志,这同样是王融身份低落的表现;又认为王融两度板参军"无疑甚微贱",事实上公督府参军却是南朝的高等起家官,绝非微贱之职,王融板竟陵王法曹行参军反而正是其仕途荣达的起点。凡此种种,不胜枚举,故其所勾勒出来的王融生平轨迹也与事实南辕北辙。这绝非何氏一人的误解,而不妨说是代表着学界在王融研究方面的普遍程度。虽然已经过去了十多年,但这种状况看来并没有根本改变。具体的研究,详见本书"历史篇"。不过,何氏此文亦非一无是处,除了讨论王融的部分之外,对南朝士族以武事求进取,依附君主权力等方面的意见尚有可以首肯之处(虽然日本学者对后一点其实也论之已详)。

阎步克《南朝秀才策题中之法家论调考析》(《北京大学学报》1997 年第 2 期)以王融所作永明九年及十一年策秀才文为主要材料,虽非对王融其人其文的研究,但关系匪浅。文中指出王融策秀才文深受法家思想影响,有明显的"王霸兼综"倾向,这同时反映了齐武帝与王融的意见,与二人的北伐意向有关。作者并且修正自己在《察举制度变迁史稿》中的意见,认可王融策秀才文虽然骈俪繁缛,但并非完全的浮泛空文,其中依然存在着政治功效。这些意见都有值得借鉴之处。此外牟发松《王融〈上疏请给虏书〉考析》(《武汉大学学报》1995 年第 5 期),也与阎作相类,并非针对王融进行研究,而是将王融作品作为史料进行解析。

以下转入对日本学界的观察。1960 年网祐次已出版《中国中世文学研究——以南齐永明时代为中心》一书①,对永明文学进行过基础研究。在资料的收罗,基本面貌的勾勒、竟陵集团的诗作比对等方面,都为后来人打下了一个全面坚实的基础,至今仍可以说是永明文学研究的基本立足点。仅就其考察对象而言,作者以"永明文学"为一独立研究主体,细大不捐,但凡在这一范围内的事项都予以罗列探究,就显出日本学者为学不惮精微的特色,与国内许多大而化之标举"齐梁文学"或者"六朝文学"的

---

① 网祐次《中国中世文学研究——南齐永明时代を中心として——》,新树社 1960 年。

论说迥然有异。当然,这也导致了研究过于平面化,宗旨不彰的遗憾,因此是书虽然堪称优秀的专业研究论著,但却还谈不上第一流的学术经典。不过这自然是不能苛求于作者的。其中第三章第三节为对王融的专论,裁剪铺叙颇为简明得要。此外,对于当时八友与萧子良之间的诗文唱和,包括同题共作及奉竟陵王教作等的说明和时期考证都相当详尽,远胜于后来许多粗疏浮泛的论文。

同样在基本资料方面,有兴膳宏主编《六朝诗人传》(大修馆书店2000年)。该书汇集六朝诗人本传,组织学者加以注释翻译,其中《王融传》由林香奈执笔,释义解故甚为详明,对理解王融本传有相当大的帮助。

论文方面,鸟羽田重直撰有唯一的王融人物专论《王融论》(《和洋国文研究》18号,1982年)。该文对王融生平、著述进行了介绍,从对句和用典方面分析了《三月三日曲水诗序》,然颇嫌繁冗浮浅,抄撮成文,无值得注意的深入探讨。对王融作品的研究,则有两篇,分别是藤井守《论王融的〈策秀才文〉》和森野繁夫《论王融〈三月三日曲水诗序〉》二文①。前者水平一般,后者则较有可观,可视为研究王融此作的基础,也有不少值得商榷之处(见本书第六章第三节)。除此之外,并非专论但也多少有所涉及的,有长谷川滋成《〈文选钞〉所引书》一文②,其中关于《文选集注》所录《文选钞》引《元长集》中王融写成《三月三日曲水诗序》后的上启及齐武帝的答诏,讨论了王融对颜延之的竞争意识,虽甚简率,作为学术话题的提出则尚较森野文为早,也值得一提。

史学方面,吉川忠夫《北魏孝文帝借书考》(《东方学》第96辑,1998年)是最有分量的一篇。北魏孝文帝借书事件的主要材料就是王融《上疏请给虏书》,因此该文与前述牟发松文的讨论对象相同,均对理解王融的相关史料有着重要的作用。论文以北魏的典籍搜集为背景,对《上疏请给虏书》进行了详细的解说,尤其值得注意的地方在于发现了《李璧墓志》中的王融相关史料。

总体而言,日本六朝学界历史悠久,成绩辉煌,但最具备参考价值甚

---

① 藤井守《王融の「策秀才文」について》,《小尾博士退休記念中国文学論集》,第一学習社1976年;森野繁夫《王融「三月三日曲水詩序」について》,《小尾博士古稀記念中国学論集》,汲古書院1983年。
② 長谷川滋成《「文選鈔」の引書》,《日本中国学会報》第32集,1980年。

至基础意义的，仍是史学方面的研究。文学方面虽然也成果丰富，但往往偏于个别课题的研究，较为分散，未能如史学一般建立宏大深远的体系。因此具体到王融研究方面，不过上述寥寥数种而已。

　　欧美学界最为重要的王融研究者，当推六朝学界的名宿马瑞志（Richard Mather）。他曾就王融的作品撰写过两篇专论，分别为《王融的〈净住子净行颂〉》和《佛陀生平与佛教生活：王融的〈法乐辞〉》（分别载《美国东方学会杂志》106 卷 1 号，1986 年；107 卷 1 号，1987 年）①。在这两篇论文中，马氏以深厚的功力，对王融最突出的两组佛教文学作品《净住子净行颂》和《法乐辞》进行了翻译和出典诠释，是相当扎实的传统型研究，对王融诗的注释和理解颇具参考价值。但关于《法乐辞》一文中以《维摩诘经》释"法乐"一语，且认为此作系依据《太子瑞应本起经》改造，则尚未达一间（具体辩证见本书第九章）。

　　此后，马氏更对永明诗坛进行了大规模的研究，对永明体运动的三位领袖沈约、谢朓和王融的全部诗歌进行了英语译注，出版了煌煌两大卷、近九百页的专著——《永恒明照之世——永明时代的三位诗人》（莱顿博睿学术出版社 2003 年）②。这堪称是至今为止对沈、谢、王三人诗歌最重要的综合性基础研究。不过沈、谢诗在中文世界均已有注本，因此马氏工作最为独创性的部分正是对王融诗的译注。在英译之外，其注解重点并不在于个别词句的说明（同时对这方面的工作也并不完备），而更多地在于研究性的阐发比较，可以说是一种带有研究札记性质的注释法，其中所论颇有值得借鉴之处。但以一人之力完成如此浩大的工程，其中自然也难免存在着相当数量的失误，主要表现在以下两点：1. 文辞释义未尽详明乃至误解。王融部分尤其似未参考《古文苑》所录诗作的章樵注，导致理解上的不足。2. 对六朝社会文化制度的认识偏差导致对诗作的整体理解失误。最典型的例子如王融与范云的唱酬之作，由于对王、范二人具体政治地位理解不当，马氏所释与原诗意义几乎可以说是南辕北辙。这些地

① Richard Mather, *Wang Jung's "Hymns on the Devotee's Entrance into the Pure Life"*, Journal of the American Oriental Society, Vol.106 No.1, 1986; *The life of the Buddha and the Buddhist life — Wang Jung's (468 – 493) "Songs of Religious Joy" (Fa-le tz'u)*, Journal of the American Oriental Society, Vol.107 No.1, 1987.

② Richard Mather, *The Age of Eternal Brilliance: Three Lyric Poets of the Yung-Ming Era (483 – 493)*, Leiden; Boston: Brill, 2003.

方都需要后来者予以补正。不过无论如何,马氏对永明诗坛研究所作出的努力都值得我们致以高度的敬意。

在马瑞志之外,最新的,在我看来也是最具有方法论意义的一项王融研究成果,则是吴妙慧的论文《王融三首诗作中的声律》(《美国东方学会杂志》124卷1号,2004年)①。这一论文通过对王融《饯谢文学离夜》及两首回文诗的声律分析,精准别致地透析了其中的音韵形式。更重要的地方在于,这篇论文完全扭转了永明声律研究中的传统思路,不再以近体诗律来印证永明诗创作,而是从纯粹的形式规律角度来重新发现王融对诗歌声律的探求。具体的介绍,置于本书终章,这里暂不赘述。

除了以上公开发表、出版的论著以外,至今为止,尚未见任何一本博士论文以王融为研究对象,但自2005年至2011年,硕士论文却密集地出现了七种之多②,对相关材料进行了梳理和分析,有其值得参考之处,但作为硕士论文,大体上仍然停留在罗列资料、提出感想层次,在此不复一一赘述。值得注意的是,七篇论文中有五种以王融诗歌为论题,足见目前对王融的基本印象并未得到反思,依然停留在诗人层面。另外,这些论文所秉持的立场,往往为王融大唱颂歌,认为他"忠肝义胆"、"提拔后进"、"文风慷慨"、"理想美好"等,一反过去传统评价的常调。这可能与现代学术规范下年轻学者进行专题研究工作的心理有关,总希望为自己的研究对象寻求正面价值。这种心情可以理解,不必苛责。事实上,曾经"青史留名"的人物,哪怕只是在史传中留下一两笔痕迹,本身就已是时代中凤毛麟角的少数精英。他们之所以能够在时代洪流中擦

---

① Goh Meow Hui, *Tonal Prosody in Three Poems by Wang Rong*, Journal of the American Oriental Society, Vol.124 No.1, 2004.

② 除上述《王融诗歌校注》外,尚有六篇,分别是郑州大学赵静《王融诗歌研究》(2005年)、南京师范大学蒋丽萍《王融研究》(2007年)、河北大学赵蓉《王融诗论》(2007年)、暨南大学陈舒容《王融诗文研究》(2008年)、广州大学马电《王融和他的组诗研究》(2009年)和西北师范大学王济肖《王融及其诗歌研究》(2011年)。以上据中国知网优秀硕士论文数据库。由于网络资源在时间上有所延迟,故实际可能还不止此数。这种现象的出现,恐怕不能用王融本人的受关注程度提高来解释,而是当代学科体制中硕博生大量增加的结果。同一专业研究生的蜂拥而至,导致毕业论文研究主题的枯竭。在如饥似渴的学术掘金潮中,任何一片"空白领域"都无所遁形。在这种情形下的王融论文数量增多,很难认为是真实反映了学术研究的深入程度。

出自己的光芒,也必然是由于其自身拥有着相应的价值,绝非幸致。这样的人物,一经成为研究对象,深入探究,其光彩闪耀之处自然不难感动人心。只是,对历史人物的评骘,举之则使上天,按之则使入地,不过是出于一己的立场和思想倾向。如何尽可能细致还原历史相貌,从文献资料本身寻求结论,避免感情色彩浓厚的主观判断?实在是本书深为警惕,勉力致之而不知能否做到的自我期许。

综上所述,可以看到王融研究已经取得了一定的积累,但同时也包含着明显的不足:

1. 基本资料的整理解读已有了较为坚实的基础。《王融年谱》、《中国中世文学研究》王融专节、《王融传》注释、《王融诗歌校注》以及《永恒明照之世》是这方面的显著成果。但缺失则有三:(1)依然有不少未能解明的部分有待澄清。(2)限于基本情况的探讨,如时间、地点、作品的考证,而未能相互勾连起来,组织起立体性的王融像,时时知其然而不知其所以然。(3)由于学界对永明体运动的理解偏于诗歌方面,因此王融也主要被理解为诗人,导致学界对其文的关心严重缺失。已有两种作品译注都完全以其诗为对象。然而实际上如本书“文学篇”所论,王融在文章方面的表现更值得我们瞩目。

2. 某些焦点问题得到了较为集中的讨论,如北魏孝文帝借书事件,就有吉川忠夫、牟发松二文以及《中古文学史料丛考》中的相关条目;《净住子净行颂》则分别有马瑞志、李秀花的论文①。但可惜的是,这些论文各自独立,先后之间看不到任何参考的痕迹,因此所得到的结论或者研究的取向也都零散无体系,并未能看到向特定方向的纵深展开。而在此之外,空白未经讨论的环节却仍所在多有。

3. 王融在文学史上最大的意义,被认为是与声律论的兴起有关,然而对王融及其文学的理解却受到资料与视角所限,无法突破依据外部史料的表层叙述,因而也就难以使王融研究真正融入学术主脉,成为文学史演进叙事中的有机环节。

因此可以说,王融研究依然停留在一个较为表面且局部的层次。而如本书所持宗旨,以南朝贵族社会为立足点,探究作为南朝贵族的王融

---

① 此外史学方面最重要的事件当然是永明末年的拥立竟陵政变,但历来论著几乎都没有把王融作为主要讨论对象,故此处不予专门介绍,学术史综述及研究详见第五章。

像;以中世贵族文学为指归,对王融文学予以解明的成果,则更未之见了。下文即以上述种种研究为起点,踏上对王融与王融文学实相的探求之旅。

历 史 篇

第一章 家世盛衰
——从云端跌落的贵公子孙

第一节 七叶重光
——宋齐时代的琅邪王氏

在任昉《为萧扬州荐士表》中有这样的话：

> 窃见秘书丞琅邪臣王暕，年二十一，字思晦。七叶重光，海内冠冕。①

王暕是王俭之子，也就是本书的研究主题王融的从弟。无独有偶，王融也正是以二十出头的年纪就担任秘书丞，两人在历史上的形象颇有重叠，王融可以说就是王暕的先声。从南齐时代的王融、王暕这一代上推到其先祖王导，大抵经历七世。琅邪王氏从东晋初到齐梁时代，以最高门第傲视天下，冠于海内。虽然朝代有更替，门阀有兴衰，而琅邪王氏始终光荣不替，在王朝政治和贵族社会中占据着核心地位，这就是所谓"七叶重光"②。

---

① 《文选》卷三十八"表下"，《日本足利学校藏宋刊明州本六臣注文选》，人民文学出版社 2008 年，第 2364 页（是书据日本汲古书院本缩印，此为标示的原本页码，下同）。
② 值得注意的是，"七叶"本身是用汉金日磾的典故。《文选》卷二十一左太冲《咏史》："金张藉旧业，七叶珥汉貂。"李善注："班固《汉书·金日磾赞》曰：'夷狄亡国，羁虏汉庭，七叶内侍，何其盛也。'七叶，自武至平也。"然而同时，"七叶"却又是齐梁时代琅邪王氏的实际写照。当时人对这一点应当说是有强烈意识的。除了任昉对王暕的赞誉之外，王融的另一位族弟王筠在《与诸儿书》中也写道："非有七叶之中，（转下页注）

琅邪王氏一族,向来是六朝史研究关注的中心。本书并非对王氏的专门研究,不必面面俱到,重言赘论。在这里,只讨论与王融相关的一些问题。

在过去的六朝史研究中,常常有一个倾向,即以门第出身来审定个人的身份高低和社会文化属性。例如史传中如果提到某人出身"琅邪王氏"或"阳夏谢氏",一个直观的判断就是此人门第高贵,是人上之人。论者并且时常引用《南齐书·王俭传论》所谓"贵仕素资,皆由门庆,平流进取,坐至公卿"这一顶大帽子,不加区别地按到王谢子弟头上,就仿佛任何一个出身琅邪王氏或者阳夏谢氏的人都能尸位素餐,袖手而至公卿一般①。然而这实在是不正确的。王俭传论是针对王俭(及同等身份者)而发的,而王俭乃是南齐王氏的领袖,绝不可与一般子弟同日而语。正如上引"七叶重光,海内冠冕"的应用对象是王俭之子王暕一样,这些修辞实际上都有严格的限制。同样,王俭长子王骞"尝从容谓诸子曰:'吾家门户,所谓素族,自可随流平进,不须苟求也。'"(《梁书》卷七《后妃传》)这些彰显高贵的形容初看起来是指琅邪王氏,但实际上都是集中落在王俭一家的。家族史学者已经指出,所谓六朝家族,并不像过去所想象的那样是一个统一的整体,而是众多家庭在同一名义下的松散集合。正如李卿所言:

> 通过以上对文献记载中同居共财大家庭具体实例的分析,发现它们在社会实际生活中是很少见的,即使同居也是短暂的,分家析产才是社会的主流。因此,秦汉魏晋南北朝时期,无论是官僚贵族,还是豪强大族,抑或平民百姓,他们的家庭结构基本上还是以小家庭为主。持大家庭之说者误将历史上罕见的特例视为通相,或者以静态的眼光看待同居,因此误以为同居共财大家庭居社会多数。②

(接上页注)名德重光,爵位相继,人人有集,如吾门世者也。"(《梁书》卷三十三《王筠传》)第七代的琅邪王氏子弟们在读到《汉书》这段文字的时候,大约都不由自主地意识到了这与自己家族的命运恰好重合,因而更增添了对自身的意识和骄傲。

① 如萧华荣《簪缨世家:两晋南朝琅邪王氏传奇》中在叙述王融时就是如此,生活·读书·新知三联书店 1995 年,第 188~189 页。

② 李卿《秦汉魏晋南北朝时期家族、宗族关系研究》,上海人民出版社 2005 年,第 68~69 页。

不难理解,分财别爨的不同家庭由于人口的繁寡、居官的高下、营生的盛衰,相互之间必然产生悬殊的区别。尤其在仕官方面,王朝官僚体制高层的人数极其有限,而家族人数却十分庞大,绝不可能任何一个人都有资格进入体制核心,身任宰辅。同时由于服制的远近,也不可能每个家庭之间都存在着平等的联结关系。陶潜所谓"昭穆既远,以为路人"①,正是这种情形的真实写照。在所谓的家族内部,也存在着贵者累世三公,贱者手自耕织的贵贱分化,也存在着亲如兄弟手足,疏同甲乙路人的远近区别。这在史传中也可以找到大量印证。然则我们对于王融,以及王融所出身的家庭,就决不能简单地以"琅邪王氏"四字一括了之,而必须要细致追究他的这一支系传承在琅邪王氏内部(以及整个南朝社会中)处于什么样的位置,又经历过怎样的发展曲折?

关于琅邪王氏谱系,王伊同《五朝门第》所附"高门权门世系婚姻表"中已经列出详尽的图表,从王导到王融之间的传承如下:

王导—王洽—王珣—王弘—王僧达—王道琰—王融

众所周知,东晋南朝史上的所谓"琅邪王氏"门地,虽然是以王导及其兄弟群从在东晋建国过程中的功业为基础奠定的,但位处家族核心,在政治和社会上发挥主要作用的,其实就是王导和从兄王敦二人。王敦生前名位极盛,但却由于反逆身死,被目为贼臣,家系灭绝。此外,王导从子王羲之一系由于在文化艺术史上的辉煌成就而受到特殊瞩目,不过王羲之本人在贵族政治中的地位并不很高,而其支派在东晋以后也明显衰落。因此自东晋传至南朝的琅邪王氏虽然有多支,但真正被目为"甲门",代表着"琅邪王氏"这一名号的,实际上却主要就是王导的子孙。其余在南朝史书中出现的王氏子弟,如王导从祖弟王彬一系,所谓乌衣巷王氏,"位官微减"②,从王彬之子王彪之开始,临之、讷之、准之,四世担任为甲族所轻厌的御史中丞一职③;又如南齐官至尚书令的王晏,出自王彬之兄王廙一系,而家门却更为衰落,比王彬一系更为不如,被吴兴豪族出身的沈文季

①《赠长沙公·序》,《陶渊明集》卷一,逯钦立校注,中华书局1979年,第18页。
②《南齐书》卷三十三《王僧虔传》,第592页。
③《宋书》卷六十《王准之传》。

嘲笑为"琅邪执法,似不出卿门"①。这些家门在南朝虽然并未被排出贵族圈外,但地位却严重低落,无法视为第一流高门。此外,同样出自王廙,但与王晏分支不同的王裕之一系,在南朝亦为高门,但据其曾孙王峻所自言,其家门高贵的渊源却在于外家谢氏而不来自王氏②。

王导有五子,王洽为其第三子。《晋书》卷六十五《王导传》附《王洽传》:

> 洽字敬和,导诸子中最知名,与荀羡俱有美称。弱冠,历散骑、中书郎、中军长史、司徒左长史、建武将军、吴郡内史。征拜领军,寻加中书令,固让,表疏十上。③

王洽以第五品的散骑侍郎起家,这是由于王导的缘故。《通典》卷二十一职官典三"员外散骑侍郎"下注曰:

> 晋代名家,身有国制(封?)者,起家多为员外散骑侍郎。④

此外,刘宋国公常例"除员外散骑侍郎",而梁、陈亦"三公子起家员外散骑侍郎"⑤,可知在整个东晋南朝时代,出仕之前袭爵的国公以及三公之子的起家官之例都是员外散骑侍郎。这比甲族正常情况下的最高起家官秘书郎(六品)还要高一级。他在三十六岁的时候便去世,而在那之前已经达到中书令(宰相)的地位,只是由于本人坚持不肯接受,才没有在官僚体

---

① 《南齐书》卷四十四《沈文季传》,第779页。琅邪执法即谓世代担任御史中丞的王彪之家系。

② 《南史》卷二十四《王裕之传》:"(王峻)子琮为国子生,尚始兴王女繁昌主。琮不慧,为学生所嗤,遂离婚。峻谢王,王曰:'此自上意,仆极不愿如此。'峻曰:'下官曾祖是谢仁祖外孙,亦不藉殿下姻媾为门户耳。'"在王峻夸傲自身门第高贵时,抬出来的并不是"琅邪王氏"这一块金字招牌,却是远溯到曾祖王裕之的外祖父谢尚,足见他并无代表琅邪王氏的资格。

③ 《晋书》,中华书局1974年,第1755页。

④ 《通典》,中华书局1988年,第553页。

⑤ 《宋书》卷六十七《谢灵运传》,中华书局1974年,第1743页;《隋书》卷二十六《百官志上》,第741页。又,参见中村圭尔《六朝贵族制研究》第二篇第一章第四节"起家と任子制",风间书房1987年。

系中进入到更高的层次而已。

王洽之子王珣，弱冠为桓温主簿，深受信用，"军中机务并委珣焉，文武数万人，悉识其面"①。作为当时名士（与桓温的影响力当不无关系），得到晋孝武帝的亲信。晋末政坛是太原王氏的角逐场，孝武帝方的王恭一支，以及相王司马道子方的王国宝一支，对峙相争，两败俱伤②。而在当时代表着琅邪王氏与之周旋抗衡的人物正是王珣。王珣最后官至假节、卫将军、都督琅邪水陆军事（第二品），死赠车骑将军③，桓玄改赠为司徒。因此王珣最后位达三公④，是王导孙辈中最早到达这一顶点的人。

在王洽、王珣以后，其子孙就成为了南朝政治史和贵族文化史中至为重要的存在⑤。从王氏世系表中可以看得很清楚，即使在王导的子孙当中，南朝王氏最庞大的支派也是王珣一系。当然，这并不是王氏各系在当时的真实人数反映，而是通过考证史书而复原的状况，因此各支的人数多寡毋宁说反映着其在历史舞台上出现的频率，换言之，在一定程度上反映着其对历史的影响力。中村圭尔在统计东晋、南朝起家秘书郎的家系时发现，南朝琅邪王氏中以最高等起家官秘书郎起家的子弟，全数出于王洽—王珣一支，并进而指出"被视为南朝王氏主流的，恐怕就是这一家系了"⑥。狩野直祯在《王俭论》中对此也有所提及，但并未作出论述⑦。日

①《晋书》卷六十五《王导传》附《王珣传》，第 1756 页。

② 参田余庆《东晋门阀政治》第六章"门阀政治的终场与太原王氏"，北京大学出版社 1989 年。

③ 卫将军与车骑将军均为二品的高等将军衔，在将军中仅次于一品的大将军和二品之首的骠骑将军而已。

④ 六朝死赠视同生前得官。如《南史》卷二十一《王弘传》附《王僧达传》："僧达自负才地，一二年间便望宰相。尝答诏曰：'亡父亡祖，司徒司空。'"王弘虽然位居司空，但其父王珣生前却并未达三公，而是死后才赠位司徒。王僧达以此答诏，足见在六朝人观念中赠官的地位不减生前居官。《宋书》卷四十二《王弘传》亦直书为"父珣，司徒"。

⑤ 除王洽一系外，王导四子王协一支原本也十分显贵，其子王谧（王劭之子过继）为司徒，子"瑜、球、琇。入宋，皆至大官"（《晋书》卷六十五《王导传》附《王谧传》）。四世孙王奂为雍州刺史。但这一家系着力于营造清高简贵的贵族形象，有不交外事的倾向，因而对现实政治的影响力不大。最后由于王奂擅杀僚属，被齐武帝发兵诛杀，这一家系因而断绝。总体而言此支虽贵，生命力并不强盛，仍称不上是王氏主脉。

⑥《六朝贵族制研究》第二篇第一章第三节"家格と起家官"，第 184 页。

⑦ 狩野直祯《王俭論》，收入川胜义雄、砺波护编《中国贵族制社会の研究》，京都大学人文科学研究所 1987 年。

本学者的这一判断是很正确的,不过,起家官虽然反映着家系的高低,却不能成为门地高贵的成因,而毋宁说是其结果。事实上这一家系之所以在众多分支中独领风骚,与其子弟历代位居宋、齐两朝的宰辅机要,甚至位达台司——所谓"累世三公",有非常密切的关系。

王珣事迹已如上言。《晋书》卷六十五《王导传》附《王珣传》:"珣五子:弘、虞、柳、孺、昙首,宋世并有高名。"①晋末琅邪王氏夹在皇室司马氏与太原王氏、龙亢桓氏之间,已有衰弱之势,政治上除王珣之外别无可称者,然而刘宋代晋以后,王氏却又重新获得了政治上仅次于帝室的最高地位,借此牢牢维持住了其在门阀制度上的最高位置。这当中发挥了重大作用的就是王弘、王昙首兄弟②。前者为刘宋前中期的宰辅重臣,在刘裕任镇军将军讨桓玄时已为其佐属,曾衔命讽朝廷策刘裕九锡,在刘宋代晋过程中起到了重要作用,其后又参与定策拥立文帝。而王昙首则在宋文帝登位之前便任其镇西将军长史,借此成为其亲近心腹,在文帝剪除前朝元老权臣的政治斗争中立下大功,史称"诛徐羡之等,平谢晦,昙首及华之力也"。"晦平后,上欲封昙首等,会宴集,举酒劝之,因抚御床曰:'此坐非卿兄弟,无复今日。'"由于兄弟二人的并力合作,这一家系在宋文帝朝达到极盛,"时兄弘录尚书事,又为扬州刺史,昙首为上所亲委,任兼两宫"③。王昙首居内官(侍中)为文帝亲信,又任太子詹事,掌东宫事务(所谓"任兼两宫");而王弘总理全国政务,两人权势之盛,连作为相王的彭城王刘义康也有被排挤之感。南朝王珣一支从此开启了家族繁盛局面。王

---

① 《晋书》,第 1757 页。

② 此外还有王荟一系的王华。这些王氏子弟的重新奋起,都是刘裕在兴起过程中招揽王氏以为己用的结果。《宋书》卷六十三《王华传》:"少有志行,以父存亡不测,布衣蔬食不交游,如此十余年,为时人所称美。高祖欲收其才用,乃发廞丧问,使华制服。"同卷《王昙首传》:"与从弟球俱诣高祖,时谢晦在坐,高祖曰:'此君并膏粱盛德,乃能屈志戎旅。'昙首答曰:'既从神武之师,自使懦夫有立志。'晦曰:'仁者果有勇。'高祖悦。行至彭城,高祖大会戏马台,豫坐者皆赋诗;昙首文先成,高祖览读,因问弘曰:'卿弟何如卿?'弘答曰:'若但如臣,门户何寄?'高祖大笑。""膏粱盛德"的高门子弟原本是优游无事,不应从事兵旅实务的,然而却由于门地无"寄"而不得不"屈志戎旅"。王华与王弘兄弟一样达到了宰相之位,但其后人未能继承其绪(《宋书》卷七十一《王僧绰传》:"华子嗣人才既劣,位遇亦轻。"),故这一系也旋即衰落,未能成为南朝王氏的主要家系。

③ 并见《宋书》卷六十三《王昙首传》,第 1679、1680 页。

弘最后官至太保,这是王朝三公中的上公,位仅次于太傅。一般而言三公已经位极人臣,而上公更为难得。《宋书》王弘传位列列传第二,仅次于后妃传,可见其在刘宋人臣中地位之尊。而王昙首虽然早卒未达三公,其子王僧绰、王僧虔、孙王俭却相承不坠,维持了家系的光荣。王僧绰"弱年众以国器许之"①,二十九岁即官至侍中,是文帝晚年欲托以后事的人物。元嘉末太子刘劭弑父篡位,王僧绰因而被杀,年位不终,但他作为贵族典范人物的形象却深刻地留在了南朝贵族舆论中,《宋书》王僧绰传论甚至以之与羊祜相比。

在王僧绰以后,随着萧齐代宋的历史过程展开,王氏家族也进入了新的世代。王僧绰之子王俭辅佐萧道成登基,成为功臣首辅。在本书所集中关注的南齐前中期这一时间段中,王俭作为琅邪王氏毫无争议的代表者,先后担任尚书右仆射和尚书令(宰相),长期掌管王朝最为重要的吏部铨选,并于永明五年开府仪同三司,永明七年死后追赠太尉。同时,其叔父王僧虔作为王氏元老,在这一时期也达到了与王俭相当的地位,因为畏惧家门过盛而不得不辞退开府仪同三司②,卒后追赠司空。王珣家系自晋至齐,王珣(司徒)—王弘(太保)—王僧虔(司空)—王俭(太尉),四世为宰辅三公。论其地位之要、历时之长,不但琅邪王氏内部,即使整个南朝史上也没有其他任何家族(除皇族外)可以与之相提并论。

在确认了王珣家系在南朝贵族社会中的定位之后,我们回头来看王融所属一支在其中的位置。在王弘、王昙首兄弟当政时期,实际上地位更高、形象更著的人物是王弘,"王太保"在南朝前期的政治文化中,成为了一种理想模范。《宋书》卷四十二《王弘传》:

> 弘明敏有思致,既以民望所宗,造次必存礼法,凡动止施为,及书翰仪体,后人皆依仿之,谓为王太保家法。③

① 《宋书》卷七十一《王僧绰传》,第1850页。
② 《南齐书》卷三十三《王僧虔传》:"世祖即位,僧虔以风疾欲陈解,会迁侍中、左光禄大夫、开府仪同三司。僧虔少时群从宗族并会,客有相之者云:'僧虔年位最高,仕当至公,余人莫及也。'及授,僧虔谓兄子俭曰:'汝任重于朝,行当有八命之礼,我若复此授,则一门有二台司,实可畏惧。'乃固辞不拜,上优而许之。"
③ 《宋书》,第1322页。

在当时的印象中,王弘是一个仪范导师式的人物,他的影响力并不仅限于具体的政务处理而已。《宋书》卷一百《自序》中,也透露出当时人对王弘的追怀之情:

> 太祖后读(沈)林子集,叹息曰:"此人作公,应继王太保。"①

史家通常将研究重心置于硬性的制度阶级层面,而不措意于这种软性的观念形象方面。然而六朝数百年中,为王为公者不知凡几,却并不是任何一个身达高位者都能对后世造成同样影响的。我们必须要注意到这种个人人格魅力对"琅邪王氏"这一品牌形成的重大作用②。"我是王弘之子"和"我出身琅邪王氏"这两种自述,对于一个宋齐时代的人而言是不可相提并论的。前者因为笼罩在王弘的光环下而更直接地被赋予尊贵血脉,这种尊贵不仅仅来自贵族制度的规定,同时也来自对道德人格理想的尊重。正是因为这一个缘故,如我们下文中将会详细讨论的,王弘之后,包括其二子王锡、王僧达、曾孙王融,都非同寻常地以自己的门地高贵自傲。如果不认识到这种自傲来自"最高贵门地(家族)中的最高贵血液(个人)",而只是泛泛解为"琅邪王氏"之傲,他们的表现就难免显得夸诞而不可理喻了。

然而,在这种极度尊贵的另一面,理所当然是最高贵族的王弘后人,在事实上却并没有能够真正接续王氏的主脉,而是如上所述,由王昙首子孙获得了这一资格。因此这一系人物身上不可避免地呈现出典型的"失落的光荣"特征。王弘长子王锡人才凡庸,虽然凭借父亲恩荫得到高贵出身,行事却乏善可陈,连史书一传的资格都未能获得。因此其子孙也无可称述,直到曾孙王冲,才又作为萧梁外戚而显达。次子王僧达,即王融祖父,则聪明轻薄(详见下节)。两人在自恃高贵这一点上完全一致③,但才

---

① 《宋书》,第 2459 页。
② 就像"竹林七贤"、"中朝名臣"、"江左名臣"这些称号一样,对于昔日文化理想的追怀会成为直接影响现实的力量。
③ 《宋书》卷四十二《王弘传》:"子锡嗣。少以宰相子,起家为员外散骑,历清职,中书郎,太子左卫率,江夏内史。高自位遇。太尉江夏王义恭当朝,锡箕踞大坐,殆无推敬。"王僧达事见下节。

华高下却相去甚远,因此兄弟关系恶劣①。这无疑造成了家庭力量的薄弱,因而王僧达在失败被杀后其子孙也没有获得任何援手。这一点与王昙首家系形成了鲜明对比。王僧绰、王僧虔兄弟感情深厚,而王僧绰被杀后,正是王僧虔将王俭抚养成人的。在家族传承中,与某一个体的荣达或不遇相比,能否维持稳定的传承机制才更为关键,王弘家系迅速衰落而王昙首家系生命力旺盛的原因当即在于此。

通过以上观察,我们已经可以明确判断王融的家世定位:他出身于东晋至宋齐时代最高门地中的最高家庭,然而其传承却在中途失去了活力,沦为旁支。但由于曾祖父王弘的特殊存在感,他依然有光荣的家族历史可供依傍。在下面的讨论中我们会看到,这一历史背景,对于王融的个人生命史而言是有着极端重要的意义的。

第二节 贵公子王僧达
——皇权下的贵族悲剧命运

王融祖父王僧达的事迹,具见《宋书》卷七十五《王僧达传》及《南史》卷二十一《王弘传附王僧达传》。王僧达本人并非本书研究的重点,这里就不必一一叙说,只讨论与之相关的几个重要问题。作为王融的祖父,王僧达的性格和命运都与王融有着大量的共同点,可谓箕裘不替。如果说王融是萧齐时代的代表性贵族,那么王僧达就是刘宋时代的代表性贵族。对王僧达作一概括性的研究,不仅对理解王融的性格和生平意义重大,而且能对刘宋时代的贵族制社会有一更好的把握。

一、王僧达、谢灵运比较论:南朝前期的典型贵族像

《资治通鉴》卷一百二十八引裴子野《宋略》:

  古者,德义可尊,无择负贩;苟非其人,何取世族! 名公子孙,还

————
① 《宋书》卷七十五《王僧达传》:"与锡不协……母忧去职。兄锡罢临海郡还,送故及奉禄百万以上,僧达一夕令奴辇取,无复所余。"

> 齐布衣之伍;士庶虽分,本无华素之隔。自晋以来,其流稍改,草泽之
> 士,犹显清途;降及季年,专限阀阅。自是三公之子,傲九棘之家,黄
> 散之孙,蔑令长之室;转相骄矜,互争铢两,唯论门户,不问贤能。以
> 谢灵运、王僧达之才华轻躁,使其生自寒宗,犹将覆折;重以怙其庇
> 荫,召祸宜哉。①

从这里我们可以看到时人对王僧达的意见。王僧达在今天默默无名,和
谢灵运不可同日而语,然而在裴子野的判断中,这两人却属于同一类型的
代表人物。这一判断无疑是更为正确的。百世之下,我们能够看到、能够
作为判断依凭的主要是本人著述。诗文多、文采胜的人物,地位和影响都
会一代代地得到叠加。但在当时的历史条件下,王僧达、谢灵运作为王、
谢二氏的重要人物,才华高迈、性情轻躁、仗势犯法、“谋反”被诛,其形象
与命运均如出一辙。他们可以说是宋齐贵族制发展到成熟阶段的一种典
型代表,也就是所谓“才华轻躁”、“怙其庇荫”。才华轻躁是对个人才能的
自负,怙其庇荫是对家族门第的骄傲。作为文化结晶的才华,与作为社会
势力后盾的家族,这正是高等贵族们所依恃的两大支柱,也是他们得以凌
傲国家权力的基础。而他们的命运,正是个人、家族与皇权交互作用的结
果。下面我们即先从门第、才华、性情轻慢、肆行犯法和悲剧结局等方面
作一概观,以明确他们之间命运模式的共同点。尤其最后一点对王融的
命运有着至关重要的影响,更值得给予详明的探讨。不过,谢灵运的情况
已经多所研究,人所共知,且又非本书主题,所以下面的讨论,大抵略谢而
详王。

　　王僧达的家世已见上节。谢灵运的父亲谢瑍人才平庸,但他的祖父、
从曾祖父却是大名鼎鼎的谢玄和谢安。仅此一端,已经足够保障谢灵运
出身的高贵。王导与谢安,这两个东晋政治史上意义最为重大的人物,分
别奠定了王、谢二族的门第,而他们在刘宋时代的投影,则落到了王僧达
和谢灵运的身上。谢灵运七岁即袭爵康乐公②,王僧达则弱冠为宋文帝所

---

① 《资治通鉴》,第4038~4039页。
② 谢灵运何时袭爵,学界有不同意见,宋红《谢灵运年谱考辨》(《文学遗产》2000年第
1期)辩证甚详,今从之。

赏,娶临川王刘义庆女①。

　　谢灵运的才华,人所共知,不必赘言。王僧达在今天已经难以进入文学史行列,然而这乃是后世选择、埋没的结果。在钟嵘《诗品》中,王僧达位列中品,评曰:"征虏卓卓,殆欲度骅骝前。"②能够进入上品的,除谢灵运外,都是汉晋名家,而谢灵运其实也生于东晋,因此中品实际上已经是钟嵘对南朝诗人给予的最高品位。《文选》亦收入其文一篇(《祭颜光禄文》)、诗两首(《答颜延年》《和琅邪王依古》)。在南朝人眼中,王僧达毫无疑问算得上一位文学名家。《宋书》本传称为早慧,"少好学,善属文"。值得注意的是,王、谢二人的才华,都与自然山水之好有着密不可分的关系。王僧达"为宣城太守。性好游猎,而山郡无事,僧达肆意驰骋,或三五日不归,受辞讼多在猎所",而他自己所上的《辞太常表》中也自言"生平素念,愿闲衡庐","性狎林水,偏爱禽鱼"③。

　　个人品性方面,两人都狂傲不驯,目无余子。《宋书》卷六十七《谢灵运传》:

　　　　王昙首、王华、殷景仁等,名位素不逾之,并见任遇,灵运意不平,多称疾不朝直。穿池植援,种竹树堇,驱课公役,无复期度。出郭游行,或一日百六七十里,经旬不归,既无表闻,又不请急。④

又《南史》卷十九《谢灵运传》:

　　　　在会稽亦多从众,惊动县邑。太守孟𫖮事佛精恳,而为灵运所轻,尝谓𫖮曰:"得道应须慧业,丈人生天当在灵运前,成佛必在灵运后。"𫖮深恨此言。又与王弘之诸人出千秋亭饮酒,倮身大呼,𫖮深不

---

① 所谓"国家婚姻",这被视为对个人前途有很大积极作用的因素。《宋书》卷七十一《王僧绰传》:"先是,父昙首与王华并为太祖所任,华子嗣人才既劣,位遇亦轻。僧绰尝谓中书侍郎蔡兴宗曰:'弟名位应与新建齐,超至今日,盖由姻戚所致也。'"僧绰尚宋武帝长女东阳公主。当然,王僧达所尚为宗室王女而非公主,比王僧绰要低一等,这大概由于他不是长子的缘故。
②《诗品》卷中,曹旭《诗品集注》,上海古籍出版社1994年,第277页。
③ 并见《宋书》卷七十五《王僧达传》,第1951、1955页。
④《宋书》,第1772页。

堪,遣信相闻。灵运大怒曰:"身自大呼,何关痴人事。"①

王僧达传记中则同样记载了他轻侮同僚甚至尊长的事例。《南史》本传:

> 先是,何尚之致仕,复膺朝命,于宅设八关斋,大集朝士,自行香,次至僧达曰:"愿郎且放鹰犬,勿复游猎。"僧达答曰:"家养一老狗,放无处去,已复还。"尚之失色。②

但是,应当指出的是,这种侮慢并不是出于个人私怨,何尚之二次出仕的事件在当时颇引起世人非议,"议者咸谓尚之不能固志",袁淑"录古来隐士有迹无名者,为《真隐传》以嗤焉",沈庆之则当面讥讽说"沈公不效何公去而复还也"③。王僧达的言行,实际上是贵族社会舆论的一种激烈表现。同传所记另一事件更为典型:

> 后孝武独召见,傲然了不陈逊,唯张目而视。及出,帝叹曰:"王僧达非狂如何?乃戴面向天子。"后颜师伯诣之,僧达慨然曰:"大丈夫宁当玉碎,安可以没没求活。"师伯不答,逡巡便退。④

面对天子,王僧达依然表现出桀骜不驯的态度。然而史家已经指出,宋孝武朝乃是皇权急剧强化的时期,皇帝亲信的中书舍人群的权力加强,开始侵夺中书、尚书权势也正是在这一时期⑤,所谓"孝建、泰始,主威独运","耳目所寄,事归近习"⑥。不但如此,更应当指出的是,这种皇权加强并不仅仅表现在抽象的势力消长上,而是不加掩饰地在人与人的日常交接中呈现出来。当时即使是王公贵臣,也难免受到皇帝的侮慢戏弄,《宋书》卷七十六《王玄谟传》:

---

① 《南史》,中华书局 1975 年,第 540 页。
② 《南史》,第 574 页。
③ 《南史》卷三十《何尚之传》,第 783~784 页。
④ 《南史》,第 573~574 页。
⑤ 参越智重明《魏晋南朝の贵族制》第六章"宋齐政权と宋齐贵族制",研文出版 1982 年。
⑥ 《宋书》卷九十四《恩幸传》,第 2302 页。

> 孝武狎侮群臣，随其状貌，各有比类。多须者谓之羊。颜师伯缺齿，号之曰齼。刘秀之俭吝，呼为老悭。黄门侍郎宗灵秀体肥，拜起不便，每至集会，多所赐与，欲其瞻谢倾踣，以为欢笑……又宠一昆仑奴子，名曰主。常在左右，令以杖击群臣，自柳元景以下，皆罹其毒。①

又卷五十七《蔡兴宗传》：

> 时上方盛淫宴，虐侮群臣，自江夏王义恭以下，咸加秽辱，唯兴宗以方直见惮，不被侵媟。②

卷五十九《江智渊传》：

> 上每酣宴，辄诟辱群臣，并使自相嘲讦，以为欢笑。智渊素方退，渐不会旨。尝使以王僧朗嘲戏其子景文，智渊正色曰："恐不宜有此戏。"上怒曰："江僧安痴人，痴人自相惜！"智渊伏席流涕。③

江僧安为智渊之父，对子骂父，对六朝贵族而言是一种无法忍受的侮辱。然而面对皇帝这种极度的无礼之举，江智渊能做到也只有伏席流涕而已。像这样，当时的一般贵族都难免屈服于皇权之下，忍受如同弄臣奴隶般的屈辱。与之相形，王僧达的"傲然了不陈逊，唯张目而视"正形成了鲜明的对比。我们因此可以知道，王僧达的这一事件，也同样并不仅仅是他本人的性情使然，而是一种面对时代环境的强力反抗。颜师伯乃是孝武帝的亲信近臣，上引《南史》王僧达传记事中没有记载其诣王僧达所为何事，然而从后者的答言，我们不妨推测其之所来，正是为孝武帝劝诫王僧达不可过于嚣张（史传将两事连记，其中也隐含着这一因果关系）④。从这一角

---

① 《宋书》，第 1975 页。
② 《宋书》，第 1574~1575 页。
③ 《宋书》，第 1610 页。
④ 同时我们也应注意到《宋书》作者沈约记载这些事件的态度。吉川忠夫先生已经论述过，沈约对于颜师伯的"藉宠代臣"、"倾意厮台"，亦即结交寒人的恩幸立场持有强烈的批判态度（《六朝精神史研究》第八章"沈約の思想"，同朋舍 1984 年）。然则他在记述与之针锋相对的王僧达事迹时的态度也就可以想见了。

度观察,便不难看到王僧达所谓"宁当玉碎",实质上正是代表贵族阶层对皇权的宣言,要求捍卫东晋以来独立于皇权之外的贵族尊严。面对当时一般贵族都"没没求活"的沮丧现实,王僧达宣称"不能因依左右,倾意权贵"①,宁可玉碎身死,也不愿屈服于皇权之下——而他最终也确以己身殉此言。因此他的傲慢轻佻,乃是一种阶级性的表现,而非完全出于其个人性情。正因为如此,所以当对方的表现符合士大夫精神时,王僧达也会表现出截然不同的性情,如《南齐书》卷五十四《高逸传》就记载了他任吴郡太守时苦礼延致高士褚伯玉的事迹。

然而必须注意的是,王僧达所自许的"大丈夫"与儒家精神中的所谓"大丈夫"虽有重合之处,但并不完全一致。孟子所言的大丈夫,是指基于自身人格节操以对抗抽象的一切压力与诱惑,不移其志。这种压力可能来自任何方向(威武、富贵、贫贱),因此在这种精神中,个人是与个人之外的整个世界相对峙的。为了达成这种力量悬殊的精神对峙,个人的内压性的道德自律成为一条基本准绳。这种儒家精神,不妨称之为"辐射性"的精神。而王僧达身上所体现的,乃是一种作为高等贵族的骄傲不屈精神。他观念中的士大夫,是与皇权相抗衡的另一种力量,其骄傲性情有着特定的抗争对象,亦即有着特定的阶级性。与孟子所言相对,这种精神则可以称之为"纵向性"的精神。其存在是基于一定的社会身份,因此相应于不同的环境,也就有迥然不同的表现。对位于其上的皇权,会表现出不屈于强权的高贵性;而对位处其下的寒门乃至庶民阶层,却又因为贵族教养中对自我主体的强调,以及贵族阶级赋予他们的特权,而发展为肆无忌惮,视贵族准则之外的一切为无物,其结果就造成肆行犯法,草菅人命。《宋书》卷四十二《王弘传》载弘弹奏:

> 世子左卫率康乐县公谢灵运,力人桂兴淫其嬖妾,杀兴江涘,弃尸洪流。②

灵运因此免官,其后为永嘉太守,又"肆意游遨,遍历诸县,动逾旬朔,民间

---

① 《宋书》王僧达本传载上表陈谢语,第1954页。对王僧达来说,"权贵"当然是指依靠皇权得势的"佞幸",而不是自己这些以门阀立身的"素族"。
② 《宋书》,第1312页。

听讼,不复关怀"①。同样地,王僧达亦"为宣城太守。性好游猎,而山郡无事,僧达肆意驰骋,或三五日不归,受辞讼多在猎所"②。都将国家政事置之度外。当然,政务废弛还可以说是魏晋以来一贯的名士风气,而下面一段事迹则是明明白白的犯罪了:

> 为征虏将军、吴郡太守。期岁五迁,僧达弥不得意。吴郭西台寺多富沙门,僧达求须不称意,乃遣主簿顾旷率门义劫寺内沙门竺法瑶,得数百万。……又立宅于吴,多役公力。坐免官。初,僧达为太子洗马,在东宫,爱念军人朱灵宝,及出为宣城,灵宝已长,僧达诈列死亡,寄宣城左永之籍,注以为己子,改名元序,启太祖以为武陵国典卫令,又以补竟陵国典书令,建平国中军将军。孝建元年春,事发,又加禁锢。……僧达族子确年少,美姿容,僧达与之私款。确叔父休为永嘉太守,当将确之郡,僧达欲逼留之,确知其意,避不复往。僧达大怒,潜于所住屋后作大坑,欲诱确来别,因杀而埋之,从弟僧虔知其谋,禁呵乃止。③

身为地方军政长官而肆行劫掠,假注户籍,甚至对族子谋杀不遂。这样的骄横已经超越正常伦理和国家秩序所能容忍的限度了。种种冲突的最终,是悲剧的发生。谢灵运在遭到禁锢、流放以后因"谋反"被诛,而王僧达的命运也与之如出一辙。南彭城蕃县民高阇、沙门释昙标、道方妖言作乱,"僧达屡经狂逆,上以其终无悔心,因高阇事陷之"④,王僧达因而被下狱赐死。而在两人死后,其家庭因此遭到了相同的变故,谢灵运之子谢凤被远徙岭南,客死他乡,其孙谢超宗虽然返回中央贵族圈,但却不免被褚渊目为"寒士"⑤,其家门大为衰落。而王僧达之子王道琰,如下节所述,则同样被徙外郡,名位不达,中道而亡。王、谢二人的悲剧,同时也导致了最为高贵的这两支家系的没落崩坏。

---

① 《宋书》卷六十七《谢灵运传》,第1753~1754页。
② 《宋书》卷七十五《王僧达传》,第1951~1952页。
③ 《宋书》卷七十五《王僧达传》,第1954~1955页。
④ 《宋书》卷七十五《王僧达传》,第1958页。
⑤ 《南史》卷九《谢灵运传》附《谢超宗传》,第543页。

综上所述,王、谢二人身上呈现出如此之多的命运共同点,其历史身影几乎能够加以重叠,这绝非偶然的巧合。我们可以看到这种生命形态从根本上受到了南朝贵族社会的强力制约。在南朝贵族中,并不是所有人都能成为这一阶层的代表。在血缘的基础上配合个人才华的高低,会产生出来性情各异的个体,使得贵族阶层本身也呈现出层级的差异。而其中那些"门户"与"才华"两方面都符合标准,集中体现出贵族性质的人物则由此而呈现出类似的形态,形成南朝贵族的一种典型像。由于贵族文化教养与个人才智而达成的文学成就、基于贵族传统的尊严而与皇权对抗、对自我特殊性的强调而导致的骄纵犯法,种种表现都根源于此。这种尖锐矛盾冲突的最后,不是皇权被压缩退让,就是贵族遭到灭顶之灾。而就在这些人物的命运悲剧逐次拉下帷幕的过程中,南朝贵族社会也一步步地走向了衰落。

二、贵公子的悲剧: 在皇权与寒人阶层之间

谢灵运和王僧达代表着一种共通的贵族形象,但王僧达的个人命运及其悲剧收场也有着其个人特殊的原因。如上可见,谢灵运身上所表现出来的,主要是与皇权之间的矛盾。而王僧达却同时面对了来自皇权和寒人上下两方的压力。《南史》本传:

> 黄门郎路琼之,太后兄庆之孙也,宅与僧达门并。尝盛车服诣僧达,僧达将猎,已改服。琼之就坐,僧达了不与语,谓曰:"身昔门下驺人路庆之者,是君何亲?"遂焚琼之所坐床。太后怒,泣涕于帝曰:"我尚在而人陵之,我死后乞食矣。"帝曰:"琼之年少,无事诣王僧达门,见辱乃其宜耳。僧达贵公子,岂可以此加罪乎?"太后又谓帝曰:"我终不与王僧达俱生。"①

按此事本于《宋书》卷四十一《后妃传》:

> 琼之宅与太常王僧达并门。尝盛车服卫从造僧达,僧达不为之礼。琼之以诉太后,太后大怒,告上曰:"我尚在而人皆陵我家,死后

---

① 《南史》,第574~575页。

乞食矣。"欲罪僧达。上曰："琼之年少,自不宜轻造诣。王僧达贵公
子,岂可以此事加罪。"①

但《南史》所载细节,颇有《宋书》所未记的,当别有所据。从这里我们可以
看到王僧达被诛的根本原因所在。六朝时期的帝王是一种特殊的存在。
内藤湖南已经指出,作为六朝贵族制社会最顶层的代表者和统治者,皇帝
有着强烈的贵族性,不能不代表贵族的整体利益。但这种贵族性却不是
如王谢士族一样以门阀绵长、婚宦不坠为标志,而往往是依据武力权势,
因缘际会,通过政治地位的越升而获得的(《概括性的唐宋时代观》)。同
时,正如宫崎市定所指出的,在六朝,"并不是任何事象都能仅从贵族制度
就完全获得解释的。在另一方面,是巍然存在的君主权,不断地努力摧毁
贵族制,要使其变形为纯粹的官僚制"②。在帝王身上,我们常常可以看
到动摇南朝贵族制,代表着其他群体利益与贵族抗衡的因素呈现。纵观
南朝史籍,这突出表现为以下三个方面:

1. 作为中央君主专制国家的主宰者,皇帝这一制度性存在,在主观上
必然要求向着君主集权的方向发展。在向隋唐大一统帝国滚动的历史洪
流中,南朝君权也处在逐渐加强当中。君主个人权力的加强,必然要求削
弱作为统治集团的贵族的整体力量。

2. 南朝刘、萧、陈三姓皇家,如陈寅恪先生所指出的,原本都不是什么
高等士族。他们由次等士族甚至寒门外戚发家而达致帝王之位,其本身
常常遗留着非贵族的性质。这种集团性质("阶级性")的遗留,通常使得
南朝帝王对贵族文化和风气缺乏天然的好感。

3. 深宫内院,需要大量的人员从事各种护卫、杂役、差遣职务,这些低
贱的职务不可能由贵族承担,因此都城建康或者周边三吴地区的寒人便
成为其中的主体③。但是,这些职务反而最容易得到与皇帝亲近的机会。
在这种情形下,集团与集团之间的利益平衡,往往就被个人(寒人)与个人
(皇帝)之间的私人交接所打破。只要取得皇帝的亲信,就能一跃而摆脱

①《宋书》,第 1287 页。
②《九品官人法の研究》第三编"余论"第一节"官僚制と贵族制",东洋史研究会 1956
年,第 528 页。
③《南史》卷七十七《恩幸传》中所载诸人的出身,都是这一地区。

原有的阶级束缚。就男性而言,这就是所谓的"佞幸"或"恩幸";就女性而言,则典型地表现为后宫问题。南朝贵族最忌讳的一点,就是"婚宦失类",这是贵族社会划分等级层次,保证高贵血统的要求。但皇家的婚姻制度却几乎完全无视这一点,其原因则在于后宫制度的同时存在。虽然皇后通常仍必须从王、谢、褚、何等大族中选出,但皇帝却可以拥有正妻之外的大批后宫嫔妃,包括三夫人、九嫔等一系列的配偶,这些后宫嫔妃不需要以门第为标准,"才"或"貌"就足以使她们入选。在皇位继承人问题出现以前,皇后与其他后宫嫔妃之间存在着地位上的严格差异,不足以动摇贵族社会的婚姻界线。然而女性的魅力与生育能力却是与门第高低无关的。一旦生下皇子,便有机会成为下一任皇帝之母——换言之,皇后和皇太后虽然都极端高贵,其产生机制却有着本质的差异。前者凭借的是本人出身的高贵性,而后者凭借的是儿子出身的高贵性。皇太后完全可能是寒贱出身。然而一旦成为皇帝之母,贱人便一跃而成为最高贵族。这种血缘联系、私人联系上的不安定,是帝皇之家虽然高居贵族社会顶端,却往往成为金字塔游戏的最后一片积木,使得贵族阶层摇摇欲坠的重要原因所在。

第三点在过去的研究中似未得到足够的重视,然而这正是王僧达悲剧产生的最终极原因。在一般的情况下,作为"贵公子"的王僧达无论如何侮辱一个寒门暴发户,都不会惹来什么麻烦,甚至理应被当作贵族门阀保卫者的佳话而津津乐道。然而这一寒门暴发户一旦和皇家通过婚姻血缘形成直接联系,王僧达所触犯的就不再是无力的寒人阶层,而是拥有国家统治机器的龙之逆鳞。按《宋书》卷四十一《后妃传》,文帝路淑媛,"丹阳建康人也。以色貌选入后宫"①。结合王僧达"身昔门下驺人路庆之"一语,我们可以知道路氏家族也正属于建康三吴寒人进身的佞幸流类。路氏年长无宠,常年随儿子刘骏出守在外,由于文帝被弑,孝武帝贪缘登位,路氏才成为太后。母子之间关系暧昧,孝武"有所御幸,或留止太后房内"②——无论这是否为后人的污蔑之辞,至少孝武帝与母亲之间超越寻常的亲近关系是无可置疑的。

于是王僧达便不得不同时对抗来自两方面的压力。作为社会上拥有

① 《宋书》,第 1286 页。
② 《宋书》,第 1287 页。

最庞大势力的贵族阶层的当代代表,他一方面摆出强硬的姿态,对代表着天子个人权力膨胀需求的皇权对峙不屈;另一方面,他又在维护传统士族/寒人分限,压制寒人的同时,遭到了已经通过皇权获得力量的寒人的强力反抗。这种来自社会最顶层和最底层的双重压力,把贵公子王僧达压成了一片夹心三明治。

但是我们还需要再问一个关键的问题。被孝武帝称为"贵公子"的王僧达,究竟在贵族集团内部处在什么样的位置上?换言之,究竟什么样的人物,才能称为"贵公子"?在其他贵族都没没求活,屈服于皇权之下时,为何王僧达身上却表现出如此激烈的对抗性?

首先是一个构词上的问题。所谓"贵公子",究竟是"贵公"子,还是贵"公子"?钟嵘《诗品》序中论永明体有云:"王元长创其首,谢朓、沈约扬其波。三贤或贵公子孙,幼有文辨。"①此外,上引裴子野《宋略》中也出现了"名公子孙"一语。从"贵公子孙"或者"名公子孙"的说法可以知道,六朝所谓"贵公子",与今天这一用语的结构不同,指的并非"尊贵的公子",而是"贵公"之子,其着眼点在于本人之父的名位,而不在于本人的高贵②。然则要称为"贵公",需要什么样的条件呢?

在六朝,有一批人被称为"贵公子"或"名公子"。现在将这些用例列述如下,复于其后以按语注明其父身份,其阶层性质便可一目了然:

《晋书》卷四十四《郑袤传》附《郑默传》:"初,(武)帝以贵公子当品,乡里莫敢与为辈,求之州内,于是十二郡中正金共举默。"③按,《晋书》卷二《文帝纪》,司马昭为大将军、大都督,进位相国,封晋公。

《晋书》卷四十九《嵇康传》:"颍川钟会,贵公子也。"④按,《三国志》卷十三《钟繇传》:"迁太尉,转封平阳乡侯。时司徒华歆、司空王朗,并先世名臣。文帝罢朝,谓左右曰:'此三公者,乃一代之伟人也,后世殆难继矣!'"⑤

《晋书》卷六十七《郗鉴传》:"(郗超)常谓其父(愔)名公(鉴)之子,

---

① 《诗品》,书目文献出版社 1992 年,影印明正德刻《群书考索》本,第 153 页上。
② 《左传·隐公五年》:"公将如棠观鱼。"孔疏:"诸侯之子称公子,公子之子称公孙。"
③ 《晋书》,第 1251 页。
④ 《晋书》,第 1373 页。
⑤ 《三国志》,中华书局 1982 年,第 395 页。

位遇应在谢安右。"按,郗鉴"拜司空,加侍中,解八郡都督,更封南昌县公"①。

《宋书》卷五十八《王球传》:"父谧,司徒……球公子简贵,素不交游,筵席虚静,门无异客。"②又《宋书》卷七十三《颜延之传》:"中书令王球名公子,遗务事外。"③按,《晋书》卷九十九《桓玄传》:"王谧散骑常侍、中书监,领司徒。"④

《梁书》卷二十一《柳恽传》:"恽立行贞素,以贵公子早有令名。"⑤按,《南齐书》卷二十四《柳世隆传》,柳世隆卒,赠司空。又《梁书》同卷《王暕传》:"父俭,齐太尉,南昌文宪公。……暕名公子,少致美称。"⑥按,《南齐书》卷二十三《王俭传》,俭封南昌县公,卒,赠太尉,谥文宪公。又,《梁书》卷七《后妃传》载太宗简皇后之父王骞"以公子起家员外郎,迁太子洗马,袭封南昌县公"⑦。王骞亦为王俭之子。

《梁书》卷三十一《袁昂传》:"子君正,美风仪,善自居处,以贵公子得当世名誉。"按,袁昂"大通元年,加中书监,给亲信三十人。寻表解祭酒,进号中抚军大将军,迁司空、侍中、尚书令"⑧。

《北史》卷四十一《杨愔传》:"愔贵公子,早著声誉,风表鉴裁,为朝野所称。"按同卷,愔父津"为司空,加侍中"⑨。

此外,再如《晋书》卷三十五《裴秀传》所载,裴秀为司空,"在位四载,为当世名公"⑩。则前后关系更为明确。以上种种实例,都有着完全一致的特征,足可证明六朝被称为"公"者,有着严格的身份限制,并非对贵族的泛称⑪。这一限制就是官至三公,位极人臣(官品第一品)。所谓"公",

---

① 《晋书》,第1804、1800页。

② 《宋书》,第1594页。

③ 《宋书》,第1893页。

④ 《晋书》,第2592页。

⑤ 《梁书》,中华书局1973年,第331页。

⑥ 《梁书》,第321、322页。

⑦ 《梁书》,第158页。

⑧ 《梁书》,第456、455页。

⑨ 《北史》,中华书局1974年,第1503、1497页。

⑩ 《晋书》,第1040页。

⑪ 应当稍加辨析的是,如果是对面称某人为"公",则可视为一般尊称,不在此限,如《史记·留侯世家》"上乃大惊曰:'吾求公数岁'"者是。而在一般文献的 (转下页注)

就是指太尉、司徒、司空的"三公"之"公"①。这其中司马炎的情况较为特殊，其父司马昭虽非三公，但曹魏、西晋有所谓"八公"之设，《晋书》卷二十四《职官志》："晋受魏禅，因其制，以安平王孚为太宰，郑冲为太傅，王祥为太保，义阳王望为太尉，何曾为司徒，荀颛为司空，石苞为大司马，陈骞为大将军，凡八公同时并置，唯无丞相焉。"②可知位至大将军的司马昭也同样是"公"。此外，三公中有些人物，又同时被封为公爵，如郗鉴封南昌县公，王弘封华容县公，王俭封南昌县公，柳世隆封贞阳县公，这种双重的"公"就更为贵显，非真正既有声望，又有实际功勋的朝廷柱石，不可当此。

一般认为，到了六朝时期，三公已经并非手握实权的职位③。但其尊贵无比，象征着王朝官僚阶层的顶端，却是自古以来的传统。非绝对的朝廷重臣，或者功高望重的宿老，不能得此。"三公"之位并非这些人物实际权势的凭借（他们往往另有中书令、尚书令等重权实职），而是他们崇高地位的表征。"三公"之职虽无实际权力，"三公"其人却是有实际权力的。因此，这些"贵公"、"名公"之子，由于其父亲的位高职重，自然也就成为贵族青年中最顶尖的存在，在当时社会中堪称凤毛麟角，万众瞩目，每朝不过寥寥数人而已，其地位之高，绝不是今天泛泛之称的所谓"贵公子"能够

（接上页注）记述中称公，也有两种例外。其一，是对本家族的尊亲（如"太史公"），其二，是对宗教修道人士（如道家的"容成公"、"东园公"，佛家的"林公"、"深公"、"远公"等）。但这些用法总体而言比例很低。在六朝文献中有大量称某人为"公"的材料，然而仔细分判，除以上两种情况外，所称的对象其实全都是三公，是围绕着这些最高贵族为焦点的记载。只是时代远去以后，我们对这些人物的特殊身份不复有鲜明的印象，故以为是一般常称了。

① 事实上顾炎武早已指出此点，《日知录》卷二十"非三公不得称公"条："史家之文如邓公禹、吴公汉、伏公湛、宋公宏、第五公伦、牟公融、袁公安、李公固、陈公宠、桥公玄、刘公宠、崔公烈、胡公广、王公龚、杨公彪、荀公爽、皇甫公嵩、董公卓、曹公操，非其在三公之位，则无有书公者。《三国志》若汉之诸葛公亮，魏之司马公懿，吴之张公昭、顾公雍、陆公逊；《晋书》若卫公瓘、张公华、王公道、庾公亮、陶公侃、谢公安、桓公温、刘公裕之类，非其在三公之位，则无有书公者。史至于唐而书公不必皆尊官。洎乎今日，志状之文，人人得称之矣。吁，何其滥与！何其伪与！"（《日知录集释》，上海古籍出版社2006年，第1116~1117页）前辈卓识，何可复加一字！恨晚学孤陋，未能早注意于此条，文成以后方读及之，则上文所证，仅为此论作一注脚而已矣。

②《晋书》，第725页。

③ 其实也并非完全如此，如司徒府掌天下户数，在实行九品官人法的六朝，就掌控着"乡品"评定这一贵族制社会中至关重要的方面。所谓三公无实权，只是指其不参与具体的国家政策制定和行政事务管理而已。

匹配的。前引司马炎"以贵公子当品,乡里莫敢与为辈",正清晰地表明了这一点。

而王僧达,就是这样的一个人物。

在南朝贵族制社会中,不管是单纯从门阀出身,还是从所居官位出发理解时人的社会地位,都难免有所偏颇。作为光荣标帜的门第,和作为当前地位表现的官职官品,两者通常是相互作用,对个人身份地位产生影响的。王僧达作为王弘之子,是既出身于琅邪王氏嫡系,又为贵公之子的人物,理所当然成为当时的核心人物。(人才凡庸的王锡无法承担这一责任。)正是在这个意义上,他才具备了代表南朝初期贵族阶层的地位,才会表现出那么强的自我意识去与皇权抗争,也因此才会有路琼之拜访王僧达这一南朝史上的著名轶事产生。在南朝,这类事例屡屡可见,也常为史家所引用。如《宋书》卷五十七《蔡廓传》附《蔡兴宗传》中有一段著名的记述:

> 太宗崩……以兴宗为使持节、都督荆湘雍益梁宁南北秦八州诸军事、征西将军、开府仪同三司、荆州刺史,加班剑二十人,常侍如故。被征还都。时右军将军王道隆任参内政,权重一时,蹑屦到前,不敢就席,良久方去,竟不呼坐。元嘉初,中书舍人秋当诣太子詹事王昙首,不敢坐。其后中书舍人王弘为太祖所爱遇,上谓曰:"卿欲作士人,得就王球坐,乃当判耳。殷、刘并杂,无所知也。若往诣球,可称旨就席。"球举扇曰:"若不得尔。"弘还,依事启闻,帝曰:"我便无如此何。"五十年中,有此三事。①

此外还有《南史》卷二十三《王惠传》附《王球传》:

> 历位侍中、中书令、吏部尚书。时中书舍人徐爰有宠于上,上尝命球及殷景仁与之相知。球辞曰:"士庶区别,国之章也。臣不敢奉诏。"上改容谢焉。②

这里所记述的四件事情,蔡兴宗、王昙首二事都只是表现出士人对寒人的

---

① 《宋书》,第 1583~1584 页。
② 《南史》,第 630 页。

拒绝接纳态度,但王球二事却有着值得注意的特殊之处——在宋文帝观念中,王球是一个足以判决士庶区别的标准。所谓"殷、刘并杂",殷当即殷景仁,刘当谓刘湛,二人皆当时权贵,且关系密切,地位相当,故以殷、刘并称①。殷景仁、刘湛的现实权势其实大于王球,但在宋文帝看来,二人却"并杂",换言之,作为贵族代表的身份不够纯正。即使出身低微的王弘(非王僧达之父)能与他们相交,也无法因此就跻身士流;唯有得到王球的认证,得就其座,才"乃当判耳"②。

为什么王球能以一人之力,成为社会阶层的判决标准?如上所引文,王球为王谧之子,正是刘宋前期"贵公子"中的代表人物。与前引贵公子诸史例对看,我们不难发觉这些三公之子在南朝已经俨然成为一种凝固的社会身份,"贵公子"或"名公子"的称呼正是他们的代表性符号③。他们的人数稀少,无法成为特定的社会阶层,但却能凭借自己的出身(当然还要加上个人的才华形象)成为贵族观念和要求的集中代表。他们的存在,有如一种强力的认证机构,防止着社会阶层的无序流动——尤其是基于帝王个人意志所造成的无序。而当天子在面对他们时,也不得不意识到他们所代表的并非自己个人,而是整个贵族社会。因此这样的人物具有特殊的象征意义,与其余贵族士人不可同日而语。王僧达传中如此集中尖锐地表现出贵族与皇权的抗争,并不是偶然的。

我们知道,南朝贵族制社会并不是一个单纯观念上有上下高低之分

---

① 《宋书》卷六十三《殷景仁传》:"太祖即位,委遇弥厚,俄迁侍中,左卫如故。时与侍中右卫将军王华、侍中骁骑将军王昙首、侍中刘湛四人,并时为侍中,俱居门下,皆以风力局干,冠冕一时,同升之美,近代莫及。"又《宋书》卷六十九《刘湛传》:"先是,王华既亡,昙首又卒,领军将军殷景仁以时贤零落,白太祖征湛。八年,召为太子詹事,加给事中、本州大中正,与景仁并被任遇……湛与景仁素款,又以其建议征之,甚相感说。及俱被时遇,猜隙渐生,以景仁专管内任,谓为间己。"
② 《宋书》卷五十八《王球传》:"球公子简贵,素不交游,筵席虚静,门无异客。尚书仆射殷景仁、领军刘湛并执重权,倾动内外,球虽通家姻戚,未尝往来。"王球对殷、刘的态度正是"殷、刘并杂"的最好注脚。"通家姻戚"是因为殷、刘已经具备了客观的社会阶级意义上的贵族身份;但"未尝来往"则是因为他们还不具备贵族血统的纯正性。
③ 与此类似,也往往重合的另一符号是"丞相之子"。如《宋书》卷七十五《王僧达传》:"诉家贫,求郡,太祖欲以为秦郡,吏部郎庾炳之曰:'王弘子既不宜作秦郡,僧达亦不堪莅民。'乃止。"无独有偶,王氏先祖王恬与他有着几乎完全相同的事迹。《晋书》卷七十六《王允之传》:"时王恬服阕,除豫章郡。允之闻之惊愕,以为恬丞相子,应被优遇,不可出为远郡。"

的社会,而是明确地以乡品和官品的配套标准,在社会身份制度和官僚体系中划分出层级,甚至规定其升降途径的社会。这种层级是客观存在的。士庶区别取决于乡品,而乡品的升黜是由司徒府掌管的。被断为寒门、三五门的人要让自己的家门升格,也是需要申请,甚至需要天子敕许的。然而在贵公子史例中,士庶区别却只需要一言而决,这看似矛盾,但却正是因为硬性制度的来源本就在于国家权力,一旦代表着贵族社会舆论的贵公子发放了认证,作为国家权力代表的皇帝要在制度上给予放行,自然也就是畅通无阻的事情了。王僧达对于路琼之的严拒,虽未明确点出士庶身份的更改,但无疑也是包含有这一层意味在内的。只是,宋文帝对王球始终"优容"有加,而王僧达却不幸生于皇权加强的宋孝武帝朝,时代命运与个人命运之间的陵轹,最终酿成了身死家破的悲剧。

第三节 王道琰与谢氏

——飘零坠落的名门之后

一、王道琰

王融之父,也就是王僧达之子王道琰,史书无传,仅于僧达传后附记数行:

> 子道琰,徙新安郡,前废帝即位,得还京邑。后废帝元徽中,为庐陵国内史,未至郡,卒。①

新安郡属扬州,并非远郡,这是由于王僧达在高阇谋反事件中只是"同谋",并不是像谢灵运那样的"主谋犯",而王弘对刘宋政治的巨大影响力也尚未消退,《宋书》卷七十五《王僧达传》载孝武帝下诏赐死僧达,其中有云:

> 故太保华容文昭公弘契阔历朝,绸缪眷遇,岂容忘兹勋德,忽其

————————

① 《宋书》,第 1958 页。

世祀,门爵国姻,一不贬绝。①

因此王道琰并未像谢灵运之子谢凤一样远徙岭南。不过,在父亲犯罪,子孙被徙这一点上则并无不同。王僧达本封为宁陵县五等侯,他死后既然"门爵国姻,一不贬绝",则王道琰应当也袭爵为宁陵县五等侯。不过这只是个荣衔,并无实封。宋孝武帝刘骏于大明八年(464)闰五月驾崩,次年前废帝刘子业即位,改元永光,大赦天下,王道琰应当就于这时被放还,距离王僧达被杀的大明二年八月,已经有六年之久了。在他放还两年之后,王融出生。他有可能是在放还建康之后与妻子谢氏完婚的。

后废帝元徽中(473~476),也就是放还大约十年之后,王道琰才得以仕为庐陵国内史。按《宋书·州郡志》,庐陵属江州,领县九,户三千余,口三万余,不过是个小郡。庐陵与临川同属江州,相去不远,也许他出任庐陵,与任临川太守的岳父谢惠宣有关。内史官第五品,且为郡国长官,因此应当不是王道琰的出身官,而只是他最后的任官而已。无论如何,身为王氏核心派系的子弟,仅仕至第五品便告终结,可以说是非常"不通"的了。

王道琰的具体年岁我们无法得知,但王僧达生于宋文帝元嘉六年(429),王融生于宋明帝泰始三年(467),取其中数,可以推测他生于元嘉二十五年(448)左右,去世时大约二十七八岁,正与王融相仿。王融祖孙三代,没有一个活过四十岁的。

以上已经是对王道琰所能做出的最详尽的考证,他的一生留在历史上的仅此而已。不过这并不重要,因为和王道琰本人的事迹相比,他的遭遇中所透露的南朝社会一端,以及这种社会现实给予王融的影响,才是更值得关注的内容。《南齐书》卷四十七《王融传》:

---

① 《宋书》,第1958页。曹道衡先生据此认为王融家庭"社会地位并未受太大影响"(《梁武帝与"竟陵八友"》,《齐鲁学刊》1995年第5期),但如下所论,实情并非如此。所谓"门爵国姻,一不贬绝",是指不撤销王僧达所封的宁陵县五等侯,以及不令其妻(刘义庆女)与之离婚。但县五等侯本身是爵位中等级较低的一种(王弘的华阳县公由长子王锡继承,与王僧达无关),并无多大的实质意义。这一诏书当然在理论上保全了王融家庭在高等贵族中的位置,同时也成为王融日后仍可夸耀自己出身的保障,但在现实的社会生活上,王僧达之死对王融家系的影响是极其深刻的。

> 融以父官不通,弱年便欲绍兴家业。①

由于王僧达的非死,其子孙就陷入了相当悲惨的处境。所谓悲惨,并不是指其在现实生活中陷入贫困或卑贱,而是意味着一个出身于最高家族的家庭,因为这一事件就严重沦落,无法再在过去的风流荣华中立足。当家族中的其他家庭依旧享受着鲜花著锦之盛的时候,自己却已经坠落到可能被目为"寒士"的困境,不得不通过自己的全力拼搏去重夺原本就该属于自己的荣耀。这对社会上的一般人而言算不了什么,他们依然是庶民不敢仰视的人上之人,然而对这一个家庭的子孙而言,却已经成为了不堪承受的重担。父亲的犯罪被诛会严重影响儿子的仕途,导致"名宦不达";父亲的名宦不达(往往还伴随着悲郁早逝),又会导致儿子的发愤欲有所为,无法再依循常规,走一条稳步晋升的道路。南朝政权屡变不居,朝代更替的政变给这类人物带来了绝好的翻身机会。但政治上的投机道路,当然同时伴随着极大的危险性,一旦失败,随之而来的灭门之祸,也就不是什么难以想象的事情了。这在东晋南朝,几乎已经有模式性的意味。我们有如下的材料,《南齐书》卷一《高帝纪上》:

> 前湘州刺史王蕴,太后兄子,少有胆力,以父楷名宦不达,欲以将途自奋。每抚刀曰:"龙渊、太阿,汝知我者。"②

又《晋书》卷八十九《忠义传》:

> (沈)劲少有节操,哀父死于非义,志欲立勋以雪先耻。年三十余,以刑家不得仕进。③

同样出身琅邪王氏的王蕴,在宋齐革命之际,与袁粲、刘秉等合谋匡扶宋室,事机不密,被萧道成所杀。其遭遇与王融颇有相似之处。沈劲之父沈充,作为东晋前期吴兴沈氏的代表人物,追随王敦作乱而被杀。沈劲因而

---

① 《南齐书》,第 817 页。
② 《南齐书》,第 11~12 页。
③ 《晋书》,第 2317 页。

不得仕进——当然,王融尽管也是"刑家"之后,两人的情况还是有着很大的差异。王僧达虽然犯法被诛,但王弘的遗泽却足以保障其子孙不至于遭到禁锢;而东晋时期的吴兴沈氏,还是地位极低的寒门将种,沈充的从逆被诛,显然使得其后人落入更为悲惨的境遇。沈劲最后自表为冠军长史,助冠军将军陈佑守洛阳,被慕容恪所杀。

综合看上述两人与王融,归纳其相同之处,率有两点:1. 由于父祖名位不达或死于非义,而迫切期望"自奋""雪耻"。2. 其"自奋"的重心,在于"将途"、"立勋",也就是说,不是通过正常的朝官晋升,而是通过战功,快速达成目标。

这两点,对我们理解王融在永明时代的一系列行动,有着重大的意义。相关内容将于下文展开,本节只是基于王道琰之死对王融造成的影响,先略及一二。

从前一点我们可以看到,在拥戴竟陵政变中,王融为什么会选择一条激进的道路,并且表现出勇于任事的性格特征。虽然史称王融轻躁致败,但南朝史上并不是只有他一个人如此。毋宁说,与他出身处境相类似的人物,往往也会选择与他同样的道路,也常常不得不吞下同样的苦果。这已经不能说是王融个人的性格使然了。社会环境的压力,以及社会选择的惯性,都迫使和引导着他走上这样的道路。只是那些没有他那么重要的人物,往往被忽略过去,连"轻躁致败"的评价都得不到而已。某些学者根据史论,评价王融之败是由于其性格轻躁,如果愿意按部就班,则基于其王氏出身,不难平步高位。这只能说是把具体人事从南朝社会实态中抽离出来的误解。

第二点则有助于我们理解王融对齐武帝对魏作战政策的积极拥护态度。事实上,从王融的外交表现来看,他可以说是六朝文化外交思想的代表人物,并非一味的好战分子。他拥护齐武帝的战争政策的一个重大原因,正在于军功才是迅速获取高位的捷径。古人评价王融,常常以这一点为他的优点,这固然不能说是错误的,但同时也不难看到他的这种倾向本身包含了野心家的成分,并非如南宋以后人想象的那样主战派都是从国家民族大义出发。如果齐武帝的北伐政策最终成为现实,成为第二次元嘉北伐的可能性可以说相当之大,而一旦如此,作为积极拥护者的王融,大约也就只能像徐湛之、江湛一样留下骂名了。

二、谢氏

王融的母系是阳夏谢氏。他的母亲是谢惠宣之女,谢惠连的侄女。《南齐书》王融本传:

> 母临川太守谢惠宣女,惇敏妇人也,教融书学。①

这一条是南朝贵族妇女史的好材料,令人联想到后世欧母画荻的故事。不过,欧阳修所在的宋代,门阀社会已经崩坏,出身贫寒的欧阳修由母亲教导,是很自然的事情。而王融父系琅邪王氏,母系谢氏,祖母(刘义庆之女)出身刘宋宗室,却无一不是宗支繁盛、地位尊贵的甲族。然而在他的成长过程中,我们看不到任何王氏族中尊长给予扶养的痕迹。同时,我们也不清楚母家的阳夏谢氏是否给予过他任何的帮助。谢惠连、谢惠宣兄弟的父亲谢方明,在阳夏谢氏中算是出自名家。但谢惠连虽然少为谢灵运所赏,却因为轻薄早卒而官位不显。谢惠宣更几乎没有留下什么相关材料,也不是像哥哥那样著名的诗人。他官至临川太守(五品),在王谢子弟中也不能算是一个高位,说不定就是因为受到兄长的连累。总之王融母亲一系在阳夏谢氏中的地位,也是祖辈高贵而父辈跌落,与王道琰多少算是门当户对。在王僧达、王道琰相继去世之后,谢氏带着年幼的王融,无可依怙,究竟如何维持基本生活和教育?

王融的家庭,很显然应当属于"残缺的主干家庭"(子女与父母之一——通常是母亲——共同居住组成的家庭)。用当时的习语来说,就是所谓"孤贫"。虽然王僧达在世时应当拥有门生故吏,然而经历过一系列的变故以后,幼年王融家庭中除了自己和母亲之外还能有多少势力,实在很值得怀疑。如果连基本的教育都必须通过母亲来完成,其他方面也就不言而喻了。南朝贵族常常有因为父亲去世而沦为"孤贫"的例子,唐长孺、矢野主税都已注意到这一点②,如刘宋时官至司徒的袁粲,情形就与王

---

① 《南齐书》,第817页。

② 南朝史传中由于父亲去世而陷入孤贫的例子比比皆是,虽然我们想象中这些权势之家理应有产业田地可供生活,但事实上却往往并非如此。对于这一问题,虽然还未能获得原理性的解释,不过作为事实则无可否认。唐长孺《三至六世纪江南大土地所有制的发展》指出:"然而确实有很多一直没有获得土地的侨人士族……(转下页注)

融颇为相似,《宋书》卷八十九《袁粲传》:

> 太尉淑兄子也。父濯,扬州秀才,蚤卒。祖母哀其幼孤,名之曰
> 愍孙。伯叔并当世荣显,而愍孙饥寒不足。母琅邪王氏,太尉长史诞
> 之女也,躬事绩纺,以供朝夕。①

袁粲同样是出身第一流高门,却因父亲不达早卒而"饥寒不足",尤其值得
注意的是传中明确点出"伯叔并当世荣显",这帮助解释了王融身为王谢
二族之后,却未能见到族人援手相助史料的疑惑。南朝大家族中的亲缘
关系,实比我们想象的还要松散得多,更何况王僧达传中明言其与兄长王
锡关系恶劣呢。《宋书》卷八十二《周朗传》载朗上书曰:

> 今士大夫以下,父母在而兄弟异计,十家而七矣。庶人父子殊
> 产,亦八家而五矣。凡甚者,乃危亡不相知,饥寒不相恤,又嫉谤谗
> 害,其间不可称数。②

袁粲、王僧达的情形大约就属于这种"甚者"③。据此我们也就不难推想
王融幼年时的家庭状况是如何了。毋宁说这种孤儿寡母、茕茕独居的形
象,才是王融的真实处境。至今关于王融的研究,通常认为王融出身琅邪
王氏,就天然拥有优越的社会条件,这不能不说是极大的误解。

　　如果允许在史学研究中进行多少有着趣味的想象,我愿意在此作一

(接上页注) 历史记载也可以证明颜之推所说的情况并非臆造。有一些第一等高门,生
活并不富裕,甚至称得上贫苦,例如袁粲在父死之后'饥寒不足,母琅邪王氏……躬事
绩纺,以供朝夕'。"(上海人民出版社 1957 年,第 61 页)矢野主税更将汉魏六朝官僚中
普遍存在的贫困问题与当时的社会构造相联系思考,他所提出的"汉魏六朝寄生官僚
论"也许是解决这一疑问的重要线索(参氏著《門閥社会成立史》,国书刊行会
1976 年)。

① 《宋书》,第 2229 页。
② 《宋书》,第 2097 页。
③ 又《宋书》卷六十九《范晔传》述晔败后,"收晔家,乐器服玩,并皆珍丽,妓妾亦盛
饰,母住止单陋,唯有一厨盛樵薪,弟子冬无被,叔父单布衣"。这虽然是极端的例子,
并且被用于表现范晔其人之刻薄寡恩,不过也足见即使南朝贵族家庭内部,也可能存
在这种严重的经济分化,更不必谈分家析产以后的家族群体了。

点游戏式的探求。史家所记下的这一笔,从史料来源的角度来说,有一个问题:作者是如何得知谢氏是"惇敏妇人"的? 谢氏连名字都没有留下来,除了这一条记载以外也没有任何其他事迹,她也许像先人谢道韫一样贤德而聪慧,却绝不是谢道韫那样的名媛。谢氏的情形之所以为人所知,我们唯一能够想到的原因,就是王融本人的叙说——而对友人倾诉母亲的贤德聪慧、含辛茹苦的王融,内心又是包含着何等的孺慕之情呢。王融对母亲是极其孝顺的。在他生命的最后阶段,由于拥立竟陵失败而下狱,"临死叹曰:我若不为百岁老母,当吐一言"①。这里没有任何迹象表明他还有其他重要的人值得挂念。在本传中也没有记述他死后妻儿的状况,这是不太寻常的,最有可能的原因就是王融并未娶妻。而六朝贵族年近三十还未娶妻生子,也是非常稀奇的事情②。王道琰在与他差不多年岁时死去之际,王融也已经七八岁了。王融各方面条件都是上上之选,不可能是因为没有人家愿意将女儿下嫁。那么问题就只能出在王融身上了。我们可以推测各种因素,比如说,功名未立,何以家为,对重振家声的渴望导致他不愿婚娶。比如说,少年天才的眼高于顶,不愿像谢朓那样轻率婚娶③。甚至,如果想到弗洛伊德理论,认为王融身上多少因为家庭原因而存在着恋母情结,也不是没有可能的事情——当然,以上的推测虚虚相扣,是无法作为事实确认的,我们也只能停留在这一种趣味性的想象上了。

除了王融以外,谢氏至少还育有一女。《梁书》卷三十三《刘孝绰传》:

> 孝绰幼聪敏,七岁能属文。舅齐中书郎王融深赏异之,常与同载适亲友,号曰神童。融每言曰:"天下文章,若无我当归阿士。"④

所以我们知道王融的姐妹是嫁给了竟陵集团中称为"后进领袖"的刘绘。刘绘(458~502)比王融大九岁,出身于宋末齐初的高等贵族家庭,起家著

① 《南齐书》卷四十七《王融传》,第824页。
② 《宋书》卷七十三《颜延之传》:"饮酒不护细行,年三十犹未婚。"
③ 林东海已经指出,谢朓结婚当在十九岁以前(《谢朓评传》,见《中国历代著名文学家评传》第一卷,山东教育出版社1983年,第529页),众所周知其妻则是王敬则之女。谢朓门不当户不对的早婚与王融形成鲜明的对照。
④ 《梁书》,第479页。

作郎,比王融起家的王府参军要高一等。刘孝绰生于建元三年(481),这时王融才不过十五岁,虽然古人十余岁便可婚嫁,但女子十五方及笄,如果史传所记不误的话①,那么刘绘之妻是王融姐姐的可能性是比较大的。

最后附论一点,是谢氏的年纪问题。王融虽然自称有"百岁老母",但他死时不过二十八岁,其母当然不可能年达百岁。此语又见于《南齐书》卷四十二《萧坦之传》:

> 坦之驰谓谌曰:"废天子古来大事。比闻曹道刚、朱隆之等转已猜疑。卫尉明日若不就事,无所复及。弟有百岁母,岂能坐听祸败,政应作余计耳!"②

可见所谓"百岁母"者,为六朝俗语,类似于后世说部中贼人的求命套语"小的家中有九十岁的娘亲",不过意指"老母"而已,并非实指年龄。从王道琰的年纪推算,谢氏出生不应早于元嘉二十五年(448)前后,王融去世时她大约只有四十出头。这位出身名门的悍敏妇人,在丈夫和儿子先后离去之后,就此隐没在了历史的沉沙深处。

---

① 但是史书这方面的记载实在模糊得很,例如刘绘的生年就不是全无问题。按照记载来算,范云比刘绘年长七岁,然而《梁书·刘孝绰传》却明明白白说"范云年长绘十余岁"。
②《南齐书》,第748~749页。

第二章　贵　官　仕　途

——青云直上的贵族官僚生涯

对于一个南朝贵族(及其家族)而言,通过什么样的途径起家、以什么样的轨道升进、卒于何官、追赠何官,无疑是生涯中一等一重大的事情。而主观上对于本人而言最为重大的事情,在客观上对于其生命形态的影响之深自然也不言而喻。仕历可以说是确定人物生平的基本坐标线。而自九品官人法确立以后,六朝的任官体制更依据阶级高低而界划出截然的清浊分途,因而与非贵族时代的官僚制度有着深度的差异。这使得我们在研究南朝人仕途时,也不可仅一般性地从国家机器、政府制度层面观察其升降过程,而必须要结合整个贵族社会官人机制进行理解。在本章中,我们就来对王融一生的仕宦经历作一观察,并且以此为契机,对南朝贵族官僚制度中的若干问题进行考察。

《南齐书》王融本传:

> 融少而神明警惠,博涉有文才。举秀才。晋安王南中郎板行参军,坐公事免。竞陵王司徒板法曹行参军,迁太子舍人。融以父官不通,弱年便欲绍兴家业,启世祖求自试……迁秘书丞……寻迁丹阳丞,中书郎……会虏动,竞陵王子良于东府募人,板融宁朔将军、军主。①

最后的板宁朔将军、军主一条,具有特殊的意味,我们下文另行讨论。从举秀才开始到担任中书郎为止,可以说就是他一生中按部就班走过的仕宦之旅。以下即按照《南齐书》本传的叙述次序,分三个阶段逐一给予研究。

---

① 《南齐书》,第817、818、823页。

第一节　落魄公孙的起家之路
——举秀才与王府参军

在介绍完家世以后，史传对王融的生平，直接跳到了平平淡淡的"举秀才"三个字。陈庆元先生《王融年谱》定其举秀才在永明二年①，也就是他十八岁的时候。举秀才是王融本人出现在历史舞台上的第一步，然而可供研究的资料却如此缺乏。我们不免要问两个问题：1. 举王融为秀才的是哪一州？2. 举秀才对王融来说意味着什么？

一、少年王融的居住环境：北方边州

关于第一个问题，首先，王氏地望琅邪，南渡前属徐州；西晋末琅邪国人千余户随元帝过江，则分丹阳尹江乘县地(今江苏句容市北)立琅邪郡，入宋后改称南徐州南琅邪郡②。这在实际地理分布上，是附属于都城建康东北边缘的一个小居住点。但是东晋时代所划定的琅邪郡所在，并不就等于南朝琅邪王氏人物的实际居住地，这个道理是很简单的。而越智重明已经明确指出，六朝察举既有可能是依据本籍所在地，也有可能是依据其本人所居住地，并且后者可能是更基本的方式③。因此我们不能据此就贸然判断他是南徐州秀才。——这实际上同时还包含着另一个问题：在出身显达之前，少年王融居住在哪里？事实上我们也知道，南朝各地的环

① 以下所述王融生平系年，若无特别注明或辩证，皆据陈《谱》。
② 《宋书》卷三十五《州郡志一》。《宋志》原文即书作"南徐州刺史"、"南琅邪太守"，然钱大昕《十驾斋养新录·余录》"晋书地理志之误"条已指明东晋南渡所立侨州侨郡皆无加"南"字者；安帝义熙年间刘裕灭南燕，收复徐、兖、青故土，遂相对于南方侨立各州，置北徐、北兖、北青诸州；至永初受禅，方将北方诸州去"北"字，而南方诸州加"南"字。《宋志》所记乃宋史臣之词，并非东晋固有之名(《十驾斋养新录》附《余录》，杨勇军整理，上海书店出版社 2011 年，第 411~413 页)。
③ 越智重明《晋南朝の秀才·孝廉》(《史渊》116 号)："魏晋时代以降的察举，依地方官的操作，既可能以其人本籍所在地为标准，也可能以其人现住地为标准。(至于察举采取本籍中心主义和现住地中心主义两者的理由，则地方长官的察举原本应是以现住者为对象。但是，当时基本的选举方式是中正选举，而中正选举是以本籍为标准的。可以推测本籍中心主义的察举恐怕就是受到这一选举主流的牵引吧。)"

境和民情是有着很大差异的,都城与地方,长江下游的扬州、三吴与中游荆雍地区乃至上游的巴蜀,边境州郡与内地州郡,其悬殊差异甚至对立,在史书记载中处处可见。所以这个问题问得更显豁一点的话,就是:少年王融,究竟是一个都城贵族,还是一个地方士族? 如果是后者,那么他是在什么地方什么环境下成长的?

对王融个人史而言,这是一个至关重要的问题。而对于南朝贵族研究来说,这一研究或者也不失为一个有趣而有益的解谜过程。

要想直接从王融的相关材料来确认这个问题,已经没有可能。但并不是完全没有可供推证的材料。在日后的"竟陵八友"中,王融和范云友谊深厚,两人曾有诗歌酬答,诗中正透露出可供推断的信息,我们来读一读《文选》卷二十六所录范云《古意赠王中书》:

> 摄官青琐闼,遥望凤皇池。谁云相去远,脉脉阻光仪。岱山饶灵异,沂水富英奇。逸翮凌北海,抟飞出南皮。遭逢圣明后,来栖桐树枝。竹花何莫莫,桐叶何离离。可栖复可食,此外亦何为? 岂知鹓鶵者,一粒有余赀。①

《古文苑》卷九有王融《杂体报范通直》诗,即答此诗之作。王诗中有"和璧荆山下,隋珠汉水滨","三楚多秀士,江上复才人"等语。范云雍州人,正是出身于荆楚地区的豪族。两诗对看,可知其中对对方出身地的称扬乃是写实,足可据以考证。范诗中"岱山"、"沂水"自然都是追溯王氏兴起的(汉魏西晋时代的)琅邪风物,然而"北海"、"南皮"却并不在琅邪所在的徐州。按此诗全取意《庄子》,以凤凰、大鹏比拟王融。《庄子·秋水》说惠子相梁,庄子往见之曰:"南方有鸟,其名为鹓鶵,子知之乎? 夫鹓鶵,发于南海而飞于北海,非梧桐不止,非练实不食,非醴泉不饮。"②"逸翮凌北海"即用此典无疑。但"南皮"却别无典故可循③。按《汉书·地理志》,南

---

① 《文选》,第 1604~1606 页。

② 郭庆藩撰,王孝鱼点校《庄子集释》,中华书局 1961 年,第 605 页。

③ 按范云此诗收入《文选》卷二十六。对于"北海"、"南皮"两句,李善注曰:"徐幹居北海,吴质游南皮。二人皆蒙魏文恩幸,故言地以明之也。"张铣曰:"言逸翮抟飞,陵出于徐幹、吴质者,谓王氏多才子也。"然而这一注解实在不通之甚。徐、吴二人与王氏全然无涉,亦未尝任中书郎,范云何至于如此汗漫,无端端扯出二人来作比? 说 (转下页注)

皮县属幽州渤海郡，《后汉书·郡国志》同。可见"南皮"也决不会和"岱山""沂水"一样是对王氏地望的追颂。然则这里所谓"南皮"唯一剩下的可能，就是王融的出身之地了。而细味诗句，"抟飞出"云云也正透露出同样的信息。

在东晋南渡以后，幽州有其名而无实土。南皮县于刘宋时改属冀州，《宋书》卷三十六《州郡志二》河间太守条：

> 南皮令，汉旧县，属勃海。孝武始立，属勃海，大明七年度此。

又《南齐书》卷十四《州郡志上》："冀州，宋元嘉九年分青州置。"严耕望先生精辟地指出：

> 宋世，青冀二州，地狭民稀，通常皆置刺史一人兼领二州，或治东阳，或治历城。以其在东北边境，例加都督①。

这里说的治所到刘宋后期有所改变，由于对魏作战不利，失去淮北之地，被迫迁到淮河河口附近的郁州②，但二州作为南朝东北边境的基本状况并未改变。青、冀实际上是同一地理区域，处在紧密相连的狭小边境地带，直接承受着面对北方政权的攻防。我们据此可以判断：王融在起家出仕之前，并不居住在都城建康，而是在远离首都的东北边疆长大的。

如严耕望先生所论，青州、冀州通常置青冀二州刺史一人兼领。然则如果王融是被所居州刺史举为秀才的话，举其者应当就是青冀二州刺史了。按《南齐书·武帝纪》，建元四年七月"以冠军将军垣荣祖为青冀二州刺史"，永明二年六月"以黄门侍郎崔平仲为青冀二州刺史"③。当时朝廷

（接上页注）"逸翮陵于徐幹"尚可首肯，"抟飞出于吴质"更全不成句。范云又何至于为此文理不通之语？我们既已解明"北海"之典所从出，则李、张二注的方向性错误可不攻自破。而这也可见出"南皮"一语古人已未能找到确切出典了。

① 严耕望《魏晋南北朝地方行政制度》卷上第一章下"都督区"（三）"宋齐都督区"（5）"青冀都督区"条，上海古籍出版社 2007 年，第 56 页。

②《南齐书·州郡志上》："青州，宋泰始初淮北没虏，六年，始治郁州上。"按郁州即今连云港沿海的云台山（苍梧山）。

③《南齐书》，第 46、48 页。

策试秀才多在年初正月举行,刺史举荐自应更早。是知举王融秀才的刺史,很有可能就是垣荣祖。

如前所述,王融是在王道琰放还建康两年后出生的,这时候王道琰不过二十岁左右,正是贵族子弟起家的合适年岁。如果考虑到他曾被流放外郡的经历,那么起家年纪有可能比一般的年轻贵族还要晚一些。从放还之后到起家之前,王道琰应该一直住在建康。据此我们不妨推测王融是出生在建康的。但是王道琰在赴任庐陵国内史的途中去世,王融这时年纪未满十岁,很有可能随父赴任;而即使他当时还留在建康,这时候也不能不负起长子的责任,奔赴扶柩了。总之无论哪一个理由,他都非得离开建康不可①。在安葬父亲之后,失去依怙的王融大约就随着母亲到了青州一带居住。遗憾的是期间的迁徙细节我们就无法详知了。

所以少年王融的生活,和一般都城少年比起来,可以想见是近于颠沛流离的,并不安定。青、冀二州作为边州,是与北魏接邻的危险前线,随时都处在兵凶战危的威胁之下。尤其元嘉二十八年北伐失败之后,刘宋政局急转直下,失地连连,明帝泰始二年以后更由于薛安都叛乱,"要引索虏,张永、沈攸之大败,于是遂失淮北四州及豫州淮西地"(《宋书》卷八《明帝纪》),此后仅能以淮河为线,保守其南面之地,而王融恰好就在这一时期居住在这样的地区,他的成长环境可想而知。王融非但不会像都城少年一样位处国家心腹地带,受到重重保护,可以尽情享受南朝贵族文化的风流奢侈,甚至不妨说,他的少年时代多少是带着荒人②气息的。

南北边界混杂的文化,以及紧张的军事气氛必然对成长时期的王融烙下过深刻的印痕。如王融自己所夸言:

> 臣少重名节,早习军旅。(《劝武帝北伐启》③)
>
> 窃习战阵攻守之术,农桑牧艺之书,申、商、韩、墨之权,伊、周、孔、孟之道。(《答敕撰武帝北伐图赋启》)④

---

① 关于幼年失父后长子的早熟人格的养成,最典型的例子我们可以想到鲁迅。
② 关于"边荒"与"荒人",参见逯耀东《北魏与南朝对峙期间的外交关系》,收入氏著《从平城到洛阳:拓跋魏文化转变的历程》,中华书局 2006 年。
③ 《全齐文》录此启题为"上疏乞自效",体例殊为不合。《艺文类聚》卷五十九引作"劝高帝北伐启",当从,唯严可均已考得"高帝"当作"武帝",故本书拟题如此。
④ 并见《南齐书》卷四十七《王融传》,第 823、820 页。

论者或以为这不过是文士的泛泛空言，然而结合他的成长背景来看，就可以知道这并非无根之语。王融早年就熟知军旅之事，并且对军事有着特殊的兴趣，这应当是没有疑问的。无论其实际军事能力高低，至少我们可以看到，他绝不仅仅是一介文士而已。这一形象，与学界至今对王融的一般印象相比，不能不说是大相径庭的。而他之所以对"战阵攻守之术"如此重视，将其置于自己学艺之首，反而把"伊、周、孔、孟之道"排在了最后，与他身上的这种荒人气息恐怕也不无关系①。

王融一生行事之中，至为引人注目的一点，正在于对齐魏外交的敏感，以及对北伐的热衷（详第四章）。过去对这一点，也是只知其然而不知其所以然。然而我们在考证清楚他的少年成长环境之后，这一疑点也就涣然冰释了。与都城贵族相比，"边人"对"边事"会更为敏感，抱有更大的热情，实在是理所当然的事情。尤其泰始年间失淮北地，这在今天看来只是个小范围的疆域进退，但对生存在当地的民众而言，却不啻再一次经历了南渡迁徙、失去家园的痛苦②。在这种形势下生活的王融，就更容易感受到对北筹策的重要性了。

现存王融诗中有《齐明王歌辞》七首，其中第五首《清楚引》云：

平原数千里，飞观郁岩岩。清月同将曙，浩露零中宵。转叶度沙海，别羽自冰辽。四面涌寒色，左右竟严飙。崝滻多榛梗，京索久尘苗。逝将凭神武，奋剑荡遗妖。③

---

① 人物在历史中留下的形象，与他本人对自己的期待，往往并不是一致的。历史只会记住和强调对历史有意义的部分，然而对于其本人而言，毋宁说这种历史定型往往是单薄而失衡的。如果要举出与王融相似的例子，那么后世有另一位比他著名得多的人物，那就是秦观。
② 《南齐书》卷二十八《刘善明传》："（泰始）五年，青州没虏，善明母陷北，虏移置桑干……转宁朔将军、巴西梓、潼二郡太守。善明以母在虏中，不愿西行，涕泣固请，见许。朝廷多哀善明心事……出为辅国将军、西海太守、行青冀二州刺史。至镇，表请北伐，朝议不同。"又卷二十九《王广之传》："北虏动，明年，诏假广之节，出淮上。广之家在彭、沛，启上求招诱乡里部曲，北取彭城，上许之。"刘善明、王广之的表现与遭遇典型地反映出青、冀人物的切身之痛，以及因此而激发奋起的北伐之志。又，参见万绳楠整理《陈寅恪魏晋南北朝史讲演录》第十一篇"楚子集团与江左政权的转移"，黄山书社1987年。
③ 《乐府诗集》卷五十六，中华书局1979年，第814页。

这样一派广漠肃杀、清寒悲越的荒芜景象,在南朝诗人笔下并不多见,尤其迥异于都城贵族诗歌的风流温软。诗中所描绘的是落入胡人之手的京洛之地,抒发的是收复中原的慷慨之志,然而王融生平史料中,并没有任何迹象表明他曾经亲身到过中原,然则诗中的刻画大抵不过出于想象之辞了。这一想象的原型来自哪里呢? 很有可能,就是他幼年身处其中,耳濡目染的边荒之地的风貌。

此外还有《南齐书》本传:

> 晚节大习骑马。才地既华,兼藉子良之势,倾意宾客,劳问周款,文武翕习辐凑之。招集江西伧楚数百人,并有干用。①

这里的"江西伧楚数百人"突如其来,然后又不知所终。作为中央贵官的王融,究竟为何会招募到这样的一批人? 过去也完全不清楚。然而现在我们了解了王融少年时代的生存环境,也就不难推想其由来。这些江西伧楚正应当是王融家乡一带南北混杂往来的荒人集团,说不定很早以前就已经与他有所瓜葛了②。

二、举秀才:资格与必要性

下面我们尝试来回答第二个问题:王融为什么要举秀才? 为什么能举秀才? 对他来说,"举秀才"这一出场形式又有着什么样的意义? 由于过去对于南朝秀才的研究存在着缺失,因此本节不得不在很大程度上脱离王融个人的情况,以南朝秀才制度中的某些侧面为研究主体,在此基础上,才有可能来探求王融举秀才的必要性和意义,这一点必须首先予以说明。

对于南朝的策秀制度,有两种基本的不同意见。一种是中国文献中的传统看法,认为南朝重秀才。古钞本《文选集注》卷七十一王元长《永明九年策秀才文三首》引《文选钞》有一段注释值得注意:

---

① 《南齐书》,第 823 页。
② 江西谓长江芜湖至南京段西岸,与王融所居的长江下游入海口一带并不完全重合,但地域毗邻,同时荒人集团也具有流动性。此外,如下文所述,王融最初出仕就是在这一带的南豫州,因此也有可能是这一时期结下的关系。

> 古者，有才能者即用之。至晋宋已来，官取旧家豪贵。仕宦之
> 家，子弟凡明经史者乃不用，至是秀异之人始用。故时人多作秀才
> 学。故晋宋已来，多有策秀才文是也。①

这里指出南朝秀才学和经史之学的对立情形。但是应当说明，这绝不是
说举秀才者就可以不明经史。这段文字很容易误解为"明经史者"与"秀
异之人"是对立的两种人。然而事实上，南朝秀才试策，从《文选》所选策
秀才文文本来看，不但是试策，而且是试最为困难的方略策，所问大抵是
治国平天下的方略，而少有针对一时一事的时务策，尤其不是解释儒家经
典的经义策。这些试策处处引经据典，对策当然也是一样，对经史不够熟
悉的人根本就无法成文。秀才之学与经史之学的区别可以说是通人与专
家之间的区别，这种区别不仅仅是领域性的，更是等级性的②。经史学者
无妨对不出方略，但应试秀才却不能不通经史。因此《文选钞》所言"子弟
凡明经史者乃不用"、"时人多作秀才学"，正是因为应举秀才，所体现的是
"秀异"之才，而不是死读书就能学会的经史。应秀才重视的是以学问经
世，而不是注疏解经之学，秀才的难度是要高于经史的。这一传统至唐代
更为强化。正如陈飞所言："（唐代）秀才科和进士科同是试策五道，明经
科须试帖经及墨策十道，但举子们仍多舍秀才而趋明经、进士，原因就在
于他们害怕秀才科，亦即'惮于方略之科'。"③南朝贵族制度本身就是一
种极端强调精英文化的制度，而对处身于其中的人物而言，经史之学往往
只是一种前提性的日常基本修养而已，其知识结构本身就与后世庶民完
全不同，因此"旧家豪贵"重视"秀异"而轻视死读经史的凡庸之材正是理
所当然。

　　除《文选钞》之外，赵翼《陔余丛考》卷二十八"秀才"条也指出："南
朝亦重此科。"④阎步克对六朝秀才进行了统计，认为察举制度在南朝得
到复兴，"自刘宋始，步入秀才一科者大多数都已是出于士族，许多还是

---

① 《唐钞文选集注汇存（二）》，上海古籍出版社2000年，第230页。
② 《颜氏家训·勉学篇》："末俗已来不复尔，空守章句，但诵师言，施之世务，殆无一
可。故士大夫子弟，皆以博涉为贵，不肯专儒。"
③ 陈飞《唐代试策考述》，中华书局2002年，第161页。又参唐长孺《南北朝后期科举
制度的萌芽》（收入《魏晋南北朝史论丛续编》）。
④ 赵翼《陔余丛考》，中华书局1963年，第579页。

东晋以来的一流高门"①。总而言之,这一派观点认为,重视秀才是整个南朝士族社会的风气,而其依据则在于南朝策秀才制度的绵延不绝以及策秀才文的存在。尤其阎步克所说影响甚大,后来研究往往以此为基础。

而另一种相对的看法,则以宫崎市定为代表,他指出:"秀才孝廉制度自宋齐以来,不绝如缕。但是,秀才及第者是没有从秘书郎起家的,从这一点来看,应举的并非是出于一流名门的子弟。""看来秀才要比太学博士高等。不过像王谢那样的名族是绝不肯当秀才的。"②认为秀才虽然不失为一条出身之途,但适用对象为门第较低者,真正的高门子弟绝不肯当秀才。此说以宫崎市定对九品官人法的解明为基础,此后日本学者多从其说而发挥之,如越智重明与藤井守即是如此③。而严耕望先生亦赞成之④。

究竟应当如何理解这种学说分歧呢?

仅就《宋书》《南齐书》中出现的举秀才者(包括被举而不就者)进行统计,共得 39 人,一一列表殊嫌繁琐,我们只举出其中较为典型的例子来进行分析。大致分判,可以得到以下 5 型:

1. 高门子弟。出身琅邪王氏者,如王微为王弘弟子(《宋书》本传),王延之为开府仪同三司王裕之孙(《南齐书》本传)。出身阳夏袁氏者,袁濯,兄湛为谢玄之婿,文帝袁后父,兄洵元嘉中历显官,弟豹起家著作佐郎,卒官刘裕太尉长史(《宋书》袁湛传);袁颛为太尉袁淑兄子(《宋书》本传)。出身庐江何氏者,何偃为司空何尚之中子(《宋书》本传)。这些人物毫无疑问,都是第一等高门子弟。

2. 江淮下游的青冀豪族及长江中游的荆雍豪族。徐、青、冀一带豪

---

① 阎步克《察举制度变迁史稿》,辽宁大学出版社 1991 年,第 205 页。

② 宫崎市定《九品官人法の研究》第二编第四章九"梁代の秀孝及び中正制度",第 360 页。宫崎先生举出王琳、王固、王褒等琅邪王氏子弟举秀才的例子,并且认定其为特例,不过却忽略了王融的事例。

③ 越智重明《晋南朝の秀才・孝廉》,《史渊》116 号。藤井守《王融の「策秀才文」について》(载《小尾博士退休記念中国文学論集》,第一学习社 1976 年)。

④ 严耕望《魏晋南北朝地方行政制度》:"即在西晋,汉代经制之秀孝两途已渐不见重视。东晋以下更无论矣。故宫崎市定先生谓王谢大族不应秀才之举,盖得其实。然究为一般士人入仕之阶,故于刺史仍为重要权力也。"(第 360 页)

族,如崔僧护,父谭为宋冀州刺史(《南齐书·崔祖思传》);刘璲、刘瓛、刘
琎三兄弟为徐州沛郡人(《南齐书·刘瓛传》)。荆雍豪族,如庾杲之,祖深
之为雍州刺史(《南齐书》本传)。

3. 江南豪族①。如顾愿为吴郡顾氏(《宋书·顾觊之传》);陆慧晓为
吴郡陆氏(《南齐书》本传)。

4. 寒门士族子弟。宗炳,父湘乡令,《宋书》卷六十一《武三王传》载
刘义恭荐宗炳表有"砥节丘园,息宾盛世,贫约而苦,内无改情"云云。从
弟彧之,自言"我布衣草莱之人,少长垄亩"(《宋书·隐逸传》)。南阳宗
氏自宗炳后知名,但此时当仍甚寒微。

5. 先出仕本籍州郡,再举秀才。张绪、张融、沈演之、沈充、孔稚珪、丘
灵鞠(各见本传)等皆是。这种方式很有可能是沿袭了汉末以先任州郡吏
再举秀才为正途的观念②,值得注意的是属于这一类者全部出身江南豪
族,表现出三吴地方势力的本土化特性。5 型与 3 型相加,江南豪族举秀
才者极多。

以上五种类型除最后一种非出身途径外,前四种实际上已经涵盖了
南朝居官者(除寒人外)的全部阶层,然则我们首先可以下一判断:举秀
才这一出身途径与门地阶级并没有什么必然的联系。举秀才主要的依据
是个人的才华能力(以及社会声誉),而不是门地的高低。

其中尤其值得着重分析的当然是第一种,这可以说是判断南朝秀才
定位的基本依据。从这里可以看出,宫崎市定所云王谢子弟不举秀才这
一判断显然是错误的。阳夏谢氏确实没有子弟举秀才的记载,这是个很

---

① 按,江北、荆雍豪族与江南豪族在社会阶层上大致属于同一等级,但仍有所区别。
前者多属于南渡北方士族中没有抢到好位置的家族,不得不在地方上沉潜求发展,但
毕竟还是北人集团;而后者则自西晋灭吴以来便备受歧视,其江南社会势力的雄厚与
制度性身份上的卑微构成微妙反差。尤其像吴兴沈氏这种将门,更遭歧视。宋齐政坛
上江南豪族往往占有不小的势力,其身份却颇有暧昧,大抵可视为次门、寒门阶层,但
如张氏及沈氏中的部分支系则在这一时期跃起,甚至成为第一流的高门。如举秀才中
有张融,本传明确称之为"二品清官"。故本书别出一江南豪族型列之,但其中实有与
高门及寒门重合之处。
② 严耕望先生指出:"汉世,州郡吏无论职权轻重,其秩不过百石,须察孝廉、举秀才,
始任中央之命官。魏、晋之世,别驾、治中虽职权极重,然论其身份,仍为末吏,位尚百
石,须举秀才,然后腾达。"(《魏晋南北朝地方行政制度》卷上第三章,第 159 页)

奇异的现象①,但如阎步克所统计,南朝琅邪王氏举秀才者却相当不少。而且,所谓王谢高门,虽然以王谢为招牌,然而却绝不能认为这两大家族就与其他高门之间有什么本质的区别,"王谢"不过是个代名词而已,其意义绝不仅限于王氏与谢氏。其余高门如庐江何氏、阳夏袁氏等,其重要历史人物或许不如王、谢那么显眼,然而在门地的高贵上却未必就弱于王、谢,赞扬其子弟出身高贵的事例在南朝史书中比比皆是。这些家族出身的核心子弟也必须被置于类型1中给予估量。

同时,南朝前期举秀才者中虽然没有以秘书郎起家的,但却有数例以著作佐郎起家,如顾练、殷朗(并见《宋书·武帝纪下》)、顾愿都是如此。秘书郎与著作佐郎虽有区别而大抵属于同一阶级②,这也令人对宫崎市定的判断产生怀疑。

但是反过来,是否宫崎市定的意见就完全没有价值了呢?却也并非如此。毋宁说这一判断虽然细节有误,在宏观把握层面反而更值得肯定。应当注意到的是,在举秀才者中虽然包含了不少高门子弟,但宋齐贵族社会中最著名最有代表性的那些人物,如谢灵运、王僧达、褚渊、王俭等,却没有一个是举秀才出身的。一般而言,如果州对某人举秀才而本人拒不接受,史传中也会明记曰"不就"或者"不应",因此可以认为,不但这些人不是秀才,并且政府从一开始就没有把他们列入秀才的备选范围之内。这些人物无论家族出身、自身才华,还是经国之志,在南朝社会中都属顶级,如果说南朝重秀才,那么为什么他们全都不是秀才?

如果仔细观察最高门第子弟举秀才的例子,就不难发现其身份往往存在着一些微妙之处,"高贵"得不是那么理所当然。如袁濯为袁湛三弟,何偃为何尚之中子,王微为王弘弟子,袁颛为袁淑兄子,王延之出继早卒的伯父王粲之等。阎步克所统计东晋唯一一个琅邪王氏被举为秀才的王珉,是王洽的次子,他与兄长王珣都是名士,但王珣就没有被举为秀才。中村圭尔已经指出,六朝高等官的"任子"之制通常作用于嫡长子,长子与

----

① 曹华已经指出这一现象,见中国社科院2003年硕士毕业论文《策试秀才制度与中古文学》,未出版。

② 著作佐郎即著作郎之佐属,而著作郎与秘书郎同为秘书省郎,只不过职司不同而已。秘书郎四人,掌艺文图籍;著作郎一人,著作佐郎八人,掌国史。从等级和人数上看,著作佐郎都逊于秘书郎半筹,但都属于秘书省官属,其间并不存在本质区别。有些学者(如中村圭尔)过分强调两者之间的等级差别,未免拘泥,本书不取。

非长子、庶子之间在起家时存在相当的差别①。由此反观上举谢灵运等高门中的嫡长子弟，往往弱冠就起家秘书郎或者著作佐郎，有些甚至在幼年就已经袭封公侯爵位。谢灵运七岁袭爵康乐公，"以国公例，除员外散骑侍郎，不就。为琅邪王大司马行参军"②。王俭"数岁，袭爵豫宁侯"③。褚渊二世尚主，"少有世誉"，"拜驸马都尉，除著作佐郎"④。再如江湛之孙江敩，也是"少有美誉"，被宋孝武帝称为"此小儿方当为名器"⑤，父子二世尚主，拜驸马都尉，除著作郎。像这样的人物，可以说是"含着金汤匙"出生的，高官厚爵自动会送上门来，社会声誉和现实权位一样不缺，作为一种出身途径的"秀才"身份对他们来说是没有意义的。南朝史传中往往可见有"以国公例"、"以公子例"、"以丞相子"起家某官的表述，这些特殊阶层在出生时就已经被规定了将来高人一等的起家方式。具有这种真正高贵出身的人物，即使人才庸劣，也依然可以依据纯贵族血统式的道路平步青云，如谢灵运之父谢瑍"生而不慧"，却起家秘书郎；王僧达之兄王锡"质讷乏风采"，却起家员外散骑常侍。需要凭借个人才华对策方略的"秀才"就更与他们无缘了。

　　和后世的科举社会不同。在赵宋以后的社会中，虽然也存在着一定数量的荫袭，但从科举出身已经是不可逆转的大势，具有相当基数的稳定社会阶层一经形成，秀才进士本身在观念上就为人所贵，荫袭变成了少数派，导致人们即使有资格荫袭，也还是希望从正途出身；而在现实的官途中，以荫袭出身的人物，通常也就只能停留在中流层次，无法像科举出身那样有望跻身台阁。然而在南朝却正好相反，依靠门第出身直接获得官爵是主流，执政天下者通常也自其中产生；而举秀才却并不是广泛应用的手段。朝廷举秀才是为了在常规途径之外选拔秀异之才，像谢灵运、王俭、褚渊、江敩这类已经毫无疑问将来会身登廊庙的天之骄子，再将他们举为秀才根本就是多此一举。无论从个人选择，还是从社会对他们的期待来说，都是这样。在这种情况下，虽然没有制度性的明文规定，但如果

①　中村圭尔《六朝贵族制研究》第二篇第一章第四节"起家と任子の制"。
②　《宋书》卷六十七《谢灵运传》，第 1743 页。
③　《南齐书》卷二十三《王俭传》，第 433 页。
④　《南齐书》卷二十三《褚渊传》，第 425 页。
⑤　《南齐书》卷四十三《江敩传》，第 757 页。

这些不须举秀才的人却举了秀才,当然就会被认为是一种身份上的屈尊,这也是不难想象的。在这一点上,南朝贵族社会与宋以后的士大夫社会也存在着鲜明的区别。

但与此相对地,这些高门的非嫡长子或者支庶派系子弟则可能被举为秀才,他们当中有的应举,有的拒绝不就。不就的原因尚待考察,可以想到的理由包括自示清高不屑仕途,或者自恃高贵等待更好的出身,或者对自己的才学自信不足故躲避策试等,这暂且不论,但仅就他们被州举为秀才这一点来看,至少可以说社会上是认可这些高门子弟处在秀才备选行列的。他们与谢灵运、王俭的不同点,正在于这些子弟依然需要一个出身的途径。对这些无爵可袭,又还没有起家的贵族年少子弟,如果具有相当的才名,州里就会考虑举他们为秀才。对王、谢子弟中的支庶,或者地位已经开始低落的家庭来说,应举秀才依然不失为一个方便的出身途径。而对于门第更低的寒门子弟、豪族子弟来说,依靠自己的才名获得注目,得举秀才而出身仕途,自然更是一条好门路。前述三名得以从秀才起家著作佐郎的人物,都是江南豪族,史书特别记明他们是因为"所对称旨"、"对策称旨",在秀才策问上获得了皇帝的欢心,单凭他们本人的出身阶级,是无法起家著作佐郎的——换言之,仅凭自己家族出身就有资格起家秘书郎或者著作佐郎的人物跑去举秀才,或者至少被州举荐为秀才的,在宋齐时代确实是一个都没有。宫崎市定的结论在这一点上依然成立。

从这里我们可以再回头得到一个总结性的判断,那就是:被举为秀才,就表明此人本身的条件并不绝对充分,需要通过应秀才举来得到出身,或者至少获取出身的资本。他本身虽有"秀异之才",但这种才华如果不通过一定的制度性选拔,就还缺少显露头角的通道。

因此,仅仅从门第高低上来判断是否有资格或有必要应秀才举,是失去焦点的。我们必须再次认清一点前提性的事实,那就是在南朝的贵族制社会中,门阀高低是影响着社会变动和社会现象产生的一个制度上的根本原因;但门阀内部与门阀之间也存在着各种复杂的人事升降和具体纠葛,绝不是简单一句"琅邪王氏"或者"阳夏谢氏"就可以一概言之的。对南朝秀才的两种传统看法,在我看来,前者正是过于无视门阀社会的制度规定性,而后者则过于僵化地强调这一制度而忽视了社会内部存在的各种复杂人事。

我们还可以举出一点，证明存在着许多应当从门阀制度之外的其他因素进行考虑的情况。例如在《宋书·隐逸传》中记载了大批的隐者，这些隐者中大半有被举秀才而不应的履历。从传文考究，可以认为他们大多并不是什么高门出身，但其隐逸之行却引来州郡的注目，举之为秀才，而他们基于隐士的身份（或志趣）却一律逃避不应。换言之，对"隐士"这一特殊身份群体而言，举秀才与不就举，是地方州郡与他们之间已经形成的一种行为模式，前者通过举秀才来表现行政上的奖掖高行，而后者则通过不应举来表现自己的高行。像这一类人物的被举秀才，显然就与门阀出身没有什么关系了。

回到举秀才这一制度的原初意义，说到底，秀孝制度重视的是个人的德行才华，这和重视血缘出身的六朝贵族制有着本质上的差异，只是处在六朝的特殊时代环境下，它不可避免地也会受到贵族社会的影响而变形而已。举秀才本身并不注重门第之别，高门子弟固然拥有更好的条件和教养，使他们的才华适于秀才策试，但这条通道并不对寒微之士关闭。与九品官人法相比，举秀才可以说是延续了汉代制度中非门阀的成分，为门阀社会保留了一条相对开通平等的出身之路。在这条道路上，个人的才能和具体情况才是是否会被举，以及是否应举的关键。而经历过六朝的曲折之后，其所演变成熟的科举制度再次在隋唐时代成为文官选拔的基本制度。

以上不惮辞费，详细讨论了南朝秀才的相关情况，是由于仍有讨论的必要性。实际上，如前所述，对六朝秀孝制度，无论居于哪一种立场，在宏观制度和历史演变的层面都已经有过系统研究。本书的讨论重点，完全不在于此，而在于对当时的具体个人而言，究竟身处什么样的境遇，具有什么样的才能，会使得他们容易或者不容易被举为秀才？而他本人又会因为什么样的原因和考虑，选择是否应举秀才？这些问题在过去的研究中显然没有得到重视。而在对南朝秀才的定位及其意义有了一个清晰理解之后，我们其实也就已经明白，举秀才究竟对王融而言有着什么样的意义和必要性了。

对王融而言，举秀才实在是一个恰当不过的出身途径。他出身虽高，却已经跌落。虽然祖父有县五等侯的荣衔，父亲应该也袭爵，但到他成长的时候却已经宋齐禅代，这个爵位自然也已经被剥夺了。他已经不能指望着有安排好的青云直上的好运气掉到自己头上来。而同时，他"少而神明警慧","文辞辩捷",在母亲的教导下博得了神童的声誉,会得到州刺史的注意也是理所当然的。王融的才华,在他踏向社会的第一步,就占据了重要的位置。像谢瑛或者王锡那种纯血统式的道路从一开始就与王融无缘。而在他日后的人生里,个人才华和家族出身的相互映衬,就成为他形象中的一个基本属性,贯穿始终。

三、起家官:晋安王南中郎板行参军

在举秀才之后,王融正式踏入了贵族社会的官途。他的第一步,是在永明三年以晋安王南中郎板行参军起家。我们来简要观察一下这一起家官对王融的意义。前辈学者已经据《宋书·百官志》等材料研究指出,南朝公府、军府参军分五种,即所谓除正参军、板正参军、除行参军、板行参军和长兼行参军。除参军由中央除授,而府板则是由府主自己任命,并不经过中央的人事手续①。参军是南朝府职中的中坚职位,署曹者主管录事、记室、户、仓等各曹的实际事务,亦有不署曹者,则相当于府主的顾问参谋,其职能是很广泛的。参军与府主有着亲密的关系,构成府主的心腹幕僚团,府主一旦迁转他职,他们也往往随之转任("随府")。这里并没有明确记载王融所任是哪一曹的参军,那么很有可能并不署曹。这一职位为什么会成为他出仕的起点呢?

宫崎市定指出:"行参军被屡屡用为起家官。有时候,连极其显赫的名门的子弟也以此起家。就这一点来看,根据府主的情况,以行参军起家绝不是什么坏事。"在列表举出宋齐实例以后,继续论述道:"这些人物都是出自名门的杰出人物,就此范围来看,与贵族最期待的秘书郎起家,以及次一等的著作佐郎起家相比,行参军起家并不见得就有多么相形见绌。不过随着时代推移,后世受人青睐的毕竟还是秘书郎和著作佐郎,而行参军起家的品格则大为低落。"②

这里所谓的随着时代推移行参军地位下降,指的是梁代天监官品改革之后王谢子弟从秘书郎起家,而不愿从王府参佐起家。而在宋齐时代,

---

① 《宋书·百官志》:"除拜则为参军事,府板则为行参军。晋末以来,参军事、行参军又各有除板。板行参军下则长兼行参军。"参严耕望《魏晋南北朝地方行政制度》卷上第三章下之(二)"府僚佐",第179页。

② 宫崎市定《九品官人法の研究》第二编第三章五"軍府僚属殊に参軍の発達",第229页。

行参军起家对于绝大多数将要出仕的贵族少年而言,仍是一个很高等,很可以满意的方式。宫崎先生的这一论断,大体是得其要旨的,不过具体地说,"行参军(与秘书郎、著作佐郎相比)并不相形见绌"这一点,仍略有需要补充说明之处。

事实上,在宋齐时代,真正要从秘书郎、著作佐郎起家,并不是一般王谢子弟都可以做到的,而通常须是出身于高门中的高等家庭,父祖位居中央高位者。贵公子或者外戚是典型的候选人,例如王恭(晋末太原王氏的代表)、徐湛之(宋武帝外孙)、褚渊(父子二世尚主)、王俭(南齐琅邪王氏的代表)等,史籍中不胜枚举,只要稍加注意便不难理解。这一点,与前文所论"策秀才"的具体环境是相类似的。相对而言,宫崎列表中所举王融、谢朓等例子,虽然都是名族,却多少有着缺陷,如王融遭受家变,居于外郡,谢朓在谢氏中地位疏远,他们的出名与后天的努力有很大关系,如果仅就出身而言,其实是很难指望从中央第一等清官的秘书郎、著作佐郎起家的。宫崎先生以其人的名望为依据而未详究其始末,故有此失。秘书郎限员四人,著作佐郎限员八人,名额总共不过十余,虽然担任此职者会迅速迁转,但也难以避免激烈的竞争排队,这就是所谓"秘书有限故有竞"[1];而公督府军府的行参军人数就要多得多,条件自然也宽松得多了。人数的多寡本身就已经决定了这两种起家官的等级区别。对一般贵族而言,从出镇地方的诸王的军府参佐起家,才是较为现实的途径。因此,宫崎先生的论断,虽然基本方向不误,但由于当时的学术总体认知还停留在家族层面,其所举证便不免忽视了大家族内部的身份高低等差。应该说作为起家官,公督府参军的地位毕竟是要比秘书郎、著作佐郎低一筹的[2]。

---

① 《宋书》卷六十六《王敬弘传》,第 1732 页。

② 诸府参军七品、秘书郎、著作佐郎六品,在最初以官品定家格高低的研究观念下,认为这两者之间存在着等级差别。而经过宫崎市定、中村圭尔等的研究之后,已经判明当时的情形是,公府掾属"在东晋以后,被选择为佐著作郎等级起家官的代用官职。这时候乡品二品已经泛滥成灾,与其要不尴不尬地以满地都是的六品官起家,还不如选择有势力的府主,直截了当在其下就任实官性的僚属"(《九品官人法の研究》第二编第三章六"門地二品の成立")。换言之,不仅仅以硬性的官品制度为判断标准,而是考虑到具体人事的利益要求,判断两者在实际上已经有所混同。但是反过来,却又造成另一方向的偏差,即容易使得两者之间的界限模糊,依据对王谢子弟起家的笼统数据统计,以为两者无甚差别。本书所强调两者之间的差别,并非从官品出发进行的判断,而依然是由于官僚制度在具体运作中受现实利益影响的结果。但是,必（转下页注）

这种等级差别并不致命,是高等贵族内部的区分而不是高门与寒门之分,但其区别依然明显存在。可以想见,这也正是梁代官品改革后参军地位重新低落的原因。

因此王融以府板行参军起家,可以说也正是一个吻合他"出身成分"的方式。对于他这样一个原本出身高贵,但祖父被诛,父亲不达,自己也被排出了都城之外,在北方边境长大的少年而言,无疑是一个相当不错的起点了。他不可能奢望秘书郎或者著作佐郎。而反过来,从他的这一起家我们也可以想见,王融的贵族身份依然是得到认可的,他并没有像谢灵运之孙谢超宗一样沦落到只能以奉朝请起家①,这也可见宋孝武帝在诛杀王僧达之后,"诏太保华容文昭公门爵国姻,一不贬绝"的"恩赐"确实还是起到了实际的作用。

至于"晋安王南中郎",《南齐书》卷四十《武十七王晋安王子懋传》:

> 晋安王子懋,字云昌,世祖第七子也。初封江陵公。永明三年,为持节、都督南豫豫司三州、南中郎将、南豫州刺史。鱼复侯子响为豫州,子懋解督。四年,进号征虏将军。南豫新置,力役寡少,加子懋领宣城太守。②

南豫州位于建康西南,与南徐州、青冀二州等正形成掎角之势,拱卫着都城建康。这里也同样是对北战事的前线。《南齐书》卷十四《州郡志上》南豫州条:

(接上页注)须附加指出一点,就是这一差距依然不是任何时候都绝对存在的。如果府主权势滔天甚至位压人主,例如登位之前的刘裕、萧道成,或者刘宋彭城王义康、江夏王义恭等,以他们的王公府佐起家就决不会有什么不满,贵家子弟也往往欣然就任了。归根到底,无论制度也好人事也好,个人在现实政治中的判断只是为将来的利益起见。制度指示着正常情况下的判断,而一旦违背制度能够获得更大的预期利益,制度就会遭到改变了。

① 《南齐书》卷三十六《谢超宗传》。奉朝请本为荣誉加官,但由于可以无限滥给,不为人所重,所谓"奉朝请无限故无竞",在南朝已经几乎成为次等士族起家的专用官了。关于这一点,参见越智重明《魏晋南朝の贵族制》第五章"制度的身分=族门制をめぐって"。

② 《南齐书》,第708页。

建元二年，太祖以西豫吏民寡刻，分置两州，损费甚多，省南豫。左仆射王俭启："愚意政以江西连接汝、颍，土旷民希，匈奴越逸，唯以寿春为阻。若使州任得才，房动要有声闻，豫设防御，此则不俟南豫。假令或虑一失，丑羯之来，声不先闻，胡马倏至，寿阳婴城固守，不能断其路，朝廷遣军历阳，已当不得先机。戎车初戒，每事草创，孰与方镇常居，军府素正。临时配助，所益实少。安不忘危，古之善政。所以江左屡分南豫，意亦可求。如闻西豫力役尚复粗可，今得南谯等郡，民户益薄，于其实益，复何足云。"太祖不从。永明二年，割扬州宣城、淮南，豫州历阳、谯、庐江、临江六郡，复置南豫州。①

可知南豫州是为了加强长江中下游对北防御缓冲带，而在永明二年（正是王融举秀才那一年）刚刚恢复设置的新州，其军事意义远远大于经济意义，地居边荒，人口力役寡少，状况极为艰苦。而州府职员之不足也是不难想见的了。王融举秀才翌年便任职于这一"土旷民希"、"每事草创"的地区，他这一时期的生活也决不会优游宽裕到哪里去。虽然在这个职位上并没有停留多长时间，便"坐公事免"，但这一时期无疑是他少年生活的延长线，是处在进入中央都城之前的准备期。

最后想要稍微附加讨论的是"坐公事免"的含义。"公事"就是公务，如《南齐书》卷三九《刘瓛传》说瓛"公事免"，他自己的叙述则是由于性情疏懒，"以不能及公事免黜"。不过，因"公事"而免职并不一定是由于本人的过失。《南齐书》卷三十三《王僧虔传》：

僧虔颇解星文，夜坐见豫章分野当有事故，时僧虔子慈为豫章内史，虑其有公事。少时，僧虔薨，慈弃郡奔赴。②

王慈因父忧而弃郡，无法履行职务，这也是"公事"。《通典》卷十九《职官典》引《山公启事》曰：

晋制，诸坐公事者，皆三年乃得叙用。其中多有好人，令逍遥无

---

① 《南齐书》，第 253 页。
② 《南齐书》，第 597 页。

事。臣以为略依左迁法,随资裁减之,亦足惩戒,而官不失其用。①

可知"坐公事免"常常会连坐"好人",使得人才失用。又《北史》卷五十六《魏收传》:

> 初,收在神武时为太常少卿,修国史,得阳休之助。因谢休之曰:"无以谢德,当为卿作佳传。"休之父固,魏世为北平太守,以贪虐为中尉李平所弹获罪,载在《魏起居注》。收书云:"固为北平,甚有惠政,坐公事免官。"②

魏收为了答谢阳休之而为其父作佳传,阳固因贪虐获罪,魏收所作传中却写成"坐公事免官"。可见"坐公事免"要算是一种较为体面的免官方式了。王融究竟因为什么"公事"而免虽然不清楚,但南齐时代的坐公事免显然已经不再"三年乃得叙用",而他日后的仕途也显然并没有因此而受到影响。

总而言之,综观本节所论两点:1. 举秀才,2. 起家王府参军,都可以看到王融踏上历史舞台之际的身份定位——他无疑是高等贵族,然而在高等贵族中又属于并不那么高贵的一类。他的身份相比于祖上的荣耀,已经有了明显的下滑,但他的家世与才华却又保证着这种下滑不至于到达一个跌破阶级,沦落至无望的程度。他依然充分保留着重新跃起的可能性。而下文将会看到,他也迅速地将这种可能性变为了现实。

第二节　特殊跳级的光明仕途
——从司徒法曹行参军到秘书丞

一、人生转折点: 竟陵王司徒法曹行参军

在因公事免去晋安王南中郎将府参军后,王融成为竟陵王、司徒萧子

---

① 《通典》,中华书局点校本,1988 年,第 468 页。
② 《北史》,第 2031 页。

良的法曹行参军,这应当就是王融与萧子良最初的相遇。对王融的人生而言,这一次的身份转变意义至为重大。从这一年开始,他再也没有离开过都城建康,而他的后半生,也与"萧子良"这个名字再也无法分离。

王融担任这一职位的时间,学界有不同意见。陈庆元认为在永明五年,而网祐次则以为当在永明四年①。现在看来永明五年似太晚。陈先生大约是以萧子良永明五年正位司徒为依据,然而《南齐书》卷四十《武十七王竟陵文宣王子良传》明确记载:

> 永明元年,徙为侍中……明年,入为护军将军,兼司徒,领兵置佐,侍中如故。镇西州。②

是子良在永明二年已经入兼司徒,并且领兵置佐,并不需要等到五年才能开府。此外,陈庆元先生自己已经考得,王融在永明三年时便已为王俭作《让国子祭酒表》,因此他这一年必定已经离开南豫州,到了都城建康。如果他直到永明五年才转任竟陵王府参军,那么这中间就不免出现了一年以上的空白期了。同时,我们知道王融于永明六年就已经迁任丹阳丞,而在此之前还经过太子舍人和秘书丞的中转,如果从永明五年开始算起的话,这一连串过程也未免过于急遽。在我看来,即使认为王融在永明三年就已经出任此职,也不是没有可能的事情。他从南中郎将府离职之后不久便到达建康,拜谒族中尊长王俭,恢复了亲密的联系,并且为竟陵王所知而出任府职,于其后两三年间(已经是一个非常快的速度了)逐步迁进,这样的过程毋宁说才是较为自然的推断。

由于史传的简略,我们完全无法断定萧子良是通过什么途径对王融有所了解?又是出于什么样的考虑将其任命为自己的法曹参军?本传说是板行参军,而《魏书》卷八十二《祖莹传》则说"萧赜以王元长为子良法曹参军",不过《魏书》所记为魏孝文帝的日常谈论,本无需精确,任命王融应当还是出于萧子良本人的意愿。晋安王萧子懋比萧子良要年少 12 岁,

---

① 见《中国中世文学研究——南齐永明时代を中心として——》上篇第三章第三节"竟陵王の下の所謂八友"之"王融"条,但网氏也只是据王融永明三年任晋安王府参军顺推,并无致密论证。
②《南齐书》,第 694 页。

永明二年时不过是个 13 岁的大孩子,他向萧子良推荐王融的可能性不大。那么最有可能的,还是因为王融在这时已经获得了相当的名声,所以才会得到竟陵王的注目,召入幕中了。此外如上所述,王融这时已经代王俭撰写过《让国子祭酒表》,可以看到王俭对这个重新回到都城来的族侄是相当欣赏的(参第四章)。因此,如果推想他曾经向竟陵王推荐王融,也不是没有可能的事情。

公督府板行参军对踏入仕途的贵族少年而言有什么样的意义,我们在上一节已经给予了简要的分析,这里需要进一步说明的,则是法曹行参军这一特定的行参军职位。《南齐书》卷十六《百官志》:

> 凡公督府置佐:长史、司马各一人,谘议参军二人。诸曹有录事,〔功曹〕,记室,户曹,仓曹,中、直兵,外兵,骑兵,长流贼曹,城局,法曹,田曹,水曹,铠曹,集曹,右户十八曹。〔城〕局曹以上署正参军,法曹以下署行参军,各一人。①

按《南齐书》原文所谓的十八曹仅列出十五曹,中华书局点校本将"中直兵"点为二职②,又误增入非十八曹之功曹,数仍不合,梁晓强参校宋、齐、隋诸志指出当据《宋书·百官志》,于长流贼曹下补"刑狱贼曹",铠曹下补"士曹",右户下补"墨曹",说极精核,可从③。据此则法曹于十八曹中位居第十一。就顺位来说这似乎只是一个无足轻重的职位,然而宫崎市定已经指出:

> (梁代流内)三班中,从头数起第五位的皇弟、皇子府行参军,以及第十五位的嗣王府正参军,看来是一般的起家官……这里的行参军似乎多为法曹行参军。法曹为行参军之首,其上自城局参军开始成为正参军。如果法曹参军没有空缺,则临时担任其他曹的参军,法

---

① 《南齐书》,第 313~314 页。
② 《宋书·百官志》:"高祖为相,合中兵、直兵置一参军,曹则犹二也。"是自宋初以来中兵参军、直兵参军已合为一职,六朝史志中"中直兵"之称颇见常见。严耕望《魏晋南北朝地方行政制度》引此即点作"中直兵"(第 197 页)。
③ 梁晓强《〈宋书、南齐书·百官志〉"参军"条校补——兼论参军制》,《曲靖师范学院学报》2001 年第 1 期。

曹一旦空出,便移往法曹。这称为"俄署法曹",屡屡见于史传。贵族主义就是这么一种无论如何也要重视首位的存在。①

这里虽然讨论的是梁代起家官的情况,对理解王融的身份也有参考价值。梁代官品改革原本就是在宋齐官制基础上进行的,起家官也好,升迁官也好,都依据贵族主义,遵循着一定的序列规则。法曹作为行参军之首,乃是在南朝中后期逐渐凸显出重要性的一个特殊职位,对入仕之初的年轻贵族尤其有吸引力。当然,对这一点不宜过度夸大,但王融既然被置于这一职位,则可以知道萧子良从一开始对其就是相当重视的了。

二、青云直上：超迁秘书丞考论

如果说任司徒法曹参军是王融与萧子良交往的开端,那么迁太子舍人就意味着他进入文惠太子萧长懋的僚属体系。在第九章中我们还会谈到,在这一时期王融已经参与到宫廷文学的活动当中,留下了与文惠太子相配合的佛教乐府文学作品,可以见出文惠太子对他的欣赏。东宫官属大抵都是清贵之官,我们暂且放过不提;接下来的"启世祖求自试……迁秘书丞",却值得充分的注意。《宋书》卷四十《百官志下》：

> 秘书监,一人。秘书丞,一人。秘书郎,四人……掌艺文图籍。《周官》外史掌四方之志、三皇五帝之书,即其任也。②

用今天的观念看起来,秘书丞不过是相当于国家图书馆副馆长的一个闲职,并无实权,无足称道。其实不然,秘书丞,《梁书》卷三十三《张率传》：

> 迁秘书丞,引见玉衡殿。高祖曰："秘书丞天下清官,东南胄望未有为之者,今以相处,足为卿誉。"③

又同卷《刘孝绰传》：

---

① 宫崎市定《九品官人法の研究》第二编第四章四"起家の官",第 329 页。
② 《宋书》,第 1246 页。
③ 《梁书》,第 475 页。

> 除秘书丞。高祖谓舍人周舍曰："第一官当用第一人，故以孝绰居此职。"①

故宫崎市定在《九品官人法研究》中直接称之为"天下第一清官"，这是南朝贵族任官中最受追逐的官位，非同一般。虽然品位并不高（第六品），但作为秘书省的副长官，清闲优裕，又掌艺文图籍，最有文华之誉。定员四人的秘书郎就已经是贵族子弟追逐的起家官，仅有一人的秘书丞位望更在其上，其贵可见②。可以说，王融得任此职，就标志着他彻底进入中央贵族社会，重新成为其中的核心人物。

关于秘书丞，下面列举《南齐书》所记诸例，对宋末齐初的官人状况作一统计分析。《南齐书》卷二十三《褚渊传》：

> 渊少有世誉，复尚文帝女南郡献公主，姑侄二世相继。拜驸马都尉，除著作佐郎，太子舍人，太宰参军，太子洗马，秘书丞。③

褚渊在宋末的人地之高，毋庸赘言，从起家著作佐郎，历仕至于秘书丞，都是至美的清职。同卷《王俭传》：

> 解褐秘书郎，太子舍人，超迁秘书丞。④

---

① 《梁书》，第 480 页。中华书局点校本置下引号于"第一人"后，然审其文意，次句亦当为梁高祖言，否则语气不完。

② 宫崎市定曾经推测："关于秘书丞。名之为'丞'的官职本来并不是美官，不过唯有秘书丞却被认为是天下第一清官。这大概是由于秘书郎、著作佐郎成了起家官，不是长期担任的官职，而著作郎，据《晋书》卷二十四《职官志》所载，就任时是要考试的，例须撰写名臣传一人，因此不为贵族所喜，结果秘书丞便成为了众望所归吧。"（《九品官人法の研究》第二编第四章补注 31）可备一说。但如果说秘书郎、著作佐郎、著作郎都不符合条件，为何贵族不争当秘书监？仍有疑问。宫崎市定认为梁代秘书监虽为秘书省长官，其清反而不若秘书丞，因为"一旦成为长官，势不得不困于俗务，对事务负起责任。"（《九品官人法の研究》第二编第四章二"流内十八班"）但这一解释其实无法成立，中书令、侍中均为五省长官，事务只有比掌管文籍的秘书监更为繁重，却都居于流内十八班首，是无可置疑的一等清官。因此秘书丞会成为"天下第一清官"的原因，仍待进一步考索。

③ 《南齐书》，第 425 页。

④ 《南齐书》，第 433 页。

王俭从太子舍人直接迁任秘书丞,被认为是超迁。从其余的各例都可以看到,确实除他之外,没有从太子舍人直接跳到秘书丞的。太子舍人第七品,秘书丞第六品,相去只有一品,两者都是清官,但从太子舍人迁秘书丞却是超迁,也可以看出这一官位的尊贵。关于这一点,还可以参照《宋书》卷五十六《谢瞻传》附《谢晦传》:

> 初为州主簿,中军行参军,太子舍人,俄迁秘书丞。自以兄居权贵,已蒙超擢,固辞不就。①

也是同样的情况。谢晦因为担心家门过于荣耀,而固辞不就,可见这一超迁是很招人妒羡的。又《南齐书》卷三十三《张绪传》:

> 元徽末,东宫罢,选曹拟舍人王俭格外记室,绪以俭人地兼美,宜转秘书丞,从之。②

可知王俭本来是先拟任记室,只是由于张绪的意见,才造成这一特殊升迁。张绪时任吏部郎,参掌大选,这可以说是中央人事组织的"专家意见",亦可见秘书丞的任职条件是人地兼美。《南齐书》卷三十二《何戢传》:

> 解褐秘书郎,太子中舍人,司徒主簿,新安王文学,秘书丞,中书郎。③

何戢出身庐江何氏,宋司空何尚之之孙,吏部尚书何偃之子,尚孝武帝爱女山阴公主,亦贵甚。《南齐书》卷四十二《江祏传》附《江祀传》:

> 初为南郡王国常侍,历高祖骠骑东阁祭酒,秘书丞。④

---

① 《宋书》,第 1559 页。
② 《南齐书》,第 600 页。
③ 《南齐书》,第 583 页。
④ 《南齐书》,第 752 页。

江祀的出身明显低于褚渊和何戢，但他与兄长江祏都是齐明帝朝的外戚，"姑为景皇后（按即明帝之母），少为高宗所亲，恩如兄弟"①。齐明帝萧鸾以旁支入登大宝，刻毒猜忌，杀绝高武子孙，南齐中期实际上是进行了一次皇族大换血，江氏兄弟以微时恩义而获得地位上升，是南朝王朝更替时常有的事情，这是特殊的升格，而不是以门第出身衡量的常例。《南齐书》卷四十三《江敩传》：

> 尚孝武女临汝公主，拜驸马都尉。除著作郎，太子舍人，丹阳丞。时袁粲为尹，见敩叹曰："风流不坠，政在江郎。"数与晏赏，留连日夜。迁安成王抚军记室，秘书丞，中书郎。②

江敩自己尚主，其母为宋文帝淮阳公主，祖父江湛为宋文帝朝的重臣。他的情形，与褚渊相近。《南齐书》卷四十五《宗室传》：

> 遥昌字季晖。解褐秘书郎，太孙舍人，给事中，秘书丞。③

萧遥昌为齐明帝之侄。《南齐书》卷四十六《王慈传》：

> 除秘书郎，太子舍人，安成王抚军主簿，转记室。迁秘书丞。④

王慈是司空王僧虔长子，王俭从兄，在齐梁之际王俭、王融已死，他几乎可以说就是琅邪王氏的领袖。其本人虽不尚主，而王氏世代与帝室联姻，其子尚亦尚吴兴公主。《南齐书》卷四十七《谢朓传》：

> 高宗辅政，以朓为骠骑谘议，领记室，掌霸府文笔。又掌中书诏诰，除秘书丞，未拜，仍转中书郎。出为宣城太守，以选复为中书郎。⑤

---

① 《南齐书》卷四十二《江祏传》，第750页。
② 《南齐书》，第757页。
③ 《南齐书》，第792页。
④ 《南齐书》，第802页。
⑤ 《南齐书》，第826页。

谢朓是在竟陵集团中与齐明帝关系最为密切的一人,他在明帝辅政时得除秘书丞也是一个特例。《南齐书》卷四十八《袁彖传》:

> 举秀才,历诸王府参军,不就……从叔司徒粲、外舅征西将军蔡兴宗并器之。除安成王征虏参军,主簿,尚书殿中郎,出为庐陵内史,豫州治中,太祖太傅相国主簿,秘书丞。①

袁彖出身阳夏袁氏,史称其父觊"好学美才,早有清誉"②,但仅仕至武陵内史,大约去世较早,尤其伯父袁颛奉宋晋安王子勋谋反被诛,所以袁彖也像王融一样地位有所跌落。他的从叔袁粲是宋末著名的功臣,身受宋明帝顾命。虽然具体原由尚不明朗,袁彖大约是由于从叔的原因而得到提拔。《南齐书》卷四十九《王奂传》附《王缋传》:

> 弱冠,为秘书郎,太子舍人,转中书舍人。景文以此授超阶,令缋经年乃受。景文封江安侯,缋袭其本爵,为始平县五等男。迁秘书丞,司徒右长史。③

王缋为王景文之子,袭爵为侯。而王景文是宋明帝朝的重臣,其妹为明帝王皇后,因此王缋也正是外戚。此外,其兄王绚也官至秘书丞而卒(《宋书》卷八十五《王景文传》)。

从上面的例子,可以归纳出以下要点:

一,除了极少数例外,均起家秘书郎或著作佐郎,这在南朝当然是最高等的起家官,从起家官就可以明白这些人物天生的最高贵族身份。

二,从常规上来说,惯例先经历过太子舍人(也有少数例子是其他东宫官属),再转秘书丞。此外,也有在任秘书丞后转中书郎的例子,如何戢、江敩和谢朓。

三,往往是外戚,或者自身尚主,宗室当然也在选内。如褚渊"姑侄二

① 《南齐书》,第 833 页。
② 《南史》卷二十六《袁湛传》附《袁彖传》,第 707 页。
③ 《南齐书》,第 852 页。按,王缋的出身是最高等贵族,起家官就已经是秘书郎,宋齐时代的中书舍人却是寒人担任的浊官,绝无从太子舍人转中书舍人反为超阶之理。这里的"中书舍人"恐系涉上"太子舍人"而误,当作中书郎为是。

世相继",何戢尚山阴公主,江祀为齐明帝姑表兄弟,江敩亦二世尚主,萧遥昌为宗室,王缋之姑为皇后。

四,在这些经历过秘书丞的人物中,有些最终官至宰相,甚至位达三公。褚渊、王俭自不必论,江祀则是齐明帝朝的顾命大臣之一。

而特别值得注意的一点,就是如上所见,王俭从太子舍人直接迁转秘书丞,这是一种特殊光荣的超迁。

以上诸点,和王融的情形相对照,可以让我们明白许多隐藏在历史烟尘中的问题:

首先,王融起家王府参军,而不是秘书郎或著作佐郎,表明他的身份已经下降为一般贵族,而不再是王朝贵族社会最受人瞩目的天之骄子。而宋齐间起家王府参军的人物,除了仅有的特例之外(江祀是明帝表兄弟,而且任秘书丞的时间也在王融之后,袁彖情形不明),是没有可能得到秘书丞这一高贵至极的职位的。尤其如上所归纳,任秘书丞者除了高贵门第之外,往往还要加上外戚、尚主等附加的尊宠,换言之,即使在最高贵族中,这一职位也是优先授予与王朝紧密联结,获得特殊恩宠的个人的。王融与这些条件就更为绝缘了。在这一点上,后来谢朓与王融的情形一致,都是罕见的大幅超越身份的特例。我们可以初步推测,这是由于南朝中期贵族社会秩序松动的结果。在这一时代,个人才能在宦途升进中占据了更大的比重,王融和谢朓才得以凭着自身的才华,借助皇族的特殊恩宠而跃升。但是无论怎么说,这是一种非常特殊的超越,绝无疑问。

其次,王融先任太子舍人,随即再迁秘书丞,他的这一过程与王俭相同,也是超阶的直接迁转,并非常规。所以他在《拜秘书丞谢表》中要说:

> 特擢之例,事均延祖①。置左之恩,任光元辅。②

---

① 延祖谓嵇绍。《三国志》卷二十一裴松之注:"(嵇)康子绍,字延祖,少知名。山涛启以为秘书郎,称绍平简温敏,有文思,又晓音,当成济者。帝曰:'绍如此,便可以为丞,不足复为郎也。'遂历显位。"这里以嵇绍自比,也正清楚点出自己的这一晋升乃是超阶而非常规的。
② 《初学记》卷十二,中华书局 1962 年,第 297 页。"左"原作"佐",非。按《宋书·百官志下》:"后欲以何桢为秘书丞,而秘书先自有丞,乃以桢为秘书右丞。"何桢字元干(见《三国志》管宁传裴松之注引《文士传》),到洽《答秘书丞张率》:"前有元干,置左置右。后有弘度,流分四部。"弘度即李充字,充为大著作郎,分典籍作四部(《晋书》本传)。是知元长本句即用何桢事,且知《宋书》"秘书右丞"或为"秘书左丞"之误。

在整个宋齐时代，得到这种超迁的只有王俭、王融叔侄二人而已，其光荣不言而喻。王俭身为宋末齐初王氏的核心，有着可预见的前途，正如张绪所言"人地兼美"，超迁只不过是把他原本就将获得的东西提前发送而已，理由是很明显的。然而王融得到超迁的理由又是什么呢？

从竟陵王法曹行参军到东宫官属的太子舍人，再到秘书丞，这一条仕途的起点正是竟陵王府。竟陵王萧子良与王融的关系无疑是他越级升迁的最重要因素。自从进入竟陵王府之后，王融便在一两年之内就坐火箭上升。《南齐书》王融本传：

> 融文辞辩捷，尤善仓卒属缀，有所造作，援笔可待。子良特相友好，情分殊常。[①]

这一升迁速度正是他与萧子良"特相友好，情分殊常"的最好注脚。任太子舍人也许还有着文惠太子的力量在内。而在太子舍人的任上，王融上启求自试，毛遂自荐，希望能够为国效力。从史传的行文看起来，似乎是由于他这一上启，才得以迁秘书丞，但我们当然不能相信靠这种个人的自我吹嘘就能够达成什么好结果，不肯按部就班而急躁求进是贵族官僚社会的大忌，不造成反效果就已经不错了。中世求自试的人物，从曹植开始有过少数的几例，结果不是被无视，就是遭到训斥甚至贬官。理由是很简单的，个人在官僚体系中的位置是由王朝的需要决定的，而不是由个人的愿望左右的，如果满足个人不知轻重的毛遂自荐，只会造成秩序上的混乱。但是王融的自荐却例外地得到了高升，毋宁说这篇求自试启不过是个官样文章而已，真正起到作用的只能是竟陵王（也许还有文惠太子和王俭）。

总而言之，无论是从王府参军起家却能担任秘书丞，还是从太子舍人直接迁任秘书丞，都是南朝贵族官僚社会中稀有的特例，是超越身份和升迁程序的火箭式升进。得到这样的待遇，无疑就预示着更加顺风满帆的前途，而这种双重特例却集中在了王融身上。我们可以想象得到这"天下第一清官"之位的王融，是何等的志得意满，舍我其谁了。

尤其对王融而言，这原本就是他应该拥有的东西。以王僧达的门第和才华，如果他不是对自己的贵族身份过于自傲，到了与追求皇权集中的

---

① 《南齐书》，第 823 页。

宋孝武帝相抗衡的程度，而是柔软处世，尽一个王朝官僚的本分，那么最终达到与其父王弘相称的三公之位，不过就是贵族社会中的自然结果而已。假设这一家系得以按照这样的理想图顺次展开，王融的生平就会是另一番面貌，他自然而然地就会以秘书郎或者著作佐郎起家，甚至可能袭父祖的公侯爵位，按部就班，走上一条不需要依凭他人力量的平坦大道。但事实上，这些原本触手可及的东西，却在他出生之前就已经被皇权和贵族之间的倾轧无情地打碎了，他不得不通过自己的努力一步步地去重新获得它们。

对于通过努力重新获得的东西，人总是会特别珍惜的。

从这一角度，我们才能够理解王融这个人性格中最重要的一面。《南齐书》本传：

> 融自恃人地，三十内望为公辅。①

这绝不是一个正常的自我期待。对一般人来说，这是想也不敢想的奢望；而对真正的最高贵族来说，却又不需要做这样的白日梦了——那本来就是他们应得的东西，无需费力做梦——就好像王融的从叔王俭一样，只要"平流进取"，自然"坐至公卿"。同时，真正的贵族，往往反而是不屑于营营汲汲往上爬的，就好像王氏的另一位前辈王球一样，他们只要稳守住自己的社会秩序，享受清高宁静的人生就可以了。高官重爵，对他们来说唾手可得，只是妨碍其人生的"阿堵物"而已。

这样的梦想，只会在王融的身上出现。因为他已经失去了不必做梦的权利，同时，他也已经具备了做梦的资格，但却又还没有完全具备实现梦想的力量。有其他贵族，尤其是有从叔王俭的榜样在前，他眼前已经展开了一条完全符合贵族社会上升期待的光明大道。这一条光明大道，在担任太子舍人、秘书丞之后，就已经得到了社会规则的认可，剩下的不过是时间问题而已。

然而同时，对过于迅速地跳级登顶的王融来说，现实发展的速度无疑又会使他过于相信自己的能力——凭借着自己的才华，获得竟陵王的赏识，他已经成功地打破了贵族社会的老旧规则，不是吗？谁又能说自己的

---

① 《南齐书》，第822页。

这种才华,这种力量,不能带来更大的成功呢?二十出头的王融,手里就已经握紧了超出常情的荣耀,他会对将来展开更大的梦想,并且企图用自己的双手去实现这种梦想,不过是顺理成章的事情罢了。

王俭曾经对自己的这个从侄——也是王氏延续光荣的希望——给予这样的评价:

> 此儿至四十,名位自然及祖。①

只是,王融已经等不及到那个时候了。

后世史家批评王融性格过于躁进,这并不是没有道理的。只是,把一切的结果归结于个人的,没来由的某种性格,毋宁说是过于浮泛了。为什么王融身上会呈现出这样的性格,乃至于膨胀到了毁灭自身的程度?我们看得到,答案依然隐藏在贵族社会、王朝体系和个人这三者交汇的漩涡之中。

第三节　稳步升进的中枢要职
——从丹阳丞到中书郎

秘书丞是最高的清官,却不是要官。贵族观念轻视实务,逃避繁琐的事务处理工作,因此清闲高雅的文化性工作会受到青睐。这种职位标志着一种社会文化性的地位,然而从政治上看,却是缺乏实际权力的——这里所说的实际权力,当然,如过去的研究中所注目的,是门阀之间为了维护自身而争权夺势的工具;但是另一方面也不能否认,希望在政治上有所作为,对国家建设怀抱理想者,也同样迫切地追求这种权力。并且,从官职制定和运作的初衷而言,后者才是"要官"形成的根源。所谓要官,也就是占据中央的政令决策核心,并非从事繁琐的具体事务处理,而是辅佐天子,画策制诰,一言以令天下的机要之官。无论出于哪一种理由,门阀贵族都依然需要通过担任"要官"——当然,浊官是不行的,所以是"清要官",来达成自己的政治理想和需求。

---

① 《南史》卷二十一《王弘传》附《王融传》,第 575 页。

　　在担任秘书丞以后,王融便开始进入了这一阶段。他于永明六年迁任丹阳丞,其后又迁中书郎。不过,迁中书郎的时间则不确定。陈庆元以为在永明九年,但并无坚强的理由。陈《谱》虽举出作于永明九年的萧衍《答任殿中宗记室王中书别诗》和王融《饯谢文学离夜》(《谢宣城集》记作者为"中书郎王融")为证,但这只能说明王融在永明九年已经任中书郎,却不能证明他在此之前未任中书郎。南朝居官以多迁速迁为美,以王融前几次迁转的速度之快,受到萧子良的信赖之深,如果说他会在丹阳丞职位上停留三年之久,也未免表现得太不顺利。虽然现在还缺乏明证,不过推断他在永明七、八年间升任中书郎,应当不会离事实太远。

　　关于丹阳丞和中书郎我们没有什么太可考证的地方。前者材料太少而后者情形已经比较清楚。丹阳丞是丹阳尹的副手。在东晋南朝,丹阳即京兆,三吴则视为三辅,位居全国政经首脑,地位特殊,不同常郡。得任丹阳尹的通常为诸王或宰辅重臣。丹阳丞如果用今天的观念来说,大致相当于北京市常务副市长,官品并不算高,但其地位之重要不言而喻。然而关于此官的具体品位①以及清浊,却不能说已经研究得很清楚。只是从南朝史书中担任丹阳丞的人物来看,王俭之弟王逊、江湛之

---

① 《宋书》百官志所列宋官品表,郡丞为第八品。但那是因为一般郡丞是地方官员,而且是担当实务的副官。对于南朝贵族而言,除了"求禄"这唯一的理由之外,决没有希望离开中央到外郡去当官的,即使外放当郡守(除三吴大郡之外)也往往被认为是贬谪了。因此郡丞品位很低,不受重视。但丹阳丞作为京畿长官的副手,与此情况大相径庭,因此也不可一以例之。但究竟情况如何却尚待研究。不过与郡的情况类似,我们可以通过州、县的例子来理解这种官职相同、官品却清浊(或中正品)不同的情形。阎步克通过分析《晋书》卷七十六《王彪之传》中"秣陵县三品县耳"、"句容近畿二品佳邑"等语指出:"秣陵令与句容令同居官品第六,甚至同为千石县令,仅由官品与禄秩看二者是平起平坐的;但从中正品看就不同了,它们一为三品县,一为二品县,由中正品之异,二职高下遂判。"(《品位与职位——秦汉魏晋南北朝官阶制度研究》,中华书局2001年,第361~362页)可以看到接近京畿的县令人选,对中正品的要求就比较高,丹阳丞和其他郡丞的关系与此正相类似。当然,南朝出任郡丞的一定已经都是门地二品,等级不会从中正品上反映出来,而是反映为清浊了。此外,梁武帝天监官品改革,流内十八班中第八班内有"南徐州别驾",第七班内有"南徐州中从事",而其他州同职均不入列,这直接从官阶上显示出南徐州的优越地位,而这种差异必定是从宋齐时代南徐州州职选人品级的优异发展而来的。所以参照州、县的情形,丹阳郡丞较地方郡丞的等级流品为高,应是理所当然的。

子江敩、谢庄之子谢瀹等人都曾担任此官，所以这绝不是高等贵族所拒绝的职位。至少结合以上两方面判断，这应当属于清要官的一种①。

至于中书郎，则几乎可以称为南朝最为典型的高等清要官。关于中书职权在汉魏六朝时期的上升，制度史家论之已详，无庸费辞。祝总斌先生指出：

> 东晋以来（中书）监、令常由宰相兼领，声望日益提高，但实际上起草诏令之权已多转归中书侍郎。……中书侍郎日益成为清美之选。②

南朝时期的职官体系，以所谓"三台五省"，亦即太尉、司徒、司空三公，以及中书、尚书、门下、秘书、散骑（集书）五省为中央官的主体。而五省之中，中书省执掌枢机，负责草拟诏诰，自西晋以来便有"凤凰池"③之称，至为关要。除了三公以及中书令、尚书令、吏部尚书等"宰相"级别的官职之外，南朝贵族最希望达到的地位可以说就是中书郎了。当然，如《宋书》卷四十《百官志下》所言："宋初又置通事舍人，而侍郎之任轻矣。"④《南齐书》卷五十六《幸臣传》："齐初亦用久劳及以亲信关谳表启，发署诏敕，颇涉辞翰者亦为诏文，侍郎之局复见侵矣。"⑤由于刘宋中期皇权加强，开始任用通晓文翰的亲信寒人为中书通事舍人，这一机构逐渐侵夺中央权力，中书郎的职权开始有所下降。这一点也已经是六朝官制史的常识。但是，有三点应当指出：首先，中书通事舍人群的权力上升并不仅仅导致中书郎任轻而已，事实上整个贵族政治体系都感到了压力。《南史》卷七十七《恩幸传》：

> 法亮、文度并势倾天下，太尉王俭常谓人曰："我虽有大位，权寄

---

① 值得一提的是永明六年任丹阳尹的是王晏，王融当他的副手，而王晏与王俭虽同宗而支派不同，对正宗嫡系的王俭心怀嫉恨，"与俭颇不平"（《南齐书》卷四十二《王晏传》），大约与王融的关系也不会太好。
② 祝总斌《两汉魏晋南北朝宰相制度研究》第九章第三节"南朝的中书省"，中国社会科学出版社1990年，第347页。
③《晋书》卷三十九《荀勖传》载荀勖为中书监："勖久在中书，专管机事。及失之，甚罔罔怅恨。或有贺之者，勖曰：'夺我凤皇池，诸君贺我邪！'"
④《宋书》，第1246页。
⑤《南齐书》，第972页，标点有改动。

岂及茹公?"①

就是这一点的鲜明写照。但是,其次,无论宋齐时代的中书通事舍人如何权势熏天,也是浊官,与贵族官途无关。高门出身者对中书舍人只有嫉恨,而决不羡慕。因此虽然从官僚体系的整体来看中书郎的权位已经遭到压缩(因为贵族性的部分遭到压缩),但这一官职依然是最高等的清要官,是年轻贵族所最希望获得的位置,这一点并没有改变。最后,中书侍郎的权力虽然有所压缩,但草诏之权依然存在,并未完全被中书舍人所夺,上引《幸臣传》《恩幸传》之语不可理解得过分着实。《南齐书》王融本传载王融下狱答辞云:

> 今段犬羊乍扰,纪僧真奉宣先敕,赐语北边动静,令囚草撰符诏。②

纪僧真正是永明朝"诸权要中,最被盼遇"③的一人,然而在接到北魏宣战消息之后,他的任务却只是奉敕命王融草撰符诏而已(这正是"中书通事舍人"一职设置的本意),真正负责撰诏的依然是中书侍郎。

另外,从贵族官途来说,值得注意的是,从太子舍人(经过若干迁转)迁秘书丞,迁丹阳丞,迁中书郎,这条任官轨迹在南朝史传中有好几例相似的记载。如上节所引可见:

褚渊:拜驸马都尉,除著作佐郎,太子舍人,太宰参军,太子洗马,秘书丞,历中书郎,司徒右长史,吏部郎。

何戢:解褐秘书郎,太子中舍人,司徒主簿,新安王文学,秘书丞,中书郎。

江敩:除著作郎,太子舍人,丹阳丞。迁安成王抚军记室,秘书丞,中书郎。

谢朓:解褐豫章王太尉行参军,历随王东中郎府,转王俭卫军东阁祭酒,太子舍人,随王镇西功曹,转文学……除秘书丞,未拜,仍转中书郎。

---

① 《南史》,第 1929 页。
② 《南齐书》,第 824 页。
③ 《南齐书》卷五十六《幸臣传》,第 974 页。

此外，又《宋书》卷五十九《何偃传》：元嘉十九年，为丹阳丞，除庐陵王友，太子中舍人，中书郎，太子中庶子。

及《南齐书》卷五十四《高逸传何求传》：祖尚之，宋司空……求元嘉末为宋文帝挽郎，解褐著作郎……太子舍人……太子洗马，丹阳、吴郡丞……太子中舍人……除中书郎，不拜。

虽然相互之间并不完全重合，但大致上这一系列的官职可以视为同一个发展序列上的职位。这几例除了谢朓之外，都是毫无疑问的最高贵族①。我们知道在南朝贵族社会，不同等级的贵族所任官也是不一样的，即所谓清浊分途。一个高等贵族绝不会愿意担任低于自己身份的官职；而低等出身的人物若非因缘际会，也难以超越自己的阶级，担任高等清官。王融从王府参军到秘书丞的过程是超升，而从这条轨迹中我们可以看到，接下来的再迁丹阳丞、中书郎，已经是进入到最高等贵族的队伍中，按部就班地稳步升进了。

更应当注意的是，王融进入这一中央贵官升迁轨道的时期，相对于他的年纪而言依然是非常早的。即使取最晚的时间，认为他在永明九年才担任中书郎，当时的王融也不过只有二十五岁而已。《南史》卷五十九《江淹传》：

> 后拜中书侍郎，王俭尝谓曰："卿年三十五，已为中书侍郎，才学如此，何忧不至尚书金紫。所谓富贵卿自取之，但问年寿何如尔。"淹曰："不悟明公见眷之重。"②

三十五岁得任中书郎，已经足以凸显江淹的才学不凡，甚至能据此判断他将来位达宰辅（尚书金紫）的可能性。当然，江淹出身要低于王融，但这也足以表明王融实在早达得出奇。在我们尝试理解王融时，他的与社会、政治身份不相称的年龄，始终是一个应当给予特别注意的因素。

对王融这一历史存在而言，中书郎是一个比丹阳丞重要得多的职

---

① 上文已经指出，谢朓除秘书丞是在他担任萧鸾记室以后的事情，这种情形正与萧子良对王融的恩宠一样，是特殊的提拔。而这时王融已经去世了。故在这些具体问题上，王融之例可用于证谢朓，谢朓之例却不可用于证王融。
② 《南史》，第1450页。

位。在后人对王融的印象中,"司徒法曹"和"中书郎"是两个主要的身份形象,而尤以后者为甚。这提示我们,对于永明时代后半期的王融,应当要给予阶段性的理解,他的大多数代表作品,以及在政治上、外交上的重要行动,都是在这一时期留下的。王融在中书郎任上一直持续到了武帝驾崩前夕的永明十一年,关于这一点,我们将在下文给予详细的讨论。

结　语

上面我们已经对王融一生所历经的仕途进行了详尽的考察。作为南朝最高等贵族的后人,王融所步入的,依然是一条典型的贵族官僚道路。但是这条道路并不是从一开始就大如青天的。从历官角度切割王融的人生,可以看到清晰的三个阶段:

一,从出生到举秀才之前(467~484,十八岁)。这一时期的王融还处在孕育期。家世的滑落已经使他失去了"坐至公卿"的特权,如果不自思奋起的话,他很可能就会像其他沦落无闻的王氏家系子弟一样,消失在历史的深处了。我们不难悬想幼年王融曾经对世界有过一些什么样的感受,那里边一定包括了遥远的光荣记忆、不得不忍受的沮丧现实以及在努力过程中逐渐看到的希望。支撑着他这一时期成长的,是母亲的教导和自己的聪颖。

二,从举秀才到任秘书丞之前(484~487,二十一岁)。崭露头角。依照一般士族子弟的出身途径,举秀才,起家诸王军府参军,到边远的新州去历练,这一系列过程直到回到都城,遇见竟陵王而发生了重大的改变。接下来的跃升使他一举回到了中央最高贵族的行列。在他的自我意识中,是在延续古老高贵的家门;但事实上毋宁说是他在这一光环的掩映下,凭借着自己的努力重新达到的个人地位。在这个跃升过程中,可能对他施与过援助的,包括竟陵王萧子良、文惠太子萧长懋以及从叔尚书令王俭。

三,从秘书丞到中书郎(487~493,二十七岁)。在生命的全盛期同时也是最后阶段,王融成为了一个典型的中央贵官,按照贵族官僚制度的规则稳步上升。他凭借萧子良之力,活跃于都城政治界与文化界中,风光无限,成为时代的宠儿,直到在最终的一幕悲剧中陨落。在下一章中,我们会看到他在都城文化社交圈中的跃动身影,以及观察其中所透露出来的,王融其人的气质和思想。

第三章　性　情　形　象

——高傲进取的少年天才

在上面两章中，王融的家世与仕途都已经获得了比较清晰的呈现。而在这一章里，让我们来对王融其人的特质作一集中观察，尝试勾勒出永明时代都城建康文坛政坛中活跃的王融身姿。

第一节　高　门　之　傲

——贵族社会崩坏初期的贵族与寒门之争

一、王融与沈昭略的冲突

王融是一个极其高傲自负的人物。这可以说是他性情中最突出的一点。《南史》卷二十一《王弘传》附《王融传》：

> 初为司徒法曹，诣王僧祐，因遇沈昭略，未相识。昭略屡顾盼，谓主人曰："是何年少？"融殊不平，谓曰："仆出于扶桑，入于汤谷，照耀天下，谁云不知，而卿此问？"昭略云："不知许事，且食蛤蜊。"融曰："物以群分，方以类聚，君长东隅，居然应嗜此族。"其高自标置如此。①

从史传的行文看起来，这种高傲自负只不过是王融的个人性情，萧子显所下"高自标置"断语也引导我们往这个方向理解。然而如果我们对沈昭略

———————
① 《南史》，第576页。

其人有所了解,就会知道这一事件绝不仅仅是王融个人性格的表现而已,其中实隐含着深刻的社会根源。沈昭略出身吴兴沈氏,正是沈氏在宋齐之际地位上升过程中的主要人物之一。《南齐书》卷四十四《沈文季传》附《沈昭略传》:

> 兄子昭略,有刚气。昇明末,为相国西曹〔掾〕,太祖赏之,及即位,谓王俭曰:"南士中有沈昭略,何职处之?"俭曰:"臣已有拟。"奏转前军将军,上不欲违,可其奏。寻迁为中书郎。永明初,历太尉大司马从事中郎,骠骑司马,黄门郎……累迁侍中,冠军将军,抚军长史。永元元年,始安王遥光起兵东府,执昭略于城内……死时年四十余。①

下文还会谈到,沈文季正是王融政敌萧鸾的亲信,在与王融所属路线的斗争中发挥了重要的作用。而沈昭略则是沈文季之侄。他于永元元年(499)被杀时年四十余,算起来在宋末昇明年间正好是二十出头年纪,起家为萧道成的相国西曹掾。萧道成当时已经处在篡位前夕,权倾天下,能够担任他的幕僚出身,前途无疑是很有希望的。但王俭对他显然没有什么好感,因此在新朝廷论功行赏之时拟为前军将军(四品)。我们今天已经难以确认前军将军在当时的具体定位,但作为武职,在轻视武勋的贵族社会可以想见不会太受人青睐,吴兴沈氏是传统的将门,对此十分忌讳②,王俭拟沈昭略为此职,可以推想就有这一层轻贬的意思在内。而王俭,我们知道正是与王融关系亲密的从叔,至少在王融任司徒法曹之前两人已经建立了友好关系,王俭对沈昭略的态度他自然也是有所了解的。

而值得注意的是,沈昭略与王氏子弟发生的冲突还不止这一起,《南史》卷三十七《沈庆之传》附《沈昭略传》:

> 昭略字茂隆,性狂俊,不事公卿,使酒仗气,无所推下。尝醉,晚日负杖携家宾子弟至娄湖苑,逢王景文子约,张目视之曰:"汝是王约邪?何乃肥而瘖。"约曰:"汝沈昭略邪?何乃瘦而狂。"昭略抚掌大笑

---

① 《南齐书》,第780页。
② 《南齐书》沈文季传:"世祖在东宫,于玄圃宴会朝臣……遂言及虏动,(褚)渊曰:'陈显达、沈文季当今将略,足委以边事。'文季讳称将门,因是发怒。"

> 曰:"瘦已胜肥,狂又胜痴,奈何王约,奈汝痴何!"
>
> 　王晏尝戏昭略曰:"贤叔可谓吴兴仆射。"昭略曰:"家叔晚登仆射,犹贤于尊君以卿为初荫。"①

前一事件中,王景文正是琅邪王氏在刘宋时代的另一位代表人物,这一家虽然与王融昭穆已远,但同属于王氏中的显贵之家。而后一事件中的王晏,虽然属于王氏中的低等疏远门户,被真正的王氏嫡系歧视,但其本人却颇以此自恃(详第五章)。他与沈昭略之叔沈文季在政治上党派相同,却依然不免和沈昭略之间发生有火药气味的戏谑。这三次事件联系起来看,更可知绝非偶然,其中共同体现出王、沈两族的交恶。王约年长于沈昭略②,因此沈昭略率先攻击,表现出要压倒王约的态度。与此相对,沈昭略大约比王融年长十岁左右,而且在宋末已经出仕,在官场上是王融的前辈。而王融却是新近入都的弱冠少年,还未能在贵族圈中站稳地位。因此在两人的对话中,沈昭略故示闲暇,不屑一顾,而咄咄进逼的则是王融一方了。如果仅仅看王融传中的记事,沈昭略的态度似乎较为平和,但实际上却绝非如此。交恶是双方相互的,只不过在不同的事件中应乎具体环境而表现不同而已③。

　王、沈交恶既非单方行为,也不是个人性的事件。王融对沈昭略的攻击,完全集中在两人家世的高低悬殊上——王融自己是"出于扶桑",而沈昭略却是"君长东隅"。所谓"物以群分,方以类聚",并不仅仅是对沈昭略个人的攻击,而是对吴兴沈氏一族,甚至所有生长"东隅"的三吴人物的蔑视。这正与王晏嘲笑沈文季为"吴兴仆射"性质相同。因此与之相对地,王融的所谓"出于扶桑",也不仅仅是对自我个体的强调,而更是对自己高贵家门的骄傲。这种骄傲,直接导致了他对自我的高度期许。《南齐书》本传:

---

① 《南史》,第960页。
② 王约本人史书无传,但其父王景文生于晋义熙九年(413),以此推之,王约应略长于沈昭略。
③ 除以上三事之外,还有一条史料。《南齐书》卷四十三《王思远传》:"临海太守沈昭略赃私,思远依事劾奏,高宗及思远从兄晏、昭略叔父文季请止之,思远不从,案事如故。"不过王思远对沈昭略的弹劾是否也同样体现出这种门户之争,则不易断定。

　　　　融自恃人地,三十内望为公辅。直中书省,夜叹曰:"邓禹笑人。"
　　行逢大桁开,喧湫不得进。又叹曰:"车前无八驺卒,何得称为
　　丈夫!"①

后汉邓禹二十四岁封侯为三公,而王融以之自比——永明八年王融二十
四岁,如果考虑到年龄的对应,这正可以旁证王融很有可能是在这一年担
任(或已经担任)中书郎,抚古思今而发出这一感叹的。至于"三十内望为
公辅",究竟是一种怎样的自我期许? 我们只消看《宋书》卷五十八《谢弘
微传》中所记谢混对谢弘微的这一段评语便可以明了:

　　　　微子异不伤物,同不害正,若年迫六十,必至公辅。②

谢弘微出继谢混之兄谢峻,是著名的乌衣之游中的人物,刘宋谢氏的核心
子弟。谢混对他推崇备至,却也只敢期许他在六十岁能够到达公辅之位
而已。两两相形,正见出王融的自我期许实在是高得非同寻常。然而这
种自我期许却又不仅仅是他个人的表现,同样地,《宋书》卷七十五《王僧
达传》:

　　　　僧达自负才地,谓当时莫及。上初践阼,即居端右,一二年间,便
　　望宰相。③

王融血液中的这种因子正是从祖父身上继承而来。所谓"自恃人地"或者
"自负才地",同时包括了两个方面:人才与门地。在第一章中我们已经
讨论过,谢灵运、王僧达式贵族像的基本支点,就在于才华与门第两者。

---

① 《南齐书》,第 822 页。大桁即秦淮河上的朱雀航,自南方朱雀门入建康城所经的浮
桥干道。《建康实录》卷七:"(咸康二年)冬十月,更作朱雀门,新立朱雀浮航。航在县
城东南四里,对朱雀门,南渡淮水,亦名朱雀桥。"注:"案《地志》,本吴南津大吴桥也。
王敦作乱,温峤烧绝之,遂权以浮航往来。至是,始议用杜预河桥法作之。长九十步,
广六丈,冬夏随水高下也。"又,自晋以来诸公诸从公车前给驺八人,见《通鉴》卷一百三
十八胡注。
② 《宋书》,第 1591 页。
③ 《宋书》,第 1952 页。

正如王僧达的桀骜不驯有其特定对象一样,王融与沈昭略之间的矛盾也是南朝社会矛盾——包括贵族与皇权,贵族与寒人,旧贵族与新贵族之间的矛盾——集中于一点的透射。

二、宋齐王氏对寒门的排斥

王僧达与王融都为自己的门第而骄傲不已。不过,王僧达所排斥的是寒人,也就是被排斥于整个士族之外的庶民阶层,而与王融发生冲突的沈氏只是地位较低的南方豪族罢了。但这无关紧要,在高踞贵族社会顶端的王融家族的俯视眼光下,这些人物全都不过是"下等人"。事实上不仅仅是这祖孙二人,整个南齐时代的这一家系都集中地表现出对寒门的厌恶不屑。《南齐书》卷三十三《王僧虔传》:

> 中书舍人阮佃夫家在会稽,请假东归。客劝僧虔以佃夫要幸,宜加礼接。僧虔曰:"我立身有素,岂能曲意此辈。彼若见恶,当拂衣去耳。"①

中书舍人是宋齐官僚体系中最大的一股寒人势力,史传中所谓"恩幸"大抵即指担任这一职位的人物,其与贵族相抗的史料见于史籍的也至多。值得注意的是王僧虔这里所说"立身有素",史家已经指出南朝所谓的"素族"、"素门"即士族(并且往往是甲门)的代称②,《梁书》卷七《太宗王皇后传》:

> (王骞)尝从容谓诸子曰:"吾家门户,所谓素族,自可随流平进,不须苟求也。"③

王骞即王俭长子。这条史料泛泛看去,只表现出王氏一门对自身的夸耀,但王僧虔自云"立身有素",不能曲意阿附要幸;而王骞则自谓"素族",不

① 《南齐书》,第 592 页。
② 参周一良《南朝境内之各种人及政府对待之政策》,《魏晋南北朝史论集》,中华书局 1963 年;唐长孺《读史释词》"素族"条,《魏晋南北朝史论拾遗》,中华书局 1983 年;祝总斌《素族、庶族解》,《北京大学学报》1984 年第 3 期。
③ 《梁书》,第 159 页。

须苟求,两者合观,可知王骞言下的"苟求"之辈也正是这些缺乏门户背景的寒人要幸无疑。王氏一门(以及其他高门)对自身的"素"这一特性的强调,是直接指向宋齐时代以中书舍人群为代表的恩幸势力扩张现实的,学界对这一点似尚未给予足够的注意。原本在官僚社会中,"超迁"总是一个令人欣羡的好事,然而在宋齐时代,却集中地出现了寒人不随流平进,凭借皇权一步登天的现象,成为扰乱贵族政治秩序的不安定因素,于是"随流平进"反而凸显为一种骄傲:因为有门第可恃,才有"流"可随,不需要以皇权恩宠为出身的凭借。

王僧达、王僧虔兄弟的相关史料相似,都呈现出对寒人的排斥,而王俭的相关史料则主要体现在对寒士或南方豪族的抗拒上。《南齐书》卷三十三《张绪传》:

> 欲用绪为右仆射,以问王俭,俭曰:"南士由来少居此职。"褚渊在座,启上曰:"俭年少,或不尽忆。江左用陆玩、顾和,皆南人也。"俭曰:"晋氏衰政,不可以为准则。"上乃止。①

同事又见于《梁书》卷二十一《张充传》:

> 时尚书令王俭当朝用事,武帝皆取决焉。武帝尝欲以充父绪为尚书仆射,访于俭,俭对曰:"张绪少有清望,诚美选也;然东士比无所执,绪诸子又多薄行,臣谓此宜详择。"帝遂止。②

张绪是典型的清谈名士,其行止直追魏晋人物,虽然出身吴郡张氏,但当时的侨人高门代表如袁粲、褚渊对其都颇有好感,王俭对张绪本人也评价很高,上引《南齐书》同传:

> (为)尚书仓部郎。都令史谘郡县米事,绪萧然直视,不以经怀……吏部尚书袁粲言于帝曰:"臣观张绪有正始遗风,宜为宫职。"……仆射王俭谓人曰:"北士中觅张绪,过江未有人,不知陈仲

① 《南齐书》,第601页。
② 《梁书》,第328页。

弓、黄叔度能过之不耳？"①

褚渊对他的维护已见上引，而第二章中我们也已经引述过，破格任命王俭为秘书丞的人物正是张绪。因此这些人物的私交看来都还不恶。然而在任命张绪为尚书仆射的问题上，王俭却如此激烈反对。其理由与王融如出一辙（毋宁说王融正应当是受到王俭的影响），集中在对"南士"或"东士"，要之即三吴豪族的歧视上。即使认可张绪个人确是"美选"，也不妨碍王俭以这种基于传统的地域歧视作为公开的反对理由。《南齐书》卷三十二《张岱传》：

> 王俭为吏部郎，时专断曹事，岱每相违执，及俭为宰相，以此颇不相善。②

虽未明确点出南北之争，但张岱正是出身吴郡张氏，将此同样理解为王俭对三吴人士的歧视，当无大谬。再如《南齐书》卷三十四《虞玩之传》：

> 玩之归家起大宅，数年卒。其后员外郎孔瑄就俭求会稽五官，俭方盥，投皂荚于地，曰："卿乡俗恶。虞玩之至死烦人。"③

更是厌恨之情形于颜色。以上这些史料，已多为史家所引用，用于证明南朝侨人士族对三吴寒门、寒人的歧视。但学者大抵是从个别史料出发，而不措意于各事件主角的关系。事实上如果将其置于王弘家系这一视角下集中观察，则这类史料都集中在同一家庭人物身上，王僧达、王僧虔、王俭以至王融、王骞前后三代，无不表现出鲜明激烈的立场，坚决抵抗地位上升的南方豪族以及寒人恩幸，维护琅邪王氏所代表的贵族尊严。这种同一家系的高度集中表现，也是南朝史料中绝无仅有的，不能不引起我们的特殊注意。处于这一谱系末端的王融，其高傲自负其实反而是家风渊源，理所当然的。

---

① 《南齐书》，第 600、601 页。
② 《南齐书》，第 581 页。
③ 《南齐书》，第 611 页。

不过，王弘家系的代表人物都有着这方面的显著表现，但却只有王融得到了"高自标置"的评语，却也有其特殊的原因。一方面，如下节所述，王融在其他方面也有相类似的表现；而另一方面，除了王融之外，其余王氏人物与寒门激烈冲突时都已在官僚体系和贵族社会中具备相当高的地位。在各自的事件发生时，王僧达任中书令，王僧虔任会稽太守，王俭更已经身居相位（尚书令），而王奂则是皇后之父。由这些身为达官贵戚的名士来代表贵族阶层发言，是顺理成章的，并不值得惊奇；但王融与沈昭略发生冲突时，却还只刚刚起家王府参军，年未弱冠，远远谈不上什么社会地位。在这个初入都城的少年身上如此迫不及待地表现出舍我其谁的气概，要与寒门直接斗争，这一事件会引起瞩目，被记录下来并加以评论也就是不奇怪的了。而这同时也让我们看到王融对于回归王氏核心，重新成为祖父一样的贵族代表的愿望是何等的强烈。

三、宋齐时代寒门与高门的同化与对抗

不过，论及王氏与沈氏的交恶，我们立刻就会想起另一位重要的沈氏人物——与王融并列"竟陵八友"的沈约。同样是出于吴兴沈氏，为何王融能与沈约结为好友，对沈昭略却不免恶言相向？

要回答这个问题，我们必须要对宋齐时代寒门的兴起有所了解。只有理解了宋齐贵族社会升降，新贵族发迹升进，以及以琅邪王氏为代表的旧贵族对其的抗拒态度，才能够真正理解王融这一方面言行的意义，从而理解作为他最基本属性之一的高门之傲从何而来，又指向何方。

关于南朝寒人的基本状态及发展过程，前辈学者已多有论述，尤其唐长孺、周一良、宫川尚志诸先生所论[1]，实已探得南朝寒人情形要窍，为六朝学界所熟知，自不必赘述。但如果说关于寒人的研究已经了无余绪，却又未必。前贤所论，多纵贯六朝或南朝而言，为宏观的社会史研究。如果具体到宋齐时代的寒族发家史，尤其地方土豪进入中央的过程，则可加以细致检讨之处尚复不少。在地方豪族地位上升，成为新贵族的过程中，必

---

[1] 参唐长孺《南朝寒人的兴起》，收入《魏晋南北朝史论丛续编》；周一良《南齐书丘灵鞠传试释兼论南朝文武官位及清浊》《南朝境内之各种人及政府对待之政策》，收入《魏晋南北朝史论集》，中华书局 1963 年；宫川尚志《魏晋及び南朝の寒門・寒人》，收入《六朝史研究　政治・社会篇》，日本学术振兴会 1956 年。

然既包含着客观的社会身份方面,也包含着主观的自我定位方面。而由于这两方面的变化,传统名门的王、谢之族对其的态度,也必然地发生着变化。这些社会变动究竟是如何影响到身处其中的个人,使得他们的思想言行发生变化——更进一步,从文学史的角度说,这些影响又是如何作用于文学的创造者,从而使文学的面貌发生变化的?种种因素都犬牙交错地勾连在一起,牵一发而动全身。虽然这里限于篇幅,不能展开详细的讨论,不过如果缺少对这方面的理解,我们对王融的形象理解是无法完满的。以下即对宋齐寒门上升过程中,或者逐渐与高门同化,或者依然与之对抗的情形略作观察,概述其中所包含的心态变化及文化表现①。

东晋一朝的政治变迁,主要矛盾集中在北来大族王、庚、何、谢、桓与皇室司马氏等之间的角力竞逐上。东晋建国之初,北来士族与南方土著士族之间虽存在着不能相容的困难,但南渡而来的中原士族凭借着具有文化优势的乡论主义,同时当政者王导施策得当,终于较为顺利地镇静南方土著,完成了南北士族的统合,建立起稳定的东晋政权。其后日益不满的南方豪门一度依附于王敦之下发动叛乱,但最终也由于此役的失败而元气大伤,一蹶不振②。因此通观东晋政治史,呈现出明显的北优南劣态势,南方土著很少有能够在政治上造成重大影响,身登高位者。东晋基本上可以说是依照九品官人法理念建立起来的稳定门阀社会。晋末刘裕兴起,所凭借的主要是自己出身的京口一带低等士族以及北府武装势力,其后又通过招揽大贵族的王、谢子弟稳定中央局势。地方豪族开始得到乘时而起的契机。出身青徐的刘穆之、徐羡之、檀道济等虽因大功而到达高位,但或早死或被诛,都没有能够形成稳固的新贵族家系。但刘宋中期发动的元嘉北伐,却为原本任职于地方州郡的武力强宗提供了出身的良机。北伐失败以后,国势大衰,内部动乱也接踵而来。宋文帝为太子刘劭所弑,出镇上游荆襄的南谯王刘义宣、武陵王刘骏(孝武帝)、雍州刺史臧质

---

① 本节所论地方豪族向文化士族转变问题及个案讨论,王永平《东晋南朝家族文化史论丛》(广陵书社 2010 年)已有不少论及之处。本书作为博士论文撰写时是书新出,未及参考,读者幸参阅之。然本节重点在于贵族对寒门此一转向的吸纳接受心理,此点则似为王著所未及。

② 综合参见田余庆《东晋门阀政治》;川胜义雄《六朝贵族制社会研究》,徐谷芃、李济沧译,上海古籍出版社 2007 年(尤其第一编第三章及第二编第三、第四章);陈寅恪《论东晋王导之功业》,《金明馆丛稿初编》,生活·读书·新知三联书店 2001 年。

等有力人物举兵东下,相互之间又爆发激烈的权势争夺。其后孝武朝有
竟陵王刘诞之乱,孝武帝死后,前废帝诛杀大臣,朝政混乱,继而又发生晋
安王刘子勋与湘东王刘彧(明帝)的争乱。延及宋末,萧道成窥视帝室,桂
阳王刘休范、荆州刺史沈攸之又起兵反抗之。自元嘉以后,刘宋皇室之间
的夺位混乱连年并起,干戈之秋遂成为地方武勇豪强进阶蜕变的最佳时
机。由于割据战争的爆发和延续,原本任职于地方州郡的将门豪族,包括
从行伍出身的寒人武将,得以立下勋功,获得进入中央政治核心、跃升为
新贵族的可能性。地方豪族凭借的是在地方上长期积累的家族势力,寒
人武将则往往以个人的武勇得到人主宠信,两者虽有家族等级和势力上
的分别,但与魏晋以来的旧门贵族相比,这些人物无疑都属于暴发的新
贵。陈寅恪先生曾指出:

> 东晋初年孙吴旧统治阶级略可分为二类,一为文化士族,如吴郡
> 顾氏等是,一为武力强宗,如义兴周氏等是。大概均系由武力强宗或
> 地方豪霸逐步进入文化士族。①

陈先生此处虽系仅对东晋初年旧东吴地域立言,其实这一分类对于南朝
的地方大族而言也同样成立。盖他所指明的这一分类,并非限于某一具
体时代地域的特殊现象,而是具有原理性的社会集团发展性质,即有倾向
于文化方面者与倾向于武力方面者。人类社会整体趋势是由武力斗争趋
向文化教养,故这些社会集团(豪族)也同样发生"由武力强宗或地方豪霸
逐步进入文化士族"的过程,此分类只是在一个静态时间段内观察其发展
阶段高低而已②。因此陈先生又说:"六朝地方上的大家族,都是由豪族
逐渐进入文化士族。"③我们观察宋齐时代地方豪族跃升为中央新贵族的

---

① 《陈寅恪魏晋南北朝史讲演录》第九篇"东晋与江南士族之结合",万绳楠整理,贵
州人民出版社 2008 年,第 136 页。
② 因此陈先生同时又指出朱、张、顾、陆、孔、贺等族发展较早,而周、沈、钱等则为地方
武力强宗,最为豪霸。但是所谓高低,当然也不是一概而论,尤其不能以为文化士族必
然优于武力强宗。在稳定规律的时代中,文化总是逐渐战胜野蛮,因此后者常有向前
者发展的趋势;然而一旦秩序打破,社会危机紧张,则持武力者又获得优势,文化士族
也往往不得不再次向武力强宗方向发展,否则便易于灭亡。这种原理性的文化与武力
之转换,是我们看待六朝贵族社会的根本视角之一。
③ 《魏晋南北朝史讲演录》第十一篇"楚子集团与江左政权的转移",第 156 页。

过程,也同样不能不遵循这一原理。纵观宋齐史事,可以清晰地看到,能够在相当长时期内维持门第,上升成为新贵族的寒门,正同时呈现出两种状态:一方面是随着世代更替,在宋齐时代逐渐转化为中央文化贵族;而另一方面却往往仍坚持自身独立性,不愿被王、谢文化贵族所同化。有些家族中会较为强烈地持续表现出其中某一种情形,有时候则随着世代转换而发生倾向上的变化。

地方豪族由武转文最典型的例子,如长江中游的荆雍豪族河东柳氏,江南豪族吴兴沈氏,以及江淮下游的青徐豪族兰陵萧氏,都是在晋末宋初开始发家,经历刘宋中期的争乱而跻身于新兴贵族之列的。河东柳氏于南渡之际流寓襄阳,柳卓至柳凭三世任荆雍地方郡守。《宋书》卷七十七《柳元景传》:

> 元景少便弓马,数随父伐蛮,以勇称。①

柳元景是柳氏从地方跃升至中央的开始,他以讨荆雍蛮有功晋升,其后在元嘉北伐中得孤军独进之功,逐渐显达,最后位至三公。至其侄柳世隆,则文采渐盛,史称"世隆少立功名,晚专以谈义自业。善弹琴,世称柳公双璝,为士品第一。常自云马稍第一,清谈第二,弹琴第三"②。清楚地呈现出由武转文的中间形态。至世隆之子柳恽,就已经"少为贵公子",风流文采擅名一时,其名句"亭皋木叶下,陇首秋云飞",至为王融所赏。自宋至齐,河东柳氏完成了由武至文,由地方豪族至中央豪族的转变③。

兰陵萧氏也有着相似的进阶过程。齐高帝萧道成之父萧承之,只是刘宋外戚的支系子弟,作为萧思话等将领的家将四方征战。到萧道成时,完成了从将门寒家到最高贵族的转变,但萧道成的子侄辈萧赜(武帝)、萧鸾(明帝)都保持着原有的豪族家风,重武事吏干而轻视文雅。到再下一辈的萧长懋、萧子良,则完全蜕变成为了南齐文坛的领袖人物。关于萧氏

---

① 《宋书》,第 1981 页。
② 《南齐书》卷二十四《柳世隆传》,第 452 页。
③ 当然,在门阀社会中,家风的转变是一个长期的过程,虽然在两三代中便可以发生鲜明的转变,却难以彻底消除旧有的门风。在侯景之乱中,柳世隆族孙柳仲礼、敬礼兄弟披坚执锐,相继殉节(《梁书》卷四十三《柳敬礼传》、卷五十六《侯景传》)。可知在柳氏核心家庭进入中央,由武转文的同时,留在地方上的支系依然保存着勇武的家风。

我们在下文中还要展开讨论,这里暂不详论。

吴兴沈氏情形较为复杂,如上所见沈昭略等家系(传自刘宋名将沈庆之)就始终保持着对侨人贵族的敌视,但其中也有与柳氏、萧氏类似的支派,沈约即其一例①。沈约祖辈沈田子、沈林子均以武将追随宋武帝,《宋书》卷一百《自序》载兄弟两人少年时为父报仇:

> 林子与兄田子还东报仇。五月夏节日至,预正大集会,子弟盈堂,林子兄弟挺身直入,斩预首,男女无长幼悉屠之,以预首祭父、祖墓。②

颇有汉人任侠豪纵之风,其后又随武帝讨卢循、征刘毅,领别军北伐。但到林子之子沈劭、沈亮、沈璞一代,便已基本上转变为普通的王朝官僚,《宋书》自序对沈亮、沈璞皆称为"善属文",虽然其对自己父辈容有溢美,但自序中载有王僧达与沈璞书,颇致赞扬,可见沈璞身上的寒门气息应已甚淡薄。而到了沈璞之子沈约,众所周知,就已经成为齐梁文坛的代表人物了。

上述豪族寒门都在宋齐时代上升为新贵族,经历若干代(三至四代为常见)的代际转变而逐渐摆脱将门、寒门之风。这一转变的过程,是个人与家族、官位及社会、门阀地位等因素交错作用的结果。家族的积蓄为个人提供了上升的契机。个人上升到相当官品之后又使得家族地位提升。随着门阀的抬高,下一代子弟的出身和生长环境也发生变化,由低等士族而至高等贵族,由地方豪族而至都城贵族。而他们所接受的教养,耳濡目染,最终使得这些新一代的子弟倾向于贵族式的文华高雅,而远离征战杀伐之道。由于家门在政治地位上的升高,以及个人在修养上的贵族化,最终又使得在这些家族子弟在转变为文化贵族之后,自然而然地便融入了中央贵族圈。如上所见,王、谢贵族对他们几乎没有表现出任何的抗拒。

---

① 过去研究沈氏从武力强宗转化为文化士族时,通常抱着前述那种将同一家族视为同一共同体的观念,把这一家族中出现的各种人物都视为一条单线上的序列,因此认为沈约是沈氏由武转文的关键人物,然而这并无法解释同时存在着的沈氏武力派。沈约当然是沈氏支系成为文化高门的首要人物,但他充其量也不过就是当时沈氏的一支而已。

②《宋书》,第 2453 页。

柳恽、沈约与王融一同,都是萧子良文学集团中的重要人物,他们与王、谢旧族子弟(王融、谢朓)一同,成为了南齐贵族文化界的代表。有学者指出竟陵集团中多寒门出身①,这确是事实,然而同时我们却必须注意到,这些人物已经经历了从豪族向文化贵族的转变,不复可以出身论其阶级性质了。

　　而与之相对,沈庆之家系就往往表现出对旧贵族的对抗,这一家系中的人物往往轻视文义。《宋书》卷七十七《沈庆之传》载元嘉北伐时事:

> 　　斌复问计于庆之。庆之曰:"阃外之事,将所得专,诏从远来,事势已异。节下有一范增而不能用,空议何施?"斌及坐者并笑曰:"沈公乃更学问?"庆之厉声曰:"众人虽见古今,不如下官耳学也!"②

沈庆之的知识从耳学中来,可见其并不知书。沈攸之"晚好读书,手不释卷,《史》《汉》事多所谙忆,常叹曰:'早知穷达有命,恨不十年读书。'"而其起兵讨萧道成时,尚书下符讨之,其中有"逆贼沈攸之,出自莱亩,寂寥累世"的话③,也可见其早年贫贱,并不读书。沈庆之之子沈文季则"虽不学,发言必有辞采"④。"必有辞采"是相对于他的寒门出身而言的,"不学"依然是基本定位。总而言之,这一家系虽然也依乎每人的情况有所不同,但基本倾向是通过武力战功上升,将门色彩浓厚,其家风明显与文化士族相异。本章第一节也已引述过沈文季与沈昭略对北人贵族的抗争心理。而与沈昭略等所表现出的强烈对抗情绪相应,旧贵族对他们所采取的态度也就与上一类型大相径庭,力求将其排斥于贵族阶层之外。《南齐书》卷四十四《沈文季传》:

> 　　文季风采棱岸,善于进止。司徒褚渊当世贵望,颇以门户裁之,文季不为之屈。⑤

---

① 汪春泓《论王俭与萧子良集团的对峙对齐梁文学发展之影响》,《文学遗产》2006年第3期。
② 《宋书》,第1999~2000页。标点有改动。
③ 《宋书》卷七十四《沈攸之传》,第1941、1936页。
④ 《南齐书》卷四十四《沈文季传》,第778页。
⑤ 《南齐书》,第776页。

此外,又如被王俭所阻的张绪,《南齐书》卷三十三《张绪传》:

> 长沙王晃属选用吴兴闻人邕为州议曹,绪以资籍不当,执不许。晃遣书佐固请之,绪正色谓晃信曰:"此是身家州乡,殿下何得见逼!"①

可见张绪这样的南方名士虽然在个人风度上与王、谢贵族无异,在居官上也已经完全进入中央高层,但对三吴州乡的独立性却依然执著不已,这恐怕也正是王俭不愿让他担任权力重大的尚书仆射的原因。最典型的例子,是《南史》卷四十五《陈显达传》:

> 显达谦厚有智计,自以人微位重,每迁官常有愧惧之色。子十余人,诚之曰:"我本意不及此,汝等勿以富贵陵人。"……及子休尚为郢府主簿,过九江拜别。显达曰:"凡奢侈者鲜有不败,麈尾蝇拂是王、谢家物,汝不须捉此自逐。"即取于前烧除之。②

陈显达官至太尉,正是南齐时代升至高位的寒人代表之一。这段史料深刻地透露出他对贵族文化的不满。其子陈休尚已经呈现出向王、谢学步的倾向,而陈显达的强烈反对则延缓了其家向文化士族转变的步伐。下文还会谈到,在王融拥戴竟陵王登位的政变中,陈显达也站在了反对的一方。

值得注意的是"自以人微位重,每迁官常有愧惧之色"一句,事实上并非陈显达一人是如此,宋齐位达三公的寒人往往都有此表现。柳元景实际上已经具有与三公并驾齐驱的一品地位和威望,但他却谦退不受,屡辞开府仪同三司,终于三品,史称其"起自将帅,及当朝理务,虽非所长,而有弘雅之美③。柳世隆"在朝不干世务,垂帘鼓琴,风韵清远,甚获世誉"④。沈庆之"每朝贺,常乘猪鼻无幰车,左右从者不过三五人。骑马履

---

① 《南齐书》,第601页。
② 《南史》,第1134页。
③ 《宋书》卷七十七《柳元景传》,第1990页。
④ 《南齐书》卷二十四《柳世隆传》,第452页。

行园田,政一人视马而已。每农桑剧月,或时无人,遇之者不知三公也"①。王敬则"名位虽达,以富贵自遇,危拱傍遑,略不尝坐,接士庶皆吴语,而殷勤周悉"②。这些出自豪强之家,于兵凶战危中求出身的武将战士,如果说本人的气质一律都谦退冲淡,是绝无可能的事情。唯一的解释就是,他们作为从地方晋升入中央的新贵族,面对久据朝堂的王、谢旧族,不得不采取较为卑顺的态度,以表明自己无意于争夺权力。同时,社会上长期积累的士庶之别,在心理内部也已经形成了惯性,令他们具备自外于中央贵族的自我意识(identity)。这些转变期新贵族的内心既有着对传统高门的敬畏,也有着独立于其外的自尊。

值得指出的是,从贵族社会共性的角度进行观察,这并不是中国中世社会特有的现象。在欧洲贵族制社会中同样存在着这样的特征。诚如日本西欧中世史研究泰斗木村尚三郎在论述欧洲贵族时所言:

> (英国)特权上流阶级、资本家、"权贵"在体态仪表、遣词用句、衣冠穿着等外观方面,就已经和一般庶民存在着明确的差异,支配者对被支配者的二元社会对立传统,直到今天也绵延不绝。欧洲的铁路,不要说长距离的列车,就算市内环状线或者地铁之类的短途交通工具,也大抵必有一等和二等之别。一等车的乘客,和二等车截然有异,衣冠裤履、仪容教养都要高出一筹。比较一下巴黎地铁的一等席和二等席,虽然除了颜色之外并无分别,但即使二等车座席空旷,布尔乔亚身为布尔乔亚,也依然会乘坐一等席。反过来,即使是有钱的劳动者,也依然是劳动者,他们是不会去坐一等席的。
>
> 庶民即使对上流绅士邯郸学步,叼起雪茄,手拿发行量仅有二十五万部的高级纸型《泰晤士报》,把"报纸"的发音念成 paper,却连庶民阶层自身都会轻蔑地嘲笑他们是 snob(俗物)。换言之,在上流社会自我差别于庶民的同时,庶民阶层也一样"自我差别"于上流阶层。③

---

① 《宋书》卷七十七《沈庆之传》,第 2004 页。
② 《南齐书》卷二十六《王敬则传》,第 484 页。
③ 木村尚三郎《西欧文明の原像》,讲谈社 1988 年,第 125~127 页。按,同书曾论及英国庶民阶层由于没有经过公学的标准英语训练,不会讲上流社会的语言,例如他们会把 a 发音成 i,把 paper 念成 pyper。这一点,与东晋南朝史书中常见的"言音甚楚"(《宋书》卷五十一《宗室刘道怜传》)之讥也正有着惊人的吻合。

过去学界在考察寒人时,往往限于从社会现象层面作静态的剖析,而对这一阶层本身面对既存的贵族门阀制度的立场与心态有所忽略;更往往仅从南迁贵族轻视寒门的角度进行讨论,而鲜有论及寒门中同样存在着对贵族的自我排斥。如上所述,豪族寒门对高等贵族的态度中实包含着欣羡向往,与抗拒厌恶的两种情形。当上升的豪族寒门表现出向王、谢风度靠拢姿态时,贵族便对其欣然接纳,这些寒门也就顺利转变为新的文化贵族;而与之相对地,对于"自我差别"于王、谢的陈显达、沈文季等家系,贵族也就排之不遗余力了。在后者的情形中,便往往发生激烈的阶级对抗与政治斗争。这也就是为何王融能与沈约结为好友,却与同样出身吴兴沈氏的沈昭略交恶的原因所在。而在第五章中我们还会进一步看到这种情形在王融生命最后时刻的激化。过去学界时常以出身家族定阶级,又以阶级定其个人表现,未免失于一偏。应当看到,王融的高门之傲,是指向"寒门性",而不是指向"寒门"的,尽管后者通常成为前者的载体。

第二节 少年天才
——作为永明时代偶像的王融

一、声兰岱北的文化偶像

在上一节中我们确认了王融的自傲,这种自傲的根源在于他的高贵出身,并且在宋齐时代地方豪族跃升为新贵族,与王、谢旧贵族之间发生强烈冲突的过程中鲜明地表现出来。不过王融的骄傲并不仅仅在于家门而已,他的自负是整体性的。对于自己的文学才华和经世才能,他同样充满着异于寻常的自信。《梁书》卷三十三《刘孝绰传》:

> 孝绰幼聪敏,七岁能属文。舅齐中书郎王融深赏异之,常与同载适亲友,号曰神童。融每言曰:"天下文章,若无我当归阿士。"阿士,孝绰小字也。[1]

---

[1]《梁书》,第479页。

又《南史》卷五十九《任昉传》：

> 时琅邪王融有才俊，自谓无对当时，见昉之文，恍然自失。①

这两条史料都是以王融对某人的推扬来反衬出其人的不凡——当然，这种修辞的前提就是被作为陪衬者的不凡。王融担当这种配角的记载我们在下文还会看到。其中最值得注意的是，两条都不约而同地强调出王融对自己"文才天下无对"的自负，可以想见这一点给时人留下了相当深刻的印象。这种自负在其他方面也同样鲜明。王融本传载其《画汉武北伐图上疏》：

> 窃习战阵攻守之术，农桑牧艺之书，申、商、韩、墨之权，伊、周、孔、孟之道。常愿待诏朱阙，俯对青蒲，请闲宴之私，谈当世之务。②

简直是一副无所不通的全能冠军口气。直到最后政变失败下狱时，新继位的皇帝萧昭业命御史中丞孔稚珪倚奏王融，其中还有这样的话：

> 威福自己，无所忌惮，诽谤朝政，历毁王公。谓己才流，无所推下。③

将此作为他的主要罪状之一。才是人才，流是流品，也就是家门，所以"谓己才流"正如我们在第一章中分析谢灵运与王僧达时论及的，是兼贵族所依恃的"才学"与"出身"两大基本特性而言，这是王融明确的自我意识。从以上的史料可以看到，王融绝不是一个中庸平和、循规蹈矩的谦谦君子，而是具有强烈的自信心和进取心，自我期许极高的人物。这也是时人对他最深刻的印象。他对于时局时人，有很多的意见，议论激扬，绝不会像阮籍一样"口不臧否人过"。这种类型的人物，如果有相应的实力与之匹配，可以说是神采飞扬，具有强烈的个人魅力；而如果徒具空言的话，则不免成为狂妄轻浮了。那么，王融属于哪一种呢？

① 《南史》，第 1452 页。
② 《南齐书》，第 820 页。
③ 《南齐书》卷四十七《王融传》，第 824 页。

今天我们对王融这个名字的印象已经非常平淡,不过在王融同时代人对他的描绘中,却集中呈现出一种"少年天才"①的形象。《南齐书》本传:

> 融少而神明警惠,博涉有文才。②

而沈约对他的评价则是:

> 元长秉奇调,弱冠慕前踪。③

所强调的都是王融的年少而富于奇才。此外钟嵘《诗品》也评价他为"有盛才,词美英净"④。这里值得注意的仍是王融的年纪问题。以王融的生年(467)为标准,我们来看一下这一年同时代著名文人的年龄情况:

沈约 27、江淹 24、张融 24、范云 17、刘绘 10、任昉 8、萧子良 7、刘峻 6、萧衍 4、谢朓 4、王僧孺 3、柳恽 3、陆倕 -3。

文学史上合称的所谓"竟陵八友",很容易给我们以八人平辈论交的印象,然而事实上他们年龄却相去悬殊至于三十岁,跨越不同的世代。其中比王融年纪略小的只有陆倕(470 年生)⑤。换言之,王融在竟陵文学集

---

① 我在这里使用"天才"一语并无褒贬之义。人的才华分为多种类型,与坚韧刻苦的耐力型相比,反应敏锐、记忆超群、心思细腻等特质就可以被归为"天才型"。但后者并不就意味着能比前者取得更大的成就。

②《南齐书》,第 817 页。

③《怀旧》九首之《伤王融》,《文苑英华》卷三百一,中华书局 1966 年,第 1534 页。

④ 曹旭《诗品集注》,上海古籍出版社 1994 年,第 454 页。

⑤ 但是陆倕实际上恐怕与竟陵集团并没有太密切的关系。现存竟陵集团中诗文唱和以及同题命作的作品相当不少(参网祐次《中国中世文学研究——南齐永明时代为中心として——》下篇第一章"永明文人的作品"),包括竟陵八友中其他人物以及江革、王僧孺等都有名字出现,其中却完全看不到陆倕的身影。由于陆倕的存在,"竟陵八友"这个名号也出现了相当明显的疑点。尤其陆倕之父陆慧晓,正是竟陵集团的中坚成员之一,又与沈、范等年辈相若,"八友"之中有其子而无其父,不能不说是一件情理欠通的事情。这不免使人疑心所谓"竟陵八友"的传说有可能是以陆倕为中心组织起来的一次谱系追溯。此外,萧琛的生年据本传推算应为 478 年,远比王融小得多,但这显然与各种记事都相矛盾,前辈学者早论其非。曹道衡、沈玉成先生考其永明二年为二十岁左右,即约生于 465 年(《中古文学史料丛考》"萧琛生卒年与使魏"条,中华书局 2003 年,第 604—606 页),则其当略长于王融。

团中几乎可以说是年纪最小的一个。然而如《南齐书》王融本传所载:

> 融文辞辩捷,尤善仓卒属缀,有所造作,援笔可待。子良特相友
> 好,情分殊常。晚节大习骑马。才地既华,兼藉子良之势,倾意宾客,
> 劳问周款,文武翕习辐凑之。①

这个年方弱冠的年轻人却正因为自己的"盛才"而最得到竟陵王的宠信
(详参第四章),成为其中领袖式的人物,同时也是在永明年间达到最高政
治地位的一人。正如他以弱龄担任中书郎一样,这种年龄与地位的反差
也造成了相当强烈的存在感。今天我们在谈及"竟陵八友"时,首先注目
的无疑是沈约、谢朓和萧衍,然而永明时代的实况却远非如此。在竟陵文
学集团当中,最得府主萧子良亲信,因而居于其核心地位的乃是王融。竟
陵集团之所以能够成为永明年间代表性的士人团体,根本原因在于萧子
良的太子亲弟、司徒、竟陵王身份;因而最受萧子良宠信的人物,理所当然
也会成为备受瞩目的焦点。更何况这个焦点是一个如此家世高贵、年轻
敏锐、意气风发、深具人格魅力的人物呢?

由于我们今天对王融的印象淡漠,因此上引史料中"文武翕习辐凑
之"一句很容易就会被忽略过去。然而只要仔细一想便不难理解,这实际
上点出的正是王融的时代形象。对于著书立说,流传后世的名山事业而
言,个人是否言辞便捷,是否风采照人,是无足轻重的,其人已逝,抽象的
文字记录成为后人仅有的判断依据;但是对于同时代人而言,可见可闻的
言行风貌毋宁说才是更重要、更直观的评价理由。在这一点上,作为历史
建筑师的学者,与生活在历史内部的一般人之间,常常存在微妙的感受误
差。学者在以文献为材料回顾历史时,常常不自觉地陷入前一种意识状
态中,锱铢必较地分析史料与作品,将此作为历史重建的核心元素。然而
"历史人物"的意义是被其生存时尚不存在的后世所追认确定的。在这些
人物还呼吸于世间的时候,绝大多数都还并不具备"历史意义",因而那些
与之对面相谈的人也不会将其理解为一种需要被仔细探究的存在。学者
所赖以为根本的那些文献,有许多在当时根本都还没有被写出来;而即使
对于已经创作出来的诗文及相关记载,当时人是否就有兴趣逐篇细读?

---

① 《南齐书》,第823页。

与隔了一层的文献相比,当事人的容止言笑才是最有力最方便的自身证明。——不难想见,在永明时代的贵族沙龙中,一个像王融那样"文辞辩捷,尤善仓卒属缀,有所造作,援笔可待",年纪轻轻就身居高位的人物,毫无疑问,要比一个"质讷乏风采"的人要受欢迎得多①。个人的才华风采、门第的高贵、再加上当朝相王的宠信,王融充分具备了成为时代偶像的特质。"才地既华,兼藉子良之势"一句,正点出了王融成为时代宠儿的原因所在,于是永明末年的政坛上,就出现了"文武翕习辐凑"于一个二十七岁的年轻人之下的奇景。直到永明十一年王融发动政变失败下狱之时,这种状况依然持续,《南齐书》王融本传:

> 融被收,朋友部曲参问北寺,相继于道。②

可见其在当时人望之盛。而这些"朋友部曲"并未因王融事败就作鸟兽散,也让我们看到王融确有独特的个人魅力,其党并非势利之交。此外,《法书要录》卷二《梁庾元威论书》:

> 齐末王融图古今杂体,有六十四书,少年崇仿,家藏纸贵。③

今天已经很少有人会注意到王融在书法字学上还曾经有过成绩,但在当时,这也成为了年轻贵族们追捧的一个方面④。至于文学方面自然更为我

---

① 例如西邸沙龙里最不受欢迎的那位范缜,除了思想与时代格格不入,"性质直,好危言高论,不为士友所安"之外,还"年二十九,发白皤然"(《南史》本传)。这样的人物是注定了不会在贵族社交中获得赞赏的。

② 《南齐书》,第 825 页。

③ 唐张彦远《法书要录》,洪丕谟点校,上海书画出版社 1986 年,第 46 页。

④ 关于王融在这方面的成绩,本书不暇详论,仅提示一二。除这一条外,宋陈思《书小史》载王融云:"后汉东阳公徐安于搜诸史籍,得十二时书,皆像神形也。"两条合观,可知王融在这方面的关注点在于图画性的各种字体的搜集整理。这是六朝隋唐书法中与字学(以及基于平面设计的美术观念)相结合的一路,当时颇为兴盛。而这一种发展方向,与唐宋以后确立的中国书法史正流大相径庭,在唐代就已经遭到孙过庭《书谱》的严厉批判,可以说在书法艺术层面上并没有多大的意义。然而联系到南朝贵族文化的某些特征,我们却可以推想到王融为何对这方面如此热心。《南史》卷四十三《齐高帝诸子传下江夏王锋传》:"好学书……五岁,高帝使学凤尾诺,一学即工。高帝大悦,以玉骐驎赐之,曰:'骐驎赏凤尾矣。'"《南齐书》卷三十三《张绪传》:"绪（转下页注）

们所熟知。《诗品》序：

> 近任昉、王元长等，辞不贵奇，竞须新事。尔来作者，寖以成俗。
> 遂乃句无虚语，语无虚字。
>
> 王元长创其首，谢朓、沈约扬其波。三贤或贵公子孙，幼有文辨。
> 于是士流景慕，务为精密。襞绩细微，专相凌架。故使文多拘忌，伤
> 其真美。①

第二段关于永明体创造过程的史料，虽然并举王、谢、沈三人，但实际上却
主要是指王融，这一点我们在终章中还要展开讨论。总之这里已经可以
清楚地看到王融在当时被狂热追捧的情形。王融在都城年轻贵族中的这
种代表性地位，连齐武帝也有所了解。《南史》卷七十七《刘系宗传》：

> 武帝常云："学士辈不堪经国，唯大读书耳。经国，一刘系宗足
> 矣。沈约、王融数百人，于事何用。"其重吏事如此。②

齐武帝在批判"学士辈"时，抓出的典型是沈约和王融。然而我们前面已
经提到，沈约的年纪比王融大 26 岁，如果考虑到这一点就会发现，对这两
人的并举并不是单纯对同类型人物的罗列，其中还包含着对不同世代分
别选取典型的意味。如果说沈约是久已成名的老资格学士，那么当时与
王融年纪相若的年轻学士还有不少，武帝却单举出王融作为代表，可见其
地位之显著。类似的记载还有《诗品》卷中沈约条：

（接上页注）忘情荣禄，朝野皆贵其风。尝与客闲言，一生不解作诺。"这里的所谓作
诺，即六朝王公方镇批答文件时大书"诺"字。史传以张绪"一生不解作诺"来作为其
"忘情荣禄"的注脚，可知热心功名利禄者对"作诺"是很用心的。所谓凤尾诺，也就是
诺字主笔拉长摇曳作凤尾状，正属于王融所关注的"古今杂体"、"十二时书"之类。在
这一路数中，书法并非一种纯粹艺术，而是作为含有一定社会政治实用性的美术符号
而存在。书法适应于贵族官僚制度而发展起来的这一方向，对于热心功名的王融而言
值得特殊注意，可以说是理所当然的事情。又，关于"王融图古今杂体"，可参黄惇《南
齐萧子良、竟陵八友及新潮"杂体"书》，《南京艺术学院学报》2008 年第 5 期。
① 《诗品集注》，第 180～181、340 页。唯"或"原作"咸"，此从《群书考索》本，说见
终章。
② 《南史》，第 1927 页。

永明相王爱文,王元长等皆宗附之。①

以及《金楼子》卷三说蕃篇:

我高祖、王元长、谢玄晖、张思光、何宪、任昉、孔广、江淹、虞炎、何倜、周颙之侪,皆当时之杰,号士林也。②

或者举王融为代表,或者将王融列在名单之首("我高祖"当然是例外)——富于意味的是,在所有的早期史料中,在并列王融与谢朓时,都是以王融居先的。包括《南齐书》卷四十七也是先叙王融而后谢朓。名单的次序,对于后世而言也是个无关轻重的事情;然而对于列出名单的当时人来说,即使不是积极地对此有所褒贬,至少也是在潜意识中排列座次,就好像我们在谈论现代作家时决不会把郭沫若列在鲁迅前面一样。值得注意的是上述这些史料都是与王融时代最接近的记载③。而一旦时代稍微往后,由于时代实感模糊,"未来的历史"影响了"已往的历史",对于永明作家的排序就开始混乱起来了。

不仅仅在南朝文化界是如此。在当时南北分裂,文化信息隔阂的形势下,"竟陵八友"中在永明年间便已声流北地,在南北社会中同时享有高名的,从现存材料看,也只有王融而已。《南齐书》王融本传载永明十一年王融兼主客应对北使事,魏使节宋弁、房景高特意问及王融的名作《三月三日曲水诗序》:

在北闻主客此制,胜于颜延年,实愿一见。④

---

① 《诗品》,《群书考索》本,第152页。曹旭《诗品集注》作"王元长等,皆宗附之约"。然此点断殊嫌不通。且其书已引车柱环《诗品校证》详证"约"字之误,车氏更进而推想原文当作"王元长、约等皆宗附之"。说甚有理,惜无确据。若此说法成立,则更为一坚强佐证。
② 萧绎《金楼子》,许逸民《金楼子校笺》本,中华书局2012年,第643页。
③ 《南史》虽出于唐人手,《南齐书》中却有与上引材料几乎完全雷同的记载(详第五章),因此其所依据的史料来源也一定很早。
④ 《南齐书》,第821页。

是知王融永明九年所作的《三月三日曲水诗序》，仅仅两年后便流誉北方，评价甚至超越前辈颜延之的同题名作。《魏书》卷八十二《祖莹传》：

> 以才名拜太学博士。征署司徒、彭城王勰法曹行参军。高祖顾谓勰曰："萧赜以王元长为子良法曹，今为汝用祖莹，岂非伦匹也。"[①]

可见其才名连魏孝文帝也传为美谈。众所周知，魏孝文帝本人对南方的贵族文化有着极其深刻的倾慕，曾对群臣感叹"江南多好臣"[②]。因此他的这一句话绝非泛泛而发，其中实包含着对南齐社会亦步亦趋，思同比肩的思想。萧子良为司徒、竟陵王；元勰为司徒、彭城王。两人不但位望相似，连官位都一致。王融为萧子良法曹行参军，孝文帝便以祖莹为元勰法曹行参军。从这里也可以看到，萧子良与王融的搭配，贤王名士，已经成为南齐贵族文化中的一个品牌标志，因此孝文帝才会因为得到祖莹而如此兴奋，要在自己的朝廷上也造出同样的组合，与南朝一较高下。此外，北魏《李璧墓志》中更高度称扬之曰：

> 为(伪)中书郎王融，思狎渊云，韵乘琳瑀，气轹江南，声兰岱北，竿调孤远，鉴赏绝伦。[③]

《李璧墓志》是为墓主李璧而作，本与王融无涉，这里却骈四俪六地开始大

[①]《魏书》，中华书局1974年，第1799页。祖莹被称为"圣小儿"，以幼而聪颖，博闻强记著名。同传又载："尚书令王肃曾于省中咏《悲平城》诗，云：'悲平城，驱马入云中。阴山常晦雪，荒松无罢风。'彭城王勰甚嗟其美，欲使肃更咏，乃失语云：'王公吟咏情性，声律殊佳，可更为诵《悲彭城》诗。'肃因戏勰云：'何意《悲平城》为《悲彭城》也？'勰有惭色。莹在座，即云：'所有《悲彭城》，王公自未见耳。'肃云：'可为诵之。'莹应声云：'悲彭城，楚歌四面起。尸积石梁亭，血流睢水里。'肃甚嗟赏之。勰亦大悦，退谓莹曰：'即定是神口。今日若不得卿，几为吴子所屈。'"其反应敏捷，仓卒缀辞的才能更与王融形象相近。应知魏孝文帝作此语，乃是以当时南北朝文化中对萧、王的具体印象为基础的，并非仅仅是从"高下"意义上言"伦匹"而已。
[②]《南齐书》卷五十七《魏虏传》："每使至，宏亲相应接，申以言义。甚重齐人，常谓其臣下曰：'江南多好臣。'"（第991~992页）
[③] 赵万里《汉魏南北朝墓志集释》，图版232，科学出版社1956年。

赞王融,自然也是希望借王融来为李璧增光①。如果王融在北方并不具备这样的声望,那么这里的赞扬就毫无作用,只会显得突兀不伦了。以上种种史料,都充分表现出王融在北方社会中的高度声誉和广泛认同。这是同时代竟陵集团其他人物难以匹敌的。《北史》卷五十六《魏收传》虽然记载了魏收与邢邵各自崇拜任昉、沈约的事迹,但那已经是王融逝去五六十年后的北齐时代了。

在确认了永明时代的南朝文化界、政治界,甚至包括北朝在内的,王融的"时代偶像"形象之后,我们回过头去看文章一开始所提示的史料,便不难理解为何王融敢于自视如此之高,狂言天下无对了。因为他在活着的时候,确实是那个时代的文化领袖。至少在永明时代的文化空气里,他是有这种张扬自傲的资格的。后来学者从今天对他的印象出发,不免觉得此人何以如此狂妄自大,往往便给他一个人品浮躁的恶评,这多少是有些冤枉的。

更可惊的是,凭着在文坛上的这种地位,他以二十五六岁的年纪,就俨然已经是一派目光如炬、知人善任的"前辈宗师"形象了。《梁书》卷一《高祖纪》:

> 竟陵王子良开西邸,招文学,高祖与沈约、谢朓、王融、萧琛、范云、任昉、陆倕等并游焉,号曰八友。融俊爽,识鉴过人,尤敬异高祖。每谓所亲曰:"宰制天下,必在此人。"②

王融与萧衍的关系,以及这条史料的可信度我们暂且不论,但是这一种政治谶言式的"宰制天下"之评,却需要借重王融的过人"识鉴"——上引《李璧墓志》也特别点出王融"鉴赏绝伦",可知王融的识鉴在当时是很出名的。《梁书》卷二十一《柳恽传》:

---

① 引文下文为"远服君风,遥深纻缟,在朝启称,宜借副书"。吉川忠夫先生《北魏孝文帝借书考》已经考明这里所说的,就是本章下节王融启奏当借书给北魏之事,推想"大约李璧本人并没有加入使节团,而是托聘使将自己的诗文带给王融吧"。如此了不起的王融也"遥服"李璧之风,还因此启奏借书,可见李璧的高明了。
② 《梁书》,第 2 页。

> 恽立行贞素,以贵公子早有令名,少工篇什。始为诗曰:"亭皋木叶下,陇首秋云飞。"琅邪王元长见而嗟赏,因书斋壁。①

柳恽是名公柳世隆之子,不需要王融的提拔。但值得注意的是他年纪比王融还要大两岁,却与萧衍一样,都为王融所识鉴嗟赏。《梁书》卷二十五《徐勉传》:

> 琅邪王元长才名甚盛,尝欲与勉相识,每托人召之。勉谓人曰:"王郎名高望促,难可轻褫衣裾。"俄而元长及祸,时人莫不服其机鉴。②

徐勉虽然拒绝了王融的赏识,不过王融则很明显意欲对其有所"识鉴",而徐勉入梁以后,被称为一代名相③——当然,在这条史料中,作为传主的他比王融还要有预见性。除此之外,王融还曾提拔举荐过江革、孔休源、席谦、魏准等人物(详第四章)。从王融所赏识提拔的这些人物来看,大抵各有风采功业,所谓"识鉴过人"的形容看来也算不得是溢美之辞。

以上不惮辞费,详细论证了王融在永明时代的偶像形象。作为研究者的我,实在不免自危于有为研究对象唱赞歌的嫌疑。为免误解,这里必须要首先声明:我绝无要为王融树立光辉形象之意。无论王融在活着的时候是多么光芒四射,他的光芒现在也已经完全黯淡了。在中国文学史中,王融不但算不上是一流人物,甚至二流恐怕也很成疑问。这已经是无法改变的事实。况且,就像今天的流行娱乐文化一样,偶像虽然在其为偶像的当时出尽风头,但在艺术上能够真正达到什么样的成就,却是无法据此得到保证的。短暂的"时代地位"对于长远的"历史地位"而言并无多大意义。我之所以执著于确认他在永明时代中的地位,是因为历史不是以"今天"为起点,而是从每一历史时期的"当代"截面一点一滴向后流动而来的。任何一种历史现象的演变,都是立足于前一个"当代"的结果。对

①《梁书》,第331页。

②《梁书》,第377页。

③《南史》卷六十《徐勉传》:"勉虽骨鲠不及范云,亦不阿意苟合,后知政事者莫及,梁世之言相者称范、徐云。"

于今天已经毫无意义的,王融在永明时代的巨大影响力,在永明时代却发出过特殊的辐射。王融及其光华已经逝去,但受到辐射的永明时代却直接影响到其后的历史方向。永明体文学在当时只不过是一次由少数名士所发起的流行风潮,但其流波所及,却开启了唐宋以后近体诗的千年格局——这一点是身处永明体运动中的任何当事人都无法预想及之的,对他们来说,永明体无非就是身边出现的,由若干文化明星所提倡的一种新潮事物而已。而我们在研究中最容易发生的一种误解,就是由于其人的湮没,而不再意识到历史流动的某一时点曾经由于这一存在而发生过的扭曲和变动。——换言之,如果不理解这一点,只是泛泛从今天的印象出发,以为王融只不过是当时众多名家中别无特殊可观的一人,我们就既无法理解王融为何会成为竟陵王政变的谋主,也无法理解他在永明体成立过程中所曾起到的作用了。

二、"王融称字不称名"辩

在齐梁文献中,关于王融有一个特殊的现象,那就是王融称字不称名。《诗品》所评诗人一百余人,唯王融称字。同时,《玉台新咏》目录中,也唯独对王融称字而不称名①。这无疑是一个很突兀的现象,耐人寻味。前人对这一点早已有所关注,《四库提要》卷一百九十五"《诗品》提要":

> 又一百三人之中,惟王融称王元长,不著其名。或疑其有所私尊。然徐陵《玉台新咏》亦惟融书字。盖齐梁之间避齐和帝之讳,故以字行,实无他故。②

四库馆臣这一说法源于清纪容舒《玉台新咏考异》(实为纪昀作而署其父之名)。文渊阁《四库全书》本该书卷四《王元长古意》题下考曰:

> 《古文苑》作《和王友德元古意二首》。案王融独书其字,疑齐和

---

① 中华书局点校本吴兆宜笺注《玉台新咏》目录皆径作王融,已失原貌。此外,《文选》目录全称字而不称名,因此王融个人的情况就难以断定了,不过这当然也还是"称字不称名"。

② 《四库全书总目》,中华书局 1965 年,第 1780 页上。

> 帝名宝融,当时避讳,而以字行,入梁犹相沿未改。钟嵘《诗品》曰:
> "近任昉、王元长等,词不贵奇,竞须新事。"又曰:"王元长创其首,谢
> 朓、沈约扬其波。"是则齐梁之间,融以字行之明证。

此说影响很大,观之似乎顺理成章,可以说已经成为通说。而《十七史商榷》卷六十三"王融称字"条则称:

> 《梁书》柳恽、徐勉二传皆误称王融为王元长。融不合称字,《南史》皆改正。①

然而王鸣盛的批评只是从一般史法角度出发,而未深究其成因。曹道衡、沈玉成《中古文学史料丛考》"王融称字"条就指出:"《梁书》柳、徐二传所记王融事,或据齐末梁初时书面材料,因书作'元长。'"说甚精确,而对于王融为何称字,则认为:"寻其原因,或是齐和帝名宝融,齐末梁初人记事多讳'融'字。"②依然延续旧说。

然而我们仔细观察南北朝的其他史料,却会发现情形并非如此。首先,齐梁之间王融并非完全以字行,如前引《梁庾元威论书》:

> 齐末王融图古今杂体,有六十四书,少年崇仿,家藏纸贵。而凤鱼虫鸟是七国时书,元常皆作隶书,故贻后来所诘……宗炳又造画瑞应图,甚卓绝,王元长颇加增定。③

其中的"元常"当为"元长"之误④。这是在同一文章中一称王融,二称王元长。如果是为了避讳,不应同一文献对同一人时避时不避。这实际上已经排除了从划一的硬性制度规定来解释这一现象的可能。其次,如果说王融称字是为了避齐和帝萧宝融之讳,那么凡名中有融字的都应避讳,然而南北朝文献中对王融、马融、孔融、张融等以"融"为名者的指称却并

① 王鸣盛《十七史商榷》,中国书店 1987 年,第 8 页。
② 《中古文学史料丛考》,中华书局 2003 年,第 395 页。
③ 《法书要录》,第 46 页。
④ 这大约是因为汉末的隶书名家钟繇字"元常",与"元长"相近,后人不察,误将冯京当马凉而改之了。

不一致。如《诗品》中对张融便直称其名。又如《颜氏家训·文章篇》：

> 自古文人多陷轻薄。屈原露才扬己，显暴君过。宋玉体貌容冶，见遇俳优。东方曼倩滑稽不雅，司马长卿窃赀无操。王褒过章《僮约》，扬雄德败《美新》。李陵降辱夷虏，刘歆反覆莽世。傅毅党附权门，班固盗窃父史。赵元叔抗竦过度，冯敬通浮华擯压。马季长佞媚获诮，蔡伯喈同恶受诛。吴质诋忤乡里，曹植悖慢犯法。杜笃乞假无厌，路粹隘狭已甚。陈琳实号粗疏，繁钦性无检格。刘桢屈强输作，王粲率躁见嫌。孔融、祢衡，诞傲致殒；杨修、丁廙，扇动取毙。阮籍无礼败俗，嵇康凌物凶终。傅玄忿斗免官，孙楚矜夸凌上。陆机犯顺履险，潘岳干没取危。颜延年负气摧黜，谢灵运空疏乱纪。王元长凶贼自贻，谢玄晖悔慢见及。①

这里列举了一长串的古今人物，或称其名，或称其字，看不出什么规律。其中对王融称王元长，马融称马季长，而对孔融却直称其名。并且，人名对举的形态也排除了文献遭到后世改易的可能。再次，不仅仅南朝，包括北朝以及隋唐文献中，也都有对王融称字不称名的例子。上引《颜氏家训》就是一例。又如《南史》卷二十一《王弘传论》：

> 僧达猖狂成性，元长躁竞不止。②

这里王僧达称名，而王融称字。而且这是李延寿的传论而非史文，应当也不会是照抄史籍导致的现象。当然，这还可以说有可能是对偶带来的结果③，而前引《魏书》卷八十二《祖莹传》就很典型了：

> 高祖顾谓勰曰："萧赜以王元长为子良法曹，今为汝用祖莹，岂非伦匹也。"④

---

① 王利器《颜氏家训集解》（增补本），中华书局 1993 年，第 237～238 页。标点有改动。
② 《南史》，第 583～584 页。
③ 但是如果单纯为了对仗，李延寿也完全可以说成"王融躁竞不止"。
④ 《魏书》，第 1799 页。

这里连续提到四个人名,却仅对王融一人称字。同《魏书》卷九十八《岛夷传》:

> 中书郎王融戎服于中书省阁口断东宫仗不得进,欲立子良。①

这显然是承袭《南齐书》王融本传的记事,而这里就没有称字而是直接称名,可见前引孝文帝语乃是直录,孝文帝当时所用的称呼就是“王元长”。北魏帝王、大臣之间的对话,由北齐史臣记录下来,这样的史料更没有任何为南齐皇帝避讳的必要。

因此我们必须排除貌若甚辩的“避齐和帝讳”说。但是,齐梁人甚至南北朝后期史料往往习惯对王融称字却依然是事实。那么对这一点应当如何解释呢?

除上举诸例之外,前引《金楼子·说蕃篇》:

> 我高祖、王元长、谢玄晖、张思光、何宪、任昉、孔广、江淹、虞炎、何倜、周颙之俦,皆当时之杰,号士林也。②

这里对王融、谢朓、张融三人称字,而对其他人称名。萧绎是否信笔而书,名字杂称呢? 不完全排除这种可能性。不过,这里的排列次序是很清晰而有规律的,“我高祖”下边的三个人都称字,而接下去的七个人都称名,形成了井然的三个序列,这种规律现象也很难说是偶然。在这里,我们不妨重新思考纪容舒所批判过的意见:

> (《诗品》)一百三人之中,惟王融称王元长,不著其名。或疑其有所私尊。

对某人称字而不称名是一种尊敬的表现。“我高祖”当然是萧绎最为崇敬的存在,排在第一顺位;而接下来的三人称字,在他心目中排在第二顺位;其余直书其名的则是第三顺位。如果这一理解可以成立的话,那么我们

---

① 《魏书》,第 2165 页。
② 《金楼子》,第 643 页。

对于王融"称字不称名"问题，就依然要从王融在永明时代甚至整个齐梁社会文化中的形象去寻求原因了。

虽然无法确证，不过，在上节论述的基础上，我愿意从这一角度提出一种最有可能的推想：王融在永明时代的都城政治和社会文化中，是一个非常出风头的偶像式人物。对于这样的一个人物，当时人会对其给予特殊的尊敬，是完全没什么值得惊奇的。所谓钟嵘对王融的"私尊"，其实并不完全错误，只是这并非"私"尊，而是"公"尊罢了——其实钟嵘还对另一个人不称名而称其谥号"王文宪"，那就是王俭，只是他之所以尊重王俭是由于师生之谊（"私尊"），原因很清楚，故不成其为问题而已。但由于"尊重"而不称名这一点却是一致的。而每一个在文字中记载前辈人物的人，也都可以凭着自己的个人喜恶，对其选择称字或者称名，正如上引《金楼子》中所见，我们从这里看到的是萧绎对王融、谢朓、张融三人的特殊尊重。只不过由于对王融称字的情况相对集中，因此就成为了一种现象而已。这就正如 20 世纪后期的文章，但凡提到鲁迅，往往要在后面加一个"先生"①，然而这个"先生"却不是任何制度规定的产物，而是基于一种感情和习惯而带来的称呼。同时，正因为这种称呼不是硬性规定的，所以我们对于鲁迅也完全可以只称其名而不加上"先生"二字。千百年以后人如果研究今天的"鲁迅称先生"问题，或许也会感到疑惑不解：为何在同时代的大量作家中只对他有这样密集的独特称呼？为何这一称呼虽然出现频率很高，却依然有直称其名的情况存在？然而从今天的文化感觉来说，这毋宁说是理所当然、不值一提的问题。但是，当代的文化感觉是随着时代的远去而逐渐淡漠以至消失的，随着宋齐贵族时代的衰落，"王元长"的生命力也不断地衰弱下去，直称其名的情况就不断地增加起来，直到有一天，人们不再知道王融这个名字与其他名字有任何的不同。

第三节 外 交 表 现
——北伐收复与文化政策

在王融不满三十年的人生当中，有一点表现至为显著，那就是对北魏问题的敏感和热衷。《南齐书》本传：

---

① 同样的道理，我们还可以想到"郭老"和"茅公"。

　　1. 虏使遣求书，朝议欲不与。融上疏曰（文略）。世祖答曰："吾意不异卿。今所启，比相见更委悉。"事竟不行。

　　2. 永明末，世祖欲北伐，使毛惠秀画《汉武北伐图》，使融掌其事。融好功名，因此上疏曰（文略）。图成，上置琅邪城射堂壁上，游幸辄观视焉。

　　3. 上以融才辩，十一年，使兼主客，接虏使房景高、宋弁。弁见融年少，问主客年几？融曰："五十之年，久逾其半。"因问："在朝闻主客作《曲水诗序》。"景高又云："在北闻主客此制，胜于颜延年，实愿一见。"融乃示之。后日，宋弁于瑶池堂谓融曰："昔观相如《封禅》，以知汉武之德；今览王生《诗序》，用见齐王之盛。"融曰："皇家盛明，岂直比踪汉武；更惭鄙制，无以远匹相如。"上以虏献马不称，使融问曰："秦西冀北，实多骏骥。而魏主所献良马，乃驽骀之不若。求名检事，殊为未孚。将旦旦信誓，有时而爽，駉駉之牧，不能复嗣？"宋弁曰："不容虚伪之名，当是不习土地。"融曰："周穆马迹遍于天下，若骐骥之性，因地而迁，则造父之策，有时而踬。"弁曰："王主客何为勤勤于千里？"融曰："卿国既异其优劣，聊复相访。若千里日至，圣上当驾鼓车。"弁曰："向意既须，必不能驾鼓车也。"融曰："买死马之骨，亦以郭隗之故。"弁不能答。

　　4. 朝廷讨雍州刺史王奂，融复上疏曰（文略）。

　　5. 会虏动，竟陵王子良于东府募人，板融宁朔将军、军主。融文辞辩捷，尤善仓卒属缀，有所造作，援笔可待。子良特相友好，情分殊常。晚节大习骑马。才地既华，兼藉子良之势，倾意宾客，劳问周款，文武翕习辐凑之。招集江西伧楚数百人，并有干用。①

以上五段传文，包括本传中全文引用的1、2、4处三篇上疏，占据了《王融传》的一大半篇幅，全都与对魏政策密切相关。1、3体现的是和平外交，通过命使往来维持国家关系的方面；而王融亲身参与其中，发表了自己的文化外交主张。2、4、5体现的则是武力外交，希望通过北伐恢复中原；在齐武帝晚年志图北伐之际，史书记载中赞成最力者也正是王融。像《王融传》这样，对外问题占据了传文大半篇幅的列传，在《南齐书》中绝无仅有。萧子显全文引录与外交相关的这三篇疏奏，对其著名的《三月三日曲水诗

---

① 《南齐书》，第818~823页。

序》反而只是一提而已，也反映出王融在这方面的表现是特别引人注目的。今天我们对王融的认识几乎完全是一个吟风弄月的文人，然而永明年间的王融，更鲜明的一个形象却是在对北政策中活跃一时的政治人物。对于理解作为南朝贵族的王融整体像，这一点至关重要，不可不作一探究。

关于齐魏外交形势，逯耀东《从平城到洛阳》和黎虎《汉唐外交制度史》二著已进行过基础研究。虽然草创之作，不免疏略，尚有许多细致问题值得深入分析，但已可窥见其大要。本书不烦赘论，仅结合二著及窃见，择要简述，作为理解王融外交表现的背景。

战争爆发的时候双方交恶，维持和平时期则通使往来。当某一方发生政权更替时，旧朝使者与新朝使者之间也会发生一个冲突更替的过程。每次新政权稳定下来以后，使节外交便易于开始；而一旦政局不稳，天子驾崩，南北外交也会呈现异常，或者是频繁遣使吊唁以及窥视形势，或者是暂时中断，等待时局稳定。外交使节承担的任务，最基本的当然是献礼朝贺，维持双方的结盟关系，同时也包含着宣扬国威，刺探情报，在宴会谈辩上打击对方的功能。因此南北双方都必须妙选人才，派出的使者往往出于高门，学识渊博，辞采辩捷。并且他们作为朝廷对外的形象代表，通常还获得员外散骑常侍的荣衔加官。但南北相较，则南方使者在言辞风仪上常胜于北方。以上情形，可以说就是南北朝外交的基本态势。

从宋武帝刘裕永初二年（北魏泰常六年，421）开始，南北朝之间的使节外交拉开了帷幕。南齐高帝萧道成建国以后，短时期内秩序仍未完全稳定，北方也趁乱奉刘昶南征，故直到建元三年（481）方遣使聘魏，并且使节车僧朗还与刘宋旧使发生冲突而被杀。但从武帝永明元年（483）开始，前后十一年间，双方维持了密切的和平外交关系，行人不断，史称“永明年中，与魏氏和亲，岁通聘好”①。见于史籍记载的双方遣使往来多达二十三次。其中竟陵集团学士起到了重要的作用，范云、何宪、范缜、萧琛等均曾衔命出使，而刘绘、王融等则担任过接待北来使臣的职位。竟陵集团与南朝文人外交之间的密切关系值得我们特别关注。永明时代结束之后，萧鸾杀主自立，南齐政局严重恶化，北方借机南征，战事重起，和平外交顿告终结。直到梁大同三年（537），南北双方才又重新恢复通使往来，但那

---

① 《梁书》卷四十八《范缜传》，第 664 页。

已经是四十余年以后的事情了。永明、太和年间的这外交十年,实可以称得上是南北朝外交史上的蜜月期,洋溢着彬彬有礼的文化气息。

但是在和平外交的表面下,依然涌动着政治、军事斗争的暗流。不但双方在外交场面上各逞机锋,并且南北交战的可能性从未休止。北魏固然常怀征服南方之志,太和十七年(永明十一年)北魏孝文帝迁都就以南伐为名;而南方也是每逢盛世,国力积蓄后便又重新燃起北伐的雄心。永明年间,齐武帝曾六次讲武,演习水步军,尤其后期的永明六、七、九、十年连年驾幸琅邪城、玄武湖讲武。虽然武帝于永明十一年驾崩,北伐未能成为现实,但在永明末年这种氛围却是相当强烈的。而王融,就是北伐政策最为热心的一个拥护者。

一、"好功名"与北伐恢复

如前所述,王融在当时和后世史家眼中最强烈的一个形象都是热心功名,甚至轻薄躁进,"三十内望为公辅",这是王融形象中的另一关键方面。不过这一点在前文各章节中已经分别有所触及,为避繁冗,这里就不再分节详叙。但应当指出的是,史料2中称"融好功名",而南朝所谓"好功名"似与后世理解稍有区别,着重于对外的战功。《北史》卷七十《刘璠传》:

> 璠少慷慨,好功名,志欲立事边城,不乐随牒平进。①

正与王融情形相同。王融的"好功名"也突出地表现为他对武帝北伐政策的极力支持。唐长孺先生已经在《南朝寒人的兴起》中指出,在等级分明、以门资相尚的贵族社会,"随牒平进"或者"随流平进"是贵族官僚的本分,而汲汲于立功超升者,则往往不免于被人嘲笑轻视。因此像王融这种出身高门却"好功名"的,在南朝史传中确实相当少见。前文已经述及,王融热心功名的原因在于"父官不通",同时也受到他少年所居边郡环境的影响。而从当时的大环境来看,他的这种表现,更与齐武帝的北伐筹划有着密切的关系。《南齐书》卷五十七《魏虏传》:

① 《北史》,第2436页。

> 世祖初治白下,谓人曰:"我欲以此城为上顿处。"后于石头造露
> 车三千乘,欲步道取彭城,形迹颇著。①

而在其连年讲武中,常常可以看到王融的活跃身影。武帝命当时的名画手毛惠秀画《汉武北伐图》,令王融掌其事。王融当时任中书郎,与画工方面并没有特殊的职务联系,这一任命很可能就是基于王融在这方面的表现与武帝有所共鸣。《南齐书》王融本传:

> 晚节大习骑马。才地既华,兼藉子良之势,倾意宾客,劳问周款,
> 文武翕习辐凑之。②

这里的"晚节大习骑马"通常误解为王融晚年努力学习骑马,然而事实并非如此。遍检二十四史中"大习"一语,共得七条用例,最早的三条见于《宋书》,最晚的一条则见于《新唐书》,无一例外,都是用于指称王朝讲武仪式中的"大习仪",其在中古汉语中的语义是很明确的。典型的例子如《宋书》卷十四《礼志一》:

> 晋武帝泰始四年、九年、咸宁元年、太康四年、六年冬,皆自临宣
> 武观,大习众军。然不自令进退也。自惠帝以后,其礼遂废。元帝太
> 兴四年,诏左右卫及诸营教习,依大习仪作雁羽仗。成帝咸和中,诏
> 内外诸军戏兵于南郊之场,故其地因名斗场。自后蕃镇桓、庾诸方
> 伯,往往阅习,然朝廷无事焉。③

可知"大习"作为王朝兵礼中的讲武仪式,相当于后世的所谓大阅兵。结合齐武帝的北伐筹策观之,这时期的大习众军无疑带有宣扬国家武力,为

---

① 《南齐书》,第992页。按中华书局本点作"世祖初,治白下",非。《南齐书》卷五十六《幸臣刘系宗传》:"四年,白贼唐宇之起,宿卫兵东讨,遣系宗随军慰劳……上欲修治白下城,难于动役。系宗启谪役在东民丁随宇之为逆者,上从之。后车驾讲武,上履行白下城,曰:'刘系宗为国家得此一城。'"是治白下城在永明四年后,不可谓为"世祖初"。

② 《南齐书》,第823页。

③ 《宋书》,第369页。

北伐作准备的意味，而这与王融一贯以来的政治主张正相吻合。因此除了画《汉武北伐图》事之外，王融于永明末很可能还主管了讲武仪式中的相关职务①，由于职务之便而"倾意宾客，劳问周款"，才使得"文武翕习辐凑之"。只有这样解读，"晚节大习骑马"一句才有所着落，否则作为王融的个人行为，与下文的文武辐凑有何关系，就难以理解了。

在《答敕撰武帝北伐图赋启》中，王融极力渲染出一片天下一统，封禅泰山的盛况，自请为收复中原的前驱：

> 臣乞以执殳先迈，式道中原，澄浣渚之恒流，扫狼山之积雾，系单于之颈，屈左贤之膝，习呼韩之旧仪，拜銮舆之巡幸。然后天移云动，勒封岱宗，咸五登三，追踪七十，百神肃警，万国具僚，缯弁星离，玉帛云聚，集三烛于兰席，聆万岁之祯声，岂不盛哉！岂不韪哉！②

除此之外，王融诗中还有《从武帝琅邪城讲武应诏诗》：

> 治兵闻鲁策，训旅见周篇。教民良不弃，任智理恒全。白日映丹羽，颓霞文翠旗。凌山炫组甲，带水被戎船。凝葭郁摧怆，清管乍联绵。早逢文化洽，复属武功宣。愿陪玉銮右，一举扫燕然。③

诗中的主旨，与王融在另一首上疏中的表达相互呼应：

> 自猃狁荐食，荒侮伊瀍。天道祸淫，危亡日至。母后内难，粮力

---

① 其职务为何，史传有阙，不可妄断，不过我们却不妨尝试推测。引文中"然不自令进退也"一句值得注意，这虽然是晋武帝之事，齐武帝也未必不如此。大约早期的习武之仪，应是由皇帝作为国家主帅（与美国总统之为三军统帅意义相似）亲自指挥；而从西晋开始，渐渐沦为形式主义，在阅兵式中下令进退的工作便交与其他臣工了。然而对接受这一任务的大臣而言，这是代天子号令，其荣宠权势不问可知，如果是居于这一地位的人物，则作出"倾意宾客，劳问周款"的行动，获得"文武翕习辐凑之"的效果，也就是理所当然的事情了。因此推测王融即是"大习骑马"中的一名指挥官，或许不至与事实相去太远？
② 《南齐书》卷四十七《王融传》，第821页。
③ 《艺文类聚》卷五十九，上海古籍出版社1965年，第1066页。

外虚。谣言物情,属当今会。若藉巫汉之归师,骋士卒之余愤。取函谷如反掌,陵关塞若摧枯。但士非素蓄,无以即用。不教民战,是实弃之。特希私集部曲,豫加习校。若蒙垂许,乞隶监省拘食人身,权备石头防卫之数。臣少重名节,早习军旅。若试而无绩,伏受面欺之诛。用且有功,仰酬知人之哲。①

　　这是在永明十一年朝廷讨王奂时的上疏。王奂为王融从叔,也是南齐王氏的重要人物,为都督雍梁南北秦四州郢州之竟陵司州之随郡军事、镇北将军、雍州刺史,统领长江中游的军政民政。他在永明十一年辄杀下属宁蛮长史刘兴祖,触怒武帝,下命讨伐,王奂兴兵抵抗,形势一度紧张,而王融在这首上疏中却认为西夏(王奂)不足忧,但如果借着讨伐王奂的锐气集合训练军队,则可用于收复中原。

　　综观王融在北伐谋划中的表现,其跃跃欲试的形象呼之欲出。姑无论他是否真有统领北伐的能力,就其个人的主观意识而言,是充满自信、打算付诸实践的。他反复强调"不教民战,是实弃之",在他的北伐建议中总是强调由自己来召集部曲,训练士兵。而在北魏宣称南伐之际,他也确实"招集江西伧楚数百人,并有干用"。但王融随即在政变中殒身,这些部曲当然也就没有能在北伐中起到任何作用。

二、《议给虏书疏》中的文化征服主义

　　然而王融在对外政策中的表现,并不仅仅是北伐收复这一面而已。上引史料1中王融所上《议给虏书疏》②,是王融著述中较受注目的一篇。作为南北朝外交的重要史料,牟发松《王融〈上疏请给虏书〉考析》与吉川忠夫《北魏孝文帝借书考》均已对此进行过基础性的解读,读者可参看③。全文篇幅较长,其中心主题在于主张应允许北魏孝文帝的借书请求。今

①《南齐书》卷四十七《王融传》,第823页。标点有改动。
② 按,是疏《全齐文》据本传行文题作"上疏请给虏书",现有各种研究也大抵据此题。然"请给虏书"之书乃书籍,非文体之书,岂可径作标题? 此文本系奏疏体,《七十二家集》即题作"议给虏书疏",今从。
③ 北魏遣使求书事,曹道衡、沈玉成《中古文学史料丛考》认为在永明六年左右;牟发松及吉川忠夫则认为在永明七年,并且指出该年(太和十三年)北魏遣使来齐。今按后一说较确,太和十一、十二两年齐魏双方互有战事,并无遣使。

录其关键的后半部分如下：

> 又虏前后奉使，不专汉人，必介以匈奴，备诸觇获。且设官分职，弥见其情。抑退旧苗，扶任种戚。师保则后族冯晋国，总录则邦姓直勤①渴侯。台鼎则丘颓、苟仁端，执政则目凌、钳耳。至于东都羽仪，西京簪带。崔孝伯、程虞虬久在著作，李元和、郭季祐上于中书。李思冲饰虏清官，游明根泛居显职。今经典远被，诗史北流。冯李之徒，必欲遵尚；直勤等类，居致乖阻。何则？匈奴以毡骑为帷床，驰射为糇粮。冠方帽则犯沙陵雪，服左衽则风骧乌逝。若衣以朱裳，戴之玄颎。节其揖让，教以翔趋。必同艰桎梏，等惧冰渊。婆娑蹒跚，困而不能前已。及夫春草水生，阻散马之适；秋风木落，绝驱禽之欢。息沸唇于桑墟，别醍乳于冀俗。听《韶》《雅》如聋聩，临方丈若爰居。冯李之徒，固得志矣；虏之凶族，其如病何？于是风土之思深，愦戾之情动。拂衣者连裾，抽锋者比镞。部落争于下，酋渠危于上。我一举而兼吞，下庄之势必也。且棘宝荐虞，晋疆弥盛；大钟出智，宿氏以亡。帝略远孚，无思不服；銮光幸岱，匪暮斯朝。臣请收籍伊滩，兹书复掌。犹取之内府，藏之外籞。于理有惬，即事何损？②

王融在这通上疏中指出，北魏政府正处在一种不稳定的转型期，鲜卑旧族与汉人大臣相互间存在着势力争夺，虽然掌握实权的执政大臣都是鲜卑"种戚"，但汉人士大夫亦在中枢尤其文化性的清职中占有一席之地。而中原农耕文化与北方游牧文化之间更存在着本质的冲突，汉文化的进入必然诱使胡汉之间的矛盾激化。南齐政府应借助魏孝文帝渴求汉文化的这一时机，输出诗书，从思想文化上进行和平演变，扶助汉人大臣，抑退胡人势力，从而达到"部落争于下，酋渠危于上。我一举而兼吞，下庄之势必也"的最终目标。这里所表达的外交思想，很显然是一种文化征服主义。并不是强调武力上的征服，而是通过文化输出同化敌国，利用民族矛盾从内部使对手阵营分裂，从而达到削弱同化的目的。我们看此后数十年的

---

① 中华书局本《南齐书》王融传校记已指出直勒为直勤之讹，从改，下同。直勤即北魏拓跋宗室之称，参罗新《北魏直勤考》，《历史研究》2004 年第 5 期。
② 《南齐书》卷四十七《王融传》，第 819 页。标点有改动。

北魏历史,不能不承认这种思想实在是非常敏锐而富于洞察力的。众所周知,北魏孝文帝全力推行汉化政策,入主中原,模仿南朝贵族社会分判贵贱,力图将北魏建设成为文明的农耕帝国。与此同时,被留在怀朔六镇的部民却遭到了被抛弃的命运,从国之干城沦为落后分子。民族矛盾和文化矛盾共同作用的结果是六镇之乱爆发,太和盛世以后才二十余年,北魏便告分崩离析。历史的运转,与王融奏疏中的预言几乎如出一辙,差异之处只在于这一过程不是由南朝推动,而是北魏政府自己实现的而已。

从这个意义上说,王融这份奏疏在南北朝外交史上实在应当占有一个很重要的地位。

然而像王融这种要求通过文化渗透,达到同化敌国目标的外交思想,在南朝当时却是一种非主流。元嘉二十八年宋文帝北伐惨败,北魏兵临江北,形势一度危殆。而北魏退兵之后,复求互市,颜竣议曰:

> 愚以为与虏和亲无益,已然之明效。何以言其然?夷狄之欲侵暴,正苦力之不足耳。未尝拘制信义,用辍其谋。昔年江上之役,乃是和亲之所招。历稔交聘,遂求国婚,朝廷羁縻之义,依违不绝,既积岁月,渐不可诬,兽心无厌,重以忿怒,故至于深入。幸今因兵交之后,华、戎隔判,若言互市,则复开囊敝之萌。议者不过言互市之利在得马,今弃此所重,得彼下驷,千匹以上,尚不足言,况所得之数,裁不十百邪。一相交关,卒难闭绝。寇负力玩胜,骄黠已甚,虽云互市,实觇国情,多赡其求,则桀傲罔已,通而为节,则必生边虞。不如塞其端渐,杜其觖望,内修德化,外经边事,保境以观其衅,于是为长。①

颜竣所议表达出强烈的闭关主义思想,认为宋初以来与北方通使互市,对南朝唯一的好处不过是能够得到马匹,而却便于敌国窥探国情,兴起兵端。在颜竣看来,北魏对南方的侵略图谋始终是亡我之心不死,所谓“兽心无厌”,即将鲜卑政权全体笼统视为一种不可改变的低等野蛮人。这与王融所持立场有两点不同:其一,没有意识到北朝内部存在着复杂的胡汉成分及冲突,而其中的汉族成分对南朝是心存亲近的;其二,不认为农耕

---

① 《宋书》卷七十五《颜竣传》,第 1959 页。

文明对游牧文明有文化上的优势与同化力。就历史结果的验证而言,王融与颜竣之识见高下可以说颇为显著,然而颜竣代表的却是南朝前期的主流政见。从其言论中可以窥见,当时的反对派也无非着眼于"互市之利在得马",亦即一种实利主义而已,还远达不到王融所持文化政策理念的高度。颜竣传没有说明廷议的结论,但看来应该是没有答允北魏的互市请求。因此宋孝武帝登位以后,魏人再次请求互市,帝下群臣博议,谢庄议曰:

> 臣愚以为獯猃弃义,唯利是视,关市之请,或以觇国,顺之示弱,无明柔远,距而观衅,有足表强。且汉文和亲,岂止彭阳之寇;武帝修约,不废马邑之谋。故有余则经略,不足则闭关。何为屈冠带之邦,通引弓之俗,树无益之轨,招尘点之风。交易爽议,既应深杜;和约诡论,尤宜固绝。①

更明确表示"有余则经略,不足则闭关",主张打得过就打,打不过就躲,断然拒绝和平的使节外交,当然更谈不上文化输出政策了。当然,这两次议论都发生在元嘉北伐大败之后,其中不免包含了惊弓之鸟的味道,缺乏与北魏平等交流的自信。而王融的上疏,则是以永明年间齐魏相互通使缔交的国情为基础的,各有具体背景,不可一概而论。但从"虏使遣求书,朝议欲不与"一句也可以看出,即使到了齐武帝朝,与王融持相同意见的人也仍然不多。虽然武帝答诏曰:"吾意不异卿。今所启,比相见更委悉。"然而却"事竟不行"②。要么是因为武帝只是虚与委蛇,并非真心赞同王融;要么就是因为朝廷中反对者过多,竟导致武帝也无法贯彻自己的意见。无论是哪一种原因,王融这种文化输出论显然并没有得到永明政府主流的认同。

但是王融的从叔祖,宋齐时的另一位重臣王僧虔却表达出与王融相似的观点。《南齐书》卷三十三《王僧虔传》:

> 僧虔留意雅乐,升明中所奏,虽微有厘改,尚多遗失。是时上始欲通使,僧虔与兄子俭书曰:"古语云'中国失礼,问之四夷'。计乐亦

---

① 《宋书》卷八十五《谢庄传》,第2168页。
② 《南齐书》卷四十七《王融传》,第820页。

如。符坚败后,东晋始备金石乐,故知不可全诬也。北国或有遗乐,诚未可便以补中夏之阙,且得知其存亡,亦一理也。但《鼓吹》旧有二十一曲,今所能者十一而已,意谓北使会有散役,得今乐署一人粗别同异者,充此使限。虽复延州难追,其得知所知,亦当不同。若谓有此理者,可得申吾意上闻否?试为思之。"事竟不行。①

王融所要求的是文化输出,而王僧虔则希望从北方进行文化输入,求取北方留存的乐府古乐。二论虽指向不同,根本立场却并无二致,都主张以一种较为开通平和的态度看待南北文化交流,重视诗书礼乐文化的价值。究其缘由,琅邪王氏深厚的文化积累恐怕起着重要的作用。王僧虔曾在著名的《诫子书》中教训子孙,家族门阀不可依恃,唯有自身的文化修养才是立身之本。这种文化本位思想贯彻到外交事务上的,就是王僧虔、王融的这两处论述。然而可惜的是王僧虔的建议也"事竟不行"——王僧虔虽为王俭叔父,却有抚育之恩,实际上情同父子,王俭对他的建议没有驳回的道理,那么最有可能的原因,也还是朝廷中的主流意见并没有像王氏一样认识到文化外交的重大价值了。

三、机锋辩捷的外交应对

王融不仅主张对北进行文化外交,并且亲身参与了外交事务,于永明十年②担任主客,与北魏史臣相酬答。主客谓尚书省的主客曹郎,负责使节接待工作,王融这时候的本职是中书郎,临时兼任此职。我们再一次看上引史料3中的后半部分:

> 上以房献马不称,使融问曰:"秦西冀北,实多骏骥,而魏主所献良马,乃驽骀之不若。求名检事,殊为未孚。将旦旦信誓,有时而爽,骕骕之牧,不能复嗣?"宋弁曰:"不容虚伪之名,当是不习土地。"融曰:"周穆马迹遍于天下,若骐骥之性,因地而迁,则造父之策,有时而踬。"弁曰:"王主客何为勤勤于千里?"融曰:"卿国既异其优劣,聊复相访。若千里日至,圣上当驾鼓车。"弁曰:"向意既须,必不能驾鼓车

---

① 《南齐书》,第595~596页。
② 本传作永明十一年,陈庆元《王融年谱》考定为永明十年,今从。

也。”融曰:“买死马之骨,亦以郭隗之故。”弁不能答。

在这一段机锋问答中,首先可以窥见的正是王融辩捷渊博的才性。双方往复问答三轮,王融发言四次,其中竟连续援引了五次典故。“旦旦信誓”用《诗・卫风・氓》:“信誓旦旦,不思其反。”“駉駉之牧”则用《诗・鲁颂・駉》:“駉駉牡马,在坰之野。”“周穆马迹”一句用周穆王以造父为驭者,驾八骏周游天下的故事。“当驾鼓车”用《后汉书》所记光武帝以千里马驾鼓车事,“买死马之骨”则用《战国策》燕策中燕昭王问郭隗事。各种与“马”相关的经典故实被组织进临场反应的谈话中,犹如信手拈来。反观宋弁的发言,就纯为口语,直问直答,其高下宛然可见。担任出使外交的人物,都要求是“才学之士”①。宋弁在北魏人物中已经要算是文雅之士,《魏书》卷六十三《宋弁传》:

> 使于萧赜。赜司徒萧子良、秘书丞王融等皆称美之,以为志气謇烈不逮李彪,而体韵和雅、举止闲邃过之。②

然而其应对之间,一文一质,却有如此大的差距,这里我们再一次看到为何魏孝文帝要感叹“江南多好臣”了。

同时,联系到齐武帝永明末年屡屡讲武,意图北伐的政治形势,则不难看出,武帝命王融问马,背后更隐藏着对马匹的需求,以及有着一窥北人虚实的意图。如上引颜竣议所言:“议者不过言互市之利在得马,今弃此所重,得彼下驷,千匹以上,尚不足言,况所得之数,裁不十百邪。”互市所得之马才不十百,已经足以使“议者”望其利而赞成开市。南北对峙之际南朝对马匹输入的重视可见一斑。宋弁很显然也意识到了这一点,因此话锋一转,反问王融,(武帝)何以对马匹问题如此斤斤计较?王融引《后汉书》卷七十六《循吏列传》作答:

> 建武十三年,异国有献名马者,日行千里,又进宝剑,贾兼百金,

---

① 《梁书》卷四十八《范缜传》:“永明年中,与魏氏和亲,岁通聘好,特简才学之士,以为行人。”
② 《魏书》,第1414页。

　　诏以马驾鼓车,剑赐骑士。①

鼓车指朝廷仪仗中载鼓的马车。史传原文谓光武帝重视民生,不爱名马宝剑,以外国进贡的千里马驾鼓车。更推而言之,千里马本是战阵攻伐的利器,以载鼓车,则是用于建设礼乐文明了。王融此答可谓避实就虚,暗示武帝关心马事,并非意在对魏军事上的需求。

　　宋弁继续追问:"向意既须,必不能驾鼓车也。"——你们齐国既然向我国要求千里马,可见必有其图谋,又怎么可能仅仅以之驾鼓车而已? 这一句中透露出相当多的信息:魏国"献"马其实是由于齐国的要求,而魏国"献马不称",当然是由于不愿满足齐国对马匹的需求,因此以劣充好,"驽骀之不若"了。因此王、宋之间的这一番辩论,背后实隐藏着齐魏军事竞争的重大国家行为,史书于此特书一笔,并非无因。宋弁此问咄咄逼人,然而王融依然不作正面回答,转而引用《战国策》卷二十九《燕策一》"燕昭王收破燕后即位"章:

　　　　昭王曰:"寡人将谁朝而可?"郭隗先生曰:"臣闻古之君人,有以千金求千里马者,三年不能得。涓人言于君曰:'请求之。'君遣之。三月,得千里马,马已死,买其首五百金,反以报君。君大怒曰:'所求者生马,安事死马,而捐五百金?'涓人对曰:'死者且买之五百金,况生马乎? 天下必以王为能市马,马今至矣。'于是不能期年,千里之马至者三。今王诚欲致士,先从隗始。隗且见事,况贤于隗者乎? 岂远千里哉?"②

这一回应实际上已经有些近于胡搅蛮缠了。尊重郭隗能够招来贤士,正如买死马之骨就能够引来千里马,两者之间是类推关系,但"买死马之骨"本身与郭隗却是无关的。在燕昭王与郭隗的对话中,"买马"只是个譬喻,并不是事实上真的买马。因此齐武帝希望得到千里马,从逻辑上是无法推出"招来贤士"这一结论的。(A 推出 B,因此 A′推出 B′,但 A 却无法推出 A′,B 也无法推出 B′。)但是这一逻辑断裂却隐藏在了华美的文辞和渊博的引譬中。王融的言辞,在论理上其实并不坚直,颇有诡辩的嫌疑,然

---

① 《后汉书》,中华书局 1965 年,第 2457 页。
② 《战国策》,上海古籍出版社 1978 年,第 1065 页。

而飘忽闪烁,时离时合,牵引着对方的思维动向,却不能不说是有效的外交辞令。当面交锋的折冲樽俎与事后的详密研究不同,关键在于瞬间反应,只要思维稍慢,经典稍生,就会被绕进文字的迷宫当中,无法揭穿对手的漏洞了。很显然,宋弁就直接掉进了陷阱,因此问答最后以"弁不能答"告终。

王融与宋弁的这一番问答,曾经遭到刘知幾的嘲笑。《史通·语言篇》:

> 秦宓之酬吴客,王融之答虏使,此之小辩,曾何足云?是以历选载言,布诸方策,自汉已下,无足观焉。①

这一批评不能说没有道理。这种各逞机智的谈锋,不过争一时口舌之高下,无关根本,也谈不上是什么鸿篇巨制。然而《南齐书》将其全过程详录下来,却也自有其理由。在南朝尚智主义的文化背景下,王融的问答在展示出自己的机辩与渊博的同时,也巧妙地掩饰了武帝向北使探问马事的真实意图。在看似无关紧要的谈锋底下,潜藏的是两国喉舌对国事的互相刺探对垒,但在和平外交的场合下,又必须要维持翩翩文雅的风度,不可轻易撕破脸皮,打破平衡。与此同时,最好还能够体现出本国威仪、颂扬天子仁德②。只有符合这种要求,才能算是"名对"。王融的应对可以说是充分满足了这些要求。而这种名对的案例对后来者是有典型意义的。当时外交使臣在酬对结束后,例须撰写"语辞",详细记录问答内容,作为日后参考③。《南齐书》所录应当就是依据王融的《接虏使语辞》。王融从当时的大量对话中记下这一段,而《南齐书》又特特引述之,这本身就已经很足以说明当时人的观念了。

四、在北伐功名与文化征服主义之间

如上可见,王融一方面热心功名、鼓吹北伐,屡次上疏请求武帝任命

---

① 《史通》,浦起龙《史通通释》本,上海古籍出版社 1978 年,第 150 页。
② 王融《下狱答辞》:"自上《甘露颂》及《银瓮启》《三日诗序》《接虏使语辞》,竭思称扬。"
③ 《南齐书》卷四十八《刘绘传》:"后北虏使来,绘以辞辩,敕接虏使。事毕,当撰《语辞》。绘谓人曰:'无论润色未易,但得我语亦难矣。'"

自己为将帅,挥军收复关洛;另一方面却又主张文化外交,通过文化输出达到瓦解、削弱敌国的目的,并且亲身出任外交职位,在和平外交的舞台中登场。这两种表现显然并不一致,前者是一副强硬主战的鹰派形象,后者则不诉诸武力,而是采取和平交往,缓图渗透的方式。但这两方面却殊途同归,在王融身上成为统一的方案,都是为了征服北魏,统一中国的终极目标。史家往往重视前一方面,如萧子显就在《王融传》史臣论中对此进行了热烈的称扬:

> 王融生遇永明,军国宁息,以文敏才华,不足进取,经略心旨,殷勤表奏。若使宫车未晏,有事边关,融之报效,或不易限。夫经国体远,许久为难,而立功立事,信居物右,其贾谊、终军之流亚乎!①

然而,如果考虑到王融主张北伐有一个很重要的功利性目的,所谓立功名以绍兴家业,那么"战争统一"究竟在多大程度上体现了王融本人的思想倾向,其实多少是有些可疑的。毋宁说,在渴求"立功名"的心态下迎合武帝北伐意图,才促使王融在这一方面表现得如此强烈。如果武帝本人没有表现出北伐意愿的话,王融也未必就会屡屡上疏求战,以触天子之怒。反过来,他在不那么功利性的场合所表达的,反而往往是较为平和,也较有现实可行性的文化外交思想。除上引《议给虏书疏》之外,著名的《永明十一年策秀才文》五首中的最后一首,就以外交问题试问:

> 又问。自晋氏不纲,关河荡析;宋人失驭,淮汴崩离。朕思念旧民,永言攸济。故选将开边,劳来安集。加以纳款通和,布德修礼。歌皇华而遣使,赋膏雨而怀宾。所以关洛动南望之怀,獯夷遽北归之念。夫危叶畏风,惊禽易落。无待干戈,聊用辞辩。片言而求三辅,一说而定五州。斯路何阶,人谁或可?进谋诵志,以沃朕心。②

永明十一年已经是永明政坛贵族、寒人两派斗争一触即发的关头,在这一历史推进点上的王融,正志得意满,心怀宰辅之志,一旦竟陵王成功登位,

①《南齐书》,第826页。
②《文选》卷三十六,第2243~2245页。

他就将作为首功之臣展开自己的政治蓝图。因此在作为朝廷选拔秀异的秀才策问考试中，王融出这样一道题目，很显然包含着为将来选择适用人才的意图，最直接地体现出他本人的思想倾向。然而在这一试题中，不但没有任何主张北伐的表现，反而明确提出"无待干戈，聊用辞辩。片言而求三辅，一说而定五州"，即通过和平手段谋求外交胜利。我们从中也不难窥见若干消息了。

第四章 交际网络

——以王融为中心的永明时代群像

在对王融本人有了足够的了解以后,让我们转换视角,对王融的交际网络作一观察。不过,与一般人物交游研究稍有不同的是,我并不打算把重心放在对交游人物、事实的考证上。由于南朝史料的贫乏,我们能够得到的资料寥寥,学界早已考明周知,实无必要再作罗列①。正如本章副标题所示,这一章所希望达成的任务,毋宁说是试图以王融为中心,交织出一幅围绕在他周围的永明时代群像。在与王融的互相对比映衬当中,与他的人生产生过交集的这些人物呈现出怎样的形象?与王融之间又构成怎样的关系?在这种相互围绕的关系之间,可能产生怎样的张力,给永明时代文化与政治带来怎样的影响?才是令我深感兴味的话题。

之所以要采取这样的研究形态,从方法论上说,是基于对中国古代(尤其是中古以前)、现代文学研究范式之差异的一点思索。在现代文学研究中,学者在提及周氏兄弟,提及郭沫若,提及郁达夫与朱自清的时候,他们心中所浮现的并不是几个写在纸上的,位置或高或低的冷硬符号,而是一个个具有鲜明人格与细节的"人"。他们与中国近代化转型的社会、文化、政治不可分割地结合在一起,观察他们的生平细节与交往情形,本身就是在牵动近现代史中的各种元素;而反过来,支撑着我们理解其文学的前提,正是这种充满血肉的人格形象与生命历程。时代、个人(与人群)及文学之间,是以一种充满有机联系的整体形态呈现的。然而如果执此范式反观古代文学研究,却会瞿然发现,除了极少数的几位大家会被认为

① 参网祐次《中国中世文学研究——南齐永明時代を中心として——》上篇第三章"永明文学の作者群(下)";林家骊《竟陵王西邸学士及其活动考略》,《文史》第四十五辑,1998 年。

值得作这样的研究之外,绝大部分人物都只不过是一块"梁山石碣"上排出来的座次而已。我们对于他们的人生,以及围绕在其周围的社会关系,乃至于这种社会关系如何塑造了他与他的文学的研究,并不像对鲁迅或者郁达夫那样有着"津津乐道"的兴趣与能力。我们的工作似乎只需停留在编撰年谱,考证史实的层面,用一批数字和简历就足以交差。我们似乎认为,只要把事实都交代清楚,历史就会自动自觉地获得理解。这种研究观念无疑仍停留在傅斯年时代,使得古代作家研究与现代作家研究出现大幅度的落差。如果说"理解"才是研究,那么我们很多时候可以说是自动自觉地放弃了研究,而满足于让自己成为一个材料仓库的整理员。在这一意义上,如何能够重塑起与时代整体互相缠绕的,个人与他人的关系,使得我们对那些遥遥乎远哉的陌生年代的理解,达到像面对近现代文学一样的立体深度,无疑仍是值得思考的重要问题。

当然,毋庸讳言的是,六朝文献的严重残缺,本身就已经使得这一方向的努力近乎绝望。也许应当说,现存文献本身没有提供足够的重塑人物形象的线索,正是我们学术重心偏向史料整理的自然原因。由于文献的零碎模糊,才需要我们努力地编撰年谱和考证交游事迹;而文献的残缺仅存,又使得我们的工作止步于此,沉溺于已有的范式中不复作进一步的探寻。由于理想与现实之间的差距是如此遥远,在本书各章当中,这一章可以说是最难下笔的。尤其是本应成为中心主题的"竟陵八友",却多数因为史料限制而留下了一片空白。沉吟终日,旬月踟蹰,获得的成绩仍然远不如人意。无论如何,希望本章中所作出的些微努力能够成为将来进一步探求的起点。

第一节　恩　主　尊　长
——萧子良、王俭

一、萧子良:贵族文化的供养人

围绕在南齐竟陵王萧子良周边的一批文人学士,以"竟陵八友"为代表性的名号,形成永明时代最重要的文化集团,直接领导了永明体运动的开展。这已经是文学史上的常识,无需多言。要从人际交往的角度理解王融及其文学,首先应当观察的一个形象,自然就是其政治上、文学上的支持者萧子良。

永明时代的萧子良,有着丰富的多重身份。从政治层面上说,他是太子亲弟,封为竟陵王,同时又任职司徒、扬州刺史,成为所谓的"相王"(以诸王而任宰相)。从宗教层面上说,他是那个时代最大的佛教支持者、护法者。从文学层面上说,又是当时最重要的文学集团的核心组织者。对于后两个层面,学界的研究已经相当清晰①;而对于政治层面上的萧子良,则我们大抵还停留在"地位重要的王子"这样一个笼统的印象上,然而这却实在是后两个层面身份得以成立的前提。因此在这一节中,我希望予以讨论的重点就在于:1. 萧子良在武帝朝皇室中的地位与形象,以及这种地位对其文化影响力的形成有何作用? 2. 萧子良与王融之间的交往情形又是如何?

要回答第一个问题,不妨先来看看南齐高、武诸王以及宗室的基本情况。根据《南齐书》之《武帝纪》《明帝纪》《文惠太子传》《豫章文献王传》《高祖十二王传》《武十七王传》,可以列出下表②:

齐高帝诸子		齐武帝诸子		永明二年时岁数
武帝赜	440~493			45
豫章王嶷	444~492			41*
临川王映	458~489			27*
		文惠太子长懋	458~493	27
长沙王晃	460~490			25*
		竟陵王子良	460~494	25
武陵王晔	467~494			18

① 最为简明的论叙,佛教方面参汤用彤《汉魏两晋南北朝佛教史》第十三章"佛教之南统"之"齐竟陵王"条,中华书局1983年,第328~331页;文学方面参网祐次《中国中世文学研究——南齐永明时代为中心として——》上篇第三章"永明文学的作者群(下)"。其余论述虽尚多,大抵不出以上二者之范围。
② 为节省篇幅,生卒年省去年号,仅标公元,其中在永明年间逝去者则以＊号表示。

齐高帝诸子		齐武帝诸子		永明二年时岁数
安城王暠	468～491			17*
		庐陵王子卿	468～494	17
		鱼复侯子响	468～489	17*
鄱阳王锵	469～494			16
桂阳王铄	469～494			16
始兴王鉴	470～490			15*
		安陆王子敬	472～494	13
		晋安王子懋	472～494	13
		随郡王子隆	474～494	11
江夏王锋	475～494			10
		建安王子真	475～494	10
南平王锐	476～494			9
宜都王铿	477～494			8
晋熙王铼	479～494			6
		西阳王子明	479～495	6
		南海王子罕	479～495	6
		巴陵王子伦	479～494	6
河东王铉	480～498			5
		邵陵王子贞	481～495	4
		临贺王子岳	485～498	-1
		西阳王子文	485～498	-1
		衡阳王子峻	485～498	-1
		南康王子琳	485～498	-1

续　表

齐高帝诸子	齐武帝诸子		永明二年时岁数
	湘东王子建	486～498	-2
	南郡王子夏	492～498	-8

　　从上表中可以清晰地看到南齐初期皇室政治中的一个特殊现象,那就是两代诸王出生期的间隔与交错。高帝诸王与武帝诸王在名义上是前后两代,但在实际年龄上却完全不是如此。萧道成的长子、次子;萧赜的长子、次子,都分别与他们的诸弟拉开一段颇大的年龄差距,以至于萧道成的三子以下,仅与兄长萧赜之子年岁相当甚至更小。这使得永明初期的皇室构造分为三个明显的层次:1. 四十余岁的萧赜、萧嶷兄弟;2. 二十五岁左右的萧映、萧晃兄弟和萧长懋、萧子良兄弟,四人名虽叔侄,年则兄弟;3. 十八岁以下的其余年少诸王。

　　这看起来似乎只是丛脞琐屑的年龄问题,实际上却直接决定了皇室的权力构造——虽然齐高帝、武帝二朝诸王众多,然而在永明年间已经形成独立成熟的人格,足以成为势力中心的,不过寥寥数人而已。而在这数人当中,萧嶷已经成为武帝的相王,萧映、萧晃作为上一代的诸王却又未能掌握实权,则带有“过去时”的色彩,并且均在永明年间便已逝去。如果以子良人为司徒,开始在政治上、文学上成为核心的永明二年(同时也是王融举秀才那一年)为准,这时子良已经二十五岁,而年纪最长的三弟子卿也不过只有十七岁,犹未弱冠。因此就当时的诸王年辈分布而言,萧子良的存在感是十分突出的。同时值得指出的是,在武帝诸王当中,只有子良是与文惠太子一母所出——熟悉隋代史实的读者会知道这一点对于帝王之家而言有何等的重要性。因此,即使除去其本人的品质才能不论,他会被选中为未来皇帝的辅佐者,受到政治上的倚重,也只是自然而然的结果罢了。

　　而对于本节的论题而言,他与诸弟在年龄上的悬殊,更直接造成其社会行动力、影响力上的差距。《南齐书》卷三十四《庾杲之传》:

　　　　永明中,诸王年少,不得妄与人接。①

————————

① 《南齐书》,第615页。

"诸王年少"的涵义从上表中可以看得很清楚。这些年少诸王既然被禁止"妄与人接"（也就是处于保傅及典签帅的监护下），当然更没有召集士人，形成文化中心的能力。而这显然不包括永明五年已经正式担任宰相，开西邸接引文士僧徒的子良在内。又《南史》卷四十三《齐高帝诸子传下》：

> 武帝时，藩邸严急，诸王不得读异书，五经之外，唯得看《孝子图》而已。锋乃密遣人于市里街巷买图籍，期月之间，殆将备矣。①

萧锋身为诸王，竟不能公开买书，而不得不出以诡秘之行，又可见当时诸王不但年少，并且其文化教育也是受到严格控制的。既然本人尚且不得读异书，更何谈公然成立文化集团呢？而这同样与萧子良立学士馆，抄五经百家，编撰《四部要略》，进行各种大型文化活动的待遇相去云泥。这种待遇上的差异，从客观条件上说，是由于诸王年少，唯有子良已经成立，具有担当政事文化职责的能力；而从主观上说，则未必不是因为武帝惩于刘宋诸王分权，酿成祸乱之失，故而刻意培植子良作为相王的势力和舆论声誉。与之相对，其余诸王只需尽其本分便可。恐怕在武帝理想的政治蓝图中，王朝下一代最好的模式便是如同自己和萧嶷一样的同母兄弟协力合作吧（关于这一点，我们在第五章中会看得更清楚）。而在这样的态势之下，具备了独一无二条件的子良会成为永明年间的文化盟主，也就是理所当然的事情了。在这样的认识前提下，我们再读《南齐书》卷四十七《武十七王竟陵文宣王子良传》的记事，才有更真切的体会：

> 子良少有清尚，礼才好士，居不疑之地，倾意宾客，天下才学皆游集焉。善立胜事，夏月客至，为设瓜饮及甘果，著之文教。士子文章及朝贵辞翰，皆发教撰录。
>
> 五年，正位司徒，给班剑二十人，侍中如故。移居鸡笼山邸，集学士抄五经、百家，依《皇览》例为《四部要略》千卷。招致名僧，讲语佛法，造经呗新声。道俗之盛，江左未有也。②

---

① 《南史》，第1088页。
② 《南齐书》，第694、698页。

正是在这样一位相王的幕中,形成了对后世文学史意义重大的竟陵文学集团。从中可以看到客观条件与文化成果之间的强烈必然性。而王融在这当中,又居于什么样的位置呢?

前文已经讨论过,王融是如何因为竟陵王的赏识,获得在政治上的地位跃升,并成为永明文士领袖的,这种跃升在竟陵集团其他人身上都无法看到。王融在文辞上表现出的聪明敏捷,被认为是得到萧子良特殊亲信的重要原因。这一点从今天存留下来的文学作品中仍可窥见。现存王融诗文中,大量地与竟陵王直接相关,其中包括四种类型:

1. 对竟陵王应教或奉和之作。在现存王融诗中,可以确定为应司徒竟陵王教的作品,有组诗三种共二十二首,以及散作四首,达到其今存全诗数量的五分之一。包括:《齐明王歌辞》七首(《乐府诗集》解题曰"奉司徒教作")、《永明乐》十首(《乐府诗集》解题曰"竟陵王子良与诸文士造")、《游仙诗》五首(《古文苑》章樵注"应教,盖奉子良之命而作")、《奉和竟陵王郡县名诗》、《栖玄寺听讲毕游邸园七韵应司徒教诗》、《移席琴室应司徒教诗》、《抄众书应司徒教诗》。此外尚有数种题为"奉和"或"奉辞"者,虽不明确,大致亦可推测为奉竟陵王教。而文集中的《三月三日曲水诗序》,据《文选集注》引《元长集》上启所言,也是奉子良宣敕所作。

2. 上启回应或答谢竟陵王赐物之作。包括文集中《谢竟陵王示法制启》《谢竟陵王示扇启》《谢竟陵王赐纳裘启》和《谢司徒赐紫鲊启》等作。

3. 配合竟陵王撰述之作。子良撰《净住子净行法门》,所配颂三十一首即王融所作。

4. 为竟陵王代笔之作。有《与隐士刘虬书》一种。

以上种种,均可窥见王融与竟陵王关系之亲厚。竟陵王频繁赐示珍物,反映出其对王融之宠遇;而合作撰述甚至代笔,更非泛泛之交所能僭越。非但如此,在著名的神灭论争中,代萧子良前去劝说范缜的也正是王融。从诗文到事迹的众多紧密联系,即使在经历过历史的删汰散失之后,依然存留下如此丰富的蛛丝马迹,这是竟陵幕中其他人物均不具备的。可知王融在竟陵幕中,实有着一种特殊的核心地位。综合以上两点来看,我们可以得到王融在永明都城贵族圈中的一种基本定位,那就是当时最重要的一个团体当中,最受重视的一人。王融在竟陵集团中的这种亲厚地位既是由其本人的才华卓越而赢得的(高贵的门第也会让子良高看一眼);反过来竟陵王的重视也必然为他在文坛和政坛上的活跃创造出优越的条件。

二、王俭：王氏族长眼中的后继者

除了萧子良之外，永明年间对王融有着最大存在感的人物，除王俭之外当不作第二人想。作为南齐琅邪王氏的领袖，南齐建国功臣，当朝宰相，又是王融的从叔，王俭无疑既是王融的榜样，也是一个他可以预期的重大助力。王俭在文化史、政治史上的重要性久已为学界所注意，不必赘论；关于他与王融的关系，第一章中也已引述过他对王融的期许之辞，以及王融永明三年为其代撰让表的事迹。《艺文类聚》卷四十六录王融《为王俭让国子祭酒表》三表：

> 窃以庠均义重，振古所崇；资师道尊，有来攸尚。匪曰兰芷，畴变入室之情；不自朱蓝，何迁素丝之质。
>
> 又表曰：况臣仁惭富侣，德谢润身；识漏令经，器非匣重。何以升坠道于殊身，反斯文于遥日？将使良玑修竹，无增莹羽；敬逊务时，遂骞星岁。
>
> 又表曰：臣闻修危方湛，弱露沾而取覆；悬衡纪正，轻尘委而必移。况臣才非应俗，用乖知治。取其集木饮冰，旌悬轮鹜。方臣之念，未足言矣。①

前后三让，都出自王融手笔。在南北朝贵族社会，能够代贵官撰写让表、谢表，是文才得到高度肯定的表现，《北史》卷四十三《邢峦传》附《邢邵传》最清楚地表现出这一点：

> 自孝明之后，文雅大盛。邵雕虫之美，独步当时，每一文初出，京师为之纸贵，读诵俄遍远近。于时袁翻与范阳祖莹位望通显，文笔之美，见称先达；以邵藻思华赡，深共嫉之。每洛中贵人拜职，多凭邵为谢章表。尝有一贵胜初授官，大事宾食，翻与邵俱在坐，翻意主人托其为让表。遂命邵作之，翻甚不悦。每告人云："邢家小儿为常客作

---

① 《艺文类聚》，第830页。

章表,自买黄纸,写而送之。"①

因此可以看到,在王融入都之初,王俭对这个从侄已经相当器重。他对王融"此儿至四十,名位自然及祖"的赞誉很有可能也是在此时给出的。从另外一个角度说,一个初入都城的年轻人,便获得为当朝宰相代撰让表的资格,这殊非寻常,在贵族社交圈中想必也会成为议论的话题。因此王俭让王融代撰让表,更有可能有着助其建立名声的意味。关于这一点,我们虽无直接的材料,但却有类似的事例帮助我们了解当时的世风。《南史》卷十九《谢裕传》附《谢朓传》:

> 朓好奖人才,会稽孔觊粗有才笔,未为时知,孔珪尝令草让表以示朓。朓嗟吟良久,手自折简写之,谓珪曰:"士子声名未立,应共奖成,无惜齿牙余论。"其好善如此。②

可以看到为贵官撰写让表,在南朝文化中确实是一个奖引人才的良好契机。所谓"手自折简写之",是说谢朓亲自将纸笺折出便于书写的界痕,缮写孔觊为自己所撰的让表草稿,而他与孔稚珪之间的对话则明明白白表示出,贵官使用了"声名未立"的士子的草稿,对于该士子是有着"奖成"的功效的。——这种看似空洞无物的"官样文章",基于其在贵族社会礼仪体系中的重要性,却会对当时的文学人才培养发生切实的影响。这一点实在值得我们加以进一步的注意。

更能表现王俭对王融态度的,还在于另一记事,《南齐书》王融本传:

> 从叔俭,初有仪同之授,融赠诗及书,俭甚奇惮之,笑谓人曰:"穰侯印讵便可解?"③

仪同指开府仪同三司,虽然不是三公,却是按照三公的规格开府置佐,在

---

① 《北史》,第 1589 页。又如《魏书·外戚传》:"高祖既深爱诞,除官日,亲为制三让表并启;将拜,又为其章谢。"虽与文才无涉,但同样能看到让表、谢表在当时观念中之重要。
② 《南史》,第 534 页。
③ 《南齐书》,第 818 页。

时人眼中已经达致官僚体系的顶点。故王融赠诗书以为贺。这里值得注意的是"俭甚奇惮之"一句,论者或解为忌惮厌畏之意,殊为不确①。所谓"解穰侯印",典出《史记》卷七十九《范雎列传》:

> (范雎说秦昭王,)于是废太后,逐穰侯、高陵、华阳、泾阳君于关外。秦王乃拜范雎为相。收穰侯之印,使归陶,因使县官给牛车以徙,千乘有余。到关,关阅其宝器,宝器珍怪多于王室。②

仅就原典观之,穰侯解印归陶,自此失去大权,似于当事人为不吉。然而穰侯终以宝器千乘归邑,不失为一次平和的权力世代交接。更重要的是《北史》卷五十五《元文遥传》:

> 武定中,文襄征为大将军府功曹。齐受禅,于登坛所授中书舍人,宣传文武号令。杨遵彦每云:"堪解穰侯印者,必在斯人。"③

与此用典正同一机杼。杨遵彦为北齐名相,地位与王俭相埒。集合二例观之,可知这一典故在南北朝语境下有着明显的"接班人"意味,当时人用此典只是取其中"前后相继为相"一点而已。王俭此语,犹云"相印难不成今日便可解了吗?"实在是对王融的高度赞美之辞。而也只有像这样正面理解,才吻合《南齐书》记事的脉络,因为史书的类似记事,总是为了突出传主的正面形象。"笑谓人曰"的"笑"字更明显点出王俭的赞赏神情。如果王融赠诗书的结果是遭到王俭的疑忌,下文却又别无后续发展,则萧子显记这一笔便成为莫名其妙的了。

　　王融所赠之书已不详——我们知道他对书法也是颇有钻研的,为时人所

---

① 《古诗纪》卷一百四十九别集五"品藻三"引明何良俊《语林》:"王文宪公初拜仪同,王元长赠诗,颇及规讽。文宪甚惮之,笑谓人曰:'穰侯印讵便可解?'"大体抄自《南齐书》,却多出"颇及规讽"四字,显然是明人不解何以王俭要"惮之",故而揣测意补,以为既然令王俭忌惮,必然是由于诗中有所规谏。而这如下文所论,是全然南辕北辙的。又如萧华荣《簪缨世家:两晋南朝琅邪王氏传奇》叙述此事时则称之为"口气自信,咄咄逼人,王俭读后为之一震"(第187页),显然也是基于类似理解的想象。
② 《史记》,中华书局1959年,第2412页。
③ 《北史》,第2004~2005页。

崇仿,所以这里的书也许就是指其手书的赠诗;而赠诗的内容却应当完整保留了下来,这就是《文馆词林》卷一百五十二所录《赠族叔卫军俭》一首十五章:

　　台曜澄华,铉岳裁峻。经天为象,丽地作镇。龙潜九泉,凤栖百仞。济弈高腾,乘箕远振。其一

　　极睇金策,具览瑶图。宏踪潀邈,邃理睚盱。圣机共轸,睿想同谟。玄契窅语,幽契占符。其二

　　轩迹方融,稽牧克辅。天步初阶,哲人翼主。望古连规,追循叠矩。齐挚等契,凌何迈禹。其三

　　桂萌已馥,玉生而温。曰自志学,即此宾门。身无择行,口不弃言。俦襟河隧,合量衢樽。其四

　　渐美中和,资心百姓。柔裕为容,齐庄以敬。仁则物安,义惟己正。冲泉如泉,镜净如镜。其五

　　不器其德,有斐斯文。质超瑚琏,才逸卿云。摇笔泉泻,动咏霙纷。飒乎不极,卓兮靡群。其六

　　君道知人,臣术胜务。纳揆飞声,登庸绰誉。明扬沉隐,贲发幽素。九流载清,八政允树。其七

　　帝曰钦哉,朕嘉乃良。滔滔江蠡,实纪炎方。建兹赤社,俾侯南昌。受策以出,出入勤王。其八

　　施之为政,实尹上京。期月而可,三年有成。人莫爱力,物不廋情。隽张愧称,王赵惭名。其九

　　息憩渠馆,式静泽宫。我求骏德,昭此困蒙。仪形闾里,木铎淹中。容上复礼,稷下还风。其十

　　帝略时康,皇涂攸乂。乃命南昌,式补衮阙。念损辞功,鸣谦让伐。岂敢固之,王言再发。其十一

　　于时春暮,日焕云清。前纪文物,后发声明。逶迤冕服,有锵璁珩。公其庆止,威德惟馨。其十二

　　德馨伊何,如兰之宣。贞筠抽箭,润璧怀山。有荣有茂,不瘁不蹇。介兹景福,君子万年。其十三

　　毚资律纪,望以韬传。宋翟空墨,周老徒玄。一致或禀,百行无员。永言古烈,公实兼旃。其十四

　　六乐毕该,五礼备贯。七训是敷,三英有粲。文整国容,武决庙

算。唯旦唯公,唯公唯旦。其十五①

这是一篇具有传记性质的长诗,以四言体式歌颂主人公的功勋德行,其典范显然出自《诗·大雅·文王》《诗·鲁颂·閟宫》等篇什。以下简释其脉络,并简要注出典据:

前二章追述齐高帝萧道成由三公而受禅为帝,铺垫王俭开国功勋的大背景②;第三章顺势转入赞颂二人君臣相得③;第四、五、六、七章描写王俭的德性学问,以及为政才能;第八章述齐高帝建国,封王俭为南昌县公事;第九章述王俭永明二年为京兆尹的政绩④;第十章述王俭永明二年领国子祭酒、永明四年领吏部掌选之事⑤;第十一章至十五章,则正式进入主题,歌咏永明五年王俭赠开府仪同三司的事件。

按《南齐书》卷二十三《王俭传》:“五年,即本号开府仪同三司,固让。六年,重申前命。”⑥传文没有明说最后是否开府,但王融此诗显然就是在永明六年王俭正式开府之际所作⑦。最后五章不仅明确记述了“固让,重

---

① 《文馆词林》,《影弘仁本文馆词林》本,日本古典研究会 1969 年,第 15~16 页。按:(其五)“义惟己正”,“己”原钞误作“已”,径改。(其六)“不器其德,有斐斯文”二句,《文馆词林》原钞作“不器有德,有匪斯文”,此据《艺文类聚》卷三十一所引改正。

② 台曜、铉岳皆三公代称。济弇、乘箕分别用《穆天子传》周穆王登弇兹山及《庄子·大宗师》傅说相武丁之典,金策谓周公金縢,瑶图则用尧得河图事。按,这两章的含义似亦可理解为赞颂王俭成为三公,但是这一来结构上犯重复,即在开头先讲已经成为三公,至下第十一章却又开始顺叙开府仪同三司;同时“济弇”、“瑶图”等典故的对象只能是帝王,如果应用在王俭身上,无疑是很犯忌的。

③ 挚即伊尹,辅佐成汤;契为周先祖,助禹治水;“何”谓萧何,“禹”谓邓禹,为两汉开国功臣。

④ 隽、张、王、赵,谓隽不疑、张敞、王尊、赵广汉,皆汉代著名京兆尹,事见《汉书》卷七十一《隽疏于薛平彭传》、卷七十六《赵尹韩张两王传》。

⑤ 泽宫为习射择贤取士之宫,见《礼记·郊特牲》。木铎为施行文教之代称,出《论语·八佾篇》。淹中为鲁地名,《礼》古文经出于此,见《汉书·艺文志》。

⑥ 《南齐书》,第 436 页。

⑦ 刘跃进先生《门阀士族与永明文学》系此事于永明初王俭始任卫军将军时,并进而推论这是王融渴求王俭援引的干谒之作,由此获得为王俭代笔转让国子祭酒表的资格(第 40 页),恐不确。王俭授仪同在永明六年,史有明载,而王融当时已从秘书丞转丹阳丞,踏上了飞黄腾达之路。他赠诗书与王俭,当然也还是有着“求援引”之意,但所传达的信息毋宁说是结好于家族尊长,借机向王俭展示自己具有宰辅之材,堪当大任;而不是像初入都时的少年那样希求一粒之恩了。

申前命"("岂敢固之,王言再发")的相关事实,并且描述了于暮春举行开府仪式时的文武威仪,表达了对王俭"君子万年"、"唯公唯旦"的祝颂。

从上面的梳理可以看到,此诗完全是纪实性地按照时间次序叙述了王俭其人一生的功业。如果不固执于统治阶级与人民大众的区别,则这样的诗作在翔实记录时事的构想上,已经可以说是有着"诗史"的色彩。全诗堪称条理井然,文辞合度,善颂善祷,充分表现出王融熟谙经典,行事得体的才华风度——而这正是贵族时代是否能成为政治领袖的一条重要标准。在那个时代,是否熟悉实务,勤劳本职,远不如风度翩翩,精通上流社交圈规则,拥有为贵族们所赞赏的经典文学才华来得重要。通读全诗,我们或者便能理解何以王俭要对这个侄儿给予如此的评价与期待了。至于明人笔记中说此诗"颇及规讽"云云,则实在是后世全无理会的肤泛之谈,殊不足以论南朝人物的。

第二节　同　僚　友　好

——沈约与谢朓

在恩主尊长之外,王融的同僚友好,自然是与他关系最密切,也最可能发生相互影响的人群。只是限于资料的贫乏,我们对于其中的绝大多数人都已经无法确认,而剩下的多半也不过只是知道名字罢了。例如王湛,永明初任晋安王南中郎长史,是王融任职南豫州时的上司;王僧孺,永明六年任丹阳郡功曹,与王融正是同僚。然而对于他们共事时的情形、事迹,我们却了无所知,仅仅推算出有这么一些关系,并无多少意义。尤其沈约、谢朓与王融,对于这三个在文学史上必然联系在一起的名字,如果能够深入了解他们之间的交往情形,就能为永明体的研究提供实证性的材料,这无疑是我们最希望获得的结果;然而事实却是,除了文学作品和集体性的记载之外,我们竟然得不到任何可借以理解王融与沈、谢二人交往关系的直接史料。我们了解到的情况无非就是这样:

1. 三人同为竟陵王西邸学士,名属"竟陵八友",参与了竟陵王主持的文学创作、典籍编撰及佛教讲经活动。基本史料有《梁书》卷一《高祖纪》:

> 竟陵王子良开西邸,招文学,高祖与沈约、谢朓、王融、萧琛、范

云、任昉、陆倕等并游焉,号曰八友。①

以及前面已经部分引述过的《金楼子·说蕃篇》:

　　竟陵萧子良开私仓,赈贫民,少有清尚,礼才好士,居不疑之地。倾意宾客,天下才学皆游集焉。善立胜事,夏月客至,为设瓜饮及甘果,著之文教。士子文章及朝贵辞翰,皆发教撰录。居鸡笼山西邸,集学士抄五经百家,依《皇览》列为《四部要略》千卷。招致名僧,讲论佛法,造经呗新声。道俗之盛,江左未有也。好文学,我高祖、王元长、谢元晖、张思光、何宪、任昉、孔广、江淹、虞炎、何僴、周颙之俦,皆当时之杰,号士林也。②

2. 包含王融及沈、谢在内的文学创作活动,包括同题诗赋、赠别、联句等。现存者有③:

（1）三人作品皆存者:《拟风赋》,王、沈、谢三人并有残篇留存,（谢赋题为《拟宋玉风赋》,题下注曰“奉司徒教作”。）《永明乐》,王融、谢脁各存十首、沈约存一首,（《乐府诗集》解题引《南齐书·乐志》[不见于今本]:“竟陵王子良与诸文士造奏之,人为十曲。”）《同咏乐器》（王融《咏琵琶》、沈约《咏箎》、谢脁《咏琴》）④。

（2）存王融、沈约同题作者:《应竟陵王教桐树赋》（沈作题为《桐赋》）、《青青河畔草》、《从齐武帝琅邪城讲武应诏》、《奉和竟陵王郡县名诗》、《抄众书应司徒教》（沈作题为《奉和竟陵王抄书》）、《药名诗》（沈作题为《奉和竟陵王药名》）、《侍游方山应诏》、《游仙诗》（王存五首,沈存二首）。

---

① 《梁书》,第2页。

② 《金楼子》,第643页。按,“好文学”之前部分,实际上皆抄自《南齐书》子良传。最后一句表明王融、谢脁等都是府中的“学士”,妙的是沈约却不在其中。沈约卒于武帝天监十二年,而文中“我高祖”显然是武帝以后的口气,所以这也不会是出于不列在生者的理由。或许这表示出萧绎对沈约的一种态度。

③ 此仅录与王融有关者。若仅存沈、谢关系之作,则不录。因非新研究,仅为便于读者了解起见列述基本资料,出处兹皆从略。

④ 此据谢集。《古文苑》卷四录谢脁所作为《咏幔》。

（3）存王融、谢朓同题作者：《临高台》、《王孙游》、《芳树》、《同咏座上所见一物》（王融《咏幔》、谢朓《咏席》）。

（4）饯别同赋：《饯谢文学》，王融、沈约及竟陵集团诸人同饯别谢朓，谢朓有答诗。

（5）联句：《阻雪联句遥赠和》，王融、沈约、谢朓等七人同咏。

上面所列似乎资料不少，但遗憾的是在理解三人关系的史料意义上，数量多一点少一点并没有什么差别，它们唯一证明了的只是三人同时参加过不少竟陵王组织的文学活动，而这一点我们只要有史料 1 就已经足够了。

3. 王、沈、谢互相提及的作品。这一方面仅仅留下两种作品，一种是王融的《饯谢文学离夜》，是与竟陵集团诸人送别谢朓赴任江州的饯诗；另一种则是沈约在王融死后的一首回忆之作。两种作品都充溢着对好友生离死别的感情，作为三人友情的直接见证，似应特别关注，但沈作固然可视为对逝去友人的真诚悼念；王作却是在群体应酬场合中写下，其中的表现是不好直接当作证据的。并且对于这样的作品，无论我们怎样论证，也不过就是得到一个早已知道的结论"三人是好朋友"而已，并无什么更多的信息①。而谢朓方面我们本来还有一首《和王著作融八公山》，然而这一件作品中的王著作却已经被证明为并非王融，融字乃后人妄加，于是我们连这一资料也都失去了。

尽管直接可用于证明事实的材料是如此缺乏，不过如果转换视角，不再执着于三人的交往事实，而是站在群体传记学的立场上，那么我们还是可以从类型比较的角度做出一些思考——至少我们可以尝试勾勒一张群像素描，看看到底是怎样的三个人共同创造了永明体？

一、沈约：同途殊归的两代学士

如果从个人命运及人物类型的角度来看，沈约与王融的一生中经历过极为相似的曲折道路，然而其性格与命运却又呈现出截然的反差。——也许我们应该感谢资料的匮乏，正是由于如此，我们才会被迫将视线转向一些过去从来不会被触及的角落，看到一些未曾进入视野的东西。

---

① 沈作分析见"历史篇"结束语，王作则参见终章第二节引述吴妙慧文。

从出身阶级上说,沈约当然比王融要低,然而他们的家庭却经历过极为相似的下落轨迹。王融父祖所遭受的挫折我们在第一章中已经详细叙述过,而沈约的父亲沈璞,正与王僧达一样,是死在了宋孝武帝手中。宋文帝在经历过长久的元嘉之治后,却在元嘉二十七年草率北伐而大败亏输,从此盛世转衰。太子刘劭于次年即弑父自立,时为江州刺史的三弟刘骏(后来的孝武帝)与诸方镇起兵讨伐,沈璞这时担任淮南太守,便面临了政治站队的问题。按照沈约本人的说法,沈璞本人思想立场是正确的,只是由于都中父老被刘劭作为人质囚禁,故忧劳成疾,不克及早奉迎义师;而颜延之之子颜竣却以此为借口进谗,使沈璞为刘骏所诛杀(《宋书·自序》)。不过,正如吉川忠夫先生所指出的,沈约有为父亲讳饰的嫌疑,未必可信以为实①。无论如何,这一事件使得沈约成为了谋叛者的后人。《梁书》卷十三《沈约传》:

> 璞元嘉末被诛,约幼潜窜,会赦免。既而流寓孤贫,笃志好学,昼夜不倦。母恐其以劳生疾,常遣减油灭火。而昼之所读,夜辄诵之,遂博通群籍,能属文。②

沈璞给家族带来的噩运,与王僧达如出一辙③。但是沈氏门第比王氏低得多,沈约的命运就称得上是坎坷流离了。同传:

> 少时孤贫,丐于宗党,得米数百斛,为宗人所侮,覆米而去。④

这里的"数百斛"有些引人疑窦。因为南北朝一斛当公制 30 升⑤,100 斛为 3 立方米,数百斛已可装十数大筐,区区少年如何运送?"孤贫"的罪人之后因为一时之气,便将赖以维生的如此大量粮米覆地而去,也有些不可

---

① 吉川忠夫《六朝精神史研究》第七章"沈約の伝记と生活"。
② 《梁书》,第 232~233 页。
③ 《宋书》自序中还记载了沈璞在元嘉之役中守盱眙有功,王僧达致书揄扬之事,二人私交似颇不恶。盖僧达起家始兴王刘濬后军参军,而沈璞则为主簿,二人曾有同僚之谊。
④ 《梁书》,第 242 页。
⑤ 据《王力古汉语字典》所附《中国历代度量衡制演变简表》,中华书局 2000 年。

思议。或者这仍表示南朝史书中所谓的"孤贫"不能按照今天的常识理解，沈约只是在"江东之豪"的沈氏同族中地位低落而已。——无论细节是否有出入，沈约由于家贫而不得不向宗人借米大约是事实，他与王融一样，由于父亲之死而失去了稳定的生计来源，甚至因此遭到精神上的屈辱。

与王融之母相比，沈约的母亲表现得更像是一位传统的慈母，她对儿子的影响不是在文化能力上的培育，而是相反地由于担忧其身体而对他的勤奋攻读加以抑制。沈约由于苦读而博学能文，其目的显然也是为了重新出人头地，可见沈约少年时的精神状态与王融颇有相通共鸣之处。但是他并没有被举为秀才，也没有获得王府参军的起家资格，而是在二十余岁时①方才起家为奉朝请——如前所论，这是典型的低等士族起家官。这一切都表明他在回到上流社会的过程中，走过与王融相似，然而却艰辛狭窄得多的道路。

在得到名臣蔡兴宗的赞赏之后，沈约获得了进入宫廷的契机。永明年间的沈约，与王融的地位同样形成微妙的对照。王融是竟陵王子良的心腹友好，而沈约则成为文惠太子最重要的亲信，《梁书》卷十三《沈约本传》：

> 齐初为征虏记室，带襄阳令，所奉之王，齐文惠太子也。太子入居东宫，为步兵校尉，管书记，直永寿省，校四部图书。时东宫多士，约特被亲遇，每直入见，影斜方出。当时王侯到宫，或不得进，约每以为言。太子曰："吾生平懒起，是卿所悉。得卿谈论，然后忘寝。卿欲我夙兴，可恒早入。"迁太子家令。②

文惠太子与竟陵王在当时的政治地位可称双星，他们府中的核心人物自然也因此获得特殊的存在感。所以前引《南史·刘系宗传》载齐武帝说"沈约、王融数百人，于事何用"，对举沈约、王融为代表，实隐含了这种认

---

① 关于沈约起家年岁，学界有不同意见，陈庆元先生《沈约集校笺》（浙江古籍出版社1995 年）附《沈约事迹诗文系年》系于二十六岁，以为沈约起家"约在是年或稍前"，我认为是比较合理的。而这一岁数比宋齐高等贵族子弟起家的二十岁左右显然是晚了不少。

②《梁书》，第 233 页。

知在内。而从年辈上来说,沈约比王融年长 27 岁,比文惠年长 18 岁,乃是上一代人,所以这种对应同时又意味着新老两代学士的缩影落实在沈、王身上。

这种年岁上的不对称,恐怕正是沈约与王融相似的人生轨迹最终走向分歧的重要因素。前面我们已经提到,异乎寻常的年少早达,是王融生命中的鲜明特征。而在下一章及本篇结束语中我们还会看到,少年天才的壮志不遂,中道夭折,也成为了他人生悲剧中特具传奇性的一点。与王融不满三十年的人生相对,沈约生于宋元嘉十八年(441),卒于梁天监十二年(513),历仕三朝。王融出生的时候沈约已经二十六岁,他死之后过了二十年沈约才去世。王融生命的长度,仅有沈约的三分之一强。对于沈约七十二年的漫长生命来说,他不过是一个匆匆过客。萧齐代宋时王融仅有十二岁,对一个尚未经历官场风波的少年而言很难造成切身的感受;而沈约一生历仕三朝,对残酷的政治斗争已经见惯不怪。《梁书》沈约本传说他:

> 自负高才,昧于荣利,乘时藉势,颇累清谈。及居端揆,稍弘止足,每进一官,辄殷勤请退,而终不能去,论者方之山涛。用事十余年,未尝有所荐达,政之得失,唯唯而已。①

正是一种老于世故、明哲保身的面貌。他最为后人所诟病的一点,是当梁武帝登位后,献策杀齐和帝以绝后患。这种狠辣的政治手段也未尝不是他官场经验积累所得。反观王融,则勇于任事,在竟陵政变中戎服持剑,身先士卒;然而在发动政变之前,已被旁观者讥为"无断"(《南史》本传),最终也失败而死。两人的命运反差,与他们的人生遭际吻合如是。

二、谢朓:铢两悉称的诗文对手

对于谢朓,妙的是从同样的个人命运角度,我们也可以看到与沈约、王融相当接近的少年人生。谢朓之父谢纬,同样卷入舅父范晔谋反案件之中而被远谪广州,而其两位伯父谢综、谢约更因此被诛。《宋书》卷五十二《谢景仁传》附《谢述传》:

---

① 《梁书》,第 242 页。

> 三子：综、约、纬。综有才艺，善隶书，为太子中舍人，与舅范晔谋反，伏诛。约亦坐死。纬尚太祖第五女长城公主，素为约所憎，免死徙广州。孝建中，还京师。方雅有父风。太宗泰始中，至正员郎中。①

所以永明文坛上最负盛名，共同创造了永明体的三个人物，都是"刑家"之余。在各自遭受了家族的严重挫折以后，这些罪人的后裔们又重新聚合到文明世界的中心，发出他们的声音与光彩。对于一个创造了新时代潮流的群体来说，这也许是最合适不过的共同基调了吧。

但是谢朓的性格，却与王融截然相反。如果说王融是火一般的锐意进取，目空一切，勇于任事到了自取灭亡的程度；那么谢朓便是水一般的阴柔软弱，多愁善感，为了自保不惜出卖至亲，最终也由于无法决断而遭遇了不幸的命运。我们无法断言这种性格的差异究竟何以形成，但有一点也许值得考虑，那就是谢朓本人并没有像王融一样亲身经历过家变。谢纬放还是在孝建中（孝建二年，455），而谢朓在九年以后方才出生。家族的惨祸对他来说不足以构成真实的压力（对压力的抵抗会使人性格强化）；而历史阴影却会成为前车之鉴，培育起小心谨慎的性格。王敬则谋反事件也许正让他惊恐地回想起曾经使家族遭受大难的范晔事件，而使得他选择了与自己的岳父划清界限——哪怕事后因此遭到妻子的怨恨报复。

虽然和沈约一样，谢朓没有留下任何与王融交往的直接史料，不过在文学上有一点却值得注意，那就是王、谢二人创作上的重合与混淆。关于这一点，实在可以引起我们很富于兴味的南朝文学想象。让我们先来读一首小诗，《别王丞僧孺》（下文简称《别》）：

> 首夏实清和，余春满郊甸。花树杂为锦，月池皎如练。如何于此时，别离言与宴。留杂已郁纡，行舟亦遥衍。非君不见思，所悲思不见。②

对于这样的诗，我们应当如何评价呢？ 写得好？ 还是不怎么样？ 我们能

---

① 《宋书》，第 1497 页。
② 《古文苑》卷九，台湾商务印书馆景印"国学基本丛书四百种"本，1967 年，第 224 页。唯"宴"原作"面"，《艺文类聚》卷二十九引作"宴"，是。

否从中读出其艺术水平的高低,或者应当属于哪位作者?如果在诗题的前面加上"谢朓"两个字,会不会让我们觉得它比较有诗意?或者开始想办法证明它是如何的"圆美流转如弹丸"?如果把"谢朓"替换成"王融",我们又是否会觉得诗作顿然失色,因为这是一个并不那么著名的作者的作品,我们也缺乏什么因头去从中寻找意义?

事实上中世文学常常让我们感到这样的尴尬。因为我们在很大程度上已经失去了进入这一文学世界,从内部给予评判的能力和资格,我们所能做的,往往不过是依据后世定论先确认了作者的等级序列,然后再根据作者的等级序列来确认作品的水平高低与研究价值之有无或大小罢了。但是中世文献的混乱却使得这种做法一不小心就会成为笑话——或者正因为这个原因,我们才那么强调文献考证的重要性,甚至因此而忽视了文学研究本身的价值。

回到这件作品本身。今天我们从《全齐诗》卷二王融诗和卷三谢朓诗中都能读到这首诗,因为《艺文类聚》卷二十九录此诗作"谢朓别王僧孺诗",而在《古文苑》中,这首诗却收在王融名下。撰于唐代的《艺文类聚》比托名唐人实为宋人撰的《古文苑》,作为证据的等级应该要高些——然而我们实在不敢如此斩截地下断语,因为有太多的作品都是靠着《古文苑》来确定它们的作者的。如果说这首诗的作者会张冠李戴,那么我们又凭什么来相信《古文苑》整体的可靠性呢?我们就像宿命注定的迷途者,只能在黑松林中彷徨无措,不敢判断哪一条才是正确的道路——总之,如果我们相信《艺文类聚》,那么这就是谢朓的作品;如果相信《古文苑》,那么这就是王融的作品。知人而论世的道路已经断绝了。

但是我们还可以从文本本身作出一些观察。我们都知道谢朓的名作《晚登三山还望京邑》(下文简称《晚》)。李白句曰:"解道澄江静如练,使人长忆谢玄晖。"谢朓由于李白的镌刻而长留名于中国一流诗人之碑,这首诗也因此成为谢朓代表性的作品:

> 灞涘望长安,河阳视京县。余霞散成绮,澄江静如练。喧鸟覆春洲,杂英满芳甸。去矣方滞淫,怀哉罢欢宴。佳期怅何许,泪下如流霰。有情知望乡,谁能鬒不变。①

---

① 曹融南《谢宣城集校注》,上海古籍出版社 1991 年,第 278 页。

然而如果我们将这首诗与并不出名的《别王丞僧孺》对读,却会讶然发现它们有着犹如兄弟般的相似面容,写景的主要四句无论从意象还是措辞都如出一辙:

（《别》）首夏实清和,余春满郊甸。　　（《晚》）余霞散成绮,澄江静如练。
　　　　花树杂为锦,月池皎如练。　　　　　喧鸟覆春洲,杂英满芳甸。

可以看到其中存在着交错的对应关系:满郊甸＝满芳甸;花树杂＝杂英;杂为锦＝散成绮;月池皎如练＝澄江静如练。恐怕无论谁都无法否认其中一目了然的亲缘关系①。而接下来的一联:

（《别》）如何于此时,别离言与宴。　　（《晚》）去矣方滞淫,怀哉罢欢宴。

从写景转入欢宴别情,在结构上也处在宛然相同的位置。对于六朝的贵族诗人们来说,最能凸显离别的伤感的,就是离别之前的盛宴,因此他们不约而同地以"宴"字作为这一联的结尾。接下来几句的不同之处在于,《别》诗是从送行者角度出发,因此下联从留者与行者双方着眼;而《晚》诗从行旅者角度出发,故下联就只是抒写自身惆怅之情了——但就其功能而言,则都在于抒发离情。而最后一联虽然形式差别很大,"不见"与"不变"在声韵上依然能唤起我们的共同联想。

　　如果我们将《别》诗看作谢朓之作,那么这两首诗的相似自然就是同一作者运用同一手法的结果;而如果将《别》诗看作王融之作,我们则获得了两种解释可能。一种是宇文所安教授已经指出的,汉魏诗与南朝初唐宫廷诗中存在的共同文化系统中的"模式",那并非一定是诗人的积极行为,而往往是文化网络制约下的无意识产物。《别》《晚》二诗的"写景—忆宴—离情"次序无疑也适用这一理论的解释。而另一种更为常见的结论模式是,王融与谢朓之间存在着文学手法上的相互影响——关于这一点请读者参看第七章,那里对王融、谢朓的哀策文创作进行了更确凿的论

———————————
① 陈祚明已经注意到"如练"一语的雷同手法:"写景有以比物而愈显者,则用比语更隽。若澄江如练是也。偶得此句,不嫌屡用。"(《采菽堂古诗选》卷二十谢朓诗)不过他看来是毫不迟疑地将其归入了谢朓的名下。

证,证明谢朓完全是有可能在创作上对王融亦步亦趋的(当然反之亦然)。但就这一首作品而言,历史的真相究竟是哪一种呢? 却已经无从寻觅。

事实上王融和谢朓之间混淆作者的作品还不止这一例。王融《巫山高》,今天的归属是依据《乐府诗集》,但《诗纪》注云:"附见谢朓集,或作朓诗,非也。"冯惟讷虽然给出了他的判断,但这表明有些意见是将此当作谢朓之作的。此外还有《咏幔诗》,《古文苑》录作者为"谢文学朓",而《谢宣城集》却指为王融的作品。这些作品收录的混淆让我们看到,在唐宋人眼中,王融与谢朓的诗歌风格已经不是那么容易辨别的。

第三节 追 随 者
——范云及其他

一、范云: 年长的追随者

将范云称为王融的追随者,多少是有些古怪的。众所周知,范云与王融同居于"竟陵八友"之列;并且范云生于元嘉二十八年(451),比王融足足年长 16 岁,已经可以说是王融的父辈。因此按照常识而言,二人非但是朋友,甚至应当是王融追随范云才是。然而人与人之间的交往,受到诸多具体因素和深层动因的制约,很多时候并不是依据"常识"就能够解释的。年龄较长,出身较好,或者官职较高之类的抽象原则,并不足以成为推论史实的直接证据。究竟是哪种因素在具体现场发挥着更重要的作用? 必须要依据事实表现予以归纳分析。而王融与范云之间的交往模式,正提供了一个绝好的素材,让我们看到那些被合称在某数字团体中的人物,实际上相互之间却包含着与概念相去甚远的复杂关系。正是基于这一原因,我最终决定将范云置于"追随者"一节中处理。而在这之前,我当然也完全承认,二人之间首先是平辈论交、诗文唱和的好友关系,然后才在这种关系中分别呈现出上位和下位的不同面向。

前文已经提到,范云和王融之间,留下了具有写实性质的酬答之作。这里转换到王、范相交的视角,再来作一观察。范云《古意赠王中书》:

> 摄官青琐闼,遥望凤皇池。谁云相去远,脉脉阻光仪。岱山饶灵

异,沂水富英奇。逸翮凌北海,抟飞出南皮。遭逢圣明后,来栖桐树枝。竹花何莫莫,桐叶何离离。可栖复可食,此外亦何为。岂知鹪鹩者,一粒有余赀。①

王融《杂体报范通直》:

> 和璧荆山下,隋珠汉水滨。无双自昔代,有美今为邻。三楚多秀士,江上复才人。纬萧非善贾,圣德可名臣。追飞且学步,共子奉清尘。紫庭风日好,青槐枝叶新。徘徊吹楼侧,欲见心所亲。微君兰蕙草,何用以书绅。②

众所周知,《文选》有李善注、五臣注等各家注释,《古文苑》则有章樵注,前人注释往往成为我们理解诗作的良助。不过就此二诗而言,李善注侧重于文辞典故的解释,对诗旨并无发明,五臣及章樵注则有值得注意的地方。对于范诗的最后一句,《文选》刘良注:

> 鹪鹩,小鸟也。一粒,一米也。言食少而易有余赀,以此喻己也。③

根据五臣的解释,范云是将自己比作卑微穷乏的鹪鹩小鸟,希求得到一粒之资(与之相对,王融则是高高在上的鹏鸟凤凰)。对于这一理解,章樵注则提出了反驳:

> 旧注谓云以鹪鹩自况。愚按《庄子》"鹪鹩不过数粒",盖喻隐逸知足之士也。云与融同列,恐不得以此自况。④

章樵认为范云的位列与王融等同,故不会将自己摆在卑微的定位上。这

---

① 《文选》卷二十六,第 1604~1606 页。又《古文苑》卷九,第 224~225 页,题作"学古贻王中书"。
② 《古文苑》卷九,第 225~226 页。
③ 《文选》,第 1606 页。
④ 《古文苑》卷九,第 225 页。

一理解方向得到了当代学者的认同。马瑞志在《永恒明照之世——永明时代的三位诗人》中，对王、范这一酬答诗作进行了研究，认为："本诗(《杂体报范通直》)是在西元491年，王融迁任中书郎之际，写给竟陵文学集团另一成员范云的酬答之作。范云不仅比王融年长十六岁，在人情世故的历练上也比王融更为丰富。他自己已经担任过尚书殿中郎①，不过从487年开始就担任了一个直接侍奉皇帝的荣誉性职位，通直散骑侍郎。范云的赠诗对王融提出了温和的告诫，希望劝阻性情热烈轻躁的王融，说服他知足惜福，克制自己好高骛远的野心。"②可以看到，马氏比章樵更进了一步，不但认为范云在官职上不低于王融，还通过年龄上的对比论述范云作诗的主旨在于劝诫王融应当急流勇退，不可躁进贪荣。

以上所述，可以说就是至今为止对王、范二诗意旨的基本理解。从一般常识出发，章樵及马瑞志的意见是很合乎情理的。王、范二人同在中央任官(包括其官品也相一致)，而年纪上又以范为长。揆之常理，长者自当对年轻人提出规劝勉励。而在史传中既然明确记载了王融"好功名"、"轻躁"的性情，后人自然更容易因此联想到，范云是在对王融的这种性情提出规劝。然而，如果我们深入探究南朝贵族官僚体制及社交礼仪，便会发现差之毫厘，谬以千里，这种理解是与事实背道而驰的。而对诗意理解方向上的偏差，归根到底来源于对二人当时所任官职定位的理解失误。

王、范二人在作诗时的任官，我们从诗题已经可以很清楚地看到。王融当时任职中书郎。第二章中我们已经证明两点：1. 中书郎乃是南朝最炙手可热的清要官职。2. 王融在二十五岁以前就已经到达了这一职位，正是少年得志，风光无限。而与之相对，范云当时任通直散骑侍郎，《梁书》卷十三《范云传》："子良为司徒，又补记室参军事，寻授通直散骑侍郎、领本州大中正。"③故王融称之为"范通直"。我们不妨简单回顾一下散骑

---

① 原文"中书"与"尚书"均写作 Central Secretariat (直译为中央秘书处)，作者这里的意思，似乎觉得范云在王融之前已经担任过中书郎，所以在人情历练上是王融的前辈。然据范云本传，云实未尝任中书郎，而尚书殿中郎与中书郎是完全不同的两种职务，前者在实际上受重视的程度上低于后者不少(详下文)，作者此处似有混淆。译文据《梁书》卷十三《范云传》还原。

② Richard Mather, *The Age of Eternal Brilliance: Three Lyric Poets of the Yung-Ming Era* (*483 – 493*), Leiden; Boston: Brill, 2003, Volume two: Hsieh T'iao (464 – 499) & Wang Jung (467 – 493), p.349.

③《梁书》，第230页。

官的发展过程。散骑侍郎成立于西晋，是散骑省长官散骑常侍的次官，定员四人，最初"皆帝室茂亲，或为贵游子弟"①，是相当尊贵的官职——马瑞志也许就是根据此点认为散骑侍郎是"直接侍奉皇帝的荣誉性职位"。此外又有不限人数的员外散骑侍郎，到东晋元帝时，使二人（寻增为四人）与散骑侍郎通直，故称通直散骑侍郎。然而必须注意的是，由于获得此职的人数滥多，且用作养闲之官，到了宋齐时代，其地位已大为低落。《通典》卷二十一《职官典三》：

> 散骑常侍、通直散骑常侍、员外散骑常侍，旧为显职，与侍中通官。其通直、员外用衰老人士，故其官渐替。宋大明中虽革选比侍中，而人情久习，终不见重，寻复如初。②

作为长官的散骑常侍尚且如此，侍郎自然更等而下之。散骑省这一时期改为集书省，六散骑几乎完全成为士人养老赋闲的荣誉性冗官了③。《宋书》卷六十九《范晔传》：

> 熙先望风吐款，辞气不桡，上奇其才，遣人慰劳之曰："以卿之才，而滞于集书省，理应有异志。此乃我负卿也。"又诘责前吏部尚书何尚之曰："使孔熙先年将三十作散骑郎，那不作贼。"④

孔熙先年将三十作散骑郎，便已经不满到要"作贼"（图谋造反）了，散骑侍郎在当时地位的尴尬可想而知，而年已四十左右的范云就停滞在这一地位上（并且还是编外候补的"通直"）。《诗品》卷中沈约条：

---

① 《北堂书钞》卷五十八设官部十"散骑侍郎"条注引《束皙集》。
② 《通典》，第 552 页。
③ 参见祝总斌《两汉魏晋南北朝宰相制度研究》第八章第四节"南朝的门下省"，第293 页。当然，在作为加官时，对于另有实职的官僚尤其武将而言，加散骑仍是一种显著的荣誉，因为这就意味着成为宫廷内官，可以身佩貂蝉（冠饰金蝉，珥貂尾）。如《南齐书》卷二十九《周盘龙传》："盘龙表年老才弱，不可镇边，求解职，见许。还为散骑常侍、光禄大夫。世祖戏之曰：'卿着貂蝉，何如兜鍪？'盘龙曰：'此貂蝉从兜鍪中出耳。'"担任王朝使节的官员也往往需要加散骑，以增添体面。
④ 《宋书》，第 1286 页。

> 永明相王爱文，王元长等皆宗附之。约于时，谢朓未道，江淹才尽，范云名级故微，故约称独步。①

可以清楚看到范云当时在贵族官僚体系中的地位。王融（元长）已经被作为永明文士的代表人物提出，而范云却还"名级故微"，算不上头角峥嵘的人物。散骑侍郎与中书侍郎同为五省次官，官品都是五品，仅从官制的角度很容易误解为"同列"；范云与王融并居"竟陵八友"之列，更容易让人产生他们并驾齐驱的印象。但在实际的南朝贵族社会运作当中，二人的地位却由于所任官职机能的轻重悬殊，而出现了如此严重的高低之别。范云在永明时期的地位，其实是不可与王融同日而语的。至于永明末年王融因卷入竟陵登位政变而被下狱赐死，范云则在入梁后官至宰辅，地位显赫，那已经是多年以后的事情了。

在明了了二人当时在贵族官僚社会中的定位后，我们才能真正理解王、范二人酬答诗的真实意旨。《古意赠王中书》前四句：

> 摄官青琐闼，遥望凤皇池。谁云相去远，脉脉阻光仪。
> ——我摄官于宫门之下②，担任冗滞的闲职，远望被称为凤凰池的中书省。我所供职的散骑省与中书省相去其实并不遥远，然而太极殿中散发出的光彩威仪，却阻隔出两者地位的高低悬殊。

据郭湖生先生考证，散骑省在位于宫城中心的正殿太极殿之东的云龙门外，而中书省分为上省下省，用于入值期间住宿的下省正与散骑省相邻，办公的上省则在太极殿西。郭氏并引《世说新语·文学篇》裴注引《续晋阳秋》为证：

---

① 《诗品》，《群书考索》本，第 152 页下。
② 《初学记》卷十二职官下："董巴《汉书》曰：'禁门曰黄闼。'中人主之，故号黄门令矣。然则黄门郎给事于黄闼之内，入侍禁中，故号曰黄门侍郎。应劭曰：'黄门郎每日暮向青琐门拜，谓之夕郎。'"黄门郎为门下省的次官，散骑侍郎则为散骑省的次官，门下省的长官侍中与散骑省的长官散骑常侍最初是"通官"，两机构定位有类似之处。散骑省两晋时本就是"门下三省"之一，南朝方分出，正式成为五省之一，与门下省成为平行机构。参祝总斌《两汉魏晋南北朝宰相制度研究》第八章"两汉魏晋南北朝的门下"；黄惠贤《散骑诸官研究资料》（一至四），《魏晋南北朝隋唐史资料》第 17 辑，2000 年。

（顾恺之）为散骑常侍，与谢瞻连省（瞻时为中书郎，宿中书下省），夜于月下长咏，自云得先贤风致。瞻每遥赞之。①

从地理上看，两人的赠答本身有可能就是在类似于顾、谢咏赞的情形下进行的。散骑省与中书下省寺舍相邻，从王朝制度上也应是平级；然而真正代表着中书省之机能地位的上省却在太极殿的另一侧。作为王朝中心点的太极殿，仿佛正散发出象征性的光芒，将散骑省与"凤凰池"遥遥隔开。两者似乎触手可及，然而王朝权力体系却划分出鲜明的地位高低之别，正是因为这样的反差，才更衬托出境遇上的落差。

当然，同时必须注意到的是，作为赠诗，范云这种自谦的口气毋宁说更多地出于社交礼仪，并不能完全视为其真实情感的流露。但至少在姿态上我们可以看到，范云是将自己置于下方，对王融进行赞颂的。他在两人的关系中无疑处于下风。因此下面他就开始追忆王氏的光荣，描写王融一飞冲天、飞黄腾达的情形：

岱山饶灵异，沂水富英奇。逸翮凌北海，抟飞出南皮。遭逢圣明后，来栖桐树枝。

前面我们已经论述过，岱山、沂水是在赞颂王氏地望琅邪的风物，追美琅邪王氏的富于英才；北海、南皮则是称扬王融本人的器宇不凡、一飞冲天。"遭逢圣明后"两句进而称羡王融得遇明主（齐武帝），如同凤凰栖于梧桐一般得其所哉。较为引起歧见的是后四句：

可栖复可食，此外亦何为。岂知鹪鹩者，一粒有余赀。

"鹪鹩"意象出自《庄子·逍遥游》："鹪鹩巢于深林，不过一枝；偃鼠饮河，不过满腹。"②以喻逍遥无为，自适自足，不必多所干求之理。此后西晋张华更撰有名作《鹪鹩赋》，阐发"不为人用"、"翩翩然有以自乐"的旨趣。鹪鹩由此成为隐逸知足形象的代表符号。正是由于这一正面印象，以及

① 郭湖生《中华古都》十四《台城考》，第 193 页。
② 《庄子集释》，第 24 页。

对王融"轻躁"形象的认知,才导致论者将这四句视为对王融的劝诫:你已经到达中书郎的位置了,何必更急着有所作为? 还是回头想想一粒有余的鹓鹩吧。

这看似有理,然而我们不要忘了,范云在诗中还使用了同样是出于《庄子》逍遥游篇的"抟飞"意象:

> 鹏之徙于南冥也,水击三千里,抟扶摇而上者九万里。①

无论是大鹏意象,还是与之相类的栖于梧枝的凤凰意象,当然都是从中书省的"凤凰池"形象生发出来的。接下去的四句"竹花何莫莫,桐叶何离离。可栖复可食,此外亦何为",其遣辞取譬,又全基于《庄子·秋水》:

> 夫鹓鶵,发于南海而飞于北海,非梧桐不止,非竹实不食,非醴泉不饮。②

如上可见,此诗所用的典故意象一气贯串,是有其整体性的,其根本趣旨即在于将王融比作抟飞冲天的大鹏,以及栖梧食竹的凤凰("鹏"字本来就是"凤"字的古文)。而在《庄子》当中,只要出现这两种意象,就必定寓意着无限高远,非同凡俗的逍遥自由;与之相对的,则是那些无法摆脱世间卑俗牢笼,只知道满足于自我小世界的"蜩与鸒鸠",以及食鼠甘腐的"鸱"们。在这种场合,这些小鸟——它们正是鹓鹩的同类——就不过是可悲可怜的渺小形象而已了。如郭璞在《客傲》中写到的:

> 鹓鹩不可与论云翼,井蛙难与量海鳌。③

同样是全用《庄子》意象,而他用来衬托大鹏云翼的不是别个,正是鹓鹩,这足为明证。应该看到,这种在《庄子》中不无矛盾的并存意象——向往高远自由的理想主义,和知止进退的隐逸主义,使得其中的象征意

---

① 《庄子集释》,第 4 页。
② 《庄子集释》,第 605 页。
③ 《晋书》卷七十二《郭璞传》,第 1905 页。

象具有了两重性①,而这正是导致后世注家误解范云诗意的原因所在。我们决不能把南朝热心仕进的贵族官僚们与不问世事、乐天知命的隐者混为一谈。事实上刘良的注释是完全正确的,范云正是将自己比作困乏不足的鷃鹩。因为范云处在不能满足的低位闲职上,他才发出这样的叹息:你已经达到"可栖可食"的自由了,还需要去努力得到什么呢?你可知道像我这种鷃鹩小鸟,哪怕只要得到一粒之微,就已经绰绰有余了啊。

从整体上来看这首诗,可以说完全符合所谓"干谒诗"的标准,当然范云并不至于要干谒王融,但作为一种社交礼仪的赠诗,同时还多少包含着范云希望已经身居高位的友人加以援手(哪怕只是区区一粒)的愿望,诗中之意却是十分显豁的。在巧妙运用双关意象(并且是借助"飞翔"意象带动的大鹏、凤凰两者的复合性双关)赞颂对方的同时,委婉得体地表达出自己的谦逊和愿望,这种完美的表现恐怕正是此诗被收入《文选》的理由。

而与此相对,王融的答诗姿态就完全两样了。他一方面谦逊自己不过是纬萧②之质,只是凭着天子圣德才得以享名于世;同时回应道:我愿与你一同追飞学步,追随天子车驾的清尘。如果缺少你如兰蕙般的指引,我将拿什么来书绅呢?

这也同样是吻合贵族交往礼仪的回赠,然而王融就完全没有把自己置于需要对方提携的位置上,而是多少有些纡尊降贵地表示:让我们一起携手高飞吧。王融对身处环境的自觉,是风和日丽的"紫庭"(天子紫微宫)以及欣欣向荣的"青槐"(三槐为三公之位)。虽然还没有能够达成自己"三十前为公辅"的理想,但对身处中书省的他而言,目标仿佛已经近在眼前。就在国家枢机的腹心之地,王融徘徊思念着未能到达这一政治地位的友人,希望他能与自己一同前进。

在如上理解了二人之间的关系之后,我们才能更深入地理解下面这

---

① 当然,在《庄子》本身的道论中,这两者是最终在无所不包无所不通的"道枢"中得到统一,但在后世的解读中,这却不得不成为了一种吊诡。郭象《庄子注》中对庄子逍遥义的理解,千年来成为聚讼纷纷的话题,究其缘由,也正在于此。

② 纬萧,《庄子·列御寇》:"河上有家贫恃纬萧而食者,其子没于渊,得千金之珠。"郭庆藩集释引《经典释文》:"纬萧,如字。纬,织也。萧,荻蒿也。织萧以为畚而卖之。"

条经常为学者所引用的史料。《南史》卷六《梁本纪上》：

> 及齐武帝不豫，竟陵王子良以帝及兄懿、王融、刘绘、王思远、顾
> 暠之、范云等为帐内军主。融欲因帝晏驾立子良，帝曰："夫立非常之
> 事，必待非常之人，融才非负图，视其败也。"范云曰："忧国家者，惟有
> 王中书。"①

这条记载的本意在于表现萧衍的先见之明，预见到王融拥戴竟陵王登位
政变的失败收场。但从萧衍与范云的争论中，却明明白白看到范云对王
融的热烈拥护态度。和两人酬答诗合看，范云对王融的推重之情，显豁无
遗。王、范二人的交往模式，存在着一定高低主从关系，而非一般所想象
的平交——当然，这种区别还是在友情的范围内，并不至于达到身份阶层
上的区别。

　　然则范云何以会以一个长者的身份，却对晚辈表示如此的衷心拥戴？
对于这一问题，虽然难以获得实证性的解答，但却不妨从当时的世情出发
尝试予以推断。让我们首先来看一看范云本人的情况。范云在今天，几
乎也已经属于被历史遗忘的人物了，关于他的研究极少。然而在萧梁当
时，范云却称为一代名相。《南史》卷六十《徐勉传》：

> 勉虽骨鲠不及范云，亦不阿意苟合，后知政事者莫及，梁世之言
> 相者称范、徐云。②

这里对范云的评价，拈出"骨鲠"二字，《梁书》卷十三《范云传》：

> 云性笃睦，事寡嫂尽礼，家事必先咨而后行。好节尚奇，专趣人
> 之急。少时与领军长史王咳善，咳亡于官舍，贫无居宅，云乃迎丧还
> 家。躬营含殡……官曹文墨，发擿若神，时人咸服其明赡。性颇激
> 厉，少威重，有所是非，形于造次，士或以此少之。初，云为郡号称廉

---

① 《南史》，第169页。
② 《南史》，第1486页。

洁,及居贵重,颇通馈饷;然家无蓄积,随散之亲友。①

所论并无二致。在竟陵政变失败以后,范云更不忘故主,上疏求为竟陵王立碑,并托言谲谏,解救竟陵王后人②。据此我们可以看到范云是一个直率质朴、重情仗义、不事虚文城府的人物。范云出身于荆楚豪族的南乡范氏,从小生长在民风剽悍、战火荒残的雍州(今襄阳一带),这种成长环境很可能是他性格形成的重要原因。这种品质在今天被视为美德,在当时却成为了他的缺点——"士或以此少之"。这是在他已经进入中央政府,身居相位时候的事情,这里的"士"当然是都城建康的士族社会,而不是他家乡的荆雍西士。我们虽然不能仅据此一语就加以断言,但说其中透露出都城风气与长江中游地方风气的差异,应无大错。

因此我们可以看到王融与范云之间的一种状态差异。如上节所分析,王融在当时的官位前途上,要远远早达于范云。作为王朝官僚,二人的地位已经存在着高低之别。其次,从文坛声誉上说,永明末年的王融,凭借着自身的才地和竟陵王的宠信,已经成为建康文化界的领袖人物,其文名甚至于声流北地,被北魏君臣所推重,正是少年得意,踌躇满志的时候。而已到中年的范云却还"名级故微"——官职上的"级"别和诗文上的"名"声都还并不那么显著。年纪上的差别毋宁说反而是加重了这种心理上的落差。其三,南朝最重门地,贵族社会的这一根本特征深刻制约着南朝人的言行思想。高门俯视寒族,寒族则或追随企羡高门子弟,或转而化为激烈的抵抗反感。而王、范两人的出身正有着明显的等级差别。与王融的高贵出身相对,范云则出身于地方豪族的南乡范氏。其八世祖范晷曾任西晋雍州刺史,但六世祖范汪遭西晋末惠怀之乱,"少孤贫,六岁过江,依外家新野庾氏"③,家族地位实际上已经坠落。范汪后来得罪桓温被贬官,居于吴郡,南乡范氏遂有吴郡一支,范宁、范泰、范晔等皆出于此,为南朝著名高门。但随父亲起家于郢州参佐的范云显然属于滞留在荆州一带的旧支。正如吉川忠夫先生所指出的:"范云为范汪六世孙,然与范

---

① 《梁书》,第 231~232 页。
② 见《南齐书》卷四十《武十七王竟陵文宣王子良传》及《南史》卷五十七《范云传》。
③ 《晋书》卷七十五《范汪传》,第 1982 页。

宁、泰、晔并非同支,从范汪至范云,中间几无所闻。"①在范云身登高位之后,任昉代其所作的《为范尚书让吏部封侯第一表》中还强调其"素门凡流,轮翮无取",可见他对这一点的强烈意识②。两人之间这种阶级地位的落差,自然会带来心理认同上的差异。但是,这种高低落差何以最终导向了同一方向的追随而非反方向的恶感? 我们还需要提出第四点,那就是王融与范云身上都具备"边缘人"的色彩。从东北边州回归中央的王融,与从西土雍州发迹入都的范云,他们身上都表现出与都城贵族格格不入的一面。范云的质朴诚信与王融的勇于事功,在同一个都城文化的背景上被差别映现出来。换言之,王融与范云可以说是有着一样气味的"同类人",但王融却出身更高,发达更早,风头更健,因此在友情中,他也就表现出了更强的主导能力。以上种种因素对当时人而言虽然至关重要,但在千余年后的今天却"已为陈迹",不复具有鲜明的活力。后人既缺乏了当时的真实时代感受,误解诗意也就是自然而然的事情了。

二、部曲宾客

当然,就现有材料来看,范云只是在思想感情上对王融抱有追随感而已;而在现实行动中,还有一大批真正唯王融马首是瞻,或至少受到其赏识提携的人物。第三章中我们已经提及王融所赏鉴过的人物,除此之外,史传中更留下若干材料,记载了他对当时人物的提拔荐举,让我们窥见王融在当时实际的势力网络及影响力。《梁书》卷三十六《江革传》:

> 齐中书郎王融、吏部谢朓雅相钦重……弱冠举南徐州秀才。时豫章胡谐之行州事,王融与谐之书,令荐革。谐之方贡琅邪王汎,便以革代之。③

这一条史料充分见出王融当时在政治上的力量。南徐州是南朝除扬州之

---

① 吉川忠夫《六朝精神史研究》,第210页。
② 此作虽为代作,但任昉与范云本为深知底里的好友,而六朝任官时代作的谢表、辞表等必定出以本人口吻,也必定经过本人的认可,故此语可视为范云本人思想感情的体现。
③ 《梁书》,第522、523页。

外最为重要的大州,因为一方面处于建康北境,负有捍卫都城的重任;另一方面则是宋、齐、梁三朝帝室故里。能够行南徐州州事的人物,必为宗室或重臣。胡谐之《南齐书》卷三十七有传,乃齐武帝旧僚,传称其"以旧恩见遇,朝士多与交游"①。然而他却因为王融的一封书信就改易了自己贡举秀才的人选。同卷《孔休源传》:

> 琅邪王融雅相友善,乃荐之于司徒竟陵王,为西邸学士。②

孔休源是一个颇特殊的人物,周一良先生已经指出,东晋、南朝二百七十年中,以南方土著而能够任为扬州刺史者,只有他一人而已③。史称之为"风范强正,明练治体。持身俭约,学穷文艺,当官理务,不惮强御,常以天下为己任"④。而他的发达之路正起于王融。《南齐书》卷四十九《张冲传》:

> 新蔡太守席谦,永明中为中书郎王融所荐。父恭穆,镇西司马,为鱼复侯所害。至是谦镇盆城,闻义师东下,曰:"我家世忠贞,殒死不二。"为陈伯之所杀。⑤

赵翼曾经批评南朝无殉死烈士,虽然大体不误,却也不尽然,只能说殉死之节不为南朝贵族所重,虽有也往往被忽视而已。席谦就是一个例子。对于以"烈士之英风"自许的王融(详第十章),忠贞赴死的席谦无疑很对他的胃口——而这同样呈现出与惯于随时易代的都城贵族不同的精神取向。还有《南史》卷二十一《王弘传》附《王融传》:

---

① 《南齐书》,第 657 页。
② 《梁书》,第 519 页。
③ 周一良《论梁武帝及其时代》,收入《魏晋南北朝史论集续编》,中华书局 1986 年。按休源本传:"授宣惠将军,监扬州。"严耕望先生指出:"扬州当时称神州,非亲王大臣不得居;而休源以官资尚低之庶姓为之,故曰监,而仍谦让不敢居耳。"(《魏晋南北朝地方行政制度》,第 374 页)
④ 《梁书》,第 522 页。
⑤ 《南齐书》,第 856 页。

> 太学生会稽魏准,以才学为融所赏,既欲奉子良,而准鼓成
> 其事。①

魏准在政变失败后破胆而死,因此无法知道他如果活着是否能有什么成就了。不过从其一区区太学生而敢鼓动朝廷政变来看,当也是自视不凡、胆大轻躁的人物。

当然,史传中所记远非全部,正如我们在前面已经指出的,在永明晚期,王融的势力已经几乎可以用炙手可热来形容,不但"文武翕习辐凑"于其门下,他还召集"江西伧楚数百人,皆有干用",组建起了私人的家兵集团。像范云那样对他有追随之心的友人,以及作为其部曲党羽的下属,当时是规模相当盛大的。在王融政变失败下狱之后,这一人际网络并未就此烟消云散,前引《南齐书》王融本传:

> 融被收,朋友部曲参问北寺,相继于道。②

在落难之际慰问者尚且"相继于道",则平日的车马喧阗可以想见。更值得注意的是这一集团看来并非仅仅是势利或权力的结合。《南齐书》卷三十三《王僧虔传》:

> 第九子寂,字子玄,性迅动,好文章,读《范滂传》,未常不叹挹。王融败后,宾客多归之。建武初,欲献《中兴颂》,兄志谓之曰:"汝膏梁年少,何患不达,不镇之以静,将恐贻讥。"寂乃止。③

王寂"性迅动,好文章",欣慕"揽辔登车,慨然有澄清天下之志"的范滂,策划通过上颂来早求显达,这一切的性情与动作都与王融身影重叠。实际上他正是王融的族叔。我们从这里看到了不是那么引人注目的另一种南朝贵族像,他们拥有着天之骄子的门第与才华,却依然不甘于随流平进,而是希望通过非常之举,迅速达成更巨大的志向。这些人物如果生在东

---

① 《南史》,第578页。
② 《南齐书》,第825页。
③ 《南齐书》,第598页。

汉或南宋,也许会被冠以清流志士之名罢。然而在南朝贵族主义的时代主流下,他们却成为了文献记载中"被压抑的低音",无法获得正面的宣诉。但是,回到当时的现实场景中观察,这一低音看来却并不缺乏知音。先投身于王融,其后又转入王寂门下的宾客们之所以始终选择同一类型的恩主,显然有着同气相求的意味在内。可以想象王融、王寂这样的情形并非孤例,只是得不到贵族首肯的人格类型也难以在贵族的笔下获得记录而已,他们因此被置于阳光照射不到的历史背阴面①。在这些人物之间,涌动着聚合性的潜流,尽管在王融、王寂的例子中似乎并未激起历史波澜便告消灭,但使其组织凝聚在一起的,却不能不说是包含着类型化共性的人格魅力与理想诉求②。

上面我们分别从仰视、平视、俯视的不同角度,观察了王融的恩主尊长、同僚友好及追随者们所构成的社会网络。这张网络随着他在永明时代建康都城的活动而逐步编织、发生效能,也随着他的陨落而解体变形。在下一章中,就让我们随着时代的聚光灯,走进王融人生悲剧的落幕现场。

---

① 如《宋书》卷五十八《王球传》:"兄子履进利为行,深结刘湛,委诚大将军彭城王义康,与刘斌、孔胤秀等并有异志,球每训厉,不纳。自大将军从事中郎,转太子中庶子,流涕诉义康不愿违离,以此复为从事中郎。太祖甚衔之。及湛诛之夕,履徒跣告球。球命为取履,先温酒与之,谓曰:'常日语汝,何如?'履怖惧不得答,球徐曰:'阿父在,汝亦何忧。'命左右:'扶郎还斋。'上以球故,履得免死,废于家。"其情形即与王志、王寂兄弟颇相类似。
② 王寂去世时只有二十一岁(卒年不详),则王融宾客投入他门下时,他最多不过弱冠之年。很显然,在弱年便欲有所成就这一点上,他也与王融合辙。在庶民阶层中,是很难想象出现这种人物的。

第五章 悲剧落幕

——从永明政局看拥立竟陵政变始末

第一节 时代背景

——长治久安后的急剧震荡

一、南北朝史上转折性的一年

永明十一年,在南朝史上是重要的一年。以这一年为分界,南齐史被截然分为前后两段。前半段,齐高帝建元年号共四年,齐武帝永明年号共十一年,前后十五年间,可以说是南朝史的中兴时期。刘宋自宋文帝元嘉北伐以后,盛世转衰,国内动乱不绝,已见第三章所述;对外则有薛安都反叛,引北人南下,导致失去淮北之地。宋末萧道成即以此为契机兴起,凭借镇守北方边境之机壮大势力,窥视帝室,又与袁粲、刘秉等中枢权臣以及上游方伯沈攸之爆发战事。刘宋王朝就在这样的飘风骤雨中落下了帷幕。建元以后,政局依然未能完全安定①,但萧道成剪伐残余地方势力,逐渐将南方朝廷引向稳定统一局面。到了永明时代,南朝遂迎来元嘉以后的第二次盛世。此时北方也正值太和之治,南北都呈现出安定发展的局面,堪称南北朝史上的黄金十年。齐魏维持和平外交,十年间内外几无战事,时局安定,武帝精勤吏治,生产发展,人民富庶,文化上的种种发展也随之而兴。史书称为"永明之世,百姓丰乐,贼盗屏息"②。

然而这一局面,在永明十一年武帝死后便告终结。明帝萧鸾从旁支

---

① 《南齐书》卷二十六《王敬则传》引萧子良启:"建元初,狡虏游魂,军用殷广。"
② 《资治通鉴》卷一百三十八《齐纪四》,第4333页。

登位，残杀高武子孙，再次导致政治恐慌，而对北关系也猝然紧张，战事重启。《南齐书》卷五十三《良政传》：

> 永明之世，十许年中，百姓无鸡鸣犬吠之警，都邑之盛，士女富逸，歌声舞节，祛服华妆，桃花绿水之间，秋月春风之下，盖以百数。及建武之兴，虏难荐急，征役连岁，不遑启居，军国糜耗，从此衰矣。①

最终导致了萧衍起兵，萧梁代齐。从武帝永明十一年到和帝中兴元年为止的八年间，南齐史遽然画出一道下落曲线，呈现出与前期截然不同的面貌。而标志着这一转变的政治事件，正是永明十一年皇位更替之际，王融为拥立萧子良而发动的政变②。

就在这个关键的时代转折点上，王融以他的生命，扮演了一个悲剧性的关键角色。《南齐书》王融本传：

> 会虏动，竟陵王子良于东府募人，板融宁朔将军、军主……世祖疾笃暂绝，子良在殿内，太孙未入，融戎服绛衫，于中书省阁口断东宫仗不得进，欲立子良。上既苏，太孙入殿，朝事委高宗。融知子良不得立，乃释服还省。叹曰："公误我。"郁林深忿疾融，即位十余日，收下廷尉狱……诏于狱赐死。时年二十七。③

这里的"会虏动"，是指永明十一年，也就是北魏孝文帝太和十七年以南伐为名迁都洛阳。六朝史上这一举足轻重的大事，正成为了王融生命悲剧中最后一幕的壮大背景。《资治通鉴》卷一百三十八《齐纪四》（括号内为引用者所补）：

---

① 《南齐书》，第913~914页。
② 关于政变的先行研究，可以举出吉川忠夫《六朝精神史研究》第七章"沈約の伝記と生活"；曹道衡《梁武帝和"竟陵八友"》；刘跃进《门阀士族与永明文学》第一章第一节；唐春生《论萧子良之政治悲剧》，《西南师范大学学报》2001年第2期，及同氏《萧子良研究的几个问题》，《重庆师范学院学报》2002年第4期等。然而遗憾的是，以上论著虽然在局部上各自有所推进，但就整体而言却难说已经探得关窍，唯一在基本方向上有指示意义的吉川氏著书又只是附带触及，都远未能揭示出永明十一年政变的整体真相。
③ 《南齐书》，第823、824页。

> （五月，）魏主以平城地寒，六月雨雪，风沙常起，将迁都洛阳，恐群臣不从，乃议大举伐齐，欲以胁众……六月，丙戌，命作河桥，欲以济师……（七月）戊子〔午〕，魏中外戒严，发露布及移书，称当南伐。（齐武帝）诏发扬、徐州民丁，广设召募以备之。①

在北方遥远的平城，北魏朝廷五月开始朝议伐齐，六月展开行动，预备造桥渡河，七月正式向南朝政府宣战。而这个时候的南齐朝廷，却正陷入十一年来所未有的大乱之中，政治恐慌弥漫在都城上下。文惠太子已经在半年之前的春正月去世，皇朝失去了待望中的继承人；而就在接到北魏宣战消息之前，齐武帝也病重不起。《南齐书》卷三《武帝纪》：

> （永明十一年秋七月，）上不豫，徙御延昌殿，乘舆始登阶，而殿屋鸣咤，上恶之。虏侵边，戊辰，遣江州刺史陈显达镇雍州樊城。上虑朝野忧惶，乃力疾召乐府奏正声伎。戊寅，大渐……是日上崩，年五十四。②

这一年七月戊午是十日，戊辰是二十日，戊寅是三十日③。北魏的消息到达建康必定还要经过若干天的时间，命陈显达改镇雍州显然也正是为了防备魏军从上游南下，因此武帝接到消息应当已经接近戊辰了。南朝政治的剧变就发生在这短短的十许日间。在长达十年的太平安稳时代之后，皇朝遽然失去了接班人和领袖，同时又传来北方大军压境的噩耗，政治形势之严峻可想而知。这时候担任宰相，总理全国政务的正是竟陵王萧子良④，应对这一非常情况是其应有之责。因此子良于扬州刺史的治所，同时通常也是宰相所坐镇的东府城下令招募兵队，并且任命自己所亲信的竟陵集团成员为军主。《南史》卷六《梁本纪上》：

> 及齐武帝不豫，竟陵王子良以帝及兄懿、王融、刘绘、王思远、顾

---

① 《资治通鉴》，第4329、4331页。
② 《南齐书》，第61、62页。
③ 据陈垣《二十史朔闰表》，中华书局1962年。
④ 子良时为司徒、中书监、使持节都督扬州诸军事、扬州刺史（本传）。用现在的话说，就是国务院总理兼中央军委主席，兼北京市市长。

嚣之、范云等为帐内军主。融欲因帝晏驾立子良。①

必须指出的是,《南史》的这一记述很容易令人误解,历来研究往往将此视为子良为发动政变而作的准备。然而就当时的形势而言,这一举动是包含在"发扬、徐州民丁,广设召募以备之"的整体政策之内,出于对北防御作战意图的。姑不论子良作此决策时是否背后有着图谋政变之意,至少从对北作战的角度看这些都是正常合理的军事举措。政变是在十日后才发生的,对当时人而言,北方传来的战报才是眼前已经存在的现实。同时,这些人物当时大抵也并不是子良的竟陵王国或司徒府属官,而是中央政府官员②,子良对他们下达的命令,并不是做私人性的安置,而是以国家总理的身份进行公职调动。将这些战备工作笼统从政变阴谋论出发进行理解,毋宁说是重大的方法论失误,使得各种史料愈加混杂难分③。

王融这时候被板为宁朔将军,并为军主。《南齐书》王融本传载政变失败后,御史中丞孔稚珪弹奏王融云:

> 近塞外微尘,苦求将领,遂招纳不逞,扇诱荒伧。

王融答云:

> 今段犬羊乍扰,纪僧真奉宣先敕,赐语北边动静,令囚草撰符诏,于时即因启闻,希侍銮舆。及司徒宣敕招募,同例非一,实以戎事不小,不敢承教④。续蒙军号,赐使招集,衔敕而行,非敢虚扇。⑤

可知王融密切参与到了对北防御的工作中,不但草拟诏书,并且主动陈请

---

① 《南史》,第 169 页。
② 时萧懿、萧衍兄弟服孝在家(《梁书·高祖纪》),王融、刘绘为中书侍郎,王思远为黄门郎(本传)。
③ 例如在政变中除了王融以外,为何其余军主都完全不见踪影?学者难免强为之说。然而如果意识到这些军主的任命是为了对北战备而不是为了密谋政变,问题也就不成其为问题了。
④ 按此句不通,疑"不敢"为"敢不"误倒,原文当作:"实以戎事不小,敢不承教?"
⑤ 并见《南齐书》,第 823、824 页。

为将领。在第三章中我们已经看到,王融曾屡次请求领兵北伐,这与他"苦求将领"的行动是前后一贯的,毋宁说他终于等到了梦寐以求的时机,可以一展平生的抱负了。不过武帝这时处在最后的弥留阶段,已无力实际干预政务,因此板王融为宁朔将军的应当还是子良①。然而南朝将军往往是荣衔加官而不实际领兵,因此出守方面者必须要开军府才能手握兵权,而王融未出镇,资历也未能达到开府的阶级,为了使其有领兵之权,便需要任命为实际领军作战的军主了②。论者或以为任军主者通常为兵伍出身的寒人武将,王融以王、谢子弟之身而甘愿担任此职,是为了追求权力而放下身架的表现③。然而周一良先生早已指出:"武位虽非高门所乐,然以文职清望官帖领之,则互相配合,最为美授。""文官仍以领武位而重。"④因此王融绝非降贬,反而是进一步手握实权的晋身了,他这时本职仍为中书郎,加宁朔将军(四品),达到他官涯的最高点⑤,而这一将军号

---

① 曹道衡先生以为"王融当时的行动,全是奉齐武帝的命令行事"(《梁武帝和"竟陵八友"》),不免泥于"奉诏"一点,而忽视了当时的实际状况。武帝当时已经病危到不足十日之命,而另一方面的萧子良却是名正言顺的国家宰相,王融自己又是负责草拟诏书的中书郎,"奉诏"也不过就是走走形式的手续罢了。这一意见在《中古文学史料丛考》中修正为"其招募伧楚,实由武帝及竟陵王子良授意",仍非。盖曹、沈仍将王融招募"江西伧楚数百人"作为发动政变的准备工作,甚至过度揣测子良乃奉武帝之命以制其政敌,因此辩其非王融一人所为。然而《南齐书》叙事本将此作为"会虏动"的结果,孔稚珪对王融的弹奏也说是"近塞外微尘,苦求将领,遂招纳不逞,扇诱荒伧",可见这些伧楚并非为政变而召集,而是在南朝募兵制度下王融为对北作战而招募的私兵。对北魏作战的准备工作与发动政变两者之间虽不无关系,但过去学界实在是过于将两者混为一谈了。
② 六朝所谓军主,即一军之主,为实际领兵的中级将领,兵力通常自一千至数千不等。宋齐常以三品下位、四品、五品将军职为军主。王融为四品的宁朔将军,正合此例。参宫川尚志《六朝史研究政治·社会篇》第九章"南北朝の軍主·隊主·戍主等について"。
③ 何德章《读〈南齐书〉王融传——论南朝时期的琅邪王氏》。
④ 周一良《南齐书丘灵鞠传试释兼论南朝文武官位及清浊》。刘绘出身比王融更高,却同时也接受了军主之职,亦为一旁证。
⑤ 曹道衡以为:"王融在当时不过是一个中书郎、宁朔将军,仅为四五品的中等官员,不管他怎样野心勃勃,也不可能有发动政变,改易皇位继承人的能力;而且即使政变成功,他也无成为执政大臣的可能。"(《梁武帝和"竟陵八友"》)然而如本书所论,这些判断大抵不过想当然耳。如前所论,中书郎虽非宰辅,但也绝不是无足轻重的中等官员。我们在判断南朝官职时绝不能仅仅以官品为标准,而必须要综合考虑到清浊、闲要、内外等综合因素,包括其人在任职时是升迁还是降贬,年岁几何,都是可能的(转下页注)

本身的含义,也就是"平定北方"之意。这时王融已经"倾意宾客,劳问周款,文武翕习辐凑之",如果不是局势所发生的戏剧性变化,那么最得子良信任的他毫无疑问将成为领军出阵的主将之一。然而接下来的政变,却使得"对魏作战"转入了后台,而学者的眼光也完全被前者吸引住了。

二、深层透视政变舞台的基本构成

七月三十日的政变,其中一方是萧子良、王融,也许还包括竟陵集团的其他成员——之所以说"也许",是因为作为领袖的萧子良既然图谋继位,其幕僚佐属似无置身事外之理。然而我们不但有史料明确表示其中有些人物并不赞同此举①,并且在实际的政变过程中也完全看不到萧、王以外成员的身影。甚至在政变失败以后,王融下狱赐死,萧子良忧惧而卒,而沈约、范云、任昉等还是好端端地担任他们的王朝官僚,并没有受到任何明显的处分②,萧衍、谢朓并且还一跃成为胜利者萧鸾的亲信。由来论者多方推测

(接上页注)影响因素。假如某人年已五十方为中书郎,那当然已经没什么指望了,但王融这时候却只有三十岁不到。如果政变成功,作为子良最亲信的谋主,王融当然更将是执政大臣无疑。虽然未必能立刻授为三公,但新帝登位后提拔亲信担任侍中等高级内职,却是史不乏例。如果积极参与这一行动对实现梦想毫无帮助,反而很难想象他会失去理智地投身于这种高风险的政治赌博了。

① 《南史》卷六《梁本纪上》:"融欲因帝晏驾立子良,帝曰:'夫立非常之事,必待非常之人,融才非负图,视其败也。'范云曰:'忧国家者,惟有王中书。'帝曰:'忧国欲为周、召? 欲为竖刁邪?'懿曰:'直哉史鱼,何其木强也!'"萧氏兄弟对此均不表赞同。不过曹道衡已在一定程度上意识到萧衍对行动本身并不反对,只是认为其不会成功而已(《梁武帝与"竟陵八友"》)。同时值得注意的是,关于这一政变,《南史》提供了大量《南齐书》所不载的史料。《南史》所依据的史料来源足以构成一个与《南齐书》系统不同的政变物语,两者之间往往是并不吻合甚至互相冲突的(详第四节)。学者通常将两者中的记载不加分析地混合应用,这是很危险的。

② 永明后范云出为零陵内史,沈约出为东阳太守,论者或以为此即对二人参与政变之惩罚(《中古文学史料丛考》,谢朓《暂使下都夜发新林至京邑示西府同僚》条)。然而范云本为通直散骑侍郎、本州大中正之闲职,出为零陵内史,同为五品,算不上是严重的贬谪。沈约则是于隆昌元年除吏部郎之后,才出守东阳的,且林家骊先生已据《文馆词林》证其于郁林王登位时尚参与草拟诏书(《沈约事迹二考》,《文史》第四十一辑,1996 年),可知亦未受到明显惩罚。况且与王融的下狱赐死相比,"出为郡守"的惩罚也未免轻重悬殊得太过分了。即使将外迁视为惩罚,这样的"略施惩戒"也表明他们对政变的责任远不能与王融相提并论。

其原委,但始终难以尽释疑点①。对此问题,还有待于进一步的推考。我们所先入为主的"竟陵集团"概念中,恐怕还包含着更为复杂纠结的关系,不可一言以概之。作为中央贵族官僚的这些人物,辐辏在宰相府第中进行文学活动,并不意味着他们在政治生命上也必然就是进退一致的共同体。——无论如何,至少从结果上来看,在政变中有明显存在感的,只有萧、王二人而已。

而与之对立的一方,则是文惠太子之子,当时被立为皇太孙的萧昭业,以及武帝的从弟西昌侯萧鸾(即后来的高宗明帝)。当然,如下所见,还会有其他的配角登场。政变的最终结果,是后者取得了胜利。而这本质上就是萧鸾的胜利。萧昭业当时不过二十岁——萧鸾四十二岁,萧子良三十四岁。《南齐书》卷四《郁林王纪》:

> 昭业少美容止,好隶书,世祖敕皇孙手书不得妄出,以贵重之。进对音吐,甚有令誉……文惠皇太子薨,昭业每临哭,辄号恸不自胜,俄尔还内,欢笑极乐。在世祖丧,哭泣竟,入后宫,尝列胡妓二部夹阁迎奏。为南郡王时,文惠太子禁其起居,节其用度……及即位,极意赏赐,动百数十万。每见钱,辄曰:"我昔时思汝一文不得,今得用汝未?"期年之间,世祖斋库储钱数亿垂尽……与文帝幸姬霍氏淫通。②

萧昭业是一种富贵人家子弟受压抑过度,一朝得志便恣意发泄的不成器典型,其心智还处在不甚成熟的阶段。其得以登位主要是依靠宗室诸王中最年长的萧鸾的力量。对这一点学界有着基本一致的共识。昭业即位仅仅一年,便被把握朝政的萧鸾所杀。萧鸾继而扶植其弟萧昭文为傀儡,不到半年又废为海陵王,自己登位为明帝。然而萧鸾之杀萧昭业,并无坚强的理由。史传中所记昭业的罪恶,归纳起来不过几点:虚伪不守礼法、奢侈无度、淫乱。都无非是些"作风问题",远不至于触及王朝的根本稳定,与刘宋前废帝

---

① 如曹道衡推测,由于萧衍临阵倒戈,表示反对,导致范云等不敢动作,唐春生亦从此说,刘跃进更进而推测萧衍为报父仇,"欲倾高武子孙",在政变中已经倒向敌方。然而正如网祐次所指出:"萧衍虽然拒绝参与拥立竟陵王,但从正史中也看不到他已经投入萧鸾一方,推举萧昭业的记载。"(《中国中世文学研究——南齐永明时代を中心として——》上篇第三章第三节"竟陵王の下の所谓八友"之"王融"条)在永明以后,萧子良已败,萧衍投向萧鸾一方或是事实;然而却不能由此推导出他在子良未死之时就已经公然倒戈。
② 《南齐书》,第73页。

那样的肆意酷杀诸王重臣,导致"内外百司,不保首领"①相比,不过是小巫见大巫罢了。因此《南史》卷五《齐本纪下》史臣论之曰:"虽为害未远,而足倾社稷。"②"足倾社稷"是事后的官样文章,"为害未远"倒真的点出了实情。因此明帝杀昭业、废昭文而登位,是极其名不正言不顺的,为天下所不服③。而其之所以能够罔顾天下舆论,强行登位,正是因为在昭业登位之前,他已经具备了足以左右朝政,扶植天子的力量。

因此这一场政变,虽然是以子良与昭业为核心的皇位争夺战,却必须看作子良、王融与萧鸾之间的斗争。但是,我们也绝不能将眼光仅仅局限在这几个中心人物身上。政治斗争归根到底是派阀与派阀、集团与集团甚至阶级与阶级之争④。究竟子良、王融与萧鸾之间会发生这种激烈斗争的深层原因何在? 斗争经过的真相又是如何? 我们必须要从一个更大的视野,更深远的局势去寻求解释。而只有明了了这一切,王融在这个历史转折点上所处的位置才能得以理解。

在种种相关记事中,有两条尤其值得我们注意。《南史》卷六《梁武帝纪》:

> 融欲因帝晏驾立子良,帝曰:"夫立非常之事,必待非常之人。融才非负图,视其败也。"范云曰:"忧国家者,惟有王中书。"⑤

又《南史》卷四十四《齐武帝诸子竟陵文宣王子良传》:

> 子良既亡,故人皆来奔赴。陆惠晓于邸门逢袁彖,问之曰:"近者云云,定复何谓? 王融见杀,而魏准破胆。道路籍籍,又云竟陵不永天年,有之乎?"答曰:"齐氏微弱,已数年矣。爪牙柱石之臣都尽。命

① 《宋书》卷七《前废帝纪》,第 146 页。
② 《南史》,第 161 页。
③ 《南齐书》卷四十二《萧坦之传》:"江祏兄弟欲立始安王遥光,密谓坦之,坦之曰:'明帝取天下,已非次第,天下人至今不服。今若复作此事,恐四海瓦解。我其不敢言。'"
④ 过去的研究绝大多数正是迷于史书的记载,一味将重点投注于萧、王数人行动细节的考证分析上,不能不说学界对这一问题的研究,还停留在传统史学的层面上。这是另一显然的方法论失误。
⑤ 《南史》,第 169 页。

> 之所余,政风流名士耳。若不立长君,无以镇安四海。王融虽为身
> 计,实安社稷。恨其不能断事,以至于此。道路之谈,自为虚说耳。
> 苍生方涂炭矣,政当沥耳听之。"①

这两条史料,一条发生在政变之前,一条发生在政变之后,但范云与袁象却不约而同地指出:王融的举动是出于"忧国家"的动机,希望达到"安社稷"的效果。而袁象更明确指出其拥立竟陵王的目的在于立长君以镇安四海。我们无需以这些言论来为王融辩护,死者已矣,他的行为动机到底有多少公心,多少私情,并非后人所能揣测。这些观察中包含的意义,毋宁说是为我们揭示了当时的现实情势:在永明十一年,是存在着国家忧患,需要有人来"安社稷"的。文惠太子虽死,由身为皇太孙的儿子继位,是理所当然,完全符合王朝继承秩序的。政变登位的"非常之举"反而被认为是在"忧国家"、"安社稷",只能表明如果按照这种秩序发展下去,便有导致国家动荡覆亡的危险。因此可以断言,在王融有所动作之前,必然已经呈现出某种政治危机———至少对于范云、袁象们而言是如此。萧昭业的年少不成气候,使其无法负荷起镇安四海的重任;而萧子良的图谋登位,在这一意义下则呈现出某种必然性。究竟这一危机意指何在? 而子良、王融,以及与之对立的萧鸾,在这一政治危机中又处在什么样的位置上? 要回答这些问题,必须要从永明政局甚至整个南齐前中期政治史去求得理解。

第二节　萧齐前中期王朝核心构造
———世代传承与风气转变

一、齐高帝、武帝朝务实尚俭的寒门家风

建立了南齐王朝的萧道成,本出身于很贫穷的低等家族②。他的父亲

---

① 《南史》,第 1105 页。标点有改动。
② 对于本节所论萧氏王朝世代风气,论述最为简明得要的倒并非史学著作,而是网祐次《中国中世文学研究———南齐永明时代を中心として———》第一章"永明文学の擁護者"。本节所叙齐高帝、武帝的基本情形,网著有不少已经触及,读者可参阅之。不过网著止于基本情况的说明,并未进而推导世代风气的转移以及对南齐政局变化的影响。

萧承之，是刘宋大将萧思话的家将，而萧思话则是刘宋朝的外戚，是刘裕继母孝懿萧皇后的侄子。外戚是一种具备两重性的身份，在攀龙附凤而显贵的同时总难免有些来路不正的嫌疑，《南齐书》卷五十二《文学·檀超传》：

> 尝与别驾萧惠开共事，不为之下。谓惠开曰："我与卿俱起一老姥，何足相夸？"①

就表现出刘宋时代萧氏这种多少有些尴尬的处境。而萧承之在这个家族当中，身份又是较低的。从史传的记述来看，萧氏一族互为引援，以族人为部曲家兵的特征是很明显的，随萧思话征伐出镇的将领如萧汪之、萧坦等，无疑都是萧氏族人②。另外如萧思话之父萧源之以及萧摹之、萧斌父子等则是宗族中的显贵人物。萧承之只不过是他们的子弟而兼家将中的一员而已。《南齐书》卷一《高祖纪上》：

> 宗人丹阳尹摹之、北兖州刺史源之并见知重。③

可以窥见他的这种处境。《南齐书》卷二十《皇后传》：

> 太祖虽从官，而家业本贫，为建康令时，高宗等冬月犹无缣纩。④

可见萧道成出仕之后，其家境依然是很贫穷的，而齐武帝萧赜就出生在这种环境里。《南齐书》卷三十七《虞悰传》：

> 初，世祖始从官，家尚贫薄。悰推国士之眷，数相分与，每行，必呼上同载，上甚德之。⑤

---

① 《南齐书》，第891页。
② 见《宋书》卷七十八《萧思话传》。
③ 《南齐书》，第2页。
④ 《南齐书》，第390页。
⑤ 《南齐书》，第654页。

可知甚至到萧赜成年出仕以后,家庭经济状况依旧没有改变。萧齐皇室在兴起之初,地位甚低,生活也相当艰苦,与南朝上层的贵族社会有着相当大的距离。理解这一点,对于理解南齐皇室的风气传承与转变有着重要的意义①。

元嘉十六年,萧道成十三岁的时候,曾经受业于当时的大儒雷次宗。论者因此认为南齐皇室从一开始就文化水平较高,胜于刘宋。其实萧道成此时年不过总角,并且仅仅学习了一年左右(这和家境的贫穷或许也有关系),就在第二年随父亲远赴豫章,防守被黜的彭城王刘义康。十三四岁的少年在一两年间学习所能达到的程度,恐怕未见得有多高。不过这一期间的学习使得萧道成对儒术心怀亲近大约倒是事实②。从这个时候开始,萧道成就一直过着军旅杀伐的生涯,伐沔北蛮,征仇池,讨薛安都。他最先担任的官职是萧思话的左军中兵参军,后来又担任西阳王刘子尚的抚军参军,新安王刘子鸾的北中郎将中兵参军。六朝王公军府中各曹置参军,记室、法曹、户曹等参军多由文士担任,而中兵、直兵等掌管内外军队以及辖区防护的参军则是武职。萧道成前后担任的一连串职位都是武职,他在发家时的武将定位是很清晰的。

萧赜出生于元嘉十七年(440),这一年萧道成只有十四岁,就在他出生前后离家赴职。有学者怀疑萧道成十四岁生子未免太早③,不过古人寒微时对生年月日并不像今天一样注重,萧道成的实际出生年月或许比史传所记要更早一些,而武人贫贱之家,儿女成立较早也是很可理解的事情。至少从后来萧长懋、萧子良的年岁来推比,萧赜的生卒年岁应该是没有问题的。他跟随父亲一起征伐创业,一直到建元四年(482)齐高祖驾

---

① 陈寅恪先生以为:“二萧也是寒微士族中的豪家将种,非微贱之族……晋陵武进萧氏出身虽非高门,但亦非微族。”(《陈寅恪魏晋南北朝史讲演录》第十篇“楚子集团与江左政权的转移”)这一判断过于笼统,仍停留在以族论人的层面。萧氏本身当然不至于微贱到是庶民,甚或还可以说凭借着刘宋外戚身份而颇为显贵,但萧道成出身却是其中地位较低的家庭;同时对于本书的讨论而言,经济上的贫乏毋宁说比出身更值得注意。如前所论,六朝贵族的出身高低与经济上的贫富并无必然的对应关系,这两方面对现实的人生都会发生影响。出身高低辐射的方向是政治上的起家任官及进入贵族文化圈的资格,而家庭经济的贫富则会更切实地影响到个人的奢俭观念,以及对相关人群的喜恶。
② 《南齐书》卷二十一《文惠太子传》:“初,太祖好《左氏春秋》,太子承旨讽诵,以为口实。”
③ 逯钦立《先秦汉魏晋南北朝诗》齐诗卷一齐高帝诗附小传。

崩,才即位为帝,这时候他已经四十三岁了。《资治通鉴》卷一百三十五《齐纪一》:"上之为太子也,自以年长,与太祖同创大业。"①作为萧道成的左右手,他在宋末升明元年(477)的沈攸之之役中果断拒守湓口,有力地阻断了沈攸之沿江直下之势,为萧道成的下游布防争取到宝贵的时间,"太祖闻之,喜曰:'此真我子也!'"②萧赜同样是创业开国的将帅之才,其人生中至少一半以上,都是和高等贵族的文雅风流生活绝缘的。

当然,不能因为萧氏起家之初的将种贫家处境,就认为萧道成、萧赜只是不通文墨的一介武夫。在南朝贵族社会的整体环境下,但凡还能跻身士族的家族,多少都会受到文化浸染。赵翼《廿二史札记》"齐梁诸君多才学"条早已指出齐高帝有文学艺术方面的识见和创作。但是反过来,如果因为他们不完全与文学绝缘,就将其与梁武帝那样的文人君主等量齐观,却也是错误的。作为一国之君,他们的基本出身性质依然是依靠武力夺权登位的低等门户,对文化并没有多大的亲近感。不难想见,前期的贫贱艰苦生活,对武帝的人生必定发挥了强烈的形塑作用。因此在史传的记载中,他最为突出的形象,就是好俭朴,重实干;反过来也就是恶奢侈,轻文华。这两点对南齐前期政局造成了深刻的影响,我们必须给予充分的注意。《南齐书》卷三《武帝纪》:

> 上刚毅有断,为治总大体,以富国为先,颇不喜游宴。雕绮之事,言常恨之,未能顿遣。临崩又诏:"凡诸游费,宜从休息。自今远近荐献,务存节俭,不得出界营求,相高奢丽。金粟缯纩,弊民已多,珠玉玩好,伤工尤重,严加禁绝,不得有违准绳。"③

作为天子的武帝,自己过着奢侈腐化的生活,是很自然的事情,但这并不反映他本人的思想倾向。"雕绮之事,言常恨之,未能顿遣"一句最清楚地表现出他的这种矛盾情形。换言之,事实上虽然做不到,但在他的观念中,"节俭"才是正确的。如《南齐书》卷九《礼志上》:"永明中,世祖以婚

---

① 《资治通鉴》,第4252页。
② 《南齐书》卷三《武帝纪》,第44页。
③ 《南齐书》,第62页。"颇不喜"一句中华书局点校本点作"颇不喜游宴、雕绮之事",非。又《资治通鉴》卷一百三十八记作:"然颇好游宴,华靡之事,常言恨之,未能顿遣。"与此即同一事,而好恶不同。揆之齐武帝生平行事,应以《资治通鉴》为是。

礼奢费,敕诸王纳妃,上御及六宫依礼止枣栗暇脩,加以香泽花粉,其余衣物皆停。唯公主降嫔,则止遣舅姑也。"①卷五十三《良政传》:"(永明)四年,荥阳毛惠素为少府卿,吏才强而治事清刻。敕市铜官碧青一千二百斤供御画,用钱六十万。有谗惠素纳利者,世祖怒,敕尚书评贾,贵二十八万余,有司奏之,伏诛。死后家徒四壁,上甚悔恨。"②《南史》卷四十二《齐高帝诸子传》:"是时武帝奢侈,后宫万余人,宫内不容,太乐、景第、暴室皆满,犹以为未足。"③武帝本人的奢侈与他在观念上的提倡节俭同时存在,这看似矛盾,实际上奢侈是个人生活享受方面的事情,而在观念尤其是治国理念上,则大可不妨对他人提出节俭的要求。

至于重视实干方面,前引《南史》卷七十七《刘系宗传》:

> 系宗久在朝省,闲于职事,武帝常云:"学士辈不堪经国,唯大读书耳。经国,一刘系宗足矣。沈约、王融数百人,于事何用。"其重吏事如此。④

可以清楚看到武帝对于只会读书的学士辈的轻蔑。这种重实干,倡俭朴的观念,是源于齐高帝萧道成的家风,体现出低等将门与高等贵族不同的风尚特征,《南齐书》本纪一《高帝纪上》载宋末桂阳王休范之役时:

> 初,(刘)勔高尚其意,托造园宅,名为"东山",颇忽世务。太祖谓之曰:"将军以顾命之重,任兼内外;主上春秋未几,诸王并幼冲,上流声议,遐迩所闻。此是将军艰难之日,而将军深尚从容,废省羽翼,一朝事至,虽悔何追。"⑤

---

① 《南齐书》,第147页。
② 《南齐书》,第921~922页。
③ 《南史》,第1063页。
④ 《南史》,第1927页。这一史料另有极为类似的版本。《南齐书》卷五十六《幸臣传》:"系宗久在朝省,闲于职事。明帝曰:'学士不堪治国,唯大读书耳。一刘系宗足持如此辈五百人。'其重吏事如此。"一作武帝语,一作明帝语,究竟是同一事迹的异闻,还是武帝、明帝都说过类似的话,因而被记录在相似的语境下? 未能遽决。但从《南史》记事的内容来看,既然提到了王融,则"武帝"当不误。或者李延寿所见《南齐书》就是写作"武帝"的。
⑤ 《南齐书》,第9页。

刘勔即王融姐夫刘绘之父。刘勔本人出身并不算高,是长期在广州任官,通过平定广州、荆州、江州内地叛乱而起家的南方将领。但史传称其"少有志节,兼好文义"①。从其自名园宅为"东山"来看,其对王、谢贵族的向往之情至为明显。而他在桂阳王休范之役中战死,被追赠为司空,彭城刘氏这一支就此进入了高等贵族阶层。史谓萧道成与之友好,但这条史料中却表现出对他"深尚从容"这一点大为不满,可见萧氏家风对谢安式的名士风度是很有意见的。又同纪:

> 大明、泰始以来,相承奢侈,百姓成俗。太祖辅政,罢御府,省二
> 尚方诸饰玩。至是,又上表禁民间华伪杂物。②

与上引武帝事对看,则可以看到在萧梁建国之初的政治方针里,显然有着修正刘宋末期糜烂的贵族社会风气的一面③。萧齐皇室最初两代这种务实尚俭的家风,归根到底是由于其出身贫寒,深怀对宋末贵族浮虚风气的不满。

二、第三代继承人的转变:文惠、竟陵的文雅奢侈倾向

萧氏皇室的这种家风,到了第三代,也就是文惠太子萧长懋和竟陵王萧子良的时候,就发生了显著的转变。萧长懋也曾随父亲参与对沈攸之的防守,并曾定计诛杀不受朝廷之命的凉州刺史范柏年,具有政治上的实干。但就在升明二年,年方二十一的他就已经"除秘书郎,不拜","转秘书丞,以与宣帝讳同,不就,改除中书郎,迁黄门侍郎"④。我们已经知道,起家秘书郎是第一流贵族的标志,而秘书丞、中书郎更是非经历一系列迁转程序便不能获得的最高级清官。萧长懋的这一仕历,与其父其祖所经历的道路是截然不同的。这是因为这时候的萧道成已经处在篡位前夕,位高权重,完成了从低等士族到国家重臣的身份转变。从萧长懋开始,这一家庭就从制度上被公认获得了南朝最高贵族的资格。相应地,在不同处

---

① 《宋书》卷八十六《刘勔传》,第 2191 页。
② 《南齐书》,第 14 页。
③ 与此同时,萧道成任荆州刺史的次子萧嶷也忠实地执行这一路线,《南齐书》卷二十二《豫章文献王传》:"时太祖辅政,嶷务在省约,停府州仪迎物。"
④ 《南齐书》卷二十一《文惠太子传》,第 397 页。

境下生活成长的新一代,身上也出现了新的特征。《南史》卷四十四《齐武帝诸子文惠太子传》:

> 及正位东储,善立名尚,解声律,工射,饮酒至数斗,而未尝举杯。从容有风仪,音韵和辩,引接朝士,人人自以为得意。文武士多所招集,会稽虞炎、济阳范岫、汝南周颙、陈郡袁廓,并以学行才能,应对左右。而武人略阳垣历生、襄阳蔡道贵,拳勇秀出,当时以比关羽、张飞。其余安定梁天惠、平原刘孝庆、河东王世兴、赵郡李居士、襄阳黄嗣祖、鱼文、康绚之徒,并为后来名将。①

其风度仪容,获得了上流社会的一致许可。《南齐书》本传亦称其"礼接文士,畜养武人",可以说是允文允武,已经呈现出显然的向文雅转变的痕迹。本传又载其"临国学,亲临策试诸生","太子以长年临学,亦前代未有也"②。

而在比他还小两岁的萧子良身上,就已经完全看不到武人的影子了,《南齐书》卷四十《武十七王竟陵文宣王子良传》:

> 子良少有清尚,礼才好士,居不疑之地,倾意宾客,天下才学皆游集焉。善立胜事,夏月客至,为设瓜饮及甘果,著之文教。士子文章及朝贵辞翰,皆发教撰录。③

其所亲近的都是文人学士,而不见有任何与寒人武将交接的记载。关于萧子良在南齐文坛的地位和作用已见前述。此外,《南齐书》卷二十一《文惠太子传》:

> 太子与竟陵王子良俱好释氏,立六疾馆以养穷民。风韵甚和,而性颇奢丽。宫内殿堂,皆雕饰精绮,过于上宫。开拓玄圃园,与台城北堑等,其中楼观塔宇,多聚奇石,妙极山水。虑上宫望见,乃傍门列修竹,内施高鄣,造游墙数百间,施诸机巧,宜须鄣蔽,须臾成立,若应毁撤,应

---

① 《南史》,第 1099 页。
② 《南齐书》,第 399、400 页。
③ 《南齐书》,第 694 页。

手迁徙。善制珍玩之物，织孔雀毛为裘，光彩金翠，过于雉头矣。①

则可见这对关系亲密的同母兄弟在生活上的奢侈之风。事实上，萧氏兄弟身上发生的这种变化，在南朝贵族社会可以说是顺理成章的。如第三章中所述，地方上的武力豪族要进入中央，在贵族官僚体系中达到一个较高的地位，并且维持家族的长期发展，就必须要通过世代转移，逐渐实现向文化贵族的转变，河东柳氏、吴兴沈氏如是，兰陵萧氏成为皇室后，便是贵族的最高代表，更加不能不如是。对于萧道成、萧赜而言，征战杀伐是生涯的主要经验，而残酷的环境更迫使他们不得不发展面对现实斗争的能力；而对于长懋、子良兄弟，尤其是对于后者而言，父祖的艰辛创业经过只是家族传奇史中的昔日往事而已。从他们少年时候开始，就已经由于祖父的地位而获得了最高贵族的资格。都城精致文雅的贵族文化才是属于他们的生活。长懋作为太子还必须要面对波谲云诡的宫廷斗争，子良则是所谓"居不疑之地"的亲王，在王朝体系中早安排好了他的位置。如果没有夺位野心的话，只消本分顺从父兄就可以安享富贵，他在政治触角和实务能力上的衰退毋宁说才是符合逻辑的。由于这种生命经验的不同，因而发生性情观念上的转变，也就是自然而然的事情了。事实上文化理想的发达与奢侈华丽总是相伴而行的。奢侈在现实中可能导致败坏，但在文化上却并不是坏事，毋宁说是文化得以发达的基本前提。仓廪实而知礼节，衣食足而知荣辱。因为有剩余，所以才能从事基本生存以外的无用之事，追求食不厌精脍不厌细的境界。奢侈不一定就有文化理想，但要有文化理想，却不能不奢侈。东晋南朝贵族社会的奢侈以及实务处理能力的低下，从统治阶级的腐化堕落角度来理解固然不能说是错，但除非我们认可人类社会应永远处在粗鄙无理想的实务技术官僚的统治之下，否则便不能否认这当中所包含的文化价值。单纯追求解决具体问题，排斥一切无用之物的社会环境，不过是以维持基本生存为目标的低级状态罢了，近于动物社会。不妨说这种状态刚健质朴，但这当中却孕育不出文化理想②。萧齐第三代的风气转变，决不能仅仅从个人生活是否腐化或者个人兴趣是否爱好文学来理解，而是包含着社会性阶级性

---

① 《南齐书》，第401页。
② 参内藤湖南《论民族文化与文明》，收入《东洋文化史研究》，林晓光译，复旦大学出版社2016年版。

的本质表现。必须要从这种基本文化进程的角度,视之为南齐政权从"开国创业"向"文化守成"阶段蜕变的转折点,我们才能真正理解永明政局的变动根源。

这种世代之间的差异,最终必然地引起了父子矛盾——也就是国家领袖与皇位继承人之间的矛盾。上引文惠太子传中"虑上宫望见"一句已可窥见这种情形。同传又载:

> 后上幸豫章王宅,还过太子东田,见其弥亘华远,庄丽极目,于是大怒,收监作主帅,太子惧,皆藏匿之,由是见责。①

在长懋死后,这一余波还牵涉到了子良。《南齐书》卷四十《武十七王竟陵文宣王子良传》:

> 文惠太子薨,世祖检行东宫,见太子服御羽仪,多过制度,上大怒,以子良与太子善,不启闻,颇加嫌责。②

武帝对于文惠的不满,一方面在于其奢侈无度,换言之,是个人作风问题;一方面也在于其僭越制度。对于等级森严,最为忌讳图谋篡位的宫廷政治而言,在服饰宫室制度上违反秩序的皇子,最有心怀不轨的嫌疑③。作为皇位继承人的文惠之所以如此畏惧被武帝发现自己的奢侈过制,原因也在于此。

同时我们还必须对前引《南史·恩幸传》中"沈约、王融数百人,于事何用"一语给予特别的注意。前面我们已经论述过,王融是竟陵王集团中的核心人物,而沈约则是文惠太子最重要的东宫亲信。从这个角度,我们才能真正理解为何武帝会将矛头指向这两人。很显然,武帝对沈约、王融

---

① 《南齐书》,第 401 页。

② 《南齐书》,第 700 页。

③ 与此如出一辙的是,武帝其他皇子也同样有着类似的表现,并且遭到武帝的责备。《南齐书》卷四十《武十七王传庐陵王子卿传》:"子卿在镇,营造服饰,多违制度。上敕之曰:'吾前后有敕,非复一两过,道诸王不得作乖体格服饰,汝何意都不忆吾敕邪?忽作玳瑁乘具,何意?已成不须坏,可速送下。纯银乘具,乃复可尔,何以作镫亦是银?可即坏之。忽用金薄裹箭脚,何意?亦速坏去。凡诸服章,自今不启吾知,复专辄作者,后有所闻,当复得痛杖。'"

的批判,归根结底其实也就是对文惠、竟陵文雅化贵族化倾向的不满。而父子之间的这种矛盾如上一节所述,并非个人之间有何不和,而是父子两世代由于出身经历而导致其各自所属阶级倾向的不同。这种阶级差异比个别人事造成的矛盾更持久,影响也更其深远。

三、萧齐皇室四角稳定结构及其崩坏

当然,世代之间的矛盾在武帝朝是不会尖锐爆发出来的。因为无论如何,武帝乃是一国之君,作为儿子的文惠、竟陵与作为臣子的一干学士,在伦理上都是其臣民,绝不会对其有任何违抗。随着武帝的逐渐老去,政权转移到文惠兄弟手中,政权核心的贵族化进程必然逐步强化;但只要武帝在位一天,永明时代的国家机器运转就不会因这种矛盾而发生故障。而与此同时,皇室的另一位元老豫章文献王萧嶷也在其间发挥了颇重要的稳定润滑作用。在第四章中我们已经指出,齐高帝萧道成共有十九子,长子萧赜、次子萧嶷为高帝刘皇后一母所生,相去仅四岁,都在萧道成代宋过程中立下功勋。然而第三子萧映却小于萧嶷十四岁之多,已经与下一辈的长懋、子良年岁相当。这种年龄间的断层使得萧嶷在一众兄弟中居于特殊地位,即无可争议的"相王"。南朝惩于东晋外姓大臣擅政,皇权衰弱之失,从刘宋开始,便至为重视以诸王辅政。然而诸王若过于年少,便难以担当宰相之职,出守方镇也容易成为典签帅或长史的傀儡;而如果诸王中同时有数人与天子年岁相近,又容易形成争权局面,甚至对君权形成威胁,导致"主相之势分,内外之难结"[1]的恶劣局面。萧嶷与武帝同母而生,友爱深笃,比其余诸王年长得多,同时又严守本分,为政宽厚,正是最符合"相王"所需条件的。《南齐书》豫章文献王传位列第三,仅次于文惠太子,而不与其余诸王同传。传称:

> 建元中,世祖以事失旨,太祖颇有代嫡之意,而嶷事世祖恭悌尽礼,未尝违忤颜色,故世祖友爱亦深……嶷不参朝务,而言事密谋,多见信纳……上与嶷同生相友睦……嶷常虑盛满,又因宫宴,求解扬州授竟陵王子良。上终不许,曰:"毕汝一世,无所多言。"……为治存宽厚,故得朝野欢心。[2]

---

[1] 《宋书》卷六十八《武二王彭城王义康传》,第 1791 页。
[2] 《南齐书》卷二十二《豫章文献王传》,第 409、410、413 页。

纵观南齐史事,萧嶷在缓和皇室矛盾方面的作用尤其显著①。与萧赜、萧嶷兄弟情形极相类似的,正是萧长懋、子良兄弟。长懋兄弟也是一母同生,关系亲厚。子良小于长懋两岁,却长于三弟子卿八岁之多。武帝"与太祖同创大业",文惠也"久在储宫,得参政事",两人身上都具备成熟的帝王品质;而萧嶷和子良则都呈现出才华与恭顺的性情。这种两代同构——并非"父—子"之间单线传承,而是包括相王之位在内的"君—相"模式也一并得到传承的构造机制,在当时人眼中强烈地呈现为永明政治核心的特征。纵观《南齐书》所载,萧嶷、萧子良在两代诸王中的形象极为突出,与余王完全不成比例。这在文学上也有所表现,如王融《三月三日曲水诗序》中,便清晰地呈现出这一结构。王融在大幅赞颂了武帝和太子之后,接下来便开始称扬萧嶷与子良:

> 若夫族茂麟趾,宗固磐石,跨碾昌姬,韬轶炎汉。元宰比肩于尚父,中铉继踵乎周南。②

元宰即时任太傅的萧嶷,而中铉③则谓时任司徒的萧子良。《曲水诗序》的这种文学表现可以成为有力的考史依据,因为这类作品并非一般的个人抒怀之作,而是在皇朝盛大仪典中作代表官方的发言(参第六章),遣辞发语都经过精心的安排量度。倘若当时的政治构造中还有第三人具有相似的重要性,王融是绝不会忽略不提的④。

这种两代同构强力地保障了永明政局的稳定。萧嶷为相辅佐武帝,

---

① 《南齐书》卷三十五《高帝十二王传》:"(长沙王)晃爱武饰,罢徐州还,私载数百人仗还都,为禁司所觉,投之江水。世祖禁诸王畜私仗,闻之大怒,将纠以法。豫章王嶷于御前稽首流涕曰:'晃罪诚不足宥。陛下当忆先朝念白象。'白象,晃小字也。上亦垂泣……世祖幸豫章王嶷东田宴诸王,独不召(武陵王)晔。嶷曰:'风景殊美,今日甚忆武陵。'上乃呼之。晔善射,屡发命中,顾谓四坐曰:'手何如?'上神色甚怪。嶷曰:'阿五常日不尔,今可谓仰藉天威。'帝意乃释。"

② 《文选》卷四十六,第 2844 页。

③ 铉为鼎耳,代指三公。司徒位居三公之中,故称中铉。

④ 又《南齐书》竟陵文宣王子良传:"初,豫章王嶷葬金牛山,文惠太子葬夹石,子良临送,望祖硐山,悲感叹曰:'北瞻吾叔,前望吾兄,死而有知,请葬兹地。'"以及《豫章文献王传》载萧嶷临终时对其子遗言:"与汝游戏后堂船乘,吾所乘牛马,送二宫及司徒(按即武帝、太子及子良),服饰衣裘,悉为功德。"则都透露出萧嶷与子良对此的自觉。

开创了永明盛世。而下一代的继承人身上又呈现出这种乐观的相似结构。对当时的政治预期而言，这无疑是最有效的定心丸。《南齐书》卷二十一《文惠太子传》：

> 太子年始过立，久在储宫，得参政事。内外百司，咸谓旦暮继体。及薨，朝野惊惋焉。①

武帝晚年耽于游宴，政务已经逐渐移交太子处理②，而竟陵王也位居宰相，至少在法定意义上完全掌控了国家权力，"内外百司"都悠然等待着一次平稳的政权交接出现，第二次的"永明之治"已经近在眼前。太子、竟陵王的权力稳定化无疑将使得南齐政治朝着贵族乐观的方向发展。如果按照正常的发展线路，萧长懋顺利登位，那么南齐政治史将会按照一个正常的贵族王朝发展轨迹延伸下去，萧齐皇室完全转化为贵族文化的最高代表，而寒门势力自然也就不得不继续遭到压抑。——当然，接下来的发展，在贵族社会中也是有着定式的。继位的君主可能充分自觉到贵族文化的魅力，因而与贵族阶层和谐相处，共同支撑国家机器的运转（与之相对的是寒人阶层的反抗激化，从而导致镇压或革命）。另一种可能是像刘宋中期那样，君主从另一个方向展开皇权集中化倾向对贵族力量的压制，直到贵族社会无法忍受，推出其他成员取而代之；而如果皇帝终于实现对贵族社会的压制，就会导向隋唐帝国那样的君主集权帝国。这样的几种模式，可以说就是在贵族制政治中反复上演的基本剧目。但永明末年的剧变却使得这一进程被腰斩，萧齐王朝因而不得不呈现为一种未完成态。

　　像这样的一种四角结构，原本是传统政治构造中相当稳定可行的一种形态，然而在永明政权交接中，却表现出了一个显著的弱点，那就是过于依赖作为皇朝核心的天子个人的存在。在永明末年王俭去世以后，朝廷中已经没有真正有力的贵族重臣，王融、刘绘等新一代的贵族领袖尚在成长当中，唯一的、也是最有力的依靠就在于文惠太子的顺利登位。然而在永明末年，这种稳定结构却被突然打破。先是萧嶷于永明十年去世——下文我们会看到，反对势力在这时已经蠢蠢欲动，打出舆论牌准备

---

① 《南齐书》，第402页。
② 《南齐书》文惠太子传："上晚年好游宴，尚书曹事亦分送太子省视。"

反攻了;而十一年初,年富力强,仅仅三十六岁的太子又猝然病逝。这一变局,大大超出了时人的预料。原本早已确定的皇朝传承机制陷入危机当中。贵族的危机也就是寒门的良机。子良是作为"相王",而不是作为天子被期待和培养的,虔信佛教、仁厚慈悲的他对于独力承担贵族政治将来的重任,显然缺乏足够的时间和心理准备。文惠之子昭业虽被立为太孙,但他的不成气候却成为无法解脱的阴影,一直到最后,继承人问题也未能完全落定①。随着武帝半年后的病重,这一危机终于通过一场政变,被激烈地表现出来了。

四、西昌侯萧鸾:贵族政治中的危险因素

下面我们必须要将目光转向另一个重要的人物,那就是在政变中取胜,并最终获得帝位的萧鸾。他是武帝的堂弟,高帝之弟道生之子,在永明年间封为西昌侯。萧鸾父亲很早便去世了,是由萧道成抚养长大的。他比萧赜小十二岁,比萧长懋年长六岁,实际上世代是夹在萧赜父子之间。在永明十年萧嶷去世之后,武帝诸弟都还年少,他已经是宗室中资格最老的一人了。

由于与长懋年龄上的六岁差距,萧鸾便与萧齐第三代之间产生了严重的代沟。我们再看一次前引《南齐书》卷二十《皇后传》:

> 太祖虽从官,而家业本贫,为建康令时,高宗等冬月犹无缣纩。②

高宗即萧鸾。可以知道他小时候也体验过贫穷苦寒的生活。他最早的仕官为安吉令(八品),是很典型的寒士身份,与文惠起家的秘书郎相去云泥。萧鸾成长时期所经历的,是一种寒门人生。而在作为宗室封侯显贵以后,他依然过着一种俭朴克制得近乎苛刻的生活。《南齐书》卷六《明帝纪》:

---

① 《南史》卷四十四《齐武帝诸子传》:"初,子敬为武帝所留心,帝不豫,有意立子敬为太子,代太孙。子敬与太孙俱入参毕同出,武帝目送子敬良久,曰:'阿五钝。'由此代换之意乃息。"

② 《南齐书》,第390页。

> 王子侯旧乘缠帷车,高宗独乘下帷,仪从如素士。公事混挠,贩
> 食人担火误烧牛鼻,豫章王白世祖,世祖笑焉。①

对于提倡俭朴的武帝而言,萧鸾这种虽贵而不奢,维持寒门风气的表现,无疑是值得赞赏的。然而萧鸾的这种表现却只不过是一种矫情虚伪的表演而已。《南齐书》卷二十《皇后传》:

> 高宗仗数矫情,外行俭陋,内奉宫业,曾莫云改。②

表演的对象当然毫无疑问是武帝。由于奢侈过制而被大加责罚的文惠太子的反面,就是清廉自制到超出常度的萧鸾。他由此而博得了武帝的强烈好感。

与此同时,明帝是一个与文雅之道毫无干涉的人。萧道成还留下了长篇的四言诗一首,武帝也作有乐府中的一曲《估客乐》,文惠和竟陵当然不消说,然而明帝却无论在行事记载上还是作品上都没有任何相关痕迹遗留下来。《南齐书》卷五十三《良政传》:

> 明帝自在布衣,晓达吏事,君临亿兆,专务刀笔。③

又《资治通鉴》卷一百三十八《齐纪四》:

> 初,西昌侯鸾为太祖所爱。鸾性俭素,车服仪从,同于素士,所居
> 官名为严能,故世祖亦重之。④

他很显然是彻头彻尾地保持了萧氏兴起之初寒贱务实家风的人物,与贵族阶层格格不入。《南齐书》卷四十二《王晏传》:

> 上欲以高宗代晏领选,手敕问之。晏启曰:"鸾清干有余,然不谙

---

① 《南齐书》,第 83 页。
② 《南齐书》,第 395 页。
③ 《南齐书》,第 913 页。
④ 《资治通鉴》,第 4334 页。

百氏，恐不可居此职。"上乃止。①

谱系氏族之学，正是南朝贵族所最重视的知识，而吏部尚书以及吏部郎就是按照贵族门阀原则铨选百官的，因此吏部核心职位非由最高等的贵族担任不可。缺乏贵族应有知识修养的萧鸾，是无法担任吏部尚书的，即便武帝加意提拔也无法改变。在萧鸾身上，重吏事、恶文华的性质比武帝更甚，其与文惠、竟陵为首的文人学士集团水火不能相容，是理所当然的事情。《南齐书》卷二十一《文惠太子传》：

> 太子内怀恶明帝，密谓竟陵王子良曰："我意色中殊不悦此人，当由其福德薄所致。"子良便苦救解。后明帝立，果大相诛害。②

按照王朝制度的常规，只不过是宗室一员的萧鸾，地位要比武帝、豫章王、文惠太子和竟陵王低得多，本不应对继位问题造成太大的影响。但事实却并非如此。由于武帝的亲信，以及作为宗室长者的身份③，他在永明末年显然已经具备了成为势力核心的条件。萧鸾权力膨胀的过程我们今天已经不能很仔细地给予复原，但从永明十一年政变全过程来看，王融失败的原因就在于萧鸾的出现，而事后最大的获益者也同样是他。至少到了这个时候，他已经获得了超出常规所允许的政治能量，成为左右王朝命运的一个强大力量了。如果文惠不死，萧鸾自然无力兴风作浪，但皇朝继承人危机的出现，却为他提供了最好的舞台。

从以上的讨论，我们已经可以很明白地看到永明十一年政变的本质所在——这绝非单纯的皇朝内部争权夺位，而是一场在国家内忧外患的严峻形势下，借着皇位争夺战的形式爆发出来的，贵族阶层与寒门阶层之间的尖锐斗争。萧齐皇室本起于寒门，得天下后逐渐向着贵族方向转化。但由于萧嶷与文惠的死去，皇朝稳定的传承结构被打断，原本顺利发展中

---

① 《南齐书》，第 742 页。

② 《南齐书》，第 402 页。

③ 《南齐书》卷三十五《高帝十二王鄱阳王锵传》："锵雍容得物情，为郁林王所依信。郁林心疑高宗，诸王问讯，独留锵谓之曰：'公闻鸾于法身何如？'锵曰：'臣鸾于宗戚最长，且受寄先帝。臣等年皆尚少，朝廷之干，唯鸾一人，愿陛下无以为虑。'"充分见出萧鸾这种"宗戚最长"身份在当时的影响力。

的萧齐皇室贵族化进程遭遇挫折。而萧鸾借此机会最终登上帝位的结果，更完全使其产生大逆转。关于明帝重用寒人的情形，当时人言曰：

> 建武以后，草泽底下，悉化成贵人。①

这对于贵族而言是最恶劣的局面，贵族社会秩序被完全搅乱，直至梁武帝重新建立起另一个贵族王朝，并且进行了大规模的贵族官僚体制改革，方始重新恢复。这一过程，可以说就是南齐中央政治史变迁的基本脉络。而王融在政变中的行动，就必须要从这一脉络出发，方能获得理解。

五、晋宋故事：萧子良登位的现实可能性

但是我们还需要问一个问题，那就是萧子良的继承权问题。至今为止的所有研究，都将王融所发动的这一政变视为冒天下之大不韪的野心作乱，唯一的区别只在于这是王融一人的自作主张，还是萧子良（甚或武帝）的意图罢了。换言之，既然有皇太孙在，子良企图登位就是名不正言不顺的。事实倘若是如此，那么继承人问题其实也就不成为什么重大问题了，毕竟"乱臣贼子人人得而诛之"，无论形势对贵族如何不利，也缺乏发动政变的借口。然而，《资治通鉴》卷一百三十八《齐纪四》：

> 郁林王之未立也，众皆疑立子良，口语喧腾。②

从这里却可以清楚地看到，王融拥立竟陵并不是一种缺乏可行性的作乱，而是基于现实政治的氛围结果。与此类似的政治时期，在数十年后再一次出现，那就是萧梁中大通三年昭明太子薨，梁武帝没有立萧统之子萧欢为皇太孙，而是立萧统同母弟萧纲（简文帝）为太子。除了当时梁武帝未驾崩，立太子之事得以顺利实行之外，各种情形与永明末年均极相似③。

---

① 《梁书》卷二十《陈伯之传》引褚缉语，第312页。
② 《资治通鉴》，第4334页。
③ 从这一点来看，曾经身为竟陵集团重要成员的萧衍之所以作出这一抉择，恐怕在内心深处还存在着以前朝为鉴的心情。正是由于竟陵王在政变中失败，皇太孙登位，才导致了此后一系列的混乱局面。"立嫡"未必会带来好结果，这在梁武心里也许留下了深刻的一道痕迹。

陈寅恪先生在论及此事时曾说:

> 梁武帝之所以废嫡立庶,是因为南朝整个社会不重视嫡子。①

这一表述很显然是不恰当的②,不过其所指出的现象却值得重视,那就是南朝社会中没有严格的嫡子继承制。嫡子继承当然是符合礼制的,但在当时人的观念中这并不绝对,"立长"(同时也意味着"立贤")也完全是可以成立的。《南齐书》卷三十五《高帝十二王武陵王晔传》:

> 大行在殡,竟陵王子良在殿内,太孙未立,众论喧疑。晔众中言曰:"若立长则应在我,立嫡则应在太孙。"③

就表现出这一点。至于这里的"众论喧疑"当然就是"众皆疑立子良"的"口语喧腾"了。文惠太子与武帝先后去世,作为太孙的萧昭业当然享有第一顺位继承权;但萧晔所言却正表现出"立长"也是一条需要考虑的途径。萧晔虽然夸言自己具有"立长"理论下的第一继承顺位,然而他在高帝诸王中是最被武帝嫌恶的一人,地位极受排挤,在永明时代频有怨言④;

---

① 《陈寅恪魏晋南北朝史讲演录》第十二篇"梁陈时期士族的没落与南方蛮族的兴起",第 172 页。

② 陈先生依据的是《颜氏家训·后娶篇》:"江左不讳庶孽。"但只是"不讳",换言之,嫡庶之间的界限没有那么严厉而已,决不能因此就反过来说"不重视"嫡子。更重要的是,《颜氏家训》所说"庶孽"其实是指正妻与妾所出不同;而萧长懋、萧子良兄弟与萧统、萧纲兄弟都是一母所出,这里的"嫡庶"其实是"长幼",并不能据此条予以证明。这也许是陈先生随意口语,也许是记录者的失误所致。陈先生下引史料本身就说明嫡庶之间还是有着理论上的分别的:"帝既废嫡立庶,海内噂𬤊,故各封诸子大郡以慰其心。"(《南史》卷五十三《梁武帝诸子传》)又,关于这一问题,唐长孺先生有《读〈颜氏家训·后娶篇〉论南北嫡庶身份的差异》一文(《历史研究》1994 年第 1 期),论证详明,读者请参阅之。

③ 《南齐书》,第 626 页。

④ 《南齐书》本传:"晔无宠于世祖,未尝处方岳,数以语言忤旨……以公事还过竟陵王子良宅,冬月道逢乞人,脱襦与之。子良见晔衣单,荐襦于晔。晔曰:'我与向人亦复何异!'尚书令王俭诣晔,晔留俭设食,枰中菘菜鲍鱼而已。又名后堂山为'首阳',盖怨贫薄也。"子良可谓有德于叔父,然而小恩小惠显然不足以使萧晔消除对他们这些得意者的怀恨,"我与向人亦复何异"一语更表现出他的愤激讥刺之情。

并且其实际年龄也比子良要小七岁①。他所谓"立长"的依据只不过是从辈分上的强辩,实际上毫无继位的可能性。因此萧晔在关键时刻站出来为太孙撑腰,不过是选择政治站队的结果,企图报复武帝父子以及博取政治资本罢了,其唯一的目的就在于排除萧子良继位的合法可能。而从事后的结果来看,这更有可能是萧鸾一方策划的舆论手段——在郁林王登位之后,萧晔立刻就被晋升为卫将军②。总而言之,当时是"立子良"还是"立太孙",已经处在一触即发的紧张关头,而后者在舆论上却并不占优势,仍然需要煞费苦心地经营策略。这是我们基于后世观念观察六朝时很容易误解的。

而这种相似的情形,在永明以前也已经出现过。《宋书》卷六十八《彭城王义康传》:

> 从事中郎琅邪王履、主簿沛郡刘敬文、祭酒鲁郡孔胤秀,并以倾侧自入,见太祖疾笃,皆谓宜立长君。上疾尝危殆,使义康具顾命诏。义康还省,流涕以告湛及殷景仁,湛曰:"天下艰难,讵是幼主所御。"义康、景仁并不答,而胤秀等辄就尚书仪曹索晋咸康末立康帝旧事③,义康不知也。④

刘义康为相王,总理朝政,当天子病危之时,其属下制造舆论,以幼主不堪临天下,宜立长君。这些条件无不与永明末年如出一辙。而史料中提到的"晋咸康末立康帝旧事",《晋书》卷七《康帝纪》:

> 初,成帝有疾,中书令庾冰自以舅氏当朝,权侔人主,恐异世之后,戚属将疏,乃言国有强敌,宜立长君,遂以帝为嗣。⑤

---

① 据《南齐书》卷三十五《高帝十二王传》,萧晔生卒年为467~494。
② 萧鸾是极擅长策划舆论手段的人物。如《南齐书》卷四十二《江祏传》:"时新立海陵,人情未服,高宗胠上有赤志,常秘不传,祏劝帝出以示人。晋寿太守王洪范罢任还,上祖示之,曰:'人皆谓此是日月相。卿幸无泄言。'洪范曰:'公日月之相在躯,如何可隐? 转当言之公卿。'上大悦。"
③《隋书·经籍志》史部旧事类有《汉魏吴蜀旧事》《晋故事》《晋东宫旧事》等,殆即此类。
④《宋书》,第1791页。
⑤《晋书》,第187页。

晋康帝就是晋成帝的同母弟。东晋成、康朝的皇位继承，是由门阀贵族同时也是外戚的庾氏把持实现的。虽然据史书所言，庾冰此举的真实原因在于巩固庾氏家族的权位，但可以作为公开理由的却是"国有强敌"——这也同样正与永明末年北魏南征的政治局势无异。从现代史学立场我们很容易给出对此事件的解释：东晋门阀政治繁盛，士族权力凌驾于帝室之上，因此庾冰扶立长君之举轻易实现。然而这乃是千载以下的史家事后之论。宋齐时期距东晋中期不过百年，还缺乏足够的历史长度，让当时人足以清楚意识到自己所处的时代已经发生了变化。对他们而言，古代经典和历史经验仍然是指导着贵族社会行动的基本准则。时人对时代的认知，是"江左以来有立长君故事"，因此刘宋时期图谋扶立刘义康的党与会去向尚书议曹索取这一旧事的档案，作为扶立长君的历史依据。尽管他们最终失败，但却反映出"非常事态，当立长君"的观念在当时确实是存在的，否则刘义康党就无法以此为口实。

这种"立长不立嫡"的行动或者至少是意图，在晋、宋、齐、梁四朝连锁性地反复出现，足以让我们看到对当时人而言"拥立子良"是一种怎样的行为，那并不像我们所想象的那样，是一种冒天下之大不韪的犯上作乱，而是一种基于历史传统的现实可能性。尽管这种可能性随着贵族政治的衰退已经越来越难以实现，但这并无碍于当时人作出这种选择。在太孙年少不贤，国家强敌压境，子良贤王年长，且为太子同母弟等种种条件的凑合下，"子良继位"无疑完美地符合着人们对历史故事的印象。从这一角度看，我们也必须承认王融的政变图谋是一种不乏合理性的筹策，并非完全是野心家式的投机赌博。

第三节　永明政局大势
——贵族集团与寒门集团的对峙

一、贵族路线：王俭、文惠与竟陵

如前数章所述，在宋齐时代的动荡混战中，豪族寒门甚至寒人武将纷纷借机跃升，进入中央高层，导致王、谢贵族与之发生强烈的冲突。而逐渐加强的君权也往往利用这些寒门势力，相互结合，排挤旧贵族势力。在皇室中同时存在的这两种倾向——作为天子个人皇权的逐渐加强,以及作为贵族代表的皇室向贵族化方向转变,在南朝政治史中往往此消彼长地呈现。在永明时代的中央政局,皇室世代之间存在着务实尚俭和文雅奢侈的差异,而朝堂大臣中也同样可以清晰地看到这种阶层区别与斗争。贵族集团与寒门集团分别围绕在皇室核心人物的周围,进行着权力上的拉锯。

贵族方面的领导人物,当然是王俭。南齐代宋,最为代表性的两位高门功臣乃是褚渊与王俭。前者在刘宋时代早已是一时名士,与萧道成同受宋明帝顾命,与袁粲、刘秉合称"四贵"。褚渊虽然不像袁、刘一样激烈反抗,但最初也并不附和萧道成,只是在宋齐鼎代大势已不可逆转的情况下选择了站队而已。因此其象征意义远大于实际功能。王俭则完全不同,《南齐书》卷二十三《王俭传》:

> 俭察太祖雄异,先于领府衣裾,太祖为太尉,引为右长史,恩礼隆密,专见任用。转左长史。及太傅之授,俭所唱也。少有宰相之志,物议咸相推许。时大典将行,俭为佐命,礼仪诏策,皆出于俭,褚渊唯为禅诏文,使俭参治之。[1]

从宋元徽三年萧道成任中领军时开始,王俭就已经追随左右,在宋齐革命过程中居功至重。建元四年褚渊去世以后,他就是独一无二的贵族高门领袖了。关于王俭与文惠、竟陵的关系,学者或以为前者所领导的高门文化集团与后者所领导的寒门文化集团之间存在着对峙关系[2],其说近年且开始产生一定的影响。然而这不能不说是与事实南辕北辙的误解。如上节所论,文惠、竟陵身上的贵族气质已经完全压倒其寒门出身,与王俭性质趋同。三人之间非但绝对不是对峙关系,并且还是属于同一贵族文化阵线的代表人物,共同与武帝、萧鸾所代表的寒门路线相对立。这一点,从王融身上得到了最清晰的体现。王融与永明贵族政治三巨头都有着亲密关系,他既是王俭从子,为其所赏誉奇惮,并为王俭撰写让表;又曾任文

---

[1]《南齐书》,第434页。

[2] 汪春泓《论王俭与萧子良集团的对峙对齐梁文学发展之影响》,《文学遗产》2006年第3期。

惠太子舍人,并与其有佛教文学上的合作(参第九章);同时还是竟陵集团中的核心人物。如果王俭与二萧之间存在着嫌隙,王融又岂能同时在两者之间如此游刃有余? 事实上像王融这样同时与王俭和萧氏兄弟关系密切的士人为数甚夥,史籍中屡屡可见。任昉、萧衍皆在竟陵八友之列,《梁书》卷十四《任昉传》:

> 永明初,卫将军王俭领丹阳尹,复引为主簿。俭雅钦重昉,以为当时无辈。①

《梁书》卷一《武帝纪》:

> 起家巴陵王南中郎法曹行参军,迁卫将军王俭东阁祭酒。俭一见,深相器异,谓庐江何宪曰:"此萧郎三十内当作侍中,出此则贵不可言。"②

何宪出身庐江何氏高门,《南齐书》卷三十四《虞玩之传》:

> 时人呼孔逿、何宪为王俭三公。③

然而他同时又是竟陵西邸学士(见《金楼子·说蕃》篇)。凡此种种不胜枚举,均可见出在王俭与二萧的旗帜下存在着一个交流频繁、关系良好的士人群体。不但如此,王俭与文惠、竟陵王本人就有着密切的交往合作关系。任昉《王文宪集序》:

> 皇太子不矜天姿,俯同人范,师友之义,穆若金兰。④

文惠以长年临学,而王俭当时任国子祭酒,是他的老师,不过王俭年纪仅

---

① 《梁书》,第 252 页。
② 《梁书》,第 2 页。
③ 《南齐书》,第 611 页。
④ 《文选》卷四十六,第 2873 页。

长于文惠六岁,况且对方又是太子,所以这里说"师友之义"。又任昉《齐竟陵文宣王行状》:

> 文皇帝养德东朝,同符作者,爰造《九言》,实该百行。导衿褵于未萌,申炯戒于兹日。非直旦暮千载,故乃万世一时也。命公注解,卫将军王俭缀而序之。①

文惠造《九言》,子良注解,王俭为序,这种合作除了说明他们之间的亲密同志关系之外,实无法再有别的解释——私人性的合作与社会应酬或公事制度不同,后者往往有迫于形势的违心行动,不可一概视为内心感情的流露;但如果相互立场对立,文惠便完全不需勉强找王俭作序。作为皇位继承人的长懋,相王子良,素族宰相王俭,这样力量强大的"三位一体",在永明朝无疑足以占据主流地位,以其为核心聚集起贵族官僚的阵营。而太子东宫、司徒府以及尚书令署中的佐属幕僚,自然也都属于他们一派了。但是,正如文惠之死会打破贵族、寒门之间的平衡一样,早在永明七年,王俭就已因病去世(并且诸王中的有能者临川王萧映也在同一年薨逝),从那时开始,就已经出现袁彖所谓"齐氏微弱"、"爪牙柱石都尽"的征兆了。

二、寒人路线:萧鸾、寒门武将与武帝东宫亲信

萧鸾,我们上面已经指出他的寒门性,以及他在政变之前就已经具备的庞大力量。而这种庞大力量从何而来呢? 虽然史无明文,不过我们依然可以从某些痕迹加以推断。在政变胜利以后,萧鸾即废杀萧昭业。《南齐书》卷四《郁林王纪》:

> 高宗虑变,定谋废帝。二十二日壬辰,使萧谌、坦之等于省诛曹道刚、朱隆之等,率兵自尚书入云龙门,戎服加朱衣于上。比入门,三失履。王晏、徐孝嗣、萧坦之、陈显达、王广之、沈文季系进。②

这里我们看到了一份名单。从政变到废郁林王,中间不过相距一年,冰冻

①《文选》卷六十,第 3645~3646 页。
②《南齐书》,第 74 页。

三尺非一日之寒,政治势力的结合也不可能一蹴而就。这份名单,不妨说就正呈现出拥护萧鸾势力的基本状况。又《南齐书》卷三《武帝纪》所载武帝遗诏中云:

> 内外众事无大小,悉与鸾参怀共下意。尚书中是职务根本,悉委王晏、徐孝嗣。军旅捍边之略,委王敬则、陈显达、王广之、王玄邈、沈文季、张瓌、薛渊等。①

可以看到名单中所列人物大抵都在其中。下文将证明这份遗诏并非武帝本人所制,而是出于萧鸾一党之手,然则这些人物会出现在遗诏中,被赋予重任,更表明他们在政变之时就已经投入了萧鸾阵营,或者至少与之关系密切。那么接下来就让我们对这份名单大略作一调查,看看其构成元素如何。

关于陈显达和沈文季,我们在第三章中已经有所论及。出身寒人的陈显达宣言不与王、谢同流,而沈文季出身吴兴沈氏,为沈庆之次子,《南齐书》卷四十四《沈文季传》:

> 文季风采棱岸,善于进止。司徒褚渊当世贵望,颇以门户裁之,文季不为之屈……世祖谓文季曰:"南士无仆射,多历年所。"文季对曰:"南风不竞,非复一日。"②

其侄沈昭略亦与琅邪王氏子弟屡起冲突。不论是寒人对贵族的反感,还是南方豪族对北来高门的抗拒,他们身上都强烈地体现出自外于王、谢贵族的立场。王广之,《南齐书》卷二十九有传云:

> 沛郡相人也。少好弓马,便捷有勇力。初为马队主。③

可见其亦为与陈显达同性质的寒人武将。这一批出身豪族或寒门的武将

---

① 《南齐书》,第 61 页。
② 《南齐书》,第 776、778 页。
③ 《南齐书》,第 546 页。

原本就大受贵族排斥,如果一旦子良登位,王融等文人学士得势,不难预想其政治前途将是何等的黯淡无光。在这种显豁的情形下,他们自然绝不可能选择投入子良阵营,而充满寒门气息的萧鸾会与之一拍即合,也就是自然而然的事情了。

其中沈文季在永明末年政治斗争中发挥了特殊的作用,值得注意。《南史》卷四十二《齐高帝诸子传上》:

> 嶷薨后,忽见形于沈文季曰:"我未应便死,皇太子加膏中十一种药,使我痛不差,汤中复加药一种,使利不断。吾已诉先帝,先帝许还东邸,当判此事。"因胸中出青纸文书示文季曰:"与卿少旧,因卿呈上。"俄失所在。文季秘而不传,甚惧此事,少时太子薨。[1]

学者或以此为文惠太子与萧嶷之间存在嫌隙的证据[2],然而我们首先绝不能相信这种奇谭会真的是萧嶷托梦所为,其为含有丰富政治意味的谣言无疑。政治谣言的发生造作必有其现实根据,那么这种传闻由何而来?审读这一段文字的叙述方式,本身就存在着吊诡之处。既然"文季秘而不传",那么除了虽然做梦见鬼却装聋作哑的沈文季本人之外,又是哪位第三者如此神通广大,能够得知此事? 这根本就是欲盖弥彰。如果允许一点文学式的想象,我们几乎都已经可以看到沈文季本人一脸诡秘矜慎地向人述说自己昨夜异梦的表情了。这一传闻所打击的对象,一清二楚,就是文惠太子,政治阴谋的气味宛然可辨。从"吾已诉先帝,先帝许还东邸,当判此事"一语看,毫无疑问是借着齐高帝的祖宗威灵来批判文惠太子,以谣言的威力促其早死。而如上所述,沈文季本人即萧鸾一党,有着强硬的寒门家风,素与褚渊、王俭等贵族不和。在了解了这一点之后,我们便不难理解这一政治谣言为何会从沈文季口中传出——在萧嶷去世以后,文惠得病之时,萧鸾一党已经开始利用皇位传承机制出现缝隙的机会,制造舆论攻势了。

至于王晏、萧谌、萧坦之,则都是武帝为太子时的东宫旧人,甚至从他

---

① 《南史》,第 1067 页。
② 唐春生《萧嶷与齐武帝之"凤嫌"析——兼及与文惠太子之关系》,《重庆师范学院学报》2001 年第 1 期。

元徽五年（477）为宋晋熙王刘燮长史，扼守溢口拒沈攸之时，就已经追随左右。《南齐书》卷四十二《王晏萧谌萧坦之江祏传》：

> 　　晋熙王燮为郢州，晏为安西主簿。世祖为长史，与晏相遇。府转镇西，板晏记室谘议。沈攸之事难，镇西职僚皆随世祖镇盆城。上时权势虽重，而众情犹有疑惑，晏便专心奉事，军旅书翰皆委焉。
>
> 　　谌于太祖为绝服族子，元徽末，世祖在郢州，欲知京邑消息，太祖遣谌就世祖宣传谋计，留为腹心。
>
> 　　坦之与萧谌同族。初为殿中将军，累至世祖中军板刑狱参军。以宗族见驱使。除竟陵王镇北征北参军，东宫直阁，以勤直为世祖所知……世祖崩，坦之随太孙文武度上台……少帝以坦之世祖旧人，亲信不离。①

史书将此三人合传，可以推想正是基于他们作为武帝旧人这一共同点。王晏出身琅邪王氏中的偏远低落支系，受到王氏正流的歧视（详见下文）。值得注意的是他的处境与武陵王萧晔有类似之处，都是对贵族正脉抱有忌恨心理的被排斥者。萧谌、萧坦之则都是萧氏寒微时追随其后的族人，其出身自然也很低微。同时值得注意的是萧谌长期负责武帝身边的宫廷宿卫②，虽然史不明载，但他的向背无疑与政变成败有着很深的关系。此外，可以考见的萧鸾一党还包括中书通事舍人，《南史》卷七十七《恩幸·茹法亮传》附《綦母珍之传》：

> 　　时有綦母珍之，居舍人之任，凡所论荐，事无不允……自陈曰："珍之西州伏事，侍从入宫，契阔心膂，竭尽诚力。王融奸谋潜构，自非珍之翼卫扶持，事在不测。今惜千户侯，谁为官使者。"又有牒自论于朝廷曰："当世祖晏驾之时，内外纷扰，珍之手抱至尊，口行处分，忠诚契阔，人谁不知。今希千户侯，于分非过。"③

---

① 《南齐书》，第741、745、748页。
② 本传："世祖卧疾延昌殿，敕谌在左右宿直。上崩，遗敕谌领殿内事如旧。"
③ 《南史》，第1929、1930页。

中书舍人我们知道大抵都是出身寒人的恩幸,而"西州伏事"一语则可见他也是武帝东宫旧人。武帝是重视史事,轻厌文华的人物,萧鸾正由此得其欢心,以上人物会成为萧鸾党羽自然也是顺理成章的事情。

综上所论,可知在政变中支持萧鸾的主要是三类人物:1. 豪族寒人武将。2. 出身低微的武帝东宫班底甚至恩幸。3. 宗室、高门中不得意的人物①。占据主流的前两者代表着寒门势力,而武陵王晔身上也有着浓厚的寒士性质。萧鸾阵营作为永明政坛的寒人路线代表,由此可以分明窥见②。

三、王俭与王晏及中书舍人群之争

虽然同是贵族路线的代表,但文惠、竟陵乃是太子、诸王,寒人派自然不敢与之有何颉颃。与此相对,王俭史料中所呈现的与王晏及中书舍人群的冲突则典型地让我们看到两派之间的对峙。不妨就此略申论之,以见其余。《南齐书》卷四十二《王晏传》:

> 以旧恩见宠。时〔尚书〕令王俭虽贵而疏,晏既领选,权行台阁,与俭颇不平。俭卒,礼官议谥,上欲依王导谥为"文献",晏启上曰:"导乃得此谥,但宋以来,不加素族。"出谓亲人曰:"平头宪事已行矣。"③

王晏亦出身琅邪王氏,然而却是其中疏远低落的支系,为王导从祖兄弟王廙之后。其祖弘之为刘宋隐士,父普曜也官位不显,因此被沈昭略嘲笑为

---

① 名单中唯有徐孝嗣一人出身高等贵族。这是一个例外。他的行动无法以阶级解释,而只能从个人的自保术角度理解。在你死我活的政治斗争中,他选择了韬光养晦、望风转舵的行径。《南齐书》卷四十四《徐孝嗣传》:"高宗谋废郁林,以告孝嗣,孝嗣奉旨无所鳌赞。高宗入殿,孝嗣戎服随后。郁林既死,高宗须太后令,孝嗣于袖中出而奏之,高宗大悦……孝嗣爱好文学,赏托清胜。器量弘雅,不以权势自居,故见容建武之世。恭己自保,朝野以此称之。"
② 不过,寒人武将与武帝东宫亲信这两类人虽然都依附萧鸾,但其下场却并不一致。在明帝朝,寒人武将大抵依然手握兵权,甚至为明帝所亲信托孤;而武帝东宫班底则逃不掉走狗烹的命运,王晏与萧谌都被借故诛杀,归根到底,还是因为他们并不是萧鸾所真正信任的心腹,而不过是夺位的工具而已。
③《南齐书》,第742页。

"尊君以卿为初荫"。在南朝贵族社会,父祖显达,荫及子孙,才是值得夸耀的体面事情;而王晏却恰恰相反,是由于成为武帝亲信而达致高位以后,才使得"父普曜藉晏势,多历通官",连低等门户吴兴沈氏都可以此为笑柄,其被人轻视程度可想而见。史传并未指明他为何与王俭交恶,然而同样出身于琅邪王氏,王俭是人人艳羡的门第领袖,而王晏却未能从家门分得丝毫光荣,当他自以为身登高位,可以此笑人时,却反被嘲笑。个人地位的攀高依旧无法改变自己出身低微、根基浅薄的事实。这种心理上的强烈落差恐怕是他对王俭忌恨不平的重要原因。又《南史》卷七十七《恩幸传》:

> 法亮、文度并势倾天下,太尉王俭常谓人曰:"我虽有大位,权寄岂及茹公。"[1]

王俭与中书舍人群之间的矛盾则源于贵族政治与寒门政治之间的权力倾轧,这已见前述。因此王晏、綦母珍之等原本就与王俭有着深刻的嫌隙,王俭此时虽死,但王融却正是以王俭为模范的王氏新一代代表人物,这些人物对王融所抱持的反感自然不难想见。

正是在这种阶级矛盾与个人矛盾的缠绕中,寒人武将与武帝东宫恩旧纷纷投向了子良和王融的反面,依附于太孙与作为宗戚长老的萧鸾之下。而对于贵族方面而言,王俭、文惠的逝去使得力量大减,寒门势力的日益膨胀更使他们忧虑不已。下笔至此,我们回头再看本章开头所引袁象之言:

> 齐氏微弱,已数年矣。爪牙柱石之臣都尽。命之所余,政风流名士耳。若不立长君,无以镇安四海。

方才恍然明白其所指斥何在。"齐氏衰微"指的是萧齐皇室的人才凋零,称为贤王的临川王萧映、豫章王萧嶷分别于永明七年、永明十年薨逝,其余诸王则年幼未立。而皇室以外,像王俭这样的"爪牙柱石之臣"也于永明七年逝去。所谓"风流名士",在袁象的眼中当然是指像自己一样的高

---

[1]《南史》,第1929页。

等贵族①。王朝的命运就寄托在子良、王融这样文采风流的贵族名士身上，而与之对立，造成了致命危机的，自然是伺时而动的寒人集团了。

正是在这样的形势下，为了维持"风流名士"的余命不坠，王融最终选择了拥戴竟陵王登位。七月三十日的政变就在这样的态势中拉开了帷幕。

第四节　政变始末
——文献谜团中隐藏的真相

一、三种版本的政变物语

关于政变始末，虽然一直是相关研究的焦点，然而却很难说已经得到一个统一的结论。一个重要的原因，就在于文献记载的复杂多歧。因此我们必须先从最基本的史料检讨来尝试复原。首先是《南齐书》卷四十《武十七王竟陵文宣王子良传》：

> 世祖不豫，诏子良甲仗入延昌殿侍医药。子良启进沙门于殿户前诵经，世祖为感梦见优昙钵华。子良按佛经宣旨使御府以铜为华，插御床四角。日夜在殿内，太孙间日入参承。世祖暴渐，内外惶惧，百僚皆已变服，物议疑立子良，俄顷而苏，问太孙所在，因召东宫器甲皆入。遗诏使子良辅政，高宗知尚书事。（史料一）

其次《南齐书》王融本传：

> 世祖疾笃暂绝，子良在殿内，太孙未入，融戎服绛衫，于中书省阁口断东宫仗不得进，欲立子良。上既苏，太孙入殿，朝事委高宗。融知子良不得立，乃释服还省。叹曰："公误我。"（史料二）

---

① 《南齐书》卷四十八《袁象传》："象到郡，坐过用禄钱，免官付东冶。世祖游孙陵，望东冶，曰：'中有一好贵囚。'"其典型的贵族风度，到了虽在牢狱徒隶之中却可远望而知的地步。

以及《南齐书》卷三十五《高帝十二王武陵王晔传》：

> 世祖临崩，遗诏为卫将军，开府仪同三司，给鼓吹一部。大行在殡，竟陵王子良在殿内，太孙未立，众论喧疑。晔众中言曰："若立长则应在我，立嫡则应在太孙。"郁林即立，甚见凭赖。（史料三）①

以上《南齐书》记事中，包含了一个基本的矛盾点，那就是王融发动政变，戎服站在中书省阁，"口断东宫仗不得入"，究竟是在武帝驾崩之前还是之后？这是一个从未得到学者注意的问题。史料一、二在这一点上是一致的，我们可以先归纳出事件发生的版本 A 次序：

> 武帝暴渐——物议疑立子良——王融口断东宫仗不得入——武帝重苏——太孙入殿——遗诏以高宗（明帝）知尚书事——王融失败还省

这是在武帝驾崩之前，王融已经发动政变。然而史料三中却出现了另一版本。所谓"大行在殡"，天子驾崩之后，未谥之前称大行；灵车入殡宫曰在殡②。这里明确指出在武帝驾崩以后，还"竟陵王子良在殿内，太孙未立，众论喧疑"。这与子良传所谓"世祖暴渐，内外惶惧，百僚皆已变服，物议疑立子良"属于同一环节，然而发生时间却完全不同。版本 B 次序如下：

> 武帝驾崩——物议疑立子良——王融口断东宫仗不得入——太孙入殿登位——朝事委高宗——王融失败还省

这两种版本会使得我们的结论发生本质的不同。同样是《南齐书》中的记事，为何却会出现这种差异？带着这个问题，我们再来看《南史》中的记事。《南史》王融本传：

---

① 《南齐书》，第 700、823、626 页。
② 《史记》卷十一《孝景本纪》集解引服虔曰："天子死未有谥，称大行。"又，"大行在殡"一语常见于中古史籍，其意泛指皇帝去世不久，尚未下葬，非必实指为停殡之日。

武帝病笃暂绝,子良在殿内,太孙未入,融戎服绛衫,于中书省阁口断东宫仗不得进,欲矫诏立子良。诏草已立,上重苏,朝事委西昌侯鸾……俄而帝崩,融乃处分以子良兵禁诸门,西昌侯闻,急驰到云龙门,不得进,乃曰:"有敕召我。"仍排而入,奉太孙登殿,命左右扶出子良,指麾音响如钟,殿内无不从命。融知不遂,乃释服还省,叹曰:"公误我。"(史料四)

又《南史》卷四十三《齐高帝诸子下武陵王晔传》:

大行在殡,竟陵王子良在殿内,太孙未至,众论喧疑,晔众中言曰:"若立长,则应在我;立嫡,则应立太孙。"及郁林立,甚见冯赖。(史料五。注意这两条史料作"太孙未入"、"太孙未至",而不是"太孙未立"。)①

《南史》的记载是颇耐人寻味的。从这里看,王融在武帝死前就已经"于中书省阁口断东宫仗不得进",但武帝回光返照,他因而阴谋受挫;然而在武帝死后,他却又再一次"处分以子良兵禁诸门",这时才真正与萧鸾发生冲突。《南史》的记事比《南齐书》更为详尽,所记录的第二次行动是《南齐书》中所没有的。对于史家而言,史料自然是多多益善,这种多出来的记载对学者构建历史有着明显的诱惑力。故《资治通鉴》卷一百三十七《齐纪四》亦全盘采用《南史》说。因此我们又有版本C:

武帝暂绝——王融守中书省阁(第一次政变)——武帝重苏——顾命萧鸾——武帝驾崩——王融以兵禁诸门(第二次政变)——萧鸾排禁入殿——太孙登位——王融失败还省

问题的关节点已经浮现出来了——对于这相互歧异的三种版本,我们当作何理解?

作为后出史料,《南史》在这一事件的记载中体现出两个特征,一是在文字上对《南齐书》的承袭,二是在内容上的改变与增添。我们对照史料

_____

① 《南史》,第577、1083页。

二与史料四(即两种王融传)文字,便不难发现,《南史》所记"朝事委西昌侯鸾"之前部分与"融知不遂"之后部分,都与《南齐书》几乎完全一致,可知都是直接抄自《南齐书》,只是稍微改易数字而已。然而就是在这两部分之间,却插入了武帝驾崩至太孙登位这一段情节,见下表:

《南齐书》记事	《南史》记事
世祖疾笃暂绝,子良在殿内,太孙未入,融戎服绛衫,于中书省阁口断东宫仗不得进,欲立子良。上既苏,太孙入殿,朝事委高宗。	武帝病笃暂绝,子良在殿内,太孙未入,融戎服绛衫,于中书省阁口断东宫仗不得进,欲矫诏立子良。诏草已立①,上重苏,朝事委西昌侯鸾。梁武谓范云曰:"左手据天下图,右手刎其喉,愚夫不为。主上大渐,国家自有故事,道路籍籍,将有非常之举,卿闻之乎?"云不敢答。俄而帝崩,融乃处分以子良兵禁诸门,西昌侯闻,急驰到云龙门,不得进,乃曰:"有敕召我。"仍排而入,奉太孙登殿,命左右扶出子良,指麾音响如钟,殿内无不从命。融知不遂,乃释服还省,叹曰:"公误我。"
融知子良不得立,乃释服还省。叹曰:"公误我。"	

《南史》作为后出文献,却割裂自己所依据的前代史料,往原本紧密相连的记事中插入新的内容,导致事件前后发生变化。仅此一点,《南史》记事就很难说是逻辑自洽的。原本《南齐书》的记事脉络,是武帝重苏,顾命萧鸾之后,王融就已经知道自己政变失败,放弃了挣扎;然而《南史》插入的大段情节,却使得王融的失败推延到了武帝驾崩以后。——而这正与《南齐书》的版本 B 相合,只是细节更为丰富罢了。很明显,《南史》中关于第二次政变的史料,是来自《南齐书》以外的其他史源,与第一次政变史料的性质并不相同。换言之,版本 C 中的两次政变,并不是来自同一史料源头的、按照事件发生次序的记载,而是来自不同史料源头的不同记载被捏合的结果。第一次政变的史源同于版本 A,而第二次政变的史源则同于版本 B。

而从《南史》捏合的结果来看,其中也存在着明显的缝隙:

---

① 注意《南史》中"欲矫诏立子良。诏草已立"的文字为《南齐书》所无,换言之,如果《南史》所记属实,《南齐书》就是完全隐去了王融矫诏的行为。而如后文所论,武帝遗诏是否存在,究竟出于谁手,实在是政变中最关键的因素之一。

1.《南齐书》所记王融"戎服绛衫"守中书省阁，失败后不得不"释服还省"，是前后呼应的原始形态，而南史在插入中间情节之后，却变成了王融"处分以子良兵禁诸门"之后才"释服还省"，前后不相应对了。

2."上重苏"时太孙已经"东宫器甲皆入"，并且"朝事委西昌侯鸾"，为何"俄而帝崩"时却"太孙未至"，并且萧鸾需要再一次急驰到云龙门（台城正殿太极殿庭东门，其东为太子东宫，西为太极殿）排击而入？同样地，李延寿将萧衍与范云的对答插入其中，然而所谓"将有非常之举"，显然是在政变发动之前说的话，如果王融都已经作出"口断东宫仗不得进"这种明目张胆的举动了，还有何必要问范云"闻之乎"？所以这一处理也是完全不合理的。

3. 王融以一介臣子，擅自戎服守宫防拒太孙，如果这时武帝尚未死，并且还回光返照召太孙入宫，那么王融之罪已昭然若揭，何以竟能不受惩罚，继续实施第二次的政变？

4.《南齐书·武帝纪》中明记有武帝遗诏，在皇位争夺战中，这是无可争锋的终极武器。只要遗诏出现，也就意味着一切成为了定局。然而在《南史》的记事脉络中，遗诏究竟何时出现却变得模糊不清，充满暧昧。如果在武帝未死之前就已经付与萧鸾，那么王融凭何"矫诏"，"物议"又有何"疑立子良"的必要？如果是在武帝死后才宣布，那么当时子良、王融在殿内，太孙、萧鸾未入，遗诏只可能掌握在前者手中，又怎会出现以太孙继位的内容？

如上种种只能表明，李延寿并未另外看到一个完整的政变版本C文献，《南史》记事所依据的并不是一个独立来源，否则他所抄录的文字一定会符合逻辑得多，而不会像现在这样破绽百出。他所做的，只是将《南齐书》中的版本A、B加以弥缝，并且增入B中所阙略的部分而已——也因此我们可以确定，版本B中原本也必定存在着一种相当详细的"始末真相"。换言之，在李延寿之前，是各自流传着两套"政变物语"的：

A. 王融在武帝驾崩之前便已发动政变，"戎服绛衫，口断东宫仗不得进"，然而武帝复苏，顾命萧鸾，确认太孙继位，王融失败。

B. 武帝驾崩之后王融才发动政变，"处分以子良兵禁诸门"，然而却遭到萧鸾强行排击，拥戴太孙入殿登位，王融失败。

从这里回过头去观察，便会看到《南史》中先后两次政变中的王融言行,显然应当是出于同一次行动,即"戎服绛衫,口断东宫仗不得进"和"处分以子良兵禁诸门",然而在史料记载中却被割成了两处,变成武帝死前和死后两次政变的不同表现。我们知道,后出文献在面对旧有文献中的矛盾记载时,往往采取依违两可的态度,将本不相容的若干旧说以较为巧妙的方式错综排比起来,结果便造成一种新说,反而更增加了后人的眩惑,这是在史籍中经常可以看到的形态。这一事件的记载无疑也属于这种情况。A、B 两种版本在《南齐书》中都已经可以见到,但萧子显主要采取的是 A,而 B 只是在《武陵王晔传》中稍微一露而已,若不留心,是极容易忽略过去的。而当时还能看到 B 的详细记载的李延寿,却将之综合起来加以记述,这虽然保存了 B 中的许多史料,同时却又产生了矛盾,导致学者陷入新的困惑当中。

明了这一点后,我们便需要问第二个问题:版本 A、B 究竟哪一种才是事实?为什么会产生这样两种不同的说法?

显而易见的是,版本 A 的内容对萧鸾一方要有利得多:太孙登位乃是由武帝的自主意志决定。既然王融发动政变时武帝还未驾崩,那么这种无君无父的行动就完全是狼子野心,大逆不道。而武帝"重苏",召太孙入殿,遗诏以朝事委萧鸾,便成为太孙登位、萧鸾佐命的最坚强理由,萧子良再也没有任何继位的借口。

而版本 B 的效果就大相径庭了。武帝已经驾崩(直到驾崩之前还没有出现所谓的遗诏,因此王融得以矫诏立子良),继承人还未定论。子良已在殿内,而太孙却还未出现(我们必须记得子良也是有继承权的)。只要子良能够镇静诸王大臣,宣布遗诏(当然,"武帝"会指定由子良继位),就自然名正言顺登基为帝。因此王融戎服绛衫,亲自守在中书省阁,口断太孙甲仗不得入内。在这种紧急的情势下,萧鸾急驰而至,拥护太孙强行入殿,镇压殿内,于是王融大势已去,不得不释服还省,等待处分。整个过程成为同时具有继承权的双方对先入权的争夺,无论哪一方都不具备必然的合法性了。

析论至此,已经无关考证。我们知道,最后获得胜利,掌握政权的是萧鸾与太孙。对于胜利者而言,如果真实版本对自己有利,那么另一种版本还有什么出现的必要呢?

不难推断,齐梁时代的"官方声明"毫无疑问是版本 A。正是由于萧鸾已经夺取了政治胜利与舆论权力,他才需要,同时也有能力创造一个更理直气壮、无可挑剔的历史解释。因此萧子显也就依据 A 予以记述（只是很偶然地透露出一点 B 的消息）；但与此同时，较为真实地反映当时实情的版本 B 却并未完全消失，依然在非正式场合有所流传（即陆慧晓所谓"道路籍籍"，当时人对于政变的真相是有许多流言的）。这两种文献到了李延寿的时代，其性质差异就已经模糊了，对李延寿而言，这些都是前代的史料，不再有官方非官方的区别，也难以分辨孰真孰伪，结果便只好模模糊糊地二合一处理了。

在揭开文献谜团的基础上，我们现在可以清晰地看到政变的始末：

在永明时代的中央政坛，原本由文惠太子、竟陵王、尚书令王俭所构成的贵族联盟处在稳定有力的发展中。年富力强的太子一旦继位，亲王与宰相左右夹辅，贵族政治便将获得延续繁荣。然而永明七年王俭去世，永明十一年太子薨，贵族方面顿失依怙。而与此同时，萧鸾以及陈显达、沈文季、王晏等寒门武将路线却日渐得势。在这种紧急对峙形势下，武帝走到了人生的最后关头。围绕武帝的病床，皇位争夺战也一触即发。在开始阶段，王融一方显然手握优势。从武帝病笃直到驾崩，子良都"日夜在殿内"侍奉医药，其甲仗亦在宫中，他当然是最清楚武帝生死情形的人物。官居中书郎的王融正执掌着草拟诏书的职责。"立长"理论与历史故事则为他们提供了行动的依据。在得知武帝驾崩的消息之后，子良将诸王召入殿内，宣布噩耗，王融则准备好遗诏，自己戎服领兵守在中书省阁，安排子良属兵把守宫门①，阻止太孙与萧鸾入内。这时形势已经一片大好，子良只需掌握住诸王，使其认可自己继位，造成既成事实，就可以立刻宣布遗诏，提拔亲信，退黜太孙及萧鸾一党。然而武陵王萧晔大声提出异议，宣称子良不具备合法继位权，拖延了时间（中书舍人中的人物可能也发挥了类似的功能），局势陡生波澜，使得子良无法决断。王融身在殿外，以子良宽厚软弱的气质，是缺乏足够能量镇压不同声音的。就在僵持不下的情形下，闻知武帝驾崩消息的萧鸾与太孙带领东宫甲仗急驰而来——很可能还配合了掌领殿内兵仗的萧谌之力——强行排除王融的防卫，突入

---

① 这里是指从东宫入宫城所必经的东侧万春门、云龙门一带，中书省阁则应指云龙门外的中书下省，正扼守在从东宫入太极殿的要道上。

殿内,扭转了力量对比①。子良被直接扶出,而大势已去的王融也不得不释服还省,等待即将到来的处置了。至于接下来所颁布的遗诏,王融既能矫诏,掌握了中书舍人的萧鸾又何独不能? 在武帝驾崩后才出现的这一遗诏,其非武帝本人所立,已经不须多言了。

二、政变中的王融

在确认政变始末的前提下,我们对于王融在政变中的定位,以及他所进行的活动,才能有一个完全而贯通的理解。

通观全过程,可以看到王融虽然是拥戴竟陵登位的谋主,却并没有采取什么太大的动作。他所采取的基本策略,仅仅是阻止太孙入殿而已。这或许可以说是王融在政治斗争中的经验不足,过于天真。但另一方面,这同时也反映出当时的形势原本并没有那么险恶。在武帝病重之时,子良已经取得了有利地位,每日在殿内侍病;而武帝死后子良在殿中,王融守宫门,局势已经一面倒地倾向子良一方。如果子良能够按照预期地迅速登位,王融确实已经不需要做什么太激烈的动作。政变失败以后,王融"释服还省,叹曰:'公误我'"。结合当时形势分析,我们也就能明白他所叹息的,正是子良的踌躇不决导致错失良机。

因此严格地来说,这场政变实际上并不是真正意义上的政变。在国家失去主宰之际,先入为主的子良原本是很有可能继承皇位的,萧鸾与太

---

① 学者往往疑心政变之所以失败,是由于萧衍临阵倒戈,导致范云等丧失士气,然而这实际上是强为之说。首先其根据仅来自前引《南史·武帝纪》:"融欲因帝晏驾立子良,帝曰:'夫立非常之事,必待非常之人,融才非负图,视其败也。'范云曰:'忧国家者,惟有王中书。'帝曰:'忧国欲为周、召? 欲为竖刁邪?'懿曰:'直哉史鱼,何其木强也!'"及《南史·王融传》:"梁武谓范云曰:'左手据天下图,右手刿其喉,愚夫不为。主上大渐,国家自有故事,道路籍籍,将有非常之举,卿闻之乎?'云不敢答。"但这并不能说明范云因此而临阵逃脱。即使范云受到萧衍影响,也没有任何证据表明其余军主也受此影响。学者对此的推论显然过于附会。即使再退一步说,其余人等也都因此士气沮丧,但王融明明已经"处分以子良兵禁诸门",也就是有效实施了军事行动了,结果又有什么差别呢? 或以为正是由于竟陵方士气沮丧,因此被萧鸾轻易突破防线。但从双方的实力对比来看,这也不会成为关键因素。萧鸾是强行冲破王融的兵力防线进入的,史书中虽然只提到"东宫甲仗",但萧鸾永明十一年正任右卫将军。《宋书·百官志》:"左卫将军,一人。右卫将军,一人。二卫将军掌宿卫营兵。"萧鸾手里正掌管着宫廷宿卫的兵力。如果再加上原本就在宫内领宿卫的萧谌之力,要突破王融的防线并不是什么难以想象的事情。

孙反而是在劣势下依凭武力强行入殿,反客为主。如果从胜利者所制造的版本 A 来看,子良和王融都是乱臣贼子,应当处以极刑。然而子良却依然在遗诏中处在"顾命托孤"的位置,保留了颜面,郁林王登位后也不敢公然对其加以处分①。——如果说这还有可能是顾忌到子良的身份特殊,那么对王融的处置就更加难以解释了。《南齐书》王融本传:

> 郁林深忿疾融,即位十余日,收下廷尉狱,然后使中丞孔稚珪倚为奏曰:"融姿性刚险,立身浮竞,动迹惊群,抗言异类。近塞外微尘,苦求将领,遂招纳不逞,扇诱荒伧。狡算声势,专行权利,反复唇齿之间,倾动颊舌之内。威福自己,无所忌惮,诽谤朝政,历毁王公。谓己才流,无所推下。事曝远近,使融依源据答。"……诏于狱赐死。时年二十七……融被收,朋友部曲参问北寺,相继于道。融请救于子良,子良忧惧不敢救。②

王融虽然逃不掉下狱赐死的命运,但以上记述却有几点值得注意:1. 王融是在郁林王即位后"十余日"才被下狱的。换言之,王融"释服还省"之后还是在当他的中书郎,并没有立刻被作为罪人逮捕起来。2. 孔稚珪受命倚奏王融,其中没有一个字提到他在政变中的表现,换言之,王融在政变中的表现并不足以,或者甚至无法公开成为他被下狱赐死的理由。3. 王融下狱以后,还有可能向子良请救,可见子良当时的力量客观上并没有完全消失。这些情形都表明王融的行动虽然失败,但萧鸾方并没有坚强的理由将其立刻处死,而必须要寻找合适的借口。这正是因为事实的真相是版本 B。在当时国家无主的情形下,王融所作的一切已经不能说是作乱,他只不过是较为过激地以子良兵禁宫门,阻止后来者的进入罢了。

也只有从这个角度,我们才能理解为什么子良所任命的数名军主都没有在政变中露面,发挥任何作用。因为在王融等原本的预想中,这并不会是一场有相当规模的宫廷流血斗争,而是通过营造优势条件,顺势登位。后世学者已经看到了他最后的失败,便不免奇怪于他为何完全没有

---

① 但是陆慧晓"又云竟陵不永天年"一语则透露出子良有可能是被暗杀的(照南朝的惯例,毒杀或扑杀)。
②《南齐书》,第 823~825 页。

有效调动军力;但从当时的形势来看,原本就是为了对北战备而任命的军主,其实是并无名正言顺的理由率兵进入宫内发动叛乱的——如果真的导致这种结果,恐怕也是子良和王融所不愿见到的①。

关于这次政变,吉川忠夫先生曾经指出:

> 云集于竟陵王周围的"风流名士"和"学士辈",其中的过激派王融,要从以所谓恩幸为中心的吏事派(例如刘系宗)手中夺回政治权力,这才是这次事件的真相。

吉川先生虽只寥寥数语,但在充分究明事件前后原委后回头体味,却不由得令人真切感受到其中所包含的真知灼见②。他同时又指出:

> 当然,王融的计划并没有得到西邸集团的全体赞成……他们虽对王融的非常之举心怀危惧,然而在其心中缠绕不去的,毕竟也是士大夫对政治权力的重新掌握吧。因此如后所述,在数年后梁武帝获得政权,这种愿望便成为了现实。拥立竟陵事件的历史意义,可以说就是为了达到这一结果,而在中途进行的一次失败尝试。③

贵族政治与寒门政治斗争中的一次激烈波澜,这就是永明十一年政

---

① 同时还须考虑到的,是当时中书、尚书、门下诸省官员的当值制度,中书郎当值之日须留宿宫内(参郭湖生《台城考》,第187页),而非当值之日的内官,以及其余外官应当是不得擅入宫内的。虽然已经无法确认当时竟陵帐下诸人(王融、刘绘时为中书郎)的当值情形,但王融之所以得在省内草诏及分派子良兵卒把守宫门,应当是其当值之日;而其余军主未能出现在现场,则可能是由于并无资格入宫。此外,子良传中明言"诏子良甲仗入延昌殿",而太孙初时却无相应的领兵对抗,则同样是制度使然(《宋书》卷九十九《元凶传》:"旧制,东宫队不得入城")。总之,在理解这类政治事件时,决不可仅仅从政治对立斗争上考虑双方的行动,而必须将其立场和行为动机回复到王朝制度及贵族官僚的本分立场上予以考虑,否则是很难避免以今度古之失的。

② 当然,因为吉川先生并没有针对事件本身作缜密的追究,因此他虽然指出了历史背后的基本潮流,却将刘系宗当作了王融斗争的主要对象。这也许可以说就是具有历史整体概念的史家与只针对个别事件进行考证的学者之间的区别吧。

③《六朝精神史研究》第七章"沈約の伝記と生活",第213页。

变的根本性质。而以自己的生命投身于其中的王融,则充当着贵族守门人的角色。王融的失败,同时也就意味着南朝贵族政治的一次挫败。他的人生,毕竟与贵族社会、贵族政治紧紧地捆绑在了一起,从出生之前开始,一直到生命的最后一刻。

结束语：在历史中浮沉变迁的王融像

在上面的章节中，我们已经尽可能详尽地考证了王融的生平事迹，将其置于南朝贵族社会的大舞台中进行了观察解读。而在"历史篇"掩卷之际，应当划下的最后一个"句号"，便是对王融其人的基本形象作一总括。本篇所塑造的王融像是否符合历史真实，自当敬候读者批判，但至少这一王融像，在学术史上从未被塑造出来过，则为我所自信。而为总结起见，则自不可不先对历代史家所观察评判之王融形象作一梳理。

首先，作为同时代友人的追忆，有前面已经部分引述过的沈约《怀旧》九首的第一首《伤王融》：

> 元长秉奇调，弱冠慕前踪。眷言怀祖武，一篑望成峰。涂艰行易跌，命舛志难逢。折风落迅羽，流恨满青松。①

对王融评价的点很是集中，一是弱冠有奇才，追慕祖先功业，志向高远；一是命途不济，功败垂成。不过，此作是富于感情色彩的追怀之作，或未可视为史笔。相比之下，萧子显《南齐书》本传史臣论：

> 晋世迁宅江表，人无北归之计，英霸作辅，芟定中原，弥见金德之不竞也。元嘉再略河南，师旅倾覆，自此以来，攻伐寝议。虽有战争，事存保境。王融生遇永明，军国宁息，以文敏才华，不足进取，经略心旨，殷勤表奏。若使宫车未晏，有事边关，融之报效，或不易限。夫经国体远，许久为难，而立功立事，信居物右。其贾谊、终军之流亚乎！②

---

① 《文苑英华》卷三〇一，第 1534 页。
② 《南齐书》，第 828 页。

250

则称得上是对王融最早的一次"盖棺论定"。所述当然比沈约的诗性语言要冷静全面得多，但评价指向却并无二致，都在于对其志向不遂的惋痛。不过，沈、萧所注目的王融之志则有所不同，沈约所叹息的"一篑望成峰"无疑是指拥立竟陵政变，换言之，维护修复贵族政治之志；而萧子显所重视的则是北伐收复之志。这种区别的原因，也许因为沈约本人是政变的经历者，时代记忆至为惨痛；而对于下一世代的萧子显而言，政变就只是一种历史档案而已，反不如殷勤北伐这一点来得鲜明了①。萧子显的评语颇有值得玩味之处。王融屡屡上表求北伐，在熟悉了后世主战论的今人眼中看来，毫不稀奇；然而萧子显却是将其置于"人无北归之计"，"虽有战争，事存保境"的时代环境下看待的。东晋落难，南渡建国；刘裕北伐，功成而旋败；元嘉北伐则大败亏输。这三类历史记忆各有不同，色彩却一次比一次黯淡，导致南朝政坛对于收复中原再无兴趣。在这种历史环境下，王融的"殷勤表奏"其实是一种特立独行的表现。而萧子显在王融传中三录其所上之疏，也正是基于这个原因。此其一。其二，这里指出了王融命运中的一个关键，就是个人命运与时代命运的差错。所谓"生遇永明，军国宁息"。和平繁盛的永明时代，对于期待重振家声的王融来说，是显得太安静，太无聊了，缺少兴风作浪的契机。萧子显已经看到了王融的北伐要求是存有自己谋求进取的私心，并非出于"民族大义"——然而他对王融的评价却依然是相当正面的。将自我价值的实现置于一切价值之上（也许只有家族荣誉能与此相埒），正是中世贵族时代的强烈特征。而从这里我们再一次看到，具有"六朝性"的并非仅仅是史书中记载的人物事迹，同时也包括了在那个时代中对历史进行记载者的记录视角和评价尺度。

有趣的是，王融、谢朓同传，萧子显的史论却单为王融而发，全然不及谢朓，显示出二人在其心目中的分量不同。这也许是由于谢朓在政治上的表现乏善可陈？和沈约的史论不一样，萧子显显然更偏向政治方面的评价。尽管无法断定王融的行动是否确实能够拯救萧齐王朝的衰亡，但其失败却无疑直接导致了齐末的大混乱，这对作为皇族子孙的萧子显来说自当深有感触。曹道衡、沈玉成先生认为："子显之称王融，疑自伤家世

---

① 萧子显生于永明七年（489），政变时只有五岁。

之祸,故颂之不遗余力。"①这是颇有道理的。

此外,萧子显将王融与贾谊、终军相比,这一评价是否恰当? 也是个问题。周一良先生曾批评萧子显"未免过高估计王融之经世才能",曹道衡、沈玉成先生又从而引申此说②。然而萧子显对王融的评价,是建立在"宫车未晏,有事边关"的时代假设上的,武帝既崩,北伐成空,王融的壮志再也没有实现的一天,萧子显是否高估了他的经世才能? 谁也不知道。在无从对证的问题上纠缠,论证出来的充其量不过是论者基于自己立场所猜测的可能性罢了。但是,王融生于疲弱不振的南朝,诚所谓"时代所压,不能高古"③,汉初雄朝始创,百废待兴,贾谊乘此时势,逞其天才,遂能定四百年天下制度。要将王融与之相提并论,本就是缺乏可能性的事情。不必说王融,遍数五朝人,又有谁能与贾谊匹敌? 萧子显原文其实是很清楚的,所谓"贾谊、终军之流亚",着眼点本不在将王融本人的功业与贾谊、终军相提并论,而是从人物类型的角度给予归属,将其列于贾谊、终军系谱的末裔。这种说法本身,却是毫无问题的。这一系谱人物的共通特征,就是有志于担当朝廷政制,以军国立功,而不甘于文士终老。毋宁说,这一点在作为南朝当代人的萧子显眼中,才是王融最为特殊的闪光点。

无论如何,在南朝史家的眼中,作为政治人物的王融无疑是一个正面形象。他的缺点在于"功败垂成",而并非"倒行逆施"。换言之,齐梁时代的王融,是一个"失败的英雄"形象。这一点,与政变当时各种记载中透露的舆论也是一致的。在时人眼中,王融也许能力不足,但他的行动本身却不应被指责。而这种形象随着时代的远去,就越来越趋于淡漠。在自南入北的颜之推的《颜氏家训·文章篇》中,王融的形象开始发生变异:

> 自古文人,多陷轻薄……王元长凶贼自诒,谢玄晖悔慢见及。④

这条线延伸下去,到了六朝与隋唐交错的点上,在王通《中说》卷三《事君

---

① 曹道衡、沈玉成《中古文学史料丛考》"《南齐书·王融传论》"条。
② 周一良《魏晋南北朝史札记》"王融谢朓同传"条;曹道衡、沈玉成《中古文学史料丛考》"《南齐书·王融传论》"条。
③ 米芾评怀素书语。
④ 《颜氏家训集解》(增补本),第237、238页。

篇》里,对王融的评价方向就完全改变了：

> 谢庄、王融,古之纤人也,其文碎。①

值得注意的是颜、王两种记载都有一个共同语境,就是"古往今来文人皆不足道",他们是将王融置于历数古今文学之士缺陷的系谱中进行批判的。王通也是像颜之推一样,将古往今来的文人骂了个遍,各有不同的恶谥；唯独对颜延之、王俭、任昉大加赞美,称之为君子。这与其说是对王融个人的否定,不如说是对整个不符合儒家政治伦理和社会道德的六朝世风的否定。脱离了具体时代空气以后,抽象的"温柔敦厚"、"忠君事亲"伦理逐渐占据了批判者的视野,历史就在这样的过程中发生了转变。第三章中引用过的刘知幾《史通》对史书所记王融外交表现无足轻重的批判,也不妨纳入这一系谱当中理解。

因此,在这一时期对王融的否定,还不足以说是他本人形象的真正反面化。不过到了北宋,王融的反面形象就被定型了,司马光《资治通鉴》卷一百三十九《齐纪五》：

> 臣光曰：孔子称"鄙夫不可与事君,未得之,患得之；既得之,患失之。苟患失之,无所不至"。王融乘危侥幸,谋易嗣君。子良当时贤王,虽素以忠慎自居,不免忧死。迹其所以然,正由融速求富贵而已。轻躁之士,乌可近哉！②

司马光所论,似完全依据《南齐书》文字所记,认为永明十一年政变是王融一手造成,萧子良只是单纯的受害者。这一立场与今天学界的基本判断相去甚远。但是,对司马光而言,这恐怕无足轻重。从儒家的圣人之道来看,作为政变作乱者,王融的反面性质在这一基本点上已经被定性了,并不需要问什么具体理由③。或许正是由于司马光的巨大影响,王融在那

---

① 王通《文中子中说》,《四部丛刊三编》本。
② 《资治通鉴》,第4353页。
③ 同样是北宋人的胡寅《致堂读史管见》驳司马光此论曰："武皇不豫,融欲矫诏立子良,而子良不知。戎服绛衫,断东宫仗,而子良不知。上殂,融以子良兵禁诸门,而子良又不知。诚不知邪？是不智也。佯不知邪？是不忠也。危疑之际,间不容（转下页注）

以后就很少得到正面评价,甚至渐渐沉到历史深处去了。——或者应该说,永明十一年政变甚至整个永明时代,都在不断膨胀的历史中比重缩水了。在黯淡的背景之前,只有少数几个标志被凸显出来,而王融是不在其中的。

不过,与作为政治人物的王融相比,作为文学家的他总算还借着"竟陵八友"的名头保留了一张交椅。明张溥《汉魏六朝百三家集》之《王宁朔集》题辞①:

> 齐世祖禊饮芳林,使王元长为曲水诗序,有名当世……其焜耀一时,亦有繇也……而伦楚入幕,戎服夹身。兰室栴崖,岂宜若是?夫南齐王业,太孙坏之;孝武多男,西昌贼之。设元长志遂,竟陵当阳,萧氏福祚可世世也。谋败狱死,天即恶槌车之躁,其不祐齐则久矣。但见王郎年未三十,心热公辅,并笑其断仗一举,偾取瓦裂,犹然成败之见乎!……夫穰侯相印,不可遽得,终子云、贾长沙之才则自我有也,又曷不少从容引分,资成不朽哉!②

可以看到,张溥的意见又再一次跳过唐宋,回接了南朝。对王融才华的赞赏和惋惜,对南齐政权命运多舛的感叹,都与沈约如出一辙;而"终子云、贾长沙之才则自我有"的评价,则正是出自萧子显所谓"贾谊、终军之流亚"。对汉魏六朝造诣湛深的张溥会对六朝人的意见更加敏感,也是顺理成章的。其所嘲笑的"成败之见"虽然未指名道姓,其批评对象即为宋人

(接上页注) 毹,而一听融诗张为幻,略无可否,至于迹涉疑似,恐惧而殒,乃自取之,安得独罪融哉?"(台湾商务印书馆影印《宛委别藏》本,第749页)其意见与现代学界颇有相通之处。但具体对王融的批判则与司马光一致,只是为其增加了一名共犯而已。而在另一处,他更严厉地批判王融"三十内望为公辅"违背圣人之教:"富贵人之所欲,然不以其道得之,不处也。故曰:'不义而富且贵,于我如浮云。'圣人不以富贵为荣,而以道义为重……如王融辈胸中无物,则八驺是营,反而求之,于我何有?"(第747页)与六朝人的观念相比,这些言论无疑是我们更容易理解和接受的;虽然在真实的生活中,大多数人和王融一样地"八驺是营"。

① 按《汉魏六朝百三家集》中凡与张燮《七十二家集》重出者,皆直接抄自《七十二家集》,然而张燮之名往往为其所掩,从文献价值而言其实颇不公平。唯有张溥为各集所撰的题辞,确实是汉魏六朝文学批评中极有见地的重要文献。

② 殷孟伦《汉魏六朝百三家集题辞注》,人民文学出版社1960年,第193页。

一路议论,殆可无疑。而王夫之的意见就大不一样了,《读通鉴论》卷十六齐明帝条论谢朓曰:

> 夫朓直未闻君子之教,立身于寡过之地而已,非怀情巨测、陷人以自陷之金人也,而卒以不令而死。……荣不得而加,辱不得而至,福不得而及,祸不得而延,庶其免夫!朓之不能及此也,名败而身随之,宜矣。虽然,又岂若范晔、王融、祖珽与魏收之狂悖猥鄙乎? 谚曰:"文人无行。"未概可以加朓也。①

王融虽然没有得到专论的资格,却荣幸地作为谢朓的反面陪衬登了场,获得了"狂悖猥鄙"的历史最差恶评。从王夫之所举诸例来看,都是在个人品德上属于飞扬跳脱一类,有违温柔敦厚的忠恕君子之道的人物:范晔自怨不得国婚,图谋造反;魏收轻薄无行,以作史资格欺人;祖珽豪纵淫逸,常云"丈夫一生不负身"②。这三人与王融的共同特征,是均为狂狷自大,自以为能够压倒天下人的名士。换言之,他们的悲剧有着"自作自受"的性质。而与之相较,谢朓虽然出卖岳父王敬则,向来被评价为人品不佳,但谢朓性格柔弱,其行为属于无法承受时代压力而导致的悲剧,在王夫之看来就较为可以原谅了。因此王夫之的人物论,归根到底与司马光是属于同一方向的:王融的"轻躁"是其人品败坏的关键点。而这一点,在六朝史论中却完全无关紧要。从这种反差中也可以清楚地看到,对自我才华和独特性(无论其在道德上是好是坏)的高度意识,放在六朝的大环境下是并不那么特别的一种表现,甚至毋宁说是精英主义的贵族风的一种典型性质;而近世以后,随着向民本主义的儒家伦理的回归,这种贵族风也就越来越变得令人嫌恶,凸显为王融受批判的主要原因了。

　　以上总结了历代史家对王融的评判。随着历史变迁而变迁的王融像,既是从正面逐渐转向反面,也是从清晰逐渐沉入模糊。而本书所完成的王融像,则如前几章所考论,并不打算在对其的评价上作出什么辩论,

---

① 王夫之《读通鉴论》,中华书局 1975 年,第 472 页。
②《北史》卷四十七《祖珽传》,第 1737 页。然而史书多载魏收、祖珽薄德无行事,如魏收贿史、使南时遍奸婢女;祖珽偷盗、赃污、与寡妇通奸等;范晔也曾因国丧期间违礼纵乐而获谴,自奉奢侈而事母甚薄。王融却绝无这类可以指实的犯法败德之行。

而是希望从历史合理性中给予符合因果关系的塑造,从时代与个人命运的交织中透视其生命形态之由来。

南朝贵族社会,是一个由士庶天隔规定了的重层构造。这种构造并不是无可奈何、不得不被动地无意识接受的现实,而是当时每个人都清晰地意识到,并且各自在其中占据一定位置的体制。时人或者安居于其中,希望永久维持这种现实;或者不安于本位,希望促进社会潜流的涌动,冲破这种既成的秩序。在个体与个体的协作及对抗中,辐射出的能量如同浪潮此起彼伏。由理念与体制所筑成的堤坝反复抵御着浪潮的冲击,也一次次地被毁坏重建。王融的一生,就在这样的构造与反构造中被塑造定型。琅邪王氏的最高贵门第,以及祖父的悲剧,使他的生命从一开始就具备宿命论般的色彩。在被排出了都城贵族圈之后,王融的命运出现了歧路。他或者甘于沉沦无为,在地方上终老一生;或者追怀着昔日的光荣而振起。面对着歧路,个体能量开始突破既存的秩序。母亲的教育使他获得了完整的贵族素养与知识结构,借着家族的余光,更凭着个人的才华,他踏上一条并不那么完美的道路,最终回归到体制内部。经历过拼搏奋起的他,性格中不可避免地呈现出锋芒毕露、桀骜自负的特征。家族荣誉的失而复得更强化了他对于贵族文化的维护爱惜之情。这种才华与性格使他得到了时代的热烈承认,也增长了他对自身能量的信心。而这又决定了他在最后捍卫体制的行动中的勇于自任,最终一步步走向毁灭。

王融的一生,有着极其典型的南朝贵族性的侧面。他门第高贵,才华出众,依据着贵族官僚体系出身升进,成为贵族文化的代表人物,并最终在维护贵族政治的斗争中殒身。但与此同时,也有着由于个人际遇而带来的非典型性。急于功名、越级晋升,不肯"随流平进",是由于其家门中落;积极筹策伐边,则是基于其少年时的边缘人经验。他一生的剪影,正是被时代潮流拥卷吞裹,同时也以他个人的行动影响改变了时代的、真实的一幅南朝贵族像。

文志豐

序章 在历史中定型的王融文学全景

在上篇的史学研究中，我们已尽可能立体地勾勒了作为南齐贵族社会一员的王融个人像。正如"绪言"部分已经充分阐述过的，作为文化根基的南朝贵族社会形态，与作为创作主体的南朝贵族个体的生活与理想，对南朝文学的形态不可能无所影响。毋宁说，从这种根基与主体中产生创造出来的文学，理应与其融为统一的整体，只是在后世不同立场的视野中被分割成了独立的谱系。换言之，我们更重视"文学"一物在时间过程中前后连续变化，而忽略了南朝文学作为时代之果，在共时层面上与社会文化的共生系统。在对南朝贵族社会已经具有充分的史学研究基础，并且本书对王融作为南朝贵族的人生命运进行过巨细无遗的解剖后，回过头来重新审视王融的文学撰作，便会憬然发现其中正透射出极其典型的贵族精神与面容。在下篇中，将以王融的文学，以及透过王融文学所看到的南朝贵族文学为核心，展开细致的文本和历史语境分析。

第一节 王融文学的文献构成

"文学篇"开卷的第一步，首先应来对王融文学的基本文献构成作一清理①。以下按照文献编撰、文本生成的次序，分别从正史、总集、别集、类

---

① 本书最初作为博士论文写作之时，作者的兴趣专在于作品分析，对文献构造、文本生成的重要性尚未形成清晰体认，对王融集的校注工作也处在起步阶段，故对这方面的说明语焉不详，错误甚多。新版增补此节，回首昔日不惮于偏师突进的青涩莽撞，不禁有惘然之感矣。

书及其他文献五个层面进行评述,在梳理其作品基本面貌的同时,也从文献收录中探测王融文学的历史接受。事实上这不仅仅是王融个人文学文献的构造而已,中古作者传世的一般情形大抵类此,读者自可以窥一斑而知全豹矣。

一、正史

正史方面,年代稍晚于王融的萧子显《南齐书》卷四十七《王融传》中抄录了《议给虏书疏》《答敕撰武帝北伐图赋启》《劝武帝北伐启》《下狱答辞》四篇文章。史书所录本无标题,此据《艺文类聚》《七十二家集》等文献所拟题。从史书收录文献的常例及所录文本形态来看,前三篇基本上可以视为完整的全文,《下狱答辞》则大约只是局部引录(也许是主要部分)。内容上,史书所录这四篇都是政治性的文字,尤其凸显其在对北问题上的议论,这一点前文已经有所分析。唐李延寿《南史·王融传》将前三篇完全删去,只留下与其命运结局相关的《下狱答辞》,这一方面是为了简省文字,同时也可见出唐人对王融在外交上的突出表现已不甚敏感了。

二、总集

总集所录,包括《文选》《玉台新咏》《广弘明集》《文馆词林》《古文苑》《乐府诗集》均有涉及,比史书的数量要丰富得多,构成了存世王融完整作品群的主体;而其类型和文本形态也要复杂得多,需作条分缕析,方能把握住脉络。

1.《文选》

最早收录王融作品的总集,是与《南齐书》同时代的《文选》。于卷四十六"序"类收入《三月三日曲水诗序》,卷三十六"文"类收入《永明九年策秀才文五首》《永明十一年策秀才文五首》,合共十一篇文章,数量可谓不少,但对其诗却一首不收。如果说史书中只录文章是由于其记录历史的特殊取向,那么《文选》的态度就带有显然的评价色彩了。与王融当时齐名的作者中,不但沈约、谢朓有多种诗作被选入《文选》(沈约十三首,谢朓二十一首),连范云、任昉都分别有三首、两首得到选录。比较之下,可以说在萧统看来,王融的文章是值得赞赏的,而他的诗却不足挂齿。这一点值得给予足够的重视。下文我们还会谈到,钟嵘对王融的评价与此如出一辙。这都反映出王融在当时作者群中的形象，"文"豪的一面要远远重于"诗"家的一面。现代学者囿于以抒情诗为核心的文学观，往往将丰富的中古"文学史"化作了狭隘的"诗史"，有意无意地将原本含义广泛的文学范畴往诗的方向去靠拢①。对永明文学、王融文学的理解方式也正受到这种观念的严重制约，通常局限于从近体诗的声律问题去理解永明体运动，又从而衍伸出王融的诗人形象，这恐怕不能不说是一个很大的误解。在本书以下各章的研究中，将重点更多地置于文章方面，就是在有意识地对此倾向进行反拨。

2.《玉台新咏》

由于《玉台新咏》的传本系统极其复杂，学界至今聚讼不休，其中所收录的王融作品也随之存在着不同的面貌。扼要言之，《玉台新咏》中保存的王融作品，只应以一般认为较能反映宋本面貌的明寒山赵氏小宛堂覆宋本为准，其余郑玄抚本系统及吴兆宜笺注本都没有提供有史料价值的信息。

赵氏本收入王融诗九首，包括卷四《王元长杂诗五首》，分别为《古意》二首及《咏琵琶》《咏幔》《巫山高》；卷十《王元长诗四首》，分别为《拟古》《代徐幹》《秋夜》《咏火（离合赋物为咏）》。从题材来看，则可以区分为拟古类四首、咏物类三首、乐府一首②。可知徐陵选诗时，王融的拟古诗与咏物诗应当是存在感较强的类型。不过，与沈约选入二十七首，谢朓选入十六首相比，王融的受重视程度显然要低一些，也同样反映出其诗在梁陈时代不太受重视的状况。

明郑玄抚刻本在卷四的杂诗五首之后多出《芳树》《回文诗》《萧谘议西上夜禁》三首；在卷十的杂诗四首之前则多出《少年子》《阳翟新声》。然核其文字，可知分别是从《乐府诗集》卷十七、《艺文类聚》卷五十六、《古文苑》（韩元吉本）卷四、《乐府诗集》卷六十六及七十四中抄入③，并无价值，可以不论。清吴兆宜笺注本将此数种割出置于各卷末，徒生紊乱，更无足观。

---

① 如徐艳教授精辟地指出的，文学史上饱受争议的"宫体"，其实最初也根本不是针对"诗"，而是针对"文"产生的概念。参见徐艳《"宫体诗"的界定及其文体价值辨思——兼释"宫体诗"与"宫体文"的关系》，《复旦学报（社科版）》2009年第1期。
② 看似是乐府的《巫山高》实际上也是咏物诗，见下论。
③ 仅《代徐幹》改题首句《自君之出矣》，《阳翟新声》末字"鸣"作"声"，为小有区别。

3.《广弘明集》

《广弘明集》中保存了四种王融作品,题名及卷次①如下:

卷十九录《与荆州隐士刘虬书》,署名萧子良,而正文末有"王元长之词也"字样。故严可均《全齐文》题为《为竟陵王与隐士刘虬书》。值得一提的是同卷还收有庾杲之的《为竟陵王致书刘隐士》,二书均为代萧子良延请佛教隐士刘虬的信札。

卷二十七录《净住子净行法门颂》三十一首,各附于萧子良所制《净住子净行法门》三十一门之后。

卷三十上录《法乐辞》十二章及《栖玄寺听讲毕游邸园七韵应司徒教诗》。

作为中古佛教总集,《广弘明集》的收录意图在于宣传弘教,保存佛教文献,这几种作品也幸而借此得以完整传世,与王融本人的文采则大抵没有什么关系了。《净住子净行法门颂》与《法乐辞》并见本书第九章论。

4.《文馆词林》

唐初所编《文馆词林》一千卷,仅赖日藏弘仁本存其残貌。其卷一百五十二中完整保存了王融《赠族叔卫军俭诗》十五章(已见上篇所论)。可以想见如果《文馆词林》能保存下更多的卷帙,其中一定含有不为我们所知的其他王融诗文。这是中世文学流传中偶然性因素的一个典型表现。

5.《古文苑》

王融诗存录的两个最重要来源,是《古文苑》和《乐府诗集》。传为唐人旧藏本,实为宋人所编的《古文苑》,传世有韩元吉九卷本和章樵注二十一卷本两个系统。保留了早期面貌的北宋韩元吉本卷四录有"齐梁诗四十五篇",大多数未署作者②。入南宋后,章樵分此书为二十一卷并为作注,则将此部分移入卷九,次序、篇目、信息均略有调整。可以看到《古文苑》所录这批诗有一个显著的特性,就是其中包含了两种作品类型:个人独作和群体创作。以下依两本目录,列表展示:

---

① 《广弘明集》有三十卷本、四十卷本两种系统,四十卷本为明代自三十卷本中分出,可置不论。此据三十卷本。

② 以下凡论及《古文苑》,无特别说明者,皆以韩本为准。

	韩元吉本卷四	章樵注本卷九
独作	侍游西方山应诏	王融侍游方山应诏
独作	游仙诗	游仙诗　五首
独作	奉和南海王殿下咏秋胡妻	奉和南海王咏秋胡妻　七首
独作	栖玄寺听讲毕游郊园	栖玄寺听讲毕游邸园
群作	别萧谘议 任殿中昉 王延 宗记室史	别萧谘议四首 任昉 王延 宗史 王融
	萧谘议衍	萧谘议衍答
	萧记室深前夜以醉乖例今昼由醒敬应教	萧记室琛应教
	别萧谘议又一首	
独作	和王友古意二首	王融和王友德元古意　二首
群作	饯谢文学离夜 沈率约 虞驾部 范通直云 谢文学 王中书 萧记室 刘中书①	饯谢文学六首 沈约 虞炎 范云 王融 萧琛 刘绘
		谢文学朓答
独作	寒晚敬和何征君点	王融寒晚敬和何征君点
独作	别王丞僧	别王丞僧孺
群作	学古赠王中书 范通直云	范云学古赠王中书
	杂体报范通直	王融杂体报范通直
群作	赋物为咏得幔 谢文学	沈右率座赋三物为咏三首 谢朓 王融 沈约
	琵琶 王中书	
	簾 沈右军	
独作	奉和月下　　奉和秋夜长	王融奉和月下　　秋夜月
独作	四色咏　　奉和纤纤	四色咏　　两头纤纤

① 按，"刘中书"三字原在"寒晚敬和何征君点"下，实为刻工误刻两行合一，今改正。

续　表

	韩元吉本卷四	章樵注本卷九
独作	奉和代徐　并代徐	代徐二首　咏梧桐
独作	咏梧桐	
群作	和王中书刘中书	王融池上梨花　刘绘和
群作	阻雪连句遥赠和 谢文学朓 江秀才革	阻雪连句遥赠和 谢朓 江革 王融 沈约

（说明：章樵注本目录，承前为王融作者，或低一字。本表维持此体例格式，以见原貌。显著的误字、异体字，皆改正。）

如上可知，章樵注本做了两方面的重要工作。首先，最关键的是对韩本中未署名的作品都补署了作者。我们据此知道这四十余篇诗作中，王融诗多达二十二种，合三十二首。其余的则是王融参与其中的友人饯别唱和之作。其次，还补入了四首作品，分别是韩本所缺失的王融《咏池上梨花》一首、《阻雪连句遥赠和》的王融、沈约二首和《奉和南海王殿下咏秋胡妻》的第七首（结果变成了名实不副的四十九首）。由于章樵的工作，我们对《古文苑》中这所谓"齐梁诗四十五篇"的性质便获得了一个清晰的认识——一言以概之，这是以王融为中心组织起来的一个诗作群，而且应该就是以王融本集为依据录入的。

中古文集编纂，有将集主之作和集主参与酬唱场合的他人同作一并收入的体例。而本集对于集主本人的作品自然是无须一一分别署名的，只有非集主的相关之作才有必要注明作者为谁。韩元吉本之所以会对王融以外的其他作者全部署名，而王融所作却一律不署名，正反映出《古文苑》收录这部分作品时，所面对的文献形态就是王融本集。而章樵之所以能提供韩元吉本所无的作者信息，也正是因为他用于对勘的本子就是王融集①，所以未署名的作品可以一律得知为王融之作。在这个意义上，《古文苑》实在是王融研究中具有特殊意义的一个文献来源，不但保存了数量众多的作品，而且其特殊的编辑形态还剪贴下了王融集在中古时代

---

① 章樵注本于《奉和南海王咏秋胡妻》第七首下注曰："旧本止六首，今据融集添入足之。"是为确证。

的残影①,同时也呈现出了王融所置身的文学空间的一角。

　　《古文苑》编者之所以会从《王融集》中录入如此特殊的一个诗群,究竟是由于其人对王融诗情有独钟呢? 还是恰好手头有此文献,方便编入呢? 就无法作进一步的判断了。因此《古文苑》的贡献,在于为我们保存了一大批的王融诗作,但对于探测王融文学的历史接受则没有太大的帮助。不过,考虑到《古文苑》含有为《文选》补遗的色彩,《文选》中完全不予收录的王融诗,却赖《古文苑》得以保留了数十首之多,对看相映,一定程度上倒是可帮助我们探测《文选》选篇的去取标准。

　　6.《乐府诗集》

　　成书稍晚于《古文苑》的《乐府诗集》收入王融作品更多,计乐府歌诗十九种,合五十一篇。卷次题名如下表所示。其中多有与其他文献重复者,亦一并列出(类书等片段引录的情况另见下论):

卷　次	部　门	题　名	其他完整来源
卷十七	鼓吹曲辞二	《巫山高》	《玉台新咏》卷四、《谢宣城集》卷二
		《芳树》	《谢宣城集》卷二
		《有所思》	《谢宣城集》卷二
卷十八	鼓吹曲辞三	《临高台》	
卷三十五	相和歌辞十	《三妇艳》	
卷三十六	相和歌辞十一	《秋胡行》七首	《古文苑》卷四《奉和南海王殿下咏秋胡妻》
卷三十八	相和歌辞十三	《青青河畔草》	
卷五十六	舞曲歌辞五	《齐明王歌辞》七首	
卷六十四	杂曲歌辞四	《神仙篇》	《古文苑》卷四《游仙诗》之三
卷六十六	杂曲歌辞六	《少年子》	

---

① 对此问题的研究,参见阿部顺子《『古文苑』の成书年代とその出处》,《日本中国学会报》2001 年第 53 集。

卷　次	部　门	题　名	其他完整来源
卷六十八	杂曲歌辞八	《望城行》	
卷六十九	杂曲歌辞九	《自君之出矣》	《玉台新咏》卷十《王元长诗四首》之二、《古文苑》卷四所录《奉和代徐》二首之二
卷七十四	杂曲歌辞十四	《思公子》《王孙游》《阳翟新声》	
卷七十五	杂曲歌辞十五	《永明乐》十首	
卷七十六	杂曲歌辞十六	《秋夜长》	《玉台新咏》卷十《王元长诗四首》之三
卷七十七	杂曲歌辞十七	《江皋曲》	
卷七十八	杂曲歌辞十八	《法寿乐歌》十二首	《广弘明集》卷三十《法乐辞》

从《乐府诗集》的收录来看，王融现存乐府显著地呈现为三种类型：

其一，归属于鼓吹曲辞，取《汉铙歌十八首》旧题，与其他永明作者同题共作的四首。但是，这四种作品有一种非常特殊的性质，有必要提请注意。从郭茂倩解题（见下引）到后来的学者，都认为永明诗人的这一系列作品虽然是乐府古题，却完全改变了原作的主题，而成为一种"旧瓶装新酒式"的创新。但是，王融及其他永明诗人的同题之作，在谢朓集中收入卷二"五言诗"，题名为《同沈右率诸公赋鼓吹曲名先成为次》。从"赋曲名"云云来看，这一次集体创作并不是要创作古题乐府，而是把古乐府的"曲名"当成了一种"物"来赋咏。因此原曲本身的立意原本就不在永明诗人的虑中，他们只需要"望题生义"就足够了。例如《巫山高》，汉铙歌古辞叙山高水大，思归不得；而王融等作却从题面立意，取更深入人心的楚王巫山云雨故事为咏——更准确的诗题，其实应该叫做"咏《巫山高》"才是。一言以概之，这四首作品的本质并不是乐府，而是咏物诗。因此这也不能用来证明永明诗人会置古题原义于不顾，对乐府进行大胆创新。反过来，郭茂倩倒真是犯了望题生义的错误，才将其误收入了《乐府诗集》中。

其二，归属于相和歌辞，依汉乐府旧题的三种。《秋胡行》从《古文苑》的题名《奉和南海王殿下咏秋胡妻》来看是奉和诸王之作（而且同样有可能不是作为乐府而是作为一种古诗来创作的①）。《三妇艳》《青青河畔草》也存有沈约同题作，可知也都是社交性的作品。

其三，归属于舞曲歌辞和杂曲歌辞，无旧题的南朝新乐府。事实上《乐府诗集》中"杂曲歌辞"一类本身就是设置来收录那些杂七杂八无类可归之作的。这一类无疑含有强烈的"流行音乐"色彩，而数量也最多，占据了全体的四分之三。特别值得注意的是《齐明王歌辞》和《永明乐》都是专为歌颂当朝而作的大型组歌。

相较于《文选》的精选性质，编于宋代的《乐府诗集》意图在于广收前代乐府文献，可以相信郭茂倩所见到的王融乐府应该就是这五十篇了。换言之，《文选》《文馆词林》那种或主动、或被动的选择性保存只是挂一漏万，并不足以据论全豹；而《乐府诗集》的保存情况则在相当程度上能反映王融乐府创作的整体面貌。从上述的类型构成来看，王融对于乐府显然并不怎么喜欢按部就班地复古摹古，而是以一种极为时新的姿态，积极参与到新声的大量创制中。乐府作为王朝礼乐的一环，具有很强的"为时而作"性质。王融的这种姿态无疑与他热心功名、勇于任事的性格有关。乐府对他来说并不是一种古典式的个人修养，而是一种用于贵族社交和塑造王朝形象的文化工具。

三、别集

和大多数中古作者一样，王融本人的别集并没有保存下来，明人辑佚而成的王融集并不具备原始资料的意义。但是，如《古文苑》所反映的，《王融集》中保留了大量其他永明诗人作品，这是由于中古文学中强烈的社交文化色彩使然。相似地，在《谢宣城集》中也可以见到类似的编纂形态，而其中就保存了六种王融诗作，均为短小的咏物之什：《同沈右率诸公赋鼓吹曲名先成为次》之《巫山高》《芳树》《有所思》（卷二）、《饯谢文学》②（卷四）、《同咏乐器·琵琶》《同咏座上所见一物·幔》（卷五）。不

---

① 《艺文类聚》卷三十二引第一章即题为《秋胡诗》。
② 按《古文苑》章本题名与谢集同，而韩本作《饯谢文学离夜》。《谢集》此处的结构，是先录谢朓《离夜》一首，江丞（孝嗣）、王常侍《同前》二首；其后录沈约《饯谢文学》，及虞炎、范云、王融、萧琛、刘绘《同前》五首，其后复录谢朓《和别沈右率诸君》。曹融南《谢宣城集校注》于谢朓《离夜》诗下出校曰："张本作《离夜同江丞王常侍作》。"于《和别沈右率诸君》诗下出校曰："诸明本作《和沈右率诸君饯谢文学别》。"可知《离夜》之酬唱自为一系列。沈约以下之《饯谢文学》与《和别沈右率诸君》应别为一系列。此从谢集题为稳当。

过,这六种作品均有其他收录来源,因此在文本上并没有不可或缺的价值。谢集在这方面的意义,一定程度上和《古文苑》类似,是保存了王融、谢朓等作品的原生态,成为窥测中古文学社交现场的好材料。

四、类书

和总集相似,多种不同的类书构成了王融文学的重要来源。总集、类书所收录的作品也多有重复。但关键性的差异则在于总集所录多为全篇,而类书则仅是残篇断简,并且由于摘录拼接而导致原作的脉络断裂、结构变形,很容易误导读者以假为真。因此,对于这些类书所存录的作品,就有必要基于其特殊的文本性质,划为独立类型,采取不同的解读立场。

存录中古文学的四种基本类书,是《北堂书钞》(成书于隋代)、《艺文类聚》(唐初)、《初学记》(盛唐)和《太平御览》(北宋)。在这一类型中,王融作品绝大部分都集中地收录于《艺文类聚》(45条),其次是《初学记》(10条)、《太平御览》(4条),北堂书钞则一条都没有。看起来,似乎王融文学接受度最高的时期是初唐,以此为顶点向前后时期画出下坠曲线。不过我们有必要考虑类书编纂的特性。《艺文类聚》的编撰很大程度上承袭南北朝后期编成的《华林遍略》《修文殿御览》等大型类书,而《初学记》和《太平御览》又继踵其后。《北堂书钞》则为虞世南个人摘抄图书而成,与一般类书的集体编纂方式有异。因此《艺文类聚》所反映的,反而更可能是南北朝后期对王融文学的评价与接受。换言之,王融在南北朝后期文坛的影响力还是相当可观的,但至隋代虞世南编书时,其存在感可能就已降低很多①。类书所录王融文学的具体信息,见下表:

	《艺文类聚》	《初学记》	《太平御览》	其他来源
《拟风赋》	卷一天部风门	卷一天部风门		
《三月三日曲水诗序》	卷四岁时部中三月三门			《文选》

---

① 当然,这也可能与虞世南的个人倾向及《书钞》收录诗文的比例不如其余三种之高有关,未足遽然以定一时代之全体情形。

续　表

	《艺文类聚》	《初学记》	《太平御览》	其他来源
《皇太子哀策文》	卷十六储宫部储宫门			
《永嘉长公主墓志铭》	卷十六储宫部公主门			
《奉辞镇西应教诗》	卷二十九人部别门上			
《萧谘议西上夜集诗》	卷二十九	卷十八人部离别门		《古文苑》
《别王僧孺诗》	卷二十九作谢朓诗			《古文苑》
《赠族叔卫军诗》	卷三十一人部赠答门			《文馆词林》
《秋胡诗》	卷三十二人部闺情门			《古文苑·奉和南海王殿下咏秋胡妻》七首之一
《豫章文献王墓志铭》	卷四十五职官部一诸王门			
《为王俭让国子祭酒表》	卷四十六职官部祭酒门		卷二十三六职官部国子祭酒门	
又表	卷四十六			
又表	卷四十六			
《求试效启》	卷五十三治政部下荐举门			《南齐书》
《抄众书应司徒教诗》	卷五十五经典部读书门			
《离合诗·火》	卷五十六杂文部二诗门			
《回文诗》	卷五十六			
《后园作回文诗》①	卷五十六			

---

① 《诗纪》录此诗云："此或为梁元帝诗,观简文诸人和诗可见。"按《类聚》此诗下即为梁简文帝《和湘东王后园回文诗》,且二诗体制相类,《诗纪》说是,此诗当为萧绎作。

续　表

	《艺文类聚》	《初学记》	《太平御览》	其他来源
《代两头纤纤诗》	卷五十六			《古文苑》
《代藁砧诗》二首	卷五十六			《玉台新咏》录其一，题为《拟古》
《代五杂组诗》	卷五十六			
《四色诗》	卷五十六			
《奉和竟陵王郡县名诗》	卷五十六			
《从武帝琅邪城讲武应诏诗》	卷五十九武部战伐门			
《答敕撰汉武北伐图赋启》	卷五十九			《南齐书》
《劝武帝北伐启》	卷五十九			
《谢武陵王赐弓启》	卷六十军器部弓箭门	卷二十二武部弓门	卷三百四十七兵部弓门	
《移席琴室应司徒教诗》	卷六十四居处部四室门			
《谢敕赐御裘等启》	卷六十七衣冠部裘门			
《谢竟陵王赐纳裘启》	卷六十七			
《咏幔》	卷六十九服饰部上幔门	卷二十五器物部帷幕门	卷六百九十九服用部幔门	《谢宣城集》《玉台新咏》
《谢竟陵王示扇启》	卷六十九服饰部上扇门			
《谢司徒赐紫鲊启》	卷七十二食物部鲊门			

续　表

	《艺文类聚》	《初学记》	《太平御览》	其他来源
《谢敕赐米启》	卷七十二食物部米门			
《谢安陆王赐银钵启》	卷七十三杂器物部钵门		卷七百五十九器物部钵门	
《净住子归信门颂》《忏悔三业门颂》《出家善门颂》《在家善门颂》《法门颂》	卷七十六内典部上内典门			《广弘明集·法门颂》之二、三、九、十三、二六
《谢竟陵王示法制启》	卷七十七内典部下寺碑门			
《法门颂启》	卷七十七			
《咏女萝诗》	卷八十一草部上女萝门			
《应竟陵王教桐树赋》	卷八十八木部上桐门			
《拜秘书丞谢表》		卷十二职官部秘书丞门		
《诃诘四大门诗》《在家男女恶门诗》《大惭愧门诗》①《努力门诗》《回向门诗》		卷二十三道释部佛门		《广弘明集·法门颂》之八、十、十八、二四、三十

　　如表可见,类书是因应着其百科全书的性质与体例,分门别类地来采取作品的,因此,借此保存的文本既不像《文选》那样专以词彩为标准,也不像《乐府诗集》那样专注于某一类型,而是囊括了广泛的题材。这种收录方式虽然在单篇作品的保存上有残缺不全之弊,但对某一作者文学面

①《初学记》录题有误,从所录文本看,实为位居第十九之《善友劝奖门颂》。

貌反而有着更为均质的点状呈现。中古作者的面相正是通过这样性质不同、标准不同、侧重不同的种种文献采录，才得以交错映照出来，为我们的观测重构工作提供了立足点。而类书中对王融文学的存录，正高度吻合着本书绪言中提出的宫廷文学、朝堂文学、贵族社交文学图式。《三月三日曲水诗序》和《皇太子哀策文》是为宫庭宴集、礼仪撰写的宫廷文学。举凡表、启等作都是作为中央官僚写作的朝堂文学。凡题目中有应召、应交、奉和、赠、别及墓志铭等字样的，都是与朋友、同僚进行社交应酬的文学。即使《艺文类聚》卷五十六杂文部诗门中所录的一系列拟古、文字游戏之作，从书中同时所录的其他齐梁人同题之作也可看出，绝非个人一时兴起，而是竟陵文学集团同仁一起"游（戏）于艺"的产物。唯一难以断定是否个人遣兴之作的，只有《咏萝诗》一首而已。

此外，《艺文类聚》卷五十六所录这批拟古之作，正与《乐府诗集》所录《赋鼓吹曲名》之作形成鲜明对照。这批作品和其他六朝时期的拟古之作一样，对原作的体裁手法亦步亦趋，毫无"创新"之意。聊举一例：

> 《古两头纤纤诗》：两头纤纤——月初生。半白半黑——眼中精。腽腽脖脖——鸡初鸣。磊磊落落——向曙星。
>
> 王融《代两头纤纤诗》：两头纤纤——绮上文。半白半黑——燕翔群。腽腽脖脖——鸟迷曛。磊磊落落——玉石分。

在这种文学中，稳定的体式好比一个设定好了的框架，作者的任务则是先学习理解这个框架，而后将具体的修辞、创意调和组装起来，填进框架里去（详见本书第七章论）。这才是中古文学主流的构思方向。

五、其他文献

以上四类，基本上就已囊括了王融文学的所有现存来源。除此之外，还有几种零星的著作略有贡献：

1. 古抄本《文选集注》卷九十一保存了王融撰写《三月三日曲水诗序》后的上表残篇，详见本书第六章论。

2. 宋胡仔《苕溪渔隐丛话》前集卷二引《蔡宽夫诗话》有王融《双声诗》。诗仅四句，是在谈论声韵问题时举以为例，殆非全篇。

3. 明张之象《古诗类苑》录王融《药名诗》和《星名诗》。作为明人辑佚古诗的早期著作,张之象从何处得到这两种未被六朝唐宋文献收录的诗作,是尚未解明的谜题。《艺文类聚》卷五十六诗部录有梁萧纲、萧绎、庾肩吾、沈约的一系列《药名诗》,但却未收王融此作。《类聚》所收看似都是梁人之作,然而沈约诗显然应该是与王融同时同题的永明文学产物,与其余三人并非一组。对此诗的讨论别见本书终章。

第二节　王融文学的历史评价

关于王融的文学,众所周知,最为重大的方面就是与永明声律的关系。然而王融在其中却处于一个尴尬的位置。一方面,在最原始的史料中他被认为是这一文学运动的创始者;另一方面,他却又并没有留下任何理论性的文字可供分析,因此随着他的身影在历史中逐渐隐退,他在这场重要运动中的实在感也渐渐模糊起来,最终几乎可以说是退出了读者的视野。

与此同时,更大的一个尴尬是,除了永明声律之外,王融的文学似乎就是一片空白。在今天学界的印象中,似乎如果不谈永明声律,王融文学就已经没有什么其他的话题了。各种文学史教材、文学史论即使还会谈及王融,也不过就是拣其中一览可明的几首五言小诗来举举例子罢了——事实上但凡真正从事过文学研究工作的人都不难理解,是愿意选择一个作家的宏大复杂作品作为其代表作,还是只读读其浅显短小之作就好? 在很多时候无非折射出了学界是否认为值得对这一作家花费精力去追究他那些难解的作品而已。在作出综合评价之前,研究者心中已经有了一个潜在的判断。对其人的不以为然,会导致对其文学的研究工作漫不经心;而这种漫不经心的结果,又会进一步强化其人其文无足轻重的印象。当然,这一表现的反面就是"经典名家名作"的不断强化。这种研究与对象之间的循环累加机制本身,就是个值得深思的话题。

然则就王融这一个案而言,这种空白感究竟是客观的必然,还是由于历史选择而导致的遮蔽? 不重新加以细致的观察解剖是无法得出答案的。因此之故,本篇的一个基本立场就是:先抛开永明声律的相关观念,将王融的诗文作为纯粹的解剖分析对象。在此之后,再顺其自然,思考其作品本体与旧说之间的关系。或然或否,都以作品本身为判断的基本依据。

在已概览过王融文学全貌,进入文本解剖之前,让我们先简单回顾前人对王融文学(除了声律论之外)的评判。尽管本书并不打算,也还没有能力全面推进这些论题——毋宁说如上所言,我的真实想法乃是另起炉灶,把前人所论作为自己研究的参照物,而不是立足点;但今天的研究究竟处在什么样的位置上,又与前人有何分合? 为了明确自身定位,自不可不对基本的坐标系作一清算。

在古人关于王融文学的文字中,当然首推钟嵘《诗品》卷下:

> 元长、士章,并有盛才,词美英净。至于五言之作,几乎尺有所短。譬应变将略,非武侯所长,未足以贬卧龙。①

文字的意思本很明白,但学者在讨论时却容易发生两种误解,一是将"词美英净"当作对王融五言诗的评价(如钱基博和陈庆元),二是由于钟嵘将王融置于下品,便认为钟嵘以为王融文学不足观。事实上"词美英净"当然是对王融、刘绘除了五言诗之外的"盛才"的赞美,这种赞美甚至到了以诸葛亮相譬的程度。钟嵘对王融整体的赞美是与对其五言诗的否定同时存在的。《诗品》序又云:

> 颜延、谢庄,尤为繁密,于时化之。故大明、泰始中,文章殆同书抄。近任昉、王元长等,词不贵奇,竞须新事。尔来作者,寖以成俗。遂乃句无虚语,语无虚字,拘挛补衲,蠹文已甚。但自然英旨,罕值其人。词既失高,则宜加事义。虽谢天才,且表学问,亦一理乎!②

这一段文字表达了钟嵘本人的文学宗旨,很显然正是他置王融于下品的理由所在。不过依然应当注意的是,钟嵘虽然反对用事繁密的诗文风气,但并未对此彻底否定,而是认为这种风气虽非天才所为,毕竟还有表彰学问的作用。在他心目中,王融当然不是能够与曹植那种天才相提并论的人物,但是"自然英旨,罕值其人",天才既然是无法期待常常出现的,那么在凡人当中也应当还是承认他们的价值吧……钟嵘其实是站在了这样一种微妙的立场上。很显然,钟嵘既不想认可王融所代表的文学方向,又想要维持王融的正面形象,为他的缺陷寻找辩护理由,于是便不得不出之于

---

① 曹旭《诗品集注》,第 454~455 页。
② 曹旭《诗品集注》,第 180~181 页。

这样一种抑扬吞吐的笔调。——文学评论本身就是一种充满着文学修辞的作品，而修辞，往往比"内容"更能让我们窥见作者的内心动态。此外，这里将颜延之、谢庄、任昉、王融置于一条发展线上，也是值得注意的文学史观。

其次则有前引隋王通《中说·事君篇》：

> 谢庄、王融，古之纤人也，其文碎。

将王融与谢庄归为一类，认为他们人纤而文碎，可以说是从否定立场上对王融文学进行了最精简的一字概括。值得注意的是王融本人对谢庄在诗文音调上的成就颇加赞扬（见《诗品》序），合上观之，将谢庄、王融归入同一文学谱系，相当程度上可以说是六朝人的共识了。

其次则有日本入唐僧空海《文镜秘府论》西卷《文二十八种病》之四"鹤膝"：

> 鹤膝者，五言诗第五字不得与第十五字同声……凡诸赋颂，一同五言之式……温、邢、魏诸公，及江东才子，每作手笔，多不避此声……（引温子升、邢邵、魏收、谢朓、任昉诸家文）王融《求试效启》云："蒲柳先秋，光阴不待，贪及明时，展志愚效。"……诸公等，并鸿才丽藻，南北辞宗，动静应于风云，咳唾合于宫羽，纵情使气，不在其声。后进之徒，宜为楷式。①

《文二十八种病》一般认为是抄自隋刘善经《四声指归》。又同书天卷《调声》：

> 三，相承者。若上句五字之内，去上入字则多，而平声极少者，则下句用三平承之……三平向下承者，如王中书诗曰："待君竟不至，秋雁双双飞。"上句唯有一字是平，四去上入，故下句末"双双飞"三平承之，故曰三平向下承也。②

---

① 王利器《文镜秘府论校注》，中国社会科学出版社 1983 年，第 418~419 页。
② 王利器《文镜秘府论校注》，第 59~61 页。

学者考证此段引自唐人元竞《诗髓脑》①。以上史料中有两点值得注意。其一在于刘善经将王融置于"鸿才丽藻，南北辞宗"的诸公中，其评价无疑比今天我们对王融的印象为高，而吻合于上篇中对王融当时形象的确认。可见对王融的评价直到隋代仍然未完全否定化，而是处在或褒或贬的状态。其二，隋人刘善经已经认为王融和谢朓"每作手笔，多不避此声"；而元竞为初唐人，与刘善经同时相去不远，却用王融的诗句作为声律例证（当然这种声律也与后来确定的近体诗律大相径庭）。从这样一个小小的例子，我们也已经可以窥见声律论在百余年间经历的发展变化之大。这足以证明希望用近体诗律对王融、谢朓文学进行分析的考虑，实在是未免过于天真的。又，同书南卷《文意论》：

> 论人，则康乐公秉独善之资，振颓靡之俗。沈建昌评："自灵均以来，一人而已。"此后，江宁侯温而朗，鲍参军丽而气多，杂体《从军》，殆凌前古，恨其纵舍盘薄，体貌犹少；宣城公情致萧散，词泽义精，至于雅句殊章，往往惊绝；何水部虽谓格柔，而多清劲，或常态未剪，有逸对可嘉，风范波澜，去谢远矣；柳恽、王融、江总三子，江则理而情，王则情而丽，柳则雅而高。予知柳吴兴名屈于何，格居何上。中间诸子，时有片言只句，纵敌于古人，而体不足齿。②

学界一般认为，《文意论》系归纳王昌龄《诗格》与皎然《诗议》而成，而这一段文字应出于皎然之手。这不妨视为唐人对南朝文学的一次总结性评鉴。是知唐人眼中的王融诗风，乃长于言情而文辞华丽。同时就这一整段对南朝诗歌的评鉴而言，最为推重的显然是大小谢，几乎无间言，这与皎然自身作为谢家子弟的立场有关；其次则柳恽，认为当居何逊上；而江淹③、鲍照、何逊、王融、江总诸子则未定轩轾。除以上诸人以外，"中间诸子"皆不足称。这种三段式的等级思维与《诗品》颇称异曲同工，而王融则同样被列于下等。据此，认为自梁至唐的观念中，王融座次为六朝重要诗

① 小西甚一《文镜秘府论·考文篇》，转引自卢盛江《文镜秘府论汇校汇考》，中华书局 2006 年，第 157 页。
② 王利器《文镜秘府论校注》，第 314 页。
③ 引文中之"江宁侯"，诸家说法纷纭，今按当即江淹，"宁"为"宪"之误。

人中位阶较低者,当大致不谬。此外,皎然《诗式》卷四"有意无意格"也有评鉴王融作品的段落:

> 夫五言之道,惟工惟精。论者虽欲降杀齐梁,未知其旨。若据时代道丧几之矣,诗人不用此论。何也? 如谢吏部诗"大江流日夜,客心悲未央";柳文畅诗"太液沧波起,长杨高树秋";王元长诗"霜气下孟津,秋风度函谷",亦何减于建安?①

与《文意论》相比,这里将王融作为齐梁文学的代表之一,从整体上为齐梁文学翻案,提到了"不减建安"的高度。"霜气下孟津"二句出自王融《古意》二首(《玉台新咏》卷四)。就此数句而言,皆颇有高爽之气,皎然说颇有见地;但"霜气"二句并不能代表王融文学的整体风貌,这是有必要注意的。

其次则有宋郭茂倩《乐府诗集》卷十七鼓吹歌辞《巫山高》解题:

> 《乐府解题》曰:古词言,江淮水深,无梁可度,临水远望,思归而已。若齐王融"想象巫山高",梁范云"巫山高不极",杂以阳台神女之事,无复远望思归之意也。

又《芳树》解题:

> 《乐府解题》曰:古词中有云:"妒人之子愁杀人,君有他心,乐不可禁。"若齐王融"相思早春日",谢朓"早玩华池阴",但言时暮众芳歇绝而已。

又《有所思》解题:

> 《乐府解题》曰:古词言:"有所思,乃在大海南。何用问遗君,双珠玳瑁簪。闻君有他心,烧之当风扬其灰。从今已往,勿复相思,而与君绝"也……若齐王融"如何有所思",梁刘绘"别离安可再",但言

---

① 释皎然《诗式》,李壮鹰《诗式校注》本,齐鲁书社 1986 年,第 197 页。

离思而已。①

如上一节所论,郭茂倩正确地指出了王融等永明作者这批作品的特征,但却未能洞悉其所以如此的本质所在,像这样对永明文学的误解,早在唐宋时代便已开始了。

其次则有元陶宗仪《说郛》(宛委山堂百二十卷本)卷八十所录阙名《竹林诗评》:

> 王融作《游仙诗》,如金茎百尺,仙掌铜盘,集沆瀣于中天,倚清寒而独矫也。②

王融《游仙诗》组诗五首,确实是两晋游仙诗盛极而衰之后南朝仅见的规模③。《竹林诗评》点出其长处在于清拔矫夭,这是一个颇值得注目的论题。

明代对王融最著名的评价,属张溥《汉魏六朝百三家集》中《王宁朔集》题辞:

> 齐世祖禊饮芳林,使王元长为《曲水诗序》,有名当世。北使钦瞩,拟于相如封禅。梁昭明登之《文选》。玄黄金石,斐然盈篇。即词涉比偶,而壮气不没。其焜耀一时,亦有繇也。……夫穰侯相印,不可遽得,终子云、贾长沙之才则自我有也,又曷不少从容引分,资成不朽哉!④

推赞《曲水诗序》,而叹息王融之未能成其不朽,可以说是很高的评价。张溥并非好好先生,在《百三家集》题辞中甚至有很刻薄的批判(如对萧衍),因此这些意见确实是反映了他的观念,不可当作敷衍套语,轻轻看过。

张溥代表了明人中看好王融的一路,而陆时雍《诗镜总论》则立场

---

① 《乐府诗集》,第228~230页。标点略有改动。
② 《说郛》,《说郛三种》本,上海古籍出版社1988年,第3699页。
③ 其余仅沈约、萧衍、庾信等零星有一二首。当然,作为同题命作,王、沈等人所作在当时似应数量相当,不过今天所能见到的则以王融作品为最多。
④ 殷孟伦《汉魏六朝百三家集题辞注》,第193页。

相反：

> 诗丽于宋，艳于齐。物有天艳，精神色泽，溢自气表。王融好为
> 艳句，然多语不成章，则涂泽劳而神色隐矣。如《卫》之《硕人》，《骚》
> 之《招魂》，艳极矣，而亦真极矣。柳碧桃红，梅清竹素，各有固然。浮
> 薄之艳，枯槁之素，君子所弗取也。①

对王融诗提出严厉的批评。认为其诗艳而浮薄，神色不真，甚至"语不成章"，简直缺乏基本的作文能力。又陆氏《古诗镜》卷十六王融诗解题："王融诗最工刻饰，殆欲以声色胜人。"对王融诗特点的指摘颇称精确。

至清初，则有王士禛《古夫于亭杂录》卷五：

> 下品之徐幹、谢庄、王融、帛道猷、汤惠休，宜在中品。②

王士禛对《诗品》所排座次颇有微词，提出给王融升级。王氏所论出于一己所好，全然无视钟嵘书法，如《诗品》中居上品者除谢灵运外绝无晋以后人（谢灵运亦生于晋），可以说有着明确的时代范围（换言之，南朝人都不够格），而王士禛却要求将江淹、谢朓都排到上品去，钟嵘显然不会答应。不过，由提倡神韵说的王士禛来给王融升级，多少也能让我们窥见接受史上的一二消息。

在诗之外，对王融文的重视也随着六朝文的复兴而起。清代骈文一路复盛，颇有作者，选本、批评随之而兴。李兆洛《骈体文钞》卷三选入王融《三月三日曲水诗序》，评曰："以意运辞，可以取法。宽博过颜，而精练稍逊。至于嫖姚生动，同一机杼。"卷十选入《永明九年策秀才文五首》，评曰："纯以意运，傅、任之正则。"《永明十一年策秀才文五首》评曰："意胜。精深骏快，洞见症结。"强调的都是王融文中"意"的优胜。卷十六选入《求自试表》，评曰："遣辞体势，不独为徐、庾前导，且已为王、卢开山。"③许梿《六朝文絜》卷四则选入《永明九年策秀才文》关于农业问题的第二首，评

---

① 丁福保《历代诗话续编》，中华书局1983年，第1407页。
② 《古夫于亭杂录》，赵伯陶点校，中华书局1988年，第102页。
③ 《骈体文钞》，上海书店1988年，第65、158、159页。

曰:"此专以劝农为主,援古证今,立言不苟,开唐宋人表、启、碑、序法门。"①虽不免评家惯技,翻弄熟语,不过配合当时的文学风气观之,则可窥见此时伴随着对六朝骈文的重新重视,王融的声誉似乎也开始好了起来。尤其值得注意的是,无论李兆洛还是许梿,都从文学史传承的角度指摘王融表启类文章对南朝后期乃至初唐文学的典范意义。这一评价是否正确,还有待于对六朝隋唐文学文本的细致研究,但这种观点显然得到了清末民国学者的继承发扬。到刘师培《中国中古文学史讲义》,便从这一立场,将王融的重要性提到了相当的高度:

> 宋、齐之际,亦中古文学兴盛之时……其兼工诗文者,厥唯王融、谢朓。
>
> 惟音律由疏而密,实本自然,非由强制。试即南朝之文审之,四六之体,粗备于范晔、谢庄,成于王融、谢朓,而王、谢亦复渐开律体。影响所及,迄于隋、唐,文则悉成四六,诗则别为近体,不可谓非声律论开其先也。又四六之体既成,则属对日工,篇幅益趋于恢广,此亦必然之理。②

这里虽然是在论述声律论的重要性,但刘氏早已意识到王融文学的成就并非仅在其诗,而是"兼工诗文";其在文学史上的意义,也不仅仅是"渐开律体",并且"四六之体"亦在其与谢朓手中完成。这当中蕴含了两点启示:1. 对王融本人及其音律成绩理解探究,应当同时从诗、文两方面进行;2. 诗歌上的律体,与文章上的四六,是在同一个(或一批)人手中得到完成或开启的;虽然文体分为二途,自创造主体而言却是同一过程。这一观念,与后世论著大相径庭,实有着重要的价值,足以成为今后王融研究,乃至中世文学研究的方向性指示之一。同时,刘师培在《汉魏六朝专家文研究》第十六节"论研究文学不可为地理及时代之见所囿"中又指出:

> 徐陵、庾信之文体,实承《南史·简文帝传》所载徐摛、庾肩吾之家风。而为宫体导夫先路者,则永明时之王融也。今之谈宫体者,但

---

① 《六朝文絜笺注》,黎经诰笺注,上海古籍出版社 1962 年,第 67 页。
② 刘师培《中国中古文学史讲义》(附《汉魏六朝专家文研究》),第 82、106 页。

知推本简文,而能溯及王融者殆鲜。斯何异于论清谈者,但知王弼、何晏,而不能溯源于孔融、王粲也哉?①

这是一个很奇异的议论,别无其他史料可为佐证,全出于作者的心解。按照这一论点,王融竟成为宫体之祖了。刘氏对六朝文学的深刻理解使得我们不敢轻忽地对待这一论断,不过要论证其确否则还有待进一步的工作。要之综合以上数点,刘师培认为王融在近体诗律、四六文与宫体三者的发展历程中均占有枢纽地位,对其文学史意义之评价,显然是对清代骈文批评的扩充,而与民国以后学界的一般评价大异其趣。

至 20 世纪 30 年代,又有钱基博《中国文学史》第三编第六章第四节论王融甚详,摘其要如下:

> 永明九年,芳林园禊宴,使融为《曲水诗序》,又奉诏为《策秀才文》,咸以文藻富丽,为时所称。然丽而伤缛,赡而未宏;未若《求自试启》之倜傥骏发,奕奕顾盼也。
>
> (《求自试启》)虽文体已成骈偶,而抑扬爽朗,未为拘挛。至所为《策秀才文》前后十首,则通体排偶,然寓意微婉,实有散语所不能尽者;不童以隶事见巧,缛句为工也。唐碑、序,宋表、启,多依仿其格。……丽而能朗,故足尚也。
>
> 独《三月三日曲水诗序》,最有盛名;而最平板滞拙,依仿颜延之作,全无活泼顿挫之致;而益之以浮靡肤庸,抛荒本题,若不看其首尾,竟不知中间是为曲水诗序而作;其藻愈肥而其味愈瘠。
>
> 至于五言之作,调彩葱菁,举体华美,接武颜延之,而源出于陆机。然陆机感慨身世,犹有沉欝之意;而融巧用文字,务极华贵之态;所以有结藻而无流韵,辞采尽华茂,情喻不渊深;特其华彩而臻俊逸,远胜谢灵运之绮密而乖秀逸;丽典新声,络绎奔会,雄于谢灵运,靡于颜延之。
>
> 《诗品》谓"词美英净",则信然矣;而谓"五言之作,尺有所短",则今所传录,莫非五言,诚亦未见其然。②

①《中国中古文学史讲义》(附《汉魏六朝专家文研究》),第 154 页。
② 钱基博《中国文学史》,第 190~191 页。

钱氏所论,堪称至今对王融文学最为全面而且细致的鉴赏。就其所言而观之,要点有三:

1. 对其文章之评价,推重相对短小精干,气调抑扬者,而对其最受推崇的代表作《三月三日曲水诗序》大表不满。其所推重的例子,或为个人意气强烈之作(《求自试启》),或为短小篇什(《策秀才文》),而极力批判的则是王朝礼仪场合的典重之文。这不妨说是骈、古文对立观下的一种折中立场,即既承认骈文的价值,认同排偶之文亦可不受形式拘挛,甚或"有散语所不能尽者";又不赞成其发展到极致以后的铺排肿大,导致气韵呆板,抛荒主旨。

2. 对王融诗作评价甚高,一反钟嵘以来的成说。从渊源上指出"接武颜延之,而源出于陆机",重点在于"巧用文字",即纯粹文学形式技巧上的追求;风格上的表现则是"俊逸"、"典丽"、"络绎奔会"(繁密)。有趣的是由于钱氏对谢灵运评价极低,所以这里也将之拉来陪衬,认为其远劣于王融,这也称得上是王融在诗史上从未得过的殊荣了。

3. 指出王融在文体上的文学史意义,"唐碑、序,宋表、启,多依仿其格"。这一论断颇可与上引刘师培所论同看,要之都将其视为南朝后期至唐宋时期朝堂文体的宗师。

钱氏素夸其集部之学,于文章一道实有会心,非同泛泛。这些论断都值得我们的细致咀嚼。不过读者不难发现,其所谓"唐碑、序,宋表、启,多依仿其格"。其实是许梿已经提出的观点;而钱氏评价《求自试启》"虽文体已成骈偶,而抑扬爽朗,未为拘挛",则很可能又是本于林传甲 1904 年为京师大学堂所作文学讲义《中国文学史》第十三篇之七"南齐永明体之纤丽祖冲之精实":

> 王融《求自试启》《上北伐疏》,虽文体已成骈偶,而雄直之气,溢于篇章。①

无论"雄直之气",抑或是"抑扬爽朗",要之都是提出王融文学中有不同于一般齐梁文学印象的阳刚之气。林、钱二氏的这些看法是否有据? 我们

---

① 林传甲《(京师大学堂文学讲义)中国文学史》,上海科学书局宣统二年(1910)校正再版,第 160 页。

将在第十章中试作进一步的详论。

通过以上梳理,我们已可看到,王融文学在历史中的文献定型和评价接受,也正如对其人一样,是随着时代观念及立场而沉浮变迁的。下面就让我们从具体的作品文本出发,尝试用自己的眼睛去审视、解读王融的文学世界。

第六章　宫廷礼仪中的王融文学（上）
——金缕玉衣式的《三月三日曲水诗序》

在王融的作品当中，最为时人所称誉的一篇，就是作于永明九年的《三月三日曲水诗序》（以下简称《曲水诗序》）。《南齐书》王融本传：

> （永明）九年，上幸芳林园禊宴朝臣，使融为《曲水诗序》，文藻富丽，当世称之。上以融才辩，十一年，使兼主客，接虏使房景高、宋弁。弁见融年少，问："主客年几？"融曰："五十之年，久逾其半。"因问："在朝闻主客作《曲水诗序》。"景高又云："在北闻主客此制，胜于颜延年，实愿一见。"融乃示之。后日，宋弁于瑶池堂谓融曰："昔观相如《封禅》，以知汉武之德，今览王生《诗序》，用见齐王之盛。"融曰："皇家盛明，岂直比踪汉武；更惭鄙制，无以远匹相如。"①

这段文字中关于齐魏外交的内容，已见前文分析，而从中更可以看出《曲水诗序》至晚在创作两年以后便已经声流北地，甚至被称誉为"胜于颜延年"。在今天文学史关于王融文的叙述中，偶尔会被提及的也就是这一篇代表作了。此文被收入《文选》卷四十六，张溥《王宁朔集》题辞开首便云：

> 齐世祖禊饮芳林，使王元长为《曲水诗序》，有名当世。北使钦瞩，拟于相如封禅。梁昭明登之《文选》。玄黄金石，斐然盈篇。即词涉比偶，而壮气不没。其焜耀一时，亦有繇也。②

---

① 《南齐书》，第 821~822 页。
② 殷孟伦《汉魏六朝百三家集题辞注》，第 193 页。

可以说给予了极高的评价，"即词涉比偶，而壮气不没"的概括尤其值得我们注目。而网祐次则指出：

> 永明九年三月三日芳林园曲水诗序，是为当时侍宴者四十五人的诗所作的序……所谓四十五人，除了当时远在荆州的谢朓之外，身在建康的知名之士当已被网罗殆尽。据此我们也就足以知道，王融在当时文坛上的地位之重要了。①

然则《曲水诗序》究竟是一篇怎样的文字？

在今天，听说过这篇文章的人已经很少，认真读过的人恐怕更是屈指可数。千年以下，随着王融所处的贵族时代的远去，贵族文学的面貌也变得漶漫不清。如果不是借助《文选》李善注的帮助，我们今天想要完全读通这篇南朝名作，几乎是不可能的事情。关于这篇文章，国内尚未见有专文探讨，日本学界则有过少量研究，分别为日本汉学名宿森野繁夫的《论王融〈三月三日曲水诗序〉》和鸟羽田重直的《王融论》②。鸟羽田氏论文丛脞无足观，可置不论，森野氏所论（以下称森野论文）则颇为细致，注重与颜延之之作的比较分析，有值得借鉴商榷之处。但综合二文所论，依然有着许多重要问题未曾触及。本章拟就以下重点展开论说：

1. 从时代文化背景观察文本的制作程序，以及对文学取向的影响。
2. 探讨文本的内部结构与用典特征，分析其享名当世的原因所在。
3. 与宋颜延之、梁萧纲的同题之作进行比较。
4. 与《齐明王歌辞》进行比较，探讨王融文学的特征。

第一节　《曲水诗序》的时代文化背景

在进行文本分析之前，应当简略交代《曲水诗序》撰作的时代文化背

---

① 《中国中世文学研究——南齐永明时代を中心として——》上篇第三章第三节"竟陵王の下の所謂八友"王融条。
② 前者收入《小尾博士古稀记念中国学论集》，汲古书院，1983年。后者载《和洋国文研究》第18卷。此外长谷川滋成《「文選鈔」の引书》（《日本中国学会报》第32集，1980年）中亦有所触及。

景。本作如题所示,乃是为"三月三日曲水之会"所作的序文。关于汉魏六朝三月上巳修禊的风俗,已有大量相关研究,而由于原始资料的匮乏,各种研究所引据都难免大同小异,实不必再行赘论,仅就本文相关的要点作一略述①。

关于中世的三月三日曲水之会,基本材料见于《周礼·春官》郑玄注、司马彪《后汉书·礼仪志》、《宋书》卷十五《礼志二》、《南齐书》卷九《礼志上》、宗懔《荆楚岁时记》、《北堂书钞》卷一百五十五"岁时部三"、《艺文类聚》卷四"岁时部中"、《初学记》卷四"岁时部下"、《太平御览》卷三十"时序部一五"等,《晋书》卷五十一《束皙传》(《文选》颜延年《三月三日曲水诗序》李善注引《续齐谐记》略同)与《南齐书》卷二十五《张敬儿传》中也留下了可以窥见当时情形的记载。这一风俗起源于先秦被除邪秽的原始习俗,在两汉逐渐确定为上巳节,也就是在每年的三月上巳日(三月上旬的巳日)临水清洗,"为祈禳,自洁濯,谓之禊祠。分流行觞,遂成曲水"(《宋书》礼志二)。但每年的三月上旬并非必然有巳日,故曹魏以后,不复取上巳之日,而确定为每年的三月三日。上巳节的基本行事,就现存的记载和诗文看起来,约有三点:1. 临水清洁,被禊不祥,以及源于生殖崇拜的浮卵、浮枣等活动。2. 曲水流觞。3. 宴会赋诗。第一点是上巳节得以成立的基本性质,但后两点则很有可能并非普遍情形,而是民间节俗在上流社会中风雅化、贵族化以后的结果。关于这一情形,最为著名的作品是王羲之的《兰亭集序》,其中优美地勾勒出了东晋贵族士人曲水流觞的盛景。

然而,在六朝文学的整体中,清高隐逸,哲学性地抒发生死之思的《兰亭集序》反而并不是有代表性的一篇,而毋宁说只是一个特例。流传至今

① 参尚秉和《历代社会风俗事物考》卷三十九"岁时伏腊",中国书店2001年;劳幹《上巳考》,《民族学研究所集刊》,第29期,1970年;郑毓瑜《由修禊事论兰亭诗、兰亭序"达"与"未达"的意义》,《汉学研究》第12卷第1期,1994年;孙思旺《上巳节渊源名实述略》,《湖南大学学报》2006年第2期;陈颖、陈其兵《中国古典园林的精华——"曲水流觞"》,《中华文化论坛》2007年第2期;仓林正次《禊祭考——上巳宴とその周辺》,《国学院大学日本文化研究所纪要》第19卷,1966年;中村乔《三月上巳の風習と行事——中国の年中行事に関する覚书》,《立命馆文学》第384、385号,1978年;吉川美春《三月上巳の祓について》,《神道史研究》第51卷,2003年。

的六朝曲水诗文数量颇为不少,占绝对主体的是应制性质的宫廷文学①。基于这一点,我们可以首先下一断言:

三月曲水之会是中世社会广泛流行的节俗,但六朝曲水诗文的创作背景,却是宫廷化、贵族化了的上巳节。六朝,尤其是南朝曲水文学在根本上属于宫廷文学,和民间大抵只剩下一点渊源性关系了。

南朝有许多重要诗人都留下了属于这一范畴内的诗文作品,颜延之、王僧达、谢灵运、谢惠连、谢朓、沈约、萧纲等都在名单之内。这一点,和南朝宫廷中三月曲水之会的盛行是密切相关的。我们今天并没有直接的材料表明南朝宫廷是否每年都举行曲水之会,但从王融关于《曲水诗序》的上奏中"敕使臣今年序曲水诗"云云,可以想见情形正是如此。在宫廷内(南齐时期通常是在芳林园)每年常规举行的盛大节会中,百戏毕呈,君臣欢宴,流觞咏诗。被禊不祥的原始风俗意味已经变得非常淡薄,而成为了王朝最高统治层加强感情纽带的官方礼仪和社交场合。在会中身兼臣子和诗人的贵族们应制赋诗,则成为了王朝盛世颂歌的集中展示。而这一片歌舞升平的节庆气氛,无疑又象征着南朝政权对自身统治的期待(或曰梦想)。作为理解《曲水诗序》的文化背景,这一点是极其重要、不可忽视的。

其次,关于《曲水诗序》的制作程序,我们有一段重要的材料,即王融关于此序的上奏:

> 臣融言:奉司徒竟陵王臣子良所宣,敕使臣今年序曲水诗。臣少来挟策,颇好虫篆。文缺典丽,思惭沉郁。伏以至策熙明,玄功昭畅。一九皇之恒制,兼三代之独道。礼乐宪章之富,班马未敢□□□□□□□□武□□□□□□□□□□言□□□□□□□□□□使

---

① 据郑毓瑜统计汉魏两晋南朝之作共得两百二十一篇,见《由修禊事论兰亭诗、兰亭序"达"与"未达"的意义》。郑氏又指出其中"贵游公宴,作乐崇德"之作将近半数。但这一统计仅是从现存数量出发的,其实文学史意义上的此类型之作应当远远超过半数。因为非宫廷文学的"寄畅林丘,悟理感怀"型,亦即王羲之、谢安兰亭之会中的诗文创作,共有诗三十七首、序二篇之多。而如果从文学史意义上进行统计,这一比例显然虚高——作于同一场合的这三十九种作品只能作为一种来看待。因为兰亭之会的所有作品都保留了下来,而其他活动却并非如此,例如永明九年的曲水之会"凡四十有五人"参与赋诗,假设作品均保留下来,统计数目便变成四十六种甚至更多了。

> 颜延之为序，□□之美，□□有然。宋德之仰皇风，犹蚁垤之望嵩霍；臣才之匹延之，亦牛宫之譬江海。化弥隆而人益贱，事逾泰而言更轻。虽沥丹愚，终谢神算。冒昧上闻。

武帝手敕答曰：

> 卿所制《三日诗序》，言议廓落，可为大制作也。颜氏不(?)复专擅其美。迟见卿具诸怀也。①

从上面的材料，我们可以给出如下的观察：

1. 南朝宫廷曲水之会的《曲水诗序》，并非在现场即时创作，而是另行通过上奏诏可的程序，决定人选，创作完毕的。和王羲之时代的临场集结诗文并为之序，已经有着明显的差异。在这种礼仪性的场合中，文学拥有充分的构思撰写时间，这一点和王融《曲水诗序》在文学性质上辞藻典故繁富的发展方向，是密切相关的。

2. 王融上奏和武帝答诏中都只提及颜延之所作之序，以之为"专擅其美"的前规，而在现存的诗文中我们也确实没有看到第二篇在王融之前的南齐官方曲水诗序，由此可以推测，曲水之会虽然可能每年都举行，序文却未必是每年都写的。甚至可以猜想：是否王朝本身认为，作为三月三日曲水之会的序文，只需一篇代表性的作品就已足够？在王融奏文中所强调的"宋德之仰皇风"、"臣才之匹延之"，也就是"宋/齐—颜/王"反差对比中，也透露出了类似的信息。如果这一猜想成立，那么萧子良推选王融作这篇序文，对王融在本朝文学中的定位就相当之高了。这只是一个尚未确定的推想，或可作为王融在南齐时代形象的一个佐证，仅提出以供批判。

在上面两点中，第一点尤其有趣。我们从这里不妨引申出下一个问题：序文方面既然是如此，那么所赋之诗又如何呢？在谢朓集中，有《三日

---

① 王融上奏及武帝敕答并见《文选集注》卷九十一王融《三月三日曲水诗序》附《文选钞》所引《元长集》。未收入严可均所辑《全齐文》。森野论文亦引此佚文，而辨字未精，今依《唐钞文选集注汇存（二）》卷九十一影印件校引，上海古籍出版社 2000 年，第2·775~776 页。

侍华光殿曲水宴代人应诏诗》十章和《三日侍宴曲水代人应诏诗》九章。难以想象在宴会当场公然"代人应诏"的情形(尤其谢朓本人还并不是一个诗思敏捷的人物),这只能视为事先之作。事实上,在日期和行事都已预定的上巳节宴中,不擅作诗的贵臣事前请好富于才名的枪手,也是很自然的事情。因此可以想见,在南朝的曲水之宴上,应诏赋诗实际上是严重流于形式化的。序文是另行下诏创作的,而所谓赋诗,很有可能也只是在现场呈献而已。"三月三日曲水之宴"这一节俗或曰事件依然可以说是中世的重要文学主题,但三月三日这一天的宴会却很大程度上只是"诗文"作为应酬工具出现的场合而已了①。

第二节　《曲水诗序》的文本分析

王融这篇作品从头到尾,都是由各种典故联结而成的,不但几乎每句有典,有时在一句之中还连用好几个典故,而联结方式也是纷繁复杂,变化多端。这是 20 世纪文学所完全不熟悉的文学模式。面对这样的文字,我们实际上就像中学生面对鲁迅的文章一样充满了无力感。同样地,为了透彻理解这篇文字,我在这里也不得不像中学生一样,先进行机械的分段、概括大意,甚至逐字逐句的释读,然后才能进行较为深入的问题探讨。以下先录其全文,分出段落,在每部分之前标明序号,以便分析。

三月三日曲水诗序

① 臣闻出豫为象,钧天之乐张焉;时乘既位,御气之驾翔焉。是以得一奉宸,逍遥襄城之域;体元则大,怅望姑射之阿。然宦眇寂寥,其独适者已。至如夏后两龙,载驱璇台之上;穆满八骏,如舞瑶水之阴。亦有缝云,固不与万民共也。

② 我大齐之握机创历,诞命建家,接礼贰宫,考庸太室。幽明献

① 可以进一步思考的是,在南朝贵族文学的其他场合,如皇太子释奠赋诗、九月九日赋诗等,是否也同样如此? 在这样的场合,文学创作与文学活动现场出现了分离,表现为一种"预定模式"。而反过来,我们又有像"登高能赋"或"口占一绝"这样高度强调现场感的模式。这两者之间的反差,实在是一个有待于研究的有趣题目。

期，雷风通飨。昭华之珍既徙，延喜之玉攸归。革宋受天，保生万国。度邑静鹿丘之叹，迁鼎息大坰之惭。绍清和于帝猷，联显懿于王表。骏发开其远祥，定尔固其洪业。

皇帝体膺上圣，运钟下武。冠五行之秀气，迈三代之英风。昭章云汉，晖丽日月。牢笼天地，弹压山川。设神理以景俗，敷文化以柔远。泽普泛而无私，法含弘而不杀。犹且具明废寝，昃晷忘餐。念负重于春冰，怀御奔于秋驾。可谓巍巍弗与，荡荡谁名。秉灵圆而非泰，涉孟门其何险。

储后睿哲在躬，妙善居质。内积和顺，外发英华。斧藻至德，琢磨令范。言炳丹青，道润金璧。出龙楼而问竖，入虎闱而齿胄。爱敬尽于一人，光耀究于四海。

若夫族茂麟趾，宗固磐石。跨掩昌姬，韬轶炎汉。元宰比肩于尚父，中铉继踵乎《周南》。分陕流匆翦之欢，来仕允克施之誉。莫不如珪如璋，令闻令望，朱茀斯皇，室家君王者也。

③ 本枝之盛如此，稽古之政如彼。用能免群生于汤火，纳百姓于休和。草莱乐业，守屏称事。引镜皆明目，临池无洗耳。沈冥之怨既缺，莛轴之疾已消。

兴廉举孝，岁时于外府；署行议年，日夕于中甸。协律总章之司，厚伦正俗；崇文成均之职，导德齐礼。挈壶宣夜，辨气朔于灵台；书笏珥彤，纪言事于仙室。褰帷断裳，危冠空履之吏；影摇武猛，扛鼎揭旗之士。勤恤民隐，纠逖王慝。射集隼于高墉，缴大风于长隧。

不仁者远，惟道斯行。谗莠蔑闻，攘争掩息。稀鸣桴于砥路，鞠茂草于圆扉。耆年阙市井之游，稚齿丰车马之好。

宫邻昭泰，荒憬清夷。侮食来王，左言入侍。离身反踵之君，髽首贯胸之长，屈膝厥角，请受缨縻。文钺碧砮之琛，奇干善芳之赋，纨牛露犬之玩，乘黄兹白之驷，盈衍储邸，充仞郊虞。匭牍相寻，鞮译无旷。一尉候于西东，合车书于南北。畅毂埋辚辚之辙，绥旌卷悠悠之旆。

四方无拂，五戎不距。偃革辞轩，销金罢刃。天瑞降，地符升。泽马来，器车出。紫脱华，朱英秀。佞枝植，历草滋。云润星晖，风扬月至。江海呈象，龟龙载文。方握河沈璧，封山纪石。迈三五而不追，践八九之遥迹。功既成矣，世既贞矣。信可以优游暇豫，作乐崇德者欤。

④ 于时青鸟司开,条风发岁。粤上斯巳,惟暮之春。同律克和,树草自乐。禊饮之日在兹,风舞之情咸荡。去肃表乎时训,行庆动于天瞩。载怀平圃,乃眷芳林。芳林园者,福地奥区之凑,丹陵若水之旧。殷殷均乎姚泽,肌肌尚于周原。狭丰邑之未宏,陋谯居之犹褊。求中和而经处,揆景纬以裁基。飞观神行,虚檐云构。离房乍设,层楼间起。负朝阳而抗殿,跨灵沼而浮荣。镜文虹于绮疏,漫兰泉于玉砌。幽幽丛薄,秩秩斯干。曲拂遭回,潺湲径复。新荑泛泚,华桐发岫。杂天采于柔荑,乱嘤声于锦羽。禁轩承幸,清宫俟宴。缇帷宿置,帝幕宵悬。

既而灭宿澄霞,登光辨色。式道执殳,展辂效驾。徐銮警节,明钟畅音。七萃连镳,九斿齐轨。建旗拂蜺,扬蕤振木。鱼甲烟聚,贝胄星罗。重英曲瑵之饰,绝景遗风之骑。昭灼甄部,驵骏函列。虎视龙超,雷骇电逝。轰轰隐隐,纷纷轸轸,羌难得而称计。

尔乃回舆驻罕,岳镇渊渟。睟容有穆,宾仪式序。授几肆筵,因流波而成次;蕙肴芳醴,任激水而推移。葆佾陈阶,金觑在席。咸奏翘舞,篱动邠诗。召鸣鸟于弇州,追伶伦于嶰谷。发参差于王子,传妙靡于帝江。正歌有阕,羽觞无算。上陈景福之赐,下献南山之寿。信凯谦之在藻,知和乐于食苹。桑榆之阴不居,草露之滋方渥。

有诏曰:今日嘉会,咸可赋诗。凡四十有五人,其辞云尔。①

一、典雅平正:文章的整体构成

如上所示,文章由四个部分组成:

① 概述上古帝王的游乐,指出他们只是一人之乐,而不与万民共。作为开篇,与全文主体形成对比,暗示文章的主旨。

② 包含四个段落:萧齐获得政权的合法性——齐武帝萧赜之德——太子萧长懋之德——豫章王萧嶷和竟陵王萧子良之德。

③ 包含五个段落:南齐政治的清明——官吏称职——人民安乐——王朝的对外征服——天下太平,是足以游乐之时。

---

① 《文选》,第 2838～2860 页。

④ 包含四个段落：游乐之地芳林园的优美风景——宫廷仪仗的威严——曲水之会的盛大——有诏赋诗（收结）。

如上所概括的，《三月三日曲水诗序》的整体结构说得上四平八稳，层层转进。作者并不追求奇崛突兀的波澜，这无疑是由宫廷文学典雅平正的审美要求所决定的。贵族文学的表现重点，并不在这里。

二、金缕玉衣般的手法：以典故推进叙述

在《曲水诗序》中，用典是基本的手法，典故占据了核心性的位置。包括事典和语典的大量典故，远远超出一般文学中作为某种特殊手法应用的功能，而直接获得了分割层次、推进叙事的基本功能。这可以说是《曲水诗序》最显然最突出的文学性质，不可不加以详明的推究①。兹举其中最典型的部分，②之1（即②的第一段落，下同）进行分析，以见其余：

> 我大齐之握机创历，诞命建家，接礼贰宫，考庸太室。幽明献期，雷风通飨。昭华之珍既徙，延喜之玉攸归。革宋受天，保生万国。度邑静鹿丘之叹，迁鼎息大坰之惭。绍清和于帝猷，联显懿于王表。骏发开其远祥，定尔固其洪业。

这短短的一段文字中，便涵括了三层意义转进。

第一层：

> 我大齐之握机创历，诞命建家，接礼贰宫，考庸太室。幽明献期，雷风通飨。昭华之珍既徙，延喜之玉攸归。

"诞命"、"建家"先用《尚书·周书·武成篇》和《商书·盘庚篇》的语典，总起以下的"王朝开创"内容。

"接礼贰宫"用《孟子·万章下》："舜尚见帝，帝馆甥于贰室，亦飨舜，

---

① 关于这一点，《文选》李善注中所提示的大量出典提供给我们基本的线索。但李善注所引与经典原文未尽一致，凡所引据，皆一一覆按原书，校正文字。李善注所引书今佚者，则径引。亦有笔者认为李善注而未得其要之处，则另据出典给予解释。

迭为宾主。"①尧帝接见尚为臣子的舜，置于贰室，尧为主而舜为宾。但舜亦飨帝于贰室，舜为主而尧为宾。原文字面上只是在描述尧、舜互为宾主的融洽情景，但事实上尧帝最终禅位于舜，换言之，实际意指刘宋禅位于萧齐的王朝更替事件。

　　"考庸太室"用《尚书大传》："舜为宾客，而禹为主人。乐正进赞曰：尚考大室之义，唐为虞宾，至今衍于四海，成禹之变，垂于万世之后。"②舜既禅位于禹，祭祀之际舜便须居于客位，而禹为主人。这句则是以舜、禹禅让来比拟宋、齐禅让。

　　看似两句同样是在用三王故事来暗指当代时事，但前后联结，运用之际却有丝丝入扣之妙。"接礼贰宫"是说尧、舜之事，并且是尧未禅位于舜之前；"考庸太室"则是说舜、禹之事，并且是舜禅位于禹之后。仅用这两个典故对举，不着一字虚词，一语实叙，而叙事已经在时间和次序上得到推进：在刘宋之际，萧道成已经与宋帝互为宾主；而禅让之后，刘宋自然居于客位，天下已以萧氏为主。这里两句兼述三王，实际上强调了萧齐政权的统治合法性。

　　以下数句，遵循了同样的结构与意旨。首先，"幽明献期"用《论语比考》："仲尼曰：吾闻帝尧率舜等游首山，观河渚。有五老游河渚。一曰：'河图将来告帝期。'……尧喟然曰：'咨汝舜。天之历数在汝躬，允执其中，四海困穷，天禄永终。'"③"雷风通飨"用《尚书大传》："舜将禅禹，八风循通。"④其次，"昭华之珍既徙"亦用《尚书大传》："尧得舜，推而尊之，赠以昭华之玉。"⑤"延喜之玉攸归"则用《尚书璇玑钤》："禹开龙门，导积石，出玄珪，上刻曰：延喜玉，受德，天赐佩。"⑥很显然，作者正是依照着"尧—舜/舜—禹"的同样轨道在推进这四句两组的。

---

① 《孟子正义》卷十上，《十三经注疏》京都中文出版社 1974 年影印清嘉庆二十二年重刊宋本，第 5960 页下。
② 《尚书大传》卷二《虞夏传》，《续修四库全书》影印光绪师伏堂刊皮锡瑞《尚书大传疏证》本，上海古籍出版社 2002 年，第 13 页。
③ 安居香山、中村璋八《纬书集成》，河北人民出版社 1994 年，第 1065~1066 页。
④ 《文选》李善注引，第 2841 页。按皮锡瑞疏证本《尚书大传》卷二《虞夏传》作"于时八风循通，卿云丛丛"，第 15 页。
⑤ 《尚书大传》卷二《虞夏传》，第 3 页。
⑥ 《纬书集成》，第 376 页。

要之,第一层主体全用尧、舜、禹禅让之典,通过三组典故的对举,实现了极度严整的队列式构造,其意则在于指明宋、齐禅让的顺天应人。

第二层:

> 革宋受天,保生万国。度邑静鹿丘之叹,迁鼎息大坰之惭。

这一层,从"禅让"转入了"革命"。

"革宋受天"用《尚书·商书·咸有一德》:"惟尹躬暨汤,咸有一德,克享天心,受天明命,以有九有之师,爰革夏正。"[①]"保生万国"则用《逸周书·商誓解》:"我闻古商先哲王成汤,克辟上帝,保生商民,克用三德。"[②]所选用的,都是商革夏命之典。而前者重点在于革命鼎代,后者重点在于革命之后的治国理民,在文意上各有侧重。

"度邑静鹿丘之叹"用《逸周书·度邑解》第四十四:"维王克殷国,君诸侯,乃厥献民征主九牧之师见王于殷郊。王乃升汾之阜,以望商邑。永叹曰:'呜呼! 不淑兑天对,遂命一日,维显畏弗忘。'王至于周,自鹿至于丘中,具明不寝。"[③]周武王克殷之后,心中惭愧不安,辗转难眠,因为商周革命并不是通过禅让,而是通过下克上的暴力流血实现的[④]。这里是反用此典,所谓"静鹿丘之叹",正是说周武王之革命尚有惭德,而宋齐鼎革却心安理得,无需有鹿丘之叹。"迁鼎息大坰之惭"用《帝王世纪》:"汤即天

---

① 《尚书正义》卷八,《十三经注疏》京都中文出版社 1974 年影印清嘉庆二十二年重刊宋本,第 350 页。

② 黄怀信、张懋镕、田旭东《逸周书汇校集注》,上海古籍出版社 1995 年,第 490 页。

③ 《逸周书汇校集注》,第 495~497 页。"鹿"字原阙,"汇校"已指出"卢校据《文选》李注补'鹿'",从补。

④ 按历来注解《逸周书》者无作此解者。丁宗洛、唐大沛诸家解"不淑"为武王自称,然未能解释"兑天对"之义;潘振、庄述祖、朱右曾诸家则以为"不淑兑天对"谓纣王残暴不配天命(《逸周书汇校集注》,第 497 页)。据后一解则武王之不寝乃由于警戒殷之乱政,忧心国事;其说与本书释义恰相反。黄怀信《逸周书校补注译》亦从此说(西北大学出版社 1996 年,第 232~233 页)。然而《文选》此句李善注引作:"维王克殷,乃永叹曰:'呜呼不淑,充天之对。'自鹿至于丘中,具明不寝。"吕延济曰:"度邑,谓卜度邑都也。言武王克殷,将度邑。自鹿丘而叹耻者,以臣伐君之名也。"则文字、点断、释义皆异。据此"不淑"云云则当解作"我武王不德,而得以充配天命",表示其惭愧不安之意。无论《逸周书》本文为何义,至少作为唐人的吕延济是如此解读的,而这显然也就是王融的本意。

子位,遂迁九鼎于亳,至大坰而有惭德。"①手法相同(只是这里先用周典,再用商典,多少破坏了全篇的秩序之美,似乎不能不说是一个失误)。

第二层四句用四典,全是夏、商、周三代革命之典,正反互用,依然强调的是宋齐革命的合法性。但这两层先说禅让,再说革命,对禅让极致颂扬,对革命则正反互用,这种手法则有着逻辑上的先后必然性。禅让与革命虽然都是王朝更替,但禅让是和平演变,贤能相让;革命是暴力流血,以臣伐君。就儒家的仁义观念看来,禅让才是真正理想的方式,其等级要高于革命。从历史进程来看,从曹魏代汉开始,一直到宋齐鼎革,虽然每一次的改朝换代都免不了刀光剑影,但在台面上总还是以禅让的形态完成的。可以说,在南齐时人的意识当中,"当代"就是"禅让"时代。这倒并不是说南齐人会天真到自以为身处尧舜之世,但文学本身是现实与梦幻的重叠。当"禅让"这一事实在文学中呈现时,作者便获得了从禅让的视角俯视三代革命的资格。即使是被视为上古圣人的商汤周武,在这一视角下也呈现出可议之处,从而反过来增添了萧齐政权的光荣。这一连串的典故运用,是经过充分缜密的选择和次序安排的。

从文学传统来说,这一手法更直接继承了司马相如《封禅文》:

> 奇物谲诡,俶傥穷变。钦哉,符瑞臻兹,犹以为薄,不敢道封禅。盖周跃鱼陨杭,休之以燎,微夫斯之为符也,以登介丘,不亦恧乎!②

——周武伐纣,有白鱼跃入舟中,这只不过是极其微小的符瑞而已,尚且登山封禅,如今种种珍奇之物,现于汉朝,何故依然不敢道封禅呢? 这种通过贬低周武来抬高汉武的手法,与王融正同出一辙——从这里我们也就可以更清晰地理解,为什么宋弁要以"昔观相如《封禅》,以知汉武之德;今览王生《诗序》,用见齐王之盛"来赞扬王融的这篇作品了。

此外的一个问题是,为什么王融在文章一开头,就要如此反复喻说宋齐革命的合法性? 其原因要从当时的政治空气中寻找。晋末衰政,刘裕起自兵伍,讨桓玄,平孙恩,收复关中,功盖天下,晋宋革命可以说顺理成章,持异议者不多。然而宋齐革命却并非如此。萧道成出身外戚支庶,无

---

① 《帝王世纪》,徐宗元《帝王世纪辑存》,中华书局 1964 年,第 69 页。
② 《史记》卷一百一十七《司马相如列传》,第 3065 页。

内外之功,乘时得运而居帝位,在当时是受到激烈抵抗的。宋末袁粲、刘秉等志匡宋室,就酿成了惨烈的都城流血事件,沈攸之之乱更是沿江上下兵祸连结。而即使在萧齐建国之后,不满之声依然未绝。对禅让居功至重的褚渊,就受到了最集中的攻击,不但从弟亲子都不予支持,还被谢超宗讥骂为"卖袁刘得富贵"(《南史》卷二十八《褚渊传》、卷十九《谢超宗传》)。甚至北魏使者在归国后对魏孝文帝的报告中,也有"萧氏父子无大功于天下,既以逆取,不能顺守"的话①。在这种政治环境下,强调萧齐政权获得的合法性,自然就成为重中之重了。《曲水诗序》所书,不过是这种时代空气在文学上的一个表现而已。

第三层:

> 绍清和于帝猷,联显懿于王表。骏发开其远祥,定尔固其洪业。

这一层,从新旧王朝的鼎革,转入了新王朝内部的世代交替。

"联显懿于王表"一句兼用二典,首先是扬雄《法言·重黎篇》:"昔在有熊、高阳、高辛、唐、虞、三代,咸有显懿,故天胙之,为神明主,且著在天庭,是生民之愿也。"②有熊氏为黄帝,高阳氏为黄帝之孙颛顼,高辛氏为黄帝曾孙帝喾,这里列述的是自黄帝至于夏、商、周三代的上古帝王系谱。其次是《河图》:"成帝德者尧,开王表者禹。"③要之,这一句所用二典,都是适用于同一帝王谱系内部世代传承的用例。用于此处,实际上意指萧齐开国之君萧道成与当今天子萧赜二代传承帝业(重点在于后者),如上古帝王之显德在天。

"骏发开其远祥"用《诗·商颂·长发》:"濬哲维商,长发其祥。"④《长发》是商王朝的颂歌,追溯商朝开创以前的悠久历史渊源,歌咏开创以后的君主代代贤能。用于此处,是称颂萧齐宗族的光荣历史,以及宣示其得天下的历史性依据——虽然如前所述,萧道成出身刘宋外戚萧氏中并不显赫的家庭,其实并无任何祖宗功业可以依恃。

---

① 《魏书》卷六十三《宋弁传》,第 1414 页。
② 《法言》,汪荣宝《法言义疏》本,第 362 页。
③ 《文选》李善注引,第 2841 页。
④ 《毛诗正义》卷二十之四,《十三经注疏》京都中文出版社 1974 年影印清嘉庆二十二年重刊宋本,第 1350 页下。

"定尔固其洪业"用《诗·小雅·天保》:"天保定尔,亦孔之固。"毛序:"天保,下报上也。君能下下以成其政,臣能归美以报其上焉。"①这是赞美周代君臣上下和谐的诗句,用于此处,又从萧齐皇族内部推至朝廷君臣,祈愿上天保佑王朝的远大功业——并且我们可以看到,这一层中的三小层依然严格地遵循了尧、舜、禹、商、周的时代次序。

②的第一段落经过三层转进,至此结束。新旧王朝禅让—新旧王朝革命—新王朝的帝业传承,这一系列的涵义被凝缩在一系列的典故当中展开,而每一层内部又包含着更小的层次,如同层层开放的花瓣,脉络分明,将叙事向前推进。而顺理成章地,下文便开始分别赞颂萧齐王朝最核心的四个人物的德业。

在完成对这些段落的逐句阐明后,让我们尝试来思考一下六朝贵族文学中较为本质的问题。

1. 典故的"多层构造"功能

这种几乎完全不使用作者本人的直叙,而是以典故包裹全文前进的手法,就如同在"意义"表面套上一件灿烂耀目的金缕玉衣一般。金缕玉衣本身固然也浮现出意义的形状,但终究却是无法直接看到的,必须要掀开衣服——追究典故在字面之外的深层指向——才能看清。然而这件金缕玉衣本身却又绝不是无意义或者仅为"意义"而存在的,毋宁说,在很多时候"意义"本身的意义已经不再是那么重要,包裹在外面的那层金缕玉衣才是我们欣赏的对象——我们用今天的文学眼光观察中世文学,常常给予这类作品极低的恶评,认为它们内容空洞,言之无物,千篇一律。然而这难道不正是因为我们太过于急匆匆地要掀开衣服,直接观察身体了么? 如果中世的贵族文学只是毫无价值的形式主义废品,那么包裹在僵尸身上的金缕玉衣,为什么就能被我们认为是艺术的瑰宝呢?

现在所分析的这一段文字的"意义",实际上是极简单的,作者并没有说出任何超出一般王朝应制文学之外的"新意"来,然而在这短短的八十六字之中,便囊括了接近二十个典故。系列典故被如同珠宝镶嵌工艺一般,以时间和叙事逻辑的次序互相穿连起来,每一个典故本身在其固有的经典文本当中又各自从属于一个独特的意义,换言之,在这八十六字的叙述中,不但叙述了作者作为萧齐时代文人所希望表达的萧齐时事,同时被

① 《毛诗正义》卷九之三,第880页上。

牵连浮现出来的还有将近二十个意义群,如同众星托月,富于纵深地表现出主题。如果说现代白话文——按照胡适的理想,拒绝一切用典——所表现的是单层构造,那么这样的文体就是极其复杂的多层构造。这种复杂构造本身需要的是一种建筑美学式的对"结构"的敏感和设计。而因为这些典故的存在,文本的密度也变得异常之高,因为每一句话都是同时具备两层意义的:典故本身的经典意义,还有典故引用所喻指的意义。

2. 典故的"游戏难度设定"功能

从以上的分析中也可以看到,典故的运用,是有着严密的规则限制的:

a. 全部是典籍中上古帝王的事迹,才能适用于与当代的王朝相譬,换言之,身份、场合上的相应性。

b. 古代史事与当代时事(作者意想中的,或者至少是作者意图表述的时事)的吻合,换言之,意义上的相应性。

其中第二点在后世依然不变,而第一点却越来越淡漠直至消失,因此也就更值得我们的重视。这一"相应性"特征,并不仅仅在这一段得到体现,而是贯穿王融的作品全体,甚至可以说是中世文学的一项基本性质。《文心雕龙·诏策篇》的一段批评最典型地体现出这种文学评判标准:

> 魏文帝下诏,辞义多伟,至于作威作福,其万虑之一弊乎![1]

"作威作福"一语在今天已经被泛滥使用,始作俑者便是曹丕。然而"作威作福"语出《尚书·洪范》:"惟辟作福,惟辟作威,惟辟玉食。臣无有作福作威玉食。臣之有作福作威玉食,其害于而家,凶于而国。"[2]从词语的意义上说当然任何人都有可能作威作福,但从原典的使用对象和场合来说,能作福作威的只有天子,曹丕却在给夏侯尚的诏书中指责他作威作福,结果被蒋济老实不客气地批评为"亡国之语"[3]。蒋济的批评当然是从政治预言的角度出发的,但刘勰却毫无疑问是将此作为了文学判断的标准。

在王融诗文中,典故运用的"场合相应性"往往直接可以成为解读作

---

[1]《文心雕龙》,詹锳《文心雕龙义证》本,上海古籍出版社1989年,第743页。
[2]《尚书正义》卷十二,第404页上。
[3]《三国志·魏书》卷十四《蒋济传》,第451页。

品指向的依据。事实上,《曲水诗序》中最为显著地表现出这一特征的,是接下来对萧氏父子叔侄四人的赞颂。对齐武帝用帝王之典,对文惠太子用太子之典,对豫章王和竟陵王则用宗室之典,是绝对不加混淆的。设若对文惠用了帝王之典,对竟陵用了太子之典,就不但不可能得到赞扬,甚至会成为严重的政治错误,招来不堪设想的后果了。

在众多先秦秦汉典籍中,要完全符合标准地挑选出典故,精巧地进行排列,可以想见是如何的困难。尤其在关于三代革命的部分,商汤、周武虽然不比尧、舜、禹的等级那么高,但向来也是作为圣人被赞颂的,要想找到对这两位圣人的批评之典,更是大海捞针。这就好比一项难度极高的游戏。要完成这样的游戏(通关),需要作者极其渊博的知识,以及高度的记忆力和联想力。尤其六朝还处在类书未发达的时代,这些典故都只能从作者的记忆数据库中去寻找线索①。在这种“游戏”意义上,实际上就已经包含了能力高低的竞赛性。中世的这类文学,是可以凭借着这种“技术性”的标准进行高低竞赛的,这和今天以“文学性”或者“深刻”、“创新”来评判文学的标准完全不同。也因为这一点,“文藻富丽”才会成为《曲水诗序》“当世称之”的原因。因为文藻的“丽”,固然可以凭着作者的文学感受力达成,“富”却绝不是拍脑袋就能拍出来的②。通过森野论文对此作和颜延之同题名作的比较,我们可以更清楚地看到,虽然是同一题目下的作品,王融之作却在这一方面显著地超越了颜作。其中所包含的自觉竞争意识,是显而易见的。

---

① 当然,曹魏时已编成最早的类书《皇览》,不过自魏至齐的二百余年间,却未见有其他类书的编纂。正是到了王融的时代,萧子良才“移居鸡笼山邸,集学士抄《五经》、百家,依《皇览》例为《四部要略》千卷”(《南齐书》子良本传),自此以后兴起齐梁至隋唐的类书编纂风潮。王融当时必定也参加了《四部要略》的编纂工作,这与他文章的繁缛典丽风格当有相辅相成的作用。但这一时期还处在类书编纂很不成熟的阶段,宋齐文人的知识结构有多大成分来自对类书的学习,还是值得怀疑的。
② 关于文藻之“藻”,朱自清《〈文选序〉“事出于沉思义归乎翰藻”说》已经指出:“‘藻’应是兼指诗中‘事类’而言……原来文士用喻,自构者少,因袭者多。因袭者出自旧籍,广义的说,也是‘事类’。而从另一面看,引事引辞,援古证今,广义的说,也是‘比类’。因此‘藻’‘采’有时兼指古今,兼指‘事类’、‘比类’,不过仍以‘比类’为主’。”(《朱自清古典文学论文集》,上海古籍出版社1991年,第45页)朱先生释此句之“事”为用事,固可商榷,然而指出“藻”系指用事用比,诚为卓识。证以本书所论,更可明白《曲水诗序》何以被称为“文藻富丽”了。

三、文脉的潜进暗转

《曲水诗序》的另一重要特征,是文脉的潜进暗转。在现代白话文中,我们有许多表示转折、递进、顺承等语气的虚词,并且有分段的手法来确认层次的推进。在文言文中没有分段,用于标示层次的虚词也较少。白话文比文言文层次更明确,是一个大致分寸的判断。而在六朝骈文中,由于重视对句的并置,不容易在其中插入这样的虚词,文脉就比唐宋古文更难推进。如《曲水诗序》原文可见,在少数段落使用了"若夫"、"于时"、"既而"、"尔乃"这样的虚词进行推进,在大多数段落中却找不到这样的标志。如③的五个段落,都完全是由对句构成,造成极端静止甚至呆板的印象。钟嵘在《诗品》序中指责王融这种文风为"句无虚语,语无虚字",是很切中要害的。但是,这并不表示这五段就是铁板一块,不存在文脉的推进。毋宁说,在这种看似完全静止的"从对句到对句"的结构里,已经巧妙地隐含着潜在的推进。本文将这样的手法称为文脉的潜进暗转①。下面即以③为例,观察这一手法的应用。为避繁冗,这里不再具引原文,仅录每两段落之间的关键转进语句,以便分析。

③之 1→2:

> 沈冥之怨既缺,茝轴之疾已消。兴廉举孝,岁时于外府;署行议年,日夕于中甸。

在上文顺次完成对萧氏父子叔侄的赞颂后,文章从王朝核心扩展到了整个政权对国家的治理。③之 1 以一种明朗的逻辑展开概述:百姓和乐—官吏称职—不复有避世隐居的不满者。"沈冥之怨"用《汉书》卷七十二

---

① 按此法前人称之为"潜气内转,上抗下坠"(见清朱一新《无邪堂答问》"答问骈体文",吕鸿儒、张长法点校,中华书局 2000 年,第 92 页;详论见孙德谦《六朝丽指》"上抗下坠,潜气内转"条,《历代文话》第九册,复旦大学出版社 2008 年,第 8432 页)。本章撰成较早,当时读书未博,仅能就六朝文章讽咏思索,故自拟术语,幸而尚不远讹于古人。今既成书,亦不遑改之,盖窃拟"潜进暗转"之名,非但言转,且兼言进,似亦非无一日之长耳。又,孙氏所论,如刘柳《荐周续之表》"虽汾阳之举,辍驾于时艰;明扬之旨,潜感于穷谷矣",虽如孙氏所言,上句有"虽"而下句无"而"以承之,然毕竟有一"虽"字提示其为转折语气,与本节所论全不用虚字之情形,亦不尽相同。

《王贡两龚鲍传》引扬雄论严君平没世而名不称,沈冥而卒之事,"莅轴之疾"则用《诗·卫风·考槃》中"贤人退而穷处"(毛序)之义。然则隐者既不复愤而避世,他们又当如何自处呢?顺理成章的结果自然是接受乡举里选,为国家效命,因此下文便引入"兴廉举孝"的内容。但另一方面,"兴廉举孝"又是朝廷的官吏选拔机制,经过这关钮一转,又自然导入至政府机构的内容,开始以大量篇幅赞扬文武官吏的贤能立功。换言之,"兴廉举孝"一语具备双重性:a. 从民间的角度看,是贤人出仕的途径。b. 从朝廷的角度看,是国家选人的机制。正是借助这一双重性,③之1、2的两部分内容才得到了轻盈的联结推进。

③之3→4:

> 不仁者远,惟道斯行。谗莠蔑闻,攘争掩息。稀鸣梓于砥路,鞠茂草于圜扉。耆年阙市井之游,稚齿丰车马之好。宫邻昭泰,荒憬清夷。

在分量较重的③之2结束后,转入简短的过渡段。③之3的内容,是市井民间的康乐生活——然而和其他部分相比较,不能不说这一部分短得有些突兀。王融本人的高等贵族身份,以及曲水游宴的宫廷欢宴场合,也许是这一部分"人民性内容"无法得到展开的原因。这暂置不论,单从形态上观察,这一部分突出地以空间性的描写为特征,"砥路"、"圜扉"、"市井"、"车马"都给人以空间视角转换之感。这固然是一种适于简括白描的视角,同时又为③之4的"四夷来朝"主题提供了方便——"宫邻昭泰,荒憬清夷"一句顺着空间转换的逻辑,转入了"内/外"的对置,视角由此开展到了王朝以外的周边世界,随即以铺张的辞藻开始了对四夷君长入贡珍宝的刻画。

③之5:

> 四方无拂,五戎不距……功既成矣,世既贞矣。信可以优游暇豫,作乐崇德者欤。

既然已经四夷来朝,天下一统,帝王的功业也就已经达到了顶峰,自然可以尽情欢乐了,文章自此进入了曲水之宴具体场景的描写。

　　以上各段落的结合,包括②与③之间的联结推进,如上所述,都并没有使用标志性的虚词,但作者希望表现的内容依然得到了顺利甚至是精巧的转换推进。中世骈文学的形式构成之妙,依然有着许多有待探索的地方,以上不过是聊举一例而已。事实上,《曲水诗序》全文如果不像本书所录一样加以段落标记,而是放在旧刻本的形式下阅读,是浑然一体,近于无迹可循的。往往在读者意识到之前,文脉就已经在暗中向前推进了。和率直激烈的白话文学相比,这样的文学犹如平静河川之下潜藏着的暗流,为我们呈现了一种含蓄而内蕴张力的美感。

四、用典的各种特殊手法

如本节一开始所言,《曲水诗序》中典故的连缀与运用的手法,是繁复多变的。换言之,虽然从行文上来看,骈文以四言、六言、七言对句为主的形式确实可以说是过于注重对称整齐的秩序感,其重大的缺点在于流动性太弱,平板少变化。但在文字表层上所堆积的典故的丰富存在形态,却极大程度上弥补了这种平面感,而赋予作品多彩的节奏。以下试举一二,以窥全豹。

1. 简括引用与直接引用

从前面的分析可以看到,《曲水诗序》主要的用典方式,是简括性的引用,往往以原典的某一词语作为代表,牵引出背后存在的整体意义。但在简括引用的词语丛中,也时时插入符合需求的经典原句,直接构成文章的一个部分。在阅读感受上,这种直接的"文本镶嵌"——借用一下互文理论——会导致一种突兀感,毫不掩饰的直接引用插入经过修饰的简括引用之间,就仿佛完全未经修剪的嫁接一般。尤其在所谓的"集句",也就是从两种不同的典籍,或者同一典籍的不同位置选取符合文意的两句,却恰好能够构成对句的场合下,更容易增添一种重新拼合的惊奇感,造成行文的波澜。最典型的例子,如③之5:

> 四方无拂,五戎不距。偃革辞轩,销金罢刃。天瑞降,地符升。泽马来,器车出。

"四方无拂,五戎不距"为集句式的直接引用,出于《逸周书·柔武解第二十六》:"四方无拂,奄有天下。"及同书:"五戎不距,加用师旅。"[①]其下"偃

[①]《逸周书汇校集注》,第271页;《文选》李善注引,第2851页。

革辞轩,销金罢刃"同样是四言对句,却是简括引用《史记》卷五十五《留侯世家》"殷事已毕,偃革为轩"及陈琳《应讥》①"治刃销锋,偃武行德"二语②。紧接着的"天瑞降,地符升"又直接引用《诗纬》:"天下和同,天瑞降,地符升。"③下面的"泽马来,器车出"虽然与这两句在形式上完全相同,一气读下来是排比性的短句,然而在用典上却又变成简括引用了——这两句分别出自《孝经援神契》"德至山陵,则泽出神马"和《礼记·礼运》"天降膏露,地出醴泉,山出器车,河出马图"④。

　　从这里可以清晰地看到,直接引用(包括单处引用和集句引用)和简括引用是如何交互为用,突破了单调形式的限制而造成节奏感的交错的。从句式的字数上看,是 44/44/33/33;从典故的运用上看,却是集句引用/简括引用/单处引用/简括引用,或者我们用更直观的符号来表示,是 aa′/bc/dd/ef。这就如同复调音乐中的两条旋律,一条和缓整齐而另一条活泼多变,共同呼应出和谐美妙的乐章。这种"纯艺术"的形式效果,是白话文学所绝不可能达成的⑤。

　　2. 一句一典与一句多典

　　效果与 1 一致的另一种手法,还可以举出一句一典和一句多典的情形。通过调整每句中用典的密集度,同样能够获得出色的形式表现。尤其在一句之内复合运用多层典故的手法,更便于增加文本的密度,展现目不暇给的效果。这两种情形都已经见于上文所举的例子,这里再举一句多典的一例,③之 2 有:

---

① 按陈琳《应讥》,今各本《文选》李善注误为《应机》,此据《文选集注》。按《后汉书》卷四十《班固传》:"固所著《典引》、《宾戏》、《应讥》、诗、赋、铭、诔、颂、书、文、记、论、议、六言在者,凡四十一篇。"是知《应讥》为中古之一文类,当以《集注》为是。

②《史记》,第 2040 页;《文选》李善注引,第 2851 页。

③《纬书集成》,第 486 页。

④《纬书集成》,第 976 页;《礼记正义》卷二十二,《十三经注疏》京都中文出版社 1974 年影印清嘉庆二十年重刊宋本,第 3087 页。

⑤ 当然,对于文化程度较低的人而言,非但不会感受到这种艺术魅力,甚至连读懂字面含义都很困难。新文化运动基于文化普及、社会革新的功能论而将这种文学弃如敝屣,并不是没有道理的。但是我们必须记得,对六朝时期的一个高等贵族而言,他对于文章中所引用的这些典故,是完全可能烂熟于心的,因此他也可以很轻易地感受到这种复调效果。在一个文学属于贵族的时代,文学适应着贵族的欣赏能力而发展出适当的形态,是完全没什么可奇怪的,也不应受到指责。

　　　　褰帷断裳,危冠空履之吏;影摇武猛,扛鼎揭旗之士。

　　这里连续用《后汉书》卷三十一《贾琮传》(褰帷)、《汉书》卷七十七《盖宽饶传》(断裳)、《说苑·善说篇》(危冠)、《汉书》卷七十二《王贡两龚鲍传》(空履)、《史记》卷一百一《卫将军骠骑列传》(影摇)、《后汉书》语典(武猛)、《史记》卷七《项羽本纪》(扛鼎)、《论衡·效力篇》(揭旗)八典,几乎无词不典,用典的密集度已经达到了极致。

　　3. 基于对偶要求的变形用典

　　这里可以举出的例子,是③之2的最后一句:

　　　　射集隼于高墉,缴大风于长隧。

这一句歌咏的是王朝武士的勇猛。"射集隼于高墉"用《周易·解卦》:"上六,公用射隼于高墉之上,获之无不利。"①隼为猛禽,为了构成对句,下一句也必须要说猛禽或猛兽。"大风"亦是传说中的恶鸟,为后羿所扑杀。《淮南子·本经训》:"尧乃使羿诛凿齿于畴华之野,杀九婴于凶水之上,缴大风于青丘之泽,上射十日而下杀猰貐,断修蛇于洞庭,禽封豨于桑林。"②按照《淮南子》原文,下一句本应说成"缴大风于青丘",然而"高"与"青"便不成对文了——在后世的律诗中,其实并不必要求如此严格的对仗,但这里反而更显示出在汉语文学格式化进程的初期,作者是如何努力将这种方向推向极致的——为了解决这一问题,《诗·大雅·柔桑》的"大风有隧"便浮上了作者的视野。给"隧"添上一个合适的形容词"长"之后,总算构成了完美的对句——"高"是纵向的意象,而"长"是水平性的意象,不但在词性上完全对偶,在文学表现上也无可挑剔。然而《诗》中的大风,实际上却并非《淮南子》中的恶鸟(虽然其原型原本是风神),而纯粹是气象意义上的大风。在这一句里,两种"大风"其实是"瞻前顾后"地重叠在了一起。就是这样,通过利用文字上的一致性来斡旋意义,作者最终达成了自己的文学理想。

_____

① 《周易正义》卷四,《十三经注疏》京都中文出版社 1974 年影印清嘉庆二十二年重刊宋本,第 106 页下。
② 《淮南子》,何宁《淮南子集释》本,中华书局 1998 年,第 575~577 页。

第三节 《曲水诗序》的周边问题

一、《曲水诗序》谱系的展开：与颜延之作的比较兼与森野繁夫商榷

在王融此作之前，《曲水诗序》的唯一名作是刘宋颜延之之作。如王融上奏中所见，他的在撰作之际心中是明确以此为范本的。这一点长谷川、森野二论文已经指出。不过，除了文名之外，王融对颜延之的追慕恐怕还有一层私人原因在。颜延之比王融祖父王僧达年长 39 岁，几乎是其祖父辈，然而两人情好非常，王僧达被选进《文选》的三篇诗文中有两篇都是为颜延之而作，而颜延之也留下了与王僧达赠答的作品。《宋书》将王僧达与颜延之之子颜竣合传，除了两人境遇有相似之外，这恐怕也是一个原因。对王融而言，颜延之乃是有深厚家族渊源的前辈。在重视家族关系的南朝，王融推崇颜延之可以说是理所当然的。

森野论文在进行了二文的比较后，指出如下要点：

1. 颜作 661 字，王作 1 236 字，字数相差接近两倍。

2. 在用典的繁密上，王作远远超出颜作。同时，颜作虽然往往句式相同，其文辞意义却常不相对，并非严格意义上的对句。

3. 以颜作为模本，将二文同样分为五个部分。对当代天子、太子、王宰的描述，颜作仅有寥寥数句，而王作大事铺张。

4. 王作第五部分的收束显得过于仓促，不如颜作平衡。

5. 颜作强调了北伐收复的志向（"怅钓台之未临，慨酆宫之不县"），而王作全然不见此点。宋齐的对北关系并无变化，因此这是颜、王的个人观念区别所导致的。

以上所论，瑕瑜互见。1、2 两点，均属明显的事实，在我看来，都是南朝贵族文学在同一倾向上的展开。这一谱系还可以在前面加上《兰亭集序》，在后面加上萧纲的《三月三日曲水诗序》。限于篇幅，这里无法充分展开，我只能简要提示：从《兰亭集序》到王融序，很显然在往篇幅增大（《兰亭集序》324 字，三作字数正呈倍数增长）、用典繁密化、对偶强化、文本密度增高的方向展开，这可以说是东晋至南齐文学发展方向的一个表

征。但萧纲之作却又明显地从繁密用典的方向退了回来,一览可明的清词丽句增多,同时,虽然全文已佚,但从残存段落的铺张程度来看,篇幅很可能也在缩小。换言之,我们可做如下初步的推想:王融所代表的南齐文学,是达到了东晋宋齐以来文学往典则化、繁密化方向发展的高峰,而梁代文学则已无以为继,开始变型,向着与今天共通的"文学性"方向流转[1]。所谓"齐梁文学"之间,实存在着重大的转变。这一推论是否正确,有待于方家的指正,以及今后的进一步细致验证。

此外,无论篇幅加长还是用典增多、对偶严格化,都是在文本的制作难度和工作量上提出了更高的要求。而要求之所以能够得到满足,除了作者个人的能力有差异之外,本章第一节所提及的《曲水诗序》制作程序当与此有着很大的关系。现场制作的《兰亭集序》首先就难以长篇大论,而像王融序那样繁密苛刻的典故运用,更无法不经查找原典,仅凭一时的记忆来完成。概言之,宋齐文学的"工艺化"倾向,是与现实中的制作程序相配合而达成的。

行文至此,值得提出来讨论的一个问题是,对比《金谷诗序》或者《兰亭集序》这样的前代名序,很显然地可以看见《曲水诗序》在典故的应用上和前者是完全异质的。在南朝之前的文学中,我们要寻找一种像《曲水诗

---

① 沈约著名的"三易说"恐怕也当置于这一大背景下看待。过去学者通常以"三易说"为齐梁文学对晋宋文学革新的表现(参葛晓音《论齐梁文人革新晋宋诗风的功绩》,收入《汉唐文学的嬗变》,北京大学出版社 1990 年,第 59 页;林家骊《论沈约的"文章三易说"》,《浙江大学学报》2000 年第 4 期)。然而沈约所谓"易见事"并不是指记事明白易懂,而是"用事",亦即用典能用到令人不觉其为用典。学者已看到所谓"事"是指"用事",但或以为是反对使用僻典的革新,或认为这表现出沈约调和折中的文论思想(参林氏上文及李翰《魏晋六朝用典论及沈约"三易"说的批评史意义》,《绍兴文理学院学报》2013 年第 2 期)。这些论述都有其理据,值得重视。而我更希望指出的是,沈约并不是简单地反对用典,或者从用典的价值层面提出调和折中,而是从技术层面进行修正,这反而是在重视用典方向上的深入推进。记载这一理论的原始文献《颜氏家训·文章篇》明言:"邢子才常曰:'沈侯文章,用事不使人觉,若胸臆语也。'深以此服之。祖孝征亦尝谓吾曰:'沈诗云:"崖倾护石髓。"此岂似用事耶?'"沈约的理论究竟如何,我们已不知端的,但就祖珽的例证来看,"易见事"与所用之典本身性质并无关系,换言之,即使是僻典,也不妨碍作者将之运用得了无痕迹;或者毋宁说,越是能把深奥的典故运用得丝丝入扣、平易可诵,才越是见出作者的本领。不过反过来,这一观点内部确实又蕴含了向"明白浅易"方向转变的契机,给后人提供了阐释的自由,从而将理解重点放在"易"字上,突出对文学简易化的要求。

序》一样从头到尾由繁密名物典故和晦涩文辞串联起来的文体,最为合适的文体不言而喻是赋。如果把《曲水诗序》换成《宴曲水赋》的题目,这便几乎像是一篇骈赋(只是不押韵)了。可以说,这样的序文是在摆脱前代叙事简明的特征,朝着赋的方向发展。这是为了什么呢?

这一问题并非本节主题,我并不打算在此追根究底①,唯一希望提示的是,王融此序,是具有充分构思及撰写时间的作品。我们不难联想到赋的创作过程。在中世以前,总是被强调呕心沥血、经年累月进行创作的唯一文体,正是赋。和浮在文体表面的"文体"标志相比,文本的现实制作机制毋宁说在更大程度上制约了文本性质的变化。体量宏大、典故繁密、文辞古雅与其说是某种特定文体的特征,不如说是"准备时间充足,受到高度重视"和"仓促下笔、随性创作"的文学之间的分流结果。

第3点是一个有趣的观察,但森野论文满足于现象的描述,却未能指明背后的原因。事实上,如"历史篇"所指明的,萧齐中期的基本政治结构,就是以上一世代的萧赜—萧嶷兄弟与下一世代的萧长懋—萧子良兄弟这四角结构为核心的。这一结构并非天子个人的集权,而是萧齐皇族内部共同构筑的皇权传承机制,这与颜延之所处的君主个人集权加强的刘宋中期是不同的。换言之,在这个时代,令人瞩目的原本就不仅仅是天子的个人威权,而更是在天子名义下的皇族四人共同体。因此在作品中连续分述四人的德业(虽然必须要侧重于天子和太子),就是理所当然的了。此其一。其二,王融本人从属于这一结构最末端的竟陵王萧子良集团,其得以撰写《曲水诗序》,也正是由于萧子良的推荐。在文章中对萧子良给予赞扬,乃是必有之义。然而要赞扬这一四角结构的末端,就绝不能无视另外三角,而只能一一给予歌颂,直到能在恰当的位置触及竟陵王为止。这一非文学的现实因素,正体现出中世贵族文学的场合应酬性。

第4点则大有可商之处,关键在于森野完全是以颜作为范本进行分段的,这样分段的前提,是王作对颜作完全亦步亦趋,才能在相同的框架下论述得失。然而王融原本就并不曾完全以颜作为框架进行构思,因此森野之论就不免成为无的放矢了。森野正是因为拘泥于颜作,没有认识到在王作

---

① 孙德谦《六朝丽指》"文有赋心"条及钟涛《论南朝宫廷宴集诗序的赋颂化倾向》(《青海社会科学》2010年第2期)已指出这一现象,不过还停留在指摘事实层面,并未探求其内部机理。

中"皇族四角结构"部分的独立性,草率地将②与③合而为一,却又把并非王作重点的④割成三段,自然只能导致王作头重脚轻的结论。

第5点较为复杂,牵涉到王融思想观念与整体文学特征的问题,下面让我们通过王融本人的作品对照来加以解明。

二、王融宫廷文学的特征:与《齐明王歌辞》的比照

在王融的文学中,与《曲水诗序》指向相类的,还可以看到组诗《齐明王歌辞》。和《曲水诗序》相同,《齐明王歌辞》也是受竟陵王之命撰作的。作为乐府,这应当是应用于萧齐宫廷音乐的歌词,这决定了此作与《曲水诗序》的共同展开方向:内容上的歌功颂德,典故运用上的繁密富丽,以及体式上的严整堂皇。

组诗包括《明王曲》《圣君曲》《渌水曲》《采菱曲》《清楚引》《长歌引》《散曲》七曲。其大意分别可概括如下:

《明王曲》:概言南齐王朝天下太平。

《圣君曲》:颂扬武帝之德(兼及太子与竟陵王),四夷来朝,万国一统。

《渌水曲》:君臣治国有道,春宴尽欢。

《采菱曲》:秋日采菱盛事之乐。

《清楚引》:北伐收复中原之志。

《长歌引》:都城建康之繁盛。

《散曲》:以宫廷行乐的欢愉场面作结。

在主题上的共同特征,很显然可以看到有如下几项:A. 对天下太平的咏歌。B. 对王朝核心的赞颂。C. 四夷来朝的蓝图。D. 欢宴场景的描绘。这大致可以视为中世宫廷燕集文学的书写通则。而《齐明王歌辞》比《曲水诗序》多出来的,正是森野论文所指摘的"北伐收复中原"。为什么会出现这样的现象?

在上篇中,我们已经对王融本人的生平和思想作了尽可能详明的研究,其思想及行动表现中的重要一点,正在于对北伐收复的热衷。因此森野所论完全是方向错误的。王融在《曲水诗序》中对北伐不着一词,绝不是因为他缺乏对此的敏感。关于这一点,我们只能通过他对"四夷来朝"这一点的重视来解明。正如王融在另一篇文章,《答敕撰武帝北伐图赋启》中所表达的那样:

　　方今九服清怡,三灵和晏。木有附枝,轮无异辙。东鞮献舞,南辫传歌。羌、僰逾山,秦、屠越海。舌象玩委体之勤,辎译厌瞻巡之数。固将开桂林于凤山,创金城于西守。而蠢尔獯狁,敢仇大邦。假息关河,窃命函谷。沦故京之爽垲,变旧邑而荒凉。息反坫之儒衣,久伊川之被发。北地残氓,东都遗老。莫不茹泣吞悲,倾耳戴目。翘心仁政,延首王风。①

　　这一段文章中关于“四夷来朝”的前半部分,与《曲水诗序》中的描述完全重合,而后半部分却自然地连接上了北伐收复的内容。其思想图式在于,对自居于天下中央的“正朔”而言,东南西北都是应当来朝的蛮夷,北魏也不过就是夷狄之一的“北狄”而已。在针对现实政治的上疏中,其余蛮夷都已降伏,唯有北魏冥顽不灵,这种反差就成为王融倡言北伐的理由。而在歌颂朝廷的《曲水诗序》中,重点又自不同。北伐收复中原只是国家的统一,而四夷来朝乃是天下归心的表征。就如同禅让和革命的等级区别一样,“四夷来朝”本身就是比北伐收复更高等级的赞颂。尽管北伐乃是现实中的政治可能,但在文学的场合下,既然已经达到了“天下一统”的理想国,北伐收复便已不是非写不可的内容了。现实、思想、文学,这三者虽然紧密相连,却是不可混为一谈的。文学本身有其表现的规则和场合,而不同用意、不同场合的文学又各有其不同的表现重点和手法。三作中虽然都出现了天下一统和收复中原的内容,《曲水诗序》唯颂一统而不谈收复,后两作则慷慨倡言北伐;但《齐明王歌辞》两者并举,《答敕撰武帝北伐图赋启》则以前者为后者的垫脚,又有所不同,其原因正在于此。

　　此外,通过对《三月三日曲水诗序》和《齐明王歌辞》的比较,我们可以看到王融文学中显著的两点特征——不是上文所强调的贵族文学的普遍特征,而是属于王融本人的文学特征:

　　1. “天子—太子—(豫章王)—竟陵王”的叙事结构。“萧齐皇族四角结构”,或者——从王融自身所处的竟陵集团角度出发——“天子—太子—竟陵王”的三角结构,是作为当代人所最真切感受到的时代焦点。而对王融而言,在歌颂天子的作品中同时涉笔于其他三人(或者二人),从作品结构来说是对天子周围政治环境的丰富和补充(不仅仅武帝本人圣明,

_____

① 《南齐书》,第820~821页。标点有改动。

包括太子诸王也都睿智仁义),而从他本人的立场来说,却是恰好得到了机会表述其对竟陵王的赞颂和感恩之情。

2. 对"四夷来朝"的特殊敏感。这两篇作品中都用了相当主要的篇幅来刻画四夷来朝,天下一统的图景。这当然是不符合事实的。如《资治通鉴》卷一百三十五《齐纪一》建元二年胡注所明言,南齐郡县划分繁多,但实际的版图却已经蹙于刘宋大明时代。北方正当太和之治,国势强盛,处在迁都洛阳的前夕。当此国境日蹙之际,王融却偏偏在作品中反复强调这一点,只能说是文学的乌托邦——但是,所谓文学,原本就不是事实的忠实记录。毋宁说,这样的梦想本身正是由于呈现了南齐君臣(尤其是王融本人)的理想,而具备了独特的价值。梦想是行动的出发点。出于主张北伐,经略中原的矢志,王融会在作品中反复表现这种志向,也就是理所当然的事情了。

结　语

通过以上的分析,我们可以得到一个明确的印象:在自晋至梁的"曲水诗序"谱系中,王融之作在用典的繁密化上发展到了可能臻至的顶峰。这种文学并不是在意义内涵上有何惊人之处,而是把重点放在了纯艺术性的形式上,通过对经典的精巧活用来表达主题。在字句形式不断朝着严整对称方向发展的同时,运用典故的手法却是灵活多变,构筑起极其复杂的重层结构。文学在王融的手中,成为了一种富于建筑美感的艺术。然而这样的发展方向本身并不是可以无限推进的,因为典故并不是可以无限地充塞在文本中的。当典故相对于文本篇幅而言充分饱和,用典手法过于复杂至于难解的时候,这种文学的生命力便走到了尽头。后世无以为继,必然发生方向上的转变,从文字的纯艺术方向回到传达语言符号涵义的方向。尤其,在贵族时代消逝以后,人们不再有那样的余裕,逐渐远离经典,这样的贵族文学便日益变得难以理解和缺乏意义。这也许就是《曲水诗序》享名当世,今天却泯没无闻的原因。但是,无论如何,作为中国文学可能的一种发展方向,《曲水诗序》走到了探索的尽头。今日摩挲玩味,依然不难窥见穿越遥远时空传来的那一丝精致光华。我们今天固然可以不必重复这样的文学,但发掘其中存在的特殊价值,重新让六朝贵族文学的面影生动起来,却是文学研究不应躲避的任务吧。

第七章 宫廷礼仪中的王融文学(下)

——《齐文惠太子哀策文》与贵族文学程式

录于《艺文类聚》卷十六的《齐文惠太子哀策文》①,是王融诗文中值得特别注目的一种——并不是因为其本身有着何等高明的文学成就,而是其所置身的六朝哀策文群体为我们提供了一种具有高度典型意义的六朝文体演进标本序列。这些标本队列指向六朝文学的基本性质之一:仪式性②。而《齐文惠太子哀策文》则是这些标本当中足以作为定位基点的一篇。

这篇作品的创作时间,应当是在永明十一年春正月文惠去世以后不久。而在五年之后的永泰元年,谢朓创作了另一篇哀策文的名作,《南齐书》卷四十七《谢朓传》:"敬皇后迁祔山陵,朓撰哀策文,齐世莫有及者。"③这一年齐明帝驾崩,迁其原配敬皇后(薨于永明七年)与之合葬,故谢朓为敬皇后撰此哀策。作为南齐文坛的双子星座,在几乎相同的历史时段中创作的相同文体作品,这本身就暗示着这两件哀策文包含的丰富信息。

所谓"齐世莫有及者",显然是一种文学评比以后的结果论,而我们首先可以认定,王融此作一定包含在评比的范围之内。因为永明年间的王融与谢朓,可以说是铢两悉称的文学对手,尽管永明时王融的声望更隆,但永泰年间的谢朓则无疑已经是当时的诗文领袖。这两篇哀策文前后相

① 本题为《皇太子哀策文》。然而《艺文类聚》所录其余同类文字,多题为"某朝某谥某人哀策文",为行文明晰起见,本书据同例改题。

② 在本书中杂用仪式、模板、程式等范畴,所指大致相同,但功能则互有侧重。"仪式性"强调其与礼仪场合的结合互动,"模板"侧重其构造上的共性,而"程式"则着眼于不同局部按照一定次序组合而成的整体。

③《南齐书》,第 826 页。

续,都以皇室最高身份者为对象,而撰写者也都是当时文坛上最负盛誉的人物。萧子显在《南齐书》中将王、谢二人合传,这是他意识到了王、谢之间可类比性的无可辩驳的证据。同时,作为哀策文的对象,文惠太子与明敬皇后地位相当;而在齐梁文化界的影响,文惠太子更是明敬皇后所无法比拟的。因此萧子显在给出这一评判时,绝没有道理无视王融这一作品。——于是我们面前就展开了一个有趣的问题,那就是王融《皇太子哀策文》与谢朓《齐明敬皇后哀策文》之间的比较问题。

谢朓之作究竟在什么方面胜过王融,而力夺时代文学冠军的宝座?为了解答这个问题,我们首先应当要做的工作,是对二作进行基本的比对,观察其同异。当然,在作比较的同时,也不能不将其放置于哀策文这一文体的整体发展脉络中进行。

第一节　文学的程式
——王融、谢朓《哀策文》合论

王融所作收录于《艺文类聚》卷十六储宫部,谢朓所作则收入《文选》卷五十八哀类(以下分别简称王作、谢作)①。只要粗略地翻阅两篇作品,我们很容易就能发现其体式有一种共同的基本特征:都是"短序+作为正文的哀辞"。下面我们依次来对短序和哀辞部分进行观察。

一、短序部分

先将两作的短序并录如下:

王作:绣幕启涂,铜池从殡。葆铎既行,枚绋且引。皇帝痛粱盛之阙奉,哀匕鬯之有亡。悯含嗟乎崇正,顾掩欷于承光。式眷元良,永怀人宝。俾兹史策,载余风道。

谢作:惟永泰元年秋九月朔日,敬皇后梓宫启自先茔,将祔于某陵。其日,至尊亲奉奠,某皇帝乃使兼太尉某设祖于行宫。礼也。翠

① 《艺文类聚》,第296~297页;《文选》,第3502~3511页,又《艺文类聚》第286页。下引此二文不复一一出注。

> 帝舒阜,玄堂启扉。俎彻三献,筵卷六衣。哀子嗣皇帝怀唇卫而延首,想鹭辂而抚心。痛椒涂之先廓,哀长信之莫临。身隔两赴,时无二晨。旋诏左言,光敷圣善。

初看起来谢作的序比王作要长到一倍左右,但是如果把开头一直到"礼也"的部分切掉,只观察两序的划线部分,就不难发现其形式是完全相同的。下面用数字来代表每句字数,推出一个结构式:

4/4+4/4+嗣皇帝(皇帝)+6/6+6/6+4/4+4/4

吻合的不仅仅是字数上的形式而已,在背后支配着字数和句数的是构造性的叙述模式:前四句中,"绣幕启涂"(王)、"翠帘舒阜"(谢)都是从殡宫启程出发,"葆铎既行,枝绰且引"(王)描述灵车起行的情景,"俎彻三献,筵卷六衣"(谢)则是祭祀死者刚刚结束的情景,总而言之,都是对出殡过程进行概括性的刻画。中间六句,以"皇帝"(或"哀子嗣皇帝")为标志语,则抒写作为致哀主体的死者之父(或之子)的悲痛之情①。而这六句的末两句又呈现出过渡性的功能,从抒发悲痛转向怀念之情。于是接下来最后两句,便以皇帝的口吻命史官(也就是作者自己)作策哀悼。因此我们又可以推出一个完全一致的程式:

出殡情形 4/4+4/4→"哀"者之痛 6/6+6/6+4/4→命史臣作策 4/4

这引导我们看到了中古文学与现代文学观念中存在着的严重差异。像这样如影随形的文本,其中的句数,每句中的字数,以及每若干句所叙述的层次都相一致,从今天的眼光看起来是很不可思议的——即使在以"八股"闻名的明清制艺中,也只是规定了股数和起承转合的结构基准而已。何况谢作作为后出模仿的一方,却得到了更高的评价,这表

---

① 这是由于死者的身份有所差异。对明敬皇后致哀的主体是原来的太子,新即位的皇帝,所以谢朓之作称为"哀子嗣皇帝"。而文惠太子之父武帝仍在世,故王融之作中致哀的主体就是皇帝了。一般而言,哀策文的发出主体都是皇帝。

示南朝人对这种形式上的雷同是完全不在意,甚至有可能是给予积极评价的。这是我们在观察王、谢这两篇《哀策文》时可以得到的第一个印象。

至于谢朓之作开头多出来那一段,也不难从同样的方向得到解释。谢作同时也收录于《艺文类聚》卷十六储宫部,但这一版本就只剩下划线部分,成为与王作完全相同的形态。不但如此,通观《艺文类聚》卷十四到卷十六中所收录的大量哀策文,也都大抵遵循这一收录体例,看起来是很整齐的。因此这种差别的出现,原因并不在原作本身,而在于文献收录文本体例的差异——在类书编纂中,那些编者认为无用的部分往往被大刀阔斧地删去。我们今天得以见到谢作这一短序的全貌,完全是赖于此作被收入了《文选》,而《文选》的体例是对作品进行完整收录的。反过来也就可以推知,王融原作一定也有着这样的一个部分,用于记述哀策制作的缘起,只不过今天已经无法见到了而已。

时代稍微往前,《文选》卷五十八所录哀策文中除了谢朓此作之外,还有一篇是刘宋时代的代表作品,颜延之《宋文皇帝元皇后哀策文》:

> (1)惟元嘉十七年七月二十六日,大行皇后崩于显阳殿。粤九月二十七日,将迁瘗于长宁陵。礼也。
> (2)龙辒缅绋,容翟结骖。皇涂昭列,神路幽严。皇帝亲临祖馈,躬瞻宵载。饰遗仪于组繡,沦徂音乎珩佩。悲鞴筵之移御,痛翬褕之重晦。降舆客位,撤奠殡阶。乃命史臣,累德述怀。①

可以看到环节(1)正与谢作遵循着一致的书写程序:

时间→死者身份→迁瘗日期地点→(仪式设置)→"礼也"

不过,颜作先述驾崩日期,再述迁瘗日期,谢作就只述迁瘗,不述薨逝。这当然是因为明敬皇后早已去世,现在只不过是迁葬而已,因此没有必要啰嗦叙述老早以前的事情。反过来,谢作有至尊亲奉奠,命兼太尉某设祖的说明,颜作则没有。此外,说明性的散文也不会像骈文一样字数相

① 《文选》卷五十八,第3495~3496页。

同。只有最后一个"礼也"是必然出现的标志语。因此这一环节只能说是大致对应,从这里我们可以看到"叙事性"与形式的齐整之间存在着微妙的不兼容现象。而对于环节(2),我们照例可以给出图式:

出殡 4/4+4/4→皇帝致奠 4/4+6/6+6/6+4/4→命史臣纪赞 4/4

可以看到与王、谢之作几乎没有差别,只有第三部分,颜作强调的是皇帝亲临致奠的行动过程,中间插入两句悲痛之情,故句数上也多出两句四言。颜延之显然是王、谢的先导。这足以提示我们王、谢二作的雷同并非偶然现象,而是一种具有普遍性的文体书写程式。在不同作者的笔下,这套程式虽然或多或少有所修正,但板子还是那个板子,并没有变成另外一个。

这两套程序加起来,我们又可以得到哀策文短序部分的一个整体模板:

(前半段)记述事实的散文+(后半段)模式化的骈文

这个模式存在多大范围的普遍性? 现在统计《艺文类聚》卷十三帝王部至卷十六储宫部及《梁书》卷七《后妃传》中所录宋、齐、梁的十篇哀策文作品,列出一表:

作　品	序	出殡情形	叙哀痛	命史臣
★ 宋·颜延之《宋文元袁皇后哀策文》	见上引	4/4+4/4	4/4 + 6/6+6/6	4/4+4/4
★ 宋·谢庄《宋孝武帝哀策文》	(1) 应门洞望,驰道南除。蕀涂已撤,郁邑将虚。(2) 哀子嗣皇帝擗摽池绋,周遑旌轸。攀七纬之崩沦,恸三灵之徂尽。百神慕而行云沉,万国哀而素霜霣。(3) 衣冠缅邈,弓剑不追。敢缉讴颂,仿佛希夷。	4/4+4/4	4/4 + 6/6+6/6	4/4+4/4

作　品	序	出殡情形	叙哀痛	命史臣
宋·谢庄《皇太子妃哀策文》	（1）楹凝桂酒，庭肃龙辒。风吹国路，云起郊门。（2）皇帝伤总缬之掩彩，悼副祎之灭华。行光既晏，长河又斜。（3）顾而言曰，琁瑶有毁，郁烈无湮。翦素裁简，授之史臣。	4/4+4/4	6/6+4/4	4+4/4+4/4
南齐·王俭《齐高帝哀策文》	（2）降阶执礼，泣血缠心。感客台之罢御。哀恭馆之不临。仰神仪而邈绝。视区物而凄阴。（3）俾兹良史。敬修旧则。敢图鸿规。式扬至德。		4/4 + 6/6+6/6	4/4+4/4
★南齐·王融《文惠太子哀策文》	见上引	4/4+4/4	6/6+6/6	4/4+4/4
南齐·沈约《齐明帝哀策文》	（1）龙蒐既彻，备物已陈。殡宫无夜，夕燎终晨。（2）号环辒輠，攀摽应路。容卫弗改，轩槛如故。望东川而不追，仰昊天而自诉。（3）列圣同轨，谥法树声。爰诏掌牒，式播遗英。	4/4+4/4	4/4 + 4/4+6/6	4/4+4/4
★南齐·谢朓《齐明敬皇后哀策文》	见上引	4/4+4/4	6/6+6/6	4/4+4/4
梁·任昉《王贵嫔哀策文》	（1、2）游衣戒节，辒车命服。永去椒华，长辞嘉福。笥緘遗组，筵委尘鞠。将命启期，实惟嘉数。佩空响其何节，姆下当（按当作堂）其谁傅。（3）殡宫既毁，祖馈斯撤。爰命史臣，宣美来裔。	4/4 + 4/4 + 4/4 + 4/4+6/6	4/4+4/4	
★梁·张缵《梁高祖丁贵嫔哀策文》	（1）蒇涂既启，桂樽虚凝。龙帷已荐，象服将升。（2）皇帝伤璧台之永闳，悼曾城之不践。罢乡歌乎燕乐，废彻齐于祀典。（3）风有《采蘩》，化行南国。爰命史臣，俾流嫔德。	4/4+4/4	6/6+6/6	4/4+4/4

作　品	序	出殡情形	叙哀痛	命史臣
★ 梁·王筠《昭明太子哀策文》	(1) 蜃辂峨峨,龙骖踽步。羽翿前驱,云旗北侇。(2) 皇帝哀继明之寝曜,痛嗣德之徂芳。御武帐而凄恸,临甲观而增伤。(3) 式稽令典,载扬鸿烈。诏撰德于旌旗,求传徽于舞缀。	4/4+4/4	6/6+6/6	4/4+6/6

　　不需过多的分析,从表中我们已经可以清楚地看到,大体上南朝哀策文都遵循着上揭体式的规范。不仅按照基本的叙事次序书写,并且连句数字数都有相当严整的程式。表中凡标有★的作品,都从属于同一个范本。十篇作品中有六篇相同(或仅有局部不同),比例可以说相当之高。当然,文学不是机械,不可能人人整齐划一,在统一状态中固然不免有若干的差异,但这种总体上的趋同才更值得我们注目。(1)、(3)两层次绝大多数情况下都以两组四字对句构成,(2)虽然多少有所不同,但显然从属于同一模式下的两种变体:A. 完全相同的颜延之、谢庄二作,以一组四言对句和两组六言对句组成,王俭、沈约与之相类。B. 完全相同的王融、谢朓、张缵三作,以两组六言对句组成,王筠与之相类。其中只有任昉之作最为特殊,并没有遵循三层次的划分法,而是将出殡情形与哀痛之情融为一体,密不可分①。除去这一例以外,可以看到颜延之对南朝哀策文的体式确定起到了决定性的作用。而王融则在此基础上推出了一种微调优化的升级版。这一升级版成为齐梁时代最有代表性的模板,谢朓、张缵完全对此进行复制,而王筠则只是对最后两句略加变动,依然可以说是亦步亦趋。

二、哀辞部分

　　在短序之后,哀策便进入了大篇幅铺写的哀辞部分。下面将王、谢二作分出结构,对照观察:

---

① 从今天的文学观念来看,我们很自然地会倾向于称赞任昉的富于独创性。然而在齐梁时代,所谓"沈诗任笔",任昉被称道的却是"笔"类而不是诗和骈文,这反而透露出一种可能性:任昉对这种文学模式的背离,并不是积极的文学追求,而只是学得不够地道。

王　作	谢　作
（1）居辰北极，在日重离。诞惟妙善，克自生知。资神为契，合圣如规。地维缺位，月纪愆期。哀缠晦朔，燧改岁时。馆粥不溢，姜桂无滋。俯终心礼，昌我帝基。思皇下武，缵戎上德。将叶人神，永贻家国。用稽嗣典，实弘储则。庸器改物，徽号崇名。往辞绿盖，来驭朱缨。旐旗旖旎，鸾蠹声明。守器宣华，访安永福。上漏骖轩，初晨戒服。庆色伊满，黈仪载肃。至诚莫感，遐福空辞。氛程月志，祲动年司。素妩犯列，青云失滋。中楹轸梦，当户陈诗。楚药毁方，秦医反辙。高议虚演，奇文徒说。远宾上灵，长违昭世。痛结宸慈，哀震华棣。呜呼哀哉！ （2）轩帷高寂，庭帐深阴。鹤关昼掩，凫灯夜沈。仍袭未改，容馔如临。暖徽仪而可慕兮，标嗣子之纯心。呜呼哀哉！ （3）韦弁告期，麻衣请日。辩域展图，扬龟献吉。文物充阶，具僚在侧。总蕞挽之哀凄兮，视风烟之骚瑟。呜呼哀哉！ （4）饰麾辂而南指兮，转旌羽而北徂。车结轸于雕毂兮，马缓节于金苏。寄灵心于万象兮，增恋恋于国都。呜呼哀哉！ （5）光徙靡而欲沈兮，山荒凉而遂晚。城阙缅而何期兮，平原忽而超远。情有望而弗追兮，顾如疑于将反。呜呼哀哉！①	（1）帝唐远胄，御龙遥绪。在秦作刘，在汉开楚。肇惟淑圣，克柔克令。清汉表灵，曾沙膺庆。爰定厥祥，徽音允穆。光华沼沚，荣曜中谷。敬始纮綖，教先穜稑。睿问川流，神襟兰郁。元德韬光，君道方被。于佐求贤，在遏无诐。顾史弘式，陈诗展义。厚下曰仁，藏往伊智。十乱斯俟，四教罔忒。思媚诸姑，贻我嫔则。化自公宫，远被南国。轩曜怀光，素舒仁德。闵予不祜，慈训早违。方年冲藐，怀袖靡依。家臻宝业，身嗣昌晖。寿宫寂远，清庙虚归。呜呼哀哉！ （2）帝迁明命，民神胥悦。乾景外临，阴仪内缺。空悲故剑，徒嗟金穴。璋瓒奠献，袆褕罔设。呜呼哀哉！ （3）冯相告祲，宸驾长往。贻厥远图，末命是奖。怀丰沛之绸缪兮，背神京之弘敞。陋苍梧之不从兮，遵鲋隅以同壤。呜呼哀哉！ （4）陈象设于园寝兮，映舆镂于松楸。望承明而不入兮，度清洛而南游。继池绋于通轨兮，接龙帷于造舟。回塘寂其已暮兮，东川淡而不流。呜呼哀哉！ （5）籍閟宫之远烈兮，闻缵女之遗庆。始恊德于《苹》《蘩》兮，终配祗而表命。慕方缠于赐衣兮，哀日隆于抚镜。思《寒泉》之罔极兮，托彤管于遗咏。呜呼哀哉！

对比以上文字，依然不难看到显而易见的相同程式。下面逐一分析其模式，同时通过文本对读探讨相关的问题：

---

① 后两段中的"兮"在《艺文类聚》录文中并没有出现，不过，考虑到《艺文类聚》的收录体例，这里应该是被删去了，因此引文予以补上。此点系 2010 年于神户大学中国文学研究室作口头发表时，承釜谷武志师教示，谨此深致谢意。

1. 文体标志语：都以"呜呼哀哉"为标志语分为五段。当然，"呜呼哀哉"是哀类文体的整体特征，并不仅仅哀策文如此。

2. 形式构造：五段都以首段为主体，王作长达四十八句，谢作四十句，而其次四段都只有六句或八句，形成一主四辅的构造。首段因为太长而应用了换韵的手法，而后四段都是一韵到底。

3. 文辞：二作都是四言+骚体的构造，从四言逐渐向骚体过渡。第一段全为四言，而最后两段全为骚体①。不过，二作各有微妙之处。王作段(2)、段(3)都是前六句为四言，后两句为骚体，因此这两段共同具有过渡段的性质，与纯为四言的段(1)及纯为骚体的段(4)、(5)共同构成一种流动缓进式的构造。而谢作段(2)仍全为四言，段(3)的八句则从中间断开，前半为四言而后半为骚体，这使得作品从正中央断为两半，前半为四言而后半遽然变为骚体。

4. 与构造相应的叙事逻辑：全篇的基本脉络按照"赞颂哀主→出殡情景→寄托哀思"的次序展开。作为主体的段(1)，均以四六韵语交织大量相关典故来赞颂死者的贤德，同时含有少量的传记色彩，兼叙死者的生平事迹②。段(2)则顺接上文，但依死者的具体情况而各有不同的侧重。王作在上段中以太子的医药无效，与世长辞作结，因此接下来强调武帝失去太子的寂寥悲凄之情。而谢作在上段则以萧宝卷(新即位的嗣皇帝)幼年便失去母亲的凄凉处境作结——这时是永明七年，明帝还只是西昌侯。因此接下去顺次刻画明帝登基时皇后之位空缺的遗憾。段(2)在二作中的功能相同，都是全篇构造的过渡段。

其后(3)、(4)两段，均转入灵车出都赴山陵下葬的场景。值得指出的是，谢作段(3)的中断，与叙事是相互配合的。四言的前四句叙写明帝驾崩时遗命合葬，与前面两段相合，周到地照顾了这一过程中的每个环节：明帝登基之前敬皇后去世—明帝登基时后位空缺—明帝驾崩时迁祔合葬。而骚体的后四句则转向抒情，正逆互用帝舜葬于苍梧之野，二妃不从；而帝颛顼与九嫔合葬于鲋禺之山的典故，以赞叹夫妻合葬之事。这一方面仍然是赞扬明帝夫妻的合葬之德，但同时又通过"合葬"意象引入下

---

① 王作还直接使用了《楚辞·国殇》中的"平原忽兮路超远"一句。
② 但这种组织并非叙事性的，而是将主题人物的事迹拆成静态的碎片，分别嵌入文中，就好比不同颜色的马赛克组合装饰一样。

文的葬礼描写。因此谢作的段(3)起到了一个特别巧妙的作用,如同联结两段绳子的绳结一般把全篇的文气转折联系在了一起。与此相对,王作段(3)侧重描写静态的礼仪陈设,段(4)则侧重写出殡路上的景象。

段(5)则是总结陈词,致以哀思。对读王、谢二作这一段,颇有意味。就今天的审美能力而言,王作的文字表现力显然较胜。西沉的夕阳、荒凉的山影、身后渐渐远离的城阙、前方茫茫无际的平原,系列意象共同勾勒出葬礼队伍前进的凄凉情景,极富感人的气氛。而谢作却只是一些抽象难解的辞藻,完全缺乏引人联想的兴象。

然而谢作中前二句,"闷宫"指周之先妣姜嫄之庙,"缵女"则谓文王之妻大姒。姜嫄诞生后稷,大姒诞生武王,有周因以得天下。哀策文以东昏侯哀念母亲的口吻撰作,用此二典,在哀念中包含对王朝的歌颂,极其妥帖。次二句,"苹蘩"是大夫之妻及公侯夫人不失法度的典型表现符号,"配祀"则是成为皇后,与皇帝一同配祀天地①。因此这与前章所论相同,是在并列结构中隐含着时间叙事的笔法。再次二句,"赐衣"用汉明帝将母亲阴太后遗物赐予东平王苍,以寄托哀思的典故;"抚镜"则用汉宣帝幼年因巫蛊之祸下狱时,因佩戴母亲史良娣的身毒宝镜而获佑免灾,日后抚镜思念的典故。这两句转入致哀者对哀主的思念——先用王侯典,后用皇帝典,仍然妥帖吻合东昏侯由太子登位的次序。末二句,"寒泉"是孝子思母的象征,而"彤管"则是君王贤配的符号②。因此谢作这一段中实包含了丰富的内涵,对敬皇后地位及美德的赞扬,东昏侯的孺慕哀思之情,都简括于其中,充分承担了总结段的功能。相较之下,王融就只是在抒情而已了。

总之,通过这样的分析我们已足可看到,谢朓在这一段中的手法,与上一章我们分析王融《曲水诗序》时所见是完全一致的。而在这一对比段中,王融却放弃了自己所擅长的这种手法,转而使用借景抒情的方式。他

---

① 《文选》五臣注对此已有很好的阐释,李周翰曰:"《诗序》云:'《采苹》,大夫妻能循法度也。'又云:'《采蘩》,夫人不失职也。'言皇后死于高宗未即位时也。《汉书》云:'天地合祭,先妣配地。'言皇后终加尊谥,而为先妣,是表明天命也。"历来《文选》学专重李善注而轻鄙五臣注,实际上五臣作为唐人解读六朝文章,去古未远,尚能体会作者心理及笔法,其读法实有许多值得重视的地方。

② 以上分别典出《毛诗》中《闷宫》《大明》《采苹》《采蘩》《凯风》《静女》诸篇及《东观汉记·宗室东平王苍传》《西京杂记》。

的书写策略我们不得而知,或许对王融而言,纯礼仪性的《曲水诗序》宜于金缕玉衣式的富丽,而直接抒情更有利于生死之哀的传达？无论如何,结果是他输给了谢朓。结合《曲水诗序》和《明敬皇后哀策文》在南朝当时同享盛誉,而其中又同时突出地表现着这一手法的事实,我们至少已有相当的信心,认为这种同时精巧结合古典资源、王朝话语与具体情事三者,构建起七宝楼台般文本构造的复合行文能力,正是南朝文学的一个基本评价标准。

第二节　礼仪现场的功能
——哀策文和中世皇室葬礼

从上节的构造分析中,我们已经知道南朝哀策文具有高度一致的书写程式,也解读了王、谢二作的抒写内涵——其描写重点在于(1)赞颂死者,(2)下葬路途中的情景。但是,哀策文何以会形成这样的程式,又何以着重描写这些特定的内容与情景？这是接下来有必要思考的问题。

我们已经知道,哀策文是一种为了皇室葬礼而书写的文学。因此从发生学的层面说①,像哀策文这样的文体,是与一种特定的礼仪过程紧密联系在一起的。然则这种历史现场会对特殊文学形态的塑造给予怎样的影响？在这方面,巫鸿教授的研究能够给予我们许多有力的支持。在《礼仪中的美术——马王堆再思》及《美术史十议》②中,作者一再提醒我们,对上古墓葬的研究不应将其中的帛画、壁画等部分从墓葬整体中抽离出来,而必须将其作为与墓室、棺椁、明器等所有元素一同看作礼仪意义的表达。当然南朝葬礼中已经不会像战国秦汉墓葬那样充满阴阳两界往来的宗教色彩,哀策文的表现方式也与帛画有很大的区别,但这一视角对我们理解中世礼仪文体仍有着高度的启示意义。哀策文的撰作目的,以及

---

① 傅斯年先生在1928年曾提出过一个响亮的口号:"把发生学引进文学史来！"(《中国古代文学史讲义》,上海古籍出版社2012年)我想这始终应成为我们工作的指标之一。

② 前者收入巫鸿《礼仪中的美术——巫鸿中国古代美术史文编》,生活·读书·新知三联书店2005年;后者主要参见其中第七篇《"墓葬":美术史学科更新的一个案例》,生活·读书·新知三联书店2008年。

其应用的场合、程序,都是紧密组织在葬礼当中的一环。在这个意义上,我们实际上并不能将这样的文字从具体时空中抽离出来,当作一种可以以任意态度赏读的文本。下面就让我们从南朝皇室葬礼现场出发,尝试以此为焦点,对礼仪中的文学主题作一探讨。

皇室丧葬,自古以来就有一套非常复杂的仪式,见于《仪礼》中的《士丧礼》、《既夕礼》、《礼记·丧大记》及《后汉书·礼仪志》、《通典》礼典所载。这是礼制史学者的专门领域,这里不须一一赘述,仅讨论哀策文的相关问题。

经史所载丧礼,虽依死者阶层不同而有所区别,而基本的环节是共通的,也就是小殓(换衣)、大殓(入棺)、停殡(棺柩停放于殡宫)、出殡、入葬等程序。而哀策文,就是在帝室成员出殡入葬时由礼仪官所捧读的哀悼性策文。《后汉书》志第六《礼仪志下》记载了汉代皇帝的大丧程序,这里不暇详述,较为重要的环节大致可以归纳如下:

皇帝登遐→皇后、太子、皇子哭踊→沐浴更衣小殓→大殓→夜漏,群臣入殿→次日宗室百官伏哭→太常上太牢奠→太子即皇帝位→停殡发丧,百官及天下吏民临丧→择日下葬。

在下葬前夜,首先太常上启奠(迁柩前的致奠),"太祝令跪读谥策"(即上谥号),这时:

> 治礼引太尉入就位,大行车西少南,东面奉〔谥〕策,太史令奉哀策立后。太常跪曰"进",皇帝进。太尉读谥策,藏金匮。皇帝次科藏于庙。太史奉哀策苇篚诣陵。①

在上谥号的环节要跪读谥策,而这时哀策只是由太史令奉持。祭奠完毕后,百官队列一同前往山陵。在灵车入陵之前:

> 大鸿胪设九宾,随立陵南羡门道东,北面;诸侯、王公、特进道西,北面东上;中二千石、二千石、列侯直九宾东,北面西上……太祝进醴献如礼。司徒跪曰"大驾请舍",太史令自车南,北面读哀策,掌故在后,已哀哭。

可知哀策与谥策一样,都是要在葬礼现场诵读,扮演礼仪中的一个临场角

---

① 《后汉书》,第 3145 页。

色。而读完以后,灵车进入山陵,"司徒、太史令奉谥、哀策",又可知两策是随着皇帝灵柩一同葬入陵墓的。章怀于此句注曰:

> 晋时有人嵩高山下得竹简一枚,上有两行科斗书之。台中外传以相示,莫有知者。司空张华以问博士束皙。皙曰:"此明帝显节陵中策也。"检校果然。是知策用此书也。①

亦为明证。这里还提到了策文的字体,《隋书》卷八《礼仪志三》说:"哀策篆书,藏于玄宫。"②可知汉代哀策使用蝌蚪书,六朝哀策则使用篆书,对当时人来说都是古奥的字体,这显然是为了配合葬礼肃穆庄重的气氛。

通过以上汉代帝王葬礼的简要勾勒,我们不难注意到两点:1. 哀策是在入葬陵墓之前,在灵车旁奉读的。2. 哀策是陪同灵柩一同下葬的。这是汉代的情形,而六朝时代大致也与此类似而略有变化。《左传》庄公元年"王使荣叔来锡桓公命"句,正义曰:

> 魏晋以来,唯天子崩,乃有哀策。将葬,于是遣奠读之,陈大行功德,叙臣子哀情。……人臣之丧,不作哀策。③

这段注疏中传达出两点值得注意的信息。其一,指出哀策应用对象的特殊身份是"魏晋以来,唯天子崩,乃有哀策"。当然,这一叙述并不完全精确,这里的"天子"应该宽泛理解为具有"类皇帝"身份者。从《艺文类聚》与六朝史传中所见哀策文来看,汉代诸王薨亦有哀策,而魏晋南北朝时期除了天子之外,则只有皇后、太子、太子妃有哀策,换言之,仅有皇室中的最核心成员,就是君临天下以及母仪天下的两人,以及预想中的下一代最核心成员,在死后有资格获得哀策④。梁代虽然留下了为梁武帝丁贵嫔及

---

① 并见《后汉书》,第 3145~3146 页。
② 《隋书》,第 151 页。
③ 《春秋左传正义》卷八,《十三经注疏》京都中文出版社 1974 年影印清嘉庆二十二年重刊宋本,第 3822 页下。
④ 有趣的是,帝后和太子的哀策都形制完善,文辞繁富,但谢庄和王俭所作的两首太子妃哀策文却要简陋得多。这似乎也反映着太子妃在这一层级关系中的地位与前三者有明显差距。

王贵嫔所作的两篇哀策,但丁贵嫔为昭明太子生母,史载其"备典章,礼数同于太子,言则称令"①,实际地位等同于皇后;王贵嫔亦为太子生母②。故这两篇在本质上仍然应视为皇后哀策。从这一点看,哀策在六朝可以说是有一个明显的升格③。

其二,所谓"将葬,遣奠读之",即奉读哀策的环节有所变化,不是像汉代那样车驾至山陵,在灵前列队奉读;而是在阶下设奠之际便读。这个记载是很精确的,《隋书》卷八《礼仪志三》亦载尚书左丞庾持称:

> 晋、宋以来,皇帝大行仪注,未祖一日,告南郊太庙,奏策奉谥。梓宫将登辒辌,侍中版奏,已称某谥皇帝。遣奠,出于陛阶下,方以此时乃读哀策。④

颜延之《宋文皇帝元皇后哀策文》则说:

> 降舆客位,撤奠殡阶。乃命史臣,累德述怀。⑤

都表明这一点。在确定了这一礼仪现场以后,哀策文的具体表现才能得到精确的理解。即如谢作开端:

> 翠帟舒阜,玄堂启扉。俎彻三献,筵卷六衣。

祭奠已经结束,撤去肴俎,收起属于皇后的六种礼服,哀策文便在此时开始奉读。而王作则说:

---

① 《梁书》卷七《高祖丁贵嫔传》,第 161 页。标点有改动。
② 任昉《王贵嫔哀策文》中有"母以子贵,义弘前哲","达副君之夭至,赋白华之无缺"的辞句,据此可知王贵嫔当为太子生母。唯史籍有缺,未知其为何朝之事,姑存阙疑。
③ 唯有一条史料似乎例外,就是《南史·后妃传》所载宋孝武帝殷淑仪哀策文。但据本章所指出的哀策文文体特征可以判断,这其实是谏文而非哀策文,应依《文选》所录题为"宋孝武宣贵妃谏"才对。
④ 《隋书》,第 151 页。
⑤ 《文选》卷五十八,第 3496 页。

> 绣幕启涂,铜池从殡。葆铎既行,枚绋且引。

执铎先行的仪仗队伍已经起行,而牵挽灵车的绳索将要拉动。在王融写下这几句的时候,其实是将史官捧策诵读时的周边动态作为想象场景的。《哀策文》所设定的现场表演情景,正是设奠→读策→出殡这一环节的中间点。设奠是为了告祭祖先之灵,向异界传达死者的讯息,理所当然应当表现对死者的赞美悼念之情。而读完哀策以后,马上便要登上出殡之途。因此哀策正文中会着重于这两部分的表现,乃是完全吻合礼仪现场功能需求的,前半是回顾现场,而后半是展望下一环节。

从礼仪与文学的关系,我们更可以进一步理解这种文学程式的形成。皇室葬礼是一种礼仪性的行为,礼仪行为的核心在于雷同的规范,停殡、出殡、致哀,这些程序总是不变的。哀策文的写作并不是为了给人欣赏,而是为了在葬礼中充当一份宣告书,在奉读一次以后便将永远陪同死者封闭于陵墓之中。对于这样的文本,要求其花样变幻是没有意义的。严格遵守礼仪模式,满足人们对葬礼的想象,在适当的长度与规范中,恰如其分地传达死者的地位与留给生者的哀思,这才是其所应当担负的功能。

当然,人不是机器,每次葬礼也必然存在某些不同的现实情况。例如上面所触及的死者身份、哀者身份、主持者身份等。因此哀策文也就必定同时包括反映这些内容的部分。短序的前半部分是纪实性的散文,而后半部分可以说就是仪式性的骈文。仪式总是相同的,正适用规整的、可以完美模板化的骈文;事实多少有差异,因此就不得不适用无法彻底模板化的散文。这种安排是自然而然的。"秩序"和"变化"与现实世界是相呼应的,都有其存在的合理意义,只不过场合不同而已。

也只有从宫廷礼仪与文学程式的角度,我们才可以较为妥帖地理解相关史料。《南史》卷四十二《齐高帝诸子传上》附《萧子范传》:

> 后为秘书监。简文即位,召为光禄大夫,加金章紫绶。以逼贼不拜。其年葬简皇后,使制哀策,文理哀切。帝谓武林侯萧谘曰:"此段庄陵万事零落,唯哀册尚有典刑。"[1]

---

[1] 《南史》,第 1071 页。

如果不了解齐梁哀策文中存在着的这种强固的仪式功能，我们就不可能真正理解"尚有典刑"四字，充其量不过认为这是指萧子范所作哀策文较为首尾完备或者文字精细罢了。然而"典刑"二字，倘若用大白话来说，其实也就是本书所谓的"程式"或"模板"。简文即位的太清三年正值天下大乱，侯景已经在围城一年之后攻陷作为国家中枢的建康台城，梁武帝忧愤饿死宫中。简文只不过是作为傀儡皇帝登台而已，因此庄陵的各种仪式都无法按照老规矩办理，唯有萧子范所作的哀策文还能够依照贵族社会的仪式主义给予撰写，维持前代传承下来的形式，为皇家保留了一点面子，因此简文帝才会有此感叹。同时，皇家葬仪的其他方面都需要物质人力上的大量支援，唯独哀策文是可以依靠贵族文化的个人传承达成，这也是为什么其余"万事零落"，只有哀策文还能保持模范的原因。但是这一点能够达成的前提，也还是因为有萧子范这样的典型文化贵族存在——他是齐豫章王萧嶷之子，竟陵王萧子良的堂弟。如果这样的贵族不复存在，那么哀策——包括其他的贵族文学——也就必然不复再有典型了。

从这些文献记载以及哀策文中的描写，我们不难想象当时皇室葬礼之中的庄严肃穆场面。皇帝之崩，意味着国家的时代更替，政局的新旧转移，新君即位通常也就是在这一时刻，其意义之重大不言而喻。为这种场合撰写的文字，就是所谓"大手笔"。《晋书》卷六十五《王导传》附《王珣传》：

> 珣梦人以大笔如椽与之，既觉，语人云："此当有大手笔事。"俄而帝崩，哀册谥议，皆珣所草。①

又《宋书》卷五十二《王诞传》：

> 诞少有才藻。晋孝武帝崩，从叔尚书令珣为哀策文，久而未就，谓诞曰："犹少序节物一句。"因出本示诞。诞揽笔便益之，接其"秋冬代变"后云"霜繁广除，风回高殿"。珣嗟叹清拔，因而用之。②

---

① 《晋书》，第 1756~1757 页。
② 《宋书》，第 1491 页。

都充分可以见出这种文章对当时的作者有着何等重大的意义。这种传统到唐代依然不变,《太平御览》卷五百九十六文部哀策类引《国朝传记》:

> 褚遂良为太宗哀策文。自朝还。马误入人家而不觉也。
> 崔融司业作武后哀文。因发疾而卒。时人以三二百年来无此文。①

有资格撰写哀策文的,都是当时最负盛名的作者。获得为皇室核心人物撰写哀策文的资格,就意味着获得了王朝对他们的最高承认,作者们会对此全神贯注,呕心沥血,当时的一般舆论也将其中佳作的价值看得极高,因而出现这类轶事也就是毫不奇怪的了。与日常的诗赋唱和相比,这类作品中倾注的心血无疑要深刻得多。当然,历史的选择并不遵照人的主观意愿,人对自己期望最高的事业未见得最终就会成为最具有历史价值的方面。但是无论如何,这种文学从主观创作和时代辐射力的角度说,却是倾注了最多精力,被看得最为紧要的。其重要性与基于特定礼仪场合、礼仪功能而造成的形态紧密结合在一起,是无法用今日的纯文学审美观拆分开来的。

第三节　从哀策文发展史看南朝
文学的仪式性演进

作为一种应用文体,哀策文必然会具有一定的程式性,这似乎是不言而喻的。然而我们必须要指出两点:其一,在六朝哀策文的发展历程中,这种模式并不是从一开始就存在的,而是经过长期演进,直到南朝前期才终于确立的。其二,到了唐代,哀策文虽然依旧存在,序的体式却已与南朝发生了相当大的歧异。因此对于哀策文而言,这种模式化不能不说是六朝,尤其是南朝时代的特殊文学现象。从六朝哀策文序的逐篇形态对照中,我们可以清楚地看到一种文体是如何一步步累积、丰富其层次构造,逐步形成具有确定性的范本的。如果把文学谱系的变迁比作生物的

---

① 《太平御览》,李昉等撰,中华书局 1960 年影印本,第 2687 页下。

进化,那么哀策文的进化历程,可以说是清晰地呈现出了一种文学生命是如何因应着它周边的生态环境——在此场合下就是六朝的贵族宫廷礼仪——作出相应的构造和细节修正,最终达到了符合现实需求的文体稳定形态的。这无疑是一个难得的文学生态学解剖标本,而剖析这样的标本,则可以让我们对六朝文学的特定发展方向获得具体而微的真切理解。

现存最早的,也是汉代仅存的一篇哀策文,见于《后汉书》卷四十二《光武十王东平王苍传》:

> 及葬,策曰:"惟建初八年三月己卯,皇帝曰:诸王丕显,勤劳王室。亲受策命,昭于前世。出作蕃辅,克慎明德。率礼不越,傅闻在下。昊天不吊,不报上仁。俾屏余一人,夙夜茕茕,靡有所终。今诏有司加赐鸾辂乘马,龙旂九旒。虎贲百人,奉送王行。匪我宪王,其孰离之。魂而有灵,保兹宠荣。呜呼哀哉!"①

"惟建初八年三月己卯,皇帝曰"是典型的诏书发端语,我们据此可以推断《后汉书》这里的录文并没有经过明显删削,原初的文本大致应当就是这样的形态②。然则汉代的哀策还并不具备"短序+辞"的构造。并且文中还出现了"今诏有司加赐"云云,这与六朝史书中常见的贵公大臣死后颁赐的诏书形态完全相同,从文体上说还没有从诏书体中分离出来,处于相当幼稚简略的阶段。其次则有汉末曹丕的《魏武帝哀策文》:

> 痛神曜之幽潜,哀鼎俎之虚置。舒皇德而咏思,遂腷臆以荏事。翘乃小子,凤遭不造。茕茕在疚,呜呼皇考。产我曷晚,弃我曷早。群臣子辅,夺我哀愿。猥抑奔墓,俯就权变。卜葬既从,大隧既通。漫漫长夜,窈窈玄宫。有晦无明,曷有所穷。卤簿既整,三官骈罗。前驱建旗,方相执戈。弃此宫庭,陟彼山阿。③

---

① 《后汉书》,第1441页。标点有改动。
② 《后汉纪》卷十二《孝章皇帝纪下》:"(东平王苍薨。)遣大鸿胪持节护丧事,诏诸王及公主京师诸侯悉诣东平王葬。哀策曰:诸王丕显,勤王室。亲命受策,昭于前世。出作蕃辅,克慎明德。昊天不吊,不报上仁。使屏余一人,茕茕靡有所终。今诏有司加赐鸾辂车,乘龙旗九旒,虎贲百人。谥曰献王。"文字略有出入,但结构并无差异。
③ 《艺文类聚》卷十三,第242页。

曹丕完全站在人子的角度撰作，以哀痛之情一气贯注，充分表现出了曹氏父子文学所谓通脱壮大的特色和高超的文学水准。而此作从文体上也可以看到微弱的发展。前四句为六言而后面部分为四言，虽然界限还非常模糊，但"舒皇德而咏思"一句已经透露出其引起正文的功能，因此这开头四句虽然不如典型的哀策文那样，以清晰的标志语"辞曰"或"作策曰"来区分序和辞，但不妨说在内容上已经产生了序文部分的萌芽。

西晋以下，哀策文形态开始出现明显的进化。对于两晋时代的哀策文，也可以列出一表①：

作者/题名	短　　　序
西晋·潘岳《晋景献皇后哀策文》	无
西晋·史臣《晋文明王皇后哀策文》	无
西晋·张华《晋武帝哀策文》	（2）感大飨之无亏，哀樽俎之虚设。叩龙辒以长叫，痛灵晖之潜逝。其辞曰
西晋·张华《晋武元杨皇后哀策文》	无
西晋·刘务《晋愍怀太子哀策文》	无
东晋·郭璞《晋元皇帝哀策文》	（2）永惟殿宇之廓寂，悲彝奠之莫歆。感鸾辂之晏驾，哀衮裘之委衿。痛圣躬之遐往，长沦景于太阴。乃作策曰
东晋·史臣《晋成帝哀策文》	（2）宸极寥廓，圣灵遐之。哀备物之虚在，痛永往之无期。（3）乃命史官，述德寄辞。其辞曰
东晋·史臣《晋康帝哀策文》	（2）感广厦之空寂，悲俎奠之虚陈。痛皇神之邈远，哀灵景之长泯。仰瞻宸极，俯凭鸾轩。五情摧裂，号恸烦冤。（3）遂命国史，述德铭勋。事以言显，功以名存。其辞曰

---

① 《晋文明王皇后哀策文》《晋愍怀太子哀策文》分别见《晋书》卷三十一《后妃传》（第951~952页）、卷五十三《愍怀太子传》（第1463页），其余并见《艺文类聚》卷十三帝王部三，第247~255页。

作者/题名	短　序
东晋·史臣《晋简文帝哀策文》	（1）同轨毕至，内外成列。素旗宿悬，辒辌首辙。执祖行于前殿，奉灵舆而迁逝。（2）悲神宇之长违，痛圣仪之幽翳。攀龙辒以孺慕，抚素膺以泣血。（3）爰命史臣，叙述圣德。扬徽音于飞旌，写哀心于翰墨。乃作策曰
东晋·王珣《晋孝武帝哀策文》	（1）同轨毕至，百司胥亚。法物夕陈，辒辌夙驾。亲执馈奠，长号永夜。（2）惧鼓刻之遄尽，哀良辰之莫借。悲宫宇之寥廓，痛圣仪之幽化。（3）夫至德无名，固理绝称谓。然祝史陈辞，亦臣子所贵。寄穷情于翰墨，庶遗尘之仿佛。其辞曰

　　首先可以看到，以东晋为界，明显分为前后两个发展阶段。所有现存的西晋哀策文，都还不包含短序结构，但仅有的一篇例外，就是张华的《晋武帝哀策文》。同时与这一现象相呼应的是，这也是现存西晋唯一的一篇天子之策，其他全部都是皇后、太子之策。这种映射关系的呈现，显然易见，正是张华由于考虑到皇帝身份的特殊性（尤其晋武帝作为西晋的开国君主），而别加构思，对哀策文体进行了相应改造，以适配其崇高地位的结果。尤其同样是《艺文类聚》中所录张华二作，对象为晋武帝夫妇，却一有序而一无序，更可为旁证①。与上引汉代二策合观，我们不妨基于现有文本下一判断：哀策文中短序的出现，是从西晋时代开始的，而对于皇帝、皇后、太子等不同身份，应用不同等级待遇的文体阶层性则是短序出现的契机。这正是六朝贵族文学基于贵族礼仪而衍生的一个绝好例子。

　　但是，《晋武帝哀策文》中的短序寥寥四句，都是句法一致的六字句，单调无变化，内容上也只是单纯表达哀痛之情而已，缺少推进的层次。与上引王融、谢朓之作相比显然有着不小的差距。从萌生到成熟，当中经历了东晋到刘宋时期一代代作者的探索发展。

---

① 当然，我们也可以考虑文献阙漏的情况。但就《艺文类聚》的收录来看，如前所见，东晋尤其南朝哀策文中都保留着序文部分，与西晋形成鲜明对照，这种分布极不均衡的阙漏是很不自然的，我们很难解释为什么《艺文类聚》会把所有东晋南朝哀策文的序都保留着，却把西晋除晋武帝之外的哀策文序全都删掉。

从郭璞开始,东晋以降的哀策文中短序结构就被固定下来了。东晋哀策文不但篇篇有序,并且越来越趋向于华美繁富,描摹尽情。首先,郭璞所作《晋元帝哀策文》短序已较张华之作更为铺张,但在层次上依然是单层构造,只是表达哀痛之情。而到了《晋成帝哀策文》中,便首次出现了"乃命史官,述德寄辞"这一特殊的固定成分,使得短序分为"致哀痛"与"命史官"两个清晰的层次(见上表标示)。这两个基本层次成为了此后哀策文中的必备成分。再接着发展下去,到了《晋简文帝哀策文》中,便首次确定了三层次的短序结构。尽管层次与层次之间还不完全清晰,但"出殡情形→哀者之痛→命史臣作策"三个层次首次完整出现。到此作为止,我们再回过头去与汉代哀策文对比,文体演进的轨迹历历在目,可以说初步达到了成熟阶段。

而在此之后,紧接着的《晋孝武帝哀策文》便亦步亦趋地立刻继承了这一范本,两者之间不仅句数、结构十分接近,连辞藻也多所雷同(如下表)。王珣虽然为了哀策文的撰写呕心沥血,但在文体上似乎却并无建树——这是由于他本人文才缺乏,还是由于这一文体已趋成熟,故他不复致力于这一方面? 尚难断言。不过从事实来说,则可以看到这时确实出现了六朝哀策文第一波的程式化尝试。

《晋简文帝哀策文》	《晋孝武帝哀策文》
同轨毕至	同轨毕至
素旗宿悬,辒辌首辙	法物夕陈,辒辌凤驾
悲神宇之长违,痛圣仪之幽翳	悲宫宇之寥廓,痛圣仪之幽化
扬徽音于飞旍,写哀心于翰墨	寄穷情于翰墨,庶遗尘之仿佛

从两汉到东晋,哀策文短序部分经历了一个由无到有,字数和结构由少到多的增长过程,这可以说是文学进化中数量性增长的阶段。而到了南朝,进化的性质便发生了变化。由于到王珣为止,已经确定了三层构造,南朝的哀策文撰作不复在基本结构上有任何改变,取而代之的是内化的文藻措辞调整。其中起到最终定型作用的作者,正是作品被选入《文选》的颜延之。为便于比较起见,我们不妨再看一次《宋文元袁皇后哀策

文》的短序：

（1）龙辂缅绁，容翟结骖。皇涂昭列，神路幽严。（2）皇帝亲临祖馈，躬瞻宵载。饰遗仪于组流，沦徂音乎珩佩。悲黼筵之移御，痛翣褕之重晦。降舆客位，撤奠殡阶。（3）乃命史臣，累德述怀。

王珣作80字，颜作仅有66字，反而呈现出简约化的倾向。不过如果仔细观察内部构造，就会发现其变化发生在两个方面：其一，"命史臣"的部分，也就是（3）的字数句数骤减，从王珣的六句减少到了两句，并且表述方式也迥然有异。如王珣之作中所言："然视史陈辞，亦臣子所贵。寄穷情于翰墨，庶遗尘之仿佛。"不仅王珣本人作为作者的声音清晰可闻，还特地强调了自己作为臣子身份的主动陈辞之可贵；而与之相对，颜延之仅仅用了"乃命史臣，累德述怀"四字就草草了结，文章作者不但声音微弱，还完全成为了一种被动的接受任务式存在。其二，相应地，表述皇帝哀痛之情的（2）却从四句增加到了六句。颜延之对于皇帝本人的态度大肆铺张，更在这一层次的开端明确提出"皇帝"二字，使得层次（2）的致哀主体更为凸显。上述变化产生的最大效果，无疑就是哀策文撰作者的存在感大大削弱，而相反地代替皇帝发言的色彩则显著增强。

然则造成这种变化的原因又是什么呢？在绪言中我们已经引用过田余庆先生的意见，指出东晋与南朝之间存在皇权由低落而回升的过程。作为东晋中期琅邪王氏领袖的王珣，之所以会在为皇帝撰写哀策文时，还如此强调自身的存在感和主动性；而从宋文帝元嘉盛世走过来的颜延之，却如此放大皇帝形象的存在而压缩自我，理由正在于此。在颜延之以后，包括作为致哀主体的"皇帝"标志语，以及（3）被压缩为两句等形态，都作为定式而为南朝哀策文所沿袭。哀策文也就在士权与皇权的消长之中，再一次地演变了自身的形态。

在颜延之的范本确立以后，经过王融、谢朓的微调，便成为了南朝最通用的一种定型，这在前文已经给予了详细的分析。尤其值得注意的是，这一范本的影响力甚至及于北方政权。北齐邢邵《文宣帝哀策文》：

（1）皋路启扉，辒辌弛殡。八校案部，六卿且引。（2）攀鸾辂而雨泣，仰穹苍而抚心。悲风发而地骇，愁云兴而景沉。（3）哲王垂范,有训有则。式奉话言,光敷令德。①

不但在句式和结构上与王融所确定的范本完全一致,文字上与王、谢之作的雷同也显而易见,如下表:

邢 邵	王 融	谢 朓
皇路启扉,辒辌弛殡	绣幕启涂,铜池从殡	翠帟舒阜,玄堂启扉
八校案部,六卿且引	葆铎既行,枚绖且引	
攀蜃辂而雨泣,仰穹苍而抚心		怀蜃卫而延首,想鹭辂而抚心
式奉话言,光敷令德		旋诏左言,光敷圣善

可以断定邢邵在撰作时一定是以王、谢二作为重要的学习对象。虽然多少包含着作者的移花接木,但就文学创造形态而言这几乎已经可以说是亦步亦趋了——在南朝诸作中,虽然模式上的沿袭是很显然的,这种文字上的剽袭却绝少出现②。打一个浅显的比方,这多少有点类似于中学生模仿教参上的范文来写作文。我们知道北朝文学受到过南朝文学的深刻影响,但过去对这种影响的认识很大程度停留在史料的记载上(如《北史·魏收传》所载魏收、邢邵对沈约、任昉的崇拜)。而透过哀策文的对比,从这样具体而微的实例中,我们却更进一步,清晰地看到了南朝文学与北朝文学之间的等级差别,这种差别大到了在文字上进行类比复制的程度。而从王朝政治礼仪的角度思考,这也正提供了最具体而微的一个例子,让我们看到当时北方政权在文化上是如何对南方进行蹈袭汲取的。

结语：文学程式的意义

以上对哀策文构造形态及演变源流的观察,实足以引起我们一些有

① 《艺文类聚》卷十四,第271页。
② 上述王珣之作是一个特例,王珣身为一代名士,又对此"大手笔"殚精竭虑,"久而未就",结果却对前人有明显的蹈袭痕迹,何以如此,其原因还难以解释。

趣的思考。这样的文学创作,可以说,完全就是在给出一个模板,让不同的人来填充。就好比工匠在按照一个个模子制造工艺品一样。我们常常说南朝文学是"形式主义",然而我们在这里却看到了一种比形式主义更加变本加厉的表现,不但追求形式,甚至追求文体内部完全一致的形式。这一点过去似乎还没有得到充分的注意①。当然,对包括这一现象在内的,更大范围的"形式主义",学界早已给予了深恶痛绝的批判。因此这种现象与其说是在过去的研究中没有能够被发现,不如说是因为"形式主义"已经被判决了死刑,因此其中的种种现象都不再有被观察发现的必要。然而如果我们从更宽广的层面思考,却会发现这一立场也许有从理论上予以根本反思的必要。从文学作为一种"艺术"的原理而言,在艺术领域的原则中,模式,也就是所谓的"体"(或曰"家"、"法"),在绝大多数情形下并不是一个应当遭到否定的范畴。无论对于书法中的所谓二王体、欧体、颜体,或者绘画中的宋院体花鸟、范宽山水、徐渭大写意等各家各法,都因他们在艺术探索上的突出表现而成为后人的轨则。我们在面对作品时第一反应并不会是追问其与过去作品之间有何差异,反而是确认其与过去作品中某体某家的相同之处,借此来确认其在艺术史传统中的定位。历史上不乏由于将某家某派学到炉火纯青,从而确立其地位的书画大家,然而这种模拟在文学界往往会遭受到"缺乏创新"的指责——事实上只要关注到中世盛行的拟代现象,我们就能想到今天的文学观念与六朝文学的运作规则并不吻合,仅仅注目于创新的文学世界恐怕是近代以来观念改革定型的结果。当然,我们很可以认同艺术的最终目的不

① 补注:当本书作为博士论文提交之时,我闭坐孤室之中,写下对这一"文学模式化"问题的探讨,不无四望寂寥之感。然而仅此二三年间,就陋见所及,包括宋代政治文学、明清士人文学等各领域中,同辈学人对这一方向的研究成果已纷纷发表,如周剑之《论宋代骈体王言的政治功能与文学选择》(《文学评论》2013年第3期)、叶晔《论明幛词的起源与演变》(《词学》第30辑,华东师范大学出版社2013年)等皆其显例。这当中可以窥见新一代学人在知识结构及研究取向上不约而同的倾向:1. 对文本形式的重视,2. 结构叙事学的思维方式——相较于"个性"亦即"异"的方面,更注重构造上的"共性",亦即"同"的方面。而其中又隐含着一种深层的共同取向,即唤起对上层文学、王朝文学的重视。这可以理解为对"五四"以来片面重视个性创新,强调思想内容的大众文学观念的反动,或许是具有某种必然性的。当然,像哀策文这样达到了句数、字数以及叙事结构几乎彻底一致程度的程式,依然是其他时代所难以企及的,就这一点而言仍值得我们特别的关注。

在于模仿而在于表现自我,但其他艺术中这种通过深入学习古人典范来达成自我表现的模式,依然提供了有价值的借鉴:我们在对文学的理解中是否过于急遽地跳过了第一步?而跳过第一步的艺术理解,是否可能真的抵达终点?

从艺术原理的角度来说,所谓的"体"的意义在于为作者的个人表现提供一个稳固而高效的平台,通过典范体式方面明确的指引,后来者得以迅速地完成学习过程,不须在黑暗中耗费大量时间摸索。因为依凭着前人已经千锤百炼、臻于完善的框架,新一代作者才可能放宽手脚,尽情地表达更细腻、更深入的自我。六朝时代的文学运作,毋宁说更接近于这种纯艺术的原理。就哀策文而言,从今天的观念来看,"反映现实"的散文部分(尽管这现实也是极为贫乏的)才是有价值的部分,千篇一律的程式毫无意义。然而欧阳询们在编撰《艺文类聚》时,却将散文部分大刀阔斧地全部删去——在中世人眼中,与事实无关,单纯地表现文字之美的部分才是真正的"艺文"。如上所论,虽然王、谢二作有着几乎绝对一致的模板,但填充在相同句式和内容中的文字辞藻却大相径庭,各擅胜场,毋宁说这些辞藻本身才是文学的真正内容。看似雷同的形式并不妨碍文学的存在与呈现,正是由于有着同样的规则约束,才获得了向另一方向的深度展开。"戴着镣铐跳舞"这一诗学原则在这种场合并不仅仅对诗歌有效。就好比面包师在使用模子来制作糕点,每个糕点的形状可以一模一样,但不同的面包师做出来的成品味道却有天壤之别。在这样的工艺过程中,经典的精巧运用、叙事构造的构思、场合功能的妥帖,引人回味的复杂手法,就成为了决定味道优劣的决定性因素。在这个意义上,我们可以说王融制造出了绝佳的模子,却在滋味上输给了谢朓。

第八章　永明政治中的王融文学

——两届《策秀才文》中的时政书写

第一节　如何解读文学中的政治书写

《文选》卷三十六专辟有"文"之一体,实际上指的就是"策秀才文"这一特殊的文类。而在这一部分中,选入了王融永明九年和永明十一年的两届《策秀才文》,共十首。次于其后的,是任昉的天监三年《策秀才文》三首。也就是说,在这一部分,共三策十三首中,王融占据了两策十首,可以说是这一文类中毫无争议的领军人物。以"沈诗任笔"著称的任昉,在这方面尚且要瞠乎其后。国家举秀才,例须进行策问,而策秀才文便是每届的试题,今天虽然存篇寥寥,但在当时的数量之大,可以想见。而在数量众多的策秀才文中,昭明独注意于王融,足见他在这方面表现之突出①。

---

① 对这一题目,就浅见所及,问津者并不太多。藤井守《王融の「策秀才文」について》一文为对王融《策秀才文》的专论,但考证论说皆略而无当,无可资借鉴之处。阎步克《南朝秀才策题中之法家论调考析》(《北京大学学报》1997 年第 2 期),亦以王融策秀才文为主要论析对象,对其本人在《察举制度变迁史稿》中认为南朝策秀已经成为泛泛浮言的观点进行了修正,认为这一时期的策秀才文仍表现出君主与作者的政治关怀。对"策秀才文"整体作主题探讨的,有吴承学《中国古代文体形态研究》(中山大学出版社 2000 年)第三章"策问与对策",其中也谈及了王融永明九年的五道策问。李步嘉《一份研究西凉文化的珍贵资料——建初四年秀才对策文书考释》(《武汉大学学报》1990 年第 6 期)则以吐鲁番出土文献中的策秀才文及对策为分析对象,考证策秀制度的时间、主考人、举主、题数等问题,对了解这一制度的实际运作颇有帮助。此外中国社科院 2003 年硕士毕业论文《策试秀制度与中古文学》(作者曹华)对这一领域进行了相当丰富的材料整理和归纳,值得参考,不足之处在于作者对南朝社会的理解未臻深至,所作论断多有似是而非之处,而选择任昉而非王融作为代表人（转下页注）

（转下页注）

钱基博称之曰：

> 《策秀才文》前后十首，则通体排偶，然寓意微婉，实有散语所不能尽者；不廑以隶事见巧，缛句为工也。①

"寓意微婉"一语点出了策秀才文这种具有显著现实针对性文类的一个重点，即其终不能仅以文字表现为能事，而必须要有"意"寓乎其中。在"脱离现实"的六朝文学大环境中，这类政论性的文字依然天然地被规定了与现实之间的联系——包括对现实的客观记述与主观议论。于是我们在对其展开研究时，文字与现实之间的张力便成为无法绕过的主题。而如果从贵族文学的角度出发，六朝贵族作为政治人的重要侧面，如何通过文字得以表现出来，也正是本节所希望观察的中心之一。

关于六朝时期的策秀制度，本书第二章已经引述前人所论并陈说浅见，此不复赘言。这里需要考虑的是另一问题，即"策秀才文"这样的试题，对当时的国家选拔人才究竟能起到多大的作用？而这当中实际上又包含着两方面的问题：1. 策秀才文所依凭的策秀制度，在南朝政治当中是否有其意义及作用？因为"皮之不存，毛将焉附"，如果策试本身就只是一种政治盲肠，那么策秀才文的现实意义自然也就无从追究。2. 策秀才文作为策秀制度的文学部分，与制度之间又是一种怎样的关系？

对于问题1，学界传统意见认为，秀孝制度在六朝已经近于名存实亡，并不能像汉代一样维持为国家选能的功能，只是一种形式上的对传统的蹈袭而已。故而策秀才文当然也就不过只是"浮言满纸"②。不过阎步克先生已经对这种意见进行反省，认为六朝策试表现出与现实政治的密切关系，其中触及各种政治问题，提出个人见解，不应以"雕虫小道"而一笔抹杀。这反映出了制度史家对过去那种机械的现实反映论的自觉反思，显然是较为可取的。当然，阎氏的反省乃是立足于政治史、制度史本位研

（接上页注）物进行分析，尤为失当。值得一提的是陈飞《唐代试策考述》（中华书局2002 年）中对唐代策秀才制度的研究，虽非六朝研究，然考证详明有断，叙述有条不紊，作为对六朝策秀制度后续时代的研究，参考价值颇高。

① 钱基博《中国文学史》，第 190 页。
② 参宫崎市定《九品官人法の研究》、阎步克《南朝秀才策题中之法家论调考析》、藤井守《王融の「策秀才文」について》。以下凡引用阎氏观点，均据该文。

究的立场,就文学观念而言则并无新意①。若就文学研究的立场而言,则这一文体中所含有的问题更与目前古典文学研究中面临的一个重要问题息息相关,那就是文学的价值——或者更切题地说,文学与现实的关系,究竟依据什么样的准则来予以判断?

像策秀才文这样的宫廷、朝堂文学,包括前文已经论述过的哀策文、曲水诗序等在内,如果从今天的眼光来看,确实往往并不关心"国计民生",所谈的也未必就深入切中当时真正严重的社会问题。这是它们为今人所诟病的主要理由。然而我们不能忘记,这些文体、话题,以及其中所触及的内容,包括君臣等级、嘉凶礼制、华夷秩序等,正都是当时身处中央政治漩涡的贵族公卿们所最关心的话题;而南朝时代的政治,正是以这样一群人物为核心来实施展开的。哪怕"肉食者鄙,未能远谋",他们的"未能远谋"也实实在在成为了政治衰退或转型的基本动因,而他们所书写的文件,则是这种动因最直接的记录。如果说这些人物所关心的主题、对象,所精心刻意表述的文字,竟与真实的时事政局了无关涉,这难道不正表示出,其实是我们一开始就对到底什么才是六朝政治的重心抱有偏见与不见吗?随着时代逝去而改变的,并不仅仅是那些具体的人事,更包括每一代人看待世界的观念与视角,而这些观念与视角本身就是由时代反哺而得的印象。因此从逻辑上来说,我们根本就不应当以自身对政治的理解去肢解南朝人的文字;而是恰恰相反,应当认为南朝身处朝廷之上的那些人物的文字表述本身,包括话题、观点和书写方式,都整体性地表现出他们所理解的南朝政治、南朝现实究竟为何物。应当把那些看起来似乎空泛无物的套话本身,看作那个时代的现实在文字上的重现,据此去追塑那个时代的更可信的影像,而不是从中去搜索一些可以与今天观念相贴合的碎片,据搜索的结果和数量来加以肯定或否定。必须要在这样做了的前提下,我们才能够获得真正具有历史意义的古代政治研究。当然,这并不是说我们要拒绝以现代政治观念对特定历史时期进行优劣评价,恰恰相反的是这依然应当成为一项重要的任务,但这必须要与纯粹的历

---

① 阎氏的反省虽然较以往为精致,但依然是站在传统的文学反映现实立场出发的,只不过他在具体的作品中寻求到了可以与今人观念中的政治范畴相契合的局部而已。然而如下所论说,无论那些作品看起来是多么地隔膜于我们今天所理解的"现实问题",对于南朝政治担当者而言,他们所关心的却正是他们眼中所见的现实问题。

史研究区分开来,只能是在真正的历史研究基础上才能进行的下一步工作。

在这一意义上,策秀才文可以说是提供了一个比哀策文或曲水诗序更好的观察对象。因为我们在重新认识"文学与现实"关系的同时,也不能否认文学本身具备其独立的能量——包括文体构造的规则、仪式性的套话、基于个人审美立场的修饰等,这些倒真是会影响文学反映现实的因素(即使从当时创作主体的角度出发也是如此)。而策秀才文作为试题,直接以现实问题为提问内容,以选拔人才为目的(无论其在现实政治中所占的比重如何弱化,这一功能本身并没有消失),这方面的影响相对就较为减弱,被选定为出题人的作者所考虑的重点也不会是像哀策文、曲水诗序那样地尊重宫廷礼仪传统、美化歌颂对象,而是如何切实地通过问题去要求应试者给出最能表现其政治才能的回答。因此这样的文本中的"反映现实"因素所占的比重是相对更大的。同时,试题在多大程度上达成了这一目的,本身更承载着皇帝眼中对出题人价值的认定。对策秀才文的作者而言,只要秀孝制度在名义上仍然是国家的人才选拔制度,自己所撰写的策秀才文就是代表着国家对人民的方向性要求,代表着政府对官僚预备人员的希望标准,同时也是自我政治理想的一个有力而合法的宣示途径,他必然会对自己选择的论题、表达的观点斟酌再三,这足以保证策秀才文作为政治文件的价值(当然这种价值随着作者本人认识水平的高低而有所差异),而绝不会仅仅是"只有文学上的价值"。

从这个角度去解读王融的两届策秀才文,我们需要观察的问题重点便呈现出来了。其一,这两套策秀才文的提问内容与书写重点分别是什么? 反映出怎样的时代现实与政治期待? 其二,这两套策秀才文又有何区别? 反映出怎样的政局变迁?

第二节　《永明九年策秀才文》解读
——农业、刑法、财政、历律

我们首先来对《永明九年策秀才文》进行具体的解读。不妨给每一问拟一个小题,分别析论如下:

一、问治道：形式性的总问

这一问总起五题，并无实际内容，只是从形式上表达求贤之意，正是前述文体制约和礼仪套话的表现，其典型来源于汉武帝时代的举贤良策问。而对这一问的回答，可以想见也并不包含什么具体的内容，而是着重表现答题者的治国抱负与酬答风度。任何一届的策文，恐怕都无法完全避免有此一问①，这里可以暂时不论。

二、问农耕：两难困境下的试题策略

> 又问：昔周宣惰千亩之礼，虢公纳谏；汉文缺三推之义，贾生置言。良以食为民天，农为政本。金汤非粟而不守，水旱有待而无迁。朕式照前经，宝兹稼穑。祥正而青旗肃事，土膏而朱纮戒典。将使杏花菖叶，耕获不愆；清畎泠风，述遵无废。而释耒佩牛，相沿莫反；兼贫擅富，浸以为俗。若爱井开制，惧惊扰愚民；爰卤可腴，恐时无史白。兴废之术，矢陈厥谋。②

第二问是基于土地兼并现状的发问。前面一大半都是重农主义思想的复述，并无新意，从文学修辞上说，乃是一种对主流话语传统的尊重。问题核心在最后四联才浮现出来。"兼贫擅富"、"爱井开制"等语无疑很容易成为当代史家关注的焦点，阎步克即认为这一问较明显地体现出君主对改革现实土地制度的意愿："'爱井开制'一语，说是曾考虑实行一夫百亩的井田制，这在大土地所有制高度发展的南朝，可称是个太过大胆的设想；它虽必不能行，却体现了君主重建编户齐民体制的内在愿望。"

这在一般的解读层面上并没有问题，不过我们同时也不能忘记，不论是对"富兼贫"的批判，对"井田制"的憧憬，还是重农主义的治国思想，自战国两汉以来久已成为思想传统中的经典表述，在六朝奏疏中也绝不鲜见，无论言者的真实思想及行动如何，都不妨碍其堂而皇之地表达这种主

---

① 如仅余残句的颜延之《策秀才文》："废兴之要，敬俟良说。"（《文选》任昉《天监三年策秀才文》李善注引）当即类似结构中的文字。《文选》所选任昉三首虽无与此问相应者，但策秀才文例需五首，《文选》当未全选入。
② 《文选》，第 2225~2227 页。

张。因此率尔以这种表面文章与个人的真实观念相对应,实际上是存在着相当危险性的。在解读这类"史"料的时候,我们必须要注意到它们首先是重重修辞与意图围绕着的"文"学。毋宁说在"主流意识形态"之下若隐若现的第二义才是作者真正的用心所在,也是真正的现实问题所在:"若爰井开制,惧惊扰愚民。"

一般而言,井田是一种基于公平理想的土地分配制度,是对"兼贫擅富"的大土地庄园制的对抗,理应受到下层民众的欢迎,何以作者却会担心"惊扰愚民"?原因在于,在南朝文献的话语体系中,这种所谓的"民"通常是不包括真正底层农民在内的。在贵族社会的金字塔结构中,"只不过是被用来榨取租税的工具"[1]的这一阶层并非六朝中央贵族们的视野所及。所谓的"民",实际上是指拥有财富土地而未能晋升至高门贵族阶层,甚或还不具备士族身份的地方土豪地主。社会文化范畴总是在比对中应用的,正如与皇室相对的高门要自称为"庶族"一样,与中央贵官相对的这些土豪便只能算是"民"了。只要与宋代以后的文献一加对照,我们便能很清楚地从中看到六朝贵族政治在视野与思考重点上与后世士大夫社会的分歧。

因此这句话的真实涵义毋宁说正在于尖锐地指出,所谓的上古王制"井田",亦即平均主义的土地资源再分配,必然遭到已获得现实利益者的地主阶层的反对,因而已经不切于实用。这实际上并不是在建议实行井田,反而是在使用让步语气强调井田法的现实操作困难。至于解决问题的可能途径之二,"舄卤可腴",则不是从土地制度的内部改革,而是从外部资源扩张的角度着想,兴修水利,扩大土地开垦,以提供更多的农业空间。但王融随即指出这一方法也有其难处,即在于专业技术人员的缺乏——这一点则显然与南朝贵族阶层轻视实务(在这里主要是工程技术)的风尚相关。

富于意味的是王融何以采取这样的书写方式?作为出题人,王融在这里举出了两种解答的可能性,又随即提出各自的操作难点,这实际上是堵塞了答题者思考的部分出口,使其无法用其中的任何一种方案来简单回答,而必须要另外寻求答案。不难理解,"开井田"是熟读经典者最容易照搬的答案;而兴建农业水利工程则是现实性最明显的思考方式(也有《尚书·禹贡》《史记·河渠书》等历史文献可资借鉴)。拒绝这两种答案

---

[1] 内藤湖南《近代中国的文化生活》,收入《东洋文化史研究》。贵族时代庶民阶层在文献世界中的隐没,正是与唐宋以后庶民文化上升相对照的一个重要时代特征。

意味着提高答题的难度,杜绝人云亦云的陈词滥调,以达成选举人才的目的。从这一苦心构思的书写方式中,我们可以看到王融本人对农业政策的忧虑:经典所教导的传统方法已经不切于实用;而贵族文化修养又无法从技术层面支持水利农田资源的进一步开发。他无疑是在期待着能够在思维方式上超越这些陈旧方案的人才出现——当时的答卷我们已无法看到,但是这一期待恐怕最终是落空了的。

三、问刑法:永明详定律注的回声

> 又问:议狱缓死,大《易》深规。敬法恤刑,《虞书》茂典。自氓俗浇弛,法令滋彰。肺石少不冤之人,棘林多夜哭之鬼。朕所以明发动容,昃食兴虑。伤秋荼之密网,恻夏日之严威。永念画冠,缅追刑厝。徒以百锾轻科,反行季叶;四支重罚,爰创前古。访游禽于绝涧,作霸秦基;歌《鸡鸣》于阙下,称仁汉牍。二途如爽,即用兼通。昌言所安,朕将亲览。①

这一段首先回顾政治法律史,指出主要论题,即德治与法治之间的矛盾。如果从纯正儒家的立场考虑,为政应格之以仁德,即使不得已运用刑法,也应尚宽缓。然而后世法律却背离此道,日趋严格,造成严酷刑法下的大量冤罪。仅就这一层意思来看,作者崇尚仁德治国的倾向是很明显的,然而与前一问相类似的是,自汉代儒家帝国建立以来,一般这种谈论刑法的文字,至少表面上总是要崇尚宽简的,因此王融接下来以武帝的口吻表示怀念"尧时画衣冠以代肉刑"的法令宽厚时代。然而接着笔锋一转,作者却又指出,在历史经验上并不一定是随着时代的堕落,刑法才越来越严酷。劓、墨、膑、刖(四支)等残酷的肉刑传说起于夏禹②,后来的周

---

① 《文选》,第2226~2230页。
② 按五刑之说起于《尚书·吕刑》,诸家说甚纷繁,或曰皋陶制五刑,苗民用之;或曰苗民创五刑。"四支"当即五刑中除去"大辟"(处死)之外的肢体刑,也有多种异文。兹非主题,不一一详究(参顾颉刚、刘起釪《尚书校释译论》,中华书局2005年,第1938~1943页)。唯据古钞本《文选集注》卷七十一录此首引《文选钞》:"夏禹时,五刑之属三千,谓劓、墨、膑、刖,此四支之刑,谓之貌,刑之重罚。爰,及也。创,初也。谓远代之时,夏禹之代也。言上古圣君之治,其刑翻重;季叶之王,其法反轻。故问之也。"吕向注:"四支,谓墨、劓、宫、割也。"陆善经注:"四支,谓肉刑。孙卿云盖起于禹。"是知唐人之读解如是,当不远于元长本意。

穆王反而实行可以百锾之金赎罪的轻刑。夏禹的等级当然远高于周穆王,于是刑罚轻重与政治等级之间便出现了落差,可见轻刑未必便能与治世画上等号。秦朝因任用严刑峻法而称霸天下,汉代则因缇萦诣阙歌《鸡鸣》而废除肉刑,则表明"法"与"仁"两者皆可能导向成功。

单从文字上看,这里最令人瞩目的,是竟然以秦与汉相提并论,共同作为政治成功的范例。这无疑逸出古人一般的政治史常识。阎步克据此指出这一问本于商鞅法家之旨,反映出武帝与王融王霸兼综的思想,这一评价大体是允当的。当然,王道无论怎样都是不会错的,所以王霸并重,实际上就是在替"霸道"辩护。前文已经引述过王融《答敕撰武帝北伐图赋启》:

> 窃习战阵攻守之术,农桑牧艺之书,申、商、韩、墨之权,伊、周、孔、孟之道。①

与之对看,正见出王融本人的思想的一以贯之,那就是兼综百家,儒法并济,以农为本,锐意收复。甚至法家的权变之法在其思想体系中的地位还先于儒家之道。——在这里我们再一次看到了一个超越一般印象的王融,这个以文章闻名传世的"文士",思想中却充满着农战刑法的治国之道。与此策相应的,还有《永明十一年策秀才文》的第四首:

> 三王异道而共昌,五霸殊风而并烈。今农战不修,文儒是竞,弃本殉末,厥弊滋多。昔宋臣以礼乐为残贼,汉主比文章于郑卫。岂欲非圣无法? 将以既道而权。今欲专士女于耕桑,习乡闾以弓骑。五都复而事庠序,四民富而归文学。②

阎步克称赞这一策问"深中时弊",指出此策的宗旨在于"令士女全力务于耕桑弓骑,先行搁置了庠序、文学之事;待收复失地、民富国安之后,再务于文艺不妨"。这是很正确的。但是如果考虑到他毕竟是一个文学名家,那么谁又能说他所批评的"文儒是竞"就真的是在反对崇尚文学呢? 所谓

---

① 《南齐书》,第 820 页。
② 《文选》,第 2241~2242 页。

"既道而权",并不是在功利实用的农战与长远的文化理想之间做非此即彼的选择、否定文学的价值,而是主张在当下危机面前采取权变之术。换言之,各种学说都包含着合理价值,只是应用的方式与层面不同,需要审时度势加以运用而已。无论强调他的文学侧面,还是强调他的农战法家侧面,恐怕都不能不说是在片面割裂这个真实丰满的人格。事实上鄙视"文儒"固然可以认为是与重视刑战的思想相吻合,并非儒家之道;重视农业却决不能说是违背了圣人之教。这种看似矛盾的表述本身就表明,那个时代人物的思想是不可以某一特定的思想流派来限定的。

以上是针对这一文本本身进行的分析。然而更有趣的是,如果我们考虑到这一文件的性质——一份试题,并且了解永明九年所发生的时事,就会知道这种思想倾向的表达并不是某个思想者头脑中的运转,而直接就是一份与现实息息相关的"时政题",在其中呈现的非但不仅是王融自己的声音,而且也不仅是他理应代言的武帝的声音,而是国家中枢不同声音的妥协共存。只有理解了现实中的这些声音,我们才能真正理解王融所表达的究竟是什么。《南齐书》卷四十八《孔稚珪传》:

> 江左相承用晋世张杜律二十卷,世祖留心法令,数讯囚徒,诏狱官详正旧注。先是七年,尚书删定郎王植撰定律章表奏之,曰:"臣寻《晋律》,文简辞约,旨通大纲,事之所质,取断难释。张斐杜预同注一章,而生杀永殊。自晋泰始以来,唯斟酌参用。是则吏挟威福之势,民怀不对之怨,所以温舒献辞于失政,绛侯慷慨而兴叹。皇运革祚,道冠前王,陛下绍兴,光开帝业。下车之痛,每恻上仁,满堂之悲,有矜圣思。爰发德音,删正刑律,敕臣集定张杜二注。谨砺愚蒙,尽思详撰,削其烦害,录其允衷。取张注七百三十一条,杜注七百九十一条。或二家两释,于义乃备者,又取一百七条。其注相同者,取一百三条。集为一书。凡一千五百三十二条,为二十卷。请付外详校,摘其违谬。"从之。于是公卿八座参议,考正旧注。有轻重处,竟陵王子良下意,多使从轻。其中朝议不能断者,制旨平决。①

在魏晋以后直到南齐之前,长期执行的是晋律,这是晋初武帝泰始年

间由贾充主持,郑冲、荀颙、杜预等十四人共同编定的,在汉律九章的基础上修正为十一章,共二十篇,六百二十条。其后杜预和明法掾张斐(一作裴)分别作注解。孔稚圭所谓"江左相承用晋世张杜律二十卷"即指此而言。然而如王植所言,两家旧注不但简略,而且量刑标准不一,齐武帝很可能是在司法实践中意识到了这一点,于是下诏狱官详定律注。同传又载永明九年,孔稚珪上表称:

> 谨奉圣旨,谘审司徒臣子良,禀受成规,创立条绪。使兼监臣宋躬、兼平臣王植等抄撰同异,定其去取。详议八座,裁正大司马臣嶷。其中洪疑大议,众论相背者,圣照玄览,断自天笔。始就成立《律文》二十卷,《录叙》一卷,凡二十一卷。今以奏闻,请付外施用,宣下四海。①

《旧唐书·经籍志上》载宋躬撰《齐永明律》八卷,虽卷数不同,殆即此律。从王、孔二表来看,《永明律》于永明七年撰成初稿,而最终竣工则是在永明九年——正是王融策问秀才的那一年。可知他这一问绝非泛泛而发的。尤其值得注意的是,孔表和传文共同表明,其工作流程是:

首先由武帝下诏启动修订工作;其次由司徒萧子良拟定体例;其次由负责法律事务的廷尉孔稚珪及同事宋躬、王植进行具体修订,撰成初稿;其次提交尚书八座合议校定;其中有轻重待商榷处,进一步提交给大司马萧嶷、司徒萧子良裁正;朝议意见差异太大,无法决断者,则最终由武帝亲自裁断。

因此,这一次的法律修订实际上综合了专业的法官、尚书政务官、宰辅萧嶷萧子良和皇帝萧赜的集体意见。而量刑轻重有所争议的部分,如王植表所言,"有轻重处,竟陵王子良下意,多使从轻",可知总体上是倾向于宽治轻刑的。这与萧子良本人的儒家仁政思想有关。而如前所述,齐武帝本人却是一个崇尚"霸道"、重视法治、杖威善断的人物,那些最终争执不下而不得不由皇帝来下最终结论的条文,可以想见又是会倾向于严刑重判的②。

————————

① 《南齐书》,第 837 页。
② 关于萧子良、萧赜的思想、性格,详参拙著《萧赜评传》,上海古籍出版社 2019 年。

从这一时事背景回看王融这道考题的出法,便会深深地感受到其笔法的奥妙所在。此问从头到尾,都贯穿着"宽刑仁政"和"严刑法治"的对峙,而这正是法典修订中萧赜、萧子良两条路线的反映。开头一句"议狱缓死,大《易》深规;敬法恤刑,《虞书》茂典",就为两位国家首脑各自寻找到经典的依据,先各自送上一顶高帽子。接着陈述"法令滋彰"之弊,是站在子良立场上;其次转入主张法治之效,表达对法令驰缓的担忧,则又是进一步代入了武帝的口吻。最终,不偏不倚地提出"兼通"的希望——现在我们已可看到,那并不只是游离于现实的上古"王道"还是"霸道"的思想问题,而是永明政坛中的现在时与将来时之间能否和谐共存、稳定交接的问题了。

四、问钱货:经济问题与门阀政治

> 又问:聚人曰财,次政曰货。泉流表其不匮,贸迁通其有亡。既龟贝积寝,缯缒专用。世代滋多,销漏参倍。下贫无兼辰之业,中产阙涉岁之赍。惟瘝恤隐,无舍矜叹。上帝溥临,赐朕休宝。命邛斜之谷,开而出铜。且有后命,事兹镕范。充都内之金,绍圜府之职。但赤仄深巧学之患,榆荚难轻重之权。开塞所宜,悉心以对。①

货币的流通问题与货币政策的改善,在当时实在是一个重大的社会经济问题,如果从宋齐货币史的大背景下观察,这一首策问的意义便能看得很清楚。关于中古时期的经济形态,学界有不同的意见,全汉昇先生认为自然经济占优,而何兹全、彭信威等则主张虽然自然经济占很大的比重,但毕竟以货币经济为主体②。不过即使全汉昇也承认在南朝时期"钱币的流通,因为商业比较发展,却日渐重要,大有取实物货币的地位而代之的趋势"③。在战乱频仍的六朝,不得不以谷帛实物为重要的流通手

---

① 《文选》,第 2230~2232 页。
② 全汉昇《中古自然经济》,《史语所集刊》第十本,1942 年,后收入氏著《中国经济史研究》,中华书局 2011 年;何兹全《东晋南朝的钱币使用与钱币问题》,收入《读史集》,上海人民出版社 1982 年;彭信威《中国货币史》第三章"晋到隋的货币",上海人民出版社 1958 年。
③ 全氏上揭文。

段;但南朝仍是六朝阶段货币使用程度最高的时期,钱币的铸造与流通在当时可以说是基础性的社会问题。全氏同时指出,钱币在南朝有两方面的问题:一是数量非常稀少,二是品质恶劣。如彭信威先生所言,两晋无铸钱记录(仅沈充曾私铸所谓"沈郎钱"),主要是使用三国及之前的各种古钱①。这些古钱经过长年累月的使用,磨损严重,又往往被剪凿破损以偷取铜料,已经成为价值低下的劣币,充塞在市场中,王融策中所谓"世代滋多,销漏参倍",正是指这种状况而言。南朝货币经济回升,宋齐诸帝大都开始认识到钱币的重要性,宋文帝时复立钱署,铸四铢钱。其后孝武帝、前废帝陆续铸钱,但质量越来越轻薄,甚至于入水不沉,大量劣币充塞市场,造成严重的通货膨胀。于是从明帝开始便转而采取通货紧缩政策,仍旧使用古钱,禁止铸造流通新钱。这样到了萧齐初期,由于民间将旧钱毁坏作器(尤其是铸造佛像),以及政府大量将货币回收国库,结果又反过来导致通货数量不足的问题。于是革命伊始的新政府必须重新想办法增加货币流量。齐高帝已采纳孔觊的建议,预备市铜铸钱,但适逢高帝晏驾,未能实行②。因此在永明时代的施政中,一个摆在武帝面前的迫切难题,便是如何建立稳定的币制,增加货币流通。永明五年专门为此下诏宣谕:

> 自水德将谢,丧乱弥多,师旅岁兴,饥馑代有。贫室尽于课调,泉贝倾于绝域。军国器用,动资四表。不因厥产,咸用九赋。虽有交贸之名,而无润私之实。民谙涂炭,实此之由。昔在开运,星纪未周,余弊尚重。农桑不殷于曩日,粟帛轻贱于当年。工商罕兼金之储,匹夫多饥寒之患。良由圜法久废,上弊稍寡。所谓民失其资,能无匮乎?凡下贫之家,可蠲三调二年。京师及四方出钱亿万,籴米谷丝绵之属,其和价以优黔首。③

武帝以为物价低下的原因在于宋末战乱,并不正确(也许仍只是一种归咎前朝的场面话),但他将社会经济的凋敝归因于"圜法(币制)久废",并出钱亿

---

① 彭信威《中国货币史》,第 126 页。
② 参彭信威《中国货币史》第三章第二节之二"宋齐币值的变动"。
③ 《南齐书》卷三《武帝纪》,第 54 页。标点略有改动。

万来调控物价①，确实认识到了民间货币存量不足的严重性。永明五年王融虽然还未进入中枢，但武帝所忧心的这一财政问题他应当是很清楚的。

就在永明九年的前一年，发生了南朝财政史上著名的事件，平蛮校尉、蜀郡太守、行益州府州事刘悛上启称蒙山（在今四川省雅安市名山区）有邓通铸钱遗迹及铜矿，可开采铸钱②。武帝从其建议，遣使入蜀铸钱千余万（后来因为成本太高而中止）。此策后半"上帝溥临，赐朕休宝，命邛斜之谷，开而出铜。且有后命，事兹镕范"云云，正是针对这一新近发生的大事发问。而值得注意的是刘悛正是王融姐夫刘绘的兄长，两家姻戚通好。所以王融的这一问看似平平无奇，但我们如果从当时的社会状况以及具体人事来看，便知道他拈出这一论题其实是很有奥妙的。一方面由于当时的货币经济回复，但货币却数量不足且质量低劣，所以政府常年苦恼于如何解决通货紧缩的问题。以此为题可以表现出王融（及接受策试者）对社会重大问题的见识。另一方面这时候正好发现了四川铜矿，是否开矿铸钱便成为国家当前施政的思考重点，而发现铜矿、建议开采的又恰好是王融的姻亲。所以他这一问不但是时事的焦点，同时还带有门阀政治利益的目的。而这首策文作为政治文献的价值，也就在这种经济民生、王朝时政以及贵族人脉的缠葛中呈现出来。

五、问历律：盛世梦想

又问：治历明时，绍迁革之运；改宪敕法，审刑德之原。分命显于

---

① 按，武帝至末年府库才储钱数亿（见《南齐书·郁林王纪》），而永明五年一次经济调控便出钱亿万，已占到国库的几分之一，虽然其中还包含地方收入，但已不可谓力度不大。彭信威《中国货币史》引用这段史料，却将诏书中形容齐初经济的"农桑不殆于曩日，粟帛轻贱于当年"一语解释为整个南齐二十余年的经济状况，对这次调控也仅称之为"抛出一批通货来收买谷丝棉等物"（第 152 页），对武帝朝的经济调控显然持否定倾向。但彭氏也不能不承认武帝朝的经济状况是受到讴歌赞美的（第 153 页），这似乎有些逻辑颠倒。毋宁承认武帝的经济调控确实对当时的经济恢复起到了积极的作用，在史料的解释上更通顺些。

② 《南齐书》卷三十七《刘悛传》："永明八年，悛启世祖曰：'南广郡界蒙山下，有城名蒙城，可二顷地，有烧炉四所，高一丈，广一丈五尺。从蒙城渡水南百许步，平地掘土深二尺，得铜。又有古掘铜坑，深二丈，并居宅处犹存。邓通，南安人，汉文帝赐严道县铜山铸钱，今蒙山近青衣水南，青衣左侧并是故秦之严道地。青衣县又改名汉嘉。且蒙山去南安二百里，案此必是通所铸。近唤蒙山獠出，云'甚可经略'。此议若立，润利无极。'并献蒙山铜一片，又铜石一片，平州铁刀一口。"

唐官,文条炳于邹说。及嵎夷废职,昧谷亏方。汉秉素祇之征,魏称黄星之验。纷诤空轸,疑论无归。朕获纂洪基,思弘至道。庶令日月休征,风雨玉烛。克明之旨弗远,钦若之义复还。于子大夫何如哉?其骊翰改色,寅丑殊建,别白书之。①

这一问中实际包含了两个互相联系的方面。1. 历法。"分命显于唐官"是尧帝划定四时的传说,尧帝命羲和"历象日月星辰,敬授人时"②,亦即历法的肇始;策文所谓"日月休征,风雨玉烛",是强调历法对农时的意义。2. 天命(政权合法性来源)。"文条炳于邹说"是邹衍的五德终始说,亦即秦汉以来以五行相替来推演的王朝易代原理;策文所谓"骊翰改色,寅丑殊建",则是追问这一政治原理。这两者在现代政治中毫不相干,但正如顾颉刚先生早已指出的,在战国秦汉时代,历法问题与政权合法性问题却是相互缠绕着发展起来的③。何以策文最后要求试策者对"骊翰改色,寅丑殊建"问题作出建议?原因正在于此。"寅丑殊建"是所谓夏历建寅、商历建丑、周历建子的历法差异,三代历法的这一问题被秦汉政治学家纳入到了五行体系当中。按照五德终始说,夏应为木德,正朔建寅,服色尚青;商为金德,正朔建丑,服色尚白;周为火德,正朔建子,服色尚赤。"骊翰改色"则见于《礼记·檀弓上》:"夏后氏尚黑,大事敛用昏,戎事乘骊,牲用玄。殷人尚白,大事敛用日中,戎事乘翰,牲用白。周人尚赤,大事敛用日出,戎事乘骝,牲用骍。"④内容与五德终始说稍有不合,但也属于这一套易代改服的理论体系。这套学说在汉代屡屡由于现实需求而变异妥协,产生新的形态来为政治服务,汉代先自认为水德,武帝改为土德,到东汉又自认为是火德,顾颉刚先生指出到此时才产生高祖斩白蛇的"赤帝子杀白帝子"传说(策文所谓"汉秉素祇之征")。王融似乎也意识到了汉魏五德终始说的理论混乱(这或许代表着南朝学者的意见),所以指责其为"纷争空轸,疑论无归",希望参加试策的秀才能够来为萧齐王朝制定一套正朔理论。

---

① 《文选》,第 2233~2234 页。
② 《尚书·虞书·尧典》,《尚书正义》卷二,第 251 页上。
③ 详参顾颉刚《五德终始说下的政治和历史》,《清华学报》六卷一期,1930 年。
④ 《礼记正义》卷六,第 2760 页。

仅从当时的事实来看,这一问似乎有些不可理解。因为晋为金德,刘宋为水德,而萧齐为木德,这是按照禅让时代五行相生的原理早已定下来的制度,何以到了定木德十余年后①的永明九年,却还要来号召子大夫别白献议?这正让我们嗅见了永明时代政治空气的一点气味。从历史渊源的角度讲,尽管宋齐只是偏安于南方的朝廷,但元嘉、永明这样的时代对当时人而言却毕竟堪称盛世,而盛世天子最大的期待,无疑就是以汉武帝为榜样,封禅改元,正朔易服,宣告自己为一个新时代的缔造者。我们在第六章中已经看到,颜延之对元嘉时代有着"怅钓台之未临,慨酆宫之不县"的遗憾,王融则对永明时代存在"握河沈璧,封山纪石。迈三五而不追,践八九之遥迹"的幻想。君主于盛世之余,最容易催生开疆拓土、立功垂名的雄心,正如汉武帝后期的穷兵黩武北击匈奴,使得国库空虚、民不聊生;宋文帝也发动了元嘉北伐,导致胡马临江、盛世终结。至于齐武帝,我们在前面已经详细讨论过他晚年的北伐之志。虽然结果未能实行,但对于永明九年的武帝而言,确实是一步一步地依照着汉武帝的步伐前进。汉武既曾改水德为土德,重新制定服色制度;那么齐武会有整理五德谱系,为自己的王朝定立制度的想法,自然也就是正常不过的事情——不但如此,就在第二年春天,北方的平城朝廷就大议行次,决定了北魏承晋为水德,可见这一问题乃是南北政权所共同关心的。王融这一问,很难解读为他个人的意见,因为如果当朝毫无这样的政治空气,作为臣子来提出重定五德的建议,无疑是相当僭越的,所以这只能理解为武帝本人确有这样的意愿,而王融不过是揣摩上意出题罢了。

另外,单纯从历法的角度,这一问也有其时代意义。南朝历学发达,创获颇多,而永明正处在修正旧历、改用新历的时期。就历法史而言,汉武帝改用太初历,以正月为一年之始,奠定了大一统时代历法的基础。后汉章帝元和元年(84)改用四分历,曹魏于景初元年(237)开始使用景初历,宋文帝则于元嘉二十二年(445)改用何承天所造的元嘉历。在刘宋时期祖冲之已经编成大明历,但却没有得到实行。直到永明结束十年后,梁

---

① 《南齐书》卷二《高帝纪下》载建元元年五月"改《元嘉历》为《建元历》,木德盛卯终未,以正月卯祖,十二月未腊"。

武帝天监三年(504)才改用大明历①。因此永明正处在元嘉历改大明历的历史过程当中,当时历家对此应是有所争论的,因而反映到试题中来②;另一方面,改历在重视气候农时的农业社会本身意味着对民生秩序的基础性调整,既然汉武、宋文都曾改历,齐武对此自然也应亦步亦趋了——尽管最终并未成为事实,但王融此问依然让我们感受到了一丝永明时代的政治空气。

　　综合上面对永明九年四策的解读,我们已经可以看到王融所出的这份试题的基本特征。这可以说是一份全面均衡的稳健型试卷,分别针对农业、刑法、财政和律历等关系国体民生的基本领域提问。这要求答题人具有多方面的知识准备和自我训练,既要能对正朔历法、土地政策等原则性问题建言,又考察其对水利技术、开矿铸币等实务方面的见解,对于最新发生的社会时事也要有充分的关心。这无疑是一份适用于选拔实务型治国人才的试卷,正适宜于永明九年盛世臻至顶峰的时代氛围。同时还可以注意到,试卷中一个字都没有涉及北魏,所问完全是内政,这也正反映出当时宽松平和的国际政治环境。而在两年以后的试题中,一切都变得不一样了。

第三节　《永明十一年策秀才文》的转变

一、从具体民生转向施政方针

　　在永明十一年的五首策秀才文中,各种各样的差异都呈现出来。第一问照例还是总问治道,但与两年前那一问的纯粹"走过场"相比,却透露出一丝异样:

　　　　问秀才:朕秉箓御天,握枢临极。五辰空抚,九序未歌。至于思

① 参陈遵妫《中国天文学史》第二编第三章三"秦汉天文学"、四"魏晋南北朝天文学",上海人民出版社1980年。
② 按《南齐书》卷五十三《文学传》:"文惠太子在东宫,见冲之历法,启世祖施行,文惠寻薨,事又寝。"事当在永明十年,与王融此策或许是同一问题的前后延续。

政明台，访道宣室。若坠之恻每勤，如伤之念恒轸。故恤贫缓赋，省繇慎狱。幸四境无虞，三秋式稔。而多黍多稌，不兴两穗之谣；无褐无衣，必盈七月之叹。岂布政未优，将疲民难业？登尔于朝，是属宏议，罔弗同心，以匡厥辟。①

前面一半还是程式化的颂扬，"多黍多稌"以下三联却见出时局的阴影：中央君臣听不到赞美德政的歌谣，民间反倒是兴起了无衣无食无业的怨叹之声，这大概是因为王朝的施政不善吧！

像这样的表述，即使言者因此获罪也不足为奇。王融之所以敢出此言，一方面是因为试策之前正有淫雨之灾，《南齐书》卷三《武帝纪》载："（十年）十一月，戊午，诏曰：'顷者霖雨，樵粮稍贵，京邑居民，多离其弊。遣中书舍人、二县官长赈赐。'"②亲身感受到时代的不安，这大约是他这一问的近因罢。但另一方面，水旱之灾是常有的事情，如永明八年同样有水灾，九年的试题却对此一字不提。所以这几句中透露出来的，也很难说只是对一时天灾的反应，毋宁说是王融本人地位的改变，以及他对时局全体的忧虑之情共同促成了这种表达。"文武翕习辐凑"于门下的他这时候已经有资格，也想要发出这样的声音了。

在接下来的三问中，分别针对国策不同方面发问的形态也改变了。第二问问的是如何改善官制、减少冗员：

周官三百，汉位兼倍，历兹以降，游惰实繁。若闲冗毕弃，则横议无已。冕笏不澄，则坐谈弥积。何则可修，善详其对。③

何焯曾经表彰此策中"若闲冗毕弃"以下四句说："元长王谢子弟，乃见及此。"④贵族崇尚玄虚、清谈误国，这是六朝予后世的一般印象。而王融这里则指出若不清整官职，便有坐谈误事之弊，表现出他重视实务的倾向，所以何焯称赞他见识卓越。不过，王融在这里的意思恐怕未见得是何焯

① 《文选》，第 2235~2236 页。

② 《南齐书》，第 60 页。

③ 《文选》，第 2238 页。

④ 何焯《义门读书记》卷四十九《文选·杂文》，中华书局 1987 年，第 948 页。

想象的那么吻合后世理想。"冕笏不澄"与"闲冗毕弃"对文,所谓"闲冗",我们前面也触及过了,就是奉朝请、散骑侍郎之类仅作为阶级标志的闲职,这类职位冗员多至数百人,无权无势,晋升无门,自然难免口出怨言。相对地,这里的"冕笏"当然就是指有实际职能的宰辅高官。即使是这种有实际职权的位置,设立过多、职能重叠,也同样会造成无所事事、效率低下的弊病。所以王融这里只不过是批判汉魏以来官职日多,"游惰实繁"的现象而已,倒未必有反对玄谈风尚的意思。无论如何,第二首问的是官制问题。而第三首的主题依然与官制相关,只是换到了地方官吏素质的角度,希望寻求善法,为国家网罗"文而无害,严而不残"的郡国长官。

　　第四首如前一节中所引,则与永明九年策问的第四首有相通之处,亦即探求治国的"权变/霸道"与"王道"两者的合宜应用。但是这两问之间仍有明显的差异,差异就表现在表述的方式上。在永明九年问中,"王道"与"霸道"是平行展开的,作者以一种不偏不倚的态度宣布:王道有利有弊,霸道亦有利有弊,究竟如何采择? 请秀才回答。王融本人的声音固然透过与常识(尊王道而贬霸道)的差异表现出来,但其表面姿态却是中正无偏的。而在永明十一年的试题中,声音变得尖锐起来,"权"与"道"之间,作者很显然认为当务之急乃是以"权"救弊,先农战而后文艺。虽然如前所言,他同样没有否认任何一方的价值,但其倾侧的身影已经鲜明突显于纸面。我们可以说作为一种政治思想或立场,王融的意见从未改变;但他发出声音的方式却由隐而显;由平和而急亢。他已经敢于、并且想要更响亮地透过策试来表达作为政治人的自己,而不再满足于做一个四平八稳的主考官。同样内容的意见,却传达出不同的音色与效果,这正是文学的力量所在。

　　如上分析三问之后再与永明九年策问对照,我们马上就能看出其差异。与上一次的分散在农业、刑法、财政三个不同主题相比,这一届的问题焦点相当集中,那就是如何治理政府(从而治理其所代表的国家机器)。社会民生的具体问题已经几乎被王融抛到了一边。即如最相似的第四问,永明九年所问虽然背后也隐藏着霸道与王道的博弈,但主题仍以具体的"刑法"为依托,而永明十一年所问却缺少这样具体的对象,进入到抽象政治原理的层次。冗官过多、地方官吏不任其职、农战不修,这些都不是实务性的问题,而是国家施政的大方向问题,着重于政府的自我管理完善。很显然,前者是适于中层官员关心的问题,而后者是适于执政者思考的问题。可以见出王融这个时候的自我定位,已经完全摆脱了新人政坛时的小心翼翼姿态,而转向了新的期待层次。

二、从内政转向外交

在第五首中揭出了一个与此前九首迥异的论题——从内政转向了对北魏的外交问题:

> 又问。自晋氏不纲,关河荡析;宋人失驭,淮汴崩离。朕思念旧民,永言攸济。故选将开边,劳来安集。加以纳款通和,布德修礼。歌《皇华》而遣使,赋《膏雨》而怀宾。所以关洛动南望之怀,獯夷遽北归之念。夫危叶畏风,惊禽易落。无待干戈,聊用辞辩。片言而求三辅,一说而定五州。斯路何阶,人谁或可? 进谋诵志,以沃朕心。①

我们在第三章中已经指出,这一问透露出王融内心以文化政策和平演变北方的政治路线,但这里更重要的是让我们看到,在当时的政局下,北魏成为了一个有必要在国家考试中提出来的问题。前文已经提及,永明十一年六月,魏孝文帝开始以南征为名实施迁都。而在此之前,南朝已经在紧锣密鼓筹备北伐。在双方和平外交长达十年以后,战争一触即发的氛围忽然变得浓重起来。永明十一年的这一问,正是当时外交局势趋向紧张的最佳折射。

让我们从当时的内外政局来总结一下王融这两次政治书写的差异之由来。关于这两次策问的实施月份,并没有留下任何记载,不过就当时的惯例来看,策秀应当是在春正月。《南齐书》卷三《武帝纪》:"永明四年春正月……辛卯,车驾幸中堂策秀才。"卷七《东昏侯纪》:"永元元年春正月戊寅,大赦,改元。诏研策秀、孝,考课百司。"②都表明这一点。而文惠太子薨于永明十一年春正月丙子,亦即这一月的二十五日。永明十一年策秀才文大致上就创作于文惠太子之死前后,之前的可能性要更大些。无论如何,文惠此时必定已经病笃,永明盛世的阴影也随之降临。接下来的皇位继承权会落在谁的手中? 成为未定的问号。而子良以其地位人望成

① 《文选》,第 2243~2245 页。
② 《南齐书》,第 51、98 页。

为皇位最有力的竞争者之一。这时候的王融，一方面是子良最亲信的谋主，同时在朝中也已获得了高度的声望，这种局势的转折，对他而言正是实现政治野心的契机。因此在永明十一年的策问中，他的笔势更为纵横恣肆，一改前次的稳妥中正之风；而所问的内容则集中于施政方针，宛然以将来的宰辅自居了。而他对北魏问题的关心，则不仅是他本人志趣的表现，更尖锐地反映着时局的变动。

第九章 南朝宗教中的王融文学

——去信仰化的知识资源与文学话语

在上面几章中,我们分别看到了王融在宫廷礼仪和永明政治中的文学表现。前者指向礼仪化、程式化的形式主义,而后者则在同一方向的形式追求下潜流着对现实政治的关怀与认知。在这一章中,我们来谈论另一个在南朝社会中存在感同样强烈的方面,那就是宗教与王融及其文学的关系。

第一节 王 融 与 佛 教

——信仰抑或处世术?

谈到南朝的宗教,最为重大的存在自然是佛教。处在一个佛教近于主流意识形态化了的政权和社会氛围中,几乎不会有哪一个南朝作家能够与佛教完全不发生关系。王融自然也不例外。事实上他在佛教文学的创作方面有着相当突出的表现,留下了两种重要的作品:《法门颂》三十一首,以及《法乐辞》十二章。这两种作品都是系列性的组诗,每一首虽然还是常见的八句或十二句体式,但集合在一起规模却相当可观。如果以每首单独计算,则数量达到了四十三种之多。

在开始对文本的探讨之前,我们先来谈一谈王融与佛教的关系。学界通常认为王融是一名热心的佛教信徒。因为竟陵王萧子良是虔诚的佛教徒,竟陵集团成员如沈约、萧衍、萧琛等也都奉佛精深。齐梁时代本来有着浓厚的佛教国家气息,而这一集团更被视为是南齐佛教事业最重要的支持者。王融作为其中的核心成员,信佛自然是顺理成章的事情。而今天确实也有若干材料显示出他与佛教之间的关系。在王融的作品当中,除了上述两种以外,还存有《代竟陵王与隐士刘虬书》、《永明乐》十首之六"定林去喧俗"一首,以及《谢竟陵王示法制启》和《法门颂启》的残篇,都可以归入佛教文学的范畴。至于其本人的佛教事迹,最为有名的就是代萧子良劝范缜放弃神灭论。《南史》卷五十七《范云传》附《范缜传》:

> 时竟陵王子良盛招宾客,缜亦预焉。尝侍子良,子良精信释教,而缜盛称无佛。……子良不能屈,然深怪之。退论其理,著《神灭论》。……此论出,朝野喧哗。子良集僧难之而不能屈……子良使王融谓之曰:"神灭既自非理,而卿坚执之,恐伤名教。以卿之大美,何患不至中书郎,而故乖剌为此? 可便毁弃之。"缜大笑曰:"使范缜卖论取官,已至令仆矣,何但中书郎邪?"①

这段史料的前半部分,作为神灭论争的基本资料,早已为学界所熟知,而与本书关系密切的则是后半段的着重号部分。此外,僧传中也留下王融与僧人交往的记载。《高僧传》卷十三《释法献传》:

> 琅邪王肃、王融,吴国张融、张绻,沙门慧令、智藏等,并投身接足,崇其诫训。献以永明之中,被敕与长干玄畅同为僧主,分任南北两岸。②

此外还有《续高僧传》卷五《释法云传》:

> 建武四年夏,初于妙音寺开《法华》《净名》二经。序正条源,群分名类。学徒海凑,四众盈堂。佥谓理因言尽,纸卷空存。及至为宾,构击纵横,比类纷鲠,机辩若疾风,应变如行雨。当其锋者,罕不心务。宾主谐噱,朋僚胥悦。时人呼为作幻法师矣。讲经之妙,独步当时。齐中书周颙、琅邪王融、彭城刘绘、东莞徐孝嗣等,一代名贵,并投莫逆之交。(《大正藏》五十/464a)

---

① 《南史》,第 1421~1422 页。
② 《高僧传》,汤用彤校注,中华书局 1992 年,第 489 页。

就以上材料来看,王融与佛教有着密切的关系,对佛教也十分熟悉,并且在其文学中给予了颇为充分的表现,是确凿无疑的。不过,这是否就足以证明王融对佛教的信仰呢?

如果稍加留意,便会发现有一个现象相当奇异:现存王融诗文当中,除了上述六种之外,其余篇章中竟绝难看到佛教的痕迹。如前所论,王融文学中的一个重大特征就是用典繁富,因此如果他想在自己的文学中运用佛教语汇或者故事,是很容易就看得出来的。我们知道刘勰在《文心雕龙》中是努力避免使用佛教语汇和义理的,然而毕竟还是不免有些地方流露出佛教的影响,这表明一个深受佛教影响的人是多么难以掩盖这种面貌。然而王融的情形却与此不同,在他以佛教为题材的六篇作品中,征引了大量的佛教典故、词汇,表现出对佛史、佛理极为熟悉的专业姿态;然而其余的篇章却截然相反,虽然儒家经典、班马史书乃至诸子百家无所不包,却几无片言只字染有佛教色彩。这种奇异的反差不能不引起我们的关注。

应当指出的是,他的这六种与佛教相关的文学作品,都与文惠太子及竟陵王有着密切的关系。《法乐辞》与《永明乐》两种宫廷乐府,前者是在东宫时奉文惠太子之命所作,后者则是奉竟陵王教所作。《与刘虬书》也是为竟陵王代笔的书信。《法门颂》《谢竟陵王示法制启》和《法门颂启》都是以竟陵王《净住子净行法门》为中心的相关文献:《法门颂》是《净行法门》的配颂,两种《启》则分别是被示以《净住子净行法门》,开始创作组颂,以及组颂创作完毕后献上的章启。也就是说,他的佛教文学创作活动全部都是被动的而非主动的,是集团性贵族佛教文学活动中的产物。而他唯一明确表示出佛教思想倾向的事迹,也是奉萧子良之命去劝诱范缜放弃自己的神灭论。这不免让我们产生一种猜想:如果不是由于接到崇信佛教的上司之命——换言之,基于贵族官僚社会中的应酬规则,王融是否还有兴趣在他的作品中谈论佛教?从上述王融佛教作品与非佛教作品的差异来看,答案是倾向于否定的。

至于他与僧人的交往,我们首先应当确认,在贵族官僚社会的交际场合,交往是一种礼仪,并不一定表示双方在感情上就有多么友好,也不见得就能反映其思想倾向。而在南朝官僚士人崇佛的大环境下,建康的高僧实际上与官僚或者名士往往并没有什么差别。记载中所称与王融交好的两位僧人,释法献"永明之中,被敕与长干玄畅同为僧主,分任南北两岸",乃是当时的官方佛教领袖,并非普通僧人。而法云则是支道林式的名僧,以其机辩渊博而被称为"幻法师"。对于天才辩捷而又热心功名的王融来说,这两位僧人或者从现实利益上,或者从性情上,显然都有着值得他用心结交的地方。这种交往未必真正含有宗教信仰的意味。而僧传中其他僧人传记中完全没有王融出场的机会,也可见他并没有什么兴趣结交普通僧人乃至那些隐居清修的苦行僧①。他也没有大范围地参与到对佛教的支持事业中去——像萧子良、沈约、萧衍等真正的信徒都留下了制作仪轨、布食施水、营八关斋、提倡素食甚至弃国出家等佛教实践的记载,然而王融的生平事迹中也看不到丝毫这样的痕迹。

　　当然,仅凭以上的讨论,并不足以证明王融就一定不是佛教信徒,我只是想指出一点——王融是否佛教信徒,有着很大的疑点。直截了当判断王融是佛教信徒,同样是不够稳当的。至少就现存的相关史料来看,我们完全可以给出一种很不一样的解释:王融本人对佛教并没有什么兴趣,但是在文惠太子、竟陵王佞佛的大环境底下,他也完美地扮演了一个佛教信徒的角色。他对佛教典故和术语非常熟悉,能够在自己的文学中自如地加以运用,但那毋宁说只是从另一个层面证明了他的聪慧与渊博。因为要自如地驾驭这些知识,并不一定要信徒才可以做到,王融完全可以将佛典当做与儒家经典、诸子百家以及史书一样的知识资源来加以学习背诵。因此他的佛教文学创作也完全可能是一种基于社交要求的理性思维活动,而不是感情信仰使然。

　　如果从这样的角度出发进行理解,很多问题就会豁然贯通。例如他对范缜的诱降辞:

　　　　神灭既自非理,而卿坚执之,恐伤名教。以卿之大美,何患不至中书郎,而故乖剌为此?

这无论从儒家道德还是从佛教义理上说,无疑都是很贪鄙的一个说辞——竟然用功名利禄去引诱对方放弃思想立场。他因此遭到了范缜的大笑(并且还会见笑于七百年前的孟子)。然而如果从上述假设来解释的

――――――――――
① 供奉某位清修僧人,或者资助其到蛮荒不化之地传教立寺,正是当时士人信仰佛教的重要表现,相关例证在六朝僧传、志怪中比比皆是。

话,这样的王融反倒更符合他一贯的形象。因为他本质上就是一个热心入世的官僚而不是一个虔诚的信徒,对他而言佛教正是一个可以用于求取利益的方便工具。表现出对佛教的熟悉和信仰无疑有利于争取文惠太子和竟陵王的好感;而如果坚持不信佛教,则难免会像范缜那样,成为与南朝佛教社会格格不入的"乖刺"之徒。正因为他自己对佛教是持着这样的一种态度,所以他对范缜也用同样的一套逻辑来加以劝说,也就是顺理成章的了。

认为王融很可能并不信仰佛教,却要来探讨他的佛教文学。这似乎是个很吊诡的命题。不过文学之为文学,原本就是这样一种特别微妙的存在。毋宁说如果这种吊诡确实存在的话,我们的研究反而会变得有趣得多。因为这时候文学脱离了(我们惯于先验地认为的)作者的思想基础而存在,我们必须要开始考虑文字是依据什么样的动力而获得组织的,而这种组织方式又会使其形态和效果产生什么变化。

第二节 《法门颂》
——序列性的南朝组颂

一、《法门颂》的基本情形

《广弘明集》卷二十七"戒功篇"录南齐竟陵王萧子良《净住子净行法门》一卷,分为三十一门,每门下配有王融所作颂。因此现存的王融作品中,有《净住子净行法门颂》一组三十一首。从六朝文学整体来看,这一组颂是相当特殊的作品。其规模之大,在颂体发展的过程中,只有陆机的《汉高祖功臣颂》三十一首可与之抗行。而作为佛教题材的颂体,其背后更隐藏着复杂的宗教文学发展轨迹,值得作一探讨①。

关于王融的颂,存在着一些问题。严可均《全上古三代秦汉三国六朝文》将这三十一首颂全部编入《全齐文》卷二十三,题名"净住子颂"。而

---

① 至今为止有两篇论文以此作为研究主题,包括 Richard Mather, *Wang Jung's "Hymns on the Devotee's Entrance into the Pure Life"*,及李秀花《论王融对佛偈体的改造及其文学史地位》,评析已见绪言。本章所论,与此二论大体并不重合。

逯钦立《先秦汉魏晋南北朝诗·南齐诗》卷二,则据《初学记》卷二十三所录收入其中五首,分别题名"呵诘四大门诗"、"在家男女恶门诗"、"大惭愧门诗"、"努力门诗"、"回向门诗",并在"大惭愧门诗"下出校曰:"《广弘明集》三十作'净行颂'。逯按。《广弘明集》净行颂共十首,此其九。《诗纪》以《初学记》引此作'诗',遂全部编入之。今据《初学记》录此篇。其他九首既为净行颂。皆从略。"①

　　逯先生的这段校记,有好些错误。1. 据《先秦汉魏晋南北朝诗》凡例所述,逯氏所据《广弘明集》版本为《大正藏》本,而《大正藏》本《净住子净行法门》及颂实际上录于《广弘明集》卷二十七,而不是卷三十②。2. 原文并未题名"净行颂",只是于"净行法门"每门之下配以一颂,随门赋名而已。例如"皇觉辨德门"之颂,则题为"辨德门颂"。3. 此颂也不是十首,而是三十一首③。这些错误的出现,颇为奇怪,大约逯先生并未来得及覆按《广弘明集》,而是完全根据《古诗纪》的说明④和《初学记》的题名进行编录,故沿袭其误。此外,全颂三十一首为统一整体,逯先生以其中五首《初学记》题为诗而收入,于其余则视为颂而不收,处理手法上也不无割裂之嫌。至于颂的题名,《艺文类聚》卷七十七引王融《法门颂启》:

　　　　伏以迦文启圣,道冠百灵;常住置言,理高万乘。神仪挺发,非望云就日所追;睿识独尊,岂生明弱言能企?鹿苑金轮,弘汲引以济俗;鹤林双树,显究竟以开氓。惜乎祇园灭影,鹫岳沦光。微辞既遥,大义如缀。自不宣游十地,拥接九区。岂有导觉水之塞源,极法云于落仞?明公览四谛之必空,悟三业之暂有。应务屈己,则仁兼旦奭;随

---

① 《先秦汉魏晋南北朝诗》,逯钦立辑,中华书局 1983 年,第 1399 页。
② 《广弘明集》传世有三十卷本与四十卷本两种系统。通行的三十卷本(如赵城金藏、碛砂藏、龙藏、大正藏及频伽藏等)中《净住子净行法门》及颂收于卷二十七。四十卷本(嘉兴藏及常州天宁寺本)则收此作于卷三十二至三十四。无论哪一种,都没有录于卷三十的。
③ 陈开梅《先唐颂体研究》(中山大学出版社 2007 年)称其共三十五首;而柏俊才《"竟陵八友"诗文辑佚》(《楚雄师范学院学报》2008 年第 4 期)则自言据《广弘明集》卷三十补入《净行诗》十首。皆不确。
④ 《古诗纪》卷六十七录《净行诗》十首,题下注曰:"《广弘明集》作'净行颂',《初学记》作'诗'。"

方申道,则慧一净名。驱率土于福林,入苍黔于正术。①

这无疑是王融在完成这一组颂后的上启,《法门颂》就是《净住子净行法门颂》的略称。既然古已有题,再另题为"净住子颂"或者"净行诗",实在于例不合,毫无必要,因此本书概称之为《法门颂》。

《净住子净行法门》及颂,最早著录于《出三藏记集》杂录卷十二"法苑杂缘原始集目录",其中"齐太宰竟陵文宣王法集录"中有《净住子》上、下各十卷。《隋书》卷三十四《经籍志三》子部杂家类录《净住子》二十卷,齐竟陵王萧子良撰,当即此。其次《广弘明集》卷二十七则录有《净住子净行法门》(以下简称"《法门》")一卷,附有道宣所作《统略净住子净行法门序》,从中可以得知其创作流传的基本情形。《净住子净行法门》是中国最早的居士布萨仪轨,道宣《四分律删繁补阙行事钞》"说戒正仪篇第十"说:

> 昔齐文宣王撰在家布萨仪,普照沙门道安开士撰出家布萨法,并行于世。(《大正藏》四十/34b)

是此仪轨法门与道安所定之出家布萨法并为佛门双璧,规范着在家居士的行为准则,足可称为中国早期佛教的一部重要文献。这部著作在中国学界似乎还很少得到关注,但日本学者盐入良道、船山彻等则已进行过专门的研究②。据《法门》序所言,《净住子净行法门》是萧子良感梦而制,创撰于永明八年,共二十卷。撰成后,竟陵王召集道俗大众叙谈综习,为一时盛事。此法在当时流行极广,释道宣序称:

> 凡经七旬,两帙都了。遂开筵广第,盛集英髦。躬处元座,谈叙宗致。十众云合,若赴华阴之墟;四部激扬,同谒灵山之会。咸曰:"闻所未闻,清心倾耳。"故江表通德,体道乘权,综而习之,用开灵

---

① 《艺文类聚》卷七十七,第 1322~1323 页。按,组颂中有一首《法门颂》,但王融既无必要特地为三十一首中的这一首上启(这意味着他要上三十一次启,这显然是不可能的);从启的内容也可看出是以萧子良制作《法门》的整体行动为对象的。
② 盐入良道《文宣王萧子良の「净住子净行法門」について》(《大正大学研究紀要》四十六辑)。《南斉·竟陵文宣王萧子良撰「净住子」の訳注作成を中心とする中国六朝仏教史の基础研究》(研究代表:船山彻。京都大学)。后者未见。

府。陈平隋统,被及关河。传度不亏,备于藏部。(《大正藏》五十二/306a、b)

然而事实上,此法的流行程度还超过道宣所言。因为《法门》并非如序文所言,是在隋平陈后才流入关洛的。北周沙门释道安于武帝天和四年(569)——也就是法门及颂撰成仅仅七十九年之后——所撰《二教论》(《广弘明集》卷八)中,就已经明明白白有这样的话:

　　此盖狷夫之野议,岂达士之贞观? 故谚曰:"紫实昧朱,狂斯滥哲。"(《大正藏》五十二/137b)

道安为长安大中兴寺沙门,他由于感慨北周武帝灭佛之举而撰《二教论》,因此这里所述,必为长安情形①。而"紫实昧朱,狂斯滥哲"正是王融颂中的发端二句,这里引用该颂,却称之为"谚曰",足见王融颂在当时的长安已经达到了家喻户晓,取之为谚的程度,即使仅就这一点而言,也足够引起我们研究的兴味;而颂所配的法门早已广泛流传于关洛,自不待言。

　　尽管《法门》在南北朝时广为流行,但据道宣所言,入唐后却被视为伪经,不受重视,"后进学寡,识昧前修,曾不披寻,任情抑断,号曰伪经,相从捐掷"。道宣有感于此,将其隐括摘抄为一卷,收入《广弘明集》卷二十七,但并未改变其基本结构,王融所作颂三十一首也都完整保存。由于道宣的发现整理,《法门》又复流传。此外,从敦煌出土文献中也发现了《法门》的一种残本(s.721),出土文献与传世文献之间的比较研究也是中世佛教史的一个重要课题,但本书的重点不在于《法门》而在于《法门颂》,在这里就不必多作讨论了。

　　值得一提的是《日本国见在书目录》总集家类有"〔王〕融归信门〔颂〕一卷",孙猛已考证此即《法门颂》中《归信门颂》的单行本②。可知此颂在唐时仍甚流行,甚至传入日本。不过,此颂仅48字,如何能充当一卷,则甚引人疑惑。或许这其实是《净住子净行法门》中《归信门》的单行本,而书目在著录时反而以王融标目。若然,益可见出王融此颂的存在感——

① 见《续高僧传·释道安传》。
② 孙猛《日本国见在书目录详考》,上海古籍出版社2015年,第2077—2079页。

就像前引"谚曰"所反映的一样,王融颂作为朗朗上口的韵文,在实际流传中有可能反而喧宾夺主,抢去了《法门》的风头。

二、《法门颂》的序列性体式:从汉魏六朝颂体演变史出发

简单观察这三十一首组颂,会发现一个很明显的体式特征:每首皆为十二句,前十首为四言,中间十首为五言,最后十一首为七言。这是一种极其严整的构造。其分布如下(颂题据大正藏本):

四言:辨德门颂、归信门颂、忏悔三业门颂、清净六根门颂、生老病死门颂、克责心行门颂、检校行业门颂、呵诘四大门颂、出家生善门颂、在家男女恶门颂。

五言:地狱门颂、出家怀恶门颂、在家劝善门颂、三界内苦门颂、三界外乐门颂、断疑惑门颂、惭愧门颂、极大惭愧门颂、善友劝奖门颂、戒门颂。

七言:自庆毕故不造新颂、大忍门颂、无碍门颂、努力门颂、礼舍利像塔门颂、法门颂、僧门颂、劝请门颂、随喜门颂、回向门颂、发愿门颂。

由于《净住子净行法门》本身是三十一门,导致三种格式的数量不能完全一致,但王融的做法显然是尽可能使其趋向整齐均一。与《曲水诗序》和《齐文惠太子哀策文》中的特征相类似,这同样显示出王融对工艺性的形式美有着很强的敏感性。这种序列式的组合结构,在六朝诗文中也是非常特殊的稀见例子(详下文)。对此我们首先要问的一个问题就是:为什么王融会选择四言、五言、七言这三种体式来进行构造?换言之,他的文体成立渊源何在?

对于这一个问题,我们必须从汉魏六朝颂体确立与演变的整个历史去加以观察。关于这一主题,详细的研究参见拙文《论汉魏六朝颂的体式确立及流变》①,这里只择述其大要。

"颂"这一文体的最初范式,通常推溯到《诗经》三颂,即《周颂》《鲁颂》《商颂》。刘勰《文心雕龙·颂赞篇》:

> 四始之至,颂居其极……鲁以公旦编次,商以前王追录。斯乃宗庙之正歌,非宴飨之常咏也。②

---

① 载《兰州学刊》2011 年第 2 期。
② 《文心雕龙》,第 313、317 页。

《诗》三颂的基本体式是四言韵文,这一体式强烈地影响着后世对颂的基本印象,综观六朝以颂为题的篇章,除了佛教题材外全部为四言韵文,在文体上是极其统一稳定的。然而这一文体的确立却是在汉末时代。汉代的颂,呈现出一种还不稳定的形态。汉颂一方面在概念上与其他文体如赋、铭等有所混淆,另一方面在字数上也不统一,包含有三言、四言、五言、六言、杂言乃至骚体等多种形态,并且用韵也不绝对,常常只是局部叶韵。这显示出在先秦《诗》三颂与六朝稳定的颂体之间,存在着一段缺环。究其原因,当与秦末大乱对文化的破坏,以及汉代诗体发展的多样化有关。

在性质上,《诗》三颂是王朝祭祀的宗庙乐歌,然而汉代以后,颂却变成了"宴飨之常咏",其应用场合发生了变化,歌颂对象的范围也变得宽泛起来,从王朝贵人(如大将军)到日常的草木器物,都无不可咏。颂的性质实际上已经与先秦时代有所不同,而是从"歌颂"这一原始意义上重新发展起来的一种新文体,只是由于继承了"颂"这一名称,因此在体式上逐渐又受到《诗》三颂的影响而四言化了而已。

在汉末以后,颂的四言文体确立起来了。但这时又产生了新的体式,这是由于佛教的进入和影响加强。汉末三国的译经僧人将佛典的韵文部分"偈"(gāthā/geyya①)与中国固有的"颂"相匹配。吴支谦《法句经序》:

> 偈者结语,犹《诗》颂也。②

将佛经中的韵文,与中国经典中地位至为崇高的《诗》颂相比拟,这无疑是佛教初传入汉地时的传教策略,类似于所谓"格义"。这使得一种全新性质的存在开始与"颂"发生了关系。但在体式上,在支谦之前,汉末的安世高和支娄迦谶已经在少数译经中使用五言、七言体式来翻译佛偈了。例如安世高译《五阴譬喻经》:

---

① 偈有两种,一种为 gāthā(偈陀),为非重复长行部分的韵文;一种为 geyya(祇夜),为复述长行部分的韵文。本书并非对佛教偈颂内容的专论,兹取广义合论,不予区分。
②《出三藏记集》卷七,释僧祐撰,苏晋仁、萧鍊子点校,中华书局 1995 年,第 272 页。按原书题云"作者未详",但据序中"始者维祇难出自天竺,以黄武三年来适武昌。仆从受此五百偈本,请其同道竺将炎为译"云云,可知此序必为支谦所撰无疑。严可均《全三国文》卷七十五已据《出三藏记集》严佛调传判断为支谦作,甚确。

> 于是佛说偈言：沫聚喻于色，痛如水中泡。想譬热时炎，行为若
> 芭蕉……（《大正藏》二/501b）

以及支娄迦谶译《般舟三昧经》：

> 佛尔时颂偈曰：心者不知心，有心不见心。心起想则痴，无想是
> 泥洹……（《大正藏》十三/906a）
> 佛尔时颂偈曰：三千大千之国土，满中珍宝用布施。设若不闻是
> 像经，其功福德为薄少……（《大正藏》十三/908a）

为什么一开始译经沙门会选择五言与七言两种体式来翻译佛偈？这应当是由不同诗体之间的性质和功能决定的。与四言相比，汉代五言、七言是更为通俗新兴、带有流行歌色彩的体式，适于下层民众之间的传播。同时佛教经偈往往是对散文部分（长行）的复述，带有很强的叙事性。四言为2+2的单调结构，风格稳重堂皇，但变化较少，也难于插入动词以叙事。五言、七言在这方面是有很大优势的。

然而在三国之后，由于概念上的比附，"偈"、"颂"和"偈颂"便被广泛而不加辨别地用于指称 gāthā/geyya。而其体式也出现了与颂体一致的四言。汉译佛教偈颂的这一产生发展过程，导致了其体式的多样化。据学者统计，汉末至西晋的佛经偈颂，有着从三言至九言的不同形态，而占据压倒性比例的则仍是五言、七言和四言。在汉译初期，以五言、四言为多见，至六朝后期则七言逐渐增多。唐宋时期，四言几乎消失，而七言盛行，甚至凌驾于五言之上①。同时，在同一部经典中，也往往兼有四言、五言、七言等多种体式。

四言体式的偈颂，直接从颂的正统流向中产生。就其生成原理来看，"五、七言颂"原本是"五、七言偈"，其体式是从流行诗体中嫁接的，我们其实并没有任何理由说这种颂和一般的诗有什么区别，唯一的不同只是，它们在"颂"的观念进入佛经翻译以后，和四言颂一起，被捎带着冠上了"颂"的名称。这可以说是诗的"夺舍转生"。

在佛教盛极无双的南北朝时代，中国传统的四言颂虽然还在非佛教

---

① 孙尚勇《佛经偈颂的翻译体例及相关问题》（《宗教学研究》2005 年第 1 期）、周一良《论佛典翻译文学》（《魏晋南北朝史论集》，中华书局 1963 年）。

题材内保持了四言体式的稳定,但对当时人而言,佛教这种四、五、七言兼备的"颂"无疑也是一个令人瞩目的存在。随着时代的发展,偈颂逐渐从佛经内部溢出,鸠摩罗什等著名僧人开始创作个人性的颂(《高僧传》鸠摩罗什传),而东晋以后,南方的士大夫居士也开始了同样的创作活动。东晋南朝这类个人创作的佛教颂,最初也是一种嫁接形态,虽以佛教为题材,但体式上却完全是固有的四言。庾阐《乐贤堂颂》、鲍照《佛影颂》、沈约《千佛颂》、萧纲《大法颂》等均属此类。到刘宋时期,才出现了个人创作的五言佛教颂,即收录于《广弘明集》卷十五的谢灵运《无量寿颂》。

从这一汉魏六朝颂体演变史中可以看到,先秦儒家经典和汉译佛教经典分别是颂体的两个直接来源。而在王融以前,七言颂只在佛经内部存在,并未出现个人创作的例子。南朝五言颂也只有谢灵运一例而已。

在这一背景下观察,我们就可以确认王融《法门颂》在文学史上的特殊定位:四言、五言、七言的有序组合,称得上是对永明时代之前颂体发展史的一次总结归纳。四言颂源于先秦颂体,五、七言颂都来自佛经偈颂。但就独立篇章的创作而言,五言颂仅有谢灵运的前轨可宗,而七言颂的大批创作则完全是王融的自出心裁了。

三、字数组合中的世界秩序:与《佛菩萨赞》及《明堂歌辞》对看

在"颂"这一文体中,除了王融这一组外,并未见到其他以不同字数进行句式组合的作品。不过同样在佛教题材的作品中,却另有类似的范例,那就是东晋名僧支遁所作的组赞。《广弘明集》卷十五录有支遁所作《佛菩萨赞》十三首。标名如下:

诸佛赞:《释迦文佛像赞》《阿弥陀佛像赞》。

诸菩萨赞:《文殊师利赞》《弥勒赞》《维摩诘赞》《善思菩萨赞》《不二入菩萨法作菩萨赞》《首闿菩萨赞》《不眴菩萨赞》《善宿菩萨赞》《善多菩萨赞》《首立菩萨赞》《月光童子赞》。

两首佛赞都是四言,而附有长序,而十一首菩萨赞则全为五言。《佛菩萨赞》是《广弘明集》目录的题名,支遁最初在创作时是否就有意识地是在一次性创作组赞?并不十分确定。不过至少从"佛＝四言/菩萨＝五言"这种整齐划一的形态来看,他在创作时无疑也是有着明确的文体组合意识的。佛的位阶当然要高于菩萨,而支遁以四言赞佛,五言赞菩萨,恐怕正反映出在他的观念中四言较五言等级为高,而这也正与前文的判断是

一致的——四言来自颂的正统,其风格更为堂皇古雅,而"歌颂"色彩也是更为浓烈的。

关于六朝"颂"与"赞"这两种文体的关系,也是个复杂的问题①。大致而言,颂与赞在文体起源上有明确的区别,颂为"歌颂",而赞为"赞助"。"赞"字繁体为"讚",刘师培、黄侃均指出"讚"之本字即为"赞助"之"赞",是一种对本体的辅助性文字,如画赞即对图画的说明文字,而史赞则是对史传正文的总结之辞。不过,赞中最为重要的一种形式就是人物像赞,这基本上都是对被图人物的赞颂,因此随着时代的发展,赞逐渐转为"赞美"之义,发生合流。虽然赞依然往往依托图像而存在(如上引两种佛像赞),但从内容上看已经没有明显的区别,而文体上也都是四言的韵文。因此在六朝人观念中,颂与赞大抵是混淆不分的。从这一意义上说,支遁的这些作品虽然题名为"赞",但也就不妨称之为"颂"了。在同一条文学潮流中,这些作品正是《法门颂》的先声。

而越出佛教文学的范围之外,更显眼的一个例子,则是南朝乐府中的明堂歌辞。《南齐书》卷十一《乐志》:

> 明堂歌辞,祠五帝。汉郊祀歌皆四言,宋孝武使谢庄造辞,庄依五行数,木数用三,火数用七,土数用五,金数用九,水数用六。案《鸿范》五行,一曰水,二曰火,三曰木,四曰金,五曰土。《月令》木数八,火数七,土数五,金数九,水数六。蔡邕云:"东方有木三土五,故数八;南方有火二土五,故数七;西方有金四土五,故数九;北方有水一土五,故数六。"又纳音数,一言得土,三言得火,五言得水,七言得金,九言得木。若依《鸿范》木数用三,则应水一火二金四也。若依《月令》金九水六,则应木八火七也。当以《鸿范》一二之数,言不成文,故有取舍,而使两义并违,未详以数立言为何依据也……建元初,诏黄门郎谢超宗造明堂夕牲等辞,并采用庄辞。②

虽然萧子显对谢庄的五行理论依据提出了疑议,但是谢庄所主张的五行

---

① 参拙文《漢魏六朝文学における頌について》,载《日本六朝学術学会報》第12集,2011年。
② 《南齐书》,第172页。

相配法显然在宋齐两代都得到了官方的正式认可,成为明堂歌辞的基本范式。而在作品上的表现,就是谢庄所造《宋明堂歌辞》(《宋书》卷二十《乐志二》)和谢超宗所造《齐明堂歌辞》(《南齐书·乐志》)中的"五帝歌",其字数配拟如下:

青帝歌:三言,依木数。

赤帝歌:七言,依火数。

黄帝歌:五言,依土数。

白帝歌:九言,依金数。

黑帝歌:六言,依水数。

现在并没有任何直接证据可以表明王融此作与上述三种作品之间有何关系,贸然断定王融继承了支遁和谢庄,无疑是有一定危险的。但是各种相关因素却依然让我们倾向于认可这一判断的成立可能:1. 颂与赞两种文体之间有着极大的相似性,而《佛菩萨赞》与《法门颂》同属于佛教文学。以支遁在佛教史(尤其是士人佛教、贵族佛教)上的地位,王融理应对其作品有所了解。2. 谢庄正是王融在文学上宗奉的前辈之一,对其声律上的认识尤其肯定①。而所谓永明声律的早期形态正是以五音配四声,从属于五行理论的格局之内,与谢庄在这方面的表现异曲同工。3.《明堂歌辞》是王朝礼乐体系中的核心组成部分,与一般的文学创作不同,但凡在中央政治中担任相当地位官职者都必然会对其有所认识,而且这种认识不仅仅是通过文学文本的阅读,更是身临其境,聆听现场的表演歌唱而获得的。王融作为热心功名的贵族官僚,自己也创作有大量的宫廷乐府作品,对此系列作品的熟悉不问可知。总而言之,虽然没有直接的材料,但认为王融所处的宋齐宫廷文学、佛教文学空气中,已经存在着这种字数组合文体的形态,这种时代空气至少曾对王融有所影响,这种判断应当不会离事实太远。

透过相似的现象,我们更可以进一步追问,为什么会产生这样的一种数字层级构造?谢庄的这种相配法有着明确的宇宙论范式,正如涂尔干

---

① 《诗品》序:"齐有王元长者,尝谓余云:'宫商与二仪俱生,自古词人不知之,唯颜宪子乃云律吕音调,而其实大谬。唯见范晔、谢庄,颇识之耳。'"如果本章这一推测成立的话,那么反过来我们更可以得一佐证,可以据此更深入地理解王融对谢庄这一方面认可、继承的具体情形。

和莫斯在《原始分类》中所指出的,五行八卦理论"采用一种真知或秘义的方式,涵盖了整个世界"①。从社会学的观点看,五行理论是一种为世界划分种类,整顿秩序的体系。而以与五行相配的数字来规定相应方位文学的每句字数,这种思考方式则无疑是在把文学也纳入这种体系当中,成为世界秩序的一个部分。萧子显指责谢庄所用数字混杂了《月令》《洪范》的两套系统,使得"两义并违",因此"以数立言"是没有道理的。但增田清秀已指出,谢庄这里实际上是分别采用了五行的"生数"与"成数";李晓红则进一步指出只有东方青帝是用生数,原因在于青帝主生,而其余四帝所用都是成数,"这是郑注《周礼》'礼神者必象其类'的祭祀礼仪规范在祭祀歌诗外在文体样式上的表征,故而与其说它是一种文体样式的新创,毋宁说是一种祭祀礼仪的创制"②。考虑到《明堂歌辞》在宫廷祭祀文学中的特殊意义,我们不难理解他的这种愿望从何而来,因为歌辞本身所歌颂的对象,五方五帝,正是现实世界秩序的象征。

相较而言,《佛菩萨赞》中的安排秩序意味就要弱得多,不过"佛—菩萨"这一组合依然是佛教世界秩序的代表意象。以字数的区别来凸显佛与菩萨之间位阶的区别,这种方式不能不说与谢庄是异曲同工的——如果大胆假设支遁也要来构架一个类似的佛教文学秩序的话,那么四言赞佛,五言赞菩萨,接下来可以六言赞诸天,七言赞声闻等等,按照这样的逻辑发展下去,同样就会构成一个与谢庄非常相似的体系了。

因此我们可以看到,以不同字数组合来构筑文体,这种方式往往与现实的世界秩序有所关联,而不仅仅是文学的内部现象。当然这并不是说王融的三、五、七言体式也同样是在构筑某种世界秩序,毕竟《法门》各门之间是并列关系,并不存在这种层级或者种类上的分别。但是,为什么这种体式会对王融有所触动,使得他将其采入自己的创作当中?恐怕不能不说,王融本人对于庄严秩序的偏好依然在其中发挥着作用。在这一意义上,《法门颂》依然是与《曲水诗序》《皇太子哀策文》在同一文学方向上的展开。

---

① 《原始分类》,涂尔干、莫斯著,汲喆译,上海人民出版社 2000 年,第 75 页。
② 李晓红《"以数立言"与九言诗之兴——谢庄〈宋明堂歌〉文体新变考论》,《中山大学学报(社会科学版)》2012 年第 4 期。增田氏说则见氏著《楽府の歴史の研究》,创文社 1975 年,第 44~45 页。此承李晓红兄提示,谨此志谢。

四、《法门颂》七言的文体参照：汉镜铭与《璇玑图》

如上节所论，五言、七言颂的本质其实就是五言、七言诗。而这同一体系内分布均等的四、五、七言三种诗体的并置，正为我们提供了一个绝好的诗体比较样本。由于三十一首颂中四、五、七言各体内部的形态相当统一，这里不须逐首细论，各举一例稍作观察即可：

> 辨德门颂：紫实昧朱，狂斯滥哲。舛径扬镳，分源竞枻。丽景或幽，澄舒每缺。水激波生，烟深火灭。情端徒总，理向空蔽。不有明心，谁驱圣辙。（《大正藏》五十二/306c）
>
> 地狱门颂：冥津殊复晓，高听亦能卑。阴墙虽两密，幽夜有四知。炎山翻烈火，冰涧匝寒澌。罗城振云幕，锋树郁霜枝。茹荼非云苦，集木岂称危。求仁曾已得，长叹欲何为。（大正藏五十二/311c）
>
> 自庆毕故不造新颂：春非我春秋非秋，一经长夜每悠悠。陶形练气任元造，启蒙夷阻出重幽。荣公三乐非为旷，箕生五福岂能求。灵姿妙境往难集，微言至道此云修。年逢生幸曾以庆，盈愆贰过傥知忧。毕故断新别苦海，希贤庶善凭智流。（大正藏五十二/316c）

以上分别是三种体式的第一首颂。显而易见，四言和五言的语言、句式运用都非常纯熟灵动，合于一般四、五言诗的感觉。四言的三种语言构造可能：1+1+2（如"紫实昧朱"）、2+1+1（如"丽景或幽"）、2+2（如"水激波生"），在第一首颂中都有很典型的表现。而五言虽然比四言的组合可能更多，但作为诗的定式则固着在 2+1+2 节奏上。其中的"1"作为传达递进（"亦"）、转折（"虽"）、反问（"岂"）等句子关系的副词，或者连接主谓关系的动词，在颂中也得到了自由的运用。虽然称不上什么高明之作，但其作为"诗"的资格却毫无疑问。四言作为先秦以来的古典诗体，五言作为六朝最基本的诗体，王融能够予以熟练运用，是理所当然的。

但是与之相对，可以看到七言颂的句法却相当笨拙冗长。最为显著的一点，就在于七言往往需要加上虚词或连接性的动词凑数，这正是句式运用缺乏经验的表现。如"荣公三乐非为旷"、"微言至道此云修"等句，中间的"非为"、"此云"都大有凑字数之嫌。在熟悉了七言的唐代以后，即使一个普通诗人也不会造出这样蹩脚的句子。类似的例子还有很多，如"匪日匦月灼以悬,安飞安翔虚而践"(《无碍门颂》),"胜幡法鼓綮且击,智师道众纷以驰"(《努力门颂》)。以后世七言诗的眼光来看,这些句子的结构都非常板滞,令人想起乾隆的御制诗。作者能够做到的只是在五言基础上加上一个动词以及一个连接性的虚词而已。这显示出王融对于七言韵律的把握是十分生拙的。

这种情形是否能用六朝七言发展尚未成熟来解释? 答案是否定的。我们知道汉代镜铭中已经出现了大量七言韵文,并且即使在今天看来,这些铭文哪怕有粗糙不文之处,在句式的安排,气韵的贯畅上却与我们熟悉的七言体式并无本质差异。而在南朝文学中,鲍照《拟行路难》十八首中更有好些是纯七言或以七言为主体的作品,其表现力之丰富,句式运转之自由,更直接开创了李白歌行之先河。汉镜铭在过去鲜为人所知,也不被当作文学作品看待,但随着考古实物的大量出土,现代学者对其考古、文学价值都已有了丰富的探究。西汉早期的镜铭体式混杂,三言、四言、杂言均有,而从汉镜二期开始已出现了最早的七言镜铭实例。故宫博物院藏匕缘圆圈铭带镜铭:

> 金英阴光宜美人,以察衣服无私亲。①

而其后更发展出大量已具备完善诗作形态的铭文,如《簠斋藏镜》所录方格规矩四神镜铭:

> 作佳镜哉真大好,上有仙人不知老,渴饮玉泉饥食枣,浮游天下敖四海,寿如金石为国保。②

这在文句构造上与鲍照歌行显然一脉相承,都已达到自然丰富的高度。并且镜铭大抵不过出于民间工匠之手,然则为什么王融作为南齐名家,其七言诗却反而远远劣于这些作品? 这恐怕不能仅仅以个人的文学水平来解释。钱志熙教授指出:"包括诗歌在内的汉魏六朝时代的各种七言韵文体,可能是有不同的渊源,甚至有不同的流别的。有在民间韵文活动中自

---

① "中国古镜の研究"班《前汉镜铭集释》,《东方学报》第 84 册,2009 年,第 160 页。
② 《前汉镜铭集释》,第 202 页。

然形成的,也有所从《楚辞》或者比较曼妙逶迤的楚歌体中转化过来的。"①这是很有见地的。

然则王融七言的渊源从何而来? 就其文学类型而言,佛典七言偈颂是不言自明的范本。而除此之外,我们从南北朝七言之作中,正可以看到另一路与镜铭句式完全不同的作品,最典型的,是传为北朝苏蕙所制的《璇玑图》。众所周知《璇玑图》乃是一幅文字游戏式的织锦回文诗图,文学史家向来不加重视,但是此作号称其中包含诗作数千首,作为六朝诗歌形态的丰富样本,实有着极高的价值。不妨取其中绕外圈旋转的一组为例:

> 仁智怀德圣虞唐,贞妙显华重荣章。臣贤惟圣配英皇,伦匹离飘浮江湘。
> 津河隔塞殊山梁,民生感旷悲路长。沈微悯己处幽房,人贱为女有柔刚。
> 亲所怀想思谁望,纯清志洁齐冰霜。新故感意殊面墙,春阳熙茂凋兰芳。
> 琴清流楚激弦商,秦由发声悲摧藏。音和咏思惟空堂,心忧增慕怀惨伤。②

《璇玑图》回文反复的形态当然多少也影响了其用字,但无论如何,这种作品与王融七言颂之间的相似却是一望而知的。这就提示我们,在六朝七言歌诗的发展历程中,是存在着两股不同潮流的。其一是民间性、口语化较强的镜铭一路发展下来,到乐府中的歌行。而另一路,则是以诗、颂之类较为"高雅"的文学形态出现,其文字形态宛然有着从赋颂及四言、五言诗中演化出来的痕迹。而王融虽然面对着如此差异鲜明的两条潮流(我们知道他对鲍照是很熟悉的),却仅仅追随了其中的一条,这让我们看到当时文学原理之一端:处在乐府体系中的七言,与处在"诗"体系中的七言,很可能是有着手法、场合上的严格限定的。当时人并不会因为它们都是七言,便认为其可以自由糅合,用作自身抒情的工具。

---

① 钱志熙《论汉魏六朝七言诗歌的源流及其与音乐的关系》,《中华文史论丛》2013年第1期。
② 明康万民《璇玑图诗读法》,王云五主持《四库全书珍本三集》,卷上第5、6页。

第三节　《法乐辞》
——佛传的改造方式

一、《法乐辞》的撰作与题名

《广弘明集》卷三十目录有"齐王元长法乐哥词十二章",不过正文标题则作"法乐辞"。又《乐府诗集》卷七十八所录同作,则题作"法寿乐"。些微区别无关大雅,逯钦立《先秦汉魏晋南北朝诗》齐诗卷二据《广弘明集》录作"法乐辞",本书从之。组诗十二曲,每曲五言八句,前十曲从佛陀下生开始,一直歌咏到其觉悟成道,而最后以"歌供具"、"歌福应"两曲作结,是六朝时期罕有的以佛陀生平为题材的叙事性作品。如果从"佛教文学"的角度审视,其重要性可以说比《法门颂》只高不低,实在值得我们给予很特别的关注。

关于《法乐辞》的研究,至今只有两篇论文,马瑞志 1987 年所撰《佛陀生平与佛教生活:王融的〈法乐辞〉》①,以及向回 2009 年所撰《〈法寿乐〉考》②。后者似未见马氏文,其前半"歌辞释义"与马氏文基本重合而较简略,仅释义而不注出处,学术上的价值反而较低;值得注意的是发现了《出三藏记集》中关于《法乐辞》撰作的材料。在马氏论文中,作者指出其题名来自《维摩诘经》,而前八章所述佛陀生平,则主要依据支谦所译《佛说太子瑞应本起经》③。论文并评论王融"富于创造力地全盘化用了支谦的用

---

① Richard Mather. *The Life of Buddha and the Buddhist Life: Wang Jung's* (468 – 493) "*Songs of Religious Joy*" (*FA-LE TZ'U*). *Journal of the American Oriental Society.* 107. 1 (1987).

②《北京化工大学学报》2009 年第 2 期。

③ 周一良先生曾指出:"记载释迦牟尼一生事迹的经典……因为传受不同,内容互异,在佛教史的研究上各有其地位。但要从文学眼光看来,以上所举都不算重要,最重要的两部是刘宋宝云译的《佛本行经》和相传北凉昙无谶译马鸣的《佛所行赞》。"(《汉译马鸣〈佛所行赞〉的名称和译者》,收入《魏晋南北朝史论集》,中华书局 1963 年)周先生的判断是依据散文和韵文的区别作出的,《佛说太子瑞应本起经》等是寻常的散文体,他便判断为文学上并不重要,这当然符合我们从一般文学意义上的理解。但是,如果从文学要素构成的角度来看,马瑞志所指出的这一点却正表明这些"不算重要"的佛传也都有着相当的文学意义。

语","以此为跳板来抒发他的个人情思"。论文主体部分为组诗的翻译，逐篇比对《佛说太子瑞应本起经》，指明文辞所出，对作品理解颇有帮助。虽然其中不无失误，在分析方面也未能作深入推究，但依然不失为对此课题的基础性研究。以下即在此基础上，加以考证分析。

首先我们可以进一步考得这一作品的撰作年代。《出三藏记集》杂录卷十二"法苑杂缘原始集目录"第七所录《经呗导师集》目录有：

> 齐文皇帝制法乐梵舞记第十三
> 齐文皇帝制法乐赞第十四
> 齐文皇帝令舍人王融制法乐歌辞第十五

这条史料弥足珍贵，据此我们可以得知三点：1.《法乐辞》作于王融任太子舍人时，也就是永明五年，并且是文惠太子（郁林王即位后追谥为世宗文皇帝）所命①。2. 除了《法乐辞》外，相关的系列作品还有文惠太子所造《法乐梵舞记》和《法乐赞》两种。这显然是一个有计划的分工合作，与《法门颂》的撰作情形有相似之处，而不是个人的随机创作。由此也可以看出王融与文惠太子的关系之良好。3. 这些作品曾被收入《经呗导师集》中。就该书目录所记篇章标题来看，大抵皆有"呗"、"响"、"妙声"、"高声"、"读经"、"转经"等字样，可以推知确实是当时经师演唱梵呗、转经读经的相关文献（范例或传记），然则这三种作品在当时无疑也属于同一类，是在这类场合中表演吟诵之作，而并非单纯的案头文本，与一般乐府歌诗的演唱场合恐怕也有不同②。

其次，如马瑞志所指出的，《法乐辞》的题名有一个著名的语源，那就是中世文化中影响至为广泛的《维摩诘所说经》"菩萨品第四"。在南北朝最流行的鸠摩罗什译本《维摩诘所说经》的前半部分中，维摩诘虽然是在家居士，却具有莫大神通，明澈佛法，他为了方便度人，故意假装染病在床。释迦牟尼令诸大弟子前去问疾，弟子纷纷表示自己对佛法的理解不

---

① 《经呗导师集》撰作年代及具体情形不详，但僧祐本人就与萧子良、王融等同时代且关系密切，而该集的撰成还要早于《出三藏记集》，乃是一份当代档案，其可信度无疑是极高的。
② 《法乐梵舞记》大约属于记事或传记，《法乐赞》则应当与《法乐辞》一样都是为吟唱表演创作的作品。

如维摩诘,不敢前去问疾。在问到持世菩萨时,菩萨答言,自己在修行时曾经遭到天魔波旬带领魔女前来骚扰,维摩诘将其降伏,并且与魔女进行了如下的对话:

> (维摩诘)复言:"汝等已发道意,有法乐可以自娱,不应复乐五欲乐也。"天女即问:"何谓法乐?"答曰:"乐常信佛,乐欲听法,乐供养众……乐修无量道品之法。是为菩萨法乐。"(《大正藏》十四/543a)①

据此,则"法乐"是指从修证佛法、清净觉悟中获得的悦乐。马瑞志这一解释可以说是有充分依据的。不过,从作品的创作环境及意图来看,恐怕事实却并非如此。作为南朝乐府中的作品,"法乐辞"这一题目还可以给出另一解释——"赞颂佛法之乐曲的歌辞",将"乐"理解为"乐府"、"乐曲"。最有力的证据,是上引"法乐梵舞记"一名中将"法乐"与"梵舞"并列,这里的"乐"很显然应指音乐之乐,而非悦乐之乐。"法乐梵舞"换言之也就是"佛教音乐舞蹈"。《法乐辞》与其同一系列,释义自无不同之理。此外,《乐府诗集》的题名"法寿乐",也无疑正是基于这一理解而演变的形态。

不过,指出这一种解释,并不表示就推翻了前一种。虽然能够确认对当时人而言正确的理解是后一种,但作为《维摩诘所说经》中著名的主题,"佛法之悦乐"这一意义仍然不会就此消失。在《维摩诘所说经》风行的南朝,"法乐"这一意象对时人而言绝不会是陌生的。因此毋宁说在客观上,这一意义是与"佛法之乐曲"意义一同,营造出了巧妙的双关效果。

通过马瑞志的提示——事实上,从粗读颇有些晦涩难明的文辞本身也很容易看得出来——我们可以知道,王融这一作品中间依然充塞着对典故的组合运用。我们不难回想起在本篇第一章所研究的《三月三日曲水诗序》中,王融是如何繁富灵动地展示了他的用典手法。在《曲水诗序》中,王融所参照的学问体系是儒家经典,以及其他的先秦两汉典籍。而在《法乐辞》中,王融所凭借化用的,则是"佛典"。在本质上,王融文学中以学问为文章,以用典为核心手法的基本特征并无二致。但其所运用

---

① 此外,《维摩诘所说经》方便品第二中"虽明世典,常乐佛法"一句,在较早的支谦译《佛说维摩诘经》中作"以法乐而乐之"。

的这两种典故来源却在性质上有所不同,我们即使仅仅从这一层面进行思考,也不难想见其中会存在怎样的差异: 1. 对于一个中国士人而言,先秦两汉经典是基本的传统文化修养,而佛教经传则是一种新潮的外来文化。2. 先秦两汉经典(尤其注疏)通常是义理性的①,而佛传则是叙事性的,从属于同一个故事主题。中国经典与外来佛典,这两种来源迥异的文本在南朝文学中却同样会成为基底性的构成元素,那么它们之间的这种差异(也许还有更多)又会对南朝文学造成什么不同的影响呢? 这无疑是一个引人兴味的话题。在本章中我们主要的精力集中于解析王融的这一文本,因此还无法对这个话题作充分讨论,不过至少希望能够对此多少有所申发。那么,首先要问的一个问题便是: 哪些佛教经典成为了《法乐辞》汲取化用的源泉?

二、《法乐辞》的佛传来源: 从马瑞志的失误出发

在南齐之前译出的佛传,今天尚存的主要有以下几种: 后汉竺大力、康孟详译《修行本起经》(2 卷);吴支谦译《太子瑞应本起经》(2 卷);西晋竺法护译《普曜经》(8 卷);西晋聂道真译《异出菩萨本起经》(1 卷);刘宋求那跋陀罗译《过去现在因果经》(4 卷);传北凉昙无谶译《佛所行赞》②(5 卷);刘宋宝云译《佛本行经》(7 卷)③。其中前五种为散文体,最后两种则为韵文体。马瑞志认为王融所依据的主要是《太子瑞应本起经》,并且他在研究中也几乎完全依据此经进行解释。然而他的这一判断并不可靠。通过各种经典与王融歌辞的对勘,我们可以明确判定,《法乐辞》是参合了各种佛传撰成

---

① 《春秋》类虽然是史书,但汉魏六朝文学在对其进行运用时,除了"咏史"之类题材外,是很少从其叙事内容上着眼的。这类文献依然作为语典或者某一局部事典的来源存在。
② 周一良先生考证以为此经当为失译马鸣《佛本行经》;而刘宋宝云所译,今题名《佛本行经》的,方为《佛所行赞》(《汉译马鸣〈佛所行赞〉的名称和译者》,收入《魏晋南北朝史论集》)。但周先生所言也有矛盾之处,他既引僧祐《出三藏记集》所载宝云译"《佛所行赞》五卷",注云"一名马鸣《菩萨赞》,或云《佛本行经》"的记载,认为可信,但另一方面却又论证马鸣原作"没有'经'或'赞'之类的意味在里面","没有理由称它为'赞'",所以其原本译名应为"佛本行经"。那么为何《出三藏记集》却已记作"佛所行赞"(而不记作"佛本行经"),并明确注出其为"马鸣菩萨赞"呢? 这岂非表示僧祐自己就认为宝云所译《佛所行赞》是马鸣诗的译本吗? 这一问题恐怕仍不能说已完全解决。此姑仍据《大正藏》目录。
③ 以上收入《大正藏》第三、第四卷。

的。《太子瑞应本起经》作为当时佛传中内容较为完整,篇幅较为适中,叙述也相对简明的一种,可以相信确实对《法乐辞》有很大影响。但这绝非其唯一源泉,其他佛传的影响也时时可见。如第一曲《歌本起》:

> 天长命自短,世促道悠悠。禅衢开远驾,爱海乱轻舟。累尘曾未极,心树岂能筹。情埃何用洗,正水有清流。(《大正藏》五十二/352a)

其中"爱海乱轻舟"一句,马瑞志引《太子瑞应本起经》中"所以感伤世间贪意,长流没于爱欲之海"一句来解释,然而这句仅仅谈到了爱欲之海,却与"轻舟"无涉。当然,王融也完全可能从"爱海"这一意象引发出"轻舟"的联想,不过从注释的立场上来看,《佛所行赞》"生品第一"中却有这样的辞句:

> 如来出兴世,净居天欢喜。已除爱欲欢,为法而欣悦。众生没苦海,令得解脱故。(《大正藏》四/1b)
>
> 众生没苦海,众病为聚沫。衰老为巨浪,死为海洪涛。乘轻智慧舟,渡此众流难。(《大正藏》四/3a、b)

已经明明白白地出现了智慧之"轻舟"的意象。诗句自此处受到启发的可能性无疑要大得多。

同样,"正水有清流"一句,在《太子瑞应本起经》中并无相关情节,然而《佛所行赞》"生品第一"叙佛陀出生时之异象有云:

> 应时虚空中,净水双流下。一温一清凉,灌顶令身乐。(《大正藏》四/1b)

而《修行本起经》"菩萨降身品第二"中也有"有龙王兄弟,一名迦罗,二名欝迦罗,左雨温水,右雨冷泉"(《大正藏》三/463c)的情节①。很显然在这一系列的经典中,在佛陀出生时是有净水从天而下的。并且从文辞上看,"正水

---

① 《过去现在因果经》作"难陀龙王、优波难陀龙王,于虚空中,吐清净水,一温一凉,灌太子身"。

有清流"与"净水双流下"同符合契,王融是触机于《佛所行赞》无疑。

类似的还有第五曲《歌四游》,此曲歌咏悉达多太子出游而悟老病死三苦,其中关于"死"的诗句为:

> 心骸终委灭,亲爱暂时生。(《大正藏》五十二/352b)

与此对应的部分,《太子瑞应本起经》卷上作:

> 太子驾乘,出西城门。天帝复化作死人,室家男女,持幡随车,啼哭送之。太子又问:"此为何人?"其仆曰:"死人也。""何如为死?"曰:"死者尽也。寿有长短。福尽命终,气绝神逝,形骸消索,故谓之死。人物一统,无生不终。"(《大正藏》三/474c)

而在《佛所行赞》中,则有如下句子:

> 天神教御者,对曰为死人。诸根坏命断,心散念识离。神逝形干燥,挺直如枯木。亲戚诸朋友,恩爱素缠绵。今悉不喜见,远弃空塚间。(《大正藏》四/6c)

很显然,前者只叙述了死者的情形,而后者却同时描绘了死人心骸毁灭,以及平素恩爱的亲戚对其的思念断绝,连文辞都可以说是与诗句一一对应:心=神,骸=形,亲爱=亲戚、恩爱。

再有第七曲"歌得道":

> 明心弘十力,寂虑安四禅。青禽承逸轨,文骊镜重川。鹫岩标远胜,鹿野究清玄。不有希世宝,何以导蒙泉。(《大正藏》五十二/352a)

"文骊镜重川"一句,马瑞志引《太子瑞应本起经》中太子渡尼连禅河,在树下成道之后,"起到文隣瞀龙无提水边,坐定七日,不喘不息,光照水中。龙目得开,自识如前,见三佛光明,目辄得视"(《大正藏》三/479b)一段解释。这固然不能说是错,但如果仅看这一段,"镜重川"的意义却相当不明朗。与之相对,《异出菩萨本起经》虽然是汉译佛传中最为简略的一种,其中却对此有充分的表现：

> （太子）得佛道，便到龙水所，龙名文隣……佛在水边树下坐禅，光景入水，彻照龙所居处。龙见佛光，大惊，毛甲为竖。文隣龙曾已更见三佛，一者名拘娄孙佛，二者名拘那含牟尼佛，三者名迦叶佛，皆在树下坐，光景皆入水中，彻照龙所居处。龙见佛光景如前三佛光景，"世间得无复有佛？"龙便大喜，出水左右顾视，见佛坐树下，身有三十二相，正金色，端正如日月。（《大正藏》三/620a）①

这里屡次强调的"彻照龙所居处"，正与"镜重川"妥帖相应。如果仅仅是"光照水中"，是无法引导出具有纵深感的"重川"意象的。王融即使不是从《异出菩萨本起经》，也至少是从当时其他相似的经典或讲唱中获得过文隣龙王情节的具体印象。

其次，"鹫岩标远胜，鹿野究清玄"两句，则分别要从《佛所行赞》和《佛本行经》中寻找线索。前者的"瓶沙王诣太子品第十"：

> （A）太子辞王师，及正法大臣。冒浪济恒河，路由灵鹫岩。藏根于五山，特秀峙中亭。林木花果茂，流泉温凉分。（《大正藏》四/19a）

以及后者的"转法轮品第十七"：

> （B）佛顺道行，至波罗奈。翔鸟所乐，鹿野之园。光相晃昱，明曜于世②。（《大正藏》四/88a）

---

① 从文学上看，这一段描写实在相当生动夭矫，即使较之唐人传奇如《柳毅传》中的类似描写也不遑多让。如果说这样的段落会对后世文学产生影响，是完全没有什么不自然的。这再一次证明前面注中所引周一良先生说法的不尽正确。

② 按，《佛本行经》此处有错简。今《大正藏》本该经卷四开端为"度五比丘品第十七"，而末尾又为"转法轮品第十七"，实际上该经每卷四品，此卷当至"现大神变品第二十"即结束，最后这一部分显然是多出来的。寻其文意，这应当就是"度五比丘品第十七"的开头部分脱落，而被接到了卷末，又添上一个新的题目（《大正藏》目录无此"转法轮品第十七"，当即此故）。这一部分的内容，是佛陀成道之后，度化当初随自己前来，而在中途退去的五比丘，为其说法开导。诗句中所谓"究清玄"，很显然是用了六朝的"谈玄"来代指佛陀说法，因此这一句的内容与《佛本行经》该品是完全匹配的。

都确实地指明地点路线。而《太子瑞应本起经》与这两处相应的部分却仅作：

> （A）太子自去，逾越名山，经摩竭界。（《大正藏》三/476b）
> （B）佛已可梵天，念谁可先度者？昔者父王遣五人侍我，今在山中。即复道还。（《大正藏》三/480c）

对于具体地理皆语焉不详。当然，鹫岩、鹿苑皆为佛教名迹，熟悉佛教的人并不一定要依傍经典才能加以描写，但如果王融对佛陀生平的知识完全来自《太子瑞应本起经》的话，他根本就不可能意识到所谓的"名山"、"山中"会与这两处名胜有关，自然也就不会在自己的佛传改写作品中加以表现了。而我们更有一条确证：所谓"鹫岩"系指灵鹫山（或称灵鹫峰），然而这一称法却是较为特殊的，远不如后两者普遍。尝试检索《大正藏》电子版，"鹫山"检得632条，"鹫峰"检得653条，而"鹫岩"却仅有寥寥28条而已，并且其记载文献时代在王融之前的，更仅有两部，一部是东晋僧伽提婆所译《中阿含经》（卷三十五），另一部就是《佛所行赞》了。考虑到其参考范围之窄以及题材上的关联，王融此处是直用《佛所行赞》语，殆无疑义。

以上所举，因为《太子瑞应本起经》中缺乏对应文字，所以马瑞志论文大都未能释出，只是泛泛作为寻常铺叙进行理解翻译而已。然而我们通过以上比对，却不难确定，除了《太子瑞应本起经》外，王融至少还同时参照了《佛所行赞》和《佛本行经》这两部韵文类的佛传（前者较为主要），并且很有可能还参考过《异出菩萨本起经》。

除了上述局部表现之外，组诗的整体构造也可以反映出这一点。从第一曲开始直到第八曲为止，是对佛陀生平，依照下生、出宫、成道、入灭的次序进行歌咏。但《太子瑞应本起经》仅叙到佛陀觉悟，度化迦叶为止，并没有触及第八曲"歌双树"中所咏佛陀涅槃的情节。因此这一曲显然不可能是以此经为依据的。而相对地，《佛所行赞》和《佛本行经》中却都以大篇幅渲染这一内容[①]。

---

① 最后附带说一句，即使是出于《太子瑞应本起经》的部分，马瑞志也不免有搞错了的地方。如"歌灵瑞"中"皓麑非虚来"一句中的"皓麑"，显然是指三十二种祥瑞中的白象子与白狮子子来到宫殿及城门之前，马氏却解作"白发的先知 asita（阿夷）"。事实上经中既没有对阿夷是否白发的叙述，阿夷之来也不是三十二祥瑞之一。

《法乐辞》的撰作,并非依据单一佛传,而是融合多种佛传进行改造的结果。这一结论的修正,对于我们理解王融的宗教文学颇有关系,故而上文不嫌繁琐,对此进行了文句对勘式的研究。完全以某一种文献为蓝本进行改写,是一种较为机械简单的操作;而依据从多种来源所获得的印象,分别撷取合适的段落和意象进行组合,则是一种复杂的,更加考验作者智力的文学活动。如果我们将这一作品看作一个宗教信徒的赞佛之作,那么即使他只依据一种来源进行创作也并无什么不自然之处;而王融在这里的文学姿态,却与他进行其他创作时一样,是将各种文学资源加以糅合融汇,再塑造出新的形态。

三、异国题材与汉诗情调:相通元素的融合

在中国文学中固有的体裁和题材中,我们已经看到王融是如何自由地糅合各种古代文献,将经典熔铸于自己的作品中。而如本节开头已经提示的,对于一个进入历史还不算久的,流行于当下的异国宗教叙事题材,作者所面对的条件有着相当的差异,所受限制很显然也大得多。他基本上只能在仅有的几种佛传中寻求腾挪变化的空间。并且,《法乐辞》的体裁本身也有其特殊性,作为组诗,其第一至八章分别以佛陀生平的某一局部为表现对象,但实际上这八章合起来才是一篇相对完整的佛陀传记诗。仅就内容而言,这实质上也就可以视为一首八八六十四句的带有叙事性的长篇赞美诗。到南齐为止,除了少数篇章如《离骚》《孔雀东南飞》等,可供借鉴的叙事长诗原本就不多,而像《法乐辞》这样以组诗形态合成的就更是罕见。对于王融创作当时而言,这应当说是一种新探索。从这个角度来看,我们不能不说,《法乐辞》带有相当明显的尝试痕迹,而这种尝试正发生在异国题材与汉地文学情调的拼合当中。

关于这一点,我们先来看组诗中的第五曲“歌四游”全文:

> 春枝多病天,秋叶少欣荣。心骸终委灭,亲爱暂平生。长风吹北陇,迅景急东瀛。知三既情畅,得一乃身贞。(《大正藏》五十二/352b)

最后两句中的“知三”、“得一”,是指知老病死三苦和得一心(阿罗汉果)之道,乃是小乘佛教的所谓名数之学,由于必须要点出佛陀觉悟的主旨,而不得不将这种隐语式的手法带入诗中,导致诗句颇有些不伦不类,

近于谶语。但前面六句却与此颇不一致，而是相当典型的六朝诗调。作为对"人生短促，死亡来临"这一主题的悲叹，我们知道，在中国早期文学中已经有着显然的表现，那就是魏晋时代的挽歌。在《乐府诗集》卷二十七所录缪袭、陆机、陶潜、鲍照等诗人所作的挽歌中，相关主题已经以相当接近的形态存在。尤其三、四两句，与陶潜作中"向来相送人，各以归其家。亲戚或余悲，他人亦已歌"，更有异曲同工之致。这是由于不同文化中对于同一母题的感触相通而导致的。

此外还有第十一章"歌供具"：

> 峻宇临层穹，苕苕疏远风。腾芳清汉里，响梵古云中。金华纷苒若，琼树郁青葱。贞心延净境，邃业嗣天宫。(《大正藏》五十二/352b、c)

就令人想起曹植的名作《承露盘颂铭》：

> 岌岌承露，峻极大清。神石礧硙，洪基岳停。下潜醴泉，上受云英。和气四充，翔凤所经。①

曹植所歌颂的是高达十二丈的甘露盘，而王融所歌颂的是高入云中的佛教庙宇，两者都呈现出一派清高远耸的景象，并且，作为同样具备宗教神秘色彩的歌咏对象，这种高峻远离人间的共同意象可以说有着相似的出发点②。尤其开头两句，从文辞到意象都如出一辙。我们这里不需要讨论王融在创作时是否一定心中想起了曹植此作，只要确认他的这一组作品中确实在有些部分表现出了完全典型的中国传统文学情调就可以了。事实上最后四章中的异国色彩显然要比前八章淡得多，在我看来，这正是由于这四章已经不是在叙述佛陀生平，脱离了佛传的拘束而转入较为纯粹

---

① 《艺文类聚》卷七十三，第 1257 页。

② 《承露盘铭序》："夫形能见者莫如高，物不朽者莫如金，气之清者莫如露，盛之安者莫如盘。皇帝乃诏有司，铸铜建承露盘，茎长十二丈，大十围，上盘径四尺九寸，下盘径五尺。铜龙绕其根，龙身长一丈。背负两子，自立于芳林园。甘露仍降。"（严可均《全上古三代秦汉三国六朝文》之《全三国文》卷十九，中华书局 1958 年影印本，第 1154 页。）虽然不是佛教供具一样明确的宗教产物，但作为祈求甘露的神物，本身也具有原始宗教的神秘色彩。

的想象抒写,因此造成的结果。

篇幅所限,这里不能说得太多。虽然论证还很不充分,但我希望在这里提出一个含有推测性质的结论:在王融的其他作品,例如《曲水诗序》或者《明王歌辞》里,典故是以一种金缕玉衣式的形态存在的。在这些和古代典籍或者史事并不直接相关的作品中,不同来源的大量典故通过作者的联想被缝合起来,共同表现了和典故原本无关的主题。而在《法乐辞》中,我们看到了一种有所不同的典故呈现方式。作品本身是与古代经典紧密相连的,甚至可以说,这个作品本身就是古代经典的"故事新编"。在这样的作品中,运用经典的情节和辞句,来表现出原作所具有的主旨和氛围,原本就是理所应当的。但作为一种全新的尝试,这种对异域故事的表现却难免有生硬拘束之处。事实上作者并没有(能够)仅止于截取原作中的元素进行堆积。一旦诗句与原典关系有所脱离,或者原典中所表现的内容与中国固有文学中的情调相切合时,作者就很容易地重新转换到中国文学已有的轨道上,依据过去的经验进行表现了。

四、宗教文学的场合:当颂佛遇上修仙

无论《法门颂》还是《法乐辞》,都洋溢着颂佛护法之音。特别值得注意的是"歌四游"中的第三联:

> 长风吹北陇,迅景急东瀛。

这一联乍看很容易误解为只是泛泛写景——当然这样理解也能给我们相当的美感。尤其"长风吹北陇"一句,颇有豪迈慷慨之气,类似的句式我们在建安诗以及边塞诗中也常常可以看到。不过深究起来实情却并非如此。这一联其实含有特殊的宗教指向,其本意与表面印象差异颇大。"东瀛"一语今天大抵令人想起日本,但在六朝语境下显然是指所谓的东方三神山:瀛洲、蓬莱、方丈。那是著名的仙人居所,修道者求仙的圣地。而"北陇"呢,《真诰》卷三《运题象第三》玄垄紫微夫人所作歌:

> 超举步绛霄,飞飘北垄庭。①

---

① 《真诰》,赵益点校,中华书局 2011 年,第 10 页。

北方为玄水,所以北垄也就是玄垄,亦即所谓的羽野玄垄山。与"东瀛"一样,这也是道教的洞天仙境。《真诰》卷一《运题象第一》:"紫微左夫人王帏清娥,字愈意,阿母第二十女也,镇羽野玄垄山,主教当得成真人者。"①《云笈七签》卷一百四《太极真人传》:"穆王亲崇道教,以祈神仙。共策遗风之骏,日驰千里……北适玄垄,南迈长离,同挹绛山之髓。"②大约成书于魏晋以后齐梁以前的《汉武帝内传》则记王母告上元夫人曰:"吾尝忆昔日,与夫人共登玄垄朔野及曜真之山。"③说的都是这一处仙府,可知是六朝时期相当流行的名境。所以这两句诗实际上正是宗教文学中的惯用手法,也就是用贬低另一种宗教来抬高本宗教的方式。"迅景急东瀛"无疑是在说东瀛的仙人号称长生不老,实际上却难以逃脱"迅景"——日影飞驰的命运。而"长风吹北陇"则是讽喻玄垄仙境也无法避免风霜侵袭。总而言之,道教求仙只是痴心妄想,只有像佛教那样"知三"、"得一",才能摆脱苦恼,得到真正的极乐。

从这两句看起来,王融是一个信仰佛教,批判道教的人士无疑了。然而事实果真是这样的吗?

在佛教文学之外,王融文学中还留下了求仙访道的声音。《古文苑》卷四录其《游仙诗》五首,我们来读读其中的第二首:

> 献岁和风起,日出东南隅。凤旐乱烟道,龙驾溢云区。结赏自员峤,移谯乃方壶。金厄浮水翠,玉罕抱泉珠。徒用霜露改,终然天地俱。④

整首诗都在歌颂道家洞天员峤、方壶的逍遥神仙气象,想象在这些洞府中饮食仙酒仙药,便能与天地同寿。尤其最后的结句,与《法乐辞》中对东瀛、北垄的嘲讽尖锐冲突,是完全无法兼容的。一处说仙境也无法躲避日月流逝、风霜侵袭;另一处却又说尽管风霜雨露随时改易,仙人洞府依然与天地俱存。如果认为这些句子都是作者真实人格的体现,那么就只能

---

① 《真诰》,第 48 页。
② 《云笈七签》,《道藏》第 22 册,文物出版社、上海书店、天津古籍出版社 1988 年影印本,第 706 页。
③ 《汉武内传》,《道藏》第 5 册,第 52 页。
④ 《古文苑》,第 210 页。

得出其人精神分裂的结论了。很显然,在这样的歌声中,无论哪一种声音都不可简单指实为其信仰的表现。真实的作者是隐没不显的,他只是被一种固有的传统牵引着,发出理所应当的声音而已。津田左右吉曾在《唐诗中的佛教与道教》一文中精辟地指出:

> 中国的诗,有着诗之为诗的种种制约。中国知识人观看事物的方式,有一定的模式,他们作为知识人,又有着各种各样社会性的礼仪和风习。因此在读他们歌咏佛教和道教的诗作时,也不可不考虑到这一点……在拜访寺院时对僧人表示要皈依佛教,在探寻道观时就对道士表示要归心道教,这就是诗人的一般态度……一言以概之,诗的作者只是在排列适用于不同场合的文句,漫然地根据所面对的情形来表达想法而已。这是由中国知识人崇尚应物无方,并且巧于辞令、善于处世的态度所决定的。相应地,诗与其说是思想的表现,毋宁说是在玩弄文字。①

这一论断也正适用于王融。对他来说,宗教恐怕并不像今天想象的那样具有心灵鸡汤的意义。无论奏出的是佛法之乐还是游仙之曲,王融不过就是像担任主考官时尽责地撰写试题、为死者写哀策时则抒发哀痛一样,扮演着一个玩弄文字戏法的特殊角色而已。而以表演文字为职责的这一特殊角色,他的舞台就叫做"文学"。

---

① 津田左右吉《唐詩にあらわれている仏教と道教》,收入《津田左右吉全集》第十九卷,岩波书店 1965 年,第 469、473、474~475 页。

第十章　王融文学总论：渊源·用典·风貌

——兼窥南朝文学之一面相

在前面数章中，我们已经分别观察了王融诗文中的几种代表性作品，通过个案解剖提取出王融文学的若干特征。这种寻章摘句的研究方式或许琐屑丛脞，不足当博雅君子一笑，但在识见浅陋的我，却是能让自己确信已真正理解研究对象的唯一途径。当然，在已经进行过个别文本的观察与特征提取以后，应该是到了对王融文学的性质与风貌作一次整体总结的时候了。本章中所讨论的问题，有些我们已经在前面的章节中有所认识，而有些则还有待于指出。应当更进一步说明的是，虽然前面几章，甚至包括本章的论证手法，大抵都是从个别作品只字片语的笔法层次，或者文本形式构造的角度出发，可以说卑之无甚高论，不过我并不认为从这种研究中所获得的认识仅仅适用于微观层面——在我看来，对王融本人文学的总结，同时也就足以构成对永明时代文学的一次观察。为什么呢？让我们再一次阅读钟嵘《诗品》序里的话：

> 近任昉、王元长等，辞不贵奇，竞须新事。尔来作者，寖以成俗。遂乃句无虚语，语无虚字。拘挛补衲，蠹文已甚。但自然英旨，罕值其人。词既失高，则宜加事义。虽谢天才，且表学问，亦一理乎！①

过去学界在理解这一段史料时，往往不自觉地站在了钟嵘的立场上，透过他的眼光来观看永明文学，因而认为当时人对任昉、王融的这一文学路数颇为

---

① 曹旭《诗品集注》，第 180~181 页。

不满,进而推论齐梁文学的新变。然而我们只要平心静气地审读这一段话,却不难得出完全相反的结论,即永明时代代表性的文学潮流,正是以任昉、王融为代表的这种"辞不贵奇,竞须新事"。"尔来作者,寖以成俗"一句实在已经很清楚地勾勒出当时文坛上对这种文风的热烈追随。至于钟嵘话中对这种文坛风气的批判,也许可以理解为进入梁代以后兴起的潮流反动,也许可以理解为钟嵘本人文学取向的差异,但无论如何不能理解为永明时代的一般观念①。因此作为永明文人追捧对象的王融——任昉因非本书主题,暂且置外不论——的文学形态,在永明文坛上至少也应具有相当程度的代表性。由于同样层面的个案研究还很不充分,我们还不能从总体上断言永明文学的形态,但在对王融文学进行过细致解剖以后,我们至少可以认为自己已经对永明文学中的一端获得了确实的把握。

在今天学术界对永明文学的判断中,可以见到一些基本的倾向:1. 重视其声律上的探索,这当然是所谓"永明声律"课题的最重要内容;2. 重视其文学风格上"对于清新明丽圆融的美的追求"②,这与谢朓的"好诗圆转流美如弹丸"说,以及沈约的所谓"文章三易说"有着密切的关系。而各种文学史著作在引证永明诗人作品时,也通常是选取他们的五言短篇为例,以此为他们成就的重点③。第一种倾向自然是文学史上无法规避的常识,

---

① 如果只是从文学批评的立场而言,那么永明文学的一般情形我们自可置之不理,因为这些文学一来并未在后世的文学谱系中占据什么重要位置,二来我们也大可不妨将其评为僵尸文学而一笔抹去——应当说明的是,虽然本书的书写完全不秉持这一立场,但并不表示我认为这种做法是错误的,事实上在批评的立场上这完全成立。但是,如果认为文学史应当成为一门精密的历史学科,则我们对于文学史中的任一事象均应予以严密的,以及在现有条件下尽可能公正的考察,据此了解"文学"这一特殊存在——包括文学行动、作为行动结果的文学文本,以及文本中表现的形式与内涵——在具体的时空当中生产、运作、演变的形态与过程。如果同意这一立场,我们便无法对钟嵘这一段话中所透映出来的时代风气视而不见。在这一意义上,本书对文学史的研究立场大抵是布拉格学派风的。

② 罗宗强《魏晋南北朝文学思想史》第五章第三节"永明的文学思想",中华书局 2006 年,第 163 页。

③ 就王融而言,一个原因可能是,他那些长篇大论引经据典的文字确实相当不好懂,在经过详密注释之前甚至往往不知其真意何在,因此也就不太好引据阐述。而他那些五言短篇只是描写景物,一诵可明,用起来总是比较方便的。在我们的学术研究中,常常会"先把容易的部分处理掉",而在此立场上的阐述又会导致"浅显易懂的"变成"被选中的"和"重要的",最终占据了我们的知识视野。这个选择循环的结果就是使我们的知识结构与对历史世界的体认不断地走向粗浅简俗。

我对此并无异议，也将在终章中尝试从新的角度予以探讨；对于第二种倾向，却有进一步追究的必要。当然，我也并不否认"清新明丽圆融"的审美追求确实是能从永明诗人五言诗作中看到的一种风格，问题在于，这种风格是否为永明文学的主流所在？五言短什的色彩，能否用于勾画永明文学的全景？我们对于这一时期文学的认知，是否只能停留在重复这一结论的层面？在经过下面的具体论证以后，希望能对这一问题的理解多少有所帮助。

第一节　熔铸古典、别裁新声

——知识结构与文学渊源

在开始对王融文学的形式分析之前，不妨先简要讨论一下其文学的渊源所在。从作为文学表达之基础的、宽泛的文化知识结构层面来讲，王融的知识来源是很博杂的。学者已经指出，六朝士大夫以玄、儒、文、史四学兼习作为其人生理想的知识修养，王融也正是如此。《答敕撰武帝北伐图赋启》：

> 窃习战阵攻守之术，农桑牧艺之书，申、商、韩、墨之权，伊、周、孔、孟之道。①

前文已经分析过，出于王融本人的荒人气质及为了宣传北伐的行文需要，他在这里将"战阵攻守之术"放在了最前面，而将最不切实用的"伊、周、孔、孟之道"排在末尾。不过从其诗文中运用的知识来看，虽然确实可以说是囊括百家，无书不窥，但其间并非没有主次轻重。通过细致注释考察诗文用典可以看到，占据了压倒性多数的，仍是《诗》《书》《礼》《易》《左传》等儒家经传。其次是《史》《汉》《后汉》《战国策》诸史及《庄》《孟》等诸子，再其次是谶纬杂记等②，在几种宗教文学中则集中地大量运用佛教、

---

① 《南齐书》，第 820 页。
② 在这些典故中，大多数对南朝人而言应是基本知识，《诗品》序所言"竞须新事"所指可能主要来源于最后一种，即常见经史子外的各种杂书。王融用典中确有一些现存文献中无法查得的语汇，大概即来自此类。

道教知识。所以从这一点来说，王融又已经体现出向传统儒家士大夫知识重心的回归，玄、儒、文、史在他的知识结构中是以儒为中心的，而这与我们所熟悉的魏晋士人玄风实际上有相当的距离。

具体到文学的层面，前辈诗人文家自然是其学习的典范。不难想象，王融对前代文学的学习应当也是同样广博泛滥的，不过有迹可循的则并不甚多。最显然的证据，来自《诗品》序：

> 颜延、谢庄，尤为繁密，于时化之。故大明、泰始中，文章殆同书抄。近任昉、王元长等，辞不贵奇，竞须新事。
>
> 齐有王元长者，尝谓余云："宫商与二仪俱生，自古词人不知用之。唯颜宪子乃云'律吕音调'，而其实大谬。唯见范晔、谢庄，颇识之耳。"①

这里提到了三个前辈人物，钟嵘指出颜延之、谢庄的文风与任昉、王融处在同一发展线上（虽然并没有直说其影响），而王融自己则从声律论的角度肯定范晔、谢庄，批判颜延之。不过无论批判或肯定，都表示出"影响"的存在②，何况我们在第六章中已经确认过颜延之在《曲水诗序》创作上对王融的典范意义呢。关于谢庄，在第七章论哀策文的模式演变和第九章论《法门颂》的体式序列时，也已经讨论过其在文体意义上对王融的启示。至于范晔则别无史料可证。不过我们还可以举出一些切实的例子来观察他们之间的这种传承关系。王融《游仙诗》句云：

> 桃李不奢年，桑榆多暮节。③

"奢年"二字若不可解，明人彭大翼《山堂肆考》卷二百二十九说："奢年，即少年也。"显然是臆解。这个词现存六朝诗文中唯有萧衍《游钟山大爱敬寺》"叹逝比悠稔，交臂乃奢年"一句见用之，但是萧衍与王融当然不构

---

① 曹旭《诗品集注》，第 180、337 页。
② 如钱锺书的名言："就是抗拒或背弃这个风气的人也受到它负面的支配，因为他不得不另出手眼来逃避或矫正他所厌恶的风气。"（《中国诗与中国画》，收入《七缀集》，生活·读书·新知三联书店 2002 年）
③《古文苑》卷九，第 209 页。

成渊源关系。欲求其所由来，谢庄《山夜忧》句云：

> 沈疴白发共急日，朝露过隟讵奢年。①

是知"奢年"即"赊年"，而"讵赊年"的反问语气，与"不奢年"的否定语气正相吻合，都是表示年月飞逝，不可赊借之意。"赊年"一语在现存古代文献中也仅见于谢庄此诗，王融、萧衍皆本乎谢庄，殆无疑义②。又王融《圣君曲》：

> 盘苗成萃止。渝靺异来思。清明动离轸，威惠被殊辞。③

语多隐括，颇不易明，其中典故多出自范晔《后汉书》卷八十六《南蛮西南夷列传》。"盘"谓槃瓠种之蛮夷，"渝"谓板楯蛮夷，皆见于范书。又"威惠"，《乐府诗集》引一本作"威怀"。《南蛮西南夷列传》：

> 永平中，益州刺史梁国朱辅，好立功名，慷慨有大略。在州数岁，宣示汉德，威怀远夷……上疏曰："……今白狼王唐菆等慕化归义，作诗三章。路经邛来大山零高坂，峭危峻险，百倍岐道。缅负老幼，若归慈母。远夷之语，辞意难正。草木异种，鸟兽殊类。有犍为郡掾田恭与之习狎，颇晓其言，臣辄令讯其风俗，译其辞语。今遣从事史李陵与恭护送诣阙，并上其乐诗。昔在圣帝，舞四夷之乐；今之所上，庶

---

① 《艺文类聚》卷七，第127页。
② 用类似的方法我们还可以推测王融受到其他作者的影响。如《明王曲》"瑶轩丝石罗"，"瑶轩"一语袭用陆云《登台赋》："尔乃伫眄瑶轩，满目绮寮。"《清楚引》"浩露零中宵"，"浩露"一语，袭用陆云《九愍》："握遗芳而自玩，挹浩露于兰林。"《渌水曲》"琼树落晨红"，"琼树"一语，袭用谢惠连《雪赋》："庭列瑶阶，林挺琼树。"《渌水曲》"瑶塘水初渌"，"瑶塘"一语，袭用鲍照《芙蓉赋》："被瑶塘之周流，绕金渠之屈曲。"陆云、谢惠连、鲍照这几处诗文中的用语，在现存早期文献中都是仅见的，因此后人文学中出现的类似表述是以此为蓝本，殆可确认。当然这一推论方法也包含有危险性，即有可能含有类似表述的其他文献在流传过程中佚失了，所以我们在运用的时候也还是要很小心地考量。
③ 《乐府诗集》卷五十六，第813页。

备其一。"①

可知这正是兼用范晔《后汉书》事典与语典,"殊辞"指白狼王唐菆以夷语所作诗三章,而"威怀"则是直用朱辅"威怀远夷"一语。因此《圣君曲》的措辞构思,几乎全是综合《后汉书》此传而成,非对范书熟极而流,自难如此信手拈来。范晔对王融的影响之深,于此可见一斑。

除颜、谢、范以外,在第六章中我们曾举出司马相如《封禅文》通过贬低三代来提升当朝政治价值的修辞手法,这对王融有直接的影响——事实上虽然研究还未充分,但同样作为宫廷作家,司马相如、潘勖等人在《封禅文》《九锡文》等大手笔上对南朝文学的典范意义无疑是可以想见的,在今后的研究中这是一个值得深入探讨的课题。司马相如这种类似于"反弹琵琶"的用典手法,为王融所爱用,如《永明乐》"空谷返逸骖,阴山响鸣鹤",将原本赞扬隐士高洁情操的典故逆反运用,表现王朝之圣明,使得隐士也从山林中回到朝廷(详下节)。而这一构思,又显然来自郭璞《客傲》:

> 嘤声冠于伐木,援类繁乎拔茅。是以水无浪士,岩无幽人,刈兰不暇,爨桂不给,安事错薪乎!②

郭璞宣称,晋元帝建立东晋之后,招集英才,于是群贤呼朋引伴,以沧浪之水濯缨的逸士、栖息在岩穴下的幽人都离山水而来③。如上种种,都可以窥见王融对前代作者的学习来源之多端,并且是各自汲取了不同的方面以化为己用的。

如果从更为宏观些的文体流别角度来分析,则萧子显《南齐书》卷五十二《文学传论》中所谓南齐文章三体之二最值得我们注意:

> 次则缉事比类,非对不发,博物可嘉,职成拘制。或全借古语,用

①《后汉书》,第2854~2855页。
②《晋书》卷七十二《郭璞传》,第1905页。
③ 就义理上说,这一段又源自后汉李固上疏:"策书嗟叹,待以大夫之位。是以岩穴幽人、智术之士,弹冠振衣,乐欲为用,四海欣然归服。"(《后汉书》卷六十三《李固传》)"岩穴幽人"一句很清楚地表明郭璞的蓝本所在。从单纯平实的政治议论,到配以历史典故的文学创作,我们看到了一个文学生长的精彩实例。

申今情,崎岖牵引,直为偶说。唯睹事例,顿失精采。此则傅咸五经,
应璩指事,虽不全似,可以类从。①

从前面几章的析论中我们不难意识到,王融文学与这一体间有显然的亲
缘关系,其以"博物"、"古语"为文学构成基干的倾向是很鲜明的。这本质
上可以说是中国文学中知识主义一路的极端表现。现存傅咸诗中有《孝
经诗》《论语诗》《毛诗诗》《周易诗》《周官诗》《左传诗》,逯钦立《全晋诗》
卷三引《诗纪》云:"《春秋正义》曰:'傅咸七经诗。王羲之写。今所存者
六经耳。'"②虽然名目有参差,不过所谓"傅咸五经"当即指此。而王融诗
中也正有《抄众书应司徒教诗》这样的作品。这与其说是特殊审美取向使
然,倒莫如说是"文学反映生活"的表现,只不过这些作品所表现的并非不识
之无的小民生活,而是以诗书为素业的知识人生活罢了。读书越多的人,便
越倾向于将知识与文学表现相结合,相对地对世界的直观感受就遭到削弱,
这其实是很自然的结果。相应地,学者型的批评家往往重视渊奥宏博之作,
学问较差或以才气见长的批评家则推崇平白浅俗之风,也无非就是这个原
因③。像《五经诗》这种头巾气浓重的作品固然是极端的特例,不过正如萧
子显所言,"虽不全似,可以类从",其诗歌的整体展开的方向是有一致性的。

此外,与其他六朝名家一样,王融集中不乏乐府之作,这一方面则集
中地表现着《楚辞》与汉魏六朝乐府的传统。读者一览可知,无庸多论,但
值得指出的是,在乐府这一至为强大的中世文学传统中,诗题诗体束缚的
力量越大,作者便越容易受制于前代典范,而无法发出自我的声音④。反
之,如果我们在这一领域的作品中看到了突破,也就愈加能够显示一种文
学能量的自觉迸发。在继承《楚辞》及古乐府传统的同时,王融及其同时

---

① 《南齐书》,第908页。"精采",中华书局校点本作"清采",校记:"各本并作'精
采'。"从改。

② 《先秦汉魏晋南北朝诗》,第603页。

③ 具有明确意识的社会变革运动则具有特殊性,并非完全从批评家的个人审美好恶
出发,不可一概以论。新文化运动的领袖人物中不乏学问深厚的大家,其文学理论却
都要求打倒雕琢晦涩的贵族文学,树立通俗易懂的平民文学,这是他们自觉投身于社
会革新运动的趋势使然。不过我们只要一看他们本人的著述或阅读嗜好,却不难理解
这种理想其实与其私人的文学口味并不是那么吻合的。

④ 这里所谓"自我"的声音,指作为文学传统中之一分子而能挣脱传统,发出不同于前
代的声音;而不是"表达本人情感"的声音。

代作者是很注意别出心裁,熔铸古题的各种不同意象以化出新声的。本书文学篇序章中已论及永明诗人用乐府古题为咏,"望文生义"地使诗意突破古题主旨的现象,这正是永明文学在这方面进行过深刻努力的一个证据。这里再举若干例证,王融《思公子》:

> 春尽风飒飒,兰凋木修修。王孙久为客,思君徒自忧。①

构词遣意,自然全是《楚辞》流风。然而审其构思,却是分别从《九歌·山鬼》"雷填填兮雨冥冥,猨啾啾兮又夜鸣。风飒飒兮木萧萧,思公子兮徒离忧",与《湘夫人》"沅有茝兮醴有兰,思公子兮未敢言"②中择取出"风飒飒"、"木修修"(修修即萧萧)、"醴有兰"、"思公子"("思君")、"未敢言"(即"徒自忧")等意象,进行重新拆分熔合(熔合的接点则在于这两处末句的"思公子"意象);更转而从《招隐士》中取来"王孙不归"的题旨,最后糅合成这仅仅二十字的小诗。

其次如《少年子》,情形更为复杂:

> 闻有东方骑,遥见上头人。待君送客返,桂钗当自陈。③

《乐府诗集》录此辞于卷六十六"杂曲歌辞",同题有吴均、李百药、李白等作,马瑞志前揭书已经指出诗题可以溯源至曹植《结客篇》和鲍照《结客少年场行》④。这一乐府诗题早期之作的主题是少年报怨杀人、慷慨复仇,而南朝后期至隋唐则转向对意气纵横、及时行乐的贵游少年的刻画。《乐府诗集》将王融此作置于其中,无疑认为也属于此一主题序列⑤。而此辞中前二句措辞来源也很显豁,"东方骑"、"上头人"诸语一望而知是袭自

---

① 《乐府诗集》卷七十四,第1050页。
② 洪兴祖《楚辞补注》,白化文等点校,中华书局1983年,第81、65~66页。
③ 《乐府诗集》卷六十六,第952页。
④ Richard Mather, *The Age of Eternal Brilliance: Three Lyric Poets of the Yung-Ming Era (483-493)*, Leiden; Boston: Brill, 2003, Volume two: Hsieh T'iao (464-499) & Wang Jung (467-493), p.311.
⑤ 这一卷所录作品全是以"少年行"、"少年子"、"少年乐"等中心意象组成,郭茂倩在编集时的主题意识是很清楚的。

《陌上桑》古辞：罗敷采桑，为使君所求，巧妙设辞拒绝，"东方千余骑，夫婿居上头"是脍炙人口的名对。

可是问题在于，后二句却于《陌上桑》毫无关涉，其中透露出的惆怅怀人之意且与罗敷背道而驰；同时这种思念远人的风调也与前述"少年"快意恩仇的主题全然格格不入。这使得这首看似简单明快的短辞蒙上了一层迷离恍惚，不可索解的色彩①，注家不得已只能强为之解。马瑞志即表示此作中《结客少年场行》的刺杀仇人主题、《日出东南隅》的罗敷有夫意象与后二句辞意，三者之间存在严重的冲突，无法圆满解释。他不得已想象到少女十五及笄的"上头"，用来与"桂钗"配合；又将夫婿的前往东方强解为"被派遣去完成危险的任务"，以满足《结客少年场行》的主题。这当然都是牵强附会的，但也充分可以见出此诗的复杂难解②。

实际上，如果我们解出后两句的真正渊源所在，便会知道从郭茂倩到马瑞志全都是误解了此作的真意。那其实来源于汉秦嘉寄给妻子徐淑的书信：

> 车还空反，甚失所望，兼叙远别。恨恨之情，顾有恨然。间得此镜，既明且好，形观文彩，世所希有，意甚爱之，故以相与。并宝钗一双，好香四种，素琴一张，常所自弹也。

徐淑报书曰：

> 昔诗人有飞蓬之感，班婕妤有谁荣之叹。素琴之作，当须君归。明镜之鉴，当待君还。未奉光仪，则宝钗不列也。未侍帷帐，则芳香不发也。③

秦嘉赠妻以所爱的明镜宝钗，寄托爱意；而徐淑则誓言夫君不返，不用琴镜

---

① 由于此作明快易晓的文字与艰深幽曲的元素构成之间产生了如此巨大的反差，极其容易导致误解，甚至有不求甚解的研究者以为此诗颇为"香艳"。

② Richard Mather, *The Age of Eternal Brilliance: Three Lyric Poets of the Yung-Ming Era* (*483－493*), Leiden；Boston：Brill, 2003, Volume two：Hsieh T'iao(464－499) & Wang Jung(467－493), p.311.

③《艺文类聚》卷三十二秦嘉《重报妻书》、徐淑《又报嘉书》，第 571、572 页。

钗香。"不列",《太平御览》卷七百十八引作"不设"。陈者设也,"待君送客
返,桂钗当自陈"无疑正是从"当待君还"、"宝钗不设"翻出。所以我们必须
结合《陌上桑》与秦嘉、徐淑报书,方能对此辞得一涣然冰释的通解。——罗
敷自夸夫婿居于东方千骑上头,但辞中却并无怀念思归之意;徐淑欲待夫君
返回,方始照镜设钗(以整理妆容①),但秦嘉不过是郡上掾,并不是罗敷丈
夫那样已经"专城居"的一方官长②,离别的原因也不是"送客"。所以无论
是拘泥于《陌上桑》还是秦、徐故事,我们都无法通解诗意。其实王融是从
两个故事中各取一半,合成一幕新的短剧,寄托女子对于送客远去的丈夫
的思念之情。这正是乐府传统中最纯正的一个主题,其涵义既毫不香艳,
也与《少年行》系列毫无关系。郭茂倩将其置于此主题中,显然是因名失
实的。从这里我们也看到王融虽然是"拘挛补衲,蠹文已甚"的著名代表,
却并没有被典故所拘束,而是自由地驱使固有传统资源,从中选择适用部
分加以糅合改造,创作出文化传统基础上的新声。

通过这种创作立场,同时也基于儒家的礼教思想,即使在楚辞—乐府
传统内的创作中,王融以儒家经传为重心的知识结构还是会不由自主地
流露出来。如《巫山高》:

> 想象巫山高,薄暮阳台曲。烟霞乍舒卷,蘅芳时断续。彼美如可
> 期,寤言纷在瞩。怅然坐相思,秋风下庭绿。③

如上所言,此诗虽咏汉鼓吹铙歌十八曲古题,但与古辞已毫无关系。其题
旨从《高唐神女赋》中巫山神女遇襄王一路嫁接过来,而相思期人的宛转
意象则仿佛《山鬼》,是很清楚的。辞意缠绵可怜,颔联、末联尤其兴象深
远,不减唐人。然而其中"寤言纷在瞩"一句,却历来不得其解。马瑞志及

---

① 这也就是《诗·卫风·伯兮》"自伯之东,首如飞蓬"的流风遗绪。
② 《玉台新咏》卷一秦嘉《赠妇诗》序:"秦嘉,字士会,陇西人。为郡上掾,其妻徐淑寝
疾还家,不获面别,赠诗云尔。"至于罗敷之夫,《陌上桑》古辞:"十五府小史,二十朝大
夫。三十侍中郎,四十专城居。"旧说解"朝大夫"为朝中之大夫,"侍中郎"为侍中,"专
城居"为刺史、郡守,不确,阎步克已经考明"朝大夫"实当指郡府大吏,"侍中郎"指郎
官,"专城居"则指县令长相(参《汉代乐府〈陌上桑〉中的官制问题》,《北京大学学报》
2004 年第 2 期)。无论如何,罗敷之夫的地位比只是郡吏的秦嘉要高得多。
③ 是诗《谢宣城诗集》卷二、《玉台新咏》卷四、《乐府诗集》卷十七并录,《艺文类聚》卷
四十二亦节引,文句多参差不同。此据《先秦汉魏晋南北朝诗》齐诗卷二,第 1388 页。

曹融南《谢宣城集校注》并据"寤言"字面，引《诗·邶风·终风》"寤言不寐"，直解为思念失眠，似乎可通，而实未达一间。其实"寤"通"晤"，王融这里"彼美"、"寤言"连用，毫无疑问典出《诗·陈风·东门之池》：

> 东门之池，可以沤菅。彼美淑姬，可与晤言。①

郑笺："晤，犹对也。言淑姬贤女，君子宜与对歌相切化也。"②所以这里其实是运用了一个富含儒家教化思想的典故。君王思得淑姬贤女，恰恰正与楚襄王梦遇神女的身份相应。但此典一经嫁接引入，却使得题旨发生了关键性的变化，"彼美"的"美"，从姿色迷人之美，转向了道德贤淑之美；君王对美人的思念，自然也就从荒淫败德之举，变成了值得嘉赏的求贤之心——从这儿我们仍然窥见了王融念念不忘的入世事功理想，能够得到慧眼识贤的君王知遇，对他来说自然是人生头一等的大事，故在乐府传统的短篇中也不由得将这一层旨趣嵌入其中了③。

第二节　"竞须新事"
——繁密多变的用典技巧

下面让我们回到王融文学自身形态的探讨。纵观王融的诗文作品，最引人瞩目的一点，便在于极端巧妙精确，近似于工艺镶嵌般的艺术手法。这往往

---

① 《毛诗正义》卷七之一，第 803 页上。
② 《毛诗正义》卷七之一，第 802 页下。
③ 这么一解释，对于今天的读者来说自然大煞风景，本来好端端的一首小诗顿时变成了迂夫子的道德教科书。不过在我看来，最有意味的地方却正在这里。解释出王融在作诗时的本旨，并不妨碍今天的读者从现代阐释学的角度欣赏这首小诗之美。学者的字斟句酌，与读者的观其大略，本是并行不悖的。文学中的不同元素，在不同时代、不同功能场合变幻出或明或暗的光泽。在王融献诗的场合，这首作品在《楚辞》文学风调底下，携带着以儒家道德诉求为包装的人际关系期待，传达到了赏识爱重他的君主手中，作者所希望发挥的效果并不仅仅是文学之美。而对后世的读者而言，儒家风教之旨却已经随着对典故的陌生无知，随着贵族交际现场的消逝而泯灭痕迹（甚至我们也不必知道《楚辞》对其的影响），作品于是摇身一变成为了徜徉于山川烟霞间的惆怅情歌。随着时空摇曳而跌落或重拾文字组合的意义，这正是文学的魔力所在。

看似只是细枝末节,然而却正是这些细枝末节,共同构筑起了王融文学的整体风貌。这种高度工艺式的精巧,最典型地表现在诗文用典的手法上。

当然,从学术史的角度来说,过去学者并非没有认识到南朝文学中大量用典的特征。从王瑶先生《隶事·声律·宫体——论齐梁诗》一文①开始,这早已被认定为南朝,乃至六朝文学发展过程中的一大重点。然而,这以后虽然还出现过为数不少的论文,但研究焦点仍然高度集中在南朝"隶事"之风盛行这一点上,从社会文化的角度讨论其与文学的关系,差别只是史料收集的多少,或论述侧重有些变化而已,这实际上并未突破王瑶先生论述的基本层次。而在此之外,却鲜有论著在指出"南朝文学多用典"这一结论以后,继续对"用典"本身作何追究②。我们既看不到对用典形式的类型分析,也很少对用典这一文学现象作功能性的论述,更遑论用典作为一种从知识构造转向文学表现的重要中介,如何联结起作者与读者乃至社会文化秩序间的交流与感受渠道。我们只是在不断地重复同一个声音,仿佛用典只不过就是大量抄书,"一经用典,便无足观"一般——如果真是这样,那么南朝文学研究在王瑶先生 1948 年写完那篇文章以后,其实就已经可以宣告结束了。而事实当然并非如此。在我看来,作为一种冷静的学术研究,在前人指出既存的现象以后,后人应当做的不是反复确认这一现象的存在(当然,如果确认的结果是证伪,则是极其重要的),而是进入现象内部去探测该现象的形态、类型、构造、生成原理乃至作用范围与效果,这才能称得上是科学研究的深入推进。本节当然无力完成这一整体工作,但以下的分析希望能够以王融为个案,朝这一方向作一浅近的尝试。

关于王融用典的手法及效果,在第六章中我们已经从作品整体用典方式的角度予以揭示。而本节中我们还可以从用典的个别措辞角度,举出五端来分别观察:1. 用古典而双关今事;2. 用一语而双关二典;3. 造一语以凝缩二语;4. 反用古典;5. 用古典而增入新意象。

首先值得注意的,是其运用古典而能与时事巧妙贴合。如《永明乐》十首之二:

---

① 初刊于《清华学报》1948 年第一期,后收入《中古文学史论》,北京大学出版社1986 年。

② 在这一方面,钟涛《骈体文的隶事与声律》(《辽宁大学学报》1994 年第 1 期)一文是个值得注目的特例。论文不长,但对六朝骈文用典手法与功能都有相当体贴的举例分析。

灵丘比翼栖，芳林合条起。两代分宪章，一朝会书轨。①

灵丘，出汉王褒《九怀》："微霜兮眇眇，病夭兮鸣蜩。玄鸟兮辞归，飞翔兮
灵丘。"②这初看起来不过是在掉书袋用典，然而实际上灵丘却是指永明
五年所起立的皇家苑囿新林苑。《南齐书》卷四十四《徐孝嗣传》：

> 从世祖幸方山。上曰："朕经始此山之南，复为离宫之所。故应
> 有迈灵丘。"灵丘山湖，新林苑也。③

是苑起建于永明五年冬十月，建武元年十一月省置（见《南齐书》武帝纪及
明帝纪）。何以得知这里的"灵丘"一定是指新林苑呢？因为下句的"芳
林"同样是指南朝皇家苑囿中的芳林园。芳林园魏晋时洛阳旧宫已有，齐
世改武帝旧居清溪宫为之（见《晋书·五行志》《南史·梁宗室南平王伟
传》），为南朝帝王时常游幸及听讼之所。"灵丘"、"芳林"对言，都是刻画
南朝宫廷生活的实事无疑。然而另一方面，"灵丘"本身作为古典意象的
来源却同样鲜明。不仅在《九怀》中已经可以远溯飞鸟与灵丘的意象联
结；在西晋文学中，左芬《晋武元杨皇后诔文》：

> 惟帝与后，契阔在昔。比翼白屋，双飞紫阁……去此素衣，结恋
> 灵丘。④

更明确并列"比翼"与"灵丘"，显而易见为本句文辞所本。然而在西晋宫
廷中并未见有关于"灵丘"的记载，然则左芬文中的所谓灵丘，很可能不过
是就《九怀》"病夭鸣蜩"一语而联想泛及之，用以作为"病逝"的关联意象
而已。而到了王融这里，典故便与当代实指浑然天成地联系起来
了。——论及于此，我们不禁想起沈约著名的"三易说"。所谓"易见事"，
按照邢邵的解释，亦即"用事不使人觉"，虽然用了典故，却有如没用一样。

---

① 《乐府诗集》卷七十五，第 1063 页。
② 《楚辞补注》，第 275 页。
③ 《南齐书》，第 772 页。
④ 《晋书》卷三十一《后妃传》，第 960、961 页。

对于南齐当代的读者而言,王融此句庶几近之矣。类似的例子,再如《请给虏书疏》:

> 谲霄烛幽,去来黝朔。①

其中"烛幽"一语,我们不难想见是在运用《山海经》《淮南子》中的"烛龙"传说,通过烛龙"长千里,视为昼,瞑为夜"的意象,以贬称北魏政权处于幽昧不明之所。然而仅只如此,还不足以理解王融运用这一典故的妙处,我们必须要回到《淮南子·地形训》的原文:

> 烛龙在雁门北,蔽于委羽之山,不见日。其神人面龙身而无足。②

雁门在今山西代县,而北魏都城平城正是在代县之北不远的大同,换言之,也就是"雁门北"。古代神话中的"烛龙"所在地,正好与当时的北魏都城在地理上是重合的。只要提出"烛龙"这一意象,北魏就自然而然地落入了"幽"冥的困境。因此这一典故的选择,也经过了严密的考虑,其意义是重层兼指的,而非仅仅是比喻义上的相合。

其次,除了"古""今"双关之外,适应诗旨需求的不同典故名物也会被巧妙地糅合起来。如《奉和竟陵王郡县名诗》:

> 追芳承荔浦,揖道讯虚丘。③

郡县名诗是南朝出现的一种特殊游戏诗体,每句均含有一处地名。虚丘,《左传》僖公元年:"九月,公败邾师于偃,虚丘之戍将归者也。"杜预注:"虚丘,邾地。"④然而如果仅据此读,则无法理解其与"揖道"何涉,这句诗就变成无意义的拼凑了。这实际上是双关《庄子》所谓冥伯之丘、昆仑之虚。《庄子·至乐》:

---

① 《南齐书》卷四十七《王融传》,第 818 页。
② 何宁《淮南子集释》卷四,第 362 页。
③ 《艺文类聚》卷五十六,第 1009 页。
④ 《春秋左传正义》卷十二,第 3884 页下。

　　　　支离叔与滑介叔观于冥伯之丘，昆仑之虚，黄帝之所休。俄而柳
　　生其左肘，其意蹶蹶然恶之。支离叔曰："子恶之乎？"滑介叔曰："亡，
　　予何恶？ 生者，假借也。假之而生生者，尘垢也。死生为昼夜。且吾
　　与子观化而化及我，我又何恶焉？"①

虚、丘分读，又成为《庄子》中的指地之名，乃是上古哲人相互问答阐道之
地。只有如此解读，才能理解"揖道"而要讯于"虚丘"的完整意涵。——
同一机杼，我们不难想到东坡的名句"犹当距杨墨，稍欲惩荆舒"（《和陶赠
羊长史并引》），一方面引《诗·鲁颂·閟宫》"荆舒是惩"，同时又是影射
封为舒国公、荆国公的王安石。王融的这些文字或许寓意不能与东坡相
比，但是我们却可以从中看到中国诗歌中文字锻炼的深微路径。

　　其三，王融开创了一种凝缩性的用典手法。《三月三日曲水诗序》：

　　　　沈冥之怨既缺，苙轴之疾已消。②

"苙轴"一语，出于《诗·卫风·考槃》："考槃在阿，硕人之苙。""考槃在
陆，硕人之轴。"郑笺："苙，饥意。""轴，病也。"③王融将"苙轴"二字新炼
为一词，用以指称退隐不仕者的困病。这在今天看来真是一种不可饶恕
的卖弄文字，不过在他以后的隋唐人似乎并不这么看。对于王融文学的
这一特征，前人不但已有所触及，更已从文学史传承的角度予以抉发。杨
慎《丹铅续录》卷五"苙轴"条：

　　　　王元长《曲水诗序》："沈冥之怨既缺，苙轴之疾已消。"本《考槃》
　　诗二句而会合之，此李商隐"灰钉"之祖也。《文选英华·求贤判》云：
　　"尽崖穴之英奇，总濠梁之苙轴。"储光羲诗："青言问苙轴，惠念及沧
　　浪。"用字又祖王元长也。④

---

① 《庄子集释》，第 615～616 页。
② 《文选》，第 2856 页。
③ 《毛诗正义》卷三之二，第 678 页下。
④ 《丹铅续录》，《丛书集成初编》本，第 78～79 页。按文中"文选英华"为"文苑英华"
之误，此文见《文苑英华》卷五百二上官仪《求高洁之士对》，前一篇为《求贤对》，杨慎
盖因此而误，而"对"又形讹为"判"耳。

这里历引唐人的作品,指明王融熔铸古典所创造的"莛轴"一语对后世的影响,唐人上官仪、储光羲等皆祖述之。这固然是南朝文学流波及于初盛唐的一个小小例子,更值得注意的是杨慎所下"李商隐'灰钉'之祖"一语。李商隐《为濮阳公与刘稹书》:

> 丧贝跻陵,飞走之期既绝;投戈散地,灰钉之望斯穷。①

对于"灰钉"二字的出典,曾慥《类说》卷五十三"李商隐用灰钉事"条引汉杜笃《论都赋》"焚康居,灰珍奇,椎鸣镝,钉鹿蠡"数语以释之,并加一评语曰:"商隐之雕篆如此。"②换言之,李商隐的"灰钉"乃是凝缩了"灰珍奇"和"钉鹿蠡"两句中的二字隐喻刘稹的穷途末路③。正如杨慎所言,李商隐的这一手法与王融如出一辙,乃是使用理解难度极高的"雕篆"手法,以极其简约凝缩的文字,表现极其丰富的信息量,并且以这种反差营造出特殊深远玄奥的文学境界。其真正想要表达的意义深藏在文字背后,必须剖析表面才能探得奥赜。这种手法,正如过去学者所批判的那样,在对古书不够熟悉的读者看来,简直如同打哑谜一般不知所云。我们这里且不讨论这种文学取向的优劣褒贬,但就文学史的研究而言,王融所开创的这一手法竟导夫唐代四六名家李商隐之先路,是不由得我们不加以注目的④。

其四,王融爱用的另一种手法,就是反用典故⑤。中国文学中有著名的所谓反弹琵琶手法,即对于已经形成定见的某人某事,给予逆反式的刻画评论。这一手法常见于唐宋以后——这大约与此一时期文学达到内部

---

① 刘学锴、余恕诚《李商隐文编年校注》,中华书局 2002 年,第 651 页。按刘、余二氏以石灰、铁钉释"灰钉",显与曾慥、杨慎的解释不同。
② 曾慥《类说》,《北京图书馆古籍珍本丛刊》本,书目文献出版社 2000 年,第 896 页。
③ 按,关于"灰钉"一语究竟是用何典,宋人有不同说法,王楙《野客丛书》卷十二"灰钉事"条认为应是用《南史·陈高祖纪》中《九锡策》语典:"玉斧将挥,金钲且戒;妖酋震慑,遽请灰钉。"但年代略早的胡仔《苕溪渔隐丛话后集》卷十四则指出严有翼《艺苑雌黄》已论及此,并认为《九锡策》正与李商隐同样都是用《论都赋》之典。
④ 这一手法是否果为王融开创?未经普查彻考,实难断言,姑据杨慎所言下此结论。若博雅君子提出更早之例,自可推翻。
⑤ 钟涛《六朝骈文形式及其文化意蕴》已经指出骈文中反用典故的手法,不过其分析例证则集中在南朝后期的"徐庾体"(第 147、148 页)。

容量的熟烂满盈有关，但就一些局部典故的运用而言，则南北朝宫廷文学中实已出现这一手法的萌芽。例如歌颂当代帝王的歌诗中，往往出现《庄子》中的上古帝王故事，然而《庄子》从道家逍遥无为的思想立场出发，其实通常是对这些上古帝王采取与儒家相反的否定评价倾向的。于是在这些作品中便利用这一点，通过贬低上古帝王而达成对当今君主的赞美。在第六章中我们已经指出《三月三日曲水诗序》中的反用典故手法，这里再举文中一例：

> 沈冥之怨既缺，苴轴之疾已消。

"沈冥"典出《汉书》卷七十二《王贡两龚鲍传》所载严君平卖卜不仕事，"苴轴"则化用《诗》语，亦赞颂隐士高洁不仕之志。这两处典故在原本的语境中，都是以"不仕"为正面价值，肯定隐者对政权的疏离；而王融却恰恰是将这一语境作为了表意的前提——既然真正高洁的隐士都愿意回朝出仕，朝廷的圣明也就不言自明了。类似的例子还有《永明乐》十首之四：

> 空谷返逸骖，阴山响鸣鹤。①

这初看起来只是在写景，然而"空谷"典出《诗·小雅·白驹》："皎皎白驹，在彼空谷。"孔颖达疏："有乘皎皎然白驹而去之贤人，今在彼大谷之中矣。"②业已远遁空谷的贤人隐者，为何要策马归还？不消说，自然是因为受到齐主美政的感召，要回朝出仕了。像这样的手法，都是建立在典故本身的语义环境上，不可照字面意象理解；但却又并不是简单地沿袭，而是反过来运用这一已有的知识来协助诗意的表达。

其五，则是王融用典中对古典增入新意象的手法。在第六章中我们已举出"缴大风于长隧"一句来证明这种手法，而上举"阴山响鸣鹤"一句也正可见到同一机杼。鸣鹤，同样是对隐士的歌颂。这一意象出于《诗·小雅·鹤鸣》："鹤鸣于九皋，声闻于野。"毛传："言身隐而名著也。"郑笺："喻贤者虽隐居，人咸知之。"隐士虽然隐身于野，却如同鸣鹤一般声闻人

---

① 《乐府诗集》卷七十五，第 1064 页。
② 《毛诗正义》卷十一之一，第 929 页上。

间;那么有如此贤人而不用,自然是君主的责任了。故这一意象同时又包含着王者求贤之意——《诗序》:"《鹤鸣》,诲宣王也。"郑笺:"教宣王求贤人之未仕者。"①

但是,《鹤鸣》中却并未出现所谓"阴山"。这一意象是从哪里来的呢?《易·中孚卦》:"九二鸣鹤在阴。"②《易》与《诗》中的鸣鹤意象只是字面相同,义理并无干涉,王融却正是利用字面上的相合而将"阴"与"鸣鹤"结合起来,而又相对着"空谷"而增入一"山"字,遂造成了新的对句。"山"字单纯从用典角度来说乃是生造,但逸马在空谷中,是收容藏纳的意象;鸣鹤飞于山上,则是高耸溢出的意象。这与"大风"句一样,显示出了永明诗人同时追求文字与意象对偶的努力。

像这样的细节,在今天泛泛而论的文艺批评中只不过是不值一提的鸡毛蒜皮,然而在中世作者的辛苦琢磨之间,却是最切实地印下了他们寻求文章之道的足迹,我们通过观察这些事例,也就可以知道王融在文学上探求的方向,以及对于后世所曾经唤起的意义了。王融典故运用上的高度精妙,意象与形式之间的紧密契合双关,实在已经达到了一种以文字为表现元素的纯艺术境界。他并不只是在单层的意义上运用古代的典故,而总是在尽可能地通过这一方式,给一个词语,一句话赋予比表面多得多的含义,像迷宫,像谜语一样埋藏下必须要细细追寻才能打开的别境。如何评价这样的文学,端视乎评论者各自不同的文学立场,我在这里并不想强为之呼号平反,但至少想要指出一点,那就是这当中实蕴含着超越一般白话文学所能想象的锤炼文字的心血,至少这种艰辛劳作是不应当被漫不经心地轻轻带过的。

当然,不必讳言,王融的用典也有不尽妥帖之处。如前引《杂体报范通直诗》:

> 三楚多秀士,江上复才人。

此诗本意是赞扬范云出身的楚地多英才秀士,然而"三楚"一句本为阮籍《咏怀》八十二首之《湛湛长江水》的成句:

---

① 并见《毛诗正义》卷十一之一,第 926 页下。
② 《周易正义》卷六,第 145 页下。

三楚多秀士，朝云进荒淫。①

阮籍原诗是讽刺楚王、蔡侯沉湎声色，不知国家之祸将至，"三楚"秀士虽多，却不过如宋玉般只是以诗赋助楚王之荒淫。王融用此句，无论正用反用，均无理绪，只不过是恰好前人有此成句，便犯了掉书袋的职业病取来应用而已。如果说得严厉一点，在效果上简直有讽刺范云"进荒淫"之嫌，可谓点金成铁，与前引诸例相去云泥。如第四章所述，《文选》选入了范云用典精切浑然的原诗，却没有同时选入王融和诗，或许就是与此有关。

　　最后应当说明的是，在王融诗文中虽然以这种色彩最为鲜明，不过各篇用典的浓度与难度又不可一概而论，而是视乎不同文体，各有轻重之别的。如前文所详论的《三月三日曲水诗序》及《齐文惠太子哀策文》等，作为典重富丽的宫廷制作，其典雅玄奥的特征发挥到了极处。但与之相对，如《议给虏书疏》《劝武帝北伐启》等论述时政的奏议，虽然也同样运用大量的典故，但其推进却显然比前者要显豁得多，毋宁又具备刘勰所谓"数穷八体"中"显附"一体的风貌。这与这些篇章的切直议论时政性质是有关系的。在下一节中，我们将通过分析例证来更充分地理解这一点。

第三节　烈士之英风
——王融生命烙印的文学原色

　　宫廷大制作的典缛繁富，五言诗作的流丽婉美，诗文体式的严整精巧，我们对王融文学的这些主要色彩都已经有了相当的认知。而在文学篇序章中，我们还曾经触及另一种意见，那是张溥、林传甲、钱基博对王融文学的共同评价，这对于理解王融文学的本质有着重要的意义。张溥《王宁朔集》题辞：

　　　齐世祖禊饮芳林，使王元长为曲水诗序……玄黄金石，斐然成篇。即词涉比偶，而壮气不没。其焜耀一时，亦有繇也。

---

① 陈伯君《阮籍集校注》，中华书局 1987 年，第 251 页。

林传甲《中国文学史》：

> 王融《求自试启》《上北伐疏》，虽文体已成骈偶，而雄直之气，溢
> 于篇章。

钱基博《中国文学史》：

> 《求自试启》之倜傥骏发，奕奕顾盼也……虽文体已成骈偶，而抑
> 扬爽朗，未为拘挛。

从标着重号的部分可以清楚看到，林传甲的评价是源自张溥，只是把"词
涉比偶"翻译成"虽文体已成骈偶"，又将"壮气"换成意思相同的"雄直之
气"；钱基博又显然袭自林传甲而稍加变化。就此看来，似乎林、钱二人只
是充当了一回文抄公而已。然而张溥所高度评价为"壮气不没"的乃是
《曲水诗序》；林传甲的评价对象则变成了《求自试启》与《上北伐疏》；到
了钱著中，获得同样称赞的依然是《求自试启》，而《曲水诗序》却已经被贬
斥为"最平板滞拙"的劣作。从这种评价对象的变换来看，决不能说林、钱
二氏只是在照搬张溥的意见。毋宁说他们都从王融诗文中看到了同一方
向的特征，只是对具体作品的评价不同而已。这种特征，无论是说成"壮
气"也好，"雄直之气"也好，"倜傥骏发"、"抑扬爽朗"也好，不外乎都是在
强调一种阳刚外耀的体质。与我们对南朝文学华丽流靡的一般印象相
比，这种评价无疑是很特别的——也是很有见地的。如果对王融文学作
一通体的考察，我们确可以发现，与其他永明作者相比，王融文学呈现出
一种鲜明的特色，那就是俊爽昂扬，慷慨入世。

　　林、钱二氏所共同激赏的《求自试启》①，值得首先一读：

> 臣闻春庚秋蝉，集候相悲；露木风荣，临年共悦。夫唯动植，且或
> 有心；况在生灵，而能无感？臣自奉望宫阙，沐浴恩私；拔迹庸虚，参
> 名盛列。缨剑紫复，趋步丹墀；岁时归来，夸荣邑里。然无勤而官，昔

---

① 按《七十二家集》作此题，后世学者从之；然《艺文类聚》卷五十一、《文镜秘府论》西卷
《文二十八种病》四"鹤膝"条引此并作"王融求试效启"，可知唐人已定此名，当从改正。

贤曾议；不任而禄，有识必讥。臣所用慷慨愤懑，不遑自晏。诚以深
恩鲜报，圣主难逢；蒲柳先秋，光阴不待。贪及明时，展悉愚效，以酬
陛下不世之仁。若微诚获信，短才见序。文武吏法，惟所施用。夫君
道含弘，臣术无隐。翁归乃居中自是，充国曰莫若老臣。窃景前修，
敢蹈轻节。以冒不媒之鄙，式罄奉公之诚。抑又唐尧在上，不参二
八，管夷吾耻之，臣亦耻之。愿陛下裁览。①

文章不长，而气息可谓一咏三叹：先以动植感时动心起兴，其次陈述自己得
以列位朝官，已经备感荣耀（同时非常顺便地表达出对武帝的感恩之情），然
而却因无功受禄而惭愧。为了尽早酬答主恩，他因而不揣僭越，自荐报效。

　　有必要追问的是，这篇作品有何特别之处，令学者叹赏为"雄直"、"骏
发"？最重要的一点，正在于钟嵘所指责的"句无虚语，语无虚字"问题。
在对《曲水诗序》的观察中，我们已经探讨过他这种文风的缺陷（同时也指
出为了弥补缺陷而进化出的特殊技术）。而在这一篇启中，却表现出了与
《曲水诗序》截然不同的节奏——关键正在于其中运用了大量的虚字，充
分传达出语气的切换，明确无误地表露着文脉的转进②。从文中附着重号
的辞句可以看到，几乎每一句都是以语调丰富的虚字来联络的。包括让
步、假设、转折、因果、反问等各种句式关系，以及叙事的时间先后、地点改
易，议论中引用典故与直抒胸臆的切换，都通过这些虚字得以第一时间传
达给读者。——实际上，说一种作品是否"明白晓畅"，差别不过就在于读
者可以"不假思索"地明白，还是要"想上一想"，抑或甚至"想半天也不明
白"罢了。只要运用那些能够使意义明朗化的副词、连接词、语气词，就能
充分做到这一点，这只不过是个文字层次的问题，对于一个将文字游戏玩
得出神入化的人来说，难道真是什么能力上无法达到的难题吗？而"骈
文"并不是天然地就会拒绝这种虚字，因此也未必会因为"文体已成骈偶"
就无法"抑扬爽朗"，从这个例子我们已经可以看得很清楚了。

———————

① 《南齐书》卷四十七《王融传》，第817~818页。标点有改动。
② 葛兆光先生说："要客观直陈现象世界，当然可以不用虚字，但要表现'我'的主观
世界，则没有虚字是寸步难行。""就是靠了这些虚字，意思中就加了意思，诗里的意脉
就多了委婉与曲折。"这是很有道理的，虽然谈的是诗歌语言，仍有助于我们理解王融
这两类文章的区别。见氏著《汉字的魔方——中国古典诗歌语言学札记》第六章"论虚
字——中国古典诗歌特殊语词的分析之三"，辽宁教育出版社1999年，第165、168页。

　　因此《求自试启》与《曲水诗序》对读,更可以引出一个令我们深思的问题:王融显然并非没有操控虚字,把文章写得语意显豁、节奏分明的能力,然而何以他却依然要选择《曲水诗序》那种"句无虚语,语无虚字"的文学形态,以至于遭到后世的讥评? 有必要意识到的是,《曲水诗序》是一篇代表王朝宣言的"大手笔",而《求自试启》则是一份完全个人性的自荐之作。当王融作为王朝的喉舌发言时,是不可能如此自由地随意发挥的;他必须要完美地想象自己应当表现的形象,如一个演员般扮演好自己的角色,以报答武帝与竟陵王的恩宠。而在那些重大的场合,发言者总是小心翼翼地选择最庄重稳妥的表达方式来为现场增色的,这一点与时代,与地区都没有关系。差别也许只在于,南朝文学把这种方向推向了极致,而今天留给我们的也多是在这种场合下的发言,因此我们也就更多地看到了南朝作者的这一面而已①。

　　其次还应当指出的一点是,"雄直之气"与文字中呈现的主体姿态直接相关。王融在这份奏启中,几乎是毫不掩饰地大声宣布出了自己的自信与欲望:

　　"文武吏法,惟所施用"——只要你敢用,没有什么是我做不到的!

　　"唐尧在上,不参二八,管夷吾耻之,臣亦耻之"——既然你武帝是像尧舜这样的圣主,我又岂敢不像高辛氏的"八恺八元"一样,成为辅佐明君治理天下的才子名臣呢?

　　我们不须探究这种野心与自傲是否符合实际,因为"文学"并不是作用于事实,而是作用于感受的。而一个敢于"大言不惭"的人,总是容易引起我们豪放不羁的感受,这也是不言而喻的。虽然文句上比较雅致,不过这种声音与姿态无疑让我们想起曹操的乐府与教令。更有必要指出的是,在南朝

---

①　虽然已经没有可以确证的史料,不过我们不妨进一步推想更深的问题:钟嵘与萧子显所见到的王融之文是否同一回事? 像《曲水诗序》这种时人盛誉的名作,不难想象应是钟嵘印象的主要来源。他对任昉、王融文风的判断(以及当时文坛对任、王的接受)也是以此为依据。而萧子显在史书中所抄录的这种章启,来源很有可能是来自官方档案,而并非流传在外的作品,钟嵘能够见到的机会恐怕也不大。如果这一推断不误,那么对同一作者不同侧面的接受史,在其死后不久甚至生前就已经开始了。在这一意义上,即使是时代最接近的"第一手材料"或者"第一读者"的发言也必须予以严格的接受史追索。而我们今天的基本做法,是将各种不同功能场合、不同接受广度、不同传播保存途径的作品统统搜罗编录成集,再在同一个文本平台上进行分析,这种做法毋宁说是太过于汗漫了。

的政治文化语境下,用于辞让官职的让表才是符合一般常识的产品——只要到达了一定等级,在授官时就必须上表辞让,甚至要达到三次之多。我们在上篇第四章中也已经看到过王融为王俭撰写的让表,那当中充满了自谦无能的措辞。因此南朝人习以为常的乃是这种谦退自抑的声音。面对着王融的这份上启,他们无疑会比今天的读者更加感到惊异。

类似地,在第二章中我们还引用过王融的一首乐府,也充分呈露出他的这种高歌奋进之情。《齐明王歌辞》之五《清楚引》:

> 平原数千里,飞观郁岧岧。清月同将曙,浩露零中宵。转叶度沙海,别羽自冰辽。四面通寒色,左右竟严飙。崤渑多榛梗,京索久尘苗。逝将凭神武,奋剑荡遗妖。

辽阔展开的平原,孤立高耸的高楼①,清冷洒下的月光与白露,荒芜废旧的山川林木,这一切的意象都在将读者引向一个被文明抛弃了的世界(河洛中原),而为了拯救这个世界,神武的君主誓将手持长剑,扫荡妖魅。——当然,"神武"云云不过是个幌子罢了,那最后两句非常不"南朝"的咆哮,实在正是王融对自己的形象期许。

如果说上面的作品中我们只是听到了王融个人的声音,那么竟陵集团同题赋作中的例子,则更让我们从对比中看到了鲜明的色差。《拟风赋》是个典型的例子:

> 奄兮日采之既移,忽兮群景之将驰。靡轻筠之碧业,泛曾松之翠枝。总高羽而萧瑟,韵珠露之参差。此烈士之英风,长寥亮其如斯。②

作为奉竟陵王教的拟宋玉《风赋》之作,谢朓、沈约都留下了同题作品的残篇。沈约赋曰:

> 若夫摇玉树,响金扉。拂九层之羽盖,转八凤之珠旂。时卷瑶台

---

① 在前面我们已经多次提及,创造这种平面与高度之间的意象对立,是王融文学中一个重要的审美维度。
②《艺文类聚》,第20页。"业"当为"叶"之误。

> 翠帐,乍动侠女轻衣。此盖羽客之仙风也。①

谢朓赋的相应部分则为:

> 厌朱邸之沉邃,思轻举而远游。骗骊之马鱼跃,飘鉴车而水流。此乃大王之盛风也。若夫子云寂寞,叔夜高张。烟霞润色,荃莀结芳。出涧幽而泉冽,入山户而松凉。眇神王于丘壑,独超远于孤觞。斯则幽人之风也。②

按王、沈二赋仅存此寥寥数句。宋玉原作中赋“大王之雄风”与“庶人之雌风”,而谢朓之作则以“大王之盛风”与“幽人之风”③对言。据此观之,王、沈赋中原本应当也有“大王之 X 风”一句,用于反衬主题,这是《风赋》文体所规定的共性,这里可以不论;值得注意的是,王融所歌咏的是“烈士之英风”,而与之相对,沈约向往于“羽客之仙风”,谢朓则称扬“幽人之风”。我们知道,沈约一生的志趣正是好道求仙(吴兴沈氏家风原本与五斗米道有着密切的联系);而谢朓则爱美山水,心存幽隐。这真可以说是“文如其人”的典型表现。从比较中可以看到,寥亮高迈的“烈士之英风”,正是王融内心理想的自然流露。值得注意的是,正如《求自试启》中慨叹的“蒲柳先秋,光阴不待”一样,他的这种追求,是与时不我与、渴望建功立业的焦灼心情紧密结合在一起的。《离骚》赋曰:

> 欲少留此灵琐兮,日忽忽其将暮。吾令羲和弭节兮,望崦嵫而勿迫。路曼曼其修远兮,吾将上下而求索。④

屈原式的对时光的珍惜挽留,欲以上下求索的精神,触动了王融“奄兮日采

---

① 《艺文类聚》,第 20 页。
② 《谢宣城集校注》,第 42 页。
③ 以宋玉、王融、沈约三作之例推之,“幽人之风”风字前当脱一字,不妨推测应为“玄”、“贞”之类的字眼。
④ 《楚辞补注》,第 26~27 页。

之既移,忽兮群景之将驰"的感慨。然而另一方面,正是在这种紧迫感中,更凸显出烈士知其不可为而为之的高情胜概。因此全作的整体气氛虽然紧张,却并不萎靡阴暗,反而是高昂明亮的。在作者的意想中,"英风"轻快地掠过轻筠层松,挟裹着高空中的飞鸟前进,划过参差的露珠,仿佛弹奏出抑扬的音韵。他所选取的这一系列意象,包括青翠闪亮的色调(碧、翠、珠露),以及高仰的视角(层松、高羽),都在唤起读者寥廓高远的壮思。即使是最幽暗的"萧瑟"一语,也因为与之匹配的"高羽"而并不显得低落。

在"历史篇"中我们已经详细讨论过王融其人的自我期许与生命悲剧,在这一背景下再来审读此作,其中所蕴含的志趣便更其显豁地呈露出来了。无论是低回于自我哀愁的谢朓,还是寄望于求仙入道的沈约,其形象背后都隐藏着六朝贵族的共同教养趋向:个人性的,远离于现实世界的高远情操。而王融的文学取向却存在着与之冲突的侧面,他虽然在文学技巧传统、在维护门阀尊严的方面称职地履行着贵族的职责,但在"热心入世"的方面却是走上了一条为典型贵族所鄙弃的道路,由此而形塑了他积极高昂的文学风貌。他在永明作者群中所呈现出的这一特殊色彩,是值得我们加以关注的。

当然,我并不打算像革命家一样对"积极高昂"予以讴歌。与消极退隐相比,这不过同样是一种人生态度罢了。对人生态度的认知有利于我们认识其人格及审美倾向,却不构成褒贬的理由。积极进取的精神既可以称为壮志,也可以称为野心;从容无争的心态既不妨视作颓废,也不妨视作逍遥——无非就是换一种说法罢了。但是对于人格的类型分析则有利于我们认知其人的行动与创作特征:在政治上的激进求战,在仕途上的热心功名,在任事处世上的有所欲为,都包含在这一基本面相之内;而落实到文学艺术的创作上,则往往表现为色调的明快炽热,节奏的激动响亮,感情的强烈多慨。

类似的例子,还可以举出《药名诗》。这本是文字游戏之作,历来不受重视;但文字游戏不代表就是无机的文字堆积,其中依然应当包含着作者组建一个完整作品的姿态——通过双关、回文等特殊手法而依然能够使诗成为"诗",才是成功的做法。从现存王融、沈约之作的对比中,同样可以窥见二人相异的志趣。先看王融之作:

> 重台信严敞,陵泽乃闲荒。石蚕终未茧,垣衣不可裳。秦芎留近

咏,楚蘅掮远翔。韩原结神草,随庭衔夜光。①

这里的"重台"指玄参,"陵泽"指甘遂,"石蚕"指沙虱,"垣衣"是长在屋墙阴处的苔藓,"秦芎"指芎䓖,也就是《离骚》里的江离,"楚蘅"指杜蘅,亦见于《离骚》,"神草"指人参,"夜光"则是萤火虫②。这八种都是中药材,但是在诗中却各自化为不同意象,共同组织起诗人意欲表现的旨趣。"重台"意味着侯王宫殿的壮丽,"陵泽"则是归隐者的荒野山林。正如石蚕最终无法结茧,垣衣也无法真正穿着一样,诗人感叹难以实现自己的志愿,获得发挥才能的空间。他想要像屈原一样吟咏江离、杜蘅的芳香美好,远离此地而去。然而身受知遇之恩的他最终意识到,自己必须要像古代的老人与大蛇一样结草衔珠报恩③。像这样,医药知识与文学灵感巧妙地交织在一起,最终构成了完善的诗篇。诗意的转折是激烈的,而末联更有"知其不可为而为之"的怆然意味。

当然,我们不能坐实王融对竟陵王有怨尤疏离之意,因为这种游戏之作,出于燕集应酬,原本就不是适合"诗言志"的空气,这里只是在假托一种类戏剧的想象,刻画某位假想中的士人形象——有一个明确的证据,诗中的主角距离"秦芎"近而"楚蘅"远,清楚表示出这位假想中的士人身处长安一带,这正吻合秦汉时代京洛之士的典型处境,而与身处建康的南朝士族无关。这一方面让我们看到这首诗所接续的汉代文学传统,另一方面则通过地理空间的移位避免了影射腹诽的嫌疑。但是,尽管只是一首假托之作,最后两句中所表现的报恩之心却无疑会使得当时在场的主客——竟陵王与其门下——发出相对莫逆的会心一笑。而王融在诗中所表达的情绪,无论是壮志不酬而感慨远引,还是激于恩义而有欲报之,我们都不难从战国秦汉时代的"士"身上找到相似的影子:无论进抑或退,

① 《古诗纪》,兴膳宏监修,横山弘、斋藤希史编《嘉靖本古诗纪》第二卷,汲古书院2005年,第128页。原刻"芎"误作"兄",从《先秦汉魏晋南北朝诗》齐诗卷二正。
② 参《证类本草》卷八、十、二十二、九、七、六及《尔雅·释草》。
③ 神草句,《左传》宣十五年:"魏武子有嬖妾,无子。武子疾,命颗曰:'必嫁是。'疾病,则曰:'必以为殉。'及卒,颗嫁之,曰:'疾病则乱,吾从其治也。'及辅氏之役,颗见老人结草以亢杜回,杜回踬而颠,故获之。夜梦之曰:'余而所嫁妇人之父也。尔用先人之治命,余是以报。'"《十六国春秋》:"魏颗梦父结草抗秦将杜回,亦在韩原。"夜光句,《淮南子》说林训高诱注:"随国在汉东,姬姓之后。出游于野,见大蛇断在地。随侯令医以续傅断蛇,蛇得愈去。后衔大珠报,盖明月之珠。因号随侯之珠,世以为宝也。"

都基于一种入世的人生理想。而沈约之作与此就全然两样了，《奉和竟陵王药名》：

> 丹草秀朱翘，重台架危岊①。木兰露易饮，射干枝可结。阳隰采新夷，寒山望积雪。玉泉亟周流，云华乍明灭。合欢叶暮卷，爵林声夜切。垂景迫连桑，思仙慕云垾。荆实剖丹瓶，龙刍汗奔血。照握乃夜光，盈车非玉屑。细柳空葳蕤，水萍终委绝。黄符若可把，长生永昭晳。②

文字的意象优美颇胜于王融之作，充分表现出沈约的才华；而诗意却比王融显豁单纯得多，一望而知仍是集合了各种仙境意象，抒发其求仙长生的志趣。

　　这儿有必要回想起的是，第九章里我们已经审读过王融那些纯正的游仙诗篇，他绝非不懂或不擅抒写同样的主题；然而事实上在与沈约的对照中，却呈现了差别。理由很明显，因为在这时候王融并没有接到书写游仙主题的任务。在种种具有特定约束力的文学场合——同时也就是身份角色——中，王融完美地扮演着不同的发言人：一位颂圣的官僚、一位佛教信徒，或者一位追求仙道的隐士③；然而当这样具有约束力的文学主题消失，没有一种稳定的文学固有力量引导着他的旋律时，王融的文学往往便会不自觉地迸发为雄直骏发的"烈士之英风"，我们看得到这与他的生命形态是吻合无间的，就好像沈约在同样的情况下会流露出他心底的道教信仰一样。

　　聪明的读者会发觉，在文学篇的前几章中，我一直采取与传统"知人论世"论唱反调的理解角度，总是在强调文本本身有其形态、规制与场合，这是作者本人意愿所无法主宰的。但是我并无意从根本上否认作者对作品具有的父权，在这一意义上我并非一个后现代主义者④，我只是想说：

---

① 按，"岊"当为"峊"，山曲也。

②《艺文类聚》卷五十六，第1010页。

③ 从这一意义上说，永明时代的这些诗人们，的确都是很好的"科举型人才"，他们在命题作文中无疑是有本领拿到高分的。

④ 当然，从最终极的意义上，我们既无法确认作者所说出的便是他所想说的，也无法确认读者所读到的便是作者所说出的。不过只要我们开始对具体的对象进行解读，实际上便已意味着我们自认为能够捕得其"真意"。对于已经进入到语言迷阵中的人而言，与其纠葛于言不尽意的哲学命题，享受语言对意义的侵扰与反哺毋宁说更有乐趣。

只有当作者具有了真正的歌唱自由时,他才会唱出与内心意绪相吻合的声音。虽然"真正的自由",只能是程度不同地趋近而不可最终抵达的。——正如父母永远不能完全束缚已经出生的儿女,但儿女所携带的基因却已经天然地在他们身上烙下了父母的烙印。在那些较少具体限制的场合发出的声音,或者在被限制的场合中却依然发出的不和谐音,往往正泄露出作者内心深处的真实。像基因生物学家一样解析作品中携带的文化基因,分辨哪些来自作者的个性而哪些来自作者以外的集体无意识或社会文化规制成分,在我看来正是文学研究者应当赋予自身的工作。

结　　语

上面我们集中探讨了王融诗文中的渊源、用典与形式。应该说,这些方面的特征并不仅仅是王融所独有的,而是永明诗人或多或少都具备的方面,也是永明文坛的主流色彩。从中我们看到了一种纯粹文学形式上的探求,一种对语言元素作最大限度精密运转的游戏式技巧,一种基于前代丰厚传统而企图熔铸古典,别裁新声的文学道路。我们从中看到,永明诗人虽然醉心于用典,却并不是完全被古书制约着的。他们正是在这种一点一滴改造古典的过程中,不断寻求着新的可能性,来达成他们日后将要蔚为大国的文学理想。

与此相对,王融文学中还可以看到一种矛盾的冲突。在作为贵族官僚所扮演的各种社会角色中,王融完美地运用着文学这一应酬工具。在这些场合中,作者是深深地隐藏在文字"应当"具有的面貌之后的——我们对于六朝文学中留存至今的大多数文字,都应作如是观。但是,在那些偶尔流露出王融内心真实的辞句中,最炽烈地扇动着的,依然是对于时不我待的焦灼,对于建功立业的渴望,以及对于古之烈士的向慕。而这正是王融迥异于时代的,自我的声音。这股如同迫不及待般鼓动着的能量,最终将他年轻的生命燃烧殆尽。

终章　南朝贵族社会与永明体运动

——方法论上的三种视角转换

研究王融，无法避开的自然是他与永明体之间的关系。甚至可以说，就文学史或批评史的惯常思路来说，如果王融还有研究的价值，那么也就在于他与永明声律的关系了。但本书的构思与展开，却与这种惯常的思路正相逆反。在拟定"王融研究"这个课题时，正是由于深感王融在历史和文学史上的地位与研究状况的严重不平衡，才决心要对整体的王融及王融文学进行探究。在那个时候，我甚至打算将永明声律问题完全置之度外，因为在我看来，即使完全不谈永明声律，就王融在南齐政治史、文化史中的地位，以及在永明文坛中的影响力，都足以构成独立的博士论文研究课题，获得充分有趣而有价值的成果。而永明声律在经过学界如此密集的"炮火"之余，哪里还有我置喙的余地呢？然而始料未及的是，随着研究的深入，在对王融生平与文学都获得了相当充分的解明之后，最终的问题重心自然而然地再一次回到了永明声律上。而这个时候呈现在我眼前的永明体运动，已经和过去截然不同了。

正如刘跃进先生所曾指出的，永明声律问题的相关材料寥寥可数，在经过文学批评史学界大量密集的讨论之后，已经近乎言无余义。必须"别求新声于异邦"，如梅维恒、梅祖麟对印度首卢迦体的分析，平田昌司对《诗律考辨》的研究等，在中古中西文化交流的知识背景下，对各国文献作综合连结，才有可能取得突破①。这无疑是具有宽广视野的宝贵意见。不过同时应当注意到的是，这一意见的立足点与反思对象在于学界长期以来惯用的范式——也就是通过具体汉文史料的考证和通过音韵学史角度的研

---

① 刘跃进《别求新声于异邦——介绍近年永明声病理论研究的重要进展》，《文学遗产》1999 年第 4 期。

究理解永明声律理论的创造发展过程。梅维恒以及平田昌司等的研究依然是在同一方向上的拓宽深化，而并不是研究思路的转换。刘先生在这一提议中并没有触及汉文史料内部所具有的研究范式转换可能性。因此赞同这一意见，并不意味着我们就无法从其他角度出发，对永明体运动的研究给予修正和丰富补充。通过研究王融其人及文学而获得理解的南朝贵族与贵族文学，正揭示出一些过去所未曾注意或者还少有注意到的层面。在这最后一章中，就希望对此略作初步的思考，以就正于读者方家。

在开始这一章之前，必须先予说明的是，之所以本章称为"终章"，是因为这一章的性质与前面的章节有所不同。本章作为一种方法论性质的反思，将基于从研究中获得的直感，预测寻求答案的可能方向，并展望将来的潜在课题。因此其内容在相当程度上可以说包含着猜想假说的成分。但是我之所以依旧坚持要将这一部分内容作为终章纳入书中，是出于自己的一种坚信：所谓学问，绝对不仅仅是"有一分证据说一分话"的存在。如果一种研究（尤其人文领域的研究）当中只能容纳已经完全得到证明的内容，而无法表现出研究者在分析观察数据、资料过程中所获得的感性体会、全局视野，以及对将来推进方向的预测，那么这种研究就无法帮助我们在饥渴困顿的求学问之旅中相互指引援助。这样的研究是不完整的，同时往往也是无聊的。在我看来，对将来的眺望与对过去的回顾同样重要，而前者更是学问之道的最大乐趣之一。不知道自己来自何处与不知道自己将去向何方，同样都难免是盲目的。因此，我写下这一"终章"，当然，同时也很乐意地，期待着读者对这些还不完全成熟的意见的批判。

第一节　《诗品》"贵公子孙"解
——王融在永明体运动中的定位

《诗品》序中有一段经常被引用的文字：

> 齐有王元长者，尝谓余云："宫商与二仪俱生，自古词人不知之，唯颜宪子乃云律吕音调，而其实大谬。唯见范晔、谢庄，颇识之耳。"常欲造《知音论》，未就。王元长创其首，谢朓、沈约扬其波。三贤或贵公子孙，幼有文辩，于是士流景慕，务为精密。挼绩细微，专相凌

架。故使文多拘忌,伤其真美。①

在永明体相关史料中,以上文字是至为重要的一段,被各种论著大量引用阐发。论者以此定王融、谢朓、沈约三人对永明声律的首创之功。在过去的研究中,通常不加分析地将"贵公子孙"一语理解为"王公贵族子弟"。然而在第一章中我们已经考证过,六朝的所谓"贵公子"并不是泛指尊贵的公子,而是指贵公,也就是三公之子。这是一个有严格社会阶层限定的指称,而不是一个文学修饰。以往的理解在这一点上是存在着严重误解的。牵一发而动全身,对于处在史料关节点上的这一概念的理解错误会导致我们对于史料整体的误解——进而导致对永明体运动发生误解。因此我们必须重新来检查这一段史料的确切含义,确认永明体运动中包含的相关因素。

　　既然"贵公子"一语指的是"三公之子",毫无疑问,"贵公子孙"当然就是指"三公的子孙"了。谢灵运《拟魏太子邺中集》并序:

　　　　王粲。家本秦川,贵公子孙,遭乱流寓,自伤情多。②

按《三国志·魏书》卷二十一《王卫二刘傅传》:"王粲,字仲宣,山阳高平人也。曾祖父龚,祖父畅,皆为汉三公。父谦,为大将军何进长史。进以谦名公之胄,欲与为婚。"裴注引张璠《汉纪》:"龚字伯宗,有高名于天下,顺帝时为太尉……畅字叔茂,名在八俊,灵帝时为司空。"③又,《宋书》卷五十二《谢景仁传》:

　　　　高祖甚感之,常谓景仁是太傅安孙。及平京邑,入镇石头,景仁与百僚同见高祖,高祖目之曰:"此名公孙也。"④

谢景仁祖父谢据,为谢安之兄,但谢景仁就没有凭借谢据而成为"名公孙"的资格,因此刘裕非得要宣称谢安是谢景仁祖父,来提高他的地位不可。

---

① 《诗品》,《群书考索》本,第153页上。"辩"本作"辨",按"辩""辨"互通,各家校注亦多互用。为免下文繁琐辩证,此径录作"辩"。
② 《文选》卷三十,第1908页。
③ 《三国志》,第597页。
④ 《宋书》,第1493页。

如上种种,皆为明证。然则在《诗品》此语中,"贵公子孙"究竟指的是谁?关于王融我们在"历史篇"中已经进行了详尽的研究,下面具体来看一看沈约、谢朓二人的情况。

前文已经提及,沈约出身寒门而兼将门的吴兴沈氏①。西晋以来,江南豪族就备受歧视。在东晋初期的王敦之乱中,沈充作为吴兴豪族代表追随王敦,最终被诛。东晋末期的孙恩之乱中,沈警、沈穆夫又因从逆而被诛,以至于"生业已尽,老弱甚多"。这两次谋逆事件使得吴兴沈氏元气斫丧,地位更呈低落。直到刘宋时沈庆之、沈攸之叔侄兴起,沈氏才开始正式登上南朝中央政治舞台,然而沈庆之、沈攸之一系却与沈约系统不同,前者属于金鹅乡沈氏,后者属于东乡沈氏,早已分支别地,绝不可一概而论②。沈约祖父沈林子,是他这一系发家之始,官至辅国将军(第三品)、河东太守(第五品),赠征虏将军(第三品),始终未能超越三品的界限。父亲沈璞,官不过淮南太守(第五品),名位不彰。沈约无论父祖,离第一品的"贵公"的资格都还差得远③。《宋书》卷一百《自序》载沈林子卒后,"太祖后读林子集,叹息曰:'此人作公,应继王太保。'"④虽然不知道是否有沈约为祖先脸上贴金的嫌疑,却正好清楚地表明沈林子并未"作公"的事实。沈约自己起家奉朝请,这是南朝低等士人的起家官,高门子弟是绝对不会以此官出身的⑤。

① 江南寒门而兼将门,是双重的低等门户。详见吉川忠夫《六朝精神史研究》第七章"沈约の伝記と生活"。

② 《全梁文》卷四十沈麟士《沈氏述祖德碑》及《宋书》自序。《沈氏述祖德碑》前人已指出可能为伪托,但其内容却未必为假,大约不过是假托作者年代而已。

③ 后人往往眩惑于《宋书》自序中对沈田子、沈林子兄弟的刻画,以之为刘宋开国阶段的重要人物。事实上作为沈约的直系祖先,他们的形象完全是一种神圣化的追溯,从官品本身来看沈氏兄弟直到最后也没有达到很高的地位,并且始终是武将而未能"兜鍪换貂蝉",实现南朝武将所渴望的由武转文进化。他们的历史重要性是很值得怀疑的。

④ 《宋书》,第2459页。

⑤ 《宋书》卷六十《范泰传》载泰上表曰:"昔中朝助教,亦用二品……今有职闲而学优者,可以本官领之,门地二品,宜以朝请领助教,既可以甄其名品,斯亦敦学之一隅。其二品才堪,自依旧从事。"阎步克先生指出:"不难看到,刘宋时奉朝请仍被视为一种'甄别名品'之官,用以使'门地二品'与'二品才堪'区别开来,那么它就不大可能位在勋品。"(《品位与职位——秦汉魏晋南北朝官阶制度研究》,第330页)这是从正面进行分析,而如果从反面来看,便正可见奉朝请乃是"门地二品"中定位最低的官职,其作用仅能用于区分二品士人与勋品寒门而已。所以沈约当然还是贵族队伍中的一员,但却已经位处边缘,随时有跌落下去的危险了。

　　谢朓虽然出身阳夏谢氏,却是其中疏远低落的一支。谢朓四世祖谢据,为谢安之兄,然而早卒无名位。曾祖谢允,为宣城内史,不过五品,而谢安、谢玄等谢氏主脉此时正执国家大权,官高位尊,二者形成鲜明对比。这一家系到谢朓伯祖谢景仁及祖父谢述时,曾经短暂中兴。谢景仁受宋高祖刘裕赏识,官至领军将军、尚书左仆射,卒赠金紫光禄大夫,加散骑常侍(以上皆第三品),其祖谢述为谢景仁所憎,但也官至左卫将军(第四品),卒官吴兴太守。也就是说,在谢朓家系最盛之时,曾达到过三、四品的层次。然而到了谢述之子的时代,便遭到重大的家变。谢综因从舅父范晔谋反被诛,谢约坐死,只有谢朓之父谢纬由于尚主而得以免死,远徙广州①。谢纬放还以后官散骑侍郎,不过五品而已②。正如佐藤正光所言,谢纬任官“在名门谢氏一族中乃地位极低者”③。谢朓自己娶王敬则之女为妻,这在真正的高门权贵子弟是不可想象的。王敬则虽然以武勇勋重位居三公,却是晋陵女巫之子,极其寒贱④。两家之间的婚姻,正是因为谢朓有门第而无权位,王敬则有权位而无门第,相互妥协谋求利益的结果。总之,谢朓出身阳夏谢氏旁支,家世虽较沈约为高,但父祖官品从未达到三品以上,离“贵公”仍有相当的距离。

　　通过以上的比对,就可以很清楚地看到,三人之中,能够称得上“贵公子孙”的,只有王融。在王融的直系祖先中,王导、王珣、王弘都位居三公。尤其王导对于六朝、王弘对于南朝政治而言都是特殊的典范性人物。因此钟嵘“或为贵公子孙”一语,所指的对象一清二楚,正是王融,而断然与谢朓、沈约无涉。玩味此语,可知钟嵘下笔实极为精慎。之所以要加一“或”之,正是因为三人并非皆贵公子孙。而之所以要说“贵公子孙”而不是六朝常用的“贵公子”,则正是因为王导—王洽—王珣—王弘—王僧达这一系谱虽然显赫无双,但从王道琰时开始却急遽衰落,名位不显。因此王融只能说是“贵公子孙”,而不能说是“贵公子”。钟嵘此语,实在称得上是无一字多余无用的。

　　关于钟嵘此语,若不细致辨析,极易造成误解,曹道衡先生就说:“自

①《宋书》卷五十二《谢景仁谢述传》。
②《南齐书》卷四十七《谢朓传》。
③ 佐藤正光《南朝の門閥貴族と文学》,第47页。和琅邪王氏等其他宗族一样,阳夏谢氏内部也存在着亲疏高低的悬殊区别,绝不可一概以“阳夏谢氏”四字就拟为高门。
④《南齐书》卷二十六《王敬则传》。

从刘宋的沈林子、沈庆之等人显达之后，钟嵘在《诗品》中已把沈约和王融、谢朓，并称'贵公子孙'。这四字出于颍川钟氏的人手笔，更反映出人们观念发生了多大的变化。"①曹旭先生也说："贵公子孙，此谓王融、谢朓、沈约，三人均王公贵族子弟。"②事实上，"或贵公子孙"这一表述和"三人均贵公子孙"的观念本身就存在着矛盾。前辈学者也已意识到这一矛盾，因此在对《诗品》进行校注时，往往据《吟窗杂录》本等，认为"或"当作"咸"，乃形近而误③。然而如本书所证，这实在不能不说是与事实南辕北辙的，应当纠正的不是"或贵公子孙"的表述，而在于对"贵公子孙"涵义的理解。"咸贵公子孙"才是后人未解钟嵘真意而作出的臆改。

同时，"幼有文辩"一语，恐怕也并非对三人的共同评价。三人的"文才"可以说都是一时之选，在永明年间也都已有着很高的声望，然而"幼"有文"辩"的综合评语，却只有王融当得。沈约幼时，父亲沈璞就因依附弑父篡位的文帝太子刘劭，而被目为反逆，在皇位争夺战中被后来的孝武帝刘骏所诛。他因此长年窜身草泽间，"流寓孤贫"，年长以后才得依附蔡兴宗，逐步升进④。沈约实在不是少有才名的神童——他在文坛上地位的奠

①《门阀士族与永明文学》序，第 4 页。

②《诗品集注》，第 342 页。

③ 如车柱环《钟嵘诗品校证》、王叔岷《钟嵘诗品笺证稿》、曹旭《诗品集注》、吕德申《钟嵘诗品校释》、张怀瑾《钟嵘诗品评注》等皆持此说。

④《宋书》自序及《梁书》卷十三《范云沈约传》。又，学者通常以为沈约二十一岁起家奉朝请，其根据在于沈约《游钟山诗应西阳王教》，《文选》李善注以为此西阳王为宋西阳王刘子尚，而子尚从西阳王改封豫章王在 461 年，故逆推沈约此时（二十一岁）应已出仕。然而沈约《宋书》卷八十《孝武十四王传》称子尚"人才凡劣，凶愍有废帝风"，其评价极恶。这样的人物本身就很难想象会对文学风雅之道有所浸淫，而倘若沈本人曾随之唱游，又何至于赠与如此恶评？李善注《文选》，于典故用事固然精确广博，于史事却未尽精悉。此处谓宋西阳王的可能性实极小，而最有可能的人物，乃是齐西阳王萧子明。按《南齐书》卷四十五《武十七王传》，永明三年，子明自武昌王改封西阳王，而竟陵集团最为鼎盛的时期正从这时开始。而齐西阳王子明，史称"风姿明净，士女观者，咸嗟叹之"。这样的人物会与沈约有所交游是很自然的事情。子明生于齐高帝建元元年（479），永明十一年已十五岁，因此永明末年或者隆昌年间足可与沈约同游钟山作诗，年岁上也无不合之处。倘如此论，那么认为沈约二十一岁起家奉朝请就完全是缺乏依据的了。史传仅称沈约"起家奉朝请。济阳蔡兴宗闻其才而善之；兴宗为郢州刺史，引为安西外兵参军，兼记室"。考《宋书》卷五十七《蔡兴宗传》，兴宗为郢州刺史在泰始三年（467），换言之，我们最多能判定沈约在二十七岁之前已经起家而已，而这个岁数对于贵族出身来说当然已经是晚得有点过分了。

定,很大程度上其实正由于年辈比其他人都高,活得也比别人都长。永明年间,当萧子良、王融、谢朓等以二十余岁的青年主导文坛风潮之时,沈约就已经年过四十,属于他们的父辈。至于谢朓,《南史》卷十九《谢裕传》附《谢朓传》明确记录他"隆昌初,敕朓接北使,朓自以口讷,启让,见许"①的事迹,可见其虽长于文辞,却拙于口辩。此外,《梁书》卷四十九《何逊传》载萧绎曰:"诗多而能者沈约,少而能者谢朓、何逊。"②宋人葛立方《韵语阳秋》对此则加以阐发说:"诗多而能者沈约,少而能者谢朓,虽有迟速多寡之不同,不害其俱工也。"③这也从侧面反映出谢朓并非那种下笔千言、倚马立就的人物。

　　与之相对,王融的形象完全不同。他一方面是神童,另一方面是辩才无碍的人物,同时兼备两方面的特性。让我们再看一次《南齐书》王融本传的评语:"融少而神明警惠,博涉有文才。"这和"幼有文辩"的说法只是表述上的不同而已。在前面我们已经讨论过,王融在当时的建康贵族文化圈中,最为突出的一个形象,就是"少年天才",而他更曾在外交应对中逞口舌之辩,折服北使。因此"幼有文辩"一语,确切地说,也应当认为主要是基于王融形象而做出的评价。

　　再次附论一点,在钟嵘这段话中,三人的排列次序甚至都隐含着微妙之处。所谓"王元长创其首,谢朓、沈约扬其波"。三人之中,沈约年纪最大(441~513),其次为谢朓(464~499),王融年纪最小(467~493),为什么钟嵘所陈述的次序却是恰恰相反? 即使他认为王融有首倡之功,比较特殊,为什么在并列谢朓、沈约时依然将年纪较小的谢朓放在前面? 这显然并不寻常。然而,如果在南朝贵族制社会的整体背景下观察,这样的排列次序就没什么不可理解的了。王融,如前所言,是贵公子孙。谢朓虽然是谢氏旁支,毕竟也属于阳夏谢氏的一分子。只有沈约出身最低,几乎没有父祖门第可供依凭,在文坛、政坛上的地位完全是自己努力开创的——而在永明年间,年过四十的他还只不过是个中流官员而已,虽然已经有了相当高的文名,在贵族政治中却仍然无所建树。就此看来,出身"颍川钟氏"的钟嵘的排列依据,很有可能正是在于三人的门第高低——以及,如后文

①《南史》,第 533 页。
②《梁书》,第 693 页。
③ 葛立方《韵语阳秋》,上海古籍出版社 1984 年影宋本,第 30 页。

所述,与此密切相关的社会影响力了。

　这么说,并不是要抹杀沈约、谢朓在永明体创造过程中的贡献,也不是想要从钟嵘话中找出什么微言大义来证明王融的价值。我想要提请注意的只是,一种新事物、新文化的进入历史,其发生创造固然是极其重要的,而在创造过程中如何发生影响,传播迁移,渐而深入人心,定着为一种对历史具备持续影响力的因素,同样值得注意。后者在历史过程中的发生,往往是与单纯理论研究之外的各种因素联系在一起的。而这正是文化史、心态史、社会运动史研究最关心的焦点。钟嵘将王融置于永明声律运动的开创者地位,《南齐书·陆厥传》和《梁书·庾肩吾传》并同此说。然而如绪言所述,学界在介绍永明体时却常常以沈约为代表,对王融只是一笔带过,这是很容易造成错觉的。谢无量早已对《诗品》这段材料分析指出:

> 然则永明体宫商之论,实发于王融,成于谢朓、沈约也。王、谢既早世,而约独历齐入梁,位显誉隆,后世遂以声病之说归于约矣。①

这是很有见地的。但是从另一方面,我们同时也应当承认,后世,尤其在今天的研究中重视沈约,是有其必然性的,因为他确实留下了理论性的著作《四声谱》和重要相关文献《答陆厥书》。而理解总是跟着材料运动的,有可供研究的材料留下的作者获得学术镜头的对焦乃是顺理成章。相对来说,如果仅从永明声律发现和理论创建的角度来考虑,王融就没有给我们留下任何一本著述。周颙著有《四声切韵》,沈约著有《四声谱》,陆厥写了《与沈约书》,不论原文存佚完缺,至少这些材料都让我们看到齐梁人对声律问题实际进行过的探讨。然而王融"尝欲造《知音论》,未就",很显然没有完成任何理论著作。如刘跃进先生所统计,王、谢、沈三人的实际创作中,最充分体现声律的也是谢朓,而不是王融②。王融在创造永明声律理论的过程中究竟发挥了多大的作用? 我们实在无从探究。二十七岁就

---

① 谢无量《中国大文学史》卷五,第十八章"永明文学",中华书局民国七年(1918),第17页。
② 《门阀士族与永明文学》,第116页。当然,如下文还会谈到的,这里的所谓声律,是以近体诗律为标准进行的统计。

逝世的他,在声律理论上是否已经臻于成熟?我们也无法断言。除了钟嵘的引述之外,没有留下任何著述或被记录下详细观点的他,会被有意无意地忽视也是理所当然的。

但是,如果意识到这一角度的局限,转而从理论辐射现实的角度考虑,那么"贵公子孙"王融作为当时的年轻文化领袖,在这一过程中所起的作用却无疑值得我们重新加以评估。如第三章所述,王融在永明年间,实有着极其崇高的声望,乃是人人追捧的时代偶像。在这种情况下,王融有没有写下理论文字,或者是否深入探讨了声律问题,实在都已经无关紧要。他只要在贵族沙龙里,在竟陵王的西邸谈客间发表自己的看法,就已经足够引起听者的震动了——钟嵘所记录下的,也不过就是他的某次谈话而已。如钟嵘原文所言:"三贤或贵公子孙,幼有文辩。于是士流景慕,务为精密。"在我们判明"贵公子孙,幼有文辩"一语主要是指王融之后,其中的逻辑关系便清晰地呈现出来了——这句话所表述的,正是王融的门第与才华所带来的偶像效应。而从这个角度出发,再重新玩味钟嵘的"王元长创其首"一语,我们就会发现,把重心从"理论创造者"扩展到"宣言发起者"和"运动鼓吹者"的角度去理解王融的定位,是更为全面准确的。钟嵘的原文逻辑其实非常清晰:正是因为王融"贵公子孙"的身份,以及"幼有文辩"的声望,才使得"士流景慕",造成了社会影响。从都城文化圈的运作来说,这是一种新潮人物引领潮流,打造时尚文化的典型模式——我们可以联想到当代娱乐界的造星运动——而不是我们今天所想象的那种严肃学术探讨。严肃的学术、文学内核当然随着潮流运动而扩散传播,造成了影响;然而这一传播影响的过程却远远不是那么纯粹。学术理论的探讨是少数学者之间的事情,但理论扩散接受的过程,却已经进入了社会文化运动的范畴。两者虽然前后相承,却非简单重合。

从这个角度推演开去,我们不难发现,历来对于永明体运动的研究,相关论著虽然已经是汗牛充栋,但却几乎完全集中在声律理论和文学史相关史实的辨析上。换言之,这一运动被孤立地局限于抽象思辨层面以及文学领域内。然而如本书上篇所反复陈述的那样,六朝文学家并不只与文学相关,他们同时——更主要地——是政治家、礼仪家、学者、社会活动家,以及贵族文化的承担者。他们在文学领域内的行动,也决不会仅仅是文学内部的独立事件,而必须要置于社会文化整体背景下进行理解。作为文化领袖的王融,以及谢朓、沈约,在永明时代的都城贵族文化中是如何宣传他们的理论并付诸实践;而当时人又是在怎样的状态下接受发展这种理论,使之最终定着为一种影响久远的历史能量的? 当我们将眼光从"永明声律"内部抽离出来,扩展到"永明体运动"时,这些富于意味的问题便纷纷涌入视野,而汉文史料内部的研究范式转换也就获得了丰富的可能。

第二节　永明声律反思
——从无规律中寻求规律的运动

在这一节中,我希望来探讨一个逻辑性的问题,即历来对于永明声律所采取的统计方法及结论,在方法论上是否成立?

回顾历来对永明体的研究,可以看到有一种基本的范式,那就是通过分析沈约、谢朓、王融等人的诗歌声律,统计其入律诗句数量来归纳他们创作中对声律理论的贯彻程度。就我所见的情况而言,日本学者的基本研究方法也同样如此。然而不能不说,这种研究方法其实存在着理论上的先天缺陷。即就王融而论,其人二十七岁即告早世,作为永明声律的先行者,很难想象他的理论已经完全成熟,可以彻底和作品相匹配(钟嵘就说他欲造《知音论》而未成)。在这个摸索发展的过程中,他究竟哪些作品是在理论成型之前创作的? 哪些作品是在摸索过程中的实验品? 哪些作品是胸有成竹之后的成熟之作? 我们既对王融提出声律理论的具体时间一无所知,对其作品又缺乏精确编年的可能,又如何能够将其所有作品笼而统之,一律用作分析其声律理论的材料? 不但对于王融是如此,对沈约、谢朓等也无不如此。理论总是在实际创作中逐步归纳成熟的。我们可以假设一种较极端的状况:如果被统计诗人所留存的作品大多数都是创作于理论成熟之前,那么对其创作的统计无法体现这种理论,就完全是理所当然的了——而这根本无法证明该诗人在自己的创作中没有贯彻该理论。因此,除非我们能明确判断每一首被统计作品都是作于作者理论成熟之后,否则这种统计从根本上说就是缺乏意义的。

除此之外,这中间更含有一个基本的逻辑误区:在永明诗人开始发起这场文学运动的时候,近体诗律还根本不存在。近体诗律是永明声律运动延伸上百年之后才凝成的结果,而在运动开始之初,是绝不可能未卜先知一般地径直朝着近体诗律方向前进的。对于一个还处在未知之中的历史结果而言,最初的探索必然是漫无方向的。究竟什么样的声律规则才是最适合汉语诗歌的? 必须要通过大量的试错才可能渐渐呈现出来。近体诗律只是在这一过程中逐渐壮大,最终掩蔽了其他方向的一种可能而已。从整个汉语诗歌史来说,最有意义,最值得探究的当然是永明声律朝向近体诗律发展成熟的单线过程;然而如果要探究这一过程中诗人们是如何筚路蓝缕,从无规律中摸索出规律的历史实相,那么毋宁说那些还不清楚目的地何在的,最终被历史所遗忘的尝试方向,才更值得我们关注。更进一步说,不仅仅永明声律,在文学史发展过程中的所有类似事件,都值得我们用同样的观念进行观察和反思。那"唯一正确的可能性",究竟是如何从无数的可能性中突围而出,最终成为了历史事实的? 如果我们对于古人对其他可能性的探索一无所知,我们对于这"唯一"的可能性的定位也必然是缺失的。

　　以上的反思或许看起来只是一种难于实行的玄谈。不过学者已经为我们提供了很好的实证范例。下面想要介绍关于永明声律最新,在我看来也是最具有方法论意义的一种重要研究,那是吴妙慧发表于《美国东方学会杂志》124 卷 1 号(2004)上的论文《王融三首诗歌中的声律》(Meow Hui Goh. *Tonal Prosody in Three Poems by Wang Rong*)。在这篇论文中,作者对王融的《饯谢文学离夜》《后园作回文诗》和《春游回文诗》进行了细致的声律分析,得出了一些非常有趣的结论。我们来看看最为典型的第一首,《饯谢文学离夜》:

所知共歌笑,	上平去平去
谁忍别笑歌。	平上入去平
离轩思黄鸟,	平平平平上
分渚菱青莎。	平上去平平
翻情结远旆,	平平入上去
洒泪与行波。	上去上平平
春江夜明月,	平平去平入
还望情如何。	平去平平平

从近体诗律的规范来看,这首诗可以说完全没有合律之处。甚至一

眼看去,只觉杂乱无章。因此也从来没有人将其作为声律研究的对象。然而事实却并非如此,其中隐含着极其严整的声韵规则。第一、第二句中,前两字分别为"上平"和"平上",后两字分别为"平去"和"去平",换言之,第二句的这两组结构分别是第一句的逆反。而第三、第四句中,第三句的前两字为"平平",与第四句的后两字相同;第三句的后两字为"平上",与第四句的前两字相同。第五、第六两句延续了完全相同的规律。论文作者将其称为"对角映射模式",并且指出这种模式罕见地连续出现在了同一首诗中①。最后两句虽然没有这么严整的规律(作者也只是指出最后的三平声有延长声调的作用),不过在我看来,如果将最后一句第二字的去声换为入声,就依然还是存在着和前两组同样的规律。换言之,最后两句可以说是存在着有缺陷的声律。

通过作者敏锐的透视,我们眼前展开了一首全新的《饯谢文学离夜》。看似完全混杂无章的用字之中,却隐含着严整巧妙的音韵规律。我们很难想象这种规律完全只是巧合的结果。如果说王融曾经以这样的形态对声律进行过探索,那么他的其他作品,或者这场运动中的其他诗人的作品是否也会存在类似的例证呢?

这无疑是一项令人兴奋的、值得发掘的工作。当然,在这一工程几乎还未起步的现阶段,并不能断言结果一定会是乐观的。不过,至少仅从方法论上说,我们已经不能不承认其中所包含的充分合理性。在这个意义上,吴氏富于新意的论文正为我们打开了一个新的方法论出口。在今后的工作中,对于永明声律以至近体诗律的研究,需要的不仅仅是以特定格律为标准进行统计,更需要以一种结构性的视角,对任何规律化、格式化倾向的文本现象进行归纳的能力。我们应该做的不是测试齐梁诗歌是否符合近体诗律,而是测试那些作品中是否含有"一定的声律规则",而这些声律规则是有多种可能性的,需要测试者以聪慧的眼光,从纷繁杂乱的形态中去透视提炼,让已经沉默无语的古人重新发出属于他们的声音。

---

① 作者没有指出,但在我看来也值得注意的还有一点,那就是二、三两联采用了同样的声律规则,这与后世律诗颔联、颈联对仗的要求可以说是向同一方向的展开,即中腹部分以相同的构造形成独立主体。

第三节　南朝贵族社会·贵族文学·永明体运动

关于南北朝的贵族社会,日本京都学派学者已经构筑起宏大精密的理论体系,相关论述堪称汗牛充栋。就著者手边所及,宫崎市定先生《东洋式近世》的一段论述,可以说至为简明地概括了南北朝贵族的基本性质:

通贯南北的这种贵族制的成立,可以说是封建制度的一种变形。在封建制度下,家族继承者在继承祖先财产的同时,也一并原封不动地继承了其政治地位;而在贵族制度下,家族继承者虽然原封不动地继承了父祖的财产,在政治上对于其父祖所获得的政治地位,却是与其他贵族共同拥有的。换言之,如果父亲是宰相,那么儿子就有权利主张自己也应当成为宰相,但宰相之位却并不仅为特定的一家一门所独占,而是分属于有资格主张相同权利的数家。如此一来,即使在同等的贵族之间,也会既有能长期产出宰相,乘时得势的家族,亦有运势不佳,无法持续产出宰相,在不知不觉中失去了既得权力的家族,贵族之间在沉浮盛衰交替的同时,相互间就会产生激烈的竞争,也会引发阴谋了。然而,容易发生在贵族之间的无限制的自由竞争、猎官运动,却会因为相互的嫉视和牵制而得到一定程度的抑制。在这种情形下,贵族社会就变化为一种最为排他的封闭社会。贵族为了维持自己的既得权力,便不能不尽可能地防止新贵族的出现。因此,即使出现了凭借与君主的个人关系而显贵的人物,旧贵族群也会对其十分轻蔑,视为暴发户、勋门,极度不愿将他们接纳入自己的社会。而为了地方制度的顺利实施起见,帝王最为得策的也莫过于利用贵族群全体的既成势力,因此会尽可能地顺从贵族间的舆论,授予适合各自家门的官位,维持贵族群的秩序,而这种政治就会被称赞为公平的政治。在这中间,贵族间就自然产生等级差别,例如可以成为中央政府大官的家族,以及可以担任地方州政府要职的家族等,金字塔型的贵族制度成立起来。[1]

---

[1] 宫崎市定《东洋的近世》三"中国近世の政治",《宫崎市定全集》第二卷,岩波书店1992年,第178~179页。

这一段论述典型地代表了史学界的南北朝贵族社会史观,其着眼点在于宏观的政治、社会、家族、制度层面。这当然是极其正确而富于洞察力的观察角度。然而,贵族不愿意接纳乘时得势的新贵族,是否仅仅由于权力斗争,由于政治史和制度史层面上的因素?

社会属性是史家归纳的结果,当然,正确的归纳对我们深刻理解历史是非常重要的。但如果将上引宫崎市定这一段话拿去对某一位南朝贵族讲述,他恐怕会完全瞠目结舌,不知所云。被抽象归纳出来的人的社会属性,往往未必是他自身所意识到的东西。毋宁说,对于一个"活在当下"的人来说,由这些社会属性所规定的外在表现,才更鲜明,更生动地直接存在于真实当中。而引导着这些人物去行动的,往往也并不是那么深刻抽象的原理(虽然在最深处也许是由这些力牵引着),而是可视可感的外在表现。如果说一般的历史研究还可以跳过这种"表面"直击"本质",将个人视作深层构造的被动表现物;那么对于文学史、文化史的研究而言,文学艺术乃是人的主观创造物,而"创造者"的想法与感受如何就成为根本性的影响因素,因而我们也就必须将重点置于这些"表层因素"上。或者说,"本质"与"表面"之间的这种反复互动,应该成为文学史、文化史家理解对象的独特方式。从这个角度思考,我们就会发现,除了上述这些根本性的原因之外,如果尝试想象南朝社会的真实场景,从"个人"的真实所感出发的话,实际上还可以得到更直观的,在理性权衡之前就已经发生的原因,那就是个人的仪容言谈,乃至于文化教养。

《颜氏家训·音辞篇》:

> 冠冕君子,南方为优;闾里小人,北方为愈。易服而与之谈,南方士庶,数言可辩;隔垣而听其语,北方朝野,终日难分。①

这可以说是最清晰地揭示出了南朝贵族社会中士庶悬隔的真实情态,那并不仅仅是观念上或者是制度上的事情。和北方起步未久的贵族社会相比,南方携带着魏晋以来的制度传统,经过两百余年的浸淫,到宋齐时代早已在各方面充分成熟——甚至可以说是成熟过度了。士庶之间的区别,甚至包括士族内部的高门贵族与寒士之间的区别,都已经不是依靠理念、制度作出的规定,而是内化到了每一个个体的生命形态深处。在个体

---

① 王利器《颜氏家训集解》(增补本),第529~530页。

的生命活动中如何辨别士庶？当然首先是在外观的服饰上，士大夫的高冠缓服，是适于表现优雅风度而完全不适于劳动生产的服装。然而如《颜氏家训》此语所示，他们即使易服而谈，也会迅速地表现出各自的不同。一个贵族，从小所接受的教养、交往的人物、家庭的礼仪、对将来的期待，以及为了实现这种期待而作的各种准备，都与庶民是不同的。这种区别是直接可闻可见的①。我们不妨设想自己站在一个南朝贵族的立场上，当他看见那些言辞粗俗，举止无度的"乡下人"公然穿起朝服，与自己站在同一个朝廷上，甚至打算挤进自己圈子的文化交际、公酬私宴中来，他会是怎样的一种心情，会做出怎样的反应？他并不需要去查考系谱，或者考究在社会史、制度史意义上符合什么标准的人才算是贵族，而怎样的人又是庶人，他只需要看一眼，谈两句，就已经足够分辨这个人是不是"自己人"了。因此我们也不难理解为什么南朝士人对寒人会如此深恶痛绝——这就和一个城里小姐看见一个农民进入自己家里的感觉是一样的。她并不需要知道这人的出身成分，她只需要看到对方沾满尘土污垢的衣服弄脏了自己洁净的地板和沙发，听到对方的粗话和大嗓门，就已经足够滋生出"厌恶"的感情了。这种感情的美丑是非姑且不论，在一个等级分明的社会中，一部分人有资格歧视另一部分人——仅仅从单纯的感官生理出发——却是不争的事实。这种厌恶，其实是并不需要从阶级权力斗争角度加以诠释的。

因此我们可以进一步补正第三章中提出的问题——为什么即使同样是吴兴沈氏或者其他低等士族出身的人物，有些能轻易得到上流社会的认可，被视为高等士人；有些却遭到无情的蔑视和嘲笑，得不到平等的对待②？

————————

① 过去学界对于《颜氏家训》此语，大致从南北音韵角度进行理解。如陈寅恪《东晋南朝之吴语》："南北所以有如此不同者，盖江左士族操北语，而庶人操吴语；河北则社会阶级虽殊，而语音无别故也。"（《史语所集刊》第七本第一分，后收入《金明馆丛稿二编》，生活・读书・新知三联书店 2001 年）这当然是正确的。然而就颜氏原文观之，所谓"冠冕君子，南方为优。闾里小人，北方为愈"。还包含着一种文化价值高低判断在内，这恐怕不是仅仅以语音混同与否就能够完全解释的。

② 越智重明已经针对梁陈贵族制中的这一主题有所论及，指出梁陈甲族对沈约等一般士族出身人物跻身台辅的态度包含有"反对"与"认可"两种立场，但关于其原因，则仅认为其"对假武帝之威者表示反感，对并非如此的人物则表示认同"（《魏晋南朝の贵族制》第七章"梁陈政权と梁陈贵族制"第六节"旧来の甲族层が「士门」层の政治的擡头に示した态度"，中译本参见《日本学者研究中国史论著选译》第四卷《六朝隋唐》，第 309 页）。这个看法恐难认为是深入膝理的。

阶级属性塑造了每一个人的风貌,然而个人的风貌反过来又在规定着这种阶级属性。而在现实社会中,人们的判断并不是从阶级属性出发,而是以风貌为依据的。如果一个出身不高,但是却在风貌——修养、风度、知识、情操等等所构成的整体的人——上能够得到高等贵族的认同,那么他的出身也就算不上什么大问题了。这就是为什么“贵公子”能够成为社会阶层判断标准的根本原因。在企图超越自己的出身阶层的人物中,郭璞、宗炳、沈约是成功者的代表,而路琼之、王弘、狄当则是失败者的代表。最终能否超越阶层,根本原因也正在于此。

反过来,在贵族中也会有一些人物,并不具备贵族所应当具备的风貌。他们或者是因为智力上的缺陷,不足以学会贵族社会那套复杂的礼仪行为和言语体系(如谢瑛、王锡),或者是因为暴发新贵,家族还缺乏足够深厚的文化积累(如宋彭城王刘义康),这些人物虽然因为血缘上的规定性而依然被承认为贵族,但在背后的议论甚至当面谈论中却会遭到明显的歧视①。他们虽然“是”贵族,但却被人“不当贵族看”②。可以说,家族血缘是贵族社会在制度上的根本支点(是),而个人风貌却是贵族社会在现实中的运作方式(看)。《南齐书》卷五十六《幸臣传》:

> 僧真容貌言吐,雅有士风。世祖尝目送之,笑曰:“人何必计门户？纪僧真常贵人所不及。”③

---

① 《宋书》卷五十六《谢瞻传》:“灵运父瑛,无才能。为秘书郎,早年而亡。灵运好臧否人物,混患之,欲加裁折,未有方也。谓瞻曰:‘非汝莫能。’乃与晦、曜、弘微等共游戏,使瞻与灵运共车;灵运登车,便商较人物,瞻谓之曰:‘秘书早亡,谈者亦互有同异。’灵运默然,言论自此衰止。”刘义康事见下。

② 正是因为如此,王锡身上存在着一个罕见的现象,那就是周一良先生早已指出的,王锡之女,正是嫁给了我们在第五章中详细分析过的吴兴豪族沈文季(《南朝境内之各种人及政府对待之政策》)。周先生仅指出这一高门与南方豪族婚姻的现象为南朝罕见,而并未能就其原委作出说明。然而我们在明了二人的阶级属性及个人风貌以后,便不难理解。王锡虽然以公子起家散骑,却人才凡庸,甚至遭到亲弟王僧达的蔑视,他在其余贵族之间所受到的冷遇可想而知。这种状况正是他不得不接近拥有快速上升势头的吴兴沈氏,甚至不惜结为姻亲的原因。而沈文季对王谢贵族切齿不已,却愿意娶王锡之女为妻,无疑也是因为王锡并不是那么“贵族”的贵族。

③ 《南齐书》,第974页。

纪僧真是很少有的特例,并且前面我们也已经论证过了,齐武帝本人就是一个出身低等门户、也看不起贵族学士的人物,因此他的这段话未可尽信,至少不能代表贵族社会也承认纪僧真的士人风度。事实上这一言论的精神正在于反对"门户"。不过不论如何,这段史料中最重要的是让我们看到了一种社会常识:士庶之间有着难于跨越的风度仪容界限。在通常情况下,人是要"计门户"的,而由门户所划分出来的"贵人"的容貌言吐与非"贵人"有着标志性的不同。《宋书》卷八十八《薛安都传》:

> 从弟道生,亦以军功为大司马参军,犯罪,为秣陵令庾淑之所鞭。安都大怒,乃乘马从数十人,令左右执矟,欲往杀淑之,行至朱雀航,逢柳元景……因责让之曰:"卿从弟服章言论,与寒细不异,虽复人士,庾淑之亦何由得知?且人身犯罪,理应加罚,卿为朝廷勋臣,宜崇奉法宪,云何放恣,辄欲于都邑杀人?非唯科律所不容,主上亦无辞以相宥。"①

薛安都不是高等贵族,其家本为北方的豪勇强族,是在刘裕北伐时才开始与南方政权取得联系的。奔南以后,薛安都以北伐勋功封爵,这一北方武将家庭的成员缺乏文雅风度是不难理解的。然而据柳元景所言,薛家在社会身份上却明确是士族。士族的"服章言论",正如前引《颜氏家训》所示,在服饰和言谈两方面的表现应当是与庶人截然不同的。而这段史料更表明,所谓士庶语言之别不应仅从不同地域方言的角度予以解释,而是显示为阶级性的外化。不仅如此,甚且地方官吏对其给予的法律待遇也据此而定。从社会史或者法律史的角度来说,士庶之别是由户籍所注为准的。谁是士人谁是庶人,在理论上有严格的户籍文书凭证,注录文书的依据是由父祖居官甚至更久远的先祖名望所定的乡品门地,而这种文书又规定着个人的士庶身份,以及预示出起家出仕的层次轨道。然而在这一事件中,庾淑之却显然没有先经过命令薛道生出示户籍凭证的手续,而仅仅是凭着其风貌"与寒细不异"就把他当成庶人,判以鞭刑了。并且柳元景还认为这一判断是完全正当合理的。这充分表明在当时的社会中,以户籍判断士庶已经是一种太过迂阔的手段,实际上个人的言谈风貌已

①《宋书》,第 2216~2217 页。

经足以成为判别士庶的基本标准。

宋齐时代的贵族们极端厌恶寒士、寒人,极力排斥他们进入自己的圈子,具体的史例我们在第三章中已经看到很多。然而在事实上,宋齐时代的贵族们已经无法阻止这些低等的"乡下人"闯进自己"家里"。《南史》卷四十五《王敬则传》:

> 后与王俭俱即本号开府仪同三司。时徐孝嗣于崇礼门候俭,因嘲之曰:"今日可谓连璧。"俭曰:"不意老子遂与韩非同传!"人以告敬则,敬则欣然曰:"我南沙县吏,侥幸得细铠左右,逮风云以至于此,遂与王卫军同日拜三公。王敬则复何恨?"了无恨色。①

王俭不得不忍受自己和王敬则同一天登上三公之位(甚至还要因此忍受同僚的善意嘲笑),尽管这位"乡下人"诚惶诚恐地觉得自己并不配和王氏的老爷站在一起②。刘宋时代,沈庆之、柳元景等地方上的寒门豪族已经达到了三公阶级;而王俭、王融所处的时代,更出现了寒人纷纷借着宋齐鼎代之机立功出身的热潮,王敬则、张敬儿、陈显达皆以极其低贱的寒人而位致三公。越来越恶化的事态对于王、谢贵族而言绝不是什么舒服的事情。既然从制度上、政治上已经无法遏制这种现实的发生(尽管依旧在做着徒劳的努力),贵族们剩下的办法也就只有在文化上给予隔离和歧视了。我们依旧可以想象,面对着合法进住自己华丽房间的乡下人,贵族们还能通过什么方式来给予抗拒呢?最直接的方法当然莫过于态度上的隔绝疏离。贵族们说的话乡

---

① 《南史》,第 1130 页。标点有改动。
② 祝总斌先生已经指出这一点与北朝迥异。南朝社会以旧门大族的威光为贵族社会的重要标志,业已呈现为社会观念深层的集体无意识;而北朝"寒人只要一代取得高官要职,一般就被视为盛门,即便汉族第一流高门也不拒绝与之联姻……鲜卑贵族重视的是当朝官位、权势"(祝总斌《门阀制度》,白寿彝主编《中国通史》第五卷上册,上海人民出版社 1995 年,第 620、621 页)。事实上北朝的这种情形也正是非贵族社会的一般状态,亦即以本人当下的权势为社会地位高低的标志。魏孝文帝虽然努力建立贵族制度,向南朝靠拢,但北方社会本身却并未达到自然而然的贵族制形态,因而有这种表里不一的表现(这一点从比较史的角度来说,正有如日本奈良、平安时代模仿隋唐律令制建立起统一君主国,但其社会却仍处于地方豪族势力林立的状态,故律令制不久便告崩坏,变形为以律令制统一国家为表,大名封建割据为里的中世社会)。这种南北差异,正是本节开头所引《颜氏家训》君子小人之别的深层原因。

下人听不懂,贵族们做事情的方式乡下人也跟不上,尽管进入了华丽的大屋,乡下人还是被挤在角落里,没法进入贵族的交际圈子。这样一来,贵族虽然空间遭到压缩,但依然得以维持贵贱士庶之间的区别。

《世说新语·容止篇》的一则佚事,最富于象征性地表现出这种世态:

> 庾长仁与诸弟入吴,欲往亭中宿。诸弟先上,见群小满屋,都无相避意。长仁曰:"我试观之。"乃策杖将一小儿,始入门,诸客望其神姿,一时退匿。①

南朝前期的贵族们,正如长仁诸弟相似,他们与群小共处一屋,群小却已经"无相避意"。而他们的理想,就是像庾长仁那样策杖入屋,神姿栩栩,令鄙俗的庶民望而退避三舍。

贵族们用于斥退"群小"的手段是什么呢?《宋书》卷七十七《沈庆之传》:

> 斌复问计于庆之。庆之曰:"闻外之事,将所得专,诏从远来,事势已异。节下有一范增而不能用,空议何施?"斌及坐者并笑曰:"沈公乃更学问?"庆之厉声曰:"众人虽见古今,不如下官耳学也!"②

无论沈庆之在北伐之役中如何地料事机先,体现出贵族们所无法比拟的军事才能,他还是免不了遭到嘲笑。因为沈庆之"手不知书,眼不识字"(《宋书》本传),他偶尔用一次典故还是"耳学",也就是听来的。《南史》卷十三《宋宗室及诸王上彭城王刘义康传》:

> 义康素无术学,待文义者甚薄。袁淑尝诣义康,义康问其年,答曰:"邓仲华拜衮之岁。"义康曰:"身不识也。"淑又曰:"陆机入洛之年。"义康曰:"身不读书,君无为作才语见向。"其浅陋若此。③

刘义康当然不是寒士或者寒人,但是上边我们已经分析过了,这种缺乏贵

---

① 《世说新语》,余嘉锡《世说新语笺疏》本,中华书局 1983 年,第 626 页。
② 《宋书》,第 1999~2000 页。标点有改动。
③ 《南史》,第 367 页。

族性的贵族是不被当作贵族看待的。贵族之间的言谈是引经据典的"才语"。如本书第三章所论,王融在外交辩论时所说的就是典型的才语。这并不如我们今天所想象的,只是一种个人的自我炫耀,有如书呆子般的抛书袋,而是整个社会阶层在共同的要求下抛书袋——到了这样的时候,抛书袋也就成为一种有强制力的社会规则了。我们今天看待这些"才语",都已经处在文献语境当中,而不是亲耳所闻,因此并不会觉得突兀——因为文字记述本身就是充满修饰性的。我们常常因为习惯于从文字中阅读古人的语言,而意识不到这样说出来的语言是一种非常古怪的东西。事实上史书中的记述乃是实录,王融们的口语形态与今天是完全异质的,他们确实每说一句话都在引经据典。这已经不是一种文学修辞,而是一种如同呼吸空气般的生活常态了①。如果无法适应这种常态,就会被评价为浅陋不通。沈庆之在历史上留下最有名的一句话是:

> 治国譬如治家,耕当问奴,织当访婢。②

像这种俗语白话是绝不会出于贵族之口的。

在言谈上既然是如此,那么仪容上又如何呢?这方面直接的材料较少,不过我们还是可以举出《南齐书》卷二十五《张敬儿传》:

> 三年,征敬儿为护军将军,常侍如故。敬儿武将,不习朝仪,闻当内迁,乃于密室中屏人学揖让答对,空中俯仰,如此竟日,妾侍窃窥笑焉。③

生活中的应对固然重要,不过最集中地体现出贵族社会秩序的还是朝堂上的公仪。张敬儿在外作武将的时候可以维持粗人本色,一旦要进入中央高层,就不免要慌里慌张地补课了。我们在第七章关于哀策文的讨论中,已经观察过南朝贵族礼仪是何等的严格繁琐;而张敬儿的表现正让我

---

① 《镜花缘》中写到君子国的店小二满口之乎者也,以为笑柄,而这正是庶民占据了文化优势地位的时代表现。假如一个南朝贵族见到这位店小二,就不但不会瞠目结舌或者笑破肚皮,恐怕反而会大生知己之感,引为同道了。

② 《宋书》卷七十七《沈庆之传》,第 1999 页。

③ 《南齐书》,第 473 页。

们看到,对当时人而言,在这样的场合失礼是多么严重的问题。这条史料从寒人的角度绝佳地反映出当时的实情。然而并不仅此而已,事实上六朝史籍中所见大量赞美某人"美风仪"之类的形容,如果置于这一士庶区别下观察,都可以看到其背后存在的强调士族独特性的意识。

从上面的例子可以看到,庶民与贵族在风貌上最根本的区别,一是言辞,贵族的谈话必定是引经据典,出口成章,而庶民则发语粗鄙,言之无文。言辞上的区别归根到底是经典知识上的区别。在古代经史中浸淫得越深入,在这方面的表现就越优秀。一是举止,贵族谙熟贵族社会的种种礼仪规则,而庶民世界是与这些礼仪规则绝缘的,这导致从庶民发迹的新贵们不得不小心翼翼地模仿学习,却往往还是不免闹出笑话。经典性与仪式性,不妨把这两种性质规定为贵族社会的根本文化属性。而这两者原是一而二,二而一的。原本所谓高门所依仗的就是"冢中枯骨",也就是以祖先在历史上的荣光作为自己特殊地位的依据。祖先留下来的文字是应该熟读不忘的经典,祖先所定下来的法则自然也就成为贵族社会的行动准则。任何事情都要照老规矩办,这正是南朝重礼学的根本原因。赵翼《陔余丛考》卷二十六"授官表让"条曾经指出六朝人得官必三上让表乃受,成为一种约定俗成的规矩,并且骄傲地宣称"本朝"就没有这种形式主义的无用浪费。然而"经典主义"和"形式主义"对于贵族主义而言却正是最重要的一环,贵族正是依靠着这些东西来与下等人划分出清晰界限,阻止他们在文化上随意跨越雷池的。

为了要将寒人从自己的世界中驱赶出去,贵族文化必然会越来越强调这两种性质,而文学——不仅仅是今天观念中用于表现自我情感与想象的文学,而更是作为一种社交工具、一种生活方式的文学——正是文化最核心最基本的表现形态。从王融的文学中我们已经看到,他,以及其他宋齐时代的贵族,正是在不断地强化这两种特性,将其推到一个无以复加的高度。如果文学只是一种口语的直录,那么贵族和寒人在文学方面就毫无区别,贵族也就失去引以自傲的根本了。因此就必须要在诗文中填充越来越多的古典,离单纯的口语越来越远,使文学成为一种贵族垄断的专有物。基于同样的理由,文学的模式也越来越严格,越来越细密,越来越嵌入礼仪社交的程序当中密不可分。要掌握这些分别适用于不同场合不同用途的不同文体,必须经过长期的学习训练。宋齐时代文学的这一总体趋势,是与宋齐贵族社会,与高等门户对寒士、贵族对寒人的排拒紧密联系在一起的。

我们不难想象不识之无的寒人们面对这样的文学是一种怎样的尴尬,那对他们来说就如同天书一般。哪怕是知晓文墨的一般寒士,在这种高难度文学面前,也只有举手投降。事实上我们知道,如果仅仅从"识字",也就是能够读书写字乃至叙事作文的层面来看,六朝文化权力并不是为贵族所垄断的。有不少史料都表明皇帝亲近的佞幸寒人是能够通文墨甚至代为应急起草文件的,有些人得到宠幸的原因正是因为工于书法。然而这些人没有任何一个能够在文学史上留下作品,当然也不会获得任何的名声。这正是因为在已经成为一种极为复杂精巧的技术体系的六朝贵族文学中,这些低等人士既无法习诵如此丰富的辞藻典故,将其组织到文章当中;也无法恰当地针对不同的要求选用不同的文体——这种文体要求甚至细致到了每一句话应当要写几个字的程度。无法达到要求的人面对着越锁越紧的大门,只要贵族主义不最终从伦理高度上崩落,他们就始终不能名正言顺地成为社会的高等阶级。当然,如上所述,这种排拒不仅仅针对寒士、寒人,也针对缺乏"贵族性"的贵族;而对拥有了"贵族性"的寒士却是大门敞开的。

在这样的认识前提下,我们进一步来对永明体运动加以观察。历来对于永明体的理解,都是从声律诗学变革的层面出发的。这当然毫无疑问是研究的基本路数。不过,如果将这一文学运动置于更为广大的社会文化运动过程中观察,我们便不难发现,永明体运动,归根到底正是一场程式化运动。换言之,力图从声韵上为汉语韵文学寻找到一种最适合的规律,让文学可以以若干种基本模板为填充内容的前提。而这一运动的最终结果,就是使得近体诗律出现,汉语诗歌自此以后被限定在若干种平仄交错的基本模式及其变体之中,延续千年而不再变化。并且,其实不仅仅是在音韵方面,包括四句、八句体裁的固定,中间两联对仗的形态,也莫不是这一场程式化运动的结果。

与本书第七章中所指示的南朝宫廷文学仪式相对照,我们便会恍然发现,所谓永明体运动,并不只是声律方面的孤立表现,也不是五言诗歌方面的孤立表现,而是整个南朝贵族文学整体潮流中的一环。并且,在"文"的某些局部——主要是仪式性强烈的宫廷文学和朝堂文学方面——已经率先达到了成熟。相比起直到初唐才完全凝定的诗歌模板,哀策文模板在南齐时代就已经完全定型了,而有些文体如九锡文还可以推到更早。越是贵族性强烈的文体，就越早地在这方面获得发展。并且，永明体运动的主要领导者，王融、谢朓与沈约，尤其是前两位，在哀策文的程式化运动中都起到了关键性的作用①。如果不从运动的客体角度，而从创造者的主体角度进行理解，那么这根本就不是两种不同的运动，而是同一批人在同一个时刻，依据他们的文学理想，使文学整体朝往同一个方向发展，那就是贵族主义的方向。原因很简单，就因为他们是宋齐时代的贵族，并且正在面对着寒人来自下方的严峻挑战。

历来对于永明体的解释，如王运熙、杨明先生在《中国文学批评通史——魏晋南北朝卷》中所系统阐述的，是因为晋宋时代已经具有了声律理论上的充分准备②。然而，为什么永明体运动会在永明时代发生？为什么偏偏发生在这一时期而不发生在其他时期？却是从前提准备角度所无法回答的。而在我看来，作为宋齐文学发展顶峰的永明文学，与贵族社会的激烈上下冲突相应地，正处在贵族文学发展的最高潮，过此之后便已经无以为继，开始回落朝另一方向发展。永明体运动之所以恰恰发生在永明时代，归根到底就在于这一原因，就在于王融、谢朓、沈约等贵族门阀守卫者所作出的最后的努力上。

在南朝以后的隋唐时代，文学整体的程式化运动仍在延续，诗歌最终在初唐达到了模板的成熟。然而随着古文运动的兴起，骈文大为衰落，从程式化文学的角度看也就是"文"的模板被丢到了一边。时代越发展，人们对于文的模板就越趋印象淡漠，直到有一天将其彻底忘却。然而诗的模板却以五言、七言形态一直延续到了清末，甚至现代仍有余响。在长期的历史延续中，诗的模板获得了正面的强大生命力，人们无论怎样在文学上举起反对形式主义的旗帜，也已经无法否认其不言而喻的合法性——从白话文运动的角度就能看得很清楚。如果不是对古代文学的否定彻底到了全盘打倒的程度，诗的模板就是无法被否定的。因此在古代文学研

---

① 当然，如前所论，沈约最初出身并不很高。然而正与王融相类似地，从低等门第最终晋身为最高贵族的他，对于贵族主义也表现出了高度的迷恋。正如史家所屡屡指出的，《文选》里那篇著名的《奏弹王源》正充分地反映出他维护贵族门阀制度的坚决态度。参见吉川忠夫《六朝精神史研究》第八章"沈约的思想"；程章灿《世族与六朝文学》第八章"沈约《奏弹王源》与南朝士风考辨"，黑龙江教育出版社1998年。
② 参王运熙、杨明《中国文学批评通史——魏晋南北朝卷》第二编第二章第三节"沈约和声律论的形成"，上海古籍出版社1996年。

究中,虽然骈文的价值长期被否定,诗的模板却逃过了批判,作为一种理所当然的前提而获得默认,甚至成为研究的主要焦点之一。然而从六朝以来的文学整体发展历程来看,这就犹如长在同一棵大树上先后结出的黄金果,大树已经随着时代的变迁而衰颓,只有其中最大的一枚果实被摘了下来,珍惜保存。在经历过漫长的时代以后,人们还能够看到这枚果实的形状模样,并且赞叹它的精美优雅,然而它的原初生长形态却早已被遗忘了。而在今天的研究中,重新从崩颓的黑暗中复原揣想大树的本相,寻求黄金果的生长脉络,在我看来正是最为重要,也最有意味的任务之一。

征 引 文 献

基本典籍(略依四部分类法排序)

《周易正义》,《十三经注疏》,京都中文出版社影印清嘉庆二十二年重刊宋本,1974年。

《毛诗正义》,《十三经注疏》,京都中文出版社影印清嘉庆二十二年重刊宋本,1974年。

《尚书正义》,《十三经注疏》,京都中文出版社影印清嘉庆二十二年重刊宋本,1974年;又顾颉刚、刘起釪《尚书校释译论》,中华书局2005年。

《礼记正义》,《十三经注疏》,京都中文出版社影印清嘉庆二十二年重刊宋本,1974年。

《春秋左传正义》,《十三经注疏》,京都中文出版社影印清嘉庆二十二年重刊宋本,1974年。

《孟子正义》,《十三经注疏》,京都中文出版社影印清嘉庆二十二年重刊宋本,1974年。

《尚书大传疏证》,皮锡瑞撰,《续修四库全书》影印光绪师伏堂刊本,上海古籍出版社,2002年。

《纬书集成》,安居香山、中村璋八编,河北人民出版社,1994年。

《史记》,中华书局点校本,1959年。

《汉书》,中华书局点校本,1962年。

《后汉书》,中华书局点校本,1965年。

《三国志》,中华书局点校本,1982年。

《晋书》,中华书局点校本,1974年。

《宋书》,中华书局点校本,1974 年。

《南齐书》,中华书局点校本,1972 年。

《梁书》,中华书局点校本,1973 年。

《魏书》,中华书局点校本,1974 年。

《南史》,中华书局点校本,1975 年。

《北史》,中华书局点校本,1974 年。

《隋书》,中华书局点校本,1973 年。

《史通通释》,刘知幾著,浦起龙通释,上海古籍出版社,1978 年。

《通典》,杜佑撰,中华书局点校本,1988 年。

《建康实录》,许嵩撰,张忱石点校,中华书局,1986 年。

《资治通鉴》,司马光撰,中华书局点校本,1956 年。

《逸周书汇校集注》,黄怀信、张懋镕、田旭东撰,上海古籍出版社,1995
　　年;兼参黄怀信《逸周书校补注译》,西北大学出版社,1996 年。

《帝王世纪辑存》,皇甫谧撰,徐宗元辑,中华书局,1964 年。

《战国策》,刘向集录,上海古籍出版社,1978 年。

《高僧传》,释慧皎撰,汤用彤校注,中华书局,1992 年。

《致堂读史管见》,胡寅撰,台湾商务印书馆影印《宛委别藏》本。

《读通鉴论》,王夫之撰,舒士彦整理,中华书局,1975 年。

《十七史商榷》,王鸣盛撰,黄曙辉点校,上海书店出版社,2005 年。

《古夫于亭杂录》,王士禛撰,赵伯陶点校,中华书局,1988 年。

《廿二史札记校证》,赵翼著,王树民校证,中华书局,1984 年。

《陔余丛考》,赵翼撰,中华书局,1963 年。

《十驾斋养新录》,钱大昕著,杨勇军整理,上海书店出版社,2011 年。

《无邪堂答问》,朱一新著,吕鸿儒、张长法点校,中华书局,2000 年。

《八琼室金石补正》,陆增祥编,文物出版社影印本,1985 年。

《汉魏南北朝墓志集释》,赵万里编,科学出版社,1956 年。

《四库全书总目》,永瑢等撰,中华书局影印本,1965 年。

《出三藏记集》,释僧祐撰,苏晋仁、萧錬子点校,中华书局,1995 年。

《大藏经》,《大正新修大藏经》本,又《中华大藏经》本,兼参考赵城金藏、
　　碛砂藏、龙藏、频伽藏、嘉兴藏及常州天宁寺本等。

《道藏》,文物出版社、上海书店出版社、天津古籍出版社三家影印本,
　　1988 年。

《庄子集释》,郭庆藩撰,王孝鱼点校,中华书局,1961 年。

《淮南子集释》,何宁撰,中华书局,1998 年。

《法言义疏》,扬雄撰,汪荣宝注疏,陈仲夫点校,中华书局,1987 年。

《世说新语笺疏》,刘义庆著,刘孝标注,余嘉锡笺疏,中华书局,1983 年。

《真诰》,陶弘景撰,赵益点校,中华书局,2011 年。

《金楼子校笺》,萧绎撰,许逸民校笺,中华书局,2011 年。

《颜氏家训集解》(增补本),颜之推撰,王利器集解,中华书局,1993 年。

《法书要录》,张彦远撰,洪丕谟点校,上海书画出版社,1986 年。

《类说》,曾慥撰,《北京图书馆古籍珍本丛刊》本,书目文献出版社,
        2000 年。

《野客丛书》,王楙撰,《宋元笔记丛刊》本,上海古籍出版社,1991 年。

《说郛》,陶宗仪撰,《说郛三种》本,上海古籍出版社,1988 年。

《丹铅续录》,杨慎撰,《丛书集成初编》本,商务印书馆,1936 年。

《北堂书钞》,虞世南撰,学苑出版社影印本,1998 年。

《艺文类聚》,欧阳询撰,汪绍楹校,上海古籍出版社,1965 年。

《初学记》,徐坚等撰,中华书局,1962 年。

《太平御览》,李昉等撰,中华书局影印本,1960 年。

《楚辞补注》,洪兴祖撰,白化文等点校,中华书局,1983 年。

《文选》,人民文学出版社影印《日本足利学校藏宋刊明州本六臣注文选》,
        2008 年;兼参上海古籍出版社点校李善注本《文选》,1986 年;中华书
        局影印《四部丛刊》本《六臣注文选》,1987 年。

《唐钞文选集注汇存》,周勋初纂辑,上海古籍出版社,2000 年。

《玉台新咏》,徐陵撰,人民文学出版社影印明小宛堂覆宋本,2010 年。

《文馆词林》,许敬宗撰,《影弘仁本文馆词林》本,日本古典研究会,1969
        年;兼参罗国威《文馆词林校证》,中华书局,2001 年。

《文苑英华》,李昉等撰,中华书局,1966 年。

《古文苑》,《中华再造善本》影印宋刻韩元吉本、又宋刻章樵注本。

《乐府诗集》,郭茂倩编,中华书局点校本,1979 年。

《嘉靖本古诗纪》,兴膳宏监修,横山弘、斋藤希史编,汲古书院,2005 年。

《七十二家集》,张燮辑,《续修四库全书》影印北京国家图书馆藏明末刻
        本,上海古籍出版社,2002 年。

《汉魏六朝百三家集》,张溥辑,江苏古籍出版社影印本,2002 年。

《全上古三代秦汉三国六朝文》，严可均辑，中华书局影印本，1958 年。

《先秦汉魏晋南北朝诗》，逯钦立辑，中华书局，1983 年。

《文心雕龙义证》，刘勰著，詹锳义证，上海古籍出版社，1989 年。

《诗品》，钟嵘撰，书目文献出版社影印明正德刻《群书考索》本，1992 年；
　　　又曹旭《诗品集注》本，上海古籍出版社，1994 年。

《六朝文絜笺注》，许梿评选，黎经诰笺注，上海古籍出版社，1982 年。

《骈体文钞》，李兆洛选辑，上海书店出版社，1988 年

《阮籍集校注》，陈伯君校注，中华书局，1987 年。

《陶渊明集》，陶潜撰，逯钦立校注，中华书局，1979 年。

《沈约集校笺》，陈庆元校笺，浙江古籍出版社，1995 年。

《谢宣城集校注》，曹融南校注集说，上海古籍出版社，1991 年。

《李商隐文编年校注》，刘学锴、余恕诚校注，中华书局，2002 年。

《文镜秘府论校注》，王利器校注，中国社会科学出版社，1983 年；又卢盛
　　　江《文镜秘府论汇校汇考》，中华书局，2006 年。

《苕溪渔隐丛话》，胡仔纂集，廖德明校点，人民文学出版社，1962 年。

《历代诗话续编》，丁福保辑，中华书局，1983 年。

《六朝丽指》，孙德谦撰，收入《历代文话》第九册，复旦大学出版社，
　　　2008 年。

《日本国见在书目录详考》，孙猛著，上海古籍出版社，2015 年。

研究文献（依作者姓名拼音排序）

中文文献：

著作：

［英］彼得·伯克《什么是文化史》，蔡玉辉译，杨豫校，北京大学出版社，
　　　2009 年。

曹道衡《汉魏六朝文学论文集》，广西师范大学出版社，1999 年。

曹道衡、刘跃进《南北朝文学编年史》，人民文学出版社，2000 年。

曹道衡、沈玉成《南北朝文学史》，人民文学出版社，1991 年。

曹道衡、沈玉成《中古文学史料丛考》,中华书局,2003 年。

陈飞《唐代试策考述》,中华书局,2002 年。

陈国球《文学史书写形态与文化政治》,北京大学出版社,2004 年。

陈寅恪《金明馆丛稿初编》,生活・读书・新知三联书店,2001 年。

陈寅恪《金明馆丛稿二编》,生活・读书・新知三联书店,2001 年。

陈垣《二十史朔闰表》,中华书局,1962 年。

陈遵妫《中国天文学史》,上海人民出版社,1980 年。

程章灿《世族与六朝文学》,黑龙江教育出版社,1998 年。

[日]川胜义雄《六朝贵族制社会研究》,徐谷芃、李济沧译,上海古籍出版社,2007 年。

[美]德瓦尔德《欧洲贵族:1400～1800》,姜德福译,商务印书馆,2008 年。

傅斯年《中国古代文学史讲义》,上海古籍出版社,2012 年。

[日]冈村繁《汉魏六朝的思想和文学》,《冈村繁全集》第三卷,上海古籍出版社,2002 年。

葛晓音《汉唐文学的嬗变》,北京大学出版社,1990 年。

葛兆光《汉字的魔方——中国古典诗歌语言学札记》,辽宁教育出版社,1999 年。

[日]谷川道雄《中国中世社会与共同体》,马彪译,中华书局,2002 年。

郭湖生《中华古都》,台湾空间出版社,1997 年。

何焯《义门读书记》,中华书局,1987 年。

胡阿祥《宋书州郡志汇释》,安徽教育出版社,2006 年。

[法]J.勒高夫等编《新史学》,姚蒙译,上海译文出版社,1989 年。

黎虎《汉唐外交制度史》,兰州大学出版社,1998 年。

李卿《秦汉魏晋南北朝时期家族、宗族关系研究》,上海人民出版社,2005 年。

李士彪《魏晋南北朝文体学》,上海古籍出版社,2004 年。

林传甲《(京师大学堂文学讲义)中国文学史》,上海科学书局宣统二年(1910)校正再版。

林东海《谢朓评传》,收入《中国历代著名文学家评传》第一卷,山东教育出版社,1983 年。

刘俊文主编《日本学者研究中国史论著选译》,中华书局,1993 年。

刘师培《中国中古文学史讲义》(外一种《汉魏六朝专家文研究》),上海古籍出版社,2000 年。

刘跃进《门阀士族与永明文学》,生活·读书·新知三联书店,1996 年。

刘跃进《玉台新咏研究》,中华书局,2000 年。

刘跃进、范子烨编《六朝作家年谱辑要》,黑龙江教育出版社,1999 年。

卢海鸣《六朝都城》,南京出版社,2002 年。

逯耀东《从平城到洛阳:拓跋魏文化转变的历程》,中华书局,2006 年。

罗宗强《魏晋南北朝文学思想史》,中华书局,2006 年。

毛汉光《中古社会史论》,上海书店,2010 年。

缪钺《读史存稿》,生活·读书·新知三联书店,1963 年。

彭信威《中国货币史》,上海人民出版社,1958 年。

钱基博《中国文学史》,中华书局,1993 年。

钱锺书《七缀集》,生活·读书·新知三联书店,2002 年。

尚秉和《历代社会风俗事物考》,中国书店,2001 年。

孙明君《两晋士族文学研究》,中华书局,2010 年。

汤用彤《汉魏两晋南北朝佛教史》,中华书局,1983 年。

唐长孺《魏晋南北朝史论丛》,生活·读书·新知三联书店,1955 年。

唐长孺《魏晋南北朝史论丛续编》,生活·读书·新知三联书店,1959 年。

唐长孺《三至六世纪江南大土地所有制的发展》,上海人民出版社,
1957 年。

田余庆《东晋门阀政治》,北京大学出版社,1989 年。

[法] 涂尔干、莫斯《原始分类》,汲喆译,上海人民出版社,2000 年。

万绳楠整理《陈寅恪魏晋南北朝史讲演录》,贵州人民出版社,2008 年。

王瑶《中古文学史论》,北京大学出版社,1986 年。

王伊同《五朝门第》,香港中文大学出版社,1978 年。

王永平《东晋南朝家族文化史论丛》,广陵书社,2010 年。

王运熙《乐府诗述论(增补本)》,上海古籍出版社,2006 年。

王运熙、杨明《中国文学批评通史——魏晋南北朝卷》,上海古籍出版社,
1996 年。

韦正《魏晋南北朝考古》,北京大学出版社,2013 年。

巫鸿《礼仪中的美术——巫鸿中国古代美术史文编》,生活·读书·新知
三联书店,2005 年。

巫鸿《美术史十议》,生活·读书·新知三联书店,2008 年。

吴承学《中国古代文体形态研究》,中山大学出版社,2000 年。

萧华荣《簪缨世家:两晋南朝琅邪王氏传奇》,生活·读书·新知三联书店,1995 年。

谢无量《中国大文学史》,中华书局,1918 年。

阎步克《察举制度变迁史稿》,辽宁大学出版社,1991 年。

阎步克《品位与职位——秦汉魏晋南北朝官阶制度研究》,中华书局,2001 年。

严耕望《魏晋南北朝地方行政制度》,上海古籍出版社,2007 年。

杨明《汉唐文学辨思录》,上海古籍出版社,2005 年。

姚薇元《北朝胡姓考》,中华书局,2007 年。

[美]伊沛霞《早期中华帝国的贵族家庭:博陵崔氏个案研究》,范兆飞译,上海古籍出版社,2011 年。

周一良《魏晋南北朝史论集》,中华书局,1963 年。

周一良《魏晋南北朝史论集续编》,中华书局,1986 年。

周一良《魏晋南北朝史札记》,中华书局,1985 年。

钟涛《六朝骈文形式及其文化意蕴》,东方出版社,1997 年。

[美]朱迪斯·M·本奈特、C·沃伦·霍利斯特《欧洲中世纪史》,杨宁、李韵译,上海社会科学院出版社,2007 年。

朱刚《唐宋"古文运动"与士大夫文学》,复旦大学出版社,2013 年。

朱自清《朱自清古典文学论文集》,上海古籍出版社,1991 年。

祝总斌《两汉魏晋南北朝宰相制度研究》,中国社会科学出版社,1990 年。

祝总斌《门阀制度》,白寿彝主编《中国通史》第五卷上册丙编第三章,上海人民出版社,1995 年。

论文:

曹道衡《梁武帝与"竟陵八友"》,《齐鲁学刊》1995 年第 5 期。

陈独秀《文学革命论》,《新青年》第 2 卷第 6 号,1917 年。

陈颖、陈其兵《中国古典园林的精华——"曲水流觞"》,《中华文化论坛》2007 年第 2 期。

顾颉刚《五德终始说下的政治和历史》,《清华学报》第 6 卷第 1 期,1930 年。

郭湖生《六朝建康》,《建筑师》第 54 期,1993 年。

何德章《读〈南齐书〉王融传——论南朝时期的琅邪王氏》,《魏晋南北朝隋唐史资料》第 13 辑,1994 年。

何兹全《东晋南朝的钱币使用与钱币问题》,收入《读史集》,上海人民出版社,1982 年。

黄惇《南齐萧子良、竟陵八友及新潮"杂体"书》,《南京艺术学院学报》2008 年第 5 期。

黄惠贤《散骑诸官研究资料》(一至四),《魏晋南北朝隋唐史资料》第 17 辑,2000 年。

胡适《文学改良刍议》,《新青年》第 2 卷第 5 号,1917 年。

胡适《五十年来中国之文学》,原载 1923 年 2 月《申报》五十周年纪念刊《最近之五十年》,收入《胡适文集》第三卷,欧阳哲生编,北京大学出版社,1998 年。

劳幹《上巳考》,《民族学研究所集刊》第 29 期,1970 年。

李步嘉《一份研究西凉文化的珍贵资料——建初四年秀才对策文书考释》,《武汉大学学报》1990 年第 6 期。

李翰《魏晋六朝用典论及沈约"三易"说的批评史意义》,《绍兴文理学院学报》2013 年第 2 期。

李晓红《"以数立言"与九言诗之兴——谢庄〈宋明堂歌〉文体新变考论》,《中山大学学报(社会科学版)》2012 年第 4 期。

李秀花《论王融对佛偈体的改造及其文学史地位》,《理论学刊》2006 年第 10 期。

梁晓强《〈宋书、南齐书·百官志〉"参军"条校补——兼论参军制》,《曲靖师范学院学报》2001 年第 1 期。

林家骊《沈约事迹二考》,《文史》第 42 辑,1996 年。

林家骊《竟陵王西邸学士及其活动考略》,《文史》第 45 辑,1998 年。

林家骊《论沈约的"文章三易说"》,《浙江大学学报》2000 年第 4 期。

刘跃进《别求新声于异邦——介绍近年永明声病理论研究的重要进展》,《文学遗产》1999 年第 4 期。

罗新《北魏直勤考》,《历史研究》2004 年第 5 期。

牟发松《王融〈上疏请给虏书〉考析》,《武汉大学学报》1995 年第 5 期。

钱志熙《论汉魏六朝诗歌的源流及其与音乐的关系》,《中华文史论丛》

2013 年第 1 期。

全汉昇《中古自然经济》,《史语所集刊》第 10 本,1942 年。

［日］石川忠久《关于陶渊明的几个问题》,收入赵敏俐、佐藤利行主编《中国中古文学研究》,学苑出版社,2004 年。

宋红《谢灵运年谱考辨》,《文学遗产》2000 年第 1 期。

孙尚勇《佛经偈颂的翻译体例及相关问题》《宗教学研究》2005 年第 1 期。

孙思旺《上巳节渊源名实述略》,《湖南大学学报》2006 年第 2 期。

唐长孺《读〈颜氏家训·后娶篇〉论南北嫡庶身份的差异》,《历史研究》1994 年第 1 期。

唐春生《萧嶷与齐武帝之"夙嫌"析——兼及与文惠太子之关系》,《重庆师范学院学报》2001 年第 1 期。

唐春生《论萧子良之政治悲剧》,《西南师范大学学报》2001 年第 2 期。

唐春生《萧子良研究的几个问题》,《重庆师范学院学报》2002 年第 4 期。

汪春泓《论王俭与萧子良集团的对峙对齐梁文学发展之影响》,《文学遗产》2006 年第 3 期。

向回《〈法寿乐〉考》,《北京化工大学学报》2009 年第 2 期。

阎步克《汉代乐府〈陌上桑〉中的官制问题》,《北京大学学报》2004 年第 2 期。

阎步克《南朝秀才策题中之法家论调考析》,《北京大学学报》1997 年第 2 期。

颜元叔《析〈自君之出矣〉》,台湾《"中央"日报》副刊 1972 年 7 月 6 日、7 日号。

颜元叔《中国古典诗的多义性》,台湾《"中央"月刊》第 5 卷第 1 期,1972 年。

杨春时《中国的平民文学传统和贵族文学传统》,《吉林大学社会科学学报》2001 年第 3 期。

叶嘉莹《漫谈中国旧诗的传统——为现代批评风气下旧诗传统所面临之危机进一言》,台湾《中外文学》第 2 卷第 4 期、5 期,1973 年。

张广达《内藤湖南的唐宋变革说及其影响》,《唐研究》第 11 卷,2005 年。

张胜林《论中国古代的贵族文学》,《华侨大学学报》1995 年第 3 期。

郑毓瑜《由修禊事论兰亭诗、兰亭序"达"与"未达"的意义》,《汉学研究》第 12 卷第 1 期,1994 年。

钟涛《论南朝宫廷宴集诗序的赋颂化倾向》,《青海社会科学》2010 年第
　　2 期。

钟涛《骈体文的隶事与声律》,《辽宁大学学报》1994 年第 1 期。

周作人《贵族的与平民的》,收入《自己的园地》,北京晨报社,1923 年。

周作人《平民文学》,《每周评论》第 5 号,1919 年 1 月。

祝总斌《素族、庶族解》,《北京大学学报》1984 年第 3 期。

未出版文献:

(获取途径:中国知网优秀硕士论文数据库)

曹华《策试秀才制度与中古文学》,中国社会科学院研究生院 2003 年硕士
　　论文。

赵静《王融诗歌研究》,郑州大学 2005 年硕士论文。

蒋丽萍《王融研究》,南京师范大学 2007 年硕士论文。

赵蓉《王融诗论》,河北大学 2007 年硕士论文。

陈舒容《王融诗文研究》,暨南大学 2008 年硕士论文。

马电《王融和他的组诗研究》,广州大学 2009 年硕士论文。

徐晓方《王融诗歌校注》,西北大学 2010 年硕士论文。

王济肖《王融及其诗歌研究》,西北师范大学 2011 年硕士论文。

日语文献:

著作:

安田二郎《六朝政治史の研究》,京都大学学术出版会,2003 年。

川胜义雄、砺波护编《中国贵族制社会の研究》,京都大学人文科学研究
　　所,1987 年。

宫川尚志《六朝史研究政治・社会篇》,日本学术振兴会,1956 年。

宫崎市定《東洋的近世》,《宫崎市定全集》第二卷,岩波书店,1992 年。

宫崎市定《九品官人法の研究——科举前史——》,东洋史研究会,
　　1956 年。

宫崎市定《謎の七支刀》,中央公论社,1983 年。

吉川忠夫《六朝精神史研究》,同朋舍,1984 年。

堀敏一等编《魏晋南北朝隋唐时代史の基本问题》,汲古书院,1997 年。

木村尚三郎《西欧文明の原像》,讲谈社,1988 年。

内藤湖南《東洋文化史研究》,弘文堂書房,1926 年。别参林晓光中译本,
　　复旦大学出版社,2016 年。

矢野主税《門閥社会成立史》,国书刊行会,1976 年。

兴膳宏编《六朝詩人伝》,大修馆书店,2000 年。

网祐次《中国中世文学研究——南斉永明時代を中心として——》,新树
　　社,1960 年。

越智重明《魏晋南朝の貴族制》,研文出版,1982 年。

增田清秀《楽府の歴史的研究》,創文社,1975 年。

增田四郎《ヨーロッパとは何か》,岩波书店,1967 年。

中村圭尔《六朝貴族制研究》,风间书房,1987 年。

佐藤正光《南朝の門閥貴族と文学》,汲古书院,1997 年。

论文：

仓林正次《禊祭考——上巳宴とその周辺——》,《国学院大学日本文化研
　　究所紀要》第 19 卷,1966 年。

长谷川滋成《「文選鈔」の引書》,《日本中国学会報》第 32 集,1980 年。

吉川美春《三月上巳の祓について》,《神道史研究》第 51 卷,2003 年。

吉川忠夫《北魏孝文帝借書考》,《东方学》第 96 辑,1998 年。

津田左右吉《唐詩にあらわれている仏教と道教》,收入《津田左右吉全
　　集》第 19 卷,岩波书店,1965 年。

鸟羽田重直《王融論》,《和洋国文研究》第 18 卷,1982 年。

森野繁夫《王融「三月三日曲水詩序」について》,收入《小尾博士古稀記
　　念中国学論集》,汲古书院,1983 年。

藤井守《王融の「策秀才文」について》,收入《小尾博士退休記念中国文
　　学論集》,第一学习社,1976 年。

盐入良道《文宣王蕭子良の「浄住子浄行法門」について》,《大正大学研
　　究紀要》第 46 辑,1961 年。

越智重明《晋南朝の秀才・孝廉》,《史淵》第 116 号,1979 年。

中村乔《三月上巳の風習と行事——中国の年中行事に関する覚
　　書——》,《立命馆文学》第 384、385 号,1978 年。

"中国古鏡の研究"班《前漢鏡銘集釈》,《東方学報》第 84 册,2009 年。

英语文献:

著作:

Richard Mather, *The Age of Eternal Brilliance: Three Lyric Poets of the Yung-Ming Era (483 – 493)*, Leiden; Boston: Brill, 2003.

论文:

Richard Mather, *Wang Jung's "Hymns on the Devotee's Entrance into the Pure Life"*, Journal of the American Oriental Society, Vol.106 No.1,1986.

Richard Mather, *The Life of the Buddha and the Buddhist Life —— Wang Jung's (468 – 93) "Songs of Religious Joy" (Fa-le tz'u)*, Journal of the American Oriental Society, Vol.107 No.1,1987.

Goh Meow Hui, *Tonal Prosody in Three Poems by Wang Rong*, Journal of the American Oriental Society, Vol.124 No.1,2004.

博士论文后记

博士论文已经完成了,然而又没有真正完成。我知道,"完成"只是一个形式。真正的完成态,也许只存在于人生的最后一刻吧。也因为如此,当打开后记文档,开始敲下第一个字符的时候,我似乎才从茫然的无休止中意识到,人生中的一个阶段又将要结束,永远离我而去了。两年之前,二十七岁的秋天,红叶漫满窗前,我在神户大学住吉寮的墙间贴下"王融研究"的各色纸条,决定要将他和他的时代作为自己的博士论文题目。那时候的跃跃欲试,要将心中波澜释放成型的心情,仿佛仍在目前——虽然在这个岁数上,王融甚至都已经结束了他短暂而耀眼的一生了。而现在,二十九岁的初夏,在度过了最后一段将黑夜当作白天的日子之后,我又将要告别寄居十年之久,给予了我无尽回忆的复旦校园,在四月的阳光里踏上一段新的旅途了。

是的,一段新的旅途。这并不仅仅是文学修辞而已。四年以前,我曾经在硕士论文的后记中写下这样的话:

> 士有未效之用,身在无誉之间。张曲江这两句话常常回响在我的耳边。无论是如何坚忍的抉择也好,无花的旅途,总是加倍的令人寂寞的。

那时候的我茫然彷徨,生活的重压将我从书本的世界中戛然拖曳出来,惊觉自己的所谓理想是如此的对人生缺乏准备。我并没有失去在这条路上继续走下去的力量,然而我已经不知道自己为何而走,以及将走向何方。

这种迷惑,现在已经不复存在了。也许在四年的巨大困顿和快乐中,这多少也可以算是自己成熟了些的证据吧。勾稽沉吟,对证考释,从无人之境中穿透文字的迷雾。在深夜孤寂的书堆中,在第一抹朝阳出现在树杪时,无数次地清晰体认与昨天不一样的自己的蜕变成长。这种单纯的巨大喜悦,足以抵销一切迟疑和不安。感谢那个不曾放弃的自己,因为他的努力,现在的我的眼前,已经清楚看得见脚下延伸的彼方。所欠缺的,只是将要洒在上面的汗水与足印而已。

感谢所有曾经在这条路上向我伸出过援手的人。从本科二年级开始,跟随在恩师陈引驰教授身旁闻道受业,也已经有十年之久了。那已经远远不是"导师"和"博士生"这种冷硬的体制性称号所能容纳的。从庄子逍遥到龙树中观,从民国人物到欧美汉学,如果说自己在攀登人生和学问的路上还多少有一些进展的话,这当中的每一步,都是在老师的悉心提点下踏出的。在光华十二楼堆满书籍的办公桌前,在夏朵温暖的圆桌小灯旁,已经不记得有过多少次的凝神倾听,多少次的飞扬对论。那些遥远得如在目前的记忆,在今后的人生里也一定将继续伴随着我前进吧。

同样值得无限感谢的还有朱刚老师。在初到日本的那些日子里,每一夜的短酒长谈,成为了我撞破面前坚壁的强大动力来源。能够有这样一位同样谙熟日本汉学和历史文学研究方法,远远地走在前头,并且愿意停下步伐,伸出手来牵挽后来者的师长,是我无法言表的幸福。

感谢王水照师、骆玉明师、陈尚君师、戴燕师、查屏球师与其他中文系诸师长久以来的亲切指导,让一个曾经一无所知的少年,看到了精神世界的无尽可能,并且开始有勇气用自己的双脚去衡量这种可能。感谢釜谷武志、滨田麻矢二师,以及在日本陪伴我度过每一天的可爱的朋友们。负笈东瀛的两年里,与你们之间的一切让我得到了新的生命。让我看见了,一个从未存在过的我。走过层层往上的山路,光影洒落在文学部庭院的樱花间,是我看过的最好风景。深深感谢我的父母与姐姐、姐夫,对于一个选择了孤独求索之路的心灵而言,没有什么比来自家人的无言支持更能让他安然的了。

林晓光

2011 年 4 月 15 日草于复旦北区

初 版 后 记

仿佛是命运的轮回一般。这本小书的第一个字,是在神户大学六甲山住吉寮中动笔写下的;而六年后的今天,我又坐在了神大文学部的研究室中,为它敲下最后一个句点。从 2008 年底开始构思撰写,到 2011 年中提交博士论文答辩,再到如今修订完毕,付梓问世,忽忽已然数阅星霜。它陪伴着我回到复旦,走进浙大,现在又再次踏上日本的土地。在起点与终点之间,两千个日夜就这样一挥而逝。春风年少无多日,对一个并不那么著名和重要的人物,耗费如许时光,是否太不上算? 实在是连自己都不免自笑愚痴的事情。然而,越是潜思体会王融其人及其时代的每一处细节,"历史"与"文学"之为物便越是如浮雕般生动地呈现于我眼前,那是一种整体与个性、本质与偶然、规则与场合、现实与理念相互交织而成的开放动流。如果当年我不是进入了这样一个色彩斑斓的个案,而是选择另一个较为宏观的题目,这种印象也许会完全不同,我也将失去许多弥足珍贵的体验罢。而在这个曾经华丽的生命重新清晰起来的过程中,我仿佛跨越时空,听到他内心的执念与不甘,也看到了他行动与思考的轨迹。那种感觉难以言表。虽然从逻辑上说这完全是荒谬的,但我却觉得自己能够理解他的一切,尽管我们生活的时代相去一千五百年,从未相遇相识。

在这几年的求学之旅中,我的方向与兴趣已经有所转变,以后大约也未必再有机会进行类似的研究。作为自己在学术道路上跨出的第一步,在下笔之初,我曾经构想过,要对那个时代中的每一个人都进行一次分量相若的个案研究(任何在史书中留下痕迹的个人,而不仅仅是"重要"人物),这些研究相互支撑,对于甲的结论 A,可以作为关于乙的推论 B 的依据,如同蛛网般互相交织成时代整体。然后我们可以在这样反复联动的群体研究基础上,再来进行一次细节清晰得多的时代史重构。——在文学世界中,也应当以同样的方法进行,只要把"个人"置换为"文本"就可以了。如今回头重看,这种少年式的狂想显得那么的缺乏经验,不自量力。但对这一方向本身,我的期待却并未改变。在我看来,以"人"(文本)为焦点的关心缺失,无论是就历史世界、文学世界的整体理解而言,还是就更基本的材料解析层面而言,都已经成为六朝研究纵深展开的严重障碍。尤其在文学研究中,在已经无法从个人层面进行追究的地方,当然应当干脆地放弃"知人论世"的迷思,转向构造性的文学本体研究;但在"作者—作品"范式仍然成立的部分,则应当从平面的罗列事实及人物褒贬中解放出来,力求作真正的历史性研究,从行动与文字的多维历史视角中立体式地理解其关系。无论如何,六朝"人"的世界和"文字"的世界,都还等待着我们用自己的阅读与思考去让他们的生命再度复活。

另一个残留下了思索空间的是"贵族"问题。关于中国究竟有无所谓的六朝贵族,有无所谓的中世贵族时代? 赞同者言之凿凿,反对者不屑一顾,但似乎却很少有人愿意从"何谓贵族"、"具备了什么元素的社会才是贵族社会"这种基本命题出发,作追根究底的清理论证。本书虽然尽可能对此作了一些尝试,但无疑仍是远不足够的。要回答这个问题,唯一的道路,恐怕是要先综合追问人类历史上既有的各种社会形态、文化形态中,被称为贵族和贵族时代的那些范畴的共性。不妨来看看家永三郎笔下的日本藤原时代①贵族:

> 这一时代的贵族,从其渊源上来说,不过就是律令时代高级官僚的后身。然而在律令时代的后期,其官僚性已经逐渐稀薄,到了这个时期,则进一步强化了这种倾向。他们以其尊贵的家系及作为大庄园领主的经济基础为后盾,转化成了居于私性的支配势力之上的存在。当然,为了使其地位公权力化,带有律令制官职仍是有必要的,因此在形式上依然延续了律令机构,但实质上却已经发生了巨大的性质变化。律令时代的贵族在一定程度上仍保持了公性的官僚意识,与此相比,藤原时代的贵族则只是关心自己的一家一族,几乎完全失去作为国家官僚的自觉了。
>
> 与民众显著隔离的这一时代的贵族,醉心于夸耀自己的高贵地位,不必说对一般人民的特权意识,就是贵族内部,阶层的上下之分

① 时约当中国的北宋。

也极其敏感……在贵族眼中,从地方农民升级而来的武士之流也不过就是些异类的存在而已。

  他们作为最高身份,恣享荣华,但其地位却只不过是以所谓惰性来维持的,并不是拥有着前途光明的将来,而是只要维持现状就已经足够。他们不但没有树立新仪、进行革新的心思,反倒对此避之则吉。他们在公事上确立了先例故实,哪怕一举手一投足的违误都会被指责为"有大失","甚可惊怪也,岂不知前例乎"?这毕竟无非就是因为,墨守先例故实,乃是基于惰性而得以维持的统治地位的象征的缘故。①

观乎此,我们或者更能明白何以日本学者会将六朝称为贵族时代罢。过分追求以抽象范畴统括人类历史实态,当然含有巨大的潜在危险(我们刚刚经历过前车之鉴);但如果因此就放弃了对归纳共性的追求,满足于描写琐碎的现象,则我们眼前将再无能够真正看清的事物。包括西欧中世纪贵族、日本平安时代贵族等在不同语境下的相同范畴,是真正具备共通原理的存在,抑或只是跨文化认知上的误解与遮蔽?各社会文化形态的特殊个性与相通共性之间凭何区分,究竟哪些因素才是判定其贵族性质的本质依据?贵族时代与所谓庶民时代、武士时代等各种社会形态又有何系统性的风貌差异?希望将来有一天,我能对这些问题给出自己的完整解答。而在那之前,一切都还只能小心翼翼地怀着希冀来寻觅求证。

  本书是完全属于我自己的第一部著作。昔人每言悔其少作,以今视昔,这本未成熟的作品自然也难逃此命运,不过在那之前,作者总还是难免有些敝帚自珍的心情,希望它能尽可能的不那么坏一些。在作为博士论文提交的时候,若干预想中的章节还未能完成,已写成的部分也多有仓促不周之处。故后来每每发现新的材料,或者思索上有所贯通,便随时予以修正增订。基本的框架、主旨虽然还是攻读博士时定下的,但面貌细节却已有了相当大的改变,补入若干章节,对原有的部分也多所更定。结果是字数也不可收拾地从原来的二十来万增加了近一倍。当然,这样迁延日久的修订过程,势必会在文字中留下痕迹,造成照应不周、风格不一的

---

① 家永三郎《古代貴族の精神》,《岩波講座日本文学史》第二卷,岩波书店 1958 年,第 3~8 页。

问题。至于内容上虽已尽我所能，但限于学识，舛错疏漏自然也是难免。这些地方，都只能请求读者的宽大与指正了。

应该感谢的人，大多都已经在博士论文后记中表达过谢意。最后应该感谢博士论文答辩主席程章灿教授，答辩委员曹旭教授、方勇教授、王水照教授、骆玉明教授。各位师长的指教对本书的修订改进启益良多。答辩中匆匆未遑详细回应的若干提问，在书中以补注的形式作了回答。书中部分章节曾先在《文学遗产》等刊物上刊载，期间多蒙刘跃进主编及张剑、孙少华等师长的指点。博士毕业后又承周明初师、林家骊师、黄华新院长及其他浙大中文系师长的美意，得以在西子湖畔继续学业，开始新的工作。他们的提携帮助令我深铭难忘。感谢上海古籍出版社和奚彤云师惠约出版，并代为申请国家社科基金后期资助项目。奚老师与责编常德荣兄进行了精慎细致的编审工作，提出许多有价值的改进意见，订正了不少细节上的疏漏。希望这一本无足轻重的作品，能够对得起他们为之付出的辛劳。在最后的最后，怀着惶恐与期盼的心情，希望读者不会感到阅读此书只是在白费时光。

林晓光

2014 年 7 月于神户旅中

新 版 后 记

本书是《王融与永明时代——南朝贵族及贵族文学的个案研究》的修订本。在初版的基础上，新作了如下修订。

首先是在整体上，修订增删文句一二百处，修正了初版中细节不够精确、文字有欠简练之处。为读者便览起见，将原本的繁体字改为简体。一些在撰写初版时尚未解决的问题，如王融《赠族叔卫军俭》中"凌何迈禹"中的"何""禹"分别何指，在后续的研讨中获得了解答，本次修订也得以补入。

其次，进行了较大篇幅增订的，主要有如下三处。

一、文学篇《发端语》部分，增入"王融文学的文献构成"一节，共八千余字，较为系统地勾勒了王融现存文学作品及文献构造的全图景。这方面的知识与思考，与作者近十年来的工作密切相关。增入这部分的内容，一方面补强了王融文学研究中的基础性环节，另一方面，也是希望将其作为中古作家别集研究的一个案例加以展示。补入的这个部分与《发端语》原有的"王融文学的历史评价"部分成为并列的两节，《发端语》的篇幅因而大增，继续沿用旧题已不合适，故改题为文学篇《序章》。

二、第八章中论王融《永明七年策秀才文五首》，关于其第三首的"问刑法"，在初稿撰写时，仍停留在王融及齐武帝思想层面分析；但在其后撰写《萧赜评传》时，认识到那其实是紧扣着永明年间修撰律注的时事，充满时代关怀的一道试题，并非泛泛地反映王融的个人主张。故修订本中补写此部分内容，永明七年策秀才文中洋溢的现实关怀也由此得到更饱满的呈现。

三、第二章中论王融幼年生活环境部分，初版时未注意及范云《古意赠王中书》诗中"北海"一语乃用《庄子》典，解释有误。此次修正解读，并补入了王融举秀才时州刺史的相关考证。

本书初版系由上海古籍出版社出版于 2014 年。当时曾承张一南、王彬二兄分别从文学、史学角度惠赐书评,同时也得到了不少读者的宝贵意见。且承学林不弃,忝受第一届普隐人文学术奖。历年以来,时时有读者相询再版事宜,恨无以为应;此番幸承刘赛兄策划新版,龙伟业兄精心编辑,得以有纠谬补阙、再度呈献于读者面前的机会,实在深可感谢。

回看自己十来年间在中国古典文史之学上所积的跬步,以下四端殆足以尽之:以人为单元的历史深描、以形式为重点的文学解读、以文体为主线的文学史研究、以文本生成变异为中心的中古文学基盘重构。这四个方面,早在这本初出茅庐时的小书中或多或少,都已有所表露。偏至之性,迄未能改。然而在渐行渐远的漫长旅途——同时也是反复的迷途之中,我其实已很少会想得起它。如今着手修订,不免半被动地逐字重读审校,如见睽违多年的故人,往往哑然失笑于自己那时候原来就有过这样的想法,或者竟然还有过那样的想法。对作者自身来说,这也是一次愉快而感慨甚深的体验。

自初版至新版的这十年间,书斋外的世界可谓天翻地覆。尤其是三年以来,疫情的旷日持久、国际间的烽烟再起,以及所见所闻种种不能已于言之事,都不免令人心中波澜翻动,难以安坐于书桌之前。——当然,也并不是完全没有可歌可喜的消息。梅西率领阿根廷在世界杯上夺冠的壮丽史诗,在撰写后记的此刻仍在我心头鸣响,让人在这样的时代里重新感受到人类个体所蕴含的无限可能性。

在这样悲欣交集的大时代中,一切似乎都在激烈的节奏中随波起伏。即使学者们所栖身的校园一角,也不复是当年清静的“象牙塔”。朋辈的高歌猛进、气象日新固然令人振奋;课余会后关于体制更新、资源竞争之类的话题却似乎越来越多,学术研究似乎也越来越像是工程建设,而不再适于当作一己耽于兴趣的胜业。在写出本书之前的十年里,我几乎是一直处在与这些话题绝缘的梦茧中,沉醉于思考和求知的快感,那些单纯的能量最终化作了书中的文字;而在本书出版之后的十年里,则不免与真实的世界有了更多的接触,也积攒了一些困惑和无奈。有时回首惘然,已难回答,这还是不是少年时的自己所期待的那种学问人生?

在这样的心境中,我的身体和精神都曾一度陷入疲弊。但最终,我还是幸运地获得了救赎,得以逐步从苦斗中挣脱出来。在本书初版问世以后,妻子小庭走进了我的生活,赠予我人生中除了学问艺术之外的全部意义。是她的可爱陪伴让每一天都变得喜悦和平。两年前又承浅见洋二师的好意,转入大阪大学任教,后半生由此开启一段充满未知的新旅程。得到这一切的我,已无法再向命运要求更多,只能怀着感恩的心情,希望今后交给读者的作品能够比这本小书更不坏一些。而这一部修订本,就作为十年前起步之初的一个印迹,再次呈请读者赐读与指正。

林晓光

二〇二三年旧历元日搁笔于归国旅宿中